Pier Paolo Pasolini
Vita Violenta

Zu diesem Buch

Im Mittelpunkt dieses berühmtesten Romans Pasolinis steht das kurze, leidenschaftlich gelebte Leben eines Jungen aus den Slums der römischen Vorstädte. Tommaso und seine Freunde – Kinder des Elends und der wirtschaftlichen Depression – berauben Huren und Tankwarte, verkaufen sich als Strichjungen und streunen tage- und nächtelang durch die römische Metropole. Die Welt, in der diese Straßenjungen leben, ist erfüllt von Schmutz, Verkommenheit und Zynismus, doch, wie Carlo Levi sagte, Pasolinis Gestalten wecken »Mitleid für eine Welt, die kein Mitleid kennt«.

Pier Paolo Pasolini, am 5. März 1922 in Bologna geboren, studierte dort Philosophie und Kunstgeschichte. Als Zwanzigjähriger veröffentlichte er seinen ersten Gedichtband, im friaulischen Dialekt geschrieben. 1949 Übersiedelung nach Rom. Neben den Romanen »Ragazzi di Vita« (1955), »Vita Violenta« (1959), »Der Traum von einer Sache« (1962), »Teorema« (1968) und zahlreichen Essays schuf er seit 1961 Filme, darunter »Mamma Roma« (1962), »Große Vögel, kleine Vögel« (1966), »Teorema« (1968), »Medea« (1969), »Die 120 Tage von Sodom« (1975). Pasolini wurde am 1. November 1975 in Ostia ermordet.

Pier Paolo Pasolini
Vita Violenta
Roman

Aus dem Italienischen von
Gur Bland

Piper München Zürich

Von Pier Paolo Pasolini liegen in der Serie Piper außerdem vor:
Gramsci's Asche (313)
Die Nachtigall der katholischen Kirche (560)
Der Atem Indiens (1335)

Ungekürzte Taschenbuchausgabe
1. Auflage Mai 1983 (SP 240)
8. Auflage April 1997
© 1979 Giulio Einaudi Editore, Turin
Titel der italienischen Originalausgabe:
»Una vita violenta«, Aldo Garzanti Editore, Mailand 1959
© der deutschsprachigen Ausgabe:
1963 Piper Verlag GmbH, München
Umschlag: Büro Hamburg und Zero, München
Umschlagabbildung: © Hanke Dressler / LOOK
Satz: Ensslin Druck, Reutlingen
Druck und Bindung: Clausen & Bosse, Leck
Printed in Germany   ISBN 3-492-22506-3

INHALT

ERSTER TEIL

Wie immer nach dem Essen langten Tommaso, Lello, Zu-cabbo und die anderen Jungen aus der Barackensiedlung von Pietralata mindestens eine halbe Stunde zu früh vor der Schule an.

Dort hockten schon ein paar Rotznasen aus dem Vorort auf der aufgeweichten Erde und spielten Messersteck. Tom-maso, Lello und die anderen guckten ihnen zu und setzten sich im Kreis herum auf die Fersen, die Schulmappen ne-ben sich im Dreck. Dann tauchten zwei, drei Jungen mit einem Ball auf. Die anderen warfen ihre Ranzen auf einen Haufen, und alle rannten hinter die Schule, auf den freien Platz, den Hauptplatz von Pietralata.

Lello und einer, der nebenan im zweiten Haus wohnte, wählten mit den Fingern – Stein, Schere, Papier – die bei-den Mannschaften aus. Tommasino hatte keine Lust mit-zuspielen und hockte sich zusammen mit ein paar anderen Jungen auf die Erde, um zuzusehen.

»Du, ist der Pauker schon da, Carlè?« fragte er einen Knirps, der neben ihm saß.

»Keinen Schimmer«, erwiderte der achselzuckend.

»Und wer ist heute dran mit Fegen?« fragte Tommasino nach einer Weile; er hatte in den letzten Tagen Fieber ge-habt und deshalb in der Schule gefehlt.

»Lello, glaub ich«, meinte Carletto.

9

»Läßt du mich mal ziehen?« fragte er dann, sich plötzlich umdrehend, einen anderen, der auf einem Stein saß und rauchte.

Tommasino rappelte sich hoch und schlenderte auf die andere Seite des Spielfeldes hinüber, wo Lello, leicht vorgebeugt, mit gespreizten Knien und locker herabhängenden Armen im Tor stand und stirnrunzelnd dem Lauf des Balles folgte, jederzeit bereit, sich daraufzustürzen.

»He, Lello!« rief Tommasino.

»Hau ab, was willst du denn!« knurrte Lello, ohne ihn eines Blickes zu würdigen.

»Sag mal, bist du heute dran mit Fegen, in der Schule?« fragte er.

»Und wenn schon«, meinte Lello trocken. Ihm war diese Unterhaltung höchst gleichgültig.

Tommasino setzte sich neben das Steinhäufchen, das als Torpfosten diente. Schließlich drehte Lello sich zu ihm um.

»Was willst du bloß, du Armleuchter?«, sagte er, wandte ihm aber sofort wieder den Rücken zu und blickte starr auf das Feld, wo die anderen mit irrsinnigem Gebrüll dem Ball nachrannten. Tommasino sagte kein Wort mehr, holte nur in aller Gemütsruhe, mit gekreuzten Beinen auf dem trockenen Lehm sitzend, aus der Tiefe einer Hosentasche einen Zigarettenstummel und zündete ihn sich an.

Nach kurzer Zeit blickte ihn Lello wieder von der Seite an und stellte fest, daß der andere rauchte. Schweigend sah er dem Spiel eine Weile zu, dann sagte er mit leiserer und etwas rauher Stimme:

»Laß mich mal ziehen, Tomà!«

Tommaso nahm hastig noch ein paar Züge, erhob sich dann und trat näher, um Lello die Kippe zu geben, der sie in Empfang nahm, ohne die Schlacht um den Ball aus den Augen zu lassen; blinzelnd fing er an zu rauchen, hielt sich aber weiterhin bereit, sein Tor zu verteidigen.

Tommaso war hinter ihm stehen geblieben, die Hände in den Taschen seiner Hose, die von einem Bindfaden festgehalten wurde und so breit war, daß sie wie ein Rock wirkte.

In diesem Augenblick tauchte der wirre Haufen der Jungen vor dem Tor auf, und einem der feindlichen Stürmer gelang keuchend ein Schuß, freilich ein ziemlich kümmerlicher, denn der Ball rollte nicht gerade schnell auf das Tor zu, in die Nähe des Pfostens. Lello warf sich mit einem Hechtsprung darauf, was bestimmt nicht nötig gewesen wäre. Er hätte sich nur ein wenig zu bücken brauchen, um ihn abzufangen; dann schoß er ihn in hohem Bogen zurück in die Mitte des Spielfeldes. Tiefbefriedigt hob er den beiseite geworfenen Stummel wieder auf und zog daran.

»Bist toll in Form, was, Lè?« meinte Tommaso pfiffig.

Lello sagte kein Wort zu dieser Feststellung, aber so lässig er dastand und rauchte, so sehr merkte man ihm an, wie großartig er sich in Form fühlte.

»He, du, Lello, was meinst du, wenn ich dem Pauker sage, er soll mich heute zum Fegen dabehalten?« fragte Tommaso nach einer Weile mit möglichst unbeteiligtem Gesicht.

»Werden ja sehen«, meinte Lello etwas wohlwollender als vorher und starrte auch nicht mehr so verbissen auf das Spielfeld; offenbar hatte er schon genug davon. Tommaso setzte sich wieder neben ihn; aber es blieb ihnen nicht mehr viel Zeit, denn nach wenigen Minuten riefen und winkten ein paar Jungen von der anderen Seite der Schule zu ihnen herüber. Der Lehrer war gekommen, und man mußte machen, daß man in die Klasse kam. Die Fußballspieler feuerten noch ein paar Schüsse ab, dann rannten sie streitend und sich schubsend zu ihren Ranzen und stürmten durch das ausgeleierte Gittertor in den kleinen Schulhof.

Gegen zwei, halb drei Uhr nachmittags verstummte das Leben in Pietralata. Man sah nur noch die ganz Kleinen zwischen den Häusern spielen oder hier und da eine Frau bei der Arbeit. Sonst gab es nichts als Sonne und Dreck, Dreck und Sonne. Aber es war erst März, und die Sonne sank rasch, dort hinten, hinter Rom. Es dämmerte, und die Luft kühlte empfindlich ab. Wenn die Jungen aus der Schule kamen, war die Sonne fast schon untergegangen: die kleine Siedlung lag noch öde da, denn die Arbeiter machten später Feierabend. Das Kino hatte gerade erst geöffnet, und in den wenigen Bars sammelten sich langsam die üblichen Nichtstuer und Hoffnungslosen.

Die Kinder rannten von der Schule nach Hause, verteilten sich über das ganze Viertel auf die Höfe mit dem ungepflasterten, glattgestampften Erdboden: vier Hauswände, eine Reihe von Pfählen, die wie Galgen aussahen, für die Wäscheleinen, hier oder da ein Waschplatz mit zwei schwarzen Rinnsalen, die über die Erde krochen, und schließlich etwas mehr Licht als in der Schule.

Lello war mit dem Lehrer allein in der Klasse geblieben, er hatte an diesem Tag Stubendienst; es wurde mehrmals wöchentlich geputzt, und der Lehrer wählte die Schüler dafür willkürlich aus, nicht etwa, um sie zu belohnen oder zu bestrafen, sondern weil es ihm gerade einfiel. Jedenfalls handelte es sich darum, mindestens eine halbe Stunde länger in der Schule zu bleiben, mit einem harten Besen den

Staub zwischen den Bänken aufzuwirbeln und mit dem Lappen über Katheder und Wandtafeln zu fahren. Lello beeilte sich, fertigzuwerden, er hatte den Bogen raus, war oft drangekommen; und sowie sein Werk beendet war, rannte er allein nach Hause.

Er hatte ein bißchen Bammel davor, so im Dunkeln, oder vielmehr in der Dämmerung, über die Felder zu laufen, deshalb rannte er, so schnell er konnte. Die Haare wippten ihm vor den schwarzen Augen, die gleich dunklen Muscheln glänzten, und das geblümte amerikanische Hemd flatterte ihm über der Hose. In den Gärten und auf den Feldern hatten die Bauern aufgehört zu arbeiten, die Via delle Messi d'Oro mit ihren eben aufgeblühten Kirsch- und Mandelbäumen lag leer und verlassen da, während man hinter den Häuserreihen Stimmen junger Burschen hörte, die den Schnulzentenor Claudio Villa zu überbieten suchten, und die Trompeter der Kaserne zum Abendausgang bliesen.

Unter einem Brückenbogen des Aquädukts stand Tommasino. Er war noch nicht heimgegangen, sondern wartete, mit der Tasche über der Schulter.

»Na, Tomà, was ist denn los?« rief Lello ihm zu, wie er an ihm vorbeikam und als erster die eiserne Leiter am Brückenpfeiler erklomm.

Tommaso folgte ihm wortlos. Sein rundes, sommersprossiges Gesicht schien wie immer von Fett zu triefen.

Lello ging über die Brücke voran, als wäre er der Häuptling, ohne sich nach dem Vasallen, der hinter ihm dreintrottete, auch nur umzudrehen.

»Was rennst du denn bloß, Lè?« rief Tommaso mit ärgerlicher Miene. »Hol dich der Teufel!«

Aber Lello kletterte schon am anderen Pfeiler hinab; er sprang in den Klee und begann, den Pfad im Uferschilf entlangzulaufen. Keuchend und schwitzend rannte Tommaso hinterher.

»Warte doch, du Armloch!« schrie er.

Aber der andere lief federnd weiter, als hätte er nichts gehört, und erst als er Tommaso ein ganzes Stück hinter sich gelassen hatte, verlangsamte er den Lauf und ging gemächlicher weiter, hier und da mit den Schilfrohren oder Weidenzweigen spielend. Aber sowie ihm Tommaso auf den Fersen war, fing er wieder zu rennen an, zwischen den Reihen der Kohlpflanzen auf den Feldern und unter vereinzelten Bäumen hügelan.

Oben angelangt, hängte er Tommaso noch einmal ab, dann noch einmal, und fiel schließlich wieder in Schritt. Diesmal ließ er sich von Tommaso einholen, der schwitzte wie ein Springbrunnen; gemeinsam stiegen sie den Abhang zu der Ansammlung von elenden Hütten hinab, in denen sie hausten, an der Straße zwischen Pietralata und Montesacro, unweit der Stelle, wo die Abwässer der Poliklinik in den Aniene fließen.

Im Barackenviertel brannte schon da und dort ein Licht, das sich in den Straßenpfützen spiegelte. Die anderen Jungen spielten vor der Haustür, während aus den Kammern, in denen jeweils zehn bis elf Menschen hausten, das Keifen streitender Frauen und das Wimmern greinender Säuglinge ertönte.

Als die Gefährten Lello und Tommasino erblickten, hörten sie auf zu spielen und gingen den beiden entgegen.

»Habt ihr schon was im Bauch?« fragte Zucabbo mit dem roten Gesicht und den zerrauften Haaren.

»Quatsch, schon was im Bauch!« rief Lello ihm zu.

»Hau ab!« sagte jetzt auch Tommasino finster. »Wo wir doch eben aus der Schule kommen! Bist wohl doof!«

»Na, dann macht mal dalli!« sagte Zucabbo ruhig. »Wir gehen schon los!«

»Dann geht doch«, sagte Tommaso kalt, »glaubst du etwa, wir kennen den Weg nicht? Wollt uns wohl Huckepack tragen, was? Nun sieh dir den an!«

»Mensch, ihr könnt uns mal!« rief Zucabbo, plötzlich doch eingeschnappt. »Wenn ihr schnell macht, ist's gut, wenn nicht, gehen wir eben allein.« Und er schlug kräftig drei- bis viermal mit der Linken gegen den Handteller der Rechten, die ausgestreckt nach Montesacro wies.

Lello war unterdessen weitergelaufen und in der Baracke verschwunden, in der er wohnte; kaum eine Minute später erschien er wieder, eine Tüte mit Pfefferschoten in der Hand. Mit einer Kopfbewegung zu den Freunden und mit vollen Backen kauend, sagte er: »Los!«

Als Tommasino Lello herauskommen sah, lief auch er rasch in seine Baracke. Seine Mutter hatte ihm aber noch nichts zu essen gerichtet. Er heulte fast los vor Wut, nahm sich aber nicht einmal die Zeit zu schimpfen, sondern schoß wieder ins Freie und lief mit leerem Magen den anderen nach, die sich schon auf den Weg gemacht hatten.

Die Straße nach Montesacro, deren Asphalt nur noch aus einzelnen schwarzen Flecken im Schotter zwischen Abfällen und Schmutz bestand, folgte dem Lauf des Aniene.

Die Böschungsmauer war ebenfalls von Schmutz und Kot bedeckt, vor allem dort, wo die Kloake von der Poliklinik austrat; drüben stieg die andere Betonwand auf, dahinter sah man Häuser und Hütten, Arbeitsschuppen und Barackensiedlungen. Jenseits des Aniene erstreckten sich Felder in Richtung der Berge von Tivoli, die in der kalten Luft verschwammen.

Mehr und mehr Schuppen und Gebäude sah man, wenn

man dem Fluß noch ein paar Schleifen folgte; überall ragten sie jetzt auf den Hügeln gegen den Himmel auf, oder auch unten, am Graben, zwischen den Ausläufern der Gärten und Felder.

Hinter einem Platz mit Gerüsten und Ausschachtungen etwas oberhalb der »Batterie«, kurz vor der neuen Anienebrücke, mündete die kleine, steinige Straße in die große Via Nomentana. Genau an dieser Gabelung breitete sich ein großer, pinienbestandener Platz aus, auf dem man Karussells aufgebaut hatte; unter den vielen Glühbirnen waren nur wenige Schaulustige zu sehen, die meisten drängten sich noch um die Bude mit dem Tischfußball.

»Machen wir ein Spiel, was, Lè?« schrie Zucabbo, als diese Bude vor ihnen auftauchte, in der es schon von anderen Lausejungen wimmelte.

Lello nickte zustimmend mit dem Kopf und lief auf die Spieltische zu, die alle dicht besetzt waren.

Zwei gegen zwei kämpften die Jungen verbissen mit dem kleinen Holzball, breitbeinig, schwitzend und lärmend, während die Kiebitze, die sich mit gelangweilten, spöttischen Gesichtern ringsum über die Tischränder beugten, den Jackenkragen hochgeschlagen hatten und die Hände in den Taschen vergruben, denn mit der Märzkälte war nicht zu spaßen.

Tommaso und seine Gefährten mengten sich sogleich unter die wartende Horde, die ungeduldig darauf lauerte, daß einer von den Tischen frei würde. In der Zwischenzeit feuerten sie die Spieler, um selbst in Schwung zu kommen, mit lauten Zurufen an: »Gib's ihm, Veleno!« – »Los, Trerè, zeig, was du kannst!« Dabei lag in ihren Rufen mehr Ärger und Ungeduld als sonst etwas, und ihr Mundwerk lief nur aus Gewohnheit.

Einige waren, wie Tommaso und dessen Freunde, Kinder armer Leute; vor allem aber sah man feine Jungens, Oberschüler, die in Montesacro wohnten oder in den Hochhäusern der »Batteria Nomentana«. Als endlich die vier Spieler eines Tisches aufbrachen, stürzten Lello, Tommasino, Zucabbo, Sergio und Carletto auf ihn zu, quetschten die Bäuche gegen den Rand und besetzten den Tisch, ohne auf das Protestgeschrei der vier oder fünf Typen zu achten, die schon vor ihnen gewartet hatten.

»He, wir sind dran, wir stehen schon 'ne Stunde hier!« schnaubte einer von den Oberschülern und streckte die Brust heraus. Die vier Jungen aus »Klein-Schanghai« sahen nicht einmal hin, blickten angestrengt den Spielaufseher an, einen Hungerleider gleich ihnen, der mager wie ein abgenagter Flügel war und der nun wortlos seine Hand ausstreckte, das Geld entgegennahm und die Klappe für die Bälle öffnete.

Nur Tommasino wandte sich müde nach dem Oberschüler um und drohte: »Los, hau ab, mach, daß du wegkommst!« und wollte zu spielen beginnen.

Doch die vier anderen hatten schon, als wären sie sich von vornherein darüber einig gewesen, an den Griffen Aufstellung genommen, Lello und Carletto auf der einen Seite, Zucabbo und Sergio als ihre Gegner auf der anderen. Tommasino drückte nun auch seinen Bauch gegen den Rand des Tisches, und seine Augen funkelten vor Zorn zwischen den Poren seiner fettigen Haut. »Hm«, begann er finster, mit drohender Miene, »und ich? Wo soll ich ran?«

»Ach, verzisch dich!« warf Lello ungeduldig hin, nur um ihn loszuwerden.

»Nein, nein, so einfach geht das nicht, erst müssen wir uns einig werden!« erklärte Tommaso aus tiefer Überzeugung.

»Verpiß dich doch!« schrie Zucabbo und gab ihm einen Rippenstoß, daß er von der Brüstung des billardähnlichen Spieltisches taumelte.

»Seht euch mal die an!« rief Tommasino außer sich, Tränen der Wut in den Augen, und wollte eine Rauferei anfangen. Aber schon hatten die anderen sich ans Spiel gemacht, ohne ihn weiter zu beachten.

Da blieb er, nach ihnen hinschielend, abseits stehen, stammelte unverständliche Worte und kämpfte gegen einen Brechreiz an. »Diese verdammten Arschlöcher! Was bilden die sich ein!« Allmählich erlahmte sein Widerstand, angewurzelt stand er da und schaute mit kritischer Miene, wenn auch noch immer voller Verachtung, dem Spiel zu.

»Wo habt denn ihr spielen gelernt!« rief er ironisch, als einer der Gefährten sich ungeschickt anstellte.

Die vier hörten ihm gar nicht zu, er war für sie Luft, sie brannten nur darauf, mit den Füßen der kleinen Holzfiguren den Ball zu treffen.

»Habt ihr das gesehen! So ein verdammter Trottel!« schrie Tommasino bei einem Stoß Carlettos, der danebenging. »Wie die ersten Menschen!« Und er brüllte vor Lachen, überschlug sich fast, damit ihn nur ja alle Umstehenden hörten.

»Hahahaha!« Er preßte die Hände in den Taschen gegen seien Bauch und krümmte sich wie ein Irrer.

»Ihr kotzt einen ja an!« rief er dann, als er sich etwas beruhigt hatte, und sein Grinsen war noch verächtlicher als vorher. »Da mach ich lieber, daß ich wegkomme! Ist ja doof, hier rumzustehen und solchen Stümpern zuzugucken.« Nach einem letzten Hohngelächter zog er ab, tauchte unter der Plane der Bude auf und spazierte um die Karussells herum.

Auf den erleuchteten Plätzen zwischen Buden und Karussells waren jetzt eine ganze Menge Leute versammelt, Halbstarke mit Mopeds, Soldaten und vor allem Matrosen. Sie trieben sich in Gruppen herum, mit unbekümmerten Gesichtern, die freilich von einem Augenblick zum andern einen drohenden Ausdruck annehmen konnten; die einen summten Schlager vor sich hin, und die anderen spielten sich vor den Mädchen an den Schießständen als Schwerenöter auf. Auch Tommasino schlenderte nun unter den Pinien dahin, blieb an der fast leeren Fahrbahn der Autoscooter stehen und bei den Flugzeugen, die mit zwei oder drei Insassen um den hohen Mittelpfeiler sausten: tief auf die Sitze geduckt und ganz weiß im Gesicht von dem eisigen Luftzug.

So ging er Schritt für Schritt bis an den Rand des Platzes, wo die Pinien aufhörten, gerade unter der Brücke über den Aniene; langsam stieg er die nasse, von Überschwemmungen glitschige Böschung empor.

Oben wandte er den Kopf, um zu sehen, was es hier gab. Auf der Höhe der Brücke, an eine niedere weiße Säule gelehnt, die wie ein Grabmal aussah, standen zwei Straßenmädchen: ordinär und aufgetakelt, die eine in einem roten Kostüm, die andere in einem schwarzen Wollpullover, streitsüchtig und mit zerzaustem Haar. Beide waren untersetzt und stämmig, und ihre Leiber traten hervor, als wären sie schwanger. Sie hatten kurze, dicke Schenkel, dunkle, haarige Gesichter mit niedrigen Affenstirnen und schlenkerten mit ihren Handtaschen.

Wartend standen sie dort oben, oder sie gingen auch ein paar Schritte auf und ab. Unterdessen hatten sich vier oder fünf Matrosen aus einer Gruppe gelöst und näherten sich unter den Pinien. Sie kletterten den schmalen Pfad die Böschung hinauf und kamen schließlich auf der Höhe der Brücke neben den Dirnen an. Sie begannen ein Gespräch mit ihnen, und die Mädchen antworteten kaum, widerborstig wie zwei Wechsel, die jeden Augenblick platzen wollen, und den Männern machte es Spaß, wie die beiden sich zierten und so taten, als pfiffen sie aufs Portemonnaie.

Schließlich wurden sie sich einig; die zwei Mädchen und zwei von den Marinern kletterten die Böschung hinunter, während die anderen oben auf der Brücke stehenblieben und, die Zigarette im Mund, warteten, bis sie an die Reihe kämen. Die Männer waren längst unten auf dem großen, ebenen Platz mit den Pinien, als die Nutten erst wenige Schritte hinter sich gebracht hatten: auf allen vieren krochen sie vorsichtig abwärts, rutschten, ängstlich und ärgerlich hinabblickend, die steile Schrägwand hinunter, wobei ihre Schuhe in einer Art Paukenwirbel über den Stein klapperten. Endlich waren auch sie unten und gingen, die Taschen fest in der Faust, mit den Matrosen an Tommasino vorbei, der nächsten Unterführung zu, die ein Stück flußabwärts, mit Gesträuch bewachsen, steil zum Aniene abfiel.

Als sie im Dunkeln verschwunden waren, schlich Tommasino ihnen nach, um herauszufinden, wohin sie sich wandten: mitten in das Gestrüpp hinein, zwischen die Abfälle, das Papier, den Kot des Abhangs oder in die noch schmutzigere, kleine Grotte, die unter der alten Brücke ihren Ausgang nahm.

Nachdem er einen Bogen gemacht und festgestellt hatte, daß sie tatsächlich auf die Grotte zugingen, kehrte er im Laufschritt zurück, wobei er vor sich hinpfiff und sich von Zeit zu Zeit ein befreiendes Lachen gönnte. Er glitt zwischen einem Wettbewerb starker Männer – »Hau den Lukas!« – und der Arena mit den zusammenstoßenden

Autos hindurch auf den Mittelplatz mit den Karussells, aber weder hier, noch bei den Fußballtischen in der Bude, noch sonstwo in der Umgegend fand er seine Freunde. Weiß der Himmel, wohin sie gegangen waren. ›Hol sie der Henker, diese faulen Köppe!‹ dachte er grimmig. Er wandte sich um und kehrte, da es nun einmal so sein mußte, allein zum Flußabhang zurück, aber langsam und hin und wieder sich ein wenig aufhaltend. So stieß er schließlich, einen Fuß vor den anderen schiebend, auf Lello, der sich an die Brüstung um die Autoscooter-Bahn lehnte und den zwei Autos zusah, die, mit jeweils zwei Matrosen darin, ziemlich verlassen herumkreisten.

Hocherfreut trat Tommasino auf Zehenspitzen hinter ihn und deckte ihm die Augen mit den Händen zu. Der andere wurde fuchsteufelswild und schlug derartig nach hinten aus, daß es Tommasino beinahe mitten in die Bahn geworfen hätte. Aber er lachte nur. Lello blickte ihn immer noch finster an und murmelte: »Du kannst mich mal!« – »Höh«, meinte Tommasino, »weißt du, daß die Nutten da sind?« Er schwieg einen Augenblick, dann setzte er hinzu: »Gehen wir hin, was, Lè, gucken wir zu?«

Lello zuckte mit den Achseln. Tommasino leistete sich einen neuen Lachanfall. »Ich geh hin«, erklärte er, rieb seinen Bauch an der Holzbrüstung und streckte sich. »Sie sind mit Matrosen«, schloß er und seine Augen funkelten. Er stützte sich mit den Händen auf den Balken, baumelte mit den Beinen und schaukelte mit dem Oberkörper.

Dann ließ er plötzlich los und sprang zurück auf die Straße, marschierte auf den Fluß zu, warf einen Seitenblick auf Lello und gab ihm mit einem Kopfnicken zu verstehen, daß er ihm folgen solle.

Als er etwa fünfzehn Meter zurückgelegt hatte und eben

unter den Pinien anlangte, machte sich auch Lello auf und holte ihn wortlos ein. Ernst geworden, ging Tommasino hakenschlagend weiter zum Anfang der ausgetrockneten Uferböschung hinunter, und dann jagten sie einander auf den kleinen, von ehemaligen Rinnsalen herstammenden Fußpfaden, die sich auf dem schmutzigen, mit Papieren und Kot bedeckten Abhang verzweigten. Sie trieben sich noch etwas herum und näherten sich immer mehr dem Eingang der Grotte. Und gerade dort, gleich am Eingang, waren die zwei Straßenmädchen mit ihren Matrosen geblieben, denn im Inneren lag der Abfall mindestens zwei Handbreit hoch. In dem bißchen Mondlicht, das bis dorthin drang, sah man sie stehen, die Nutten mit dem Rücken gegen die zerfressene Wand, mit den zwei Matrosen, die sich an sie drückten und die wie zwei von einem Kind auf eine Nadel aufgespießte Eidechsen hin- und herzuckten.

Tommasino und Lello setzten sich, wo sie gerade waren, unter einen großen Busch, den Blick auf die zwei Paare zwischen den zerrupften Sträuchern gerichtet. Tommasino lehnte sich halb zurück und streckte die Beine auf den paar schmutzigen Grashalmen aus.

»Los, du auch, Lè!« rief er nach einer kleinen Weile und sah den anderen an, als könnte er sich nicht länger zurückhalten. Lello, auf die Knie gestützt, tat das gleiche wie er.

»Na, hast wohl nicht eben viel Lust, was?« bohrte Tommasino. »Hab ich auch nicht«, antwortete Lello.

»Was denn, hast du's in der Schule noch nicht gemacht?«

»Hör auf«, sagte der andere unwillig, »ich hab's satt!«

»Doch hast du's gemacht«, beharrte Tommasino ärgerlich, aber er versuchte dabei so auszusehen, als wäre es nur ein Scherz. »Du willst dich wohl noch ganz kaputt machen, was?« meinte Lello. Tommasino rollte sich herum, erstickte fast vor Kichern. »Ist mir doch egal!« rief er so laut, daß die zwei Pärchen in der Grotte sich erschreckt umsahen. Dann beruhigte er sich und fing neben Lello, der steif und regungslos blieb und dem ein Haarbüschel über die Augen fiel, sein Werk von vorne an. »Weißt du«, meinte er nach einer Weile, »ich hätte wirklich nichts dagegen, es auch mal zu versuchen!« Er sagte das mit gleichgültiger Miene, wie einer, der einer flüchtigen, unwichtigen Laune nachgibt. »Wenn du morgen 'n Lappen kriegst, 'n Hunderter«, setzte er hinzu, »machst du mir dann einen?«

»Was soll ich'n mit einem Hunderter?« meinte Lello verächtlich. »Zwei!« sagte Tommasino. »Einverstanden?«

Am nächsten Morgen stand Tommasino um sechs auf. Draußen war es noch dunkel, es regnete ein wenig und ein schwacher Wind ging. Es wurde heller, die Sonne kam hervor, dann regnete es wieder, und schließlich brach die Sonne noch einmal durch.

Gegen Mittag leuchtete ganz Pietralata naß im Licht. Über dem alten, trockenen Lehm des großen Platzes lag jetzt eine neue Schlammschicht wie ein Schokoladenguß, auf dem die Jungen beim Ballspielen dauernd ausrutschten, so daß sie bald aussahen wie kleine Schweine.

In der einen Hand hielt Tommasino den leeren Sack, in dem er das Alteisen fortgeschafft, die andere krampfte sich in der Tasche um die zwei Hunderter, die er sich damit verdient hatte. Auf den Abfallhaufen längs der Straßengräben an der Via Tiburtina gab es genug Schrott, den man sammeln konnte.

»He, Jungs!« rief er einem zu, der mit weit offenem Mund breitbeinig dastand, »darf ich mitspielen?«

»Nein, nein!« kreischten die Kinder. »Wir sind schon genug!«

»Quatsch, verdammt nochmal!« schrie Tommasino zurück, »wieso genug? Was soll das heißen? Sind wir etwa in Rom?«

»Ach, verdufte! Was stehst du rum und brichst dir einen ab!« rief einer von den Knirpsen mit einer Stimme, die wie ein schadhaftes Grammophon klang.

Tommasos ganze Antwort war, daß er mit langsamen, schleppenden Schritten auf eines der beiden Tore zuging, den Sack auf den Steinhaufen warf, der als Pfosten diente, und sich dann unter die Jungen auf dem Platz mischte. Einer, der aussah wie ein Apfel, lief ihm halb heulend entgegen und schrie ihm zu, daß ihm fast die Kehle platzte: »Willst du machen, daß du fortkommst, Saukerl!«

Aber in diesem Augenblick kam der Ball angerollt, Tommasino versetzte dem Bürschchen einen Stoß, daß es mit den Hinterbacken im Dreck landete, und dribbelte auf seinen zwei Dackelbeinen laut lachend und mit rotem Gesicht hinter dem Ball her.

»Der hat sich eingemischt!« rief ein Bengel, der sich mit ein paar Kumpels am Rand des Spielfeldes rekelte, und hielt dabei die Hände trichterförmig vor den Mund. Er lag mit den anderen im Schatten der zerfallenen Mauer eines Hofes, der voll von schmutzigem Papier und zerscherbten Nachttöpfen war.

Tommasino tat, als hätte er nichts gehört.

»He, Schweißfuß!« schrie der andere und stand auf; ›Schweißfuß‹ war der Spitzname von Tommasos großem Bruder, der eine ebenso pickelige Kröte war wie er und immer wie ein Stinktier roch. »Gib bloß nicht so an!«

In seinen mit Bindfäden und Schnürsenkeln verknoteten

Kähnen stapfte Tommasino weiter kreuz und quer durch den Matsch und achtete überhaupt nicht auf den Jungen, der ihm jetzt langsam entgegenkam.

Dem anderen begann die Sache Spaß zu machen. Sobald er auf die Beine gekommen war, hatte sein Gesicht sich verzogen, und ein seliges Lächeln stand in den zusammengekniffenen, starren Augen; er gab sich einem tiefen inneren Wohlbehagen hin. Er steckte die Hände in die Taschen seiner weiten, schlotternden Hose, und man sah den Nabel unter dem Hemd hervorgucken. So ging er am Rand des Feldes weiter und leckte sich die Lippen.

»He, Schweißfuß!« begann er wieder, »siehst du nicht, daß du längere Beine machen mußt? Sonst gehst du baden wie nur was!«

Diesmal drehte sich Tommaso, dessen Gesicht glänzte, als hätte er es in Tomatensoße getunkt, heftig um und kläffte grinsend, mit wässerigen Augen und einer Falte mitten auf der Stirn: »Dann laß mich doch baden gehn, Zimmi! Siehst du nicht, daß ich der große Pandorfini bin?« Und mit gesenktem Kopf warf er sich im Gewimmel der Kleinen dem Ball entgegen.

»Ausgerechnet!« brummte der andere, aber sein Gesicht strahlte immer heller vor Vergnügen über die eigenen geistreichen Reden. »Du machst ja noch in die Hose!« und weiter, fast leise, aber begeistert: »Weißt du, was du bist? 'ne Reklame für 'ne Windelfirma, das bist du!«

»Idiot!« schrie Tommaso, jetzt doch etwas aufgebracht, und sein Kopf schwankte über den Kücken, die um ihn herum dem Ball nachsausten. Fast kamen ihm die Tränen, und sein schmaler Mund hatte sich zu einem giftigen Lächeln verzogen, so daß man die Reihe seiner bräunlichen kleinen Zähne sehen konnte.

Ein zweiter Bursche war neben dem ersten aufgetaucht, ein Kerl von mindestens fünfundzwanzig Jahren. Die Locken reichten ihm bis in den Nacken, und ein buntes Tuch schlang sich um seinen Hals; er hatte das gelbe Gesicht eines hungrigen Fuchses. Beide standen jetzt nebeneinander in der Nähe des einen Tores.

Die Hände in den Taschen, streckten sie Stirn, Mund, Schmachtlocke und den Gaul der Hose heraus. »Verdammt nochmal«, rief jener, den man für einen Familienvater halten konnte, mit der Miene eines Halbstarken in erster Blüte, »was, du willst wohl 'ne Lippe riskieren? Mit den zehn Jahren Knast, die du auf'm Buckel hast?«

»Haha, zehn!« schrie Tommasino höhnisch zurück. Das kleine Gesicht war puterrot vor Wut, und die Tränen saßen ihm schon ganz locker. »Wo ich doch erst dreizehn bin!«

»Na, und warum nicht?« sagte Zimmio grimmig; aber man sah ihm an, daß er es dem anderen jetzt geben wollte, und so platzte er vor Lachen. »Willst du damit sagen, daß du zwei Jahre alt warst, als sie dir von der Mutterbrust rissen in ›Klein-Schanghai‹, wo eure Bande von Schweißfüßen haust?«

»Bring mir lieber deine Schwester her!« rief Tommaso näselnd und nicht gerade selbstsicher. »Denn zeig ich's dir!«

Der Große gab sich jovial, drückte heuchlerisch Nase und Kinn ins Halstuch und meinte, scheinbar tief beeindruckt: »Mensch, das hast du nicht geahnt, was, Zimmi? Da muß man sich wohl um seine eigene Sippschaft kümmern. Weißt du was, ich kauf meiner Schwester morgen 'nen Keuschheitsgürtel und laß sie nicht mehr aus'm Haus.«

»Na, sowas!« schrie Zimmi geradezu gerührt, »da hat man mich angekohlt, daß deine Mutter dir das Flöten beigebracht hat!«

»Meine Mutter läßt du in Ruh!« stieß Tommaso hervor und trat ein paar Schritte auf die beiden zu, »du Rotzer, du!«

»Was, du willst mit mir anbinden?« sagte der Jüngere mit einem Blick, der einen Chinesen in Staub verwandelt hätte, »du kommst dir wohl wie Joe Louis vor, was?«

In diesem Augenblick tauchte in der Ferne eine andere Gruppe von Taugenichtsen auf. »Cagone!« rief einer von ihnen dem Größeren zu, doch verstand man ihn kaum, so weit fort war er noch, »was treibt ihr denn da? Kommt lieber her, zu anständigen Leuten!«

»Was denn, was denn«, gab der Cagone fröhlich zurück, »seht ihr denn nicht, daß wir zu tun haben?«

»Geht ihr nach Rom rein?« schrie Zimmio und hatte den Schweißfuß augenblicklich vergessen.

»Wir gehen'n bißchen Kies verdienen!« rief einer der Jungen aus der Ferne.

»Machen wir mit, was, Cagò?« fragte Zimmio den Freund.

»Klar, gehn wir!« stimmte der zu.

»Hallooo, waartet!« brüllte Zimmio aus vollem Hals der Bande nach, die schon auseinanderstiebend zu den Häuserblocks hinunterlief. »Wir sind der Schrecken von Pietralata!« grölte einer von ihnen begeistert. »Hoho!« echote ein anderer, »wir sind die eisernen Kerls aus'm Wilden Westen!«

»Einen Bus her!« rief der Zimmio, der sich mit seinem ewig müden Gang hinter den anderen herschleppte. Immer eiliger humpelte er darauflos, mit Cagone hinter sich, auf die Haltestelle des 211er zu, der voll von armen Schluckern und Soldaten aus dem Fort von Montesacro kam. Jetzt liefen sie alle und pfiffen dabei wie ein Trupp Schakale.

Heiser heulten hier und dort Sirenen zur Mittagsstunde auf. Tommasino aber rannte schweißüberströmt aufs Spielfeld zurück, zwischen die Knirpse, die ihm, erhitzt und abgerissen, kaum ans Kinn reichten. Alle zusammen im Angriff, oder alle in der Verteidigung, stürzten sie sich mit heraushängender Zunge und dem seit einem Jahr nicht mehr geschnittenen Haar vor ihren Augen auf den Ball.

Tommasino ruderte über den staubverkrusteten Köpfen, er war immer am Ball, oder fast immer; aber je öfter er das Leder am Fuß spürte, desto hartnäckiger versteifte er sich darauf, dranzubleiben. Er dribbelte und trat gegen Schienbeine, packte die Rotznasen manchmal an ihren Lumpen und riß sie zurück, und die Kleinen tobten und brüllten vor Wut. Aber Tommasino achtete nicht im mindesten darauf, er spielte weiter, zeigte, was er konnte, und grinste vor Zufriedenheit über das ganze Gesicht. Seine Geschäfte am Morgen hatten sich glatt abgewickelt, und er selber war begeistert von den technischen Feinheiten, die er da jetzt mit dem Ball trieb.

»Ich bin 'ne Kanone!« schrie er, und in seinem weit aufgerissenen, wie lippenlosen Mund sah man die vier schadhaften Zähne.

Bis schließlich ein Kerlchen, so klein wie ein Hund, der noch gesäugt wird, Tommasino entgegenlief und ihn anschrie: »Du Arschgesicht!« Tommasino stockte im Lauf und ließ den Ball weiterrollen. Seine Mundwinkel zogen sich vor Ärger herunter, sein Gesicht glühte in noch dunklerem Rot, und er fuhr den Knirps an: »Was hast du gesagt?«

Der Kleine steckte in einem Paar Hosen ohne jeden Knopf, und sein Hemd war so durchsichtig wie ein Salatsieb. Er blieb stehen, wo er stand, blähte sich auf, und seine Augen wurden trübe.

»Leck mich!« krächzte er ziemlich laut, »du Arschgesicht!«

»Das machst du selber, kapiert?« sagte Tommasino drohend und trat mit gerecktem Hals auf ihn zu, daß die angespannten Sehnen hervortraten.

Und vielleicht, wenn er nur das gesagt hätte, vielleicht wäre der Knirps dann wieder hinter dem Ball hergerannt, aber Tommasino wiederholte: »Hast du kapiert, ja?«, und gab ihm einen Nasenstüber. Da platzte das Kerlchen, als hätte ihn jemand von hinten aufgepumpt, und brüllte: »Du verdammter Dieb, du kaputtes Loch! Wer hat dich gerufen, was? Hau ab, hau doch ab, verdammt nochmal!«

Wortlos und mit käseweißem Gesicht langte ihm Tommasino eine, daß ihm der Kopf zur Seite kippte.

Dann sagte er noch, ihn wie aus zwei Eulenaugen anstarrend: »Paß bloß auf, daß ich dir nicht eine klebe, daß dir der Kopf ganz wegfliegt!« Der andere wurde sich erst nachträglich darüber klar, was ihm geschehen war. Als es ihm jedoch zum Bewußtsein kam, fing er sofort an, sich die Lunge aus dem Halse zu schreien.

Er heulte mit offenem Mund vornübergebeugt drauflos, daß die Tränen rings um sein Gesicht sprühten.

Vor Wut darüber, daß der Kleine so laut flennte, biß sich Tommasino in die Faust und herrschte ihn an: »Wenn du nicht gleich aufhörst, geb ich dir den Rest!« Und da der Knirps durchaus nicht aufhörte, knallte Tommasino ihm in jäh aufwallendem Zorn noch zweimal mit der flachen Hand ins Gesicht, gab ihm überdies noch einen Stoß, der ihn umwarf, und als der kleine Körper der Länge nach im Dreck lag, die Beine in der Luft, stellte er sich neben ihn und versetzte ihm zwei, drei Fußtritte in die Rippen.

Im Schlamm hin- und herrollend, brüllte das Kerlchen jetzt, als ob man es totschlüge; dann stand es ganz plötzlich auf und raste schnurstracks, ohne sich noch einmal umzusehen, nach Hause.

»Der holt seinen Bruder, der wird's dir zeigen«, sagte ein anderer von den Knirpsen, die feige und still der Szene beigewohnt hatten. Platzend vor Wichtigkeit schlenderte Tommasino auf das Fußballtor zu. Drohende Reden vor sich hinmurmelnd, nahm er den leeren Sack auf, und indem er so tat, als hätte er es gar nicht eilig, überquerte er den Platz in Richtung Bushaltestelle.

Die Augen noch glasig von gerechtem Zorn, warf er verächtliche Blicke nach links und rechts, vor allem aber aus dem Augenwinkel, auf jene schmutzige Bude, in der das Bürschchen hauste und aus der jetzt womöglich der große Bruder mit klaren Absichten herauskommen mochte. Als er sich nicht mehr in der Gefahrenzone befand, etwa auf der Höhe von Signora Anitas Kiosk, begann er sogar, außer Atem, wie er war, im Gehen zu singen, und hin und wieder warf er noch einen schrägen Blick zurück, und seine Augen sagten: ›Komm nur und hol dir noch 'ne Tracht!‹ und ›Ich bin 'ne Kanone! Pandorfini ist ein Stümper neben mir!‹ und dabei sang der breit aufgerissene Mund mit der Reihe brauner Zähne: »*Che mele, che mele* . . . Was für Äpfel, für Äpfel.« Krächzend verklang es zwischen den Kirschbäumen in den ungepflegten Gärten zum Aniene hin.

Jenseits des Flusses, hinter den Häusern von Montesacro, waren in der Ferne Wolken aufgestiegen und hatten sich über den Himmel ausgebreitet. Das Licht, das gerade vorher den vom Regen gewaschenen Himmel erfüllt hatte, war jetzt verdeckt und spiegelte sich nur noch hier und dort auf den nassen Feldern, die von Ungeziefer wimmelten. Tommasino, der das Heulen der Sirenen kurz vorher nicht gehört hatte, dachte, es sei schon die Dämmerung.

Er begann zu laufen, daß der Dreck unter seinen schon dick verschmierten Schuhen aufspritzte, lief die kleinen, zwischen Gärten und Grabendämmen halb versunkenen Straßen hinunter, über den Aquädukt und trottete an den triefenden grünen Hügeln entlang bis nach »Klein-Schanghai«.

›Die sind bestimmt schon abgehauen, verdammt nochmal!‹ dachte er ärgerlich und stieg zwischen den Hütten und Baracken hinunter zu dem kleinen, länglichen Platz in der Mitte.

Er ging geradenwegs auf Lellos Haus zu. Niemand war da, nur der alte, asthmatische Hund, der, ausgehungert wie er war, nicht einmal mehr Kraft zum Bellen fand: Er begnügte sich damit, aufzustehen, sich umzublicken, dann legte er sich vor die weit offene Tür, die schief in den Angeln hing und deren Bretter so alt und faulig waren, daß sie stanken, streckte sich auf dem Boden aus, hinein in die aufgeweichte, mit Urin und Suppenresten getränkte Erde.

»Gottverdammich!« knurrte Tommaso düster. Er drehte sich um und stieg zu seiner eigenen Baracke hinauf, die etwas höher gelegen war.

»He, Mà«, rief er, als er eintrat und den Sack in einen Winkel warf, »gibt's was zu essen?«

Aber der Kochtopf brodelte noch über dem kleinen Herd. Die Mutter war im anderen Zimmer; es war kein anderes Zimmer im wörtlichen Sinne, denn es gab nur einen Raum, der durch ein Stück grauen, modrigen Stoffs und eine spanische Wand aus Pappe und Holzstücken in zwei Hälften zerfiel.

Tommasino bückte sich, kniete auf dem Boden nieder und wühlte in einer Kiste herum, die zusammen mit einer schon ziemlich wackeligen Kredenz, dem Herd und zwei Stühlen das Mobiliar des Zimmers ausmachte; mehr hätte ohnehin nicht hineingepaßt. Er holte ein paar zerlesene Zeitschriften hervor und beugte sich darüber.

Auch Tommasinos zwei kleinere Brüder waren zu Hause, Tito und Toto, aber bei seinem Eintritt hatten sie sich, scheu zu ihm hinblickend, in die Ecke gedrückt.

Als sie ihn in seine Lektüre vertieft sahen, kroch einer auf allen vieren auf ihn zu und sah ihn lange starr von unten bis oben an; aus der Nase im pausbäckigen Gesicht war Schleim geronnen, der eine Spur durch den Schmutz gezogen und innen wäßriggraue, außen schwarze Flecken hinterlassen hatte. Die blauen, fast weißlichen Augen wirkten wie die eines Blinden, und auch sie waren unter den Wimpern verklebt von Staub und Schleim.

Wie er da auf allen vieren hockte und emporsah, begann er ein merkwürdiges Brummen von sich zu geben, das aus dem Leib emporzusteigen und nur ganz schwach die Kehle zu durchdringen schien: er lachte. Und als er merkte, daß Tommasino ihm keine Beachtung schenkte, rückte er noch näher heran und stützte das Kinn auf den Schenkel des großen Bruders. In seiner Lektüre gestört, zuckte Tommasino mit dem Knie, der Kleine purzelte zurück gegen die Kiste und schlug mit dem Hinterkopf auf.

Schon wollte er losweinen, den Bauch in der Luft, wie er gerade lag, aber da wurde seine Aufmerksamkeit von einem Stückchen Brot angezogen, das ihm am Morgen unter die Kredenz gerollt war. Er drehte sich zur Erde um, und nach zwei, drei Versuchen gelang es ihm, den Brocken hervorzuangeln: befriedigt steckte er ihn in den Mund und lutschte daran.

Toto, der andere der beiden Kleinen, hatte unterdessen mit der Wasserschüssel gespielt, die mitten im Zimmer stand, um die Regentropfen aufzufangen, die zwischen zwei Stükken geteerter Leinwand durch das Dach drangen. Dann hatte er, wer weiß warum, begonnen, hierhin und dorthin zu hüpfen, wie Hunde es tun, wenn ihnen eine Fliege um die Nase summt.

Als die Minestra fertig war, aß Tommasino hastig ein paar Löffel, steckte seine Weißbrotscheiben mit etwas Gemüse dazwischen zu sich und verließ kauend die Baracke.

Draußen, auf einem erhöhten Randstreifen, der etwas trockener war als der Platz, spielten Zucabbo und Sergetto Messersteck.

»Sag mal, Sergè, habt ihr Lello gesehen?« fragte Tommasino so liebenswürdig wie er konnte.

»Nee«, antwortete Sergetto trocken, ohne ihn auch nur anzusehen; in diesem Augenblick hatte Zucabbos Wurf das Ziel verfehlt: das Messer lag flach am Boden, und Sergetto stürzte sich darauf.

»Ich geh zur Schule rüber!« rief Tommasino gleichgültig.

»Na, dann geh doch!« murmelte Zucabbo zwischen den Zähnen, »auf was für'n Schwanz wartest du denn noch?«

Tommasino begann aus vollem Hals zu singen. Die Hand in der Tasche fest um die zwei Hunderter geklammert, ging er die ganze Straße bis Pietralata hinunter.

Lellos Mutter war die Signora Anita, die neben der Autobus-Haltestelle Bonbons und gebrannte Mandeln verkaufte. Tommasino ging geradenwegs auf sie zu.

»Haben Sie wohl Ihren Sohn gesehen, Signò?« fragte er.

»Ist nach Rom reingefahren, um Lakritzen und Süßholz für mich zu kaufen, muß aber bald wieder dasein«, meinte sie.

Tommasino hockte sich neben dem Stand nieder, zu Signora Anitas Füßen, auf einen Rest des ehemaligen Bürgersteiges. Als würde es schon Abend, lag die Kälte in der Luft; und in dieser dunklen und herben Luft, mit Pietralata im Hintergrund, wirkte der Stand auf seinen drei Beinen und mit dem kleinen Regenschutz aus Zeltplane darüber noch winziger. Es gab da viele Schachteln aus zerfressener, muffiger Pappe, in denen Tommasino, während ihm das Wasser im Mund zusammenlief, daß er schlucken mußte, eine Handvoll Karamellen entdeckte, dort Mandeln und dort etwas zerbröckelte, staubige Lakritze. Und in einer Ecke baumelte ein Säckchen voller Zuckererbsen. Signora Anita saß auf einem Hocker und bewachte schlechtgelaunt ihre Ware; sie war so dick, daß sie die Beine nicht richtig ausstrecken konnte.

Nach einer knappen halben Stunde erschien Lello mit einem Paket voll Lollies. Er besprach noch etwas mit seiner Mutter, gab ihr das Wechselgeld und stritt ein wenig mit ihr, weil er gern einen halben Hunderter behalten wollte. Schließlich überredete er sie, und ohne Tommasino einen Blick zu gönnen, wie er ihn auch bei der Ankunft nicht angesehen hatte, machte er sich davon.

»Hallo, Lè«, sagte er. Der wandte sich halb um, drehte ihm sein dunkles Arabergesicht zu, und das amerikanische geblümte Hemd flatterte ihm um die schmalen Hüften und die zerlumpte Hose.

»Was willst du denn?« brummte er.

»Na, wir sind uns doch einig ...« sagte Tommaso zuversichtlich. Lello preßte die Finger aneinander und bewegte sie als Zeichen seiner Unentschlossenheit vor Tommasos Augen hin und her.

»Ich habe die zwei Lappen«, sagte Tommaso bedeutungsvoll.

»Ach so!« sagte Lello, der sich jetzt erinnerte, nahm die

Finger auseinander und kratzte sich nachdenklich an der Hose; er war auf der Hut.

»Da!« sagte Tommasino und streckte ihm das Geld hin.

Lello nahm es nicht sofort; er hob die Hand nur ein wenig, und dann betrachtete er bitter und verächtlich die zwei Hunderter, die Tommasino ihm anbot.

»Was? Zwei Lappen nur?« sagte er angewidert und fast ärgerlich, »was soll ich denn damit anfangen?«

»Verdammt«, sagte Tommasino, »was soll das heißen? Waren wir uns nun einig oder nicht?«

»Quatsch«, erwiderte Lello, »du kannst sagen, was du willst. Wenn du was zulegst, in Ordnung, wenn nicht, dann eben nicht.«

Er blickte Tommasino eine Sekunde lang bis auf den Grund der Augen, wobei er Daumen und Zeigefinger ausstreckte und in der Gebärde des Geldzählens aneinanderrieb, dann machte er sich wieder auf den Weg zur Schule.

»Hier, nimm noch 'nen Halben«, sagte Tommasino, »aber dann läßt du mich auch rauchen, nicht?«

Lello schwieg. Tommasos Gesicht verfinsterte sich; er holte den halben Hunderter hervor und reichte ihn Lello: »Da hast du, du Armloch!« knurrte er.

Lello packte im Nu die zweieinhalb Hunderter und ließ sie in seiner Hosentasche verschwinden, wobei er die Stirn runzelte und gelangweilt vor sich hinstarrte, um seine Genugtuung zu verbergen.

Jetzt war es beinahe Zeit, zur Schule zu gehen; die Sonne war ein klein wenig herausgekommen und ließ den Schlamm von Pietralata glänzen; da und dort standen wartend Jungen herum. Dann läutete die Glocke, alle traten, sich stoßend und streitend, ins Gebäude. Das Viertel blieb halb verödet und still in der Sonne liegen.

Noch wilder als beim Hineindrängen gebärdeten sich die Jungen dann einige Zeit später, als die Schule aus war und alle wieder herausströmten. Tommaso blieb als einziger in dem Klassenraum im Erdgeschoß zurück.

Seit es den Vorort gab, hatten sich Dutzende von Lausejungen mit ihren Namen und denen ihrer Kameraden auf den Bänken verewigt, davor stand dann jeweils ein ›es lebe‹ oder ›nieder mit‹; dies und viele andere geschriebene und gezeichnete Dummheiten bedeckten das Holz, so daß nicht ein Zoll verschont geblieben war.

Tommaso hatte sich sofort daran gemacht, die Bänke mit einem Lappen abzuwischen. Er ließ sich viel Zeit dabei, und nach fünf Minuten war er erst mit der zweiten Bank fertig, weil er mit der Hand dauernd Kreise beschrieb, linksherum und rechtsherum, und sich damit aufhielt, das schmutzige Schlachtfeld von Löchern und eingekratzten Linien Zentimeter um Zentimeter abzureiben. Dabei kam es ihm nur darauf an, den Lehrer zu beobachten: der hatte sich so viel mit Lello abgegeben, das Schwein! Er sah ihn glühend an, als wollte er ihn rösten, und doch war sein freches kleines Gesicht ganz weiß von der Kälte in diesem Klassenzimmer mit den nackten, schadhaften Wänden und den zwei kleinen Fenstern, durch die das sterbende Licht hereinsickerte. Da der Lehrer überhaupt nicht auf ihn achtgab, hörte er mit dem Staubwischen ganz auf; wenn er merkte, daß Tommaso nichts tat, mußte er ja etwas unternehmen!

Aber was half's, gebückt saß er auf dem Katheder und schrieb ins Klassenbuch. Sein Kopf glänzte von Brillantine, und ein paar Borsten standen hinten steif ab wie bei einem Igel.

Nachdem Tommasino geruhsam die ersten zwei Bänke abgeputzt hatte, setzte er sich in die dritte Bank, wedelte mit dem Staubtuch und ließ das Tintenfaß in seinem Loch klappern.

So sah sein Reinemachen aus: hingeflegelt saß er in der Bank. Der Lehrer schrieb weiter ins Klassenbuch, als ob alles seine Richtigkeit hätte. Tommasino ließ den Lappen auf den Holzsitz fallen, und ganz langsam preßte er den Rücken gegen die Lehne, bis er – die Beine weit von sich gestreckt, den Kopf zwischen den Schultern und die Hände im Schoß – eine Stellung erreicht hatte, die seine Schenkel halb aus den weiten Hosen hervorragen ließ.

In dieser halb liegenden Stellung blickte Tommasino den Lehrer starr an, wie in Erwartung, daß jetzt irgend etwas geschehen müsse. Aber der Mann rührte sich nicht. ›Verflucht!‹ dachte Tommaso mit seinem von der Kälte gespannten Gesicht, das im Zorn dunkler und röter wurde.

Den Lehrer belauernd und die Schenkel immer mehr spreizend, blieb er noch eine Weile so sitzen, ein Bein unter der Bank, das andere gegen die Rückwand der vorderen Bank gestemmt, und seine wütende Miene wechselte über in eine gelangweilte, fast vergnügte Grimasse. ›He, du Blödian‹, dachte er, fast hätte er es gesagt, ›was ist denn mit dir, pennst du?‹

Er nahm den Staublappen wieder zur Hand und schlug damit über die restlichen Bänke, die an der Fensterwand standen. Die anderen beiden Reihen erledigte er fast laufend. Dann ging er hinaus, um den Besen zu holen, und fegte mit wilden Stößen über den Boden, hierhin und dorthin.

Während er leise pfeifend und kleine Grimassen schneidend fegte, merkte er, daß der Lehrer einen Augenblick den Kopf hob und ihn ansah.

Sofort hörte er auf, ging zum Katheder, stand dort still und wartete darauf, daß der Lehrer ihm noch einen Blick gönnte. Als der die Augen hob, fragte Tommaso: »Darf ich mal austreten?« – »Geh nur«, murmelte der Lehrer zwischen den Zähnen, als dächte er bei sich: ›Was gibt's denn da zu erlauben? Mach doch, was du willst, wozu fragst du?‹ Tommaso hingegen ging durchaus nicht hinaus auf die Toilette, auch den Besen nahm er nicht wieder zur Hand – der lehnte weiter an der Wand; er kehrte zu seiner Bank zurück, rekelte sich hinein und machte sich wieder an seinen Kleidern zu schaffen.

Er trug einen schmutzigen Pullover, dessen Ärmel so zerfetzt gewesen waren, daß seine Mutter sie abgeschnitten hatte und sie nicht einmal mehr als Putzlumpen hatte verwenden können. Darunter hatte er ein Unterhemd an, dessen Ärmel noch ganz gut in Schuß waren, während alles andere, was man nicht sah, ebenfalls mehr oder minder in Fetzen hing. Tommaso spürte es jedenfalls auf der Haut. Unter dem Vorwand, diese Ansammlung von Fetzen zurechtzuzupfen, lockerte er die Schnur, die ihm als Gürtel diente, hielt mit der einen Hand Hose und Bindfaden hoch, glitt mit der anderen über seinen Bauch und zog die Lappen gerade, die sich im Schoß zusammengeballt hatten.

Der Lehrer hob den Kopf; ernst, mit düsterer Miene und so leise, daß man es beinahe nicht verstehen konnte, fragte er: »Was fehlt Lellos Mutter eigentlich?« – »Keinen Schimmer, fühlt sich eben nicht gut«, sagte Tommaso und fuhr fort, sich die Hose zurechtzurücken. Der Lehrer beendete die Unterhaltung und beugte seinen Kopf wieder über das Pult. Es war schon fast dunkel, und doch tat das bißchen Licht, das in der eisigen Luft durch die Fenster fiel, den Augen weh.

Tommaso lag noch immer still und erbost in der Bank, und

auf seinem Gesicht spiegelten sich Hinterlist und gleichzeitig eine Art Geistesabwesenheit.

›Worauf wartest du denn, du Mistvieh‹, dachte er, ›denkst du, ich bin ein Schlappschwanz? Denkst du vielleicht, ich kann's nicht so gut wie Lello? Bild dir bloß nichts ein, hier unten, da nehm ich's noch mit jedem auf! Denkst wohl, ich weiß nicht, wie man's macht, was? Dabei hab ich eher als alle anderen rausgekriegt, was du willst, du geiler Bock! Und Lello, dem hab ich's gesagt, noch eh du dich an ihn rangemacht hast. Siehst du denn nicht, daß der 'n Knallkopp ist? Ich, ich weiß Bescheid, ich weiß, wie man's richtig macht, aber der nicht!‹

Während Tommaso diese Gedanken in sich herumwälzte und dabei immer ärgerlicher wurde, drückte der Lehrer das Löschblatt auf die vollbeschriebene Seite und schloß das Klassenbuch zu. »Gehen wir«, sagte er und stand auf, »es ist Zeit.«

Nachdem er die ein wenig eingeschlafenen Glieder gestreckt hatte, nahm er seinen Staubmantel vom Kleiderhaken hinter dem Katheder und zog ihn über. Verblüfft und giftig blickte Tommaso zu ihm hin. ›Was soll denn diese Eile heute, verdammt nochmal?‹ dachte er.

Aber der Lehrer gab ihm tiefernst erneut ein Zeichen mit dem Kopf, und nachdem er das Klassenbuch in der Schublade eingeschlossen hatte, bewegte er sich auf die Tür zu.

Tommaso lief zur Toilette, um dort den Stummel von Besen und das Wischtuch zu deponieren, und dann holte er den Lehrer ein, der bereits zwischen den Gebäuden auf der erdigen, aufgerissenen, da und dort noch durch ein Stück Asphalt verzierten Straße ausschritt.

»Ciao, Puzzilli«, sagte der Lehrer leise, immer mit dem gleichen Ernst. Fest in den Mantel gehüllt, von der Last seiner Schulkinder befreit, ging er mit weiter ausgreifenden Schritten auf die Bushaltestelle zu.

»Auf Wiedersehen, Herr Lehrer!« sagte Tommasino, schon ein Stück von ihm entfernt, und zwischen den Zähnen fügte er hinzu: »Geh zum Teufel!«

Von der Straßenecke her folgte er ihm mit den Blicken, gab sich aber auch dann noch nicht zufrieden, sondern ging ihm bis zum Stand der Signora Anita nach.

›Mit mir willst du nicht, was?‹ dachte er wütend. ›Hast wohl Schiß, du Tante! Und was ist denn schon dran an Lello, dem armen, dreckigen Schlucker, der nicht mal 'n Vater hat, der Sohn von niemand. Komm doch mit mir, ich bin 'n braver Junge, nicht so 'n Lausekerl wie der.‹

Wieder kauerte er sich auf das Stück Bürgersteig neben Signora Anita und blieb dort die ganze Zeit über still sitzen, während der Lehrer auf den 211er wartete, und Tommaso sah ihn finster grübelnd starr von der Seite an, als wäre ihm gerade etwas eingefallen, über das er jetzt nachdenken müsse. Der 211er kam, und der Lehrer stellte sich in die Schlange, um einzusteigen; Tommaso sah ständig zu ihm hin. Als er oben stand und der Autobus anfuhr, sprang Tommaso mit einem Satz vom Boden auf. ›Sieh mal einer an, so machst du's also!‹ dachte er. ›So ein Tugendbold bist du! Aber dir zeig ich's, verdammt und zugenäht! Du wirst noch ganz klein, wirst du noch! Mit mir nicht, so nicht! Zehn Jahre Kittchen, das ist das wenigste, da hilft dir nicht mal der liebe Herr Jesus!‹

Ohne Lellos Mutter auch nur eines Grußes zu würdigen, rannte er auf die Via Tiburtina zu, in derselben Richtung wie der Bus.

Lello war inzwischen mit zwei anderen Bengels müßig durch die Vorstadt geschlendert. Überall waren sie herumgestrolcht, hatten Zigarettenkippen von der Straße aufgelesen und gequalmt; dann hatten sie sich auf den Kriegspfad begeben, waren auf den Monte del Pecoraro gestiegen und hatten oben, auf der halbkahlen Kuppe, ein Reisigfeuer angezündet. Schließlich veranstalteten sie ein Wettrennen hinunter, und der erste, der am Fuß des Hügels anlangte, fing sofort an, aus Leibeskräften zu brüllen: »Kommt, los, kommt schnell!« Unten gab es was zu sehen, eine Dame, die zur Kirche wollte, mit einem Auto, das so groß wie ein Haus war und ganz voll von Sachen, die an die Armen verteilt werden sollten. Die Jungen umringten den Wagen und stimmten ein Bettelkonzert an, um etwas zu ergattern: »Mir, bitte mir auch, Signora, mir!«

Der Fahrer gab ihnen ein paar Päckchen Trockenmilch. Sie rissen die Pappe auf und stäubten sich das Pulver ins Gesicht und stopften es sich in den Mund, bis sie fast erstickten. Dann liefen sie zum Brunnen, um zu trinken und das Pulver in der Kehle aufzulösen; aber im Grunde hatten sie's schon über, und darum fingen sie an, sich das weiße Pulver ins Gesicht zu blasen und in den Hemdkragen zu schütten. Weiß wie Bäckerburschen langten sie schließlich beim Kino an; vorsichtig umschlichen sie das Gebäude, um womöglich unbemerkt hineinzuschlüpfen.

So kam es, daß Lello von der Eingangstür des »Lux« aus Tommaso herbeigaloppieren sah. Der blickte niemanden an und war ganz außer Atem: die Hosen schlotterten zerfetzt um seine Beine, und seine Arme hingen ihm schlaff herab. Lello zog die Augenbrauen zusammen und ging ein paar Schritte auf die Straßenmitte zu, um Tommaso besser sehen zu können.

»Wohin will denn der Sauschwanz?« murmelte er nachdenklich.

Nach kurzer Überlegung heftete er sich ihm an die Fersen, um nur nichts zu versäumen, und lief ihm die ganze Via di Pietralata entlang nach, vom Lux-Kino bis zur Kaserne an der Via Tiburtina. Es bestand keine Gefahr, daß Tommasino sich umdrehen würde: er rannte spornstreichs weiter, geradeaus und torkelnd, als hätte er eben eine tüchtige Tracht Prügel bezogen.

Es war die Stunde, wo die Soldaten Abendausgang hatten, und an der Eckbar wimmelte es von Bersaglieri; um Tommaso nicht aus den Augen zu verlieren, mußte sich Lello in Trab setzen. Kaum sah er ihn wieder vor sich, bog der Kleine um die Ecke und rannte zum Stadtviertel Tiburtino Terzo hinunter. »Wohin will das Aas?« wiederholte Lello, immer düsterer im Gesicht, und lief auf die andere Straßenseite, die am Hang entlangführte.

Tommasino hingegen benützte den eigentlichen Gehsteig über den Monte del Pecoraro; als er den großen Platz von Tiburtino erreicht hatte, stand er einen Augenblick still, um sich umzublicken, dann bahnte er sich quer durch den Verkehr einen Weg über die Fahrbahn.

Lello drückte sich gegen die Mauer und verbarg sich zwischen den Zweigen; dann fing er wieder an zu laufen, um rechtzeitig, ehe der andere verschwand, gleichfalls am Piazzale di Tiburtino anzukommen.

Wieder versteckte er sich hinter einem alten abbröckelnden Turm, der mit seinem oberen Teil eine Elektrizitätsanlage umschloß und im unteren eine Familie beherbergte; von dort aus konnte man den ganzen Platz überblicken, wie er im Licht der schon angezündeten Laternen lag. Unmittelbar vor ihm standen ein paar Häuser, mit der »Bar Duemila«, und der andere Teil des Platzes, weiter hinten, wurde von einer Mauer eingesäumt, so daß er wie ein Hof wirkte.

Dorthin war Tommasino gegangen. Von Pinien umgeben, stand da ein Gebäude mit einer Reihe viereckiger Säulen davor: eine ehemalige Turnhalle der Faschisten, von deren Mauern der Putz abgebröckelt war und die jetzt als Kaserne diente.

Lello wurde weiß vor Wut, sein Schopf wippte ihm auf der Stirn. »Spitzel!« keuchte er und warf Tommaso einen vernichtenden Blick zu. Die Tränen standen ihm in den Augen.

Tatsächlich stieg Tommasino die zwei Stufen zur Kaserne hinauf, stellte sich unter den braunen Torbogen und präsentierte sich – ein Bündel Lumpen – dem Carabiniere, der bewaffnet neben der Eingangstür Posten stand.

NACHT ÜBER DER STADT GOTTES

»Du, hast du Lello gesehen?« fragte Tommasino einen gewissen Aldo, als er auf der Straße an ihm vorüberging.
»Wer hat wen gesehen?« antwortete der andere und spuckte aus, um seine Verachtung zu zeigen. Dann aber bedauerte
er wohl doch, zu weit gegangen zu sein, und fügte hinzu:
»wird beim Tanzen sein.« – »Kannst dir's an den Hut
stecken«, meinte Tommasino und ging die Straße hinauf:
an ihr lagen die Schule und der Saal der Kommunistischen Partei, in dem man sonntags tanzte. Tatsächlich wimmelten die beiden Bürgersteige, wenn man die Randstreifen aus Erde und Steinen überhaupt so nennen konnte, von
jungen Männern und Halbstarken in sauberen Hemden
und Soldaten aus dem Fort. Es war Winter, Dezember,
aber so warm, daß man schwitzte, und der Nebel, der Pietralata und die Felder links und rechts vom Aniene bedeckte, wirkte wie die Luft in einem Dampfbad. Tommasino ging mitten auf der Fahrbahn, die Hände in Ellbogen-
höhe in den Taschen seiner Lederjacke; er setzte einen Fuß
vor den anderen, als hätte er Blasen, und beugte sich beim
Gehen erschöpft nach vorn.
»He, hast du Lello gesehen, Cazziti?« versuchte er es noch
einmal bei einem anderen, der wie für den Hochsommer
angezogen umherstrolchte und schwatzte und dem in dieser Feuchtigkeit Tropfen von der Stirn zu den Nasenlö-

chern rannen. »Nein«, erwiderte der brüsk, aber Tommasino hörte auch gar nicht erst hin; er stellte die Frage nur so, um etwas Staub aufzuwirbeln; er wußte ganz genau, daß dieser Hurensohn von Lello beim Tanzen war.

Der Saal befand sich in einem einstöckigen, rosa gestrichenen Haus mit drei nebeneinander liegenden Fenstern und einem Tor, das zur Straßenseite auf einen Hof hinausging. Es war ein Haus wie alle dort, von denen jeweils zehn oder zwölf in einer Reihe nebeneinanderstanden, alle gleich, mit unglaublich schmutzigen Vorhöfen. Hier wohnten die Flüchtlinge. Hier und da sah man einen verkrüppelten Baum, an dem nie ein Blatt hing, und eine einfach zusammengezimmerte Latrine.

Türen und Fenster standen offen; im Hof spiegelte sich das Licht. Drinnen und draußen drängelten sich Jungen, Milchbärte, flotte Bienen und betrunkene Greise. Man kam sich vor wie auf einem Marktplatz.

»Lè, verdammtes Aas!« schrie Tommasino aus vollen Lungen und mit bösem Gesicht, als er eintrat und Lello an einer Wand lehnen sah, die löcherig wie ein Sieb war. »Verdufte!« antwortete Lello und ließ ihn sofort stehen wie einen Pfahl, denn die Kapelle, die aus drei Halbstarken und einem älteren Mann bestand, begann gerade einen Samba, und Lello stürzte durch das Gedränge und präsentierte sich als erster wortlos und ohne Verbeugung einem Mädchen in schwarzem Samtkleid. Einen Augenblick später tanzte er schon mit ihr, ließ sie unter dem gehobenen Arm herumwirbeln, zog sie an sich und stieß sie wieder von sich fort wie einen Kreisel an der Schnur. Und während sie kreiste, warf Lello, Kaugummi kauend, mit zuckenden Hinterbacken die Waden in den engen amerikanischen Hosen und die spitzen Schnallenschuhe nach hinten in die Luft.

Die Kapelle schien in Verzückung zu sein, besonders der Bursche mit der Ziehharmonika: schwarz wie ein Marokkaner, mit einer Reihe von Zähnen, die dem entblößten Gebiß einer toten Katze glichen und fröhlich schimmerten. Hinter einer kaum mehr als einen Meter hohen Scheidewand lag das »Restaurant«, bestehend aus einem großen Faß, einem Tisch und einem Schreckgespenst von Kellner, der selber bereits blau war wie ein Veilchen.

Vor dem Tisch saß Cagone mit Buddha, dem Nazarener und ein paar anderen Herumtreibern; alle waren nicht mehr vom grünsten Holz, sondern so um die Mitte zwanzig.

»Hallo!« rief Tommasino Cagone zu, »wann rührt 'n der sich endlich mal! Himmel, Arsch und Zwirn.«

Cagone antwortete nicht; er war mit seinen Gefährten in die Betrachtung von Fotografien vertieft. »He, Cagone«, fing Tommaso, fast singend, noch einmal an, »warum gehst du nicht und rufst dir den Kerl her, den dreckigen! Ist nämlich spät.«

Aber der Cagone war offensichtlich zu beschäftigt, um sich von seinem Platz zu rühren. Die Brauen hochgezogen, sah er Tommasino sanft an und warf, ausspuckend, hin: »Ist ja nicht mal vier!«

»Doch, ist bestimmt schon vier!« sagte Tommaso, »ist schon dunkel.«

»Scheißegal«, sagte Cagone leise und blickte wieder auf das Bild, das ihm einer seiner Kumpels hinhielt.

Er senkte dabei ein wenig die Lider, und dann zog er ein Gesicht, wie niemand es von ihm vermutet hätte: Die schlaffen Backen, in die sich schon Falten gruben, der Mund, der mit seinen Lippen aus hellem, fast weißem Fleisch wie eine Narbe aussah, die wässerigen, wimpernlosen Augen, der etwas unförmig geratene Schädel mit den fettigen Locken, die bis in den Nacken wuchsen – das ganze Gesicht blähte sich zu einem Gelächter auf, das ihn schüttelte und zwang, sich mit dem Kinn bis auf das Faß hinabzubeugen.

»Was denn, *du* bist der starke Mann hier, du?« brachte er mühsam heraus, denn er hatte vor Lachen fast die Maulsperre.

Der andere, den sie den Nazarener nannten, riß ihm die Fotografie aus den Händen und sah ihm fest ins Auge.

»Scheißkerl!« sagte auch er, er fand kein anderes Wort. Und dann blickte er ihn, mit seinem Hühnerkopf hin- und herpendelnd, eindringlich an, als wolte er sagen: ›Mensch, sieh doch her! Hast ja nichts kapiert.‹

Sich immer noch vor Lachen biegend, warf Cagone ihm einen sauren Blick zu: »Geh lieber ins Altersheim Santa Calla und laß dich dort einpökeln!« rief er, »los, hau ab!«

»Was denn, was denn, siehst du etwa besser aus?« mischte sich jetzt Buddha ein, der dritte im Bunde, und schon holte er seine Brieftasche hervor, blätterte mit vorsichtigem Finger darin herum und zog schließlich aus einer Falte ein Bild, auf dem man ihn selbst, ein paar Freunde und unter ihnen Cagone erkennen konnte.

Sie standen in zwei Reihen, nur mit Badehosen bekleidet, die hintere Reihe aufrecht, die vordere niedergehockt, und lächelten alle süß ins Objektiv. Sie blähten sich auf, um zu zeigen, was für einen Brustkorb sie hatten; der Nazarener schien zu bersten vor Anstrengung, er dehnte Brust und Schultern und stemmte die Hände in die Hüften. Cagone sah aus wie ein altes Weib, freilich dürr wie ein Stockfisch.

Beim Anblick des Bildes prustete der Buddha wie der Nazarener vor Lachen. Ja, es war mehr Gebrüll als Lachen, das ihnen fast die Kehle sprengte; sie mußten sich nach vorne beugen, knickten in der Taille ein und rollten beinahe unter den Tisch.

Die Brauen hochgezogen, mit trüben Augen und vorgestülpten Lippen sah Cagone sie befremdet an; und doch spürte man, daß er am liebsten mitgelacht hätte.

Auch Tommaso sah lachend und mit hochrotem Kopf zu und wartete, daß sie sich beruhigten. Als Geschrei und Gelächter abebbten, fischte er seine eigene Brieftasche aus der Lederjacke heraus.

»Achtung«, rief er gönnerhaft, »jetzt kommen erst die richtigen Prachtkerle!« und das mußte er, so gelassen es klingen sollte, schreien, denn zwei Schritt entfernt tobte ein nicht enden wollender Lärm, in dem sich die Klänge der Kapelle mit dem Scharren und Stampfen der sambatanzenden Jünglinge und Dämchen mischten.

Auf dem ersten Bild waren er selbst, Lello, Zucabbo und Carletto in Ostia zu sehen. Zucabbo und Carletto saßen mit nassen Haaren einer hinter dem anderen auf den Stufen einer Badehütte und hoben in verachtungsvoller Gebärde den Arm, Zeige- und Ringfinger der sonst geballten Faust gespreizt; er selbst hockte an der hölzernen Brüstung; und in der Mitte, für sich allein, gegen die Tür gestützt, in einem hautengen Slip, lieblich, ernst, aufrecht, schön plaziert: Lello.

Tommaso knallte den anderen das Bild unter die Nase, ohne daß sie einen richtigen Blick darauf werfen konnten. Denn gleich steckte er es zurück in seine Brieftasche und holte ein anderes hervor. Darauf waren nur er, Lello und Zucabbo zu sehen, wie sie geschniegelt und gebügelt Seite an Seite zum Ponte Garibaldi gingen; das Foto war letzten Sommer entstanden, und hinter ihnen sah man eine Gruppe von Pilgern, die sich halb umdrehten. Alle drei marschierten mit den Händen in den Taschen; es war schönes Wetter, sie trugen keine Jacken über dem Hemd, und man sah deutlich, wie jeder von ihnen den Brustkasten herausstreckte. Nicht einmal dieses Bild durften die anderen richtig betrachten, Tommaso hielt es ihnen nur eben schnell unter die Nase, um sie daran riechen zu lassen. »So, ihr Mistbolzen!« sagte er triumphierend, zog noch ein Bild hervor und blinzelte Cagone zu.

Es war ein sehr kleines Foto, noch kleiner im Format als ein Paßbild, und Tommaso hielt es zwischen den Kuppen von Daumen und Zeigefinger; indem er es hochhielt, drehte er es dem Buddha und dem Nazarener zu. Es war eine Aufnahme von Mussolini: ein finsteres Gesicht unter der Mütze mit dem Adler.

Buddha und der Nazarener sahen Tommaso nicht an – diese Befriedigung gönnten sie ihm nicht –, sondern warfen nur einen flüchtigen Seitenblick auf das Bild, gerade genug, um sich ein wenig zu verwundern, als sie erkannten, wen es darstellte.

»Mensch, leck mich doch … Hau bloß ab damit!« knurrte der Buddha, »was soll das, was willst du mit dem Arschknochen hier, Spitzel!« Spitzel, das war nach Schweißfuß ihr neuer Spitzname für Tommaso. Buddha gähnte, streckte sich und hatte offenbar schon anderes im Sinn und hörte nicht einmal mehr zu, als Tommaso, auf Mussolini deutend, erklärte: »Der da, das war noch 'n Mann!« Und er starrte das Bild lange und verzückt an.

Plötzlich wütend geworden, als fiele ihm eben etwas ein, rief Cagone: »Aber wo bleibt er denn, dieser Mistkerl von Lello?«

»Hast endlich kapiert, was?« sagte Tommasino träge und bitter, während er die Fotografie sorgfältig in seiner Brieftasche verstaute. Der Samba war zu Ende, aber da die Kapelle immer drei Stücke hintereinander spielte, blieben die Paare stehen, während diejenigen, die keine Tänzerin gefunden hatten, an den Wänden entlangstrichen und den Mädchen, die tanzten, Augen zuwarfen, um sich die nächste Runde zu reservieren.

Mitten im Saal fing Cagone an zu schreien, und der Speichel sprühte ihm von den Lippen: »He, Lello, verdammt nochmal!«

Doch Lello stak im Gedränge der Paare, er hörte ihn nicht, und wenn er ihn hörte, stellte er sich taub. Mit Tommasino im Schlepptau, machte Cagone sich auf die Suche nach ihm, wobei er sich ebenfalls an den Wänden entlangschob, von denen der Mörtel abbröckelte. In diesem Augenblick setzte die Kapelle mit voller Wucht wieder ein und spielte einen Charleston. Als hätte ihnen jemand einen Finger in den Hintern gesteckt, zuckten die Tänzer zusammen: Sie gingen in die Knie, hockten sich auf die Zehenspitzen und fingen an, wie irrsinnig die Schenkel hin- und herzuwerfen.

Da entdeckten Cagone und Tommaso ihren Freund sofort, denn Lello legte die beste Sohle von Pietralata hin und wartete nur darauf, es beim Charleston zu beweisen. Sein Mädchen konnte es fast noch besser und wilder als er, wenn sie auch nie den ernsten, gelangweilten Ausdruck verlor, und während sie mit einer Hand den Rock gegen die Schenkel drückte, tanzte sie wie rasend. »Mensch, Hundekerl!« rief Cagone Lello zu, als dieser an ihnen vorbeizuckte. Lello gab keine Antwort. Und die zwei Gefährten mußten warten, bis es Lello belieben würde, aufzuhören und sich zu ihnen zu gesellen.

Draußen brütete eine Hitze zum Ersticken, obwohl die Sonne gesunken war und in dem Nebel, der Pietralata und die Landschaft ringsum einhüllte, nur noch ein schwacher Rest von Tageslicht glomm.

Sie gingen die Straße hinunter, die sich jetzt, da es Abend wurde, immer stärker mit rufenden und singenden Halbstarken und lärmenden Hemdenmätzen füllte.

Die drei Gefährten kamen an Signora Anita vorüber, die, von einer Barrikade aus Kindern umgeben, immer noch an ihrem Stand saß, und gelangten zur Bushaltestelle.

Lello sah an seiner Mutter vorbei, und als sie an den Stangen der Haltestelle lehnten, murmelte er, seinen Kaugummi im Mund hin- und herschiebend: »Mensch, ich könnt pennen!« und riß den Mund zu einem Gähnen auf, das kein Ende nehmen wollte.

Der Bus ließ auf sich warten. Tommaso ließ seine lebhaften Augen im Kreis herumgehen. Er war zufrieden, er freute sich auf das schöne Abenteuer, das ihn erwartete.

Neben Lello wirkte Cagone wie ein Lumpensack, mit seinem hochgeklappten Kragen und seinen schmutzigen, vom Nebel feuchten Locken. Der glatte, zerrissene und fadenscheinige Mantel, der ihm bis auf die Knöchel herabhing, gab ihm auch eine gewisse Ähnlichkeit mit einem Priester, was er ausnutzte, um sich als besonders verrückt aufzuspielen.

Er war das Kind einer Nutte und eines schweren Jungen und hatte noch ein paar Geschwister, die verstreut irgendwo in Rom lebten. Sein Vater verbrachte gewöhnlich zwei Jahre im Kittchen und einen Monat draußen; man durfte ruhig sagen, daß Cagone ihn überhaupt nie zu Gesicht bekam. Seine Mutter hatte sich selbst um ihren Lebensunterhalt gekümmert, als er noch in den Windeln lag. Am Ponte Garibaldi, wo sie auf den Strich ging, weil ihr Lude am Campo Buozzi wohnte, nannte man sie wegen ihrer schlohweißen Haare *la Vecchiona*, die Alte.

Als Cagone etwa dreizehn oder vierzehn Jahre zählte, erfuhr
er, daß seine Mutter als Straßenmädchen arbeitete; er wartete, bis er noch etwas größer und kräftiger geworden war, und
dann, nach zwei bis drei weiteren Jahren, stellte er sich vor
sie hin, packte sie an der Kehle und sagte: »Von jetzt an
gibst du mir fünf Hunderter am Tag, sonst bring ich dich
um!« Erschreckt versprach sie ihm, zu tun, was er wollte,
denn Cagone scherzte nie; so kam es, daß sie dem Jungen
heimlich, immer in Angst vor ihrem Zuhälter, jeden Monat
fünfzehntausend Lire zusteckte. Von dieser Seite her also
war für ihn gesorgt. Was er sonst trieb, um zu Geld zu
kommen, tat er nicht aus Sorge ums tägliche Brot, sondern
um seinen Vergnügungen nachgehen zu können.

Rom triefte vor Nässe. Vor allem um den Tiber herum, an
der Lungaretta, von Testaccio bis zur Porta Portese. Der
Regen fiel so dicht und gleichzeitig so dünn, daß er verdun-
stete, ehe er das Pflaster erreichte. Straßen und Gassen waren
voll von diesem warmen Nebel, in dem auf der einen Seite
der Aventin, auf der anderen Monteverde schwammen.
Es war sechs oder sieben Uhr abends, und deshalb sah man
kaum Leute auf der Straße, als Lello, Tommaso und Cagone
bei den Anlagen vor dem Ponte Quattro Capi aus dem
Dreizehner stiegen; nur die ersten Straßenmädchen machten
sich auf den Weg, und Motorroller ratterten vom Ponte
Garibaldi zu den Caracallathermen. Kaum aber hatten sie
die Brücke hinter sich und betraten die Lungaretta, da wimmelte es auch schon von Menschen um sie herum, die den
Sonntagabend genießen wollten. Die Halbstarken zogen
in Gruppen vorüber, aus den größeren Kinos kommend,
aus dem »Reale«, »Esperia«, oder dem »Fontana«, oder aus

irgendeiner Flohkiste, die den Priestern unterstand, um vor dem Abendessen etwas frische Luft zu schnappen.

Mäntel und Schals trug man nur, um gute Figur zu machen; Lello war klug gewesen, ohne Mantel oder sonst einen Überwurf auszugehen, abgesehen von der Tatsache, daß er so etwas gar nicht besaß. Er machte trotzdem eine flotte Figur in seinem rot und blau gestreiften Sweater und dem grauen Seidentuch, das er sich eng um den Hals geschlungen hatte.

Der Sitz der neofaschistischen Partei MIS befand sich im Vicolo della Luce. Aber Tommaso und die zwei anderen brauchten nicht bis dorthin zu gehen, sie trafen Ugo am Eingang der Gasse.

Er war dort stehengeblieben, um sich einen Glimmstengel anzustecken, und jetzt schnitt er eine Grimasse, die sein ganzes Gesicht unter den Locken und Löckchen durcheinanderbrachte.

»Na?« redete Tommaso ihn an und hob etwas unsicher die Hand. Der andere warf das Wachsstreichholz zu Boden und nahm einen tiefen Zug.

Dann blies er, die Zunge zwischen den Lippen, ein paar Tabakkrümel weg, die sich nicht von seinem feuchten Mund lösen wollten und ihn störten.

»*Salute*, Jungs«, sagte er darauf und gab jedem der drei die Hand. Tommaso packte den Stier gleich bei den Hörnern; seine gekrauste Nase schien zu riechen, daß etwas nicht stimmte. »Wieso bist du hier?« fragte er und machte Anstalten, sich dem Haus der Faschisten zu nähern.

»Ist keiner mehr drin, dahinten«, erklärte Ugo.

»Was?« rief Tommasino, und auch die beiden anderen sahen Ugo verblüfft an.

»Coletta hat gesagt, wir sollen uns hier an der Piazza dei

Ponziani versammeln«, fügte Ugo hinzu und ging, ohne ein weiteres Wort abzuwarten, die Lungaretta hinunter.

»Warum?« Tommaso trottete unzufrieden neben ihm her. Ugo zeigte sich abweisend; er legte die Hände zusammen, als wollte er das Vaterunser beten. Dann drehte er sie, immer noch mit gefalteten Fingern, heftig um, so daß die Spitzen gegen seine Brust stießen, schüttelte sie vor der Brust und unter dem Kinn fünf- oder sechsmal hin und her und stieß hervor: »Was geht 'n dich das an!«

Er spuckte aus und ging entschlossen die vom warmen Regen leuchtende Lungaretta weiter hinunter.

Auf der Piazza dei Ponziani warteten Enrico, der Verrückte und Salvatore. Da der kleine Platz etwas abseits lag, war er halb leer, und so sahen die Jungen von Pietralata sie gleich an der Ecke zur Via dei Vascellari unter dem Schild der Bar stehen.

Sie gingen auf die drei zu und gaben ihnen die Hand. Die Wartenden rührten sich nicht; sie lehnten mit dem Rücken an der Mauer, ein Bein vorgestreckt, das andere darübergeschlagen oder angewinkelt mit dem Fuß an die Wand gestützt. Sie gähnten gelangweilt, warteten hier, am verabredeten Treffpunkt, und hoben nur schlaff die rechte Hand, ohne den selig dösenden Ausdruck in ihren Visagen zu verändern. Vielleicht um sich die Zeit zu vertreiben, beobachteten sie träge den Olivenverkäufer auf der anderen Straßenseite, dessen voller Holzkübel vor ihm auf dem Pflaster stand. »Coletta?« fragte Ugo, nur um etwas zu sagen. »Kommt gleich«, meinte einer von den dreien, dessen Augen wie eine Leuchtreklame glühten.

»Was, nur wir alleine?« Tommasino war enttäuscht.

»Na und, sind wir etwa ein Dreck?« gab der andere zurück.

Mit finsterem Gesicht blickte Tommasino sich um. Er hatte nur ein bitteres Lächeln für diese Antwort.

Unterdessen schlenderte der mit den Neonaugen, der Verrückte, unter den Blicken seiner Kumpane lässig, aber entschlossen auf den Olivenverkäufer zu.

»Geben Sie mir mal für fünfzig Lire Oliven, Meister!« sagte er.

Der ›Meister‹, ein Schäfer, der aus irgendeinem Abruzzendorf herabgestiegen war, sah auf die Hand des Verrückten, die ihm den Kies hinhielt, und streckte die seine aus, um das Geld an sich zu nehmen. Schon wühlte er mit dem Holzlöffel im Eimer, da entdeckte er, daß die Münzen, die er gerade in die Tasche schieben wollte, wertlos waren: sie erwiesen sich bei näherem Zusehen als fünfzig alte Centesimi, von früher. Er lächelte schief. »Die sind nichts wert«, sagte er, und es glomm in seinen Augen auf.

Der Verrückte verzog keine Miene. »Nichts wert?« meinte er ernst und gekränkt. »Nein, nein, du irrst dich, Junge«, setzte er dann konziliant hinzu, als wollte er seinen Irrtum verschleiern. Dem Alten wich jedoch das schiefe Lächeln nicht aus dem Gesicht; er blickte schräg nach links und rechts. Auch die anderen Burschen waren hinzugetreten.

»Also, was ist nun? Gibst du sie mir oder nicht, die Oliven?« Der Verrückte verlor allmählich die Geduld.

»Dann gib mir anständiges Geld«, versetzte der Alte, der nichts im Sinn hatte als seine Münzen.

Der Verrückte senkte den Kopf. Von unten nach oben blickend, schnalzte er ein wenig mit der Zunge, als fühlte er einen bitteren Geschmack, und fing mit ruhiger, leiser Stimme an: »So, nicht gut sind sie? Nicht gut?« Und plötzlich brach er los: »Wie kannst du dir erlauben, was, auf die Piepen da zu spucken, du Bettler? Weißt du, daß die historisch sind, aus der Geschichte sind sie! Los, steck sie ein! Und 'n andermal paß auf, sag ich dir, daß du die richtigen Sorten kapierst. Sonst hau ich dir schlicht zweimal in die Fresse.« Der Olivenverkäufer grinste noch immer vor Verlegenheit.

»Das ist das einzige echte Geld, das es in Italien jemals gegeben hat«, rief Salvatore aus einiger Entfernung dazwischen. »Ist viel zu wenig von da. Und gib genau den Rest raus, los, mach schon!«

In diesem Augenblick tauchten Coletta und ein halb Dutzend anderer junger Burschen aus dem Hintergrund der Via dei Vascellari auf. Coletta war dunkel, mager und hoch gewachsen, trug einen Tituskopf mit viel zuviel Haar, das hinten steil abstand, und in seinem grünlichen Gesicht klaffte ein verzerrter Mund.

Seine Augen waren tiefernst, wie die eines kleinen, beleidigten Jungen, und er blickte immer starr geradeaus, als nährte er Schmerz und Wut in seinem Innern.

Die anderen hingegen waren fast alles Muttersöhnchen; dieser trug einen Dufflecoat, jener eine Brille, die Gesichter glühten pausbäckig und bläulich, bis zum Hals sah man den schlechtrasierten Bartflaum, und unter den Augen hingen Säcke. Unter ihnen befand sich auch Tommasos Freund, ein gewisser Alberto Proietti, der bereits Buchhalter war und in einem kleinen Haus an der Tiburtina lebte, über dessen Eingangspforte sich dünner Wein rankte und dessen Flur mit Teppichen belegt war. Tommaso plusterte sich vor Stolz auf, als er ihn sah, und ging auf ihn zu, um ihm feierlich die Hand zu reichen.

Cagone hatte es sich inzwischen ebenfalls in den Kopf gesetzt, Oliven zu essen. Rasch wandte er sich dem Verkäufer zu: »Gib mir 'ne Tüte für hundert«, sagte er und steckte eine Hand in die Manteltasche. Der Bauer ließ sich auf keine Unterredung mehr ein. »'ne Tüte für hundert, sag ich!«

»Erst das Geld«, erklärte der Händler tapfer.

Cagone warf ihm noch einen geduldigen Blick zu. »Schau«, meinte er geradezu freundlich, »gib mir für hundert Lire Oliven!« – »Erst die Moneten«, erklärte der arme Kerl hartnäckig; man hatte ihn schon wer weiß wie oft hineingelegt.

Den Cagone durchzuckte es. Er hob einen Fuß, knirschte mit den Zähnen und machte eine Bewegung, als wollte er dem Holzeimer einen Tritt versetzen: »Ich leer dir deinen verdammten Eimer mitten auf den Platz, dann kannst du ihn dir in den Arsch stecken!« schrie er. »Los, her mit den Oliven!« Zu allem entschlossen, selbst wenn man ihn hängen würde, gab der Bauer nicht nach: »Nein, nein, erst das Geld auf die Hand.«

Cagone schwieg und sah ihn an. Ganz langsam schwoll sein Gesicht, der Mund spannte sich, hob sich bis fast zu den Nasenwurzeln, die Augen traten ihm aus den Höhlen. Alle Muskeln seines Gesichts zitterten, man hätte meinen können, daß er seine Haut wechsele. Es war nicht klar, ob er gleich in blinde Wut fallen und dem Mann ins runde, bäurische Gesicht springen oder einfach in Lachen ausbrechen würde.

»Was denn, was denn«, sagte er schließlich mit gefährlich leiser Stimme, »hast du mir ins Gesicht gesehen? Ich steck sie dir noch in deine dreckige Schnauze, die hundert Lire!«

Gesagt, getan. Zuckend holte er zwei, drei Hunderter aus der Tasche, packte einen davon, tauchte ihn plötzlich in den Oliveneimer und klebte ihn dem Händler mit einem Schlag, den man in sämtlichen Gassen ringsum hören konnte, ins Gesicht. Dann ging er, ohne ihn eines Blickes zu würdigen, aber immer noch bebend, zu den Gefährten hinüber, die grinsend im Kreis herumstanden und das Schauspiel genossen. Coletta schlug ihm auf die Schulter, dann wandte er sich an alle und sagte: »Gehn wir!« An der Spitze der Kompanie marschierte er in Richtung Ponte Rotto los, und sein Mantel wehte wie eine Standarte.

Beschwingt machten sich auch alle anderen auf den Weg, bald hierhin und bald dorthin taumelnd.

Coletta hielt die Hände in den Taschen; weiß wie ein Spargel, den Blick unter zusammengezogenen Brauen fest geradeaus gerichtet, schritt er voran.

Da die ganze Verantwortung und Würde offenbar auf ihm lag, wußten die anderen nichts Besseres zu tun, als ihm wie Papageien nachzuflattern. Ugo, dem die Partisanen Vater und Bruder erschossen hatten und der jetzt nur mit seiner Mutter lebte, spielte sich mächtig auf, ging mit Salvatore und Enrico zusammen und quatschte alle Schlampen an, die ihnen entgegenkamen.

Die anderen, Studenten und andere junge Leute aus gutem Hause, kamen im Gänsemarsch hinterher, immer zu zweien, und Tommaso hielt sich neben ihnen. Er ging neben seinem Freund Alberto Proietti, voller Stolz auf diese Tuchfühlung, denn das waren alles keine Hungerleider wie seine Kumpels aus der Vorstadt. ›Mit denen bin ich dicke, das bringt mir was ein‹, dachte Tommaso, aufgebläht wie ein Pfau. ›Da steh ich ganz anders da, da bin ich wer! Soll ich vielleicht mit den armen Schluckern an der Bar einen Kaffee trinken oder ins Kino gehen? Von wegen! Die hier, da liegt noch der Ärmste faul mit dem Bauch in der Sonne, und sein Vater ist Doktor, Anwalt, Ingenieur oder was ähnliches: alles Leute, die sich wohlfühlen in ihrer Haut!‹

Schritt für Schritt legten sie die Strecke vom Ponte Rotto bis zum Largo Argentina zurück. Hier trafen sie auf andere Gruppen, die mit ebenso gleichgültiger Miene wie sie aus den umliegenden Vierteln anmarschierten, aus Borgo Pio, oder Ponte, oder Panigo; auch von weiter weg, aus Monteverde oder Alberone, denn es fuhren mehrere Busse hierher. Untereinander machten sie ganz auf amerikanisch, das heißt, sie taten, als wären sie für einander Luft; jeder schien seinen eigenen Weg zu gehen. Nur Coletta sagte: »Wartet!« und schritt zu einem Blumenstand unter dem kleinen Turm, wo gerade die Gruppe aus Monteverde unter der Führung eines untersetzten, schielenden Subjekts eintraf, das wie blödsinnig lachte. Mit ihm ging Coletta zu einer halbleeren Milchwirtschaft in einer Seitengasse. Kurz darauf erschien er wieder, ein Paket in der Hand.

Die anderen lehnten unterdessen an der Mauer des Platzes, unter dem Turm, und beobachteten die Straßenmädchen. Als Coletta zurückkam, beugte Ugo sich gerade zu einer herab, die in einem roten Pullover vorüberging, und flüsterte ihrer Kehrseite ekstatisch zu: »Na, pinkeln gehen, Süße?« Doch Coletta, sein Paket unterm Arm, schnitt ihm rasch das Wort ab und sagte, während er sich schon in Marsch setzte: »Los, los, gehn wir!«

Immer noch mit der Miene gelangweilter Spaziergänger machten sie sich wieder auf den Weg. Es war ja Sonntag, und so wirkten sie tatsächlich wie ein Haufen junger Leute, die in irgendein Kino oder zum Tanzen wollen, und sie lachten und summten hin und wieder Schlagerfetzen vor sich hin. Sie kamen über die Piazza della Minerva, und dort, in einem Gäßchen, von dem aus man die Rotonda sehen konnte, blieben sie wieder stehen.

Coletta rief Lello herbei und gab ihm das Paket in Verwah-

rung, dann ging er allein wieder davon, an den Reihen der
Taxi und Kutschen vorbei, zur Piazza della Rotonda;
währenddem langten immer neue Trupps an. Als er nach
weiteren zehn Minuten erneut auftauchte, war sein Gesicht
völlig verändert: Er sah aus wie ein Auferstandener, die
Augen leuchteten über den glatten weißen Backenknochen.
Der Augenblick war da.

Ugo, Salvatore, der Verrückte und die anderen standen
herum und spuckten auf die Katzen, die sich auf den großen
Steinfliesen neben dem Pantheon räkelten. Schon war aus den
verschiedenen Gruppen eine kompakte Masse geworden.
Man grüßte einander, fing an sich zu necken, sich zusam-
menzurotten, einander anzurufen. Mit Cargone an der Seite
schritt Coletta zu dem kleinen Platz vor dem Pantheon.
Zwischen den Reihen der Autos und Kutschen, vor den
Bars, die ihre Läden herabzulassen begannen, hatten sich allmählich an die hundert Burschen eingefunden: Faschisten.
Auf den Bürgersteigen, an den Straßenecken, auf den Stufen
des Brunnens, überall fingen sie an zu pfeifen, ihr Konzert
zu organisieren. Immer neue Mannschaften trafen ein, der
kleine Platz war schon fast überfüllt, stärker und durch-
dringender erscholl das Pfeifen. Die Taxichauffeure und
Kutscher hatten sich neben den Zeitungskiosk zurückge-
zogen und stießen, weiß im Gesicht und schwach in den
Knien, leise Verwünschungen aus; sie blickten alle nach
einer Seite des Platzes, dorthin, wo die Via del Seminario
begann. Da stand ein nicht sehr großes Hotel, das *Albergo
del Sole*. Die Kellner waren bereits, nachdem sie in aller
Hast die Fenster verriegelt hatten, verschwunden, nur die
Tür stand noch halb offen, der Besitzer lugte von Zeit zu
Zeit ängstlich geduckt hervor. »Tschechen raus!« schrien
die »Missini«, und immer lauter gellten die Pfiffe. »Ab-

hauen!« brüllten sie. »Geht hin, wo ihr hergekommen seid!« – »Hat man euch angeschleppt, oder seid ihr von alleine gekommen?« – »Geht nach Hause zu Muttern! Aber nach Hause!« Einer schrie, und fünf, sechs andere fielen in den Chor ein: »Tschechen! Tschechen!« – »Seid doch friedlich!« flehte der Wirt. »Was kann ich dafür, wenn man mir Tschechen geschickt hat?«

Inzwischen hörte man einen Sprechchor, der sich von Reihe zu Reihe fortpflanzte: »Anscheißen! Anscheißen!« Und da näherte sich auch schon ein halbes Dutzend Burschen, die sich für diese Arbeit besonders eigneten. Still, gebückt, grinsend, leise lachend, flüsternd quollen sie aus den Gassen und rückten in kurzem Marschtritt gegen das Albergo an, Kübel, Eimer, Schüsseln in der Hand. Alle Gefäße waren voll von einer braungelben, breiigen, stinkenden Flüssigkeit. Die Burschen machten sich daran, diese Sauce gegen die Tür und die Mauern des Wirtshauses zu schütten, wozu es einer besonderen Technik bedurfte, um zu verhindern, daß der Kot den Werfer selbst und die Umstehenden bespritzte. Geschickt packten sie die Eimer am Henkel und am Boden und entluden sie mit kurzen Stößen, einen hier und einen dort. Ein atemberaubender Gestank breitete sich aus, und alle wieherten, brüllten, krümmten sich vor Lachen.

Sowie sie ihren Zweck erfüllt hatten, verschwanden Eimer und Kübel wieder. Ein Dutzendmal schon hatte es gegen die Hauswand geklatscht, und die Brühe rann zähflüssig von der Mauer herab. Alle standen bewundernd davor, als plötzlich etwas Neues geschah, von gellenden Pfiffen angekündigt: Mit weißem Gesicht und wehendem Haar erschien Coletta, sein Paket in der Hand und ein paar Kameraden hinter sich.

Coletta stellte sich vor der Hoteltür auf, ehe der Besitzer sie schließen konnte: Er versuchte es zwar, aber die anderen waren stärker. Mit einem Zigarettenstummel brannte Coletta die Zündschnur an, lief noch ein paar Schritte und warf das Paket in den verkommenen Korridor. Man hörte einen Knall und sah eine Flamme emporschlagen. Im selben Augenblick heulte auch schon die Polizeisirene. »Die Bullen, die Bullen!« schrien diejenigen, die am weitesten entfernt standen. Ein hastiges Rennen setzte ein; manche pfiffen und schimpften weiter, andere bahnten sich stoßend und schlagend einen Fluchtweg. Die Stadtpolizisten kamen von beiden Seiten, von der Via del Seminario und von der Piazza della Minerva; also versuchten die in der Mitte eingekeilten »Missini«, sich durch die übrigen Gäßchen zu retten. Einige wurden gefaßt, ein Dutzend etwa, bei anderen gab es eine Schramme oder ein Loch im Kopf, aber die meisten entwichen, machten sich dünn und verliefen sich eilig in dem unübersichtlichen Viertel.

Tommaso, Cagone, Lello, immer mit Coletta, Salvatore, Alberto, Ugo und dem Verrückten gemeinsam, keuchten die Via dei Crescenzi hinauf. Ihre Knochengestelle strampelten sich ab, aber die Gesichter obendrauf lachten, als wäre alles ein Spaziergang. »Los, Lello!« brüllte Tommaso strahlend, »sonst machen sie noch gehackten Molli aus uns, die Polypen!«

Zwischen der Via Oberdan und der Via del Teatro Valle gelangten sie an eine Wegkreuzung: Sie schlugen auf gut Glück eine Richtung ein, und schon gabelte sich die Straße von neuem. »Hier lang!« – »Nein, lieber hier.« – »Nein, doch hier!« So blieben sie stehen, schwitzend, daß es von ihnen herabtröpfelte wie von einem schadhaften Wasserhahn. »Mensch, ich bin völlig ausgepumpt!« stöhnte Ugo wild. Er war mit seiner Flanellhose, der Sportjacke in Pfeffer und Salz mit Gürtelzug hinten fein herausgeputzt, dazu trug er eine Goldkette, Ring und Armbanduhr. »Einen Kohldampf habe ich«, stieß er hervor, »daß ich mir die Gedärme rausscheißen könnte.« – »Ich auch«, erklärte Tommaso, »hab seit gestern abend nichts mehr zwischen die Zähne gekriegt.« – »Mensch«, rief Ugo, er regte sich schon wieder auf, »hier gibt's nix zu fressen, und wenn du platzt.« – »Gehn wir doch 'ne Pizza bei Fileni essen«, schlug Salvatore vor. »Gut«, rief Ugo, »worauf warten wir noch?« Sie gingen nach Trastevere zurück, aber nicht wie sie gekommen waren, sondern auf Umwegen, und nahmen die Ringbahn beim Ponte Vittorio; den ganzen Weg dahin, die Via del Governo Vecchio hinunter, mußten sie allerdings zu Fuß gehen. Am Ponte Garibaldi stiegen sie aus und schritten den Viale del Re entlang, wo gleich hinter dem Esperia-Kino die Pizzeria lag, von der sie gesprochen hatten.

Sie war voll, und nur durch Zufall entdeckten sie noch ein freies Tischchen, ganz dicht beim Herd. Sie drängelten sich durch, stießen sich an und lärmten zwischen all den anderen Leuten herum, die an den Tischen saßen und ihre Pizza verzehrten. »Na geh schon! Hau ab! Los!« schrien sie, als wären sie auf freier Wildbahn. Sobald sie sich, wie verrückt lachend, auf die Stühle geworfen hatten, riefen sie auch schon nach dem Kellner. »Sechs Pizza!« hieß es, »und zwei Liter Süßwein!« – »Mir mit Pilzen!« bestellte Ugo. »Uns auch, uns allen mit Pilzen!« riefen die anderen, »wieso nicht, sind wir etwa Pilger in der Fastenzeit?«

Am Nebentisch saß eine andere Gruppe Jungen aus Trastevere, die allerdings größer und kräftiger wirkten. Sie kannten sich und grüßten einander, indem sie die Finger ein wenig in die Luft hoben und damit wedelten. »Ciao, Paciocco!« begrüßte Ugo einen breitschultrigen jungen Mann, der blond und blühend aussah wie frischer Salat. Der andere blinzelte ihm zu, hob dann langsam das Glas und sah Ugo lächelnd und doch aus starrer Pupille an. Nachdem er einen Schluck genommen hatte, stellte er den Becher ab und sagte, immer noch Ugo anblickend: »Sieh doch einer an, was für eine herrliche Zukunft uns bevorsteht! Und mit solchen nassen Lappen wollt ihr Staat machen?«

Ugo verzog das Gesicht, und da in der Pizzeria unter dem Neonlicht und im Qualm des Herdes alle brüllten, schrie auch er, als er ungerührt erwiderte: »Wir sind immer noch am Ball, wir können's uns leisten.«

»Schon, schon«, sagte der andere gutmütig, die Schultern hebend und wieder senkend, »aber für euch ist jetzt Sense von wegen Macht und Tyrannei!«

Trocken und triumphierend gab Ugo zurück: »Wir haben sie wenigstens gehabt, ihr noch nie!«

»Weil wir nicht solche Henkersknechte sind wie ihr!« entgegnete der Kommunist. Ugo blickte ihn an, scheinbar ruhig, aber im Grunde nahe am Platzen; auch seine Gefährten begannen sich aufzuregen, vor allem Tommaso, der die Burschen am Nebentisch mit einer Wut in den Augen ansah, als wollte er sie mit Haut und Haaren verschlingen.

Ugos Stimme und sein Gesichtsausdruck veränderten sich; es war, als spräche er eher ziellos in die Luft als zu dem großen Blondkopf: »So, Henkersknechte sind wir. Henker sind deine Genossen gewesen, die von deiner Richtung, die meinen Vater und meinen Bruder umgebracht haben!« Der andere wartete kurze Zeit mit seiner Antwort. Er lächelte unbestimmt, auch er in die Luft, nahm das Glas wieder in die Hand, schwenkte es ein wenig und erklärte: »Lassen wir's für heute! Trinkt noch ein Viertel, ich trinke meins, und Schluß mit dem Gerede.«

Der Kellner kam mit den Pizzen und zwei Literkaraffen Wein. Außer Atem stellte er alles auf den Tisch, während man aus einer anderen Ecke schon wieder nach ihm rief. »Das Herz krampft sich mir zusammen, wenn ich dran denke«, murmelte düster Salvatore, der den Genossen den Rücken kehrte. »Und ich freß denen das Herz aus 'm Leib«, sagte Tommaso ganz leise; sein Gesicht war gelb vor Haß. »Wenn ich freie Hand hätte, ich stellte sie alle an die Wand!« Cagone hatte sich schon über seine Pizza hergemacht, sie in vier Teile geteilt, einen davon mit den Händen gepackt und zusammengedrückt, und jetzt stopfte er ihn wie ein Milchbrötchen bröckchenweise in den Mund. Die anderen machten es ihm nach, lachend und schwatzend nahmen sie sich gegenseitig auf die Schippe und stahlen einander den Wein. Nach einiger Zeit, als sich die Wogen beruhigt hatten, fing der Blondkopf noch einmal an: »He«, rief er mit schneidender Stimme Ugo zu, »ich spendier dir 'nen halben Liter, wenn du zu uns kommst.«

Ugo sah ihn giftig an, und als er sprach, sprühte ihm der Speichel aus den Mundwinkeln. »Was, du? Willst mich zu einem miesen Subjekt machen? Bildest dir wohl ein, du bist mehr als ich, was? Von Politik verstehst du 'nen Scheißdreck. Hörst du, ich hab zu dem Mann Vertrauen gehabt, ihm geglaubt, denk darüber, wie du willst, aber der hat alles nur für uns getan, damit es uns besser geht! Vorher gab's nichts als Krawall, und den macht ihr noch heute. Sieh dir doch das Foro Mussolini an, und alles, was gebaut wurde, und was auch heute noch steht, dagegen gibt's gar nichts. Ihr habt ihn ja verraten. Wenn's nach mir ging, ich tät ihn wieder zum Leben erwecken...Bloß, damit er euch ins Gesicht spuckt.«

Ein Kamerad des Blonden stieß diesem einen Ellbogen in die Rippen, aber der hielt sich schon von allein zurück; er lächelte sogar schwach, obwohl man deutlich Tommasos Stimme hören konnte, der mit haßtriefenden Augen zischte: »Verdammt solln sie sein, diese Mörder!«

Zwei Liter, das ist nicht wenig, aber sie brauchten nur kurze Zeit, um damit fertig zu werden. Der Verrückte bestellte einen dritten. Auch den kippten sie hinunter. Nach und nach wurden sie alle recht munter, und es zuckte ihnen in den Gliedern, daß sie nicht stillsitzen konnten. Einer sang vor sich hin, ein anderer legte die Beine auf den Tisch. Cagone öffnete den Mund und sagte verklärt: »Ach, heute abend bin ich ganz groß. Ich könnte das Ding des Jahrhunderts drehen!«

Sie lachten geringschätzig, spitzten aber doch die Ohren, denn Cagone pflegte selten zu scherzen.

»Na und«, meinte der Verrückte, »wenn du so in Form bist, dann laß uns eins drehen.«

»Los, gehn wir, los, gehn wir!« rief Lello, »mich kotzt es hier schon lange an.«

Sie waren wie im siebten Himmel. In den braunen Gesichtern leuchteten die Augen wie glühende Scheite. »Ach!« rief Salvatore begeistert, »wolln wir zum Backofen von Alduccio, uns die zwei Mehlsäcke unter den Nagel reißen?«

»Was willst du denn mit zwei Mehlsäcken!« Der Verrückte hob abwehrend die Hand. »Laß uns lieber zum Marana-Bahnhof gehen und sehen, ob wir die zwei Rollen Kupferdraht kriegen.«

»Bist du denn verrückt?« meinte Ugo. »Der ist doch jetzt immer gezeichnet! Wie wär's mit einem Tabakladen? Macht ihr mit?«

»Da müßten wir erst einen Wagen organisieren!« sagte Salvatore, sofort zum Aufbruch bereit.

»Wenn's sonst nichts ist«, erklärte darauf Lello, frisch und strahlend mit einem seligen Lächeln unter dem etwas zerraupten Haar. »Mensch! In zwei Minuten haben wir so ein Ding offen, sind drin und zischen ab!«

Nach diesen Worten stand er auf und ging, ohne sich noch einmal umzudrehen, an dem großen Herd vorbei zum Ausgang der Pizzeria.

Rasch sprang auch Cagone auf, um ihm beim Organisieren zu helfen, und trottete wie ein alter Wachhund neben ihm her.

Draußen war die Luft jetzt noch wärmer geworden. Am Viale del Re hatten die Barbesitzer Tische im Freien aufgestellt, und viele Leute saßen dort und verzehrten etwas. Die Kronen der Platanen waren voller Vögel: Tausende hockten auf den Zweigen, an denen noch halbwelke Blätter hingen, und mit ihrem Gezwitscher vollführten sie einen Lärm, daß man kaum sein eigenes Wort verstand. Kleine Jungen streiften um sie herum mit Schleudern in der Hand.

Gefolgt von Cagone schritt Lello frohgemut auf den Ponte Garibaldi zu, ging hinüber und überquerte die Via Arenula zum Largo Argentina.

Hier blieben die beiden stehen und beobachteten den Verkehr. Sie merkten sofort, daß sie sich am rechten Ort befanden. Nachdem sie um den Platz herumgeschlendert waren, warfen sie einen Blick in die Via Botteghe Oscure. Im Teatro Argentina wurde ein Konzert gegeben, deshalb quoll die Straße davor von Wagen über, so daß man kaum mehr durchkam. Am Ende einer Reihe auf einem kleinen Vorplatz zu Beginn der Via Botteghe Oscure geparkter Wagen stand ein 1100-er, dessen Kühler ins Freie wies.

Lello trat auf das Auto zu, sah sich um, stemmte das Knie fest gegen den Wagenschlag, packte mit beiden Händen den Griff und riß heftig daran. Die Tür sprang auf, Lello drückte sich hinter das Lenkrad und öffnete gleichzeitig die andere Tür. Dort stieg Cagone ein, machte sich gleich an den Drähten zu schaffen und schaltete die Zündung ein. Lello ließ den Motor anspringen, fuhr in die Via Botteghe Oscure hinein und war, nachdem er den Ponte Rotto überquert hatte, in wenigen Minuten wieder vor der Pizzeria auf dem Viale del Re.

»Grrranadaaa . . .« Man hörte Gesang von drinnen, wo die Menge und der Rauch den Raum füllten; vor dem Herd standen zwei Musikanten, grün wie Gefängniswärter, und zur Musik schmatzte und schwatzte alles so laut wie möglich.

»Los, ihr Hurensöhne!« rief Lello, als er beim Tisch der Gefährten ankam, die jetzt nach der dritten Karaffe wie Granatäpfel aussahen. Augenblicklich machte er wieder kehrt und ging, ohne auf sie zu warten, dem Ausgang zu.

Die anderen hatten schon bezahlt, standen auf und liefen hinter ihm drein.

Draußen ließen sie ihre Augen liebevoll über den Wagen gleiten, stürzten sich hinein und fuhren ab in Richtung Bahnhof Trastevere.

»Grranadaaa . . .«, fing Salvatore wieder zu singen an, ganz selig stand der Mund offen in seinem bäurischen Gesicht, als er sich in den Sitz lümmelte, *»tierra sognada por mi!«* Allen leuchteten die Augen, ob sie sich nun ausgestreckt hatten oder hinaussahen; sie waren wie Hunde, die etwas wittern. Ugo streckte den Kopf zum Fenster hinaus und rief die Mäd-

chen an, die vorübergingen: »Na, mein weiches, warmes, nasses Mäuschen! Mein Goldstück, meine süße Lutschfeige!« – »Gehn wir hin?« fragte Salvatore entzückt, seinen Gesang unterbrechend. »Au ja, gehn wir, gehn wir!« meinte auch Tommaso vergnügt.

Der Cagone wandte sich halb um – er hielt immer noch die Drähte, um den Kontakt zu sichern –, öffnete den Mund und krähte: »*Evviva!*«

Unterdessen fuhren sie durch eine dunkle Straße, zwischen Porta Portese und Ammazzatora. Erst hier verknüpften sie die Drähte richtig, und dann rasten sie in vollem Tempo zum Monte Testaccio. Sie rollten noch etwas an den Tiberufern entlang, dann fuhren sie ohne weitere Umwege in Richtung San Giovanni, singend ihrer närrischen Fröhlichkeit hingegeben. Plötzlich rief der Verrückte: »Mensch, Kinder, seht mal, ein ausländischer Wagen!«

»Los, Lello, hinter ihm her!« rief Ugo sofort, »sehn wir mal, wo er hält, und dann nehmen wir ihn aus.«

Der ausländische Wagen war ein alter, dunkel leuchtender »Kapitän«. Er fuhr ganz langsam, ruhig, ohne jede Eile, mit Taschen und Koffern und einem Kinderwagen obenauf. Ein Mann, eine Frau und zwei kleine Kinder saßen darin.

Lello folgte dem Wagen in kurzem Abstand. So überquerten sie den Platz vor San Giovanni in Laterano, und in gleichmäßiger Fahrt ging es weiter durch die Via Casilina bis zu einer Kreuzung, wo das Hotel der deutschen Pilger stand. Dort war alles leer, nur Autos fuhren vorbei, und manchmal eine leere Trambahn. Die Insassen des »Kapitän« stiegen vor einer Villa aus, sie klingelten, der Türhüter öffnete, und sie gingen hinein.

Alles mußte in einer Minute erledigt werden, ehe der Hausknecht erschien und das Gepäck ablud. »Wer hat ein Messer?« flüsterte Cagone. »Ich!« rief Tommaso und holte eines von jenen amerikanischen Taschenmessern hervor, an denen sich auch Schraubenschlüssel, Korkenzieher und Büchsenöffner befinden. Cagone und Tommaso stiegen aus und durchschnitten die Schnüre; Cagone riß den Kinderwagen herunter und warf ihn aufs Pflaster. In kaum einer Minute kehrten sie schon mit Koffern und Taschen zum 1100-er zurück, der mit offenen Wagenschlägen und angelassenem Motor wartete. Sie stopften alles hinein, kletterten selbst hinterher und fuhren genau in dem Augenblick ab, als die Laternen am Tor und im Vorgarten aufflammten.

Es begann wieder zu regnen, aus den roten Wolken, die Rom einhüllten: Der Wagen glitt wie ein Motorschiff durchs Wasser und ging schleudernd in die Kurven. »Ich fahr gern Auto, wenn's regnet«, erklärte Salvatore begeistert. »Zwei Dinge tu ich für mein Leben gern«, setzte er hinzu, während der Wagen die Pfützen aufspritzen ließ, »im Wagen fahren, wenn es gießt, und auf die Wiese scheißen und dabei zugucken, wie die Leute auf der Straße vorbeigehen.«

Jetzt tauchte die Eisenbahnbrücke auf, dann kamen die Bogen der Piazza Lodi; wieder fuhren sie an San Giovanni vorüber, zwischen der Porta Metronia und der Passeggiata Archeologica hindurch, und zwei Minuten später waren sie in Trastevere. Der Regen prasselte jetzt in Sturzbächen hernieder und trommelte fröhlich auf die Pflastersteine.

Sie überquerten den Platz vor Santa Maria in Trastevere, rollten durch eine Gasse und hielten in einer anderen, ganz dunklen, in der Nähe der Piazza Renzi.

Ugo stieg aus. Dicht an den Häuserwänden unter dem lauwarmen Regen entlanglaufend, eilte er auf die Piazza Renzi und stürzte zu einer Osteria, der einzigen Lichtquelle auf dem ganzen Platz. Er steckte die Nase zur Tür hinein, sah sich nach dem Wirt um, trat an ihn heran und flüsterte: »Muß dich sprechen!« Da der andere kaum merklich nickte, verschwand er wieder zur Tür hinaus und blieb wartend unter dem Torbogen stehen.

Einen Augenblick später war der Wirt da. »Ich hab gerade ein paar Koffer an der Hand«, sagte Ugo, »weiß aber noch nicht, was drin ist. Willste mitmachen?«

»Hm«, brummte der Alte, »wenn die Ware was taugt, bringt sie her! Ich geh vor, zu mir nach Hause.«

»Paß auf«, sagte Ugo, »es sind vier Koffer, alleine schaff ich's nicht. Ich bring einen Freund mit. – Der Junge ist goldrichtig«, fügte er noch hinzu, um den Hehler zu beruhigen, und rannte zum Wagen zurück.

»Na schön«, murmelte der andere, »aber so am hellichten Tag ein Ding drehen...« und er ging in der anderen Richtung auf die Gasse zu, in der sein Haus lag.

Kurz darauf folgten ihm Ugo und Cagone mit der Beute. Sie liefen in das Gäßchen hinein, das schier vom Regenwasser überlief, und traten in einen kleinen Torweg, stiegen Stufen empor, die eine einzige, an einem Draht im Wind baumelnde Birne beleuchtete, und blieben auf einem völlig dunklen Treppenabsatz stehen. Die Tür war nur angelehnt. Sie traten ein.

Der Hehler erwartete sie schon und führte sie in ein leeres Zimmer, in dem nur ein Tisch und zwei, drei Stühle standen. Ugo und Cagone stellten die Sachen ab, vier Koffer und zwei·Taschen, und dann gingen sie zu dritt daran, sie zu öffnen, indem sie einfach die Scharniere aufrissen. Sie blickten hinein, um rasch festzustellen, was darin war: fast nur Anzüge, Wäsche und Bücher. Dann begannen sie auch schon zu verhandeln. »Spuck ein Angebot aus«, sagte Cagone, »was willst du rausrücken?« Der Alte bot fünfundzwanzigtausend Lire, aber die beiden Freunde wollten mindestens das Doppelte. Nein, ja, nein, ja. Dem Greis fiel ein erprobtes Mittel ein. Er zeigte den Kies, denn er kannte seine Hähne: Als die beiden das Geld sahen, konnten sie ihre Gier nicht mehr unterdrücken und willigten schließlich in den Preis ein, den der Alte genannt hatte. Er ging zu einem Diwan, auf dem eine große Puppe lehnte, eine von denen, die man auf Jahrmärkten mit der Angel fischen kann, nahm ihr den Kopf ab und holte eine schöne dicke Geldbörse aus ihrem Inneren – zusammen mit einem Revolver, der ebenfalls darin steckte. Cagone erspähte ihn sofort, er war wie gebannt von dem Anblick. »Laß doch mal sehen«, sagte er, griff danach und tastete die Waffe ab. »Ist geladen, was?« fragte er mit prüfendem Blick. »Nein«, erklärte der Alte, der noch am Diwan stand, die Puppe in der Hand, und so tat, als ginge ihn das alles nichts an.

Cagone warf erst ihm, dann der Geldbörse einen Blick zu; er fraß sie mit den Augen. »Na meinswegen, fünfundzwanzigtausend, und du kannst mich...«, sagte er zitternd vor Aufregung, »aber du mußt den Revolver zulegen.« Der Hehler fing an, sich die Augen zu reiben, zu jammern, dass es gefährlich sei und er sich nicht in die Nesseln setzen wolle und dies und das: am Ende stimmte er zu, und sie wurden handelseinig.

»Hauptsache, ihr haltet die Fresse, woher die Kanone kommt!« bat sich der Alte aus; aber die beiden hörten jetzt gar nicht mehr auf ihn, sie machten sich davon, reich wie Könige, aufgekratzt wie sonst was. Da war der Wagen. Im

Dunkeln, drinnen, saßen die anderen, totenstill. Sie teilten sich die Moneten, wobei kaum mehr als vier Tausender auf jeden kamen, und fuhren ab.

»Wohin jetzt?« fragte Salvatore, das Herz voll Seligkeit.

»Einen saufen!« erklärte Cagone, triefäugig wie ein Köter.

»Looos!« schrie Tommaso. Lello fuhr auf gut Glück da und dort in die Gassen hinein, dann auf den Ponte Sisto, und ließ den Wagen am Tiberufer langflitzen. Es regnete nicht mehr, über ihnen klärte sich der Himmel stellenweise auf. In drei Sekunden kamen sie zum Ponte Rotto, in weiteren drei zum Ponte Sublicio, wieder ein paar Sekunden später zum Bahnhof von Ostia; sie kreisten mit rauchenden Rädern um die Cestiuspyramide, pfiffen zwei Mädchen zu, die dort auf und ab flanierten, glitten über die Via Marmorata zum Testaccio. Sie verdrehten die Augen vor lauter Entzücken. In der Via Zabaglia parkte ein Lastwagen, der den Weg versperrte. Er war über und über mit Weihnachtsbäumen beladen; die hintere Klappe hatte sich gelöst, und die sorgsam aufeinandergeschichteten Bäume waren mitten auf die Straße gerutscht. Der Fahrer mühte sich damit ab, den eisernen Bolzen durch ein Stück Holz zu ersetzen. Vorläufig konnte man aber an dem Berg nasser Weihnachtsbäume nicht vorbei, und die Kinder spielten und kreischten drum herum.

»Mensch, ich hab Hunger!« rief Tommaso, dem das Wasser im Munde zusammenlief, als er nebenan eine Trattoria sah. »Du brauchst gar nicht erst zu wenden«, sagte Salvatore, von Tommaso angesteckt. Lello, der übrigens nicht sehr gut mit dem Rückwärtsgang zurechtgekommen wäre, stieg lachend aus, schlug die Wagentür zu und steuerte geradewegs auf die Trattoria zu. »Los, gehn wir, uns was zwischen die Zähne schieben!« rief er.

Sie waren die einzigen Gäste und spielten sich dementsprechend auf: Lello bestellte Miesmuscheln, *cozze alla marinara*, Tommaso *testarelle,* eine andere Muschelart, Cagone einen Kapaun und die besonders phantasievoll ausgestattete *pizza alla capricciosa*, der Verrückte *pizza alle quattro stagioni*, mit allerlei Gemüsen garniert, Ugo Filet vom Kabeljau und Salvatore *suppli*, ein mit Käse gebratenes Reisgericht. Außerdem ließen sie sich alle vorher Kartoffelchips bringen und hinterher schon etwas aufgeweichten Schafkäse, den *pecorino,* und schließlich *finocchi alla cazzimpero*, mit einer Sauce aus Essig, Öl und Pfeffer.

Voll bis zum Hals kletterten sie wieder in ihren 1100-er und rollten den Lungotevere entlang, das Tiberufer, unter den nassen Bäumen, von denen der Wind die Blätter herabfegte.

»So, und nun sind wir wieder pleite«, sagte Ugo zu Lello, als sie aufgekratzt dahinglitten. »Bleibt uns wohl nichts anderes übrig, als nochmal was zu drehen«, redete er weiter. Er geriet nach und nach in Fahrt und wurde richtig streitlustig. »Ich mach mit«, erklärte Lello, ohne sich groß zu zieren. »Ist nur die Frage, wohin wir fahren.«

Ugo preßte die weißen Knöchel seiner Fäuste dicht unterm Kinn vor die Brust: »Also gut, wohin?« sagte er. »Irgendwo ins Zentrum«, erklärte Salvatore, optimistisch wie immer, »unterwegs sehn wir dann schon, wo was zu holen ist.«

»Vorwärts, Freunde!« rief jetzt auch der Verrückte entschlossen, »soll die Welt was erleben!« Und Tommaso näselte mit schiefem Mund: »Wir sind die alten Schwerter noch: Siegen! und wir werden siegen.«*

* »Vincere e vinceremo«, alter Slogan der Faschisten unter Mussolini. Anmerkung des Übersetzers.

Wieder ging es durch die Via Marmorata und am Fluß entlang. »Hört mal«, sagte Lello rauh, ehe er Gas gab, »wißt ihr auch, was das heißt: soviel Zaster, oder soviel Jahre Kittchen?«

»Was? Wieso?« riefen die anderen. »Es handelt sich um bewaffneten Raubüberfall!« erklärte Cagone feierlich, der sofort begriff, was Lello meinte, und nachdem er ein bißchen in seinen Taschen gewühlt hatte, förderte er den Revolver zu Tage. »Na bitte!« sagte Lello. »Wieviel wollen wir holen und von wem?« fragte Ugo. »Wenn wir nun einen Tankwart anpumpen?« sagte Lello gelassen, während der Wagen über die Portuense raste. »Aber wo?« fragte Ugo. »Ach, irgendeinen guten Platz werden wir schon finden, wo sich sowas diskret regeln läßt, an der Via Cristoforo Colombo, an der Appia Nuova oder an der Ardeatina. Na, wohin wollen wir?«

Daß sie ein ganz großes Ding drehen wollten, darüber waren sie sich einig; sie stritten nur noch ein wenig darum, wo es am besten ginge. Dann fuhren sie zum Ponte Milvio und weiter zur Via Cassia, der alten großen Ausfallstraße nach Norden, wo Ugo eine Tankstelle kannte. Am Monte Mario vorbei gelangten sie rasch in eine ländliche Gegend, mit Hügeln am Horizont. Nach mehreren Kilometern durch Felder und Gebüsche – Rom lag hinter ihnen und glänzte da und dort in einer Kurve mit seinen Lichtern auf – hielten sie an. Salvatore, der Verrückte und Tommaso, der freilich vorerst nichts davon wissen wollte und überredet werden mußte, stiegen aus und standen Wache an einer Böschung. Hunde bellten in der Nähe von Häusern. Die drei anderen fuhren beim Tankwart kurz vor der Ortschaft La Storta vor. Lello saß am Lenkrad, der Cagone neben ihm, Ugo im Fond.

Sie stoppten neben der Benzinsäule, alles war dunkel und verlassen, nur die Shell-Muschel leuchtete groß wie ein Mond.

»Fünfzehn Liter, mein Junge«, sagte Lello zum Tankwart, einem Mann von fünfundzwanzig bis dreißig Jahren. Der begann, sie zu bedienen, beugte sich nieder, um das Mundstück des Schlauches in den Tank zu stecken. Währenddessen sagte Lello gähnend zu Cagone: »Geh doch mal nachsehen, ob wir genug Luft haben.«

Unter diesem Vorwand schlüpfte Cagone von seinem Sitz, stieg aus und betrachtete die Reifen. »Sind in Ordnung«, sagte er. Und kaum hatte er den Satz beendet, da legte er auf den Tankwart an, der gerade wieder den Schlauch aufhängte. Die Pistole stand ihm zwei Zentimeter von der Brust weg, und Cagone ließ seine Hand heftig zittern, um zu zeigen, was für eine Angst er hätte, denn man weiß ja, wenn einer Angst hat, ist das der Augenblick, in dem er gleich abdrücken wird. Es war jedoch gar nicht nötig, Theater zu spielen, er zitterte tatsächlich, allerdings nicht aus Angst, sondern aus Wut. »Rück den Zaster raus!« sagte er. »Wenn du mich nur nicht abknallst, ich hab Familie«, bat der Tankwart, weiß wie ein Wachslicht, indem er eilig die Geldtasche hervorzog und sie Cagone reichte. Dieser, die Pistole immer auf den Hals des anderen gerichtet, warf einen Blick in die Börse und sah, daß nicht eben viel darin war.

Er knirschte mit den Zähnen, sah dem anderen mit wutverzerrten Lippen ins Gesicht. »Rein in die Bude!« befahl er. Der Tankwart gehorchte gleich und betrat, Cagones Revolver im Nacken, den kleinen Raum. »Alle Kassen und Schubfächer auf!« befahl Cagone, und wieder gehorchte der Mann. Cagone fand noch weiteres Geld in einer Kas-

se, raffte es zusammen und stopfte es in die Tasche. Dann
schloß er den Tankwart im Zimmer ein, wobei er ihm
durch die Scheibe zurief: »Rühr dich nicht, oder ich brenn
dir eins auf!«

Er sprang in den Wagen, die Pistole seitwärts gerichtet,
und sie sausten davon.

»Wieviel hat's eingebracht?« meinte Ugo. Doch Cagone
schwieg; er zählte still das Geld. Sie klaubten Tommaso und
die beiden anderen auf, die in der feuchten Luft ganz klamm
geworden waren: sie standen im Dunkeln, mit zwei oder
drei Hunden, die von einem der Häuser herbeigelaufen waren und sie bellend umkreisten.

»Wieviel habt ihr?« fragte Tommaso mit einer Grimasse,
als er im Wagen saß. Cagone wies die Beute vor. »Mehr
nicht? Solche Scheiße!« rief der Verrückte beim Anblick
des Geldhaufens. Es mochten etwa dreißigtausend Lire
sein. Tommasos Grimasse verstärkte sich, als er zu Ugo
sagte: »Das sind also deine großartigen Plätze, wo man
was herkriegt?« – »Idiot«, erwiderte Ugo, »dann sag du
doch, wo wir hingehen sollen, wenn du dauernd meckerst.«
Tommaso schwieg, rümpfte die Nase, schob die Oberlippe
hoch und fing statt einer Antwort an zu grölen.

> *Ce ne fregammo un di de la galera,*
> *ce ne fregammo de la brutta morte.*
>
> *Wir pfeifen auf das Zuchthaus,*
> *wir pfeifen auf den miesen Tod.*

Unter den Sternen kehrten sie singend zur Milvischen
Brücke zurück, fuhren am Tiber entlang, dann über den
Ponte Duca d'Aosta, am Obelisken vorbei, und als sie
mitten auf der Brücke waren, riß Cagone in einem plötzlichen Wutanfall den Revolver heraus und warf ihn in den

Fluß, wobei er schrie: »Mit dir will ich nichts mehr zu tun haben!«

»Warum denn das nun wieder, du Idiot?« fragte Tommaso, immer noch mit angewiderter Miene.

Cagone drehte sich zu ihm um und rülpste ihm ins Gesicht.

Jetzt bogen sie in eine große Straße ein, die zur Via Flaminia führte, dann schlängelte sich Lello auf gut Glück durch Gäßchen und Seitenstraßen und Plätzchen, bis sie eine wenig beleuchtete Straße fanden, und dort hielten sie an. Sie gingen ein Stück zu Fuß und beobachteten den Verkehr. Es gab viele Fahrzeuge dort, sie parkten reihenweise längs des Bürgersteigs, aber fast alle mit Lenkradschloß. Endlich fanden sie einen anderen 1100-er; der war richtig. Sie konnten einsteigen und fuhren los. Tommaso war unzufrieden.

»Jetzt muß noch ein Tankwart bluten«, sagte er. »Und diesmal zeig ich euch einen guten Platz, wo sich's lohnt.«

»Na, und wo?« meinte Ugo.

»Auf der Straße nach Fiumicino«, erklärte Tommaso trokken.

»Fahr zu!« befahl er Lello, der, ahnungslos dem Schicksal gegenüber, ausgelassen und einen Ellbogen auf dem Wagenschlag chauffierte.

Noch einmal durchquerten sie halb Rom und kamen wieder auf die Via Portuense. Die Stichflamme der Benzinfabrik Permolio sprühte hoch und schmal im Frieden der Nacht. Rundherum, kreuz und quer, in der von neuem verdichteten Feuchtigkeit, im Dampf, im Rauch, der schwärzlich war wie von Feuern, durch all die schweigenden, schlafenden Stadtviertel mit ihren schwankend verlöschenden Lichtern fuhren sie weiter und weiter bis hinter die Anlagen des Krankenhauses Forlanini. Der Mond stand schon hoch und gab den aufgeblähten, wirren Wolken im frühlingshaft lauen Hauch einen gelben Firnis.

»Auf, auf geht's!« rief Salvatore munter, »wer hat dieses Jahr bessere Weihnachten als wir?«

»Halt! Halt!« rief Ugo plötzlich.

»Halt doch an!« wiederholte er heftig. Lello bremste scharf, und der Wagen schlidderte auf der naßglatten Straße. Sie passierten gerade eine Erweiterung der Via Portuense, die schon fast ein richtiger Platz war, mit vielen Häusern und schlafenden Palazzi ringsum, und an der hinten die Mauer des Krankenhauses entlanglief; schräg zweigte eine öde Straße ab, und in der Mitte, gegenüber einer Bedürfnisanstalt, leuchtete das Licht einer Tankstelle. Im Vorüberfahren hatte Ugo festgestellt, daß der Tankwart in dem Kassenraum hinter den großen Glasscheiben schlief.

»Fahr ran!« flüsterte er Lello zu.

»Ach Quatsch, los, weiterfahren, zum Teufel!« sagte Tommaso ärgerlich.

»Halt's Maul, Idiot, hier ist's richtig, hier fangen wir an!« sagte Ugo.

»Hier willst du halten?« meinte Tommaso und breitete entgeistert die Arme aus. »Aber Mensch, willst du uns denn allesamt ins Loch bringen? Laß uns doch hin, wo ich sage.« Für Ugo war er Luft.

»Steig aus!« sagte Ugo zu dem Verrückten. Sein Gesicht sah so glatt aus wie ein Hintern, nur um die Lippen zuckte es von verhaltenem Lachen. Der Verrückte folgte ihm, nachdem Lello den Wagen neben dem Bürgersteig geparkt hatte. Rasch und sicher ging Ugo auf den Kassenraum zu, diesen leuchtenden Glaskasten in all dem schläfrigen Schweigen.

»Paß auf, das ist der zweite, den wir rankriegen«, flüsterte er.

»Der ahnt nichts von seinem Glück!« meinte der Verrückte mit einem Hauch von Stimme und betrachtete liebevoll den schlafenden Mann.

Den Tankwart mußte der Schlaf plötzlich überfallen haben, wie er da saß; gelöst lehnte er in einer Ecke der Glaswand, die Geldtasche auf dem Schoß. Er trug einen hellblauen Kittel und eine Schirmmütze, die schief auf seinem schwarzen Schopf saß. Ganz leise öffnete der Verrückte die Glastür, während Ugo hinter ihm seine Hände in den eisernen Fußabtreter krallte und ihn hochhob, bereit, dem Mann den Schädel einzuschlagen, falls er aufwachen sollte. Als die Tür offenstand, schlüpfte der Verrückte leichtfüßig und lautlos wie ein Kater hinein und legte eine Hand vorsichtig auf die Tasche, die auf dem Bauch des Tankwarts ruhte. Während seine Hände sich bewegten, sah er ihm gespannt ins Gesicht, ließ ihn keine Sekunde aus den Augen. Vermutlich war es einer vom Lande, von den Abruzzen oder aus Apulien, erst seit kurzem in Rom; man sah es an dem breiten, sonnenverbrannten Gesicht, dessen Mund selbst im Schlaf noch dümmlich wirkte, und an den Muskeln unter dem aufgeknöpften Kittel.

Mit der Linken lüpfte der Verrückte die Tasche ein wenig, mit der Rechten öffnete er sie und holte die Moneten heraus, wobei er nicht einmal das Kleingeld verschmähte. Dann zog er sich zurück, ohne den Tankwart aus den Augen zu lassen, und schloß die Tür hinter sich zu. Ugo legte den eisernen Fußabtreter wieder auf den Boden, und sie wollten zum Wagen laufen. Aber kaum hatten sie sich umgedreht, sahen sie schon Cagone, der ihnen nachgekommen war.

Gelb wie ein Kadaver über die Pumpvorrichtung gekrümmt, versuchte er, sie mit zusammengebissenen Zähnen vom Platz zu bringen, mit einer Anstrengung, daß
man meinen konnte, er bliebe auf der Strecke. Er atmete
schwer, und ein Röcheln drang aus seiner Kehle. »Was
machst du denn da, Cagone?« fragte der Verrückte verstört. Aber der andere antwortete nicht. Es war kein Spaß,
und auch Ugo bekam es mit der Angst zu tun. »Laß die
Pumpe sausen«, sagte er, »hat ja doch keinen Zweck, die ist
gezeichnet.« Aber Cagone hörte kein Wort. Da leistete
Ugo ihm Hilfestellung, nur um rasch weiterzukommen. Sie
stürzten den Kompressor zu Boden und trugen ihn zu
zweit zum Wagen. Es gelang ihnen sogar, ihn hineinzu-
quetschen, und Cagone setzte sich darauf, während der
Wagen in wilder Fahrt auf Fiumicino zuraste.
Tommaso saß aufrecht da, wie eine Schnecke, die aus ihrem Gehäuse kriecht und die Fühler in die Höhe streckt.
Während die anderen die Beute verteilten, blickte er beobachtend geradeaus, dem Platz entgegen, von dem er gesprochen hatte, und sein Gesicht war langsam braun geworden, als wäre es dem Feuer ausgesetzt gewesen. Grimmig
betrachtete er die Massen der Palazzi, die, im Dunkeln alle
gleich aussehend, vorüberflogen, dann die ländlichen, kleinen Gebäude, die zum Fort gehörten, die Kirche auf der
Spitze eines Hügels, die wie Schwämme mit Wasser vollgesogenen Felder, schließlich die Reihen der gelben Häuserblocks des Trullo mit den vier brennenden Lampen, die
diesen Ort des Hungers und des Todes trüb beleuchteten.
»Hier längs«! rief Lello, während er etwas Gas wegnahm,
und deutete in Richtung Magliana.
»Hm«, knurrte Tommaso mit schiefem Mund. Aber Cago-

ne schrie unvermittelt: »Halt doch mal 'n Moment an!« – »Wieso halt an, was soll'n das nun wieder!« sagte Tommaso eisig, »gib Gas, Junge!«

Das Gesicht, das Cagone ihm jetzt zuwandte, war schaum- und schweißbedeckt, und mit überschnappender Stimme keuchte er: »Herrgottsakra!« und dann rief er noch einmal, außer sich: »Halt an!« Lello trat auf das Bremspedal, und der Wagen kam in einer Straße neben der Eisenbahnlinie von Magliana zum Stehen.

Cagone stieg aus: da waren eine Pinie, ein Mäuerchen dahinter, vier Baracken im Rund, eingetaucht in Stille, zwischen schlammigen Gärten, und alles überragend ein schwarzer Dunghaufen. Cagone wankte zur Mauer, trat hinter zwei zersplette, struppige Büsche und ließ seine Hose runter. Sie hörten ihn stöhnen und jammern, es war, als ob man ihn folterte, nachdem man ihn ausgezogen und geknebelt hatte, so daß er nur einen wimmernden Laut von sich geben konnte wie eine Katze. Schließlich kehrte er zurück, knöpfte sich im Gehen die Hose zu und schnallte den Gürtel fest: er war naß bis auf die Knochen. Auch die Scheiben des Wagens waren weiß, innen vom Atem, draußen von der Nässe – alles troff. Tommaso knurrte ihn an: »Na, biste fertig? Los, denn ab mit uns!« Cagone wandte ihm das Gesicht zu und rülpste ihn noch einmal an. Der Himmel hatte sich erneut mit Wolken bedeckt, war über und über grau, dunkel. Die Reihen der Lichter am Bahndamm unten schienen aus der Erde hervorzuquellen. Wieder fuhren sie rasch dahin, aber Cagone war immer noch übel. Von all der Nässe hatte er Durchfall bekommen, und jetzt saß er sich windend auf seinem Sitz und biß sich auf die Knöchel. Hin und wieder machte er seinem geblähten Leibe Luft, daß ein Gestank aufstieg und die an-

deren sich die Nase zuhielten und die Seitenfenster her-
unterkurbeln mußten.

Und noch einmal rief Cagone plötzlich: »Anhalten!« Tommaso wurde zum wilden Tier: »Mensch!« brüllte er, »haste
dich denn immer noch nicht ausgeschissen?« – »Anhalten,
ihr verdammten Schweine!« schrie der Cagone verzweifelt.
Gelassen stoppte Lello den Wagen: an der Magliana waren
sie schon vorüber, es gab keine Häuser mehr an der Straße:
nur links, an den Schienen, die vielen gottverlassenen
Lichter. Cagone rannte blindlings drauflos, zog wieder die
Hose herunter, kauerte sich an den Straßenrand, über eine
Art Graben voller Brennesseln, hinter dem der Boden anstieg, zwischen zwei Tuffhügeln, die ebenfalls mit Brenn-
nesseln gespickt waren. Da kauerte er, winselte mit knir-
schenden Zähnen und schmerzverrenktem Hals, stand
dann ganz langsam auf, zog die Hose hoch und knöpfte
sie zu. Der Friede ringsum war so vollkommen, daß man
einen Hund in fünf bis sechs Kilometer Entfernung bellen
hörte, jenseits all der durchtränkten Erde und der erbärm-
lichen Hügel, vom Meer oder von Rom herüber, das war
nicht deutlich zu unterscheiden; es klang wie das Weinen
einer verlorenen Seele.

Als sie mit Vollgas den Ponte Galeria überquerten, fielen
wieder erste Regentropfen. Alles lag dunkel und verlassen da. Endlich tauchten am Ende einer Kurve Lichter auf: ein paar Häuser und eine Osteria. Etwas weiter
hinten kam dann die Tankstelle, an einer Ausbuchtung der
gerade erst gebauten Straße; die Zufahrt war neu geweißt
und leuchtete im Schein der Neonröhren. Der Tankwart
war damit beschäftigt, ein Isomoto mit dem Lappen abzureiben, und der Rauch des Zigarettenstummels an seiner
Lippe stieg ihm in die Augen.

Als er die Kundschaft sah, hob er den Kopf, warf die Kippe weg und trat auf den Wagen zu. Er ließ sich sofort anmerken, daß ihm die Bande verdächtig vorkam. Auch er war vom Lande, dunkle und blonde Strähnen dichten Haares standen ihm vom Kopf ab wie einem aufgeplusterten Vogel, und das Gesicht war trocken, glatt, böse, mit hohen, kantigen Backenknochen. Er sah die Freunde an, fragte wieviel und trat bedächtigen Schrittes an die Benzinsäule heran, mit einer betonten Ruhe, hinter der sich die Bereitschaft zu augenblicklicher Reaktion verbarg. In der Tasche seines Kittels mußte er einen Revolver haben, tief unten; diese Taschen reichten ja fast bis zum Knie. Inzwischen hatte Lello am Steuer wieder gähnend seine Komödie gespielt und gesagt: »Du, Spitzel, schau doch mal nach den Reifen!« Tommaso hatte sich erhoben, und auch Ugo war ausgestiegen. Tommaso hatte den Reifen ein paar Fußtritte versetzt und gesagt: »In Ordnung!« und dabei mit bebenden Lippen auf den Tankwart geblickt. Als dieser den Schlauch in die Hand nahm, sprang er auf ihn zu und preßte ihm im Polizeigriff die Arme auf die Schultern, während Ugo ihn von hinten anfiel und ihm einen Arm an die Gurgel legte. Er drückte so fest zu, daß dem Mann die Augen aus den Höhlen traten. Sogar Cagone war aus dem Wagen geklettert; er legte sofort die Hände an die Geldtasche und machte sich damit zu schaffen, wimmerte dabei leise vor sich hin, als wollte er gleich losheulen, und zitterte derart, daß es ihm nicht gelang, die Tasche aufzukriegen. In diesem Augenblick kam der Gehilfe des Tankwarts vom Bahndamm her hinter dem Haus hervor. Den Bruchteil einer Sekunde lang verhielt er wie erstarrt zwischen Licht und Schatten. Er war ein blonder, untersetzter Bursche mit klaren, unangenehmen Augen. Schon hatte er die Hand in der Tasche und zog einen Revolver hervor, eine Mauser-Pistole, mit der er zielte, offensichtlich bereit, das Magazin zu leeren. Dem anderen, den Ugos Arm würgte, gelang es gerade noch zu rufen: »Nicht schießen!« Denn tatsächlich waren Cagone und Tommaso sofort hinter den Tankwart gesprungen und benutzten ihn als Deckung. Tommaso riß das Messer heraus, setzte dem Tankwart die Spitze an die Rippen und schrie dem anderen wild zu: »Wenn du schießt, stechen wir ihn ab!« Lello rief vom Lenkrad aus: »Nehmen wir ihn mit!« Der Blonde stand regungslos da, im Licht jetzt, den Revolver schußbereit in der Hand, ohne abzudrücken. »Los, bringen wir ihn rein in den Wagen!« rief Tommaso. Währenddessen sah man ein Lichtbündel aus der Richtung von Fiumicino kommen. Es strich in einer Kurve über die Hügel, und gleich darauf erschien ein Wagen, der mit hundert Stundenkilometer heransauste, ein anderer hinter ihm. Sie schossen an der Tankstelle vorüber und tauchten sekundenlang alles in grelles Licht. Dann stiegen Ugo, Tommaso und Cagone wieder in den Wagen; sie schleppten den Tankwart hinter sich her und zerrten den Halberstickten über ihre Beine in den Fond. Lello gab Gas, wendete, raste davon in Richtung Rom, und sie hörten kaum noch die zwei oder drei Schüsse, die der Blondkopf in die Luft feuerte. Als sie einige Kilometer von der Tankstelle entfernt waren, nahmen sie dem Mann seinen Revolver ab; nachdem sie ihm die Geldtasche entrissen hatten, ließen sie ihn aussteigen und begannen, ihn mit Fußtritten zu traktieren. Tommaso hielt ihm die Arme im Nacken fest, und Ugo bearbeitete ihm Bauch und Gesicht. Blut tröpfelte zwischen den Zähnen hervor und von einer Braue herab, und er wurde ohnmächtig. Dann stieg auch Cagone aus. Ein Zittern ging durch seinen Körper. Er fing an, den andern fertigzumachen, trat ihm in den Bauch, ins Gesicht, und als Tommaso seinen Griff lockerte, fiel der Mann auf den Asphalt, und Cagone versetzte ihm noch ein paar Tritte in den Nacken und überall hin, wo er ihn gerade traf. Dann rollten sie den geschwollenen, blutigen Körper den Bahndamm hinunter zwischen ein paar Büsche.

Es regnete noch, aber ganz fein; über den Feldern lagen weiße Nebelstreifen; oben, am Himmel, leuchtete der Mond wie ein Blutfleck. Nach all der Schinderei fühlte sich Cagone wieder hundeelend. Er preßte die Hände gegen den Leib und krümmte sich, daß sein Kinn gegen die Knie stieß. Er verpestete derartig die Luft, daß man im Wagen nicht mehr atmen konnte, aber die anderen merkten das kaum, so beschäftigt waren sie damit, sich in den neuen Gewinn zu teilen.

Als sie die Bahn von Magliana passierten und eine Straße einschlugen, die von Uferschilf gesäumt wurde und zur neuen Brücke in Richtung auf das Ausstellungsgelände der EUR führte, fing Cagone abermals an zu schreien, sie sollten anhalten.

Lachend bremste Lello, und Cagone torkelte mehr als daß er ging zwischen triefenden Sträuchern zum Fluß hinunter, rutschte im weichen, zwei Fuß tiefen Schlamm die Böschung hinunter und kam nicht eher zum Stehen, als bis er ganz unten zwischen dem hohen Gras unter dem Brükkenbogen angelangt war. Hier verschaffte er sich zum drittenmal Erleichterung und kletterte dann mit allerletzter Kraft und weiß wie ein Toter im Gesicht, sich an das Gesträuch klammernd, wieder empor. Als er aber beim Wagen ankam, stieg er nicht wieder ein, sondern griff nach der großen Pumpe, die er immer zwischen den Beinen gehalten hatte.

»Mensch, Kerl, was hast du denn vor!« sagte Tommaso zähnefletschend. »Bist du denn verrückt?« stimmten die anderen zu, kopfschüttelnd, mit den Schultern zuckend vor Mißbilligung. Ugo packte ihn bei den Schultern, um ihn in den Wagen hineinzuziehen. Cagone jedoch, ganz still, ohne ein Wort zu sagen, befreite sich von Ugos Händen, und während er die Pumpe festhielt und sich ihm vor Entkräftung wieder die Blase leerte, kehrte er um, rutschte bis unter die Brücke hinab, daß er so naß wurde, als hätte er ein Bad genommen, und steckte schließlich die Pumpe tief in ein Schlammloch zwischen Dornen. Dann gelang es ihm noch einmal, hinaufzuklettern, und immer noch stumm, mit den Zähnen klappernd, setzte er sich in den Wagen auf seinen Platz.

»Na, hast's geschafft?« sagte Salvatore, als der Wagen von der Brücke auf San Paolo zufuhr.

»Du hast ja nicht mal mehr Luft, um einen fahren zu lassen«, fuhr er fort, ihn aufzuziehen.

»Laß ihn«, stichelte Tommaso, »sonst will er's uns beweisen und verpestet uns die Bude, daß wir alle krepieren.«

Cagone schwieg, er hatte tatsächlich keine Kraft mehr für eine Antwort.

»Na, und wohin jetzt?« fragte der Verrückte angeregt, als ginge die Spazierfahrt erst richtig los. Jeder hatte mehr als zehn Tausender in der Tasche: jetzt konnte das Leben beginnen.

Der Regen hörte auf, die letzten Tropfen fielen, ringsum klärte sich, naß und leuchtend zwischen einzelnen Nebelschwaden, das Land.

»Gehn wir tanzen?« meinte Lello, heiter, den Blick geradeaus gerichtet mit einem Lächeln, das sein ganzes Gesicht überstrahlte.

»Was denn, tanzen, tanzen, tanzen?« sagte Ugo, dem die Syphilis im Hirn steckte. »Ist ja Mitternacht. Gehn wir lieber essen und einen heben.«

Doch Tommaso, dem die Mundwinkel vor Verachtung bis zum Kinn herunterreichten, stieß hervor: »Ach Quatsch, essen, einen heben! Einen reinschieben gehn wir!«

»Mensch, der hat recht!« schrie der Verrückte.

Lello strahlte noch mehr: »Gehn wir einen abziehen, was, Ugo?«

»Klar, machen wir!« Ugo war sofort einverstanden.

»Schön sind wir, Muskeln haben wir, können tanzen und klauen und schieben einen rein wie keiner!« rief Salvatore. Auch Cagone kam langsam wieder zu sich und ließ ein furzähnliches Prusten hören.

Nahe bei der Basilika San Paolo stellten sie den Wagen auf einem dunklen Platz ab und gingen zu Fuß auf die kleine Bar an der Endhaltestelle der Trambahn zu, wo noch Lichter zwischen den Pinien glänzten.

»Gehn wir zu Marianna la Nasona!« meinte Ugo.

»Wir sind aber sechs, die läßt uns nicht alle rein«, erklärte der Verrückte.

»Ich red mit ihr«, sagte Ugo. »Außerdem, wir haben ja Moneten. Wenn wir der ein paar hübsche Scheinchen unter ihre dicke Nase halten, läßt sie gleich die Höschen runter!«

»Dann nehmen wir die 18!« rief Salvatore und rannte auch schon auf die Haltestelle zu.

Aber von Trambahnen war nicht das geringste zu sehen. Da betraten sie die Bar, die gerade schließen wollte, und bestellten krächzend wie alte Nebelkrähen erst einmal eine volle Flasche für jeden, von allem, was sie draußen im Fenster gesehen hatten: Strega, Whisky, Mistrà. Und das tranken sie unter den Pinien, brüllend, daß es über den Platz mit den vielen Regenpfützen schallte.

Plötzlich rannte Ugo wie angestochen auf die große, leere Allee bei der Basilika zu. »Los, alle mit!« schrie er.

Die anderen liefen hinter ihm her, ohne zu verstehen, was er wollte, und gossen dabei hin und wieder einen Schluck hinunter.

Sie kamen gerade zurecht, als Ugo das Taxi anhielt, das er von weitem erspäht hatte.

»Auf und davon, ihr Mistbolzen!« schrie er, »ich lad euch ein zu der Fahrt!«

Lachend und sich stoßend stiegen sie ein, völlig außer Rand und Band, blind vor Besoffenheit.

Das erste Geschöpf, dem sie begegneten, als sie bei der Kirche Santa Maria Maggiore aus dem Taxi kletterten, war ein Hund, der die nassen Stufen vom Portal herunter auf sie zulief.

»Den reißen wir uns unter den Nagel, der kommt mit!« rief Salvatore, von plötzlicher Zärtlichkeit übermannt; die Dirne mit der dicken Nase hatte er vergessen. Er verdrehte die Augen, man sah nur das Weiße.

Schwankend begann er, sich den Gürtel aus den Schlaufen der Hose zu ziehen.

»Aber laß den doch verrecken!« rief Tommaso und beobachtete böse aus den Augenwinkeln den alten Köter, der um die Gesellschaft herumschwänzelte.

Mit Schwimmbewegungen pirschte sich Salvatore, dessen Hose zu rutschen begann, an den Hund heran und schnallte ihm den Gürtel um den Hals. Das Tier ließ es geduldig mit sich geschehen und sah sich im Kreis um.

Ugo spielte Wasserspeier: schwankend, die Beine gespreizt, eine Flasche in der Hand, der Basilika zugewandt, besprühte er ihre Stufen, Mauern und Kuppeln, die sich bis zu den Wolken erhoben. Dann drehte er sich um und ging seinerseits auf den Hund zu.

»Wenn wir einen Nachtpolypen sehen, hetzen wir den Hund auf ihn«, schlug er vor. »Was, Bobby?« Und er streichelte dem Tier den Nacken.

Endlich gelang es Salvatore, den Gürtel richtig festzuschnallen. Er zog den Hund hinter sich her. Der schnüffelte da und dort ganz zufrieden, vor allem an den Schuhen, und rieb sich die Nase zwischen ihren Beinen.

»Na, was denn, ist der Hund schwul?« rief Tommaso verächtlich.

»Streck ihm doch den Hintern hin!« zischte Cagone.

»Los, zeig was du kannst!« rief Salvatore dem Hund fröhlich zu.

Sogar der Verrückte wurde von Zuneigung erfaßt: Er kniete auf den leuchtend-nassen Steinstufen der Kirche nieder und begann, den Hund am Hals zu streicheln und zu zausen; dabei rieb er seine Zähne aufeinander und biß sich auf die Lippen, drückte sogar sein Gesicht gegen die feuchte Hundeschnauze und murmelte:

»Du Promenadenmischung du, du Promenadenmischung!«

Allmählich kamen sie aber doch in die Gegend der Via Merulana, wo Marianna la Nasona, die Dirne mit der großen Nase, wohnte.

»Hier rauf!« sagte Ugo und schlug eine ansteigende Straße ein. »Nein hier!« grölte der Verrückte und machte Anstalten, in eine Straße einzubiegen, wo lauter geschlossene Portale die Häuser bewachten und kleine Säulen die Fassaden zierten.

»Quatsch!« rief Ugo heftig, »du weißt, es is hinter der Höhe da!«

»Hast du vergessen? Da war 'ne Verkehrsampel«, meinte der Verrückte.

»Unsinn, siehst du, da sind die Anlagen!« rief Ugo. »Weißt du nicht mehr, wie wir damals durch die Anlagen gekommen sind?«

»Ach was, kommt mit mir«, rief Lello, »ihr habt ja alle einen sitzen, ihr versteht 'n Scheißdreck davon...«

Er ging geradeaus die Straße hinan und zog die anderen hinter sich her, die immer noch stritten und aus erhitzten Lungen brüllten. Auch der Hund bellte japsend, um seine Meinung zu bekunden.

Sie wanderten kreuz und quer, dreimal stiegen sie denselben Weg hinauf, kamen an den Anlagen vor dem Brancaccio vorbei, kehrten um, gingen wieder durch all die engen Straßen mit den Säulchen, den geschmiedeten Eisengittern und den geschlossenen Haustoren. Aber wie auch immer, die Tür zu Marianna la Nasona konnten sie nicht finden.

Statt dessen wollte es der Zufall, daß sie auf das Tanzlokal Zum Roten Kater, den *Gatto Rosso* stießen. Ganz plötzlich standen sie vor dem Eingang, nachdem sie im Laufschritt die Via dei Santi Quattro hinuntergestürmt waren; und weil sie so viel Alkohol getankt hatten, pißten sie im Zickzack hierhin und dorthin, dreimal, viermal, und riefen dabei: »Na, is das 'ne schöne Schrift, was?«

Vor freudiger Überraschung vergaßen sie, sich die Hosen wieder zuzuknöpfen, und Lello rannte auf das beleuchtete Portal zu, vor dem Reihen von Vespas, Lambrettas, Mopeds und alle möglichen anderen fahrbaren Untersätze standen; er sprang über ein Moped und schrie: »Zum Tanz, Jungs!« Und die anderen sprangen mit dem Hund hinter ihm her. Salvatore band rasch den Gürtel mit dem Hund an den

Griff eines Motorrads und holte die anderen ein, die schon im Flur standen und mit dem Chef verhandelten.

»Nichts zu machen, Kinder«, sagte der gutmütig, »in fünf Minuten schließen wir.«

Ugo sah ihn verständnislos an.

»Du willst uns nicht reinlassen?« sagte er. »Warum, taugen unsere Moneten etwa nichts?«

»Aber das ist doch schon der letzte Tanz«, sagte der Chef. Inzwischen waren auch der Mann von der Garderobe und die Kassiererin hinzugetreten.

Lello war indessen am weitesten vorgedrungen, stand da und sah auf die Tanzenden im Saal. Es waren die letzten Paare; das Orchester spielte einen Tango, und die Beleuchtung glühte dunkelrot. Den Kopf vorstreckend, rief Lello laut dem Kapellmeister hinten am anderen Ende des Raumes zu: »Spiel mal für mich *Jonny Guitar*!«

Dann drehte er sich um und sagte: »Also was jetzt, gehn wir nicht rein?«

»Jungs, hier ist jetzt Schluß«, erklärte der Chef mit dem tief herabhängenden Schnauzbart. Lello durchzuckte es. Er nahm zwei Tausender heraus und warf sie auf die Brüstung der Garderobe: »Machen wir's pauschal«, rief er, »in Ordnung?« Und ohne eine Antwort abzuwarten, betrat er den Saal. Die anderen folgten ihm, sich drängelnd und stinkbesoffen. Der Chef und seine Angestellten liefen ihnen schimpfend nach. Aber Lello forderte bereits eine Blondine auf, die mit hohen Stöckelschuhen in einem Winkel stand. Sie schüttelte den Kopf, aber da war der Tango schon zu Ende; die Freundin erschien mit ihrem Tänzer, und alle drei gingen davon.

Das Licht wurde schwächer, nur die normale Beleuchtung war noch an mit da und dort einer roten Lampe. Alle machten sich zum Kehraus fertig. Einer hatte schon den Mantel übergestreift, ein anderer ging langsam und befriedigt zur Garderobe, um seinen zu holen, und legte ihn auf einen Stuhl, um den letzten Tanz mitzumachen.

Die Freunde durchquerten den engen, langen Saal. Cagone setzte sich an den Rand der Tanzfläche und zog sich einen Schuh aus, der ihn drückte. Ugo ging auf das Orchester zu. Es setzte gerade mit dem endgültig letzten Tanz ein: einem Rumba, der wie üblich anfing, dann aber in immer schnellerem Rhythmus dahingaloppierte, daß man ihm nicht recht folgen konnte. Ein großer Teil der Paare hörte deshalb auf zu tanzen und drängte zum Ausgang; nur vier oder sechs ausgesprochene Fanatiker blieben auf dem Parkett und verrenkten ihre Glieder bis zum Schluß, daß es aussah wie ein Veitstanz. Dann war auch der Rumba zu Ende, und die Paare, die so lange ausgehalten hatten, gingen ebenfalls lachend zur Tür.

Ugo hatte sich vor der Kapelle aufgebaut, und als sie nun Schluß machte, sagte er strahlend: »Ach, spielt doch mal die *Comparcita!*«

Die Musiker sahen ihn mit verkrampftem Hals und einem fettigen Lächeln in den Augenwinkeln an, nickten ihm zu, sagten »ja, ja« und fingen an, ihre Instrumente einzupacken.

Da platzte Ugo: »He!« schrie er und verzerrte seinen Mund bis zu den Ohren, »ich hab das nicht im Spaß gesagt!«

»Hör zu, Junge«, sagte der Kapellmeister ganz ruhig und freundlich, »laß uns in Ruhe, wir sind müde.«

Ugo drehte sich zu seinen Genossen um und pfiff zwischen den Fingern; gleich kamen sie heran, hinter sich den Chef des Hauses.

»Also«, sagte Ugo, Zeigefinger und Daumen gegen die

Musiker erhoben, und schwenkte dabei die Hand, »für uns spielt ihr nicht?«

»Junge«, sagte der Kapellmeister wieder, »wir sind doch hier angestellt.«

Ugo wandte sich um und warf dem Chef einen scheelen Blick zu: »Was gibt euch denn der Bettelsack da?«

»Wir kommen von der Gewerkschaft!« rief der Verrückte und kicherte vor sich hin.

»Schluß mit dem Gequatsche!« schrie Ugo, »wollt ihr nun für uns spielen oder nicht?«

Der Kapellmeister blickte ihm ernst und gerade in die Pupillen: »Junge«, meinte er begütigend, als wollte er sagen: ›Sei friedlich, siehst du nicht, daß es keinen Zweck hat?‹

»Warum wollt ihr denn nicht spielen?« warf Lello dazwischen.

Aber Ugo schob ihn beiseite und trat noch einen Schritt vor: »Wir zahlen euch, und wie, ihr Idioten!«

»Na schön«, gab der Kapellmeister endlich nach, »aber hier im Saal geht's nicht. Es wird geschlossen.«

»Draußen ist Platz genug!« rief Ugo, fast schon singend.

»Hier, nimm einen Schluck!« murmelte Cagone, holte aus der Tasche die noch halbvolle Flasche Strega heraus und reichte sie dem Kapellmeister, der sie besah, ergriff und unter dem zufriedenen Blick Cagones austrank. Auch die anderen holten jetzt ihre Flaschen heraus und boten sie den übrigen Musikern an.

»Wartet Mama denn gar nicht auf euch«, versuchte der schnurrbärtige Chef zu witzeln, »müßt ihr nicht in die Heia?«

»Weißt du was, Schnauzbart«, erklärte Ugo, »ich kauf die ganze Kapelle.«

Gesagt, getan: er holte Geld heraus, einen schönen Haufen

von Scheinen, Münzen und Kleingeld. Der Kapellmeister warf einen prüfenden Blick darauf.

»Da!« rief Ugo ihm zu, »nimm's! Wenn du für mich spielst, hast du einen Monat keine Sorgen.«

»Na gut«, sagte der andere, »wir können euch ja noch einen aufspielen. Allerdings draußen.«

»Wo?« wollte Lello wissen.

Tanzend und singend gingen sie alle dem Ausgang zu. An der Tür drehte Ugo sich zum Schnauzbärtigen um, legte die Hände trichterförmig an den Mund und brüllte: »Such dir 'ne andere Kapelle, die hier ist engagiert!«

Wieder traten sie auf die Straße hinaus, hinter ihnen der Mann mit der Ziehharmonika, der mit der Gitarre und der mit der Trompete. Zunächst einmal hoben sie noch einen und ließen die Flaschen von Hand zu Hand gehen, dann begannen die Musiker mit *Grazie dei fior,* während die sechs Gefährten noch einmal auf dem Bürgersteig Springbrunnen spielten. Nach dieser Tat schlenderten sie die leere Straße hinab, tanzten miteinander, versuchten sich in komplizierten Figuren. »Nur weiter!« rief Ugo den Musikern zu, »wir zahlen euch nach Kilometern.«

Die kamen hinter ihnen drein, auch sie vom Trinken schon etwas weich in den Knien. Als sie *Grazie dei fior* beendet hatten, sagte Lello: »Musikanten! Für euren lieben Lello müßt ihr jetzt *Carcerato* spielen.« – »Ach Quatsch, *Carcerato*«, fuhr ihm Ugo verächtlich dazwischen, »spielt für mich *Vipera.*«

Salvatore hörte auf, mit dem Verrückten zu tanzen, und rief: »Was willst du denn mit 'ner Viper? Bist du etwa selber giftig? Laßt mich mal. Ich sing was vor, da kippt ihr aus den Schuhen alle miteinander.« Er deutete mit dem Finger auf den bebrillten Gitarristen und sagte: *Vent' anni,* los!«

»Auf den elektrischen Stuhl!« rief Lello.

»Brich dir bloß keinen ab!« schrie Ugo fuchsteufelswild, wandte sich heftig den Musikern zu und fauchte sie an: »*Vipera* hab ich gesagt, und *Vipera* wird gespielt!«

»Laß ihm seine Eidechse, dem Kretin!« beschwichtigte Lello angewidert.

»Aber dann *Carcerato,* das ist ein Weltschlager!«

Ugo fletschte die Zähne wie ein tollwütiger Hund; torkelnd beugte er sich zu den Musikern, daß sein Gesicht fast den Bürgersteig berührte, und zischte: »Spielt *Vipera!*«

Lello verlor allmählich die Geduld. Er kniff die Augen zusammen, verzog den Mund, hob den Zeigefinger und schüttelte ihn abweisend: »Warum?« sagte er. »Spielt lieber *Carcerato!*«

Salvatore hatte inzwischen schon auf *Vent' anni* verzichtet, und fröhlich grölend, heulend wie eine Sirene, fing er auf eigene Rechnung und dabei tanzend zu singen an: »*Lola, Lola!*«

Diese Gelegenheit benutzte die Kapelle, um schleunigst und mit voller Lautstärke einen Charleston zu spielen, und alle hielten sich an den schmutzigen Händen und drehten sich gemeinsam im Tanz. Dem Charleston hingegeben, hier zwei zusammen, dort einer für sich allein, erreichten sie die Höhe der Via dei Santi Quattro, beim Platz vor San Giovanni. Dort ließ Ugo plötzlich den Charleston Charleston sein, raste auf den Obelisken zu und kletterte auf den Sockel.

Er breitete die Arme aus, hob den Blick zum Himmel, ebenso wie der Heilige Franziskus auf der anderen Seite des Platzes, und schrie: »Roms ewiger Ruhm ist da!«

Dann begann er mit auf- und abzuckendem Adamsapfel, das Kinn zum Himmel gereckt, zu singen:

Per vincere ci vogliono i leoooni
di Mussolini armati di valor...

Aber gleich brach er wieder ab, sein Gesicht verfinsterte
sich, und er erklärte zähneknirschend: »Denn diesen Obe-
lisk haben wir aufgestellt zur Schmach und Schande für die
Russen, was, Jungs! Wir, wir können uns das erlauben, wir
können was aufstellen, wir sind die Stärkeren! Darum!
Jungs! Immer! Uns scheißt keiner an! Das ist die Ewige
Stadt!«

Er holte etwas Luft und schrie mit aller Kraft: »Genossen!
Der schwarze Markt ist aus! Jetzt gibt's Brot ohne Marken!
Jetzt muß man sich's untern Nagel reißen... Früher, da
brachte mein Vater euch das Brot, aber, das wißt ihr ja,
meinen Vater, den haben sie umgelegt ... Vor der Tür vor
unserm Haus ... Da hat er gelegen, auf dem Boden bis
zum Morgen, mit drei Kugeln in der Stirn ... Und wer
kam ihm zu Hilfe? Kein Schwanz, verdammt nochmal! In
Italien sind wir fünfzig Millionen Einwohner, und alle
sitzen wir mit dem Arsch auf Grundeis!«

Er hatte so laut geschrien, daß er die Augen schließen
mußte und es so aussah, als wollte er ohnmächtig werden,
aber dann fing er noch einmal an und schrie womöglich
noch lauter: »De Gasperiii!«

Er schwieg kurze Zeit und ließ, Schaum vorm Mund, einen
fahren. Es war ein finsterer Laut, und Ugo krümmte sich,
die Hände auf dem Bauch. Dann nahm er noch einmal alle
Kraft zusammen, um, weiß wie ein Toter, den Musikern
zuzurufen: »Und jetzt den *Marsch auf Rom*!«

Indessen hatte der Verrückte, der nach seinem Charleston
selbst zum Umfallen müde war, die Augen über den Piazzale
San Giovanni schweifen lassen, als merkte er erst jetzt, wo

er war, und dann blieb sein Blick an einem Punkt haften, an einem Haus bei der Einmündung der Via San Giovanni in Laterano; ganz langsam, allmählich, leuchtete sein Gesicht auf vor freudiger Überraschung.

»He!« rief er, »aufhören! Hier ist ja meine Süße!«

Dann blickte er sich um, wie vom Zweifel gepackt:

»Ist das nicht das Haus, wo sie die Toten reinlegen?«

»Klar, Mann«, meinte Cagone, der hinter dem Sockel stand, auf dem Ugo Reden hielt, »das ist die Leichenhalle, wo sie die Toten aus dem Krankenhaus hintun.«

Der Verrückte drehte sich um und betrachtete das Gebäude mit tiefer Befriedigung: »Denn liegt sie da«, rief er, »sie ist gestern abend gestorben.«

Er schwieg einen Augenblick und schrie dann zum Giebel des großen Gebäudes am anderen Ende des Platzes hinüber:

»Hallo! Süße!«

Und noch einmal.

»Süße!«

»Ist an Krebs gestorben«, erklärte er den anderen.

»Ach was, Krebs«, sagte Cagone, »an Lustseuche ist die eingegangen.«

Nicht zufrieden damit, ihr zuzurufen, pfiff der Verrückte gellend zwischen den Fingern.

»Bildest du dir etwa ein, die antwortet dir?« fragte einer der Musiker.

»Bringen wir ihr ein Ständchen!« rief Salvatore. Das hatte dem Verrückten noch gefehlt! Ohne zu zögern, rannte er auf die Leichenhalle zu. Lachend, ihre Kapelle hinter sich herschleppend, folgten ihm die Freunde. Unter den Fenstern angelangt, drehte sich der Verrückte zu den Spielern um, die weiß vor Schreck und Müdigkeit dastanden.

»Totare! Totare!« rief er, »das kriegt sie von mir!«

Er drehte sich den Fenstern zu und fing an zu singen, wobei ihm vor leidenschaftlichem Eifer der Speichel aus dem Mund troff wie vorhin Ugo:

> *L'ultima serenata*
> *non è per te,*
> *l'ultima serenata*
> *che male c'è . . .*

»Spielt!« befahl Ugo finster der Kapelle, die keinerlei Einwände mehr wagte. Nach kurzer Überlegung begannen sie zu spielen, und der Verrückte konnte triumphierend mit seinem Lied vorankommen, wobei er sich selbst mit großen Armbewegungen dirigierte, als stünde er auf dem Podium einer Konzerthalle:

> *La voglio fà sentire*
> *a la bionda che sta lassù,*
> *la voglio improvvisare*
> *a chi m'aspetta da un anno e più . . .*
> *L'ultima serenata . . .*

In dem Augenblick tauchten am Rand des Platzes, aus den Anlagen an der Porta San Giovanni kommend, drei oder vier Polizisten auf Fahrrädern auf: die Streife.

Cagone witterte sie zuerst. »Achtung!« rief er, »die Bullen!« Und schon nahm er die Beine in die Hand und galoppierte die Via Merulana hinab.

»Razzia!« schrie Tommaso und rannte hinter ihm her. Alle stoben auseinander, und da sich auf diese Weise eine günstige Gelegenheit bot, ließen sie die Musiker im Stich, die mit ihren Instrumenten nicht so schnell laufen konnten und das Nachsehen hatten.

Endlich schlief Rom. Gegen Morgengrauen waren nur noch die nächtlichen Polizeistreifen übriggeblieben, und eigentlich konnte man kaum von »Morgengrauen« sprechen, denn dunkle Wolken sammelten sich immer dichter und drohender zwischen den Dachfirsten und über den Plätzen. Weihnachten rückte näher, und das Wetter machte sich ernsthaft daran, böse zu werden. Als die sechs Gefährten an einem stillen, sicheren Ort wieder zusammentrafen, verabschiedeten sie sich stumm, und die von Trastevere gingen ihren Weg, wobei sie Cagone mit sich schleppten, der mit dem Durchfall, der in seinen Eingeweiden wühlte, nicht mehr weiterkonnte. Lello und Tommaso gingen allein zu Fuß in Richtung Pietralata davon.

Sehr lange brauchten sie eigentlich nicht zu laufen, entweder bis zur Piazza Vittorio, oder bis San Lorenzo, je nachdem; denn bald mußten die ersten Trambahnen fahren. Sie gingen durch die Via Emanuele Filiberto, und als sie an der Piazza Vittorio ankamen, gingen sie quer durch die Anlagen, die in Nässe gebadet waren, und streckten sich auf zwei benachbarten Bänken aus. Sie lagen mit den Köpfen aneinander auf dem Rücken, und ihre Füße wiesen in entgegengesetzte Richtungen. Nur ins Gesicht sehen konnten sie sich auf diese Weise nicht.

Kioske, Toiletten, Zeitungsbuden: alles war geschlossen. Kein Mensch kam vorbei. Die Laternen zwischen den Bäumen verstrahlten höchst überflüssiges Licht; nur in einer Ecke des Platzes, weit hinten, inmitten künstlicher Felsen, tummelte sich eine Schar Katzen aller Arten. Sie umkreisten einander und fauchten dann und wann wie Blasebälge. Tommaso und Lello lagen vollgefressen und angesoffen da, die Hände unterm Rücken verschränkt, die Beine gespreizt und den Schöpfer der Völker zum Himmel gewandt.

So fingen sie an, nur um irgend etwas zu tun, von alten Zeiten zu reden, als sie noch klein waren und das Leben rosig, obwohl sie zugeben mußten, daß es auch jetzt nicht gerade schlecht war.

Doch bald wurden sie des schönen Geschwätzes müde, fingen an zu gähnen, stritten ein bißchen, und am Ende nickten sie ein.

Langsam verstrich die Nacht. Als sie erwachten und sich von dem nassen Holz der Bänke erhoben, war es fast fünf, und in der Ferne hörte man die ersten Straßenbahnen.

Voller Optimismus, mit breit lachendem Mund, streckte Lello die Glieder, sah Tommaso an und meinte: »Was, Tomà, gehen wir noch 'n Stück?« – »Uff«, machte Tommaso munter, »hast du die Schnauze immer noch nicht voll?« – »Wer wird schon müde sein von dem bißchen Rumgelaufe«, sagte Lello und schob ab in Richtung Piazza Vittorio.

Männer mit Karren kamen in die Stadt; einer hatte sich zwischen die Deichseln gespannt wie ein Sklave, und ein anderer schob hintenan, schlaftrunken, aber schön getrimmt, als käme er gerade vom Friseur. Wie Gespenster glitten sie leise auf dem regennassen Pflaster vorüber und verschwanden auf den Fußwegen am Rande der Anlagen.

An einer Ecke schepperte und klapperte es: Die Männer von der Stadtreinigung rollten die Mülltonnen aus den Toreingängen und luden sie auf Lastwagen.

Lellos Müdigkeit war verflogen. Er fühlte sich ganz leicht, wie einem zumute ist, wenn man frühmorgens, etwas angeheitert, aus einem Tanzsaal tritt. Die Hände in den Taschen, schritt er unter den Gesimsen der Häuser entlang, Brust und Gaunervisage herausfordernd vorgestreckt.

Tommasino trottete hinter ihm drein, zufrieden, daß der

Freund so guter Stimmung war; auch er war wieder ganz munter, doch um dem anderen nicht zuviel Überlegenheit zu gönnen, gab er sich etwas mürrisch.

»Mensch, Lè«, knurrte er, »was rennst du denn so, hast du Ameisen im Hintern?«

Lello antwortete nicht. Er lachte nur ein wenig und ging weiter, ohne sich umzudrehen. Er wußte genau, daß Tommasino nur so daherredete, um sich aufzuspielen; wenn sein Kumpel gegen ihn aufmuckte, dann eigentlich nur, weil er ebenso glänzender Laune war, und im Grunde war es ein Kompliment, als wollte er sagen: ›Mensch, Lè, bist doch ein Pfundskerl von einem Hurensohn! Wirst du denn nie müde? Bist du etwa ein Bersagliere?‹

Er sang ein Lied, den Kopf wiegend, den Blick geradeaus gerichtet, die Hände in den Taschen, als wären sie darin festgebunden.

Sie begegneten einer heimkehrenden Streife, einem Arbeiter, der weiß vor Müdigkeit zur Eisenbahn ging, und dann einem bärtigen Alten, der einen Karren mit nassen Lumpen und anderem stinkenden Zeug vor sich her schob. Aber jeder von ihnen ging für sich allein, einzeln, wie in Eis eingeschlossen, schweigend. Man hörte kaum das Geräusch der Absätze auf dem nassen Pflaster vor den Häusern.

Jetzt hatten sie die Piazza Vittorio hinter sich und gingen die Via Lamarmora hinunter, wo die Kaserne und die Milchzentrale lagen, und von dort hörten sie schon das Klirren der eisernen Kästen voller Flaschen, die über den Boden geschleift und auf Lastautos verladen wurden.

Vor dem ›Ambra Jovinelli‹ blieben sie eine Weile stehen, um sich die Bilder aus dem kommenden Film und der Artisten aus dem Zwischenprogramm anzusehen.

»Donnerwetter!« sagte Lello und biß sich auf die Lippen

beim Anblick einer halbnackten Blondine, die ihn über die Schulter mit einem sanft verhurten Lächeln anblickte.

Augenblicklich hingerissen und gebannt stand Lello eine Weile da, in Betrachtung versunken, die Hände in den Taschen der hautengen Hose.

Aus der Richtung der Piazza Vittorio hörte man eine Trambahn kreischen.

»Los, Lè, die nehmen wir!« rief Tommaso und rannte drauflos.

Wie verrückt pfeifend, bogen sie um die Ecke des Kinos und rasten die Via Principe di Piemonte hinunter, die Schienen der Trambahn entlang. Als sie beim Bogen der Santa Bibiana anlangten, waren sie völlig außer Atem, und von der Bahn keine Spur.

»Himmel, Arsch und Zwirn!« schrie Lello und krümmte sich, um wieder zu Atem zu kommen. »Macht nichts«, sagte Tommaso, bemüht so zu tun, als hätte ihm die Rennerei gar nichts ausgemacht, »ich weiß ja nicht mal, ob's die 12 war oder die 11.«

Lello setzte sich auf den Rand des Bürgersteigs. Er streckte die Beine aus und lehnte sich mit dem Nacken an die bröckelige Mauer. »Kostet bestimmt 'ne Stange, hier zu wohnen!« erklärte er mit einer Grimasse, doch als er sich dessen bewußt wurde, hellte sich sein Gesicht sofort wieder auf, und auf den Bürgersteig hingestreckt begann er sogar noch einmal zu singen.

Tommasino machte es sich neben ihm bequem, aber im Stehen; er lehnte sich schlapp an die Mauer, die Hände in den Taschen, die Beine übereinandergeschlagen.

Er war mit dem Leben zufrieden, ja, fast noch mehr als zufrieden; der Dinge harrend, die da kommen sollten, blieb ihm nichts weiter, als gelassen zu gähnen.

Lello unterbrach einen Augenblick seinen Gesang, der Mund verzog sich ihm zu einem Lachen bei dem Gedanken an das, was er aussprechen wollte, und er sagte: »Das werden die nicht so schnell vergessen, die zwei Lumpen, was?« Er schluckte und sang vergnügt weiter. Er lag zwar etwas unbequem da, aber er machte sich gut, und ergo veränderte er seine Lage nicht.

Vor ihnen war das Apollo-Kino, auch da gab es Schaukästen, von Regen durchweichte Bilder hinter Metallgittern, und über dem Eingang stand der Titel des Films; die Buchstaben waren einen halben Meter hoch.

Sie hatten sich an der Kurve der Via Cairolo postiert, denn wenn es dort auch keine Haltestelle gab, so verlangsamte die Bahn hier immer ihr Tempo. Die ganze Straße war leer, wie ausgestorben; kein Mensch war zu sehen. Auf der anderen Seite, gegen die Via Principe di Piemonte mit der Bahn von Centocelle an der weißen Mauer der Stazione war es noch öder; über dem Bahnhofsgelände ragte eine Art Minarett, umgeben von einer Wendeltreppe und Reihen von Lichtern. Dort war die Unterführung von Santa Bibiana, in der es troff wie in einem Waschraum: Man sah eine Reihe von Lampen in der rohen Wölbung und die Trambahnschienen, die unten einmündeten, für die Bahnen nach San Lorenzo und Il Verano.

Es war tatsächlich weit und breit niemand zu sehen – als würde es nur mehr Nacht, anstatt Morgen; als wären alle ins Bett gegangen und hätten Plätze, Straßen, Alleen und Unterführungen in diesem Dunkel zurückgelassen, wo nur die überschwemmten Fahrbahnen, von der städtischen Beleuchtung beglänzt, etwas heller hervortraten.

Hin und wieder hörte man einen Zug pfeifen, auf den Gleisen der Stazione Termini, jenseits der großen Mauer. Und da hier unten kaum Häuser standen, sah man deutlich den Himmel über sich; er war noch bedeckt, aber man konnte nicht unterscheiden, ob gewisse dunkle Streifen klare Himmelsstriche waren oder regenschwere Wolken.

Es war ein Himmel, der tatsächlich nirgends endete: weißlich mit etwas Rot. In der Morgenfrühe hatte sich ein frischer Wind erhoben, der eisig über alles hinfegte; deshalb regnete es auch nicht mehr; alles sah klar und sauber aus. Doch jenes Rot, das die Wolkengebirge krönte: war es nun der Widerschein der nächtlich beleuchteten Stadt, die sich kilometerweit nach allen Seiten erstreckte, oder vielleicht schon eine Spur der aufgehenden Sonne?

Wenn es der Tag war, dann so wenig, so kaum erst angefangen, daß er schlimmer wirkte als die Nacht: ein rötlichgelber Hauch nur – von den entferntesten Rändern herkommend, vom Himmel, der jenseits des Stadtrands hing, jenseits der Vororte, der ersten Felder und Gärten bei den Hügeln vor Rom –, und dieser Hauch begann sachte, kaum merklich, die Wolken zu entzünden. Er schien von den letzten Himmelswinkeln über dem Norden der Stadt herzuwehen, wo irgendein Saufbold vielleicht ein paar Stunden zuvor hingepißt oder -gekotzt hatte; und doch war es auch so, als wehte er seit hundert Jahren von weither, vom Strand bei Anzio oder Fiumicino.

»Scheißkram!« keuchte Tommaso verärgert; er war plötzlich so hundemüde, daß ihm beinahe die Tränen kamen. Aber er klopfte sich kräftig auf die Brust und faßte sich wieder. Lello hatte zu singen aufgehört, ja sogar die Stellung gewechselt. Er hockte jetzt am Randstein, die Ellbogen auf die Knie, das Gesicht auf die Fäuste gestützt. Hin und wieder gähnte er geduldig und wie abwesend vor sich hin.

»Hol doch der Henker diese dämliche 11!« fing Tommaso noch einmal zähneknirschend an, »weiß die denn nicht mehr, wo sie längsläuft?«

Genau in dem Augenblick, wie von Gott gesandt, bog weit hinten an der Ecke Via Cairolo und Piazza Vittorio, mit einem Kreischen, daß sich einem die Haare sträubten, eine Trambahn um die Ecke: die 11, vollkommen leer.

Wie Raubtiere sprangen die beiden auf. »Los! Die Tram hat 'nen ganz schönen Zahn drauf! Los, Lè, los, Lè!« schrie Tommasino hetzend.

Lello spielte noch immer den Gleichgültigen. Als die Bahn auf der Höhe des ›Apollo‹ war, fuhr sie langsamer, um zum Bogen der Santa Bibiana einzubiegen. Tommasino sprang vorwärts, klammerte sich an den Griff, holte Schwung mit einem Bein, das andere schon auf dem Trittbrett, und taumelte in den Wagen, aufgeregt und bereit, sich mit dem Schaffner herumzustreiten, der vorn neben dem Fahrer stand, weil sonst noch kein Fahrgast da war. Plötzlich aber, mit einem Geräusch, das einem durch Mark und Bein ging, bremste der Wagen derart, daß Tommaso gegen den Schaffner geschleudert wurde. »Was ist denn los?« schrie er. Der Fahrer hatte schon die Hand am Hebel, die vordere Tür glitt auf, und er sprang ab. Tommasino ihm nach, mit einem Satz, und fand sich auf der Straße wieder, vor dem Bogen der Heiligen Bibiana. Lello saß am Boden, auf dem feuchten Pflaster, neben dem Anhänger. Er drehte Tommasino und den beiden Straßenbahnern, die aus dem vorderen Wagen gestiegen waren, den Rücken zu: vor ihm stand schon der Schaffner des Anhängers und sah regungslos auf ihn hinunter. Es war Lello, mit steifem Nacken, die langen Beine nach vorn gestreckt. Eine Hand stützte er auf die nassen Pflastersteine, die andere hielt er sich vor die Augen. Von hinten schien es, als hätte er etwas vom Boden aufgelesen und betrachte es nun aufmerksam. Tommaso lief zu ihm hin. Das, was Lello betrachtete, war seine Hand: aber so zugerichtet, daß Tommaso, als er hinblickte, weiß wurde wie ein Tuch und hilflos zitterte. Die Hand war nur noch ein Brei aus Knochen und Blut. Lello versuchte zu schreien, aber die Stimme, die dann kam, war in Wirklichkeit ganz leise und schien aus einer anderen Welt zu kommen, als ob er es gar nicht wäre, der da sprach: »O Gott, o Gott, Hilfe, helft mir doch!« Auch der Fuß war gebrochen: der Schuh, das Fleisch, die Knochen, alles zusammen bildete einen blutigroten Klumpen.

Fahrer und Schaffner knieten jetzt neben Lello: sie blickten hin, ohne sich zu rühren, wie der Schaffner des ersten Wagens; der hatte die Hände vors Gesicht geschlagen und brachte es nicht über sich, sie wieder wegzunehmen und hinzusehen. Dann traten von hier und da andere Menschen hinzu; in wenigen Minuten bildete sich ein Grüppchen um die stille Bahn. Irgendeiner versuchte, Lello unter die Arme zu greifen und ihn zum Bürgersteig hinüberzuziehen. Doch da fing er an zu schreien, aus vollem Hals jetzt, und sie ließen ihn, wo er saß, auf dem Pflaster, die Hand erhoben und das Bein ausgestreckt.

Zwei oder drei Straßenkehrer, jüngere Leute, liefen davon, um zu telefonieren; zu einer Bar oder zu dem Häuschen an der Endhaltestelle der Centocelle-Bahn. Unterdessen waren rings um Lello die nassen Häuserfassaden, die Bahnhofsmauer, die Gesichter der Menschen und das Straßenpflaster hell geworden, alles fast weiß jetzt im ersten Tageslicht, das wie eh und je langsam und kaum merklich über der Stadt emporstieg.

Eines schönen Nachmittags, kurz vor Ostern: die Sonne hatte noch keine Kraft, und der Wind wehte so frisch, daß die Haut Risse bekam.

Unten im Flußbett, neben dem Kloakenzufluß, erhob sich Tommasino, zog die Hose hoch und begann, noch während er den Gürtel festschnallte und Dornen und Kieselsteine verwünschte, die Böschung zu erklimmen.

Die Schuhe waren mit schwarzem, kotigem Schlamm beschmiert; er schien aus einem Vulkantrichter zu kommen, in dessen Tiefe ein wenig Wasser schwappte; schwarz auch dies. Zwischen Flecken aus feuchtem Gras und Schimmel hüpfte auch schon irgendeine Kröte friedlich dahin, als breitete sich rings um sie her freies Land, und sogar ein paar kleine Insekten gab es schon, da und dort, die ersten, geflügelten Insekten dieses Frühlings.

Als Tommasino oben war, hatte er lauter Steinchen in den Schuhen; unverdrossen setzte er sich hin, um die Schuhe auszuziehen, säuberte sie singend, so gut es ging, zog sie wieder an und trottete in Richtung Sette Chiese davon.

Vorsichtig überquerte er den Viale Cristoforo Colombo und betrat den großen Bauplatz an der Garbatella. Es war fast schon eine Ebene, annähernd einen Kilometer lang, mit ein paar zerbröckelnden Mauerresten mitten darin und Reihen von gerade erst erbauten, sechs, sieben Stock hohen Häuserblocks ringsum und einzelnen Villen an der Via Maria Adelaide Garibaldi, wo an die hundert Kinder hinter ihren Bällen herliefen.

Tommasino stürzte sich in das Gewimmel. Ihm war ganz festlich zumute in dieser Menge, die herumbrüllte und sich vergnügte. Sogar Knirpse von zwei, drei Jahren tummelten sich dort, mit Sabberlätzchen und Strampelhosen, und in ihren feinen Gesichtern waren hie und da schon die Züge ihrer älteren Geschwister zu erkennen.

Was Tommaso betrifft, so übersah er diese Bettnässer völlig. Er kam nur aus einem einzigen Grund hierher: um seine Blicke ausgiebig über die Mädchen hinstreichen zu lassen, die ihm schon von weitem ins Auge gefallen waren.

Tatsächlich waren sie überall auf dem Felde, um auf die ganz Kleinen achtzugeben, selbst noch halbe Kinder, sahen einige fast schon aus wie Signorine; dürftig bekleidet, wie sie zu Hause herumliefen, waren sie allerdings alle. Sie hockten sich in Reihen oder im Kreis auf dem Platz nieder, sorgsam darauf bedacht, nichts mit den Männern zu tun zu haben, die da um die Mädchen herumstrichen, wie alt oder jung sie auch sein mochten.

Sie saßen im trockenen Gras oder auf dem glattgestampften, vom scharfen Wind gefegten Erdboden, wie Frauen zu sitzen pflegen, die brav zusammengepreßten Knie vom Unterrock bedeckt, den einen Arm aufgestützt. Doch wenn sie mitten im Schwatzen und Kichern die Haltung wechselten oder sich aufrichteten, um sich einen Klaps zu geben oder sich zu necken, ließen sie die Röcke rutschen, wohin sie wollten, und dann konnte man gelegentlich etwas von dem erhaschen, was sich darunter verbarg.

Das war der Grund, weshalb Tommaso langsam über den Platz schlenderte, ohne sich um etwas anderes zu kümmern,

als möglichst dicht an den Reihen der Mädchen vorbeizu-
kommen. Die taten denn auch so, als hätten sie ihn gar nicht
bemerkt, obwohl ihnen sofort klar war, daß er es auf sie
abgesehen hatte. Ohne ihn anzublicken, fingen sie an, über-
trieben zu kichern und zu lachen und sich zu balgen, und
genossen es, wie er sich an ihren Bewegungen weidete; er
durfte ihnen ruhig unter die Röcke schauen: Sie wußten ja
nichts von seiner Anwesenheit! Außerdem war er nur einer
und sie so viele, was sollte schon passieren? Tommasino
ging weiter, einen Schritt um den anderen; er schluckte
bitter.

»Hol der Teufel diese albernen Weiber!« murrte er mit verzogenem Mund.

Als er das Ende des großen Platzes erreichte, war er auf
achtzig. Hier öffnete sich noch ein anderer Platz, hinter
der Straße, die sich zwischen den Wohnblocks der Garbatella verlor; nur gab es hier keine Frauen, und schon
wollte Tommaso, puterrot vor Wut, umkehren und sich
erneut unter die Langhaarigen mischen. Aber wie es da-
Schicksal so will, in eben diesem Augenblick schoß aus
dem Viale Cristoforo Colombo der Wagen des Hundefän-
gers hervor, rollte an den Gruppen der Mädchen vorüber
in die Via Anna Maria Taigi hinein und hielt, ein Stück weiter
oben, vor einem Häuserblock.

Johlend jagte der ganze Kinderschwarm hinterdrein, die
Kleinen voran und dahinter die Größeren, auch sie neugierig wie die Affen. Schon waren aus den Höfen der umliegenden Häuser andere Kinder herbeigerannt, und ein
ganzer Haufen von Rotznasen stellte sich vor dem Tor auf.
Jetzt aber standen Mädchen inmitten der Menge, alle mit
Filmstarfrisuren, ganz glatt herunterhängenden Haaren
oder Pferdeschwänzen, die über die Schultern fielen.

Sowie Tommaso sie entdeckt hatte, drängelte er sich zu ihnen hin, während der Hundefänger rasch über den Hof lief, der sich eng und lang zwischen den Mauern erstreckte.

Wie achtlos, zufällig, schob Tommaso sich zwischen den Schwarm von Hosenscheißern dicht hinter zwei, drei Mädchen, die sich untergehakt hatten und die Hälse nach dem Hof ausreckten.

Sachte, vorsichtig, scheinbar gleichfalls fasziniert von den Vorgängen im Hof, rückte er, die Hände in den Hosentaschen, der größten von den dreien auf den Pelz. Hinter der leichten, fadenscheinigen Leinwand der Hose begann er, mit den Knöcheln vorsichtig anzuklopfen. Sie bemerkte es sofort, und ihr Blick begann zu verschwimmen; mit ruckartigen Kopfbewegungen, tick hin, tack her, wie ein Huhn, das nach Körnern pickt, sah sie ein wenig zum Hof, dann zur Straße hinüber.

Der Pferdeschwanz schwankte über dem kleinen roten Kragen nach links und rechts und lag wieder gerade in der Mitte. Unter dem Vorwand, nach der Straße Ausschau zu halten, warf sie einen Blick hinter sich auf Tommaso; der stand da, schwach in den Knien, und ließ sich beschnüffeln, stand mit herausgedrückten Knöcheln und doch so, als gäbe es ihn gar nicht, als wäre er Luft, ein Lichtgeist.

Von der Mitte des Himmels herab beschien die Sonne zart und mild die Häuserfront, die hier vor dem Wind geschützt war, und vom Bürgersteig bis zu den Bäumen in den Höfen strahlte alles in sanftem Gold.

Fünf Minuten verstrichen, zehn, eine Viertelstunde verging. Die Kinder hatten wieder begonnen zu spielen und sich herumzuschubsen. Zwischen den Passanten, die stehengeblieben und zu Gruppen zusammengetreten waren, entspannen sich Gespräche. Die Backfische lachten wie verrückt, hielten sich an den Händen und streichelten einander zärtlich die erhitzten Wangen. Nun wußten auch die beiden anderen schon, daß Tommaso ihre große, rosige Freundin mit dem Pferdeschwanz massierte, und je mehr sie lachten, desto finsterer wurde Tommasos Gesicht.

Da gab es endlich im Hintergrund des Hofes etwas zu sehen: Zwischen den steinernen Pfosten für die Wäscheleinen und den noch dürren Beeten kam eine Gruppe im Marschtritt heran: An der Spitze der Hundefänger und sein Gehilfe, dann zwei hübsche, aufgeregt einhertrippelnde Mädchen mit schwarzen Schürzen. Der Fänger hielt etwas Langes in der Hand, das einer Rute glich, wie sie die Angler am Tiber benutzen; nur daß anstelle der Leine ein Lederriemen von der Spitze herabhing.

Die Schlinge am Ende dieses Riemens hatte man einem närrischen Geschöpf über den Kopf gestreift, das auf krummen Pfoten, tick tick tick, dahinzottelte.

Es war ein kleiner, schwarzer Köter, eine Promenadenmischung mit krausem Fell und schwarzen Löckchen bis zu den Pfoten hinunter. Die zwei Mädchen hinter sich, mußte er machen, daß er vorwärtskam, und hin und wieder lief er ein Stück, um wieder auf gleicher Höhe mit dem Hundefänger zu sein; manchmal schwebte er auch, wie ein Fisch an der seltsamen Angelrute baumelnd, einen Meter durch die Luft.

Kaum war die Gruppe im Eiltempo vor dem Eingangstor angelangt, als die wartende Menge in ein Gelächter ausbrach.

»Mensch, seht euch den an!« schrien die Kinder, vom Anblick des Tieres eher begeistert als enttäuscht.

Als der Hund all die Leute bemerkte, die ihn erwarteten, all diese auf ihn gerichteten Augen, schien er eine Sekunde lang unsicher zu werden. Eine Pfote in der Luft, blieb er stehen und sah sich um. Doch ein Zerren am Riemen riß ihm den Boden unter den Pfoten weg, er mußte seinen zottelnden Lauf wiederaufnehmen, und die kleinen Pfoten bewegten sich so eilig, daß man sie kaum sah.

Trotz all dieser Eile und Hast guckte er sich weiterhin um, ja, er heftete sogar den Blick fest auf die Leute, die ihn erwarteten; man sah, daß er sich schämte, sah es am Glanz der schwarzen Augen im dunklen Fell. Er versuchte, die Scham und die Kränkung, die man ihm antat, zu verbergen; er bemühte sich, geradezu heiter zu wirken, schien den Menschen, die ihn anstarrten, zuzulächeln, um zu zeigen, daß ihm nichts Böses geschah, im Gegenteil, daß es ihm beinahe Spaß machte.

So wackelte er, steif aufgerichtet, schweifwedelnd und halb erwürgt von der Lederschlinge durch das Publikum.

Erst als er ganz dicht an den Füßen der Leute entlangstrich, konnte man erkennen, daß sein Rücken fast kahl war und nur ein paar letzte Büschel schwarzer Löckchen zwischen grauer und räudiger Haut aufwies.

Der Hundefänger ließ ihn halb im Flug an den Lastwagen heranschweben, wo schon andere Gefangene mit den Pfoten an den Wänden kratzten und laut jaulten.

Der kleine Lastwagen brummte auf und setzte sich in Bewegung. Kurz darauf waren alle, oder fast alle, lachend davongegangen: die Jungen zum großen Platz, die Mädchen zu den Bürgersteigen vor den Häusern, wo sie warm in der Sonne sitzen konnten.

Nur die zwei Bienen, die hinter dem Hundefänger hergelaufen waren, blieben am Tor stehen.

Endlich kam Bewegung in Tommasino. Er näherte sich den Mädchen, hustete vor Aufregung und lehnte sich gegen die niedrige Mauer, einen Fuß an die abgebröckelte Wand gestützt, eine Hand in der Hosentasche.

Die beiden schwatzten noch ein bißchen miteinander, ganz fröhlich und friedlich, als fehlte es ihnen an nichts, als warteten ihre Mütter zu Hause auf sie, und sie standen da und genossen die Sonne und die frische Luft.

›Die Säue!‹ dachte Tommaso und sah angewidert zu ihnen hin; das Herz schlug ihm bis zum Hals hinauf.

Die eine war untersetzt, schwarz wie eine Negerin, mit einem lang herabhängenden Pferdeschwanz, zwei kleinen, spitzen Brüsten unter der sommerlichen Bluse und einem niedrigen, harten Gesäß, das ihr beinahe auf die Hacken stieß. Bei der lohnte nicht einmal ein näheres Hinsehen, sie war einfach zu doof; nein, für ihn, das hatte er sofort heraus, kam nur die andere in Frage, die zwar auch nicht gerade eine Tanne war, sondern ziemlich klein, aber dafür auch rund und kräftig, fast wie ein Junge, mit künstlich gekräuselten Locken, die starr ihr rotes, viereckiges Gesicht umrahmten.

Die zwei hatten Tommaso natürlich gleich gewittert, taten aber so, als wäre er Luft für sie. Sie standen da und schnatterten miteinander, wie es Frauen eben gern tun. Die kleine Schwarze erzählte der anderen gerade von einem Telefonanruf, den sie gestern vom Freund des Verlobten ihrer Kusine erhalten hatte, und von einem anderen Telefongespräch, in dem sie selbst diesen Morgen der Mutter ihrer Kusine alles berichtet hatte. Tommaso fühlte sich als lästiger Störenfried; die Kleine redete und redete, die andere sah ihr manchmal ins Gesicht und ließ dann wieder die Augen im Kreis spazieren. Und sogar die Schwatzende warf hin und wieder einen Blick zur Straße, wobei sie nach Hühnerart mit dem Kopf zuckte.

Da sie nur dürftig angezogen waren, bibberten sie im frischen Luftzug.

Die Schwarze war erkältet, schien aber ganz zufrieden mit den rauhen, trockenen Tönen, die durch ihre rot entzündete, verstopfte Nase kamen. Die andere – Irene hieß sie – hörte ihr halb steif vor Kälte zu, die Ellbogen an die Seiten gepreßt, die Unterarme mit verschränkten Händen gegen den Busen gedrückt. Sie stand etwas vorgebeugt da, den Kopf zwischen die Schultern gezogen, die Spitzen der Schuhe einwärts gekehrt. Auch die Schenkel preßte sie zusammen und den Bauch zog sie ein. Stumm wie ein Grab, fingerte Tommaso eine Zigarette aus der Tasche, zündete sie gelassen an und begann, mit langsamen, gemessenen Zügen zu rauchen.

Die beiden Mädchen wirkten etwas hektisch, lachten viel und schlugen die Arme um Schultern und Brust, weil es gar so kühl war. Während sie so redeten, kam eine alte Schlampe über die Straße, Haare wie Besenreiser, und mager, als wäre alle Tage Fasten. Die zwei grüßten sie mit lautem Geschrei und reckten sich fast die Hälse aus: »Ciao, Celè!« Aus einiger Entfernung erwiderte die Alte den Gruß in tiefem Ernst. Das reizte die beiden Mädchen, sie erst recht aufs Korn zu nehmen: »He, gibst du mir kein Küßchen, Celè?« schrie die Schwarze. Aber die Alte ging mit trüber Miene eilig ihren eigenen Angelegenheiten nach. Das war der geeignete Augenblick. Lange, ruhige Züge aus der Zigarette nehmend, löste sich Tommaso von der Mauer und trat einen Schritt näher auf die Mädchen zu.

»War das euer Hund?« fragte er, ernsthaft und teilnehmend. Die beiden sahen einander an. »Er gehört ihr«, meinte die Schwarze dann. Irenes Gesicht glühte noch röter, und sie platzte heraus: »Warum?«

»War wohl tollwütig?« erkundigte sich Tommaso.

»Quatsch, nur die Räude hat er sich geholt«, antwortete Irene.

Tommaso schwieg kurze Zeit und blickte sie an; dann fuhr er wohlerzogen in der Konversation fort: »Verdammt, wo hat er die denn aufgeschnappt?«

»Och«, meinte sie, »mein kleiner Bruder schleppte ihn immer mit sich rum, da hat's ihm denn wohl 'n anderer Köter angehängt.«

Sie nuschelte zitternd vor sich hin, und die andere, deren Mundwerk bisher nicht stillgestanden hatte, hörte jetzt schweigend, von unten nach oben schielend, zu.

So begann die Unterhaltung zwischen Tommaso und Irene: Sie tauschten einige Bemerkungen über Hunde, über Vor- und Nachteile, die mit ihnen verbunden seien; sie hatte ja nun gerade frische Erfahrungen mit Fido gemacht, und Tommaso hatte auch ein paar Hunde gekannt, früher, auf dem Lande.

»Ach ja«, erklärte Tommaso, »oft hängt man sich an so ein Viech, es ist dann wie eins von der Familie. Als ich noch klein war, hatt' ich 'n Hund, der ist mir aber übern Kopp gewachsen, und meine Mutter mußt' ihn weggeben, an einen mit 'm Weinkarren. Aber ob Sie's nun glauben oder nicht, an dem Tag damals, da hab ich einfach geflennt.«

»O doch, doch, klar!« bestätigte Irene, »und denn sind sie so schlau, die Biester!« Sie machte eine Pause und setzte wieder an: »Oft kapieren die mehr als manche Leute, die es auf der Welt gar nicht geben sollte. Die, und nicht die Köter, sollten die Hundefänger mal abholen!«

»Leider, leider ist es nun mal so, wie's ist«, erklärte Tommaso.

Auf einmal hatte es die Schwarzhäutige eilig; sie war ernst und nachdenklich geworden, stampfte ein bißchen auf den Boden, wie um sich die Füße in den ausgeschnittenen, absatzlosen Schuhen zu erwärmen. »Also, Irè, denn mach's gut...« Sie hatte einen unwiderruflichen Entschluß gefaßt, das mußte man doch sehen; unnötig also, erst darüber zu diskutieren.

»Du gehst schon?« fragte Irene immerhin, um den Schein zu wahren. Die Schwarze machte eine Andeutung von einem Knicks, indem sie das rechte Bein beugte und das linke nach hinten ausschwingen ließ. »Versteh doch«, sagte sie eindringlich, »ich steh hier rum, und dabei wartet all das Zeugs zu Haus auf mich!«

Es lag etwas Verächtliches, Boshaftes in ihrem Ton, der jedoch augenblicklich – trotz ihrer Eile – wieder ins Freundliche und Zutrauliche umschlug: »Also ciao, Irè«, rief sie, »wir sehen uns noch!«

Stolzgeschwellt im Bewußtsein ihres Schnupfens und ihres Pflichtgefühls, enteilte sie, den tiefhängenden, dicken Hintern nachschleppend und die Beine nach Frauenart werfend, als flögen sie vom Körper weg, die Arme mit den Ellbogen in die Nieren geklemmt wie ein Paar gerupfter Flügel. Und dabei brauchte sie eine halbe Stunde, bis sie endlich auf dem Fußsteig hinten im Hof anlangte und im Haustor eines Gebäudes verschwand.

Tommaso führte die Zigarette, die nur noch ein Stummel war, an die Lippen. Die andere Hand steckte noch immer verloren in der Hosentasche, halb drinnen, halb draußen, rot und gelblich vor Frost trat ihr Gelenk hervor. Er nahm das Gespräch über die Hunde wieder auf: »Wollen Sie vielleicht einen anderen Hund, Signorina? Wenn nämlich ja, ich hab 'n Freund in Pietralata, bei dem läuft 'n halbes

Dutzend rum, richtige Schoßhündchen, sehen prima aus, wissen Sie, Rassetiere!«

»Das fehlte noch!« rief das Mädchen schrill, als wäre man ihr zu nahe getreten, und drückte die Brust heraus. »Lassen Sie das bloß nich mein' Vater oder mein' Bruder hören, sonst schleppen die wahrhaftig noch 'n neuen Hund an! Ich hab nichts übrig für Hunde, nicht so viel! Machen einem bloß Arbeit, springen auf die Betten . . . Das ganze Haus ist voll Dreck . . . Und fressen tun sie!«

Sie redete wie ein kleines Mädchen, das etwas sagt, nur um ein anderes zu reizen; ihr Gesicht glühte, so sehr hatte sie sich hineingesteigert. »Was soll einem schon 'n Hund?« fuhr sie fort. »Eine Last, das ist er, weiter nichts.« Vor lauter Überzeugung fand sie kein Wort mehr, schüttelte nur den Kopf: nein, nein.

Hier fiel Tommaso etwas Geniales ein. Da die Frage der Hunde nunmehr endgültig geklärt war, sah er Irene aus seinem runden, fettigen Gesicht lachend an und sagte nachdenklich: »Wenn ich nun nicht hierher, zur Garbatella, gekommen wär, um 'nen Freund zu besuchen, und nicht stehen geblieben wär, um den Kleinen beim Ballspielen zuzugucken, und wenn's dann nicht das Theater mit dem Hundefänger gegeben hätte, wann hätten wir zwei uns dann wohl getroffen?«

Er schwieg, befriedigt von dieser tiefsinnigen Überlegung. Versteht sich, daß er überging, warum er eigentlich auf den großen Platz gekommen war: nämlich nicht, um mit den kleinen Jungen Fußball zu spielen, sondern um den Mädchen unter die Röcke zu sehen.

Ebensowenig war es geraten, Näheres über den Freund mitzuteilen, den er besuchen wollte, einen gewissen Settimio Augusto, einen Juden, der in den neuen Häusern hinter dem Viale Cristoforo Colombo wohnte; dem Tommaso manchmal half, den Karren zu schieben, um sich ein paar Lire zu verdienen. Nein, es kam nicht in Frage, ihr davon zu erzählen, denn mit dem Kleingeld, das er in der Tasche trug, wollte er das ganze Programm bestreiten, das er im Geist schon aufgestellt hatte.

»Wieso?« fragte Irene, als Tommasos philosophischer Erguß vorüber war, und spielte die Unschuldige, das brave, häusliche Kind, das keine Ahnung von solchen Sachen hat, und schon gar nicht daran denkt.

Tommaso war es recht, denn auch er selbst mußte ja hier als braver Knabe auftreten. »Wieso?« wiederholte er. »Na – hast du nie gesehen, wie das so ist, mit dem Schicksal . . . ?«

Angesichts des Schicksals blieb Irene nichts weiter übrig, als den Mund zu halten. Aber ihr Schweigen war so beredt, daß er genau zwei Dinge heraushören konnte: ›Na und – ? Und wie nun weiter?‹ Und dann: ›Ich weiß Bescheid, ich kenn mich aus!‹

Nun, man wollte sich schließlich nicht aus dem Gleichgewicht bringen. Tommaso trat vorsichtig einen Schritt näher, auch sein Gesicht war rot übergossen. Er sah sie fest an, und bei dem Lächeln, das seine Backenmuskeln unter der Fettschicht verzerrte, wurden seine Augen zu zwei schmalen Schlitzen. Während er sie so anblickte, fragte er, betont gleichgültig, als redete er nur so dahin: »Was spielen sie heut abend eigentlich in der Garbatella?«

»Den *Quo Vadis*«, rief Irene schnell, offenbar froh, eine gute Nachricht geben zu können.

»Anständiger Film, muß ich schon sagen!« erklärte er als Kenner, überdies zufrieden, daß sie so ohne Umschweife geantwortet hatte.

Einen Augenblick schwieg er, sein Lächeln wurde immer dunkler und scheinheiliger: »Wir könnten ja zusammen hingehen, was? Morgen, wo doch Sonntag ist?« Irene hatte nichts anderes erwartet. Ihr Gesicht verfinsterte sich, sie machte eine Art dankender Handbewegung und erklärte ernst, in sich gekehrt, geradezu streng: »Kann nicht.« Und das klang fast betrübt, als spielte sie auf gewisse Gegebenheiten in ihrem Leben an, die ebenfalls schicksalhaft waren.

Aber daß es unmöglich war, sofort zuzustimmen, sich auf die erste Frage hin bereitzuerklären, verstand sich von selbst.

Daher drang Tommaso vorerst auch nicht weiter in sie; er zeigte sich vielmehr voller Lebenserfahrung und Verständnis dafür, wie schwer es für ein Mädchen sei, etwas Freiheit zu bekommen, wo es doch die Familie gab und die Leute, all die Nachbarn, die gern tuschelten.

Er drückte den Stummel zwischen den Fingern aus und schnipste ihn auf die Straße.

Ohne den Dialog über das Kino weiterzuspinnen, fragte er: »Gehen Sie eigentlich auf Arbeit, Signorina?«

»Nein, ich bin zu Haus, aber ich möcht schon auf Arbeit!« sagte Irene bekümmert.

»Also eine richtige Hausfrau«, meinte Tommaso und mimte weiter den braven Knaben, als der er gelten wollte.

Irene zuckte mit den Schultern.

»Und Ihr Vater, was ist'n der?« erkundigte sich Tommaso diskret.

Irene kroch wieder etwas in sich hinein und sagte, ganz Würde, mit einem Hauch von Stimme: »Städtischer Angestellter.«

Tommasos Augen leuchteten vor freudiger Überraschung:

»Meiner auch!« rief er aus. Das verband sie noch mehr, gab ihnen Vertrauen zueinander; sie waren beide froh und ein wenig gerührt.

»Mein Bruder arbeitet auch«, fuhr Tommaso dann fort. »Als Schneider. Ich bin erst noch Gehilfe. Im Handel. Aber ich hab die Mittelschule hinter mir, und da hoff ich, ich krieg eine bessere Stelle. Ich wart noch auf Antwort...«

Wieder schwieg er, um sich umständlich eine neue Zigarette anzuzünden, dann sah er sie eine Weile, still vor sich hinrauchend, an, und die Frage, die jetzt kommen mußte, stand ihm schon ins Gesicht geschrieben: »Also – morgen?... Ist ja nichts weiter dabei.«

Diesmal zeigte Irene sich gleich etwas weniger abweisend. »Ich glaub, es geht nicht«, erklärte sie.

»Warum denn nicht?« fragte er unschuldig

Irene stand in Nachdenken versunken da. Dann schüttelte sie abermals langsam den Kopf. »Nein, nein«, meinte sie.

»Warum nicht?« Tommaso blieb jetzt hartnäckig. »Wenn wir uns hier treffen, an der Haltestelle der 11, und dann gleich ins Kino gehen, was ist dabei?«

»Ich weiß nicht«, sagte Irene, »hängt davon ab...«

»Na, wovon?« half er ihr, mit der Einfalt und Unschuld eines Engels.

»Sie können ja auf mich warten«, meinte Irene, »morgen um vier, da, an der Haltestelle... Wenn mein Vater ausgeht... Und wenn Negretta, meine Freundin, ihre Kusine besucht, kann ich mich bei meiner Mutter vielleicht rausreden... Und denn kann ich ja vielleicht kommen, zum Rendewuh...«

Tommasos Herz erglühte: »Ich warte leicht zwei Stunden«, versicherte er, »was macht das schon aus, Hauptsache, Sie kommen...«

»Hm«, muffelte Irene, das Kinn an die Kehle gepreßt, »wenn ich kann, komm ich, aber wenn nein, stehen Sie da . . .« Doch es war klar, daß sie erscheinen würde. Plötzlich, ganz unvermittelt, wie vorher Negretta, wurde sie seriös, geschäftig, geheimnisvoll. »Es ist spät geworden«, erklärte sie, »ich muß machen, daß ich heimkomme. Auf Wiedersehen!« Und etwas unbeholfen streckte sie ihre dicke, rote Hand aus.

Auch jetzt begriff Tommaso, als Mann von Welt, was zu tun sei, und hielt sie nicht länger auf.

»Auf bald!« sagte er, blickte ihr tief in die Augen und drückte ihr die Hand. So trennten sie sich, und er sah ihr nach, wie sie den langen Hof überquerte, hastig, aber ohne zu laufen, würdig die Hüften schwenkend. Als sie ganz hinten angelangt war und wußte, daß er ihr nachschaute, konnte sie nicht widerstehen und rannte plötzlich los, als hätte sie es schrecklich eilig, ins Haus zu kommen; sie wand und drehte sich vor Verlegenheit, weil er sie von hinten sah: mit den abgeschabten Ellbogen und den schiefgelaufenen Schuhen.

Als sie hinter einer Ecke verschwunden war, gab Tommaso sich einen Ruck und ging davon, rauchend, die Hände in den Taschen, mit der Miene eines braven Muttersöhnchens. Er dachte ständig an den morgigen Tag; und er hatte viel Zeit dazu, mehr als zwei Stunden, denn er legte den Weg zu Fuß zurück, um das Geld für die Trambahn zu sparen. Und als er an der Via Tiburtina ankam, war es fast dunkel.

Das ganze Viertel der Garbatella glänzte in der Sonne: die ansteigenden Straßen mit den nebeneinander aufgereihten Vorgärten, die Häuser mit den steilen, vorstehenden Dä-

chern und den Gesimsen aus gebrannten Platten, die großen, braunen Wohnblocks mit Hunderten von kleinen
Fenstern und Dachluken, und die weiten Plätze mit Arkaden und gewölbten Toren aus künstlichem Felsgestein. Auf
einem dieser Plätze, dort, wo sich die Endhaltestelle der
Straßenbahn befand, neben einem von den Priestern unter-
haltenen Kino, qualmte Tommaso, geschniegelt vom Schei-
tel bis zur Sohle, nervös vor sich hin und wartete auf Irene.
Es war schon zehn Minuten über die verabredete Zeit, und
unter wütenden Blicken, vor allem in die Richtung der Via
delle Sette Chiese, woher das Mädchen kommen mußte,
brummte er ärgerlich: »Was, will die mich etwa versetzen?«
In der herrlichen Sonne hatten es sich alle Leute bequem
gemacht, hatten nicht nur den Mantel, sondern auch die
Jacke ausgezogen, und schlenderten so nur im Hemd oder
Sweater und amerikanischer Hose umher. Ganze Gruppen
gingen auf und ab, oder sie fuhren zu zweit und zu dritt auf
einer Vespa vorbei.
Tommaso, der den ganzen Winter über nicht mal den Ärmel von einem Mantel gehabt hatte und bei bitterster Kälte
bestenfalls mit einem abgewetzten Schal um den Hals unterwegs gewesen war, stand jetzt in einem festen, schweren
Mantel da, der ihm tief über die Hose fiel und ihn völlig
einhüllte; er hatte ihn von Alberto Proietti geliehen bekommen, dem Freund der neofaschistischen Studenten in
Trastevere, der zum Rechnungsführer aufgerückt war.
Denn wenn Tommaso auch, mit Verlaub, in so etwas wie
der Gosse lebte, auf einer Stufe mit den Hungerleidern, so
hatte er doch höhergestellte Freunde. Ein wenig aus diesem Grund, und dann auch, weil er hier auf eine Dame
wartete, setzte er ein hochmütig abweisendes Gesicht auf
und würdigte niemanden eines Blickes.

Von der Höhe herab schlingerte kreischend die halbleere 11 und hielt auf der abschüssigen Straße, neben dem Flohkino. Sieben, acht Menschen stiegen aus, darunter Irene mit ihrer Freundin vom Vortage.

Tommaso wurde rot wie eine Pfefferschote und trat, nervös den Schleim in der Nase hochziehend, zwischen zwei Zügen aus der Zigarette, ein paar Schritte vor. Die zwei Dämchen kamen wahrhaftig auf ihn zu, schweigend, die Münder zu einem schwachen Lächeln verzogen. Höflich schüttelten sie einander die Hand. Kaum war das besorgt, als Negretta, prächtig ausstaffiert und mit einer Handtasche, die ihr bis zu den Absätzen baumelte, gleich noch einmal die Hand ausstreckte, um sich zu verabschieden. »Ich muß leider los, wissen Sie«, erklärte sie stirnrunzelnd, mit der Miene der eingeweihten Komplizin. Und da niemand sie zurückhielt, ging sie auf die Piazza delle Sette Chiese zu, die Luft mit ihrem Pferdeschwanz fächelnd.

Die zwei blieben allein. Irene warf mit ihrer charakteristischen Kopfbewegung die Haare zurück, die sie am Kragen kitzelten. Auch sie hatte sich fein gemacht: mit einem grauen Rock und einem ganz engen, schwarzen Pulli. Tommaso durchzuckte es, wenn er sie nur ansah. ›Verdammt nochmal, was für Titten!‹ dachte er, wobei sich sein Gesicht noch mehr rötete und zusammenzog.

»Gehen wir, was, Irene?« sagte er und wandte sich dem Garbatella-Kino zu, das etwa dreihundert Meter entfernt lag.

Irene trat neben ihn. »Wenn mich mein Vater sieht!« flüsterte sie statt einer Antwort. Schritt für Schritt gingen sie an den Schienen der Bahn entlang aufwärts. Tommaso hatte seine eigenen Vorstellungen, was Väter betraf. »Vor allem mal«, erklärte er, »gehen ältere Leute nicht gern spazieren, wo sie wohnen! Die hocken in 'ner Kneipe, trinken einen und machen 'n Spielchen.«

»Stimmt«, gab Irene zu, »aber meiner kommt gerade in diese Gegend, wenn er zur Kneipe will, seine Freunde wohnen nämlich an der Piazza Pantero Pantera.«

›Werden wir ja sehen‹, dachte Tommaso, ›ob wir der wirklich in die Quere laufen, deiner dämlichen Sippschaft!‹ Er lachte leise. »Na und wenn schon«, sagte er dann, »sollen sie uns doch ruhig treffen. Ist vielleicht sogar besser. Dann können wir gleich die Vorstellung erledigen und haben unsere Ruhe.«

»Schoon«, meinte Irene skeptisch. Tommaso redete genauso, wie alle Männer reden, wenn sie ein Mädchen einwickeln wollen. Aber Irene war nicht auf den Kopf gefallen. Nachdem sie dieses etwas geheimnisvolle ›schoon‹ hatte verlauten lassen, schwieg sie, und der halb ungläubige, halb bittere Ausdruck in ihrem Gesicht besagte ungefähr soviel wie: ›Na ja, ich mach ja mit, schließlich bin ich nicht von gestern!‹

Tommaso zog es denn auch vor, der Angelegenheit nicht auf den Grund zu gehen. ›Ich werd's dir schon besorgen!‹ dachte er, ›mit den zwei Ballons, die du da vorn stehen hast!‹ Laut sagte er: »Sehr nettes Mädchen, Ihre Freundin!«

»Ja, sehr nett«, erwiderte Irene bereitwillig, wenn auch etwas geziert.

»Wie heißt sie?« fragte Tommaso.

»Diasira«, antwortete Irene, voll Stolz, eine Freundin mit einem so schönen Namen zu haben. »Sie ist verlobt!« fügte sie dann hinzu, wieder mit dem schlauen und zugleich etwas einfältigen Lächeln.

»Ach nein...«, meinte Tommaso breit.

Das Mißtrauen auf Irenes Gesicht vertiefte sich. »Mit einem Jungen aus Tormarancio«, sagte sie.

Tommaso ließ auch dieses Thema fallen. Er fragte nicht nach weiteren Einzelheiten über diesen Jungen aus Tormarancio, aber Irene redete unaufgefordert weiter: »Na, 'n Glanzstück ist er auch nicht gerade. Arbeitet eine Woche und hängt dann einen Monat herum. Gestern hat er seinen Dienst wieder hingeschmissen. Ach, weißt du, der hat einfach nichts übrig für die Arbeit.«

›Puh!‹ dachte Tommaso, ›so ein Trauermarsch!‹ Und er sagte: »Kann ja schließlich nicht jeder Glück haben in diesen Zeiten, was?«

Neues Schweigen, voll Skepsis und Bitterkeit auf seiten Irenes. Doch waren sie inzwischen vor dem Kino angekommen, und die Plakate leuchteten in der Sonne. An dem kleinen Platz davor gab es eine Theke, um die sich etwa zwei Dutzend junge Leute drängten. Tommasos Gesicht wurde noch abweisender, als er Irene hustend durch den Eingang zur Kasse bugsierte, wobei er ihr ganz leicht und mit schützender Gebärde die Hände an die Hüften legte. Irene nahm auch sofort eine leidend-schmollende Miene an, wie sie verlobte Mädchen gern zur Schau stellen.

So stand sie da, die ganze Zeit, während Tommaso sich in der Schlange vorwärtsschob, um die Karten zu kaufen; dann stiegen sie zum Rang hinauf, voll Verachtung für die Habenichtse, die unten auf den billigen Plätzen im Parkett hockten. Im ganzen war das Haus nicht sehr besetzt, die meisten hatten *Quo Vadis* schon in einem der größeren Kinos gesehen, zumal die Jungens, denn es gab kaum einen, der nicht als Statist an diesem Film mitgewirkt hatte.

Sie gingen in der Pause hinein, vor Beginn des Hauptfilms, und setzten sich in die erste Reihe an der Brüstung, gelangweilt und Distanz haltend. Erst als die Lichter im Saal erloschen, zeigte sich etwas wie Vergnügen auf Irenes Gesicht: sie sandte Tommaso einen Seitenblick zu, warf die Haare zurück und setzte sich im Sessel zurecht – mit einem Wort, man merkte, daß sie sich auf den Genuß des Films vorbereitete. Ihre gute Laune steigerte sich noch, als Tommaso den Süßwarenverkäufer herbeirief, der schon den Saal verlassen wollte, und für fünfzig Lire gebrannte Mandeln erstand.

»Du, sieh mal«, sagte Irene liebenswürdig, zwischen zwei Mandeln, und las die Namen der Stars auf der Leinwand, »sogar Leo Glenn ist dabei.« Tommaso hatte keine Ahnung, wer dieser Leo Glenn war. Aber Irene plapperte weiter, voller Stolz, daß sie diesen Filmhelden schon gesehen hatte und gern mochte. Immer noch gedämpft, aber hingerissen rief sie: »Wie der spielt, davon kann ich nie genug kriegen!«

»Stimmt, ist 'n guter Schauspieler«, gab Tommaso gönnerhaft zu.

Solange die Tüte mit den gebrannten Mandeln noch nicht leer war, das heißt, fast während des ganzen ersten Teils, sah Tommaso sich den Film an; Hände und Mund waren beschäftigt, und er saß bequem und genüßlich auf seinem Platz neben Irene. Doch nach der letzten Mandel begann die große Unruhe: da diese Irene neben ihm, unschuldig wie eine Taube, mit einem Busen, der aus dem Büstenhalter quoll, und die Rockzipfel hingen über den Sitz herab und berührten Tommasos Mantel. Im Geiste widerte ihn all die Mühe an, und er zog, immer nur im Geiste, den Kopf zwischen die Schultern, als hätte man ihm einen Stoß versetzt. ›Hat die 'ne Figur!‹ dachte er. ›Los, Junge, ran!‹ Er fing damit an, daß er sein Knie fester an ihren Schenkel preßte. Sie wußte gleich Bescheid, sah kurz aus dem Augenwinkel zu ihm hin, ließ ihn aber gewähren; das war ja so geringfügig, daß sie es sich gefallen lassen konnte, ohne etwas vom unschuldigen Filmgenuß zu versäumen. Kurz darauf benützte er die Christenverfolgung im Colosseum dazu, in einer Art von plötzlicher Gefühlsaufwallung einen Arm um Irenes Schultern zu legen und sie an sich zu ziehen. Auch dagegen setzte sie sich nicht zur Wehr, allenfalls durch größeren Ernst und ein leichtes Schmollen, wobei sie weiter auf die Leinwand blickte und ihre Augen vor innerer Bewegung feucht glänzten.

Tommaso befand sich unterdessen schon in heftiger Erregung: Während seine Linke Irene drückte, hielt seine Rechte nervös die Zigarette, und dann warf er, zum erstenmal in seinem Leben, die mindestens noch zwei Zentimeter lange Kippe weg und zog vorsichtig den Mantel aus. »Ist heiß«, beklagte er sich, faltete den Mantel zusammen und legte ihn auf den Schoß.

Dann schlang er wieder den linken Arm um Irene, die sich, ganz versunken in das Spiel Leo Glenns, ein wenig zu ihm hinneigte. Tommaso ließ den Arm jedoch nur kurze Zeit auf ihrer Schulter. Er nahm ihn herunter und griff nach ihrer Hand, drückte sie. Ihre Hand fühlte sich wie die eines Mannes an, aber aufregend war es doch: Tommaso drückte sie fester, den Handrücken auf ihrem Schenkel, nahe am Knie. »Großartig, was?« sagte Irene. Sie meinte Sankt Petrus. »Wie der spielt!«

»Mühelos«, gab Tommaso zu. Und da er ihren Einwurf als Ermutigung empfand, zog er den Handrücken etwas höher auf den Schenkel hinauf. Irene jedoch schob, als wäre nichts geschehen, ihre Hand wieder zum Knie hinunter und zog die fordernde Hand Tommasos nach.

›Verflucht und zugenäht!‹ dachte Tommaso.

»O Gott!« rief Irene, die andere Hand erschreckt am Mund, voll Entsetzen über das Schicksal der Christen, die gerade in die Arena und dort vor die wilden Tiere geführt werden sollten.

»Ist ja alles nicht wahr!« erklärte Tommaso, der sich immer bei solchen Anlässen auf diese Weise tröstete, »ist ja nur Film!«

»Von wegen!« sagte Irene gekränkt. »Das soll nicht wahr sein? Und der Engel, der ist auch bloß erfunden?«

»Na ja«, lenkte Tommaso ein, denn ihm war die ganze Sache völlig egal, »sowas ist schon mal passiert, früher, aber wann? Mindestens tausend Jahre ist das her.«

»Na, und?« sagte Irene, aber dann schwieg sie. Sie war zu tief beeindruckt von den Märtyrern, die jetzt, fromme Lieder singend, die Stufen emporschritten.

Tommaso profitierte von diesem Augenblick und drängte die zwei ineinander verklammerten Hände höher hinauf; aber Irene stemmte sich dagegen, wenn sie auch noch so sehr vom Film gefesselt war. ›Ah so?‹ dachte Tommaso grimmig, ›du spielst dich als die liebe Unschuld auf?‹

Zorn stieg in ihm hoch; er glühte vor Erregung, saß vorgeneigt auf dem Sitz, die Knie gegen die Balustrade gestemmt, Irenes Brüste direkt unter der Nase. Rund und strotzend drängten sie gegen die leichte Wolle des Pullis, jede zwanzig Pfund schwer. Tommaso gab Irenes Hand frei und ließ die seine über ihren Nacken gleiten, bis er mit den Fingern an die Träger des Büstenhalters stieß. »Tolle Kerle«, sagte er, in bezug auf die Christen, »die glaubten wirklich noch an Gott, was?«

»Und wie!« sagte sie, gerührt darüber, daß Tommaso anscheinend ihre Gefühle teilte. Tommasos Finger tasteten etwas tiefer herum und strichen über das pralle Rund des Busens.

Da erschienen hinter ihnen ein Vater und eine Mutter mit vier Kindern, drei Knaben und einem Mädchen, und das Mädchen setzte sich genau hinter Irene.

›Verdammte Bande!‹ dachte Tommaso zähneknirschend. Er mußte seine Streichelaktion abbrechen und die Hand auf die Schulter zurücknehmen. Dann entschloß er sich aber, die Hand wieder auf den Schenkel zu legen und sich damit zu begnügen, die Brüste, die ihm vier Zentimeter von seiner Nase entfernt entgegenstarrten, einfach zu betrachten.

Er wurde immer aufgeregter. Obwohl er nichts vom Film versäumte – umso weniger, als ja nun eine ganze Familie hinter ihnen saß –, versuchte er, die zwei Hände von Irenes Schenkel auf seinen eigenen herüberzuziehen. Irene sträubte sich ernsthaft zwei-, dreimal. Tommaso schäumte vor Wut. ›Du Miststück‹, dachte er, ›glaubst wohl, du hast in der Lotterie gewonnen!‹ Und dabei zerrte er weiter. Schließlich gab Irene ganz plötzlich nach, und Tommaso konnte die zwei Hände an seinen eigenen Schenkel drükken. ›Na also, du Miststück‹, wiederholte er in Gedanken, ›warum nicht gleich?‹

Als er nun Irenes Hand auf seinem Bein spürte, zog er sie sachte, sachte weiter nach oben; die andere Hand hatte er aus der Tasche genommen und hielt damit den Mantel fest, zur größeren Sicherheit. Er trug seinen braun-weiß gestreiften Anzug, den er immer für die Feiertage sparte und der so alt war, daß er fast stank; ebenso stand es mit den Socken und den Schuhen, die er vor einem Jahr von Zimmio gekauft hatte. Aber es war so dunkel, daß man nicht viel sah. Als die zwei Hände etwas weiter oben in der

Nähe des Unterleibs anlangten, fing Irene an, die ihre hin- und herzudrehen, um sie frei zu bekommen. ›Was soll denn das nun wieder?‹ dachte Tommaso drohend, ohne locker- zulassen, ganz rot vor Anstrengung, ›du hast wohl 'n Knall!‹

Hartnäckig drehte und zog Irene an ihrer Hand. Tommaso mußte alle Kraft zusammenreißen, und trotzdem wäre sie ihm beinahe entwischt. Als Irene müde wurde und Ruhe gab, begnügte er sich eine Weile damit, die Hand fest ans Knie zu pressen. Beide erholten sich etwas, indem sie ge- ruhsam *Quo Vadis* genossen.

Unterdessen hatte sich langsam auch der Balkon gefüllt, jetzt drängten sich sogar die Menschen auf den Stehplätzen wie Ölsardinen aneinander; sie rochen nach Schweiß, daß einem übel werden konnte. Einer von den Jungen hinter ihnen, der kleinste, weinte leise vor sich hin, und der Vater, der in der Hitze eindöste, ließ ihn ruhig wimmern.

Nach einer bedeutenden Szene, bei der eine vornehme Rö- merin in ihrem Palast den Harfenklängen ihrer Sklavinnen lauschte, fing Tommaso mit seinen Bemühungen von vorn an.

Irene wandte ihm den Kopf zu: »Ich will nicht«, sagte sie, »bleiben Sie ruhig, ja, Tomà!«

»Warum denn?« fragte er.

»Darum«, antwortete Irene, und ihre Hand zuckte schon wieder in der seinen.

›Hol dich der Teufel!‹ dachte Tommaso rasend, ›ich geb dir noch 'n Tritt in die Fresse!‹ Leise erklärte er: »Was ist denn schlimm dran, wir tun ja gar nichts.«

»Lassen Sie mich in Frieden«, brummelte sie, »sonst geh ich nie wieder mit ins Kino.«

»Was ist schon dabei!« wiederholte Tommaso, der vor lauter Anstrengung, sie festzuhalten, ohne sich allzusehr zu bewegen, immer röter wurde. ›Ist mir doch scheißegal‹, dachte er, ›ob du noch mal mit mir ins Kino gehst. Hauptsache, du bist jetzt da, du Mistweib! Und wenn du schon hier bist, du, das sag ich dir, mit Tommaso machst du keine Geschichten!‹

Er drückte so fest zu, daß die Knochen ihrer kräftigen Hand knackten. Irene verzog vor Schmerz das Gesicht und ließ das Zerren sein. Sie gab es auf, hielt still, sah mit glänzenden Augen auf die Leinwand.

›Endlich kapiert, was?‹ dachte Tommaso grimmig und begann ganz sachte ihre Hand dorthin zu schieben, wo er sie haben wollte. Irene jedoch gab sich immer noch nicht ganz geschlagen. »O Tommaso«, sagte sie plötzlich mit veränderter Stimme, »das wußte ich wirklich nicht, daß du *so* bist. Hätt ich das gewußt, ich wär bestimmt nicht mitgekommen.« Das Geangel ging weiter. Tommaso wurde zum wilden Tier. »Was ist denn dabei? Ist doch gar nichts weiter«, zischte er ihr zu, die drauf und dran war loszukreischen. Er zog, bis die Hand dort war, wo sie sein sollte. Irene versuchte krampfhaft, sie wegzudrehen. ›O du drekkige Nutte, du Tochter einer schwulen Sau‹, dachte Tommaso, der spürte, daß jetzt seine Ehre auf dem Spiel stand, ›was bildest du dir ein, warum ich dir das Kino zahl? Kostet ’ne ganze Menge, kann ich dir flüstern!‹ – ›Komm, gib doch die Hand her‹, dachte er und zerrte weiter: ›drei Lappen, für dich ist das nichts, was? Glaubst du etwa, ich hätt sie spendiert, um dich anstarren zu können? So schön bist du nun auch wieder nicht!‹ – ›Gar nicht zu reden von den gebrannten Mandeln‹, fuhr er in Gedanken in neu aufflammender Wut fort, ›das sind auch wieder fünfzig Lire, verdammte Scheiße...!‹

Und seine Hand legte sich schwer auf die verkrampfte des Mädchens.

»Eine Minute«, sagte er, »nur eine Minute, ich schwör's bei meiner Mutter, und die ist tot!« Aber gerade da erspähte er in Irenes Gesicht, in ihren Augen so etwas wie Resignation: endlich! Und sofort fügte er zärtlich und mit rauhbeiniger Fröhlichkeit hinzu: »Wir Männer müssen nun mal haben, was wir brauchen, nicht?«

Stück für Stück, dabei immer den Film verfolgend, als wäre es gar nicht ihre eigene, überließ Irene ihm die Hand. Und er meinte eindringlich: »Du bist wirklich toll, Irè! Weißt du, daß du mir gefällst? Ehrlich!« Und dann brachte er sogar noch folgendes heraus: »Ach, Irè, ich liebe dich, glaub mir, ich hab dich wirklich lieb, ich schwör's dir!«

Irene kauerte sich auf ihrem Sitz zusammen, stumm wie ein Schatten, gekränkt in allen Teilen ihres Körpers, vom Kinn bis zu den Brüsten und von dort bis zu den Schenkeln; und die Augen, die dem Spiel auf der Leinwand folgten, glänzten von Tränen.

Quo Vadis war ein herrlich langer Film, und als er zu Ende gegangen war und Tommaso und Irene das Garbatella-Kino verließen, konnte man meinen, es wäre schon Nacht, so dunkel war es.

Die kleine Bar am Platz vor dem Kino erstrahlte mit allen Neonröhren, und vom Stadtviertel ringsum sah man nur die weit über das Dunkel verstreuten Lichter. Immer mehr Halbstarke hatten sich zu Grüppchen und Banden angestaut, hier machte einer, rittlings auf dem Motorrad sitzend, seine Maschine startbereit zur Fahrt nach Rom, dort kam einer wieder zurück, und alle grölten, redeten, spielten an den Automaten.

Weiter oben an der Straße, wo Tommaso und Irene in die

Via Enrico Cravero einbogen, war es hingegen ziemlich finster, nur hin und wieder sickerte aus der Spalte eines Fensterladens oder von einer Laterne herab etwas Licht. Sie gingen in der Mitte, auf einem Erdstreifen mit ein paar krummen Bäumchen im abgenutzten Asphalt. Tommaso schritt schweigend dahin, die Hände in den Taschen, und Irene, die ihn untergehakt hatte, trippelte etwas schräg hinterdrein. Sie waren wie Verlobte, die mit der übrigen Welt keine Verbindung haben, in ihre Gedanken vergraben sind und auch einander nichts mehr erzählen, da ja längst alles gesagt ist, bis auf kleine alltägliche Wendungen, pss, pss, ja, nein, die man mit gequältem Gesicht, etwas bitter äußert, erfüllt von vielen anderen Dingen, die man einander nie gesagt hat.

So kamen sie zur Piazza delle Sette Chiese, wo zwei andere kleine Kneipen leuchteten, diesmal vor dem Hintergrund leerer Felder, an deren Ende die riesige, im Bau befindliche Anlage des neuen Krankenhauses aufragte und die Lichter des Viale Cristoforo Colombo zu sehen waren; dann bogen sie in eine noch dunklere Gasse ein, in der es nicht einmal eine trübe Funzel gab und deren ungepflasterter Boden frisch aufgerissen war.

Dort blieben sie manchmal stehen, um sich jene kleinen Worte zu sagen, pss, pss, ja, nein, und sich auch hin und wieder einen Kuß zu geben, aber nicht viele, da Tommaso sich ja erleichtert fühlte, nachdem im Kino geschehen war, was zu geschehen hatte. Zahm und befriedigt gelangten sie auf die Höhe der dunklen Gasse, bis vor die Anlagen der Piazza Sant' Eurosia; hier trennten sie sich, ganz einig, ein Herz und eine Seele, verabredeten leise den nächsten Treffpunkt, hauchten sich ein »Ciao!« zu, und dann ging Irene auf dem Kiesweg an den Rasenflächen entlang, mit weit ausgreifenden Schritten, hin und wieder für ein paar Meter sogar im Laufschritt.

Tommaso sah sie entschwinden, holte einen Glimmstengel hervor und steckte ihn sich ins Gesicht, während er schon, lässig schlendernd, der Endhaltestelle der Trambahn zustrebte.

Platzend vor Stolz über diesen ersten mit Stammzahn verbrachten Sonntag, kam Tommaso in Pietralata an, und als er eintrudelte, hielten ihn Zimmio und Cagone und zwei oder drei andere der Bande auf, um ihn zu fragen, ob er Lust habe, mit ihnen in Anguillara Gockel zu klauen. »Klar, warum nicht!« entgegnete Tommaso. Es war schon Nacht, und sie fuhren in einem Fiat 1100 los, den die anderen am Nachmittag organisiert hatten.

Die Hühnerrazzia in Anguillara ging in Ordnung, am Tag darauf klappte es ebenso in Tivoli, dann wieder in Villalba und schließlich in Settecamini; das Ziel rückte immer näher. Am Karsamstag wollten sie sich überhaupt nicht mehr die Mühe machen, in die Ferne zu schweifen, und zogen nach Ponte Mammolo auf Beute aus, das nur ein paar Schritt entfernt auf der anderen Seite des Aniene lag.

Spaß beiseite: es war so vor sich gegangen. Cagone, Zellerone, Cazzitini, Buddha, Gricio, Schakal und der Nazarener, dazu von den Jüngeren Tommasino, Zimmio und Zucabbo, der mit der Zeit ganz schön zugenommen hatte: sie alle waren nach Tiburtino aufgebrochen, um einen LKW zu mieten, denn es gab Arbeit, allerdings ganz woanders, in der Nähe von Ciampino; es handelte sich um den Transport von drei, vier Doppelzentnern Bronze. Es goß in Strömen. Naß bis auf die Knochen trafen die Freunde in

Tiburtino ein, und vor einem Fenster in einem Block, der aufs freie Feld hinaussah, fingen sie an, gellend zu pfeifen. Der ›taube Carlo‹ trat auf die Schwelle unter das Vordach, aber als ihn die Jungen baten, ihnen den Laster zu leihen, wollte er nicht so recht:

»Nein, nein, den LKW kriegt ihr nicht. Dreimal hab ich ihn schon hergegeben, und dann geht's schief, und ich bin der Dumme!«

»Aber wir sind doch nicht wie die da!« riefen sie.

»Hm, na meinswegen«, sagte der taube Carlo. »Gebt mir fünftausend Lire, aber jetzt gleich, dann kriegt ihr ihn.«

»Wo sollen wir die denn hernehmen, die fünf Tausender!« meinten die Freunde.

»Dann tut's mir leid«, sagte er, »tut mir leid, Jungs, aber der Wagen bleibt da!«

»Mensch«, redeten sie ihm gut zu, »kannst uns doch nicht in der Patsche sitzen lassen, morgen ist Ostern, übermorgen Ostermontag, was sollen wir da machen, ohne 'ne Lira in der Tasche!«

»Komm doch mit«, schlug der Schakal vor, »wenn du uns nicht traust.«

»Nein, nein«, sagte Carlo, »ich hab zuviel Dreck am Stekken. Wenn was schiefgeht, komm ich in 'n Kasten, und nicht zu knapp!«

»Wir lassen dir unsere Mäntel da, als Pfand«, schlug Cagone vor.

»Und was soll ich damit?« entgegnete Carlo. »Morgen ist Ostern, da will ich meine Ruhe haben, hab keine Lust, die ganze Nacht aufzubleiben, weil der LKW noch nicht wieder da ist.«

Kurz und gut, sie mußten mit leeren Händen abziehen. Cagone, Zellerone, Schakal, Buddha, Gricio, Cazzitini und

Nazareno gingen zu der »Bar Duemila« in Tiburtino, vor dem Monte de Pecoraro. Die drei Jüngsten konnten sich nicht entschließen aufzubrechen; sie standen noch auf der Straße herum, vor dem Haus, in dem Carlo, der Taube, wohnte.

»Nischt zu machen«, sagte Zimmio entmutigt.

»Bist du blöd, so schnell klein beizugeben?« rief Zucabbo. »Los, laßt uns ranrauschen, irgendwo werden wir schon 'n paar Kröten rausquetschen!«

»Denk aber dran«, sagte Tommaso, der noch gieriger als seine Freunde auf Geld aus war, seitdem er sich mit Irene zusammengetan hatte, »wenn man 'n Ding drehen will, und man weiß nicht genau wie, geht's leicht schief.«

»Morgen ist Ostern«, meinte Zucabbo, »lieber sitz ich den Tag im Kittchen ab, als ohne eine Lira herumzulaufen.«

»Nicht mal 'n paar Wäschestücke können wir uns untern Nagel reißen«, bemerkte Zimmio bitter, »es regnet, und wer hat da schon was auf der Leine!«

Sie schwiegen kurze Zeit verzagt; ringsum hörte man nur das Rauschen des fallenden Regens.

Und dann ertönte das Krähen eines Hahnes: Es war der Gockel des tauben Carlo.

»Wollen wir an dem Tauben seine Hühner?« schlug Zucabbo mit leuchtenden Augen vor. »Dieser Blutegel hat uns nicht den Wagen pumpen wollen, soll er ihn sich in'n Arsch stecken.«

»Keine schlechte Idee«, sagte daraufhin Zimmio, der noch den Wohlgeruch der letzten Diebereien in der Nase hatte. »Wie ist's? Kommt ihr mit? Mir fällt eben ein, da hinten, bei der Kirche von Ponte Mammolo, am Feldrand, ist ein Hühnerhof. Ich weiß, wo die Viecher stecken, bin schon mal dagewesen, vor ein paar Jahren, um Eier zu klauen. Verdammt, die haben 'ne ganze Farm!«

»Wieviel Vögel?« wollte Tommasino wissen.

»Zwei-, dreihundert!« rief Zimmio.

»Dann lohnt sich's, nichts wie hin«, meinte Tommaso. »Jedes Huhn bringt 500, das macht im Ganzen 150 Tausender.«

»Und wie transportieren wir sie?« fragte Zucabbo, schon halb im Aufbruch.

»Bettbezüge«, erklärte Zimmio sofort. »Meine Mutter hat sie gerade gewaschen, da stecken wir sie rein. Würd' 'n ganzer Mesner drin Platz haben!«

Voller Hoffnung machten sie sich auf den Weg. Gebeugt unter den Regenschauern, mit triefenden Haaren, gingen sie die Via Tiburtina hinunter, bis sie zur Behausung von Zimmios Familie kamen, die an einem Feld hinter einem Müllabladeplatz lag. Tommaso und Zucabbo warteten draußen, während Zimmio ins Haus trat, um alles Nötige zu holen: einen schweren Vorschlaghammer, einen Meißel und eine Lampe. Drinnen roch er das Weinfaß auf der Kommode und machte sich daran, vom Spund zu trinken, tat einen tiefen Zug, dann noch einen, noch einen – bis er schließlich, halb betrunken und geräuschvoll, wieder ins Freie kam.

Mit den Werkzeugen im Bettbezug fuhren sie die Tiburtina zurück und brachten eilig die zwei oder drei Kilometer bis Ponte Mammolo hinter sich. Die Straße war wie ein Fluß im Dunkel der Landschaft, und rings am Horizont funkelten die Lichter der Vororte.

Sie gingen über die Anienebrücke und noch ein Stückchen weiter bis zu einer Pizzeria, dann nach links in die Via Casal dei Pazzi. Dort gab es noch keine richtige Straßenbeeuchtung, wie im ganzen Viertel, das aus kleinen, halbfertigen, kalkweißen Häusern und hie und da einem Wolkenkratzer bestand. In mittlerer Höhe der Straße stand hell und weiß die Kirche, und daneben das Haus des Pfarrers. Auf der anderen Seite der Straße lagen nur Felder und Gärten, und weiter hinten sah man die Lichter von Montesacro. Ein Mäuerchen umgab Kirche und Pfarrhaus. Die drei schlichen an ihr entlang nach hinten, wo sich der Hühnerhof anschloß. Die Straße, an der er lag, war ein Schlammbach, und die zwei oder drei Baustellen in der Nähe wirkten wie Ruinen. Es hörte nicht auf zu regnen. Zimmio hockte sich mit Hammer und Meißel nieder, während Tommaso ihm mit der Lampe leuchtete und Zucabbo an der Ecke der Straße Schmiere stand. Zimmio schlug fest zu, ohne auf irgend etwas Rücksicht zu nehmen, und bald hatte er ein Loch von etwa fünfzig Zentimetern geschafft. Er war fast fertig, als in einem winzigen Haus ein Licht aufflammte.

»Achtung, Achtung!« rief ihnen Zucabbo zu.

Zimmio sah ihn kaum an: »Scheiß drauf!« sagte er, »das ist doch der Alte vom Bove, der stiehlt mehr als Ali Baba in seinen besten Zeiten. Wenn der uns sieht, will er bloß was abhaben.«

Zimmio wußte über alles Bescheid, denn er hatte ein Mädchen in Ponte Mammolo, und seit einem Jahr erzählte er davon.

»Dann los!« drängte Tommaso.

Als das Loch fertig war, wandte Zimmio sich an Tommaso: »Ich hab das Loch gemacht, jetzt paß ich auf, und du gehst rein, mir brummt der Schädel von all dem Wein vorhin!«

»Wieso er, warum ausgerechnet er?« knurrte Zucabbo.

»Geh besser du, du kennst dich mit Hühnerklauen aus! Da fällt mir ein: gackern die denn nicht?«

»Nein«, sagte Tommaso, »die gackern nicht; wenn's dunkel ist, gackern sie nicht, nur wenn du Licht machst. Im Dunkeln machen sie nur putt putt, gluck gluck. Sind schließlich gut katholische Hühner, diese hier, brave, fromme Hühner sind das, ist doch klar!«

Also legte Zimmio sich auf den Boden und kroch auf dem Bauch hindurch; als er drüben war, zwängte Tommaso sich in die Öffnung und folgte ihm. Drinnen im Hühnerstall zündeten sie die Lampe an.

Es gab da viel Stroh und einige leere Körbe, aber vom Federvieh nicht einmal den Dreck. Im Hintergrund sahen sie das Drahtgitter und die Hühnerleitern und eine Kette.

»Wetten, daß die drüben im anderen Stall sind?« meinte Zimmio. »Hörst du sie nicht?«

»Mich laust der Affe«, sagte Tommaso wild, »vorhin hab ich sie auch schon gehört.«

Jedenfalls durchbrachen sie die leichte Wand, stiegen in den zweiten Verschlag ein und fanden eine einzige Henne. Sie ließen die Taschenlampe wieder aufflammen und entdeckten ein Ei in einem Korb. Tommaso stürzte sich darauf und trank es sofort aus. Zimmio versuchte ihn aufzuhalten: »Gib mir was ab!« rief er wütend, »du Arschloch!« Aber Tommaso zeigte nur auf die Henne und meinte: »Steck ihr einen Finger in'n Hintern, dann fühlst du, ob sie noch 'n zweites für dich hat.«

Er schlich auf die Henne zu und packte sie; da es dunkel war, ließ sie sich greifen, gluckste friedlich vor sich hin, und Tommaso drehte ihr so fest den Hals ab, daß ihm der Kopf beinahe in der Hand geblieben wäre: »Du Idiot, warum hast du sie umgebracht?« fauchte Zimmio ihn an, »die hätt ich bei uns im Garten gehalten, da hätt ich jeden Morgen ein Ei gehabt.«

Tommaso war so wütend, daß er es vorzog, nicht zu antworten. Es war sehr still, man hörte draußen die Tropfen fallen. Die kleine Gittertür zur Steige nebenan stand offen: man brauchte nicht erst eine Wand zu durchbrechen, um hinüber zu gelangen. Zimmio war ganz begeistert, als er es entdeckte. »Aber da drüben müssen die Viecher doch endlich sein!« sagte er, als er die Tür aufstieß. So kamen sie in den dritten Verschlag, und hier befanden sich vier Hennen. Die beiden Burschen griffen zu und drehten ihnen den Hals um. »Hauen wir auch noch diese Wand ein«, sagte Zimmio, enttäuscht, daß sie nur vier Tiere gefunden hatten.

»Himmel, Arsch und Zwirn, da müssen doch noch welche sein!«

»Hauen wir lieber ab«, erklärte Tommaso finster, »sonst überrascht uns noch der Pfarrer, wenn er die Messe lesen geht. Die stehen in aller Herrgottsfrühe auf.«

Als sie aus dem Hühnerstall hervorkrochen, war Zucabbo nicht mehr da.

»Gehen wir!« rief Zimmio. »Dieser Scheißkerl von Zucabbo, wo ist der bloß hin?« Sie machten sich daran, alles in den Bettbezug zu stopfen, Werkzeug und Hühner, und da tauchte Zucabbo auf. »Nichts passiert«, erklärte er, als er sich zu ihnen gesellte, »ich hatte wen gesehen und mußte rausfinden, wo er hinwollte.« Beim Anblick des fast leeren Bettbezugs wurde er blaß vor Enttäuschung. »Und die Hühner?« rief er.

»Wo habt ihr denn die Hühner?« wiederholte er, Verzweiflung im Blick.

Tommaso war so aufgeregt und nervös, daß seine Stimme bebte: »Hühner, was für Hühner! Da drin sind nicht mal Schmetterlinge!«

Zucabbo ließ die Augen nicht von Zimmio, der am Boden hockte, um die Sachen zu verstauen. »Was denn?« sagte er zu ihm, »hast du nicht behauptet, da sind zwei-, dreihundert Hühner, und wo sind sie nun? Kannst vielleicht 'n paar Jahre Kittchen abkriegen, aber keine Brathähnchen.«

»Angeber!« stimmte Tommaso zu, zitternde Empörung in der Stimme.

»Selber Angeber!« schrie Zimmio und ließ das Werkzeug fallen. »Das letzte Mal, als es prima klappte, da war ich kein Angeber, da war von Kittchen keine Rede.«

Er kniete wieder über dem Bettbezug, die Knie halb im Dreck, schwieg eine Weile und bemerkte dann achselzukkend: »Gemein, sowas zu sagen!«

Tommaso starrte ihn böse an, die Augen zogen sich zusammen, wurden immer kleiner. Schließlich platzte er heraus: »Wenn du das nächste Mal solche Anfälle hast, such dir den richtigen Platz aus! Bei der Madonna! Morgen ist Ostern, übermorgen Ostermontag, ich soll mit meinem Mädchen ausgehen und bin pleite!«

Bei den letzten Worten standen ihm fast die Tränen in den Augen, als wäre er ein kleiner Junge. Sie hielten eine Weile den Mund; es regnete nicht mehr, am Himmel hatten sich die Wolken ein wenig verzogen, da und dort lag etwas klarer Himmel frei, und der Mond schimmerte hindurch. Ein Wind strich über sie hin und klebte ihnen die eiskalten Kleider an die Haut.

»Quatsch!« knurrte Zimmio, »pleite bist du nicht gerade. Friß doch 'n Hühnchen und danke Gott, daß wir unsere Freiheit haben.«

Bei diesen Worten sah Zucabbo nur noch rot, die Nerven gingen mit ihm durch, er nahm die Hühner und warf sie Zimmio ins Gesicht, wobei er brüllte: »Mensch, friß sie doch selbst, deine Hühner, Lump! Ich hab schon was zu Haus, um mir den Bauch zu stopfen!«

Nachdem die Hennen Zimmio getroffen hatten, fielen sie mit ausgebreiteten Flügeln in den Straßenschlamm, Tommaso zu Füßen. Der trat nach ihnen, von derselben Wut gepackt wie Zucabbo, und schleuderte sie auf das nächste Feld. Dann drehte er sich um und stapfte auf der Straße davon, ohne sich auch nur ein einziges Mal nach den anderen umzublicken. So ging er ein gutes Stück, grün im Gesicht, sei's aus Zorn, sei's vor Kälte, denn der Wind pfiff kräftig über die Felder und Wiesen, auf denen das eisigkalte Wasser schwappte. Zuletzt drehte Tommaso sich schließlich doch um und warf einen Blick zurück. Zucabbo stritt sich noch mit Zimmio herum, den er an den Kleidern gepackt hielt.

»Mensch, laß ihn doch!« brüllte Tommaso. Mit einem Ruck riß Zucabbo sich von Zimmio los und kam, naß wie ein Kücken, das ins Wasser gefallen ist, angerannt. Tommaso ging weiter, die Hände in den ebenfalls feuchten Taschen, erschöpft, die nassen Haare in der Stirn. »Was mach ich morgen, wenn Irene mitkommt?« sagte er laut zu sich selbst. »Hoffentlich hilft Christus mir, so ein Leben ist ja nicht mehr auszuhalten.«

Bei diesen Gedanken schüttelte ihn ein Hustenkrampf, er blieb stehen, drehte sich nach Zimmio um und brüllte: »Du verdammter Hurensohn! Uns mit einem dämlichen Huhn abspeisen zu wollen!«

Zimmio hob den Kopf vom Bettbezug, den er zusammenrollte und verschnürte; auch er schrie jetzt los, ohne eine Sekunde zu zögern: »Steh doch nicht rum und mach dir 'n Fleck ins Hemd, Spitzel!«

Am nächsten Morgen jedoch waren Tommaso und Zucabbo

wie umgewandelt. Tommaso konnte wirklich lachen; wer
nur hartnäckig auf etwas aus ist, kommt schon irgendwie
zum Ziel, und so hatte irgendein Heiliger einen Dickwanst
über den Weg geführt, der gerade im Fort seinen Militärdienst
leistete. Und der hatte gefragt: »Würden Sie wohl eine
Aufnahme von mir machen?« – »Klar Mann, gern!« sagte
Tommaso eifrig und bekam den Fotoapparat. Kaum hatte
der Mann sich umgedreht, um die richtige Positur einzu-
nehmen, war Tommaso auch schon weg wie der Wind.
So hatte er seinen Beutel ganz hübsch gefüllt und konnte
nun mit ruhigem Gewissen, leichtbeschwingt, zum Ren-
dezvous mit Irene gehen; wohlgemerkt, tausend Lire hatte
das Schicksal ihm in die Hand gespielt!
Zucabbo murrte: »Warum haben wir Zimmio bloß alle
Hühner gelassen? Wenn nun jeder eins davon essen könnte!
Mit einem Huhn im Bauch, das wär noch 'n Ostern!«
Ein recht schöner Morgen war angebrochen, auch die Sonne
schien zwischen den Wolken hindurch, und es war fast
ein wenig heiß. Zimmio wohnte außerhalb von Pietralata,
in einem der kleinen Häuser an der Tiburtina, hinter dem
großen Feld, in der Nähe der neuen Siedlung der INA-Case,
an der seit endlosen Jahren gebaut wurde und von der man
zur Zeit noch nicht mehr als ein paar Fensterchen und
spitze Dächer mit Luken sah.
Tommaso und Zucabbo gingen also zu Zimmios Hütte
und riefen ihn. Der schlief noch. Da sein Mädchen, wie gesagt, in Ponte Mammolo hauste, und da dieses Mädchen
als gute Katholikin mit ihrer Schwägerin die Messe hören
und ihn dabeihaben wollte, hatte er früh aufstehen und
halbtot vor Müdigkeit mit ihnen zur Kirche von Ponte
Mammolo zotteln müssen.
Vor einer halben Stunde etwa war er heimgekehrt, wieder

unter die Bettücher geschlüpft und sofort abgesackt. Tommaso und Zucabbo weckten ihn. »Und was ist mit den Hühnern?« fragten sie. »Unsere Hühner, willst du uns die vielleicht geben?«

»Zwei hat meine Mutter gekriegt«, erklärte Zimmio, vom Schlaf noch wie betäubt, düster und mit einem seltsamen, nicht gerade freundlichen Ausdruck im Gesicht, »und die beiden anderen habe ich hinten in der Via Casal dei Pazzi liegen gelassen.«

Er sah sie an, und langsam begannen seine runden Augen zu lachen. »Übrigens«, sagte er und platzte brüllend heraus, »wißt ihr, was der Priester heute bei der Messe gesagt hat?« Das Lachen schüttelte ihn derart, daß er kein Wort herausbrachte; die zwei anderen konnten sich ihren Teil schon denken: Er war dort zur Messe gegangen, wo sie ihren Raubzug ausgeführt hatten. Erwartungsvoll sahen sie ihm ins Gesicht, selber ganz vergnügt und mit roten Gesichtern.

»Er sagte«, fing der Zimmio an, sobald er sich ein wenig beruhigt hatte, »daß man ihm in der Nacht dreißig Hühner geklaut hätte! Daß gotteslästerliche Diebe in den Hühnerstall eingebrochen sind, und diese verlorenen Seelen hätten ihm dreißig Hennen gestohlen, ihm, der von der menschlichen und göttlichen Barmherzigkeit lebt! Dreißig Hühner, hat er gesagt, dieser Hurensohn.«

Tommaso und Zucabbo strahlten vor Wonne darüber, daß während der Messe von ihnen die Rede gewesen war, vor allen Leuten.

»Mensch, Tommà«, meinte Zucabbo, »hast du das gehört? Wir sind schlimmer als die Raben!«

»Du«, antwortete Tommaso, »wollen wir auch hin und es uns anhören?«

»Los, nichts wie hin!« schrie Zucabbo begeistert.

»Und du«, sagte Tommaso zu Zimmio, »gehst du noch mal mit?«

So wanderten sie nach Ponte Mammolo. Sie begnügten sich nicht damit, nur die Predigt der zweiten Messe anzuhören, sondern blieben bis zur letzten, die am Mittag stattfand. Immer wieder redete der Priester von ihnen, von diesen Räubern, diesen verlorenen Seelen, dieser Gotteslästerung und Schändung und so weiter. Sie badeten förmlich in Messen, immerhin waren sie seit zehn Jahren in keiner Kirche gewesen, zuletzt bei ihrer ersten Kommunion, und sie wußten nicht einmal mehr richtig, wer die Welt erschaffen hat.

Dann bummelten sie zufrieden im warmen Sonnenschein, der alle Wolken aufgelöst hatte und fröhlich auf den weißen, über die aufgewaschene Landschaft verteilten Häuschen glänzte.

Zimmio spendierte jedem einen Cappuccino mit Anisplätzchen an einer kleinen Bar der Via Selmi, wo es von jungen, sonntäglich gekleideten Männern in der Gnade des Herrn wimmelte. Aber Tommasino wurde langsam ungeduldig, er hatte Eile, er hatte etwas vor, nicht wie die zwei hoffnungslosen Faulenzer, Zimmio und Zucabbo, die nichts weiter konnten als herumzuschmarotzen, für die der Tag nur anfing, wenn es etwas zu stehlen und zu plündern gab. Nein, er fühlte tief in seinem Inneren eine Ruhe und Zufriedenheit, die ihn wohlig wärmte; er brauchte nur an das zu denken, was ihn erwartete. So grüßte er flüchtig nach links und rechts, sagte »fröhliche Ostern, fröhliche Ostern« und nahm den Autobus, um ins Garbatella-Viertel zu fahren, wo er sich mit Irene treffen wollte. Liebe und Stolz wohnten in seinem Herzen.

Wenn es auch ein Festtag war: Tommasos Kumpels: Cagone, Zellerone, Schakal und Buddha, Gricio, Cazzitini, Zimmio und Zucabbo, hatten sich nicht aus Pietralata weggerührt. Sie waren pleite. Wohl trugen sie fast alle neues Zeug am Leib, aber was sollte man ohne Moneten damit anfangen, in Rom, im Zentrum? Schon am frühen Vormittag hatten sie sich an den Tischen vor der Bar bei der Bushaltestelle versammelt, hatten sich auf die Stühle hingelümmelt, diskutierten über die letzten sportlichen Wettkämpfe und sorgten überhaupt für ein bißchen Lärm. Gegen elf hatten Zellerone und Gricio es satt bekommen und waren aufs Geratewohl davongegangen. Die anderen verspürten keine Lust dazu; sie blieben an der Bar, die Bäuche in die Luft gestreckt und die Hände über dem Schöpfer der Völker.

Minchia, Freghino, Cianetto und andere waren hinzugekommen; die Plätze von Zellerone und Gricio blieben nicht lange leer.

Bei all dem April in der Luft konnte man nicht recht von gutem Wetter sprechen, es war kälter als zu Weihnachten; einer von den Tagen mit bedecktem Himmel, wo hier und da ein orangefarbener Streifen sichtbar wird und die ganze Stadt nach Kerzenbeleuchtung aussieht. Pietralata lag in einem See von Schlamm. Aber unter dem Vorwand, daß es doch Frühling sei, waren alle in neue Kleider geschlüpft, in leichte Sachen aus Popeline und gelbe oder karierte Cowboyhemden. Reihenweise kamen und gingen die Leute, von der Via Tiburtina, vom Ponte Mammolo, und ganze Scharen warteten auf den Bus, um nach Rom hineinzufahren. Diejenigen, die wie Cagone und seine Genossen auf dem Trockenen saßen, denen keine drei Münzen in der Tasche klimperten, flanierten durch den Ort und spielten den Gent.

Jetzt also saßen sie vor der Bar, Cagone und die anderen, als von der Via di Pietralata her drei Männer näherkamen, die sie trotz der bürgerlichen Kleidung sofort ausmachten: Zwei waren Polizisten, der dritte ein Carabiniere aus dem Viertel selbst, allerdings auch er in Zivil. Sie kauften an einem Stand jeder eine Tüte frische Bohnen, griffen hinein, aßen und schlenderten langsam auf die Bar zu.

All die Galgenvögel und Pleitegeier an den kleinen Tischen blinzelten sich zu, fuhren mit der Zunge die Schneidezähne entlang, gähnten einander an und verständigten sich durch Zeichen. »Was ist denn los? Was gibt's nun schon wieder?« murmelten sie, »jetzt eine Streife?« Da war keiner, der nicht irgendwo etwas auf dem Kerbholz hatte, die Streife konnte jeden aus der Rotte aufs Korn nehmen; trotzdem blieben sie ruhig sitzen, blickten sich mit etwas zugekniffenen Augen um und schwatzten leise weiter.

Ruhig, gelassen schoben sich die Bullen zwischen die Tische und Stühle. Cagone schielte vorsichtig zu ihnen hinüber, rührte sich aber nicht von seinem Platz; etwas unsicher und ängstlich fragte er sich, während er seinen Augen einen unschuldig-seligen Ausdruck zu geben versuchte: ›Wen wollen sie denn schnappen? Mich, ihn oder den? Irgendwen von uns haben sie doch auf'm Kieker.‹

Tatsächlich näherten sich die Hüter des Gesetzes den Tischen der Bande, und sogleich war in aller Munde, daß es hier etwas gäbe: Die Wartenden an der Bushaltestelle, die Frauen, die zum Einkauf gingen, Trupps von Kindern und die übrigen Gäste in der Bar: alle hatten Witterung bekommen.

Die Polizisten hingegen traten, als ob alles so wäre wie sonst, zum Nebentisch, der eine setzte sich links, der andere rechts von Cagone, der Carabiniere hinter ihn, immer noch, als ob gar nichts los wäre. Sie machten Späße, und das erste richtige Wort, das sie von sich gaben, hieß: »Na, ist 'ne Weile her, daß man sich gesehen hat, was?«

Cagone saß zusammengekauert auf seinem Stuhl: die Bakken grau und schlaff, vier schwindsüchtige Schmachtlocken im Nacken, die Augenlider herabhängend. Die verschränkten Hände, das war offensichtlich, zitterten bereits.

Dabei hatte sich der Carabiniere an Cazzitini gewandt, der neben ihm saß, und nicht an ihn; im Gegenteil, er hatte ihm sogar einen freundschaftlichen Klaps gegeben. Dann erst, ganz unvermittelt, drehten sich alle drei Cagone zu und sagten gelassen: »Du, auf, komm mit!«

Cagone hatte durchaus nicht geschlafen. Er war auf allerhand dunklen Wegen tätig gewesen, und bei ihm zu Hause lag ein Toter. So brach er los, kaum daß die Polypen gesprochen hatten: »Nein! Ich geh nicht mit euch! Warum denn? Was wollt ihr denn?«

Dabei war er halb aufgestanden, fluchtbereit, in der Hoffnung, die Freunde würden ihm den Rücken decken. Schon kamen von allen Seiten Leute herbei, um zuzuschauen. Man hörte ein Stimmengewirr: »Na, was ist denn hier wieder los?« – »Die wollen Cagone hoppnehmen.« – »Das Schwein, hat er sich so vollaufen lassen?« Einer redete dies, einer das, das Gemurmel schwoll immer lauter an. »Aber was hat er denn ausgefressen? Was ist los mit ihm?« Einer redete auf Cagone ein, der sich weiß wie ein Tuch wieder gesetzt hatte: »Hau ab!«, und ein anderer meinte: »Wenn du nicht Leine ziehst, wirst du die Brüder nicht wieder los, Junge!«

Die Menge drängte sich dichter um die Tische, vor allem Frauen mischten sich ein: Die schon im Gehen waren, traten näher, und die aus den umliegenden Häusern kamen auf den Platz hinaus und gafften.

Es waren alles arme Vorstadtfrauen, ungekämmt, dürftig bekleidet, mit schwarzen, speckigen, dreckigen Hausjacken auf dem Leib und Holzpantinen an den Füßen.

Die Polizisten begannen zu schreien: »Weg! Auseinander! Platz machen!« Doch die Frauen, die einen dichten Kreis um sie bildeten, rührten sich nicht und fingen ihrerseits an zu schreien; erst noch verhalten, dann immer gellender riefen sie den Plattfüßen Schimpfworte zu: »Ihr Schinder! Ihr Hunde! Schämt euch!« Sie heulten fast, ihre Gesichter waren rot und ausgelaugt, die Haare aufgelöst, Strähnen hingen ihnen in die Stirn.

Da packten zwei der Bullen, ohne noch mehr Zeit zu verlieren, Cagone unter den Armen und hoben ihn hoch, um ihn vom Stuhl zu reißen, an dem er sich festkrallte, und ihn wegzuschleppen. Der Ranghöchste, ein Neapolitaner von etwa vierzig Jahren, rief so laut es mit seiner trübselig näselnden Stimme möglich war: »Macht Platz, sag ich! Aus dem Weg!«

Cagone konnte sich nicht lange festhalten. Er drehte und wand sich verzweifelt, schon hatten sie ihm Hemd und Unterhemd zerrissen, er krümmte sich auf seinem Stuhl, während die Polizisten seine Arme wie im Schraubstock hielten; er zuckte und stieß mit den Hüften, um freizukommen, als hätte man Stroh unter ihm angezündet. Seine Freunde rührten sich nicht. Sie lehnten am Tisch, sie waren frei, konnten zuschauen, und das taten sie, aufmerksam, einen halben Meter von den Schultern der Polizisten entfernt. Inzwischen waren, vom Lärm herbeigelockt, andere Leute herbeigeströmt. Zwischen der Bushaltestelle und der kleinen Bar drängten sich schon an die hundert Menschen; es war ja Sonntag, und alle Welt trieb sich draußen auf der Straße herum. Die Männer, und zumal die Halbstarken, hielten sich im Hintergrund, die Frauen dagegen schoben sich nach vorn, fest entschlossen, sich bemerkbar zu machen, Partei für Cagone zu ergreifen. Den Polypen war es unterdessen gelungen, ihren Mann vom Stuhl hochzuziehen; aber er klammerte sich jetzt mit beiden Händen an das Bein des Tisches, und wenn sie ihn mitschleppen wollten, mußten sie den ganzen Tisch nachziehen. Die Wirtin der Bar fing an, entsetzt zu schreien: »Ihr macht mir alles kaputt! Ihr ruiniert mir meine Sachen!« Sie war so wütend, ein solcher Haß glühte in ihrer Stimme, daß die anderen Weiber noch lauter als bisher in das Gebrüll einstimmten.

Von all dem Getöse betäubt, beschlossen die drei Beamten, ein Ende zu machen. Einer bückte sich, um Cagone die Handgelenke umzubiegen, und versuchte, ihm die Hände vom Tischbein loszureißen. Doch als Cagone, zum wilden Tier geworden, die Pulsader eines der Polizisten dicht vor seinem Mund sah, biß er zu.

Er erwischte das Handgelenk schlecht, mit Ärmel und allem, und glitt ab, verzog den Mund, spuckte aus und biß ein zweites Mal zu, diesmal etwas weiter unten, gegen die behaarte Hand hin. Er nahm so viel Haut wie möglich zwischen die gebleckten Zähne und schnappte zu, während ihm der Speichel aus dem Mund troff und sich mit dem Blut vermischte.

Verrückt vor Schmerz, riß der Polizist mit einem letzten, entscheidenden Ruck Cagone vom Tisch los, daß dieser auf den Boden stürzte, wo er mehrmals dumpf aufschlug. Die anderen ringsum sahen bewegungslos und ruhig der Szene zu. Jetzt schwebte Cagone in der Luft, von den Armen der Bullen emporgehalten, aber er strampelte, trat um sich und versuchte, sich loszuwinden. Der Polizist, der ihn festhielt, mußte sich mit der anderen Hand Platz schaffen, denn die Halbstarken wichen nicht einen Zentimeter, und die Frauen schlossen ihre Reihen immer dichter und enger. So gelang es Cagone noch einmal, sich halb zu befreien, er packte einen anderen von den kleinen Tischen und stürzte mit ihm kopfüber auf den schlammigen Bürgersteig.

Diesmal klammerte er sich besser fest: wenn die zwei Polypen ihm die Hände wegzureißen versuchten, trat er nach ihnen mit solcher Wut, daß er bald alle Stühle in der Nähe umgestoßen hatte; und wenn sie ihn am Körper packten, konnten sie ihn nicht vom Tisch wegzerren. Schließlich brachte es der mit dem blutigen Handgelenk doch zustande, ihn loszureißen. Cagone fand sich plötzlich ausgestreckt auf dem Boden liegend, den Bauch in die Luft gestreckt, an den Beinen festgehalten, den Nacken im Dreck. Er zappelte wie ein Fisch, die Augen verdrehten sich in den Höhlen, und er war so weiß im Gesicht, daß man hätte meinen können, gleich werde er seinen Geist aufgeben. Fast weinend schrie er: »Mamma mia! Hilfe! Laßt mich los!«

Die Frauen waren jetzt außer Rand und Band, wie die Furien. »Schweine!« schrien sie. »Seht euch doch vor!« – »Einen armen Kerl so anzupacken, schämt euch, schämt euch!« Und die Polizisten brüllten dagegen: »Aus dem

Weg! Platz machen!« Eine Frau hängte sich mit beiden Händen an den Arm eines Polizisten, zerrte daran und rief: »Laß ihn doch, laß ihn los, Mörder!«

Ein Stein sauste, mit aller Wucht geschleudert, über die Köpfe und zersplitterte an der Wand der Bar. Die Weiber schrien noch lauter: »Ihr Verräter! Ihr habt eure Eltern verraten! Wo kommt ihr denn selbst her, was?«

Cagone rollte am Boden hin und her, griff die Polizisten an den Beinen an, und sowie sie ihn einen Schritt weggezogen hatten, biß er zu wie ein toller Hund. Da mußten die Bullen sehen, wie sie ein Ende machten: Einer ballte die Hand zur Faust und versetzte Cagone einen Hieb, daß diesem die Sinne schwanden; und als er die Augen wieder öffnete, hatte er keine Kraft mehr und winselte nur vor sich hin, als ginge es ans Sterben: »Mamma! Hilfe! Mamma mia! Helft mir, rettet mich doch!«

Doch mit Fußtritten und Fausthieben brachten die Polizisten ihn auf die Beine und brachen sich eine Bahn durch die Menge. Die Frauen, angestachelt von den Männern im Hintergrund, setzten zum Sturmangriff an. »Rückt ihnen auf den Pelz, bringt sie um!« schrien jene, die am weitesten hinten standen. »Tragt ihn doch wenigstens vorsichtig, ihr tut ihm weh, ihr Bestien!« kreischten andere mitleidige Seelen. »Laßt ihn doch in Frieden! Er ist Epileptiker!« – »Er hat weder Vater noch Mutter!« – »Ein Waisenkind, und krank dazu!«

»Auf sie! Bringt sie um!« zischten von hinten die Giftigsten. Sie hatten alle irgend einen Sohn im Kittchen, oder ihre Jungen wurden gesucht oder fanden seit Jahren keine Arbeit und verreckten langsam vor Hunger.

Eine Frau zog ihren Holzschuh aus und begann weinend auf einen Polizisten einzuschlagen. Hinter ihr bildete sich eine feste, entschlossene Phalanx. Als die Polizisten sahen, wie ernst es wurde, mußten sie Cagone loslassen – man hätte sie sonst in Stücke gerissen. Cagone blieb still liegen, wo sie ihn fallen ließen. »Sie haben ihn umgebracht!« schrie plötzlich eine Frau gellend. »Alles Blut rinnt ihm aus dem Kopp!« – »Los! Auf sie! Bringen wir sie auch um! Ihr verdammten Arschlöcher, ihr sollt sein Blut noch mit der Zunge auflecken!«

Die Polypen fingen an, mit den Ketten der Handschellen zuzuschlagen, und riefen: »Hört doch auf, ihr Idioten! Wir stecken euch noch alle ins Loch!« Und einer, der die Nerven verlor, brüllte: »Rührt euch nicht, oder wir schießen!« Das hätte er nicht sagen sollen: jetzt rückte der ganze Trupp der Frauen mit erhobenen Holzlatschen und gefletschten Zähnen gegen sie an. Sie stießen die Männer in den Rücken und in die Nieren. Zwei-, dreimal fielen die Bullen zu Boden, auf die Knie oder der Länge nach, und die Frauen um sie herum traten nach ihnen, spuckten sie an. Da krümmten sie sich, schlängelten sich hoch, liefen davon, rannten immer schneller. Äste, Ziegelsteine, Holzstücke warfen die Frauen hinter ihnen her. An der Straße stand eine, ihr Baby auf dem Arm, neben einem Kohlenbecken, in dem sie ein Feuer zum Kalkbrennen angezündet hatte.

»Brenn ihnen eins auf den Leib, Crocefi! Laß sie kokeln!« brüllten die Frauen ihr zu.

Ohne sich das zweimal sagen zu lassen, setzte Crocefissa ihr Kind ab und machte sich daran, die Polizisten mit glühenden Holzscheiten zu bewerfen. Damit nicht zufrieden, packte sie plötzlich mit beiden Händen das Becken mit der knisternden und knackenden Glut darin und schüttete es über die Füße der Polizisten aus, die in eine Wolke aus Asche, Rauch und Funken eingehüllt wurden.

Da öffnete Cagone, der immer noch wie tot am Boden lag, ein Auge, machte es wieder zu, öffnete es noch einmal und sah gleichmütig um sich. Breitbeinig stand Schakal über ihm. Den Blick nach Monte Sacro gerichtet, als redete er nur vor sich hin, sagte er: »Hau ab, zu mir nach Hause.« Sachte stand Cagone auf und verschwand geschmeidig wie ein Fuchs in der Menge: Er schlüpfte zwischen die Häuser und Hütten, lief durch die Straßen, sprang über Pfützen, bis er schon beinahe auf freiem Feld war, setzte über einen Zaun, drang in einen Garten ein, zertrampelte ein Beet mit Fenchelknollen und erblickte schließlich vor sich eine Meierei. Sie war alt, etwas zerfallen, wie ein Überrest aus früherer Zeit: In der Mitte lag ein schmutziger, kleiner Hof, hier und da mit Mist bedeckt; zwei bis drei Schuppen und ein Brunnen gehörten dazu; an das alte Haus hatte man ein neues angebaut, eine Art Lagerraum. Cagone wühlte in einem Loch unter dem Brunnen, dessen Trog gesprungen und voll Sulfat und Stroh war; er zog einen Schlüssel hervor und öffnete die windschiefe Tür des Lagerhauses.

Hier wohnte Schakal zur Zeit allein, da sein Vater hinter Gittern saß. Da war eine Art finsterer Wohnküche mit einem kleinen Bett, einer Kommode mit einem Radio drauf und allerlei Krimskrams in den Schubladen. Auch ein Päckchen selbstgedrehte Zigaretten für den Vater lag auf der Kommode bereit. Eine richtige Zigarette, eine ›Nazionale‹, war hingegen mit einem Nagel an der Wand befestigt: Ein Freund von Schakal hatte derart seinen Schwur, nie mehr zu rauchen, bekräftigt. In der anderen Zimmerecke standen ein Wäschetrockner, eine Hobelbank mit Werkzeugen, und über allem hing ein Bord mit verschiedenen Sachen. An der Wand gleich neben der Tür gab es sogar einen Spülstein mit eingeweichter Wäsche, denn Schakal wusch sich sein Zeug selbst.

Sowie Cagone im Zimmer stand, holte er tief Luft, ging gleich nachsehen, ob etwas zu essen da sei, fand aber nichts. Da streckte er sich mit leerem Magen auf dem Bett aus und wartete.

Kurze Zeit später erschien Schakal mit etwas Wurst und ein paar Brötchen; sie mampften wie zwei Halbverhungerte alles in sich hinein und schwatzten dabei über das, was vorgefallen war. Gegen zwei Uhr tauchten andere Freunde auf, und da auf dieser Welt nun einmal alles so ist, wie es eben ist, und nur ein Rindvieh zuviel darüber nachdenkt, setzten sie sich zu einem friedlichen Spielchen zusammen, und einer fing an, die fettigen Karten von Schakals Altem zu mischen.

Es war Nachmittag, die Sonne schien, von da und dort hörte man aus dem Radio die Übertragung eines Fußballspiels. Die Bauern der Meierei, alle sonntäglich schwarz gekleidet, hatten sich in den Hof gesetzt, unter die schmutzigen, verstopften Dachtraufen, ihre Kinder im Arm, hatten Besuch von irgendwelchen Bekannten, die natürlich auch Bauern waren und die Felder bei Ponte Mammolo bebauten. Sogar Süditaliener waren da, Hungerleider, die für ein Nichts bei den Bauern schufteten und jetzt hier, im Dreck sitzend und schwatzend, den Sonntag verbrachten.

Drinnen, in der Wohnküche Schakals, spielten sie gerade in aller Ruhe ihr Spielchen, als man von draußen rufen hörte: »Hallo, Cagoneee!«

Cagone saß gerade in Unterhosen da, mit Nadel und Faden, und während die anderen ihre Karten auf den Tisch klatschten, nähte er an seiner Hose, die ihm beim Kampf zerrissen worden war.

»Mensch, Cagone, sie kommen«, flüsterte Schakal. Die Hose in der Hand spähte Cagone zur Tür hinaus, die er nur einen Spalt breit öffnete, und dachte dabei: ›Wer kommt jetzt, mir ’nen Tritt in die Eier zu geben?‹

Er streckte vorsichtig den Kopf hinaus und erblickte ein unbekanntes Gesicht; schon wollte er rasch die Tür wieder schließen – wobei er überlegte: ›Wer hat mich wohl verpfiffen?‹ –, als der andere den Fuß dazwischen stellte, Cagone am Kragen packte und halb aus dem Zimmer zog. Draußen gab er ihm einen Hieb in den Nacken, daß ihm der Kopf gegen die Türkante flog. Cagone sackte in sich zusammen, ihm wurde schwarz vor den Augen: Diesmal hatten sie ihn geschafft.

Inzwischen waren andere Polizisten hinzugetreten, packten den Ohnmächtigen, dessen Glieder schlaff herabhingen, unter den Achseln, schleiften ihn über den Schmutz und das Stroh des Hofes und luden ihn in die Grüne Minna, vor den Augen der schweigenden Bauern, die taten, als sähen sie nichts.

Zwei, drei Uhr nachts. Zimmio schlief in seinem Verschlag. Er schlief gut und tief, bis heftiges Klopfen an der Tür ihn weckte. Er brachte kaum die Augen auf, so fest hatte er geschlafen; sie waren ihm wie zugeklebt. ›Hol sie doch der Henker‹, dachte er, fast weinend vor Ärger. Da er ein Jahr Bewährungsfrist hatte und unter Beobachtung stand, mußte er sich höchstselbst zur Tür bemühen, um zu öffnen. Es konnte sich immer um die Polizei handeln.

Mühsam stützte er sich auf dem Ellbogen hoch. Er war bleich wie eine Leiche, alles Blut war ihm aus dem Kopf gewichen, die Haare hingen ihm über die rötlichen Pickel

auf der Stirn, die schon faltig war wie die eines Greises. Gähnend erhob er sich, schlurfte durchs Zimmer, zu dem Vorhang, der dieses Loch, in dem er mit Mutter und Schwester hauste, auch noch in zwei Hälften teilte. Die Frauen waren ebenfalls aufgewacht, mit weitaufgerissenen Augen lagen sie auf ihren Klappbetten. Licht gab es nicht: Ein wenig fiel durch das in die Mauer gebrochene Fensterchen herein. Draußen klopfte es weiter wie verrückt gegen die Tür, daß sie fast zusammenbrach, ausgeleiert, wie sie ohnehin in den Angeln hing. »Maialetti, zieh dich an!« riefen Stimmen. Aber Zimmio stand wie betäubt mitten im Zimmer, ein Paar billige, alte Unterhosen schlotterten ihm um die Beine. »Warum? Was ist denn los? Was hab ich getan?« fragte er jetzt, nach Kleidern und Schuhen tastend, zwischen zwei Nachttöpfen, die auf dem Boden herumstanden. »Diesmal vertrödeln wir keine Zeit, zieh dich an und komm raus!« – »Mach ich ja schon!« knurrte Zimmio. Er hatte jetzt seine Hose gefunden und stieg unter den verängstigten Blicken von Mutter und Schwester hinein, schwankte aber und mußte sich wieder setzen, mitten in den Dreck. Schlaff und unlustig zog er sich fertig an; hinter ihm an der Wand hing ein Stoffbild, das ihm gehörte: Zwei Araber mit einem Kamel hielten Rast in einer Oase.
Draußen fing man wieder an, die Tür zu bearbeiten. Mit nackten Füßen, die Schuhe in der Hand, ging Zimmio öffnen; und da die Sicht durch die Wäsche versperrt wurde, die quer im Raum zum Trocknen aufgehängt war, stieß er gegen das Gestell für die Waschschüssel, und das schmutzige Wasser darin schwappte über, ehe sie zu Boden fiel. Fluchend machte er die Tür auf, und es hätte nicht viel gefehlt, daß er, schlaftrunken wie er war, hingefallen wäre.
Die Polizisten waren zu viert oder fünft, alle bewaffnet, in

voller Ausrüstung, mit Helm und Kinnriemen, die Maschinenpistole in der Hand oder über der Schulter. Zimmio taumelte, halbtot vor Schreck, ein paar Schritte zurück, verfing sich in der Wäscheleine, daß er fast erstickte, stieß in der Küche gegen den großen, alten Herd, über dem der Speicher aufragte, und blieb atemlos stehen. Die anderen traten ein, sahen sich prüfend im Zimmer um und blickten, die Pistole im Anschlag, hinter den Vorhang, wo sich die beiden Frauen halb aufgerichtet hatten. Dann versetzten sie Zimmio einen Stoß und sagten: »Los!« Ohne zu antworten, bückte er sich, um sich die Schuhe zuzubinden, oder besser: einen Schuh, denn der zweite lag noch am Boden, neben der umgekippten Waschschüssel.

Die Männer warteten aber gar nicht erst, bis er fertig war, sie packten ihn, zwei links, zwei rechts, unter den Armen, und einer hielt ihm die Hand über den Mund. So zerrten sie ihn aus der Baracke, und hinter ihnen her riefen die Mutter und die Schwester des Zimmio, noch immer halbnackt, einen Schuh in der Hand: »Der Schuh, der Schuh!«, wobei ihnen fast die Tränen herunterliefen.

Sie schleiften ihn unter das Vordach, wo der ganze Reichtum der Familie Zimmios versammelt war: zwei Wasserpfützen, vier Tische, die an einen Mauerrest und ein Stück Bretterzaun angenagelt waren, darüber als Dach etwas Wellblech und ringsum Hausrat: Eisen, vier alte Autoreifen, eine wackelige Kommode, eine Steppdecke mit vielen Dreckspritzern, ein Dutzend aufgeschichteter Ziegelsteine, eine kaputte Badewanne. Durch all das Gerümpel hindurch zogen und schoben sie ihn, und dann durch den Schmutz der Straße.

Die anderen Baracken wurden von mindestens drei bis vier Dutzend ebenfalls behelmter Carabinieri durchgekämmt, die das Schießeisen unterm Arm und den Patronengürtel umgeschnallt hatten; die einen hämmerten mit den Fäusten gegen Türen und Fensterläden, andere schleppten Halbstarke zu den Wagen, junge Männer, sogar Frauen. Manche hetzten Hunde über die Felder, wenn einer durch ein Hinterfenster geschlüpft und davongerannt war, und die übrigen ließen die Scheinwerfer ihrer Stablampen über die ganze Gegend strahlen, daß alles hell beleuchtet war. Die Hunde zerrten bellend am Halsband, und in den Häusern und auf den Vorplätzen kreischten Frauen.

Buddha schlief von all dem ungestört, friedlich und tief; er lag angekleidet auf dem Bett, denn er hatte sich am Abend zuvor ordentlich einen hinter die Binde gegossen und war vor Müdigkeit einfach umgefallen. Er trug einen Kittel und auf dem Kopf die Baskenmütze, tief herabgezogen bis zu den Augenbrauen, und hinten standen ihm die Haare zu Berge. So lag er, mit seiner Frau und den zwei Kindern, lang ausgestreckt in dem Eineinhalb-Personen-Bett, das richtige Füße hatte. Auf dem anderen Bettgestell, ohne Matratze, schlief seine Mutter.

Er lebte in einem Haus in der Nähe der großen Wohnblocks, dort, wo die Felder beginnen, nahe dem Aniene; Messi d'Oro nannte man diese Gegend. Der Fußboden war völlig ungepflastert: Die Steine hatte er nach und nach verkauft. Nur die zwei Betten standen in dem großen Wohnraum, eines an dieser Wand, das andere an jener, und zwei Stühle, auf die man nachts die Kleider legte, das war alles. Der Strom war gesperrt worden, deshalb benutzte die Familie Kerzen, und auf den zwei Stühlen klebten dicke Stearinklumpen.

In diese Behausung traten die Polizisten ohne Schwierigkeit ein, denn die Tür war nicht verschlossen. Sie richteten

den Strahl ihrer Lampen in den Raum, die Pistolen im Anschlag, und fragten: »Wohnt hier Postiglione Virgilio?«
Buddha erwachte, rieb sich die Augen, schob ein paarmal
die Baskenmütze auf dem Kopf hin und her, bis sie ihm fast
auf die Lider drückte, so daß er sein Stoppelkinn hoch em-
porrecken mußte, um etwas zu sehen. »Nein«, sagte er, »hier
wohnt kein Postiglione, hier wohnt Di Salvo, Vorname
Giovanni…« – »Und Ihre Frau, wie heißt die?« fragten
sie und wandten sich, immer die Schießeisen geradeaus
gerichtet, zur Frau des Hauses um.

»Spizzichini, Teresa«, erklärte Buddha, »der ist hier nicht,
der, den ihr sucht.« – »Was haben Sie gesagt, wie Sie heißen?« fragte ein junger Leutnant. »Di Salvo, Giovanni«,
wiederholte Buddha. Der Leutnant sah ihn an: »Dann
kommen Sie, kommen Sie ruhig auch mit!« sagte er. »Ich?
Wieso?« fragte Buddha voller Unschuld, aber da nahmen
ihn schon zwei Bullen von links und rechts, und er mußte
sich drein fügen. Er drehte sich zu seiner Frau um, die der
Szene zusah, und auch die beiden Kinder waren aufgewacht und guckten zu, was mit ihrem Papa geschah, der
gerade sagte: »Gute Nacht, Schatz!«
Auch unterhalb dieses Hauses, das an die letzten Bauten
der Vorstadt anstieß, wimmelte es von Polizisten mit Hunden und Taschenlampen, geschulterten Maschinenpistolen
und LKW's.
Zucabbo, der früher ebenso wie Tommaso, Lello und die
anderen in »Klein-Schanghai« gewohnt hatte, hauste jetzt
im Zentrum von Pietralata, Wohnblock Zwei, in einer jener
Gassen, die parallel zur Hauptstraße verliefen. Auch Zucabbo überraschten sie im Schlaf. Als er das Klopfen hörte,
mußte er ebenfalls gähnend und fühllos wie ein Stein öffnen
gehen, halb nackt, wie er war. Er machte auf, und die Poli-

zisten drängten hinein. Das heißt, weiter als bis in die Küche kamen sie nicht. Vorn war eine Scheidewand, mit einem alten Vorhang als Tür. Dort versammelten sie sich, und ihre Waffen schlugen gegen ein Faß oder eine Wanne mit schmutziger Wäsche, einen Tisch, auf dem Flaschen mit Tomatenmark standen, eine Kredenz mit roten und blauen Glasscheiben, schachbrettartig angeordnet und mit Rahmen versehen. Mit einem Wort, weiter vorwärts ging es nicht, denn jenseits der Scheidewand, auf einem Raum von etwa fünf Quadratmetern, bildeten drei quergestellte Klappbetten, zwei Sofas und eine Hängematte ein einziges großes Lager, wenn man so sagen will, auf dem zerdrückte Laken und Decken einen wirren Haufen bildeten.

Hier schliefen sie zu etwa zwanzig Personen, Zucabbos Vater und Mutter, die Großmutter, vier oder fünf Schwestern und eine ganze Schar kleinerer Kinder. Ein Brigadiere steckte den Kopf in dieses Schlafzimmer und betrachtete prüfend all die halbnackten Gestalten, die dort wie Ungeziefer herumkrochen und ihn anstarrten.

»Ihr zwei, du und du«, sagte der Brigadiere, indem er auf zwei zerzauste Mädchen von siebzehn, achtzehn Jahren wies, »aufstehen!«

Die beiden sahen ihn entgeistert an und blieben auf ihren Betten sitzen. Zucabbo trat vor und sagte: »Was denn? Warum? Was ist passiert? Wie könnt ihr euch erlauben...«

»Los, rasch, ihr zwei!« unterbrach ihn der Brigadiere.

Zucabbo packten sie nach bewährter Methode unter den Armen und schleiften ihn quer durch die Küche und den düsteren Vorraum mit dem vielen Gerümpel hinaus: Dort hielten sie ihn fest. Sämtliche Häuser ringsum waren jetzt von den Polizisten durchwühlt, das Unterste war zuoberst gekehrt worden. Noch nie hatte man hier so viele auf einmal gesehen, hier vier, dort zehn; sie gingen überall herum und riefen den Leuten Befehle zu. Die Strahlenbündel der Taschenlampen blitzten auf und strichen über die gesprungenen Mauern, über die Fetzen geteerter Leinwand und die Blechstücke, die von den Dächern hingen, über den abgefallenen Mörtel, die kleinen, elenden Höfe. Die Hunde bellten wie verrückt, überall hörte man Schreie, Flüche, Kommandos. Wenige Minuten, nachdem Zucabbo, festgehalten von zwei Polizisten, mit ausgestreckten Armen dagestanden hatte, sah er seine beiden Schwestern, von anderen Polizisten abgeführt, herauskommen; sie waren halb bekleidet, die Schuhe hatten sie gerade nur wie Pantoffeln übergestreift, und die Strümpfe hingen ihnen an den Beinen herab, ganz zu schweigen von den ungekämmten Haaren. Sie weinten. »Aber was haben denn die getan? Laßt sie doch in Frieden!« brüllte Zucabbo. Mit einem Ruck rissen sie ihn weg, ohne ihm eine Antwort zu geben. Die anderen zerrten die beiden Mädchen hinter sich her. Hundert Meter etwa gingen sie die Straße entlang, teils auf dem schlammigen Boden, teils auf Pflaster, unter den Leinen mit der zum Trocknen aufgespannten Wäsche, zwischen fauligen Mauern. Schließlich gelangten sie auf die Hauptstraße, die von der Höhe der Autobus-Haltestelle und der Bar bis zur Kirche führte.

Auf beiden Seiten der Straße reihten sich Jeeps, an die hundert hier, an die hundert dort, schnurgerade wie bei einer Parade, ein Wagen hinter dem anderen, die ganze Straße hinunter. Von überall kamen Patrouillen der Polizei und verschwanden wieder; hier schleppten sie einen Mann mit, dort gingen sie einen anderen suchen, immer mit ihren Pistolen und Hunden. Der Zucabbo mußte auf einen Lastwagen steigen, die Schwestern auf einen anderen. Ein Leutnant schrie: »Ladet so viele auf, wie ihr könnt, und dann ab!«

Zucabbo fand nicht einmal Gelegenheit, seinen Schwestern noch etwas zuzurufen, ihnen zum Abschied zu winken, da fuhr ihr LKW schon los, und ein Alfa Romeo mit aufgeblendeten Scheinwerfern folgte.

Auf LKW's, Jeeps, rote Polizeiautos, Elfhunderter und Neunzehnhunderter, luden sie die Menschen, luden sie auf und fuhren mit ihnen ab. Jede Ladung nahm einen anderen Weg, damit die Leute der umliegenden Vororte nicht merkten, was hier geschah.

An den vier Zugängen nach Pietralata hatten sich Jeepkolonnen postiert, in Richtung Montesacro und Via Tiburtina. Und zwei weitere Reihen von Jeeps, ebenso lang wie die an der Hauptstraße, standen diesseits und jenseits des Vorortes, hinter den Gärten.

In seinem LKW entdeckte Zucabbo Zimmio, der immer noch mit einem einzigen Schuh dasaß; Mutter und Schwester standen unten, neben dem Wagen und versuchten, dem jungen Mann den anderen hinaufzureichen; doch die Polypen stießen sie zurück, zurück in die Menge von brüllenden, heulenden Frauen und Kindern. »Der Schuh! Der Schuh!« riefen sie. »Na und? Heut abend kann er barfuß gehen!« knurrte ein Polizist mit neapolitanischem Akzent. Zimmio machte ein finsteres Gesicht, brachte aber vor Wut kein Wort heraus. Bis schließlich ein Brigadiere an dieser Stelle vorüberkam, die zwei Frauen mit dem Schuh sah, die sich an den LKW drängten, und, von einem Wutanfall gepackt, rief: »Nehmt auch die zwei, und nichts wie weg mit ihnen!«

Sie ergriffen Mutter und Tochter, halb nackt, wie sie waren, und trugen sie mehr als daß sie sie führten zu einem anderen Lastwagen; Zimmio wollte sich, Schaum vor dem Mund, über die Planke des LKW's hinweg auf die Polizisten stürzen, aber die anderen hielten ihn gerade noch zurück: »Was denn, Junge, willst du dich partout kaputtmachen? Siehst du denn nicht, was hier passiert, was?«

Und sie zeigten ihm, um besser mit ihm fertigzuwerden, den Cazzitini, der schlaff wie ein leerer Schlauch auf einem Bänkchen im Wagen hockte. Er war völlig nackt bis auf die Unterhosen, braune Wolldinger, die von der Pontifikal-Hilfe stammten.

Hinter jedem Fahrzeug, das mit seiner Ladung abfuhr, setzte sich ein ›Panther‹, ein Alfa Romeo Neunzehnhundert der Polizei, in Bewegung: die Scheinwerfer aufgeblendet, um ins Innere des voranfahrenden LKW's zu leuchten. Zwar bewachten jeweils fünfzehn Bullen zehn Verhaftete, aber trotzdem blieb das Licht die ganze Fahrt über an, damit nicht doch einer abspringen und entwischen könnte.

Es war ein Kommen und Abfahren von Wagen, und inmitten all der leuchtenden Scheinwerfer der ›Panther‹ und ›Tiger‹ war es so hell, daß man auf einem nächtlichen Fest zu sein glaubte; es fehlte nur noch das Feuerwerk.

Cazzitini schlotterte vor Kälte und schwieg. »Du, da kommt deine Schwägerin!« rief ihm Schakal zu, den man in vollständiger Kleidung verhaftet hatte, als er gerade aus Rom zurückkehrte.

Die Schwägerin, auch sie halbnackt, brachte dem Cazzitini eine Jacke: »Da, zieh dir das über!« rief sie, und es gelang ihr auch, ihm die Jacke zuzuwerfen, als die Polizisten gerade nicht hinsahen; schließlich waren auch sie nur arme Sünder, übelgelaunt und ärgerlich inmitten all des Geschreis und Wirrwarrs. Kurz darauf kam seine bessere Hälfte selbst.

Während sie sich, mit den Armen rudernd, Platz schaffte, schrie und gebärdete sie sich völlig verzweifelt; die Kleidungsstücke fest gegen ihre Brüste gedrückt, kämpfte sie sich vorwärts. »Halt! Halt!« riefen Zimmio und die anderen ihr zu. »Bleib stehen, sonst nehmen sie dich auch noch mit!« Aber sie hörte und sah nichts, keuchte weiter, bis sie neben dem LKW stand, und reichte Cazzitini weinend und schreiend seine Kleider hinauf: »Da, nimm, Mario, nimm doch!« – »Hau ab!« brüllte er sie an, »hau ab, dumme Kuh! Wer soll denn auf den Bengel zu Hause aufpassen?«

Die fünf oder sechs Polizisten, die den Wagen umstanden, traten hinzu und fragten sie nach Vor- und Nachnamen. Die Hände noch immer gegen die magere Brust gedrückt, rief sie: »Ich bin ja bloß gekommen, meinem Mann die Sachen zu bringen, wo er doch nischt am Leibe hat!« – »Ach was, nischt am Leibe, nischt am Leibe!« sagten sie, »kommen Sie nur auch gleich mit!« Sie drehte sich, wand sich, zuckte zusammen. »Laßt mich! Laßt mich los!« brüllte sie. »Ich hab was Kleines zu Haus!« – »Laßt sie in Ruhe!« riefen jetzt auch Stimmen vom Wagen herab, »die hat zu Haus wirklich 'n Baby von kaum vier Monaten.« – »Wir kümmern uns schon um das Kleine, machen wir, machen wir«, sagten die Polizisten und luden die Frau, die sich wimmernd fallen ließ, in einen Jeep.

Der Brigadiere vom Nachmittag, der mit den beiden anderen Beamten gekommen war, um Cagone abzuholen, bezeichnete die Häuser der Frauen, die den Spektakel entfesselt hatten; er war ein alter Schmutzfink, der zweimal am Tag in eine Literkanne stieg und der mit brüchiger Stimme durch die Nase sprach. Er zeigte ihnen die Häuser, die Polypen traten ein, schleppten Mütter großer Familien, halbwüchsige Mädchen und uralte Schlampen mit sich.

Da kamen sie, zwischen Pistolen und Hunden, Scheinwerferlicht im Gesicht; die einen wurden erst zusammengetrieben, andere waren schon auf dem Weg zur Piazza Nicosia, wo das Polizeipräsidium lag. Und immer noch kamen Frauen, aus allen Ecken und Enden, verstört, wie Verurteilte, die zur Hinrichtung schreiten.

Schakals Großmutter latschte neben all den bewaffneten Männern her; sie wirkte noch kleiner als sonst, wie ein Äffchen, eine Ameise; ihre Hände schienen zum Gebet gefaltet, sie ließ verschämt die Augen schweifen, als bäte ein kleines Mädchen um Verzeihung. Sie schlurfte mit ihren Holzschuhen durch den Dreck, trug ein grünes Jäckchen, und all die schlohweißen Haare standen ihr wie grelle Flammen um den dunklen Kopf; sie schien zu lächeln, aus zahnlosem Mund, als ginge sie in einer Prozession mit.

In eine andere Patrouille eingekeilt ging Anna, fluchend wie ein Kutscher. Sie arbeitete als Trägerin auf dem Markt, sechs bis sieben Kinder hatte sie, überall auf der Welt verstreut; eine Frau, die das Leben kannte. Das Lippenrot reichte ihr bis unter die Nase; was sie verdiente, zerrann so schnell, wie ihr der Schweiß bei der Arbeit floß, und ihre Zähne, schmutzig und gelb, staken nutzlos in ihrem Mund. Sie war ein Besen von einem Weib, immer hatte sie blaue Ringe unter den Augen, und die Haare schillerten in allen Farben, weil sie dauernd umgefärbt wurden: hier schwarz, da ein bißchen Kastanie, ein paar Strähnen blond, einige rötlich und alle derart mit der Schere gebrannt, daß sie aussahen wie das Roßhaar, das aus zerschlissenen Matratzen quillt, oder wie drahtige Putzwolle zum Töpfeschrubben. Sie war schwer zu bändigen, und was sie schrie, brach aus der Tiefe ihres Leibes hervor: »Ihr Hornviecher!« fauchte sie die Polizisten, die sie abführten, an, die Hände nach vorne gestreckt: »Hornviecher! Hol euch der Teufel, mit allen Hörnern, die ihr am Kopp tragt! Daß euch das Brot im Munde faule! Fegt doch vor eurer eigenen Tür, Hungerleider, weiter seid ihr ja auch nichts! Und seht bloß zu, was die Schlampen, eure Weiber, zu Hause treiben, los, geht doch nachsehen!«

Hinter ihr führten ein paar andere Männer die Mutter des Nazareners ab. Auch sie hatte kaum ein Kleidungsstück überziehen können: Sie ging weinend dahin, mit zotteligen, strähnigen Haaren, die auf den Nacken herabhingen; auch die Haarnadeln baumelten, eine links, eine rechts. Sie hatte ein gutmütig rundes, aber erschreckend bleiches Gesicht mit einer Brille. Das Kleid war zerrissen, es fehlte ein ganzes Stück, und das kam daher, daß sie ständig irgendwelche Wäsche wusch und sich dabei anspritzte und sich dann am Spülbecken, am Brunnen und wo sonst immer rieb: So sah man ihren Bauch, den nur ein altes Militär-Unterhemd bedeckte. Über die Schultern hatte sie eine rote, ausgefranste Wolljacke gezogen, die ihr halb aufs Kreuz herunterhing. Derartig bekleidet stolperte sie keuchend und weinend zwischen den Carabinieri voran.

Hinter ihr kamen noch viele andere, umdrängt von Polizisten: junge und alte Frauen, aus allen Häusern und Hütten von Pietralata: Manche protestierten, andere weinten nur, alle waren mit Lumpen bedeckt, und man hatte sie wie Tiere aus ihren Höhlen gezerrt.

Nun neigte sich die Nacht langsam ihrem Ende zu. In Richtung auf San Basilio sah man schon die Dämmerung, über die Wolken verteilte sich ein violettes, bläuliches Licht; sie waren an den Rändern verwaschen, und es sah eher so aus, als ob ein Tag endete und nicht, als würde einer geboren. Dann durchdrang das Licht allmählich die Luft und legte sich wie eine klebrige, zähe Flüssigkeit über alles – nur die Sonne fehlte. Es war eine milchige Helligkeit, die sich über den schmutzigen Erdboden, die verstörten Gesichter und die noch immer brennenden Scheinwerfer breitete.

Nach und nach wurde sogar die Polizei etwas ruhiger und weniger brutal: Die Alfa Romeos, die ›Panther‹ fuhren weniger häufig hin und her, auch die LKW's wurden seltener; manche standen, noch halb leer, im Viertel herum, und dann machten sich sogar die Jeeps in Gruppen von drei und vier Wagen mit heulendem Motor davon, zuerst die aus den Seitengassen, dann die von der Hauptstraße.

Die Polypen streckten zum letzten Mal ihre Fangarme aus: Sie griffen sich einen Jungen in der Via Feronia, der gerade aufgestanden war und mit seinem Proviantkorb am Arm zur Arbeit gehen wollte; sie packten ihn und schleppten ihn mit sich fort, und er konnte soviel weinen und schreien, wie er wollte: »Aber ich muß doch auf Arbeit!«

»Komm nur ruhig mit uns!« sagten die Bullen; auch sie waren schon ziemlich am Ende.

»Ich hab doch die Schlüssel für die Lager an der Piazza Vittorio«, jammerte er unter Tränen im heiteren Licht der endlich aufgegangenen Sonne. »Wenn ich nicht da bin, können auch die andern nicht arbeiten!«

»Na und!« sagten sie und schoben ihn in den ›Tiger‹.

Jetzt stand die Sonne schon ganz schön hoch, und ihre Strahlen beleuchteten Pietralata, das an die Zeit des Krieges erinnerte. Die Häuserwände schwiegen, denn Mauern schweigen immer. Doch im Schlamm der Straßen zeichneten sich die Spuren der Autoreifen und der Füße all jener Unseligen ab, die in dieser Nacht da hindurchgewatet waren.

Während der Razzia war Tommaso weit fort gewesen. Er hatte keine Ahnung von den Geschehnissen der Nacht. Wie schon die letzten zwei, drei Sonntage war er mit Irene zusammengewesen, und danach hatte er sich zu seinem Freund, dem Fischer Settimio, begeben und in dessen Haus übernachtet. Da beide vollständig pleite waren, trieb er sich den nächsten Tag über in Rom herum, um irgendeinen von den vielen Fremden auszunehmen.

Als er nach Pietralata heimkehrte, wollte die Sonne, die den ganzen Tag über bösartig die Erde ausgebrannt hatte, schon wieder untergehen und in ein graues Bett aus Wolkenfetzen über dem Horizont tauchen.

Noch zündete man hier in der Vorstadt keine Lichter an, aber es fehlte nicht mehr viel daran. Eine Totenstille, eine seltsame Ruhe lag über allem.

Jeder im Haus oder auf den paar Quadratmetern des dazugehörigen Vorhofs ging seinen Angelegenheiten nach. Wenn die Frauen an den Fenstern oder Brunnen miteinander redeten, dann ganz leise, so, als wäre jemand gestorben. An den Tischen und an der Theke der Bar war kein Mensch zu sehen; die Läden blieben halb heruntergelassen. Tommasino und die anderen, die mit ihm gegen vier, halb fünf nachmittags aus dem 211er gestiegen waren, wußten von nichts; sie sahen sich um, reckten die Hälse, und dann sahen sie einander bestürzt an.

Die meisten von ihnen eilten nach Hause, da sie das Schlimmste befürchteten: Dieser oder jener blieb freilich schon unterwegs stehen, um zu erfahren, was eigentlich passiert sei. So auch Tommaso. Und er begriff sofort, worum es sich handelte. ›Der Bart ist ab‹, dachte er, und die Knie wurden ihm weich. ›Wenn sie Cagone gesucht haben, dann auch mich.‹

Eine Art Nebel schwamm ihm vor den Augen, in seinem Schädel dröhnte es, Blei lag ihm in den Gliedern.

Er rannte nach Hause, ohne recht zu wissen, was er tat, und sah nichts: weder die grauen Fassaden der Wohnblocks, die Pfützen, die abgetretenen Pflastersteine auf dem Bürgersteig, noch die Leute, die schwatzend in der Kälte standen, mit weißer, gespannter Haut, schmutzige Schals um den Hals.

Er ließ die Augen im Kreis herumgehen und dachte doch immer nur eins: ›Der Bart ist ab!‹ Sonst nichts, wie einer, der auf den Kopf gefallen ist. Laufend erreichte er die Gegend von »Klein-Schanghai«. Sonst ging er um diese Zeit nie nach Hause, wer weiß wielange schon nicht mehr; er konnte sich selbst nicht recht erinnern. Vielleicht zum letzten Mal, als er noch ein Kind gewesen und aus der Schule gekommen war.

Für gewöhnlich hielt er sich mit seinen Freunden draußen auf den Straßen auf, mit Cagone und Zimmio, Zucabbo, Lello und den anderen. Wenn von ihnen keiner da war, trieb er sich auch mit anderen herum, mit Leuten, die er nur flüchtig kannte. Er pflanzte sich an der Bar auf, auch wenn er keine Lira in der Tasche hatte, ohne etwas zu bestellen, und stand da, bis der Wirt ungeduldig wurde. Im Freien blieb er jedenfalls am liebsten, wann immer das Wetter es erlaubte. Zu Hause erschien er doch nur auf einen Sprung, für einen Augenblick, um einen Happen zu essen und gleich wieder im Viertel unterzutauchen; oder aber er kam erst spät in der Nacht heim; dann hatte ihm die Mutter einen Teller kalter Minestra hingestellt oder eine Büchse mit Mus.

Es war etwas Besonderes für ihn, daß er um diese Stunde heimging, da man im letzten Tageslicht noch deutlich die Mandel- und Pfirsichbäume in den Gärten unterscheiden konnte, das Schilf am Fluß und weiter hinten den Aquädukt über den Aniene, der eisig und dunkel darunter wegfloß.

Die Hände in den Taschen, wie blind, ging Tommasino den ganzen Weg bis »Klein-Schanghai«, auf Abkürzungswegen, wo die Schlammkruste unter seinen Tritten brach und sich in einen glitschigen Mulm auflöste, daß man kaum richtig ausschreiten konnte.

Die Baracken von »Klein-Schanghai« am Fuß des lehmigen Hügels mit den vom Wind kahlgefegten Abhängen waren kaum zu erkennen, so grau und unordentlich lagen sie zwischen den sumpfigen Pfützen.

Geduckt lag es da, »Klein-Schanghai«, wie versteckt hinter einer Straßenkurve, die dem gekrümmten Lauf des Flusses folgte: aufgeworfene Erde, jetzt schon tief im Schatten, während sich auf der anderen Seite des Aniene die Felder noch im Licht erstreckten, mit einzelnen Häusern in einem eigentümlich gelben Licht, wie bestrahlt von irgendwelchen fernen Laternen.

›Da muß ich hin‹, dachte Tommaso verzagt, ›aber so, daß sie mich nicht sehen. Ich schleich mich runter zum Fluß, schmeiß mich ins Schilf, egal ob's 'n Bad gibt; wer soll mich da schon sehen? Dann steig ich von drüben rauf, und keiner kommt mir dahinter. Wenn die sich einbilden, daß sie mich schnappen! Am Arsch lecken können die mich!‹

Dabei war auf dem Hauptplatz von »Klein-Schanghai«, das aus etwa dreißig Baracken – zum Teil aus Holz, zum Teil aus Ziegeln – bestand, kein Mensch außer dem einen oder anderen kleinen Jungen, der am Boden spielte, oder ein paar alten Frauen, die mit den Füßen durch den Dreck patschten und sich leise unterhielten. Auch in Tommasos Haus war alles ruhig: Man war beim Essen.

Als ihn seine Leute eintreten sahen, wunderten sie sich,

sagten aber kein Wort und aßen weiter, schweigend wie zuvor.

Der Vater saß am Tisch, Tito und Toto links und rechts von ihm; auch sie waren ganz still und kratzten nur mit dem Löffel sorgfältig ihre Schüsseln aus. Der älteste Bruder saß kauend auf einer Ecke der Bank gleich neben der Eingangstür, wo etwas Licht hinfiel, und hielt seinen Napf zwischen den Knien. Die Mutter aß im Stehen neben dem Kohlenherd.

Kaum war Tommaso drinnen, fragte sie: »Was denn, jetzt bist du schon da?« Er zuckte mit den Schultern, im Magen fror es ihn mehr als an den Gliedern, und er brachte nur heraus: »Ach Mà...« Die Mutter schwieg und füllte ihm seine Schüssel mit Bohnen und stinkendem Kuttelfleck. Tommasino setzte sich an die freie Seite des Tisches und fing an zu essen. Aber er kriegte nichts richtig hinunter, ihm wurde übel. Angewidert aß er ein paar Löffel, dann biß er in ein trockenes Brötchen. »Warte!« sagte die Mutter und legte ihm zwei Löffel kalten Kohl darauf. Tommaso nahm sein nunmehr leckerer gewordenes Brötchen vorsichtig zwischen die Finger, biß hinein und kämpfte gegen seine Übelkeit an.

Der Bruder hatte fertig gegessen, stand auf und ging. Die zwei Kleinen strichen täppisch im Zimmer herum; auch sie fanden nichts mehr in ihren Schüsseln. »Bring diese Kröten zu Bett, ja?« knurrte der Vater. »Laß mich hier erstmal fertig werden«, antwortete die Signora Maria. Der Vater legte sich, weiter vor sich hinbrummelnd, auf die Lagerstatt.

Tommasino lehnte sich gegen den Türpfosten, allerdings nur leicht, um ihn nicht umzustoßen; er stand friedlich da, die Hände in den Taschen, und sah mit an, was die Nachbarn trieben. Aus einer Baracke ertönte freudiges Geschrei: Wer weiß, vielleicht gab's eine Taufe, oder ein Verwandter vom Land war gekommen. Hier und da ging jemand über den Platz: vor allem junge Burschen, unterwegs nach Montesacro. Wenn sie bei den Nachbarn vorbeikamen, grüßten sie: »Guten Abend, Signora Lina! Guten Abend, Teresa!« Oder sie spielten die Dorfgockel: »Na, auch mal 'n bißchen frische Luft schnappen?« – »Ach, du hast es gut!« antwortete die Frau, und die Jungen gingen die glitschige Straße hinunter, etwas gekrümmt in ihren Arbeitskitteln, mancher in einer ganz kurzen, leichten, schon sommerlichen Jacke und ausgelatschten Tretern an den Füßen.

Tommasino kam es darauf an, Seelenruhe an den Tag zu legen, wie er so vor der Haustür stand. Man sollte merken, daß er nicht herumstreunte, wenigstens nicht in dieser Nacht, daß er im Grunde ein lieber, braver Junge war, der, ohne Dummheiten zu machen, schlafen ging.

Aus der Nebenbaracke trat eine Frau, um die trockene Wäsche von der Leine zu nehmen. »Guten Abend, Signora Adele«, sagte Tommaso sofort.

»Guten Abend, Tomà«, erwiderte sie freundlich; alle beide fühlten sich als verständige Menschen, wie in guten alten Zeiten; sie gingen ihren Angelegenheiten nach und kümmerten sich um sonst gar nichts.

»Immer noch munter an der Arbeit, Signora Adè?« fragte Tommaso.

»Feste. Aber mach das mal meinem Mann klar!« sagte sie, das Kinn in den Kragen drückend.

»Stimmt das, der Signor Armando will Ihnen 'n Fernseher kaufen?«

»Klar, einen so feinen, daß man ihn gar nicht sieht!« meinte sie.

»Na ja«, grinste Tommaso anzüglich, »er ist eben auf einem Auge blind.«

Unterdessen hatte Signora Adele ihre paar vereisten Wäschestücke losgemacht und trat wieder ins Haus, wobei sie hastig murmelte: »Gut' Nacht, Tomà!«

»Gute Nacht, Signora Adele«, sagte Tommaso, holte langsam, sorgfältig, immer mit der gelassenen Miene des Biedermannes, eine Kippe aus der Hosentasche und zündete sie sich an.

Tito und Toto, die das Herumkriechen im Zimmer offenbar satt hatten, steckten die Köpfe zur Tür heraus. Geduckt rollte sich Toto unter eine geborstene Bank, die im Vorraum der Baracke stand: Er rückte sich auf dem schwarzen, halb gefrorenen Erdboden zurecht, ergriff ein Stück Konservenbüchse und fing an, mit der scharfen Blechkante an der Bank zu sägen.

Tito würdigte ihn keines Blickes: Er watschelte auf dem winzigen Hof im Dreck und bewegte dabei ganz zufrieden seinen Kopf hierhin und dorthin; die Augen strahlten, und hin und wieder stieß er sogar einen Freudenschrei aus. Dann kauerte auch er sich nieder, mit bloßem Hinterteil und bloßem Bauch, denn er hatte vor kurzem auf dem Topf gesessen und niemand war gekommen, ihm Hemd und Hose zu richten. Starr beobachtete er etwas im Dreck, dann sprang er plötzlich auf und fing an, auf dem herumzutrampeln, was er eben erblickt hatte; er trat so heftig zu, daß er ein paarmal beinahe hingefallen wäre. Als er fertig war, stieß er noch einen Schrei aus, der wohl ein Fluch sein sollte, und rannte vor dem Haus im Kreis herum, wobei er »Rrrrr, grrrr, gniau« machte; er konnte noch nicht Mama sagen, aber wie man die Wilde Jagd im Auto spielt, wußte er schon.

Dann trat Signora Maria aus dem Haus, stieß Tommaso ein wenig beiseite, ging auf Tito zu, der auf dem Boden strampelte, und nahm ihn einfach unter den Arm; die Hosen hingen ihm auf die Knie herunter, und was er sonst anhatte, war bis zu den Achseln heraufgerutscht. So trug sie ihn hinein. Zwei Minuten später kam sie wieder, und Toto, der immer noch mit seinem Blechstück an der Bank schabte, erlebte das gleiche, nur war es diesmal nicht so leicht: Sowie die Mutter ihn ergriff, riß Toto den Mund auf, so weit er konnte, und fing an, aus Leibeskräften zu heulen. »Nun mal sachte mit die Kinderchen!« mahnte Tommaso ernst. »Kümmer dich um deine eigene Nase!« erwiderte die Mutter, vollauf damit beschäftigt, Toto, der nur noch aus einem weit geöffneten Mund zu bestehen schien, ins Haus zu transportieren. Tito in seiner Art Wiege unter dem Tisch war schon am Einnicken. Totos Bett befand sich in einer kleinen Kiste, die zur Hälfte mit Hausrat, Sommerkleidern und Decken ausgelegt war; über all dem lag ein Kissen, schmutzig und zerrissen. Toto hielt das Brüllen nicht mehr lange durch; nach zwei Minuten war er ganz friedlich, der arme Kleine, und ließ sich still wie ein junger Köter in seine Kiste packen.

Obwohl es noch nicht einmal sieben Uhr war, herrschte draußen schon tiefe Dunkelheit. Nur zwei, drei Baracken weiter hörte man Stimmen, im übrigen lag die Ansiedlung im Schweigen. Tommaso konnte sich noch nicht entschließen, schlafen zu gehen, obwohl er inzwischen zu Eis erstarrt war; im ganzen fühlte er sich sehr erleichtert, es schien ihm wie ein Wunder, daß bisher alles so glatt gegangen war; er wollte es selbst nicht recht glauben. ›Na gut!‹ dachte er bei sich. Er blickte sich um, immer mit der Miene eines Burschen, der sich den letzten Glimmstengel vergönnt, ehe er pennen geht; aber von einem Polizisten sah man keinen Zipfel. Der Haufen von Baracken lag im Dunkeln, er hob sich nicht vom Abhang ab, an dessen Fuß er sich schmiegte; hier und da leuchtete etwas auf, Pfützen zwischen schwarzer Erde. Aber das einzige richtige Licht kam von der Laterne auf dem Seitenweg nach Montesacro. Auch die Felder jenseits des Aniene verloren sich, von den Hügeln eingefaßt, in der Finsternis. Von dem Licht, das kurz nach Sonnenuntergang noch über sie hingesprüht war wie der Widerschein ferner Lampen, blieb nur noch ein gelblicher Hauch in der Luft – vielleicht, weil darüber alles Himmel war und die Ebene sich bis zu den Bergen von Tivoli erstreckte.

In der Höhe war es wolkig, hell und weiß; dunkel wirkten nur die Stücke klaren Himmels. Auf einem dieser klaren Himmelsflecke, genau über dem Teer- und Blechdach der Signora Adele, über ein paar aufgelösten Wolkenstrichen, glänzte einsam ein vereinzelter Stern. Und rings um die elende Anhäufung von Baracken herrschten eine Stille, ein Frieden, eine Einsamkeit – zum Erschrecken. Wie er so allein und ängstlich dastand, ohne sich dessen recht bewußt zu werden, kam es Tommaso vor, als stiege ihm eine Träne ins Auge. Doch er schluckte nur, und sie verschwand.

Die Luft roch nach Rosen. Tommasino fing an zu laufen und holte Zimmio und Carletto ein, die zur Bushaltestelle gingen.

»He, Carlè!« rief er, als er neben ihnen war, »ich will dir schon lange was sagen.«

Carletto blieb stehen und sah ihn mit freundlicher Herablassung an; Zimmio hielt sich etwas abseits, wobei er mit verständnisinnigem Grinsen seinen Kaugummi im Munde herumschob.

»Du, willst du mit dem Bus?« informierte sich Tommaso.

»Nein«, erwiderte der andere, immer bereit und jetzt ein wenig neugierig.

»Hör zu, Carletto!« Tommaso ging vertraulich und ohne Umschweife auf sein Ziel los: »Ich will 'ne Frau in Garbatella mit was überraschen ... 'n toller Zahn – zum Küssen ...« – »Ach, leck uns doch ...«, fing Zimmio zu singen an und unterbrach für einen Augenblick sogar sein Kauen.

»Hör auf, ja, Zimmi!« sagte Tommaso. Sein Mund verzog sich zu einem Grinsen, und polternd fuhr er fort: »Mach dir nur nicht in die Hosen dabei!« – »Also«, und er wandte sich wieder Carletto zu, »ich sagte gerade ... Hört zu, die will ich mit 'n bißchen Theater einwickeln, und du mußt mir dabei helfen. Morgen will ich ihr 'n Ständchen bringen:

Wir stellen uns vor ihr Haus und schicken 'ne richtige Serenade zu ihrem Fenster rauf, eine, wie du sie so gut kannst.«

»Ha, ha, ha!« Breitbeinig den Bauch vorgestreckt, schüttete sich Zimmio aus vor Lachen.

»Mach halblang, ja, Zimmi!« fuhr Tommaso ihn an und mußte die Zähne zusammenbeißen, um nicht selbst laut herauszulachen. Aber in seinen Augen glomm schon ein Fünkchen Wut.

»Na, was hältst du davon?« fragte er Carletto.

»Ich mach schon mit«, meinte der, »aber man muß erst sehen . . .«

»Wieso, was gibt's denn da zu sehen?«

»Hm, ich bin blank, völlig pleite! Meine Gitarre ist versetzt, und der Kerl spuckt sie nich wieder aus.«

»Wir bitten Bambino, daß er uns eine gibt«, sagte Tommaso optimistisch.

»Pff!« machte Carletto. »Dem alten Blutsauger kannst du auch mit der Kneifzange nichts abnehmen, kennst ihn ja!«

»Und für deine Gitarre, wieviel brauchen wir da, sag doch!« fragte Tommaso.

»Vier Tausender, höchstens, allerhöchstens.«

»Na und? Denkst du, die kriegen wir nicht zusammen?«

»Da mußt du schon selbst Dukatenscheißer spielen. Ich komm dann schon nach Garbatella und leg dir 'ne Serenade hin. Von mir aus.«

Es wurde Abend, Zimmio ging schneller.

»Los, Carlè, gehen wir!« rief er, schon ein paar Schritte voraus. Carletto wollte allerdings zuerst das Geschäft mit Tommaso abschließen.

»Also, wie machen wir's?« fragte er.

»Na ja, wir sehen uns morgen früh, und ich geb dir vier Grüne, ist das 'n Wort?«

»In Ordnung«, meinte Carletto. »Ich warte auf dich, brauchst bloß zu kommen.« Und er lief hinter Zimmio her.

Lampen glühten auf und spiegelten sich im Schlamm, zusammen mit dem Licht des Sonnenuntergangs, das vor allem eine große Pfütze neben der Haltestelle zurückwarf, dort, wo die Signora Anita ihren Stand hatte. Seit Lellos Unglücksfall war sie nicht wiederzuerkennen. Ganz in Schwarz, mit herabgezogenen Mundwinkeln, finster, voll Zorn auf alle und alles, saß sie schweigend da.

Tommaso holte sein Kleingeld aus der Tasche und zählte es: »Siebzig Lire, verdammt und zugenäht!« murmelte er zwischen den Zähnen. »Für einmal reicht's, bleiben noch zehn Lire für die Rückfahrt. Aber ich finde schon was; wäre ja gelacht.«

Er nahm den 211er bis Portonaccio und von dort die 9 zum Bahnhof.

Zunächst einmal zündete er sich eine Kippe an, und wenn er auch wie ein friedlicher Spaziergänger dahinschlenderte, machte er sich doch so dünn wie möglich und schlängelte sich unauffällig zur Piazza dei Cinquecento durch.

Das Leben lachte ihm zu, wenigstens diesmal. Auf Lello, der in der Poliklinik lag, war kein Verdacht gefallen, und Cagone, der im Kittchen saß, hatte sich selbst geliefert. Er hatte auch noch andere Dinge zugeben müssen, die er gedreht hatte, zum Beispiel die Sache im Vicolo della Luce; denn er war den Leuten gegenübergestellt worden; Namen hatten sie aber nicht aus ihm herausgekitzelt; keinen einzigen, schon allein darum nicht, weil er ein großartiges Theater aufgeführt hatte, mehrfach in epileptische Zuckungen gefallen war, mitten in seiner Zelle, und sich ein paarmal mit der Rasierklinge die Pulsadern aufgeschnitten hatte. Nicht einmal Salvatore, Ugo und der Verrückte hatten gesungen, als man sie einsteckte – möglich allerdings, daß ihnen ausgerechnet Puzilli gar nicht in den Sinn gekommen war.

Wie Kirschen vom Baum, so hatte man sie gepflückt. Salvatore zum Beispiel hatte gerade an einem Karren auf dem kleinen Platz gestanden und sich indische Feigen abschneiden lassen. Sie waren sachte neben ihn getreten und hatten gesagt: »Na, was treibst du Schönes? Arbeiten? Oder immer nur Spazierengehen?« – »Ich arbeite!« hatte er feierlich erwidert. »Könntest du vielleicht fünf Minuten mit uns auf die Wache kommen?« – »Fünf Minuten? Was für welche: wirklich nur fünf Minuten, oder was ihr so nennt?« – »Nein, nein, nein, der Maresciallo will dich nur etwas fragen. Eine kleine Formalität. Kannst ruhig sein, wir kennen doch deinen Vater.« Und sie gingen. Als sie das Eingangstor durchschritten hatten, stellte Salvatore fest, daß sie ihn nicht die Treppe zum Büro hinaufbrachten, sondern den Korridor entlang, an dessen Ende die Sammelzelle lag. Da durchzuckte es ihn: ›Die wollen mich einlochen!‹ Er machte einen Satz, drehte sich um und stürmte davon. An der Tür stand ein Mann, erschrak und trat beiseite. Salvatore rannte, so schnell er konnte, die anderen mit schrillen Trillerpfeifen hinter ihm her, und sogar ein Zivilist, der gerade mit dem Wagen vorüberkam, nahm an der Jagd teil. Auch er konnte ihn nicht aufhalten und fuhr auf gleicher Höhe neben ihm her; als er sich jedoch bedrohlich näherte, sprang Salvatore auf den Bürgersteig, und der andere verlor an Boden. An der Ecke einer Klosterschule, es mögen wohl die Nonnen von der großen Gefräßigkeit gewesen sein, Gott segne sie, versuchte der völlig ausgepumpte Salvatore, über die Mauer zu klettern, schaffte es aber nicht mehr, und der Zivilist rief ihm zu: »Bleib doch endlich stehen, Junge, was hast du denn angestellt?« Endlich, mit letzter Anstrengung, brachte er ein Bein über die Mauer, die Bullen langten gerade unter ihm an, er ließ sich fallen und war in einem Garten; dort blieb er unsicher sitzen und sah bald hierhin und bald dorthin. Maurer waren an der Arbeit, mischten Kalk und zerschlugen Steine, und auch sie riefen: »Was machst du denn da?« Da schlüpfte Salvatore durch eine winzige Pforte, sah eine aufsteigende Treppe vor sich, und dahinter war dann nach links eine verschlossene Tür, während die nach rechts offenstand: Durch die trat er ein. Da war ein langer, langer Flur, von dessen Ende Gesang ertönte. Er rannte hin: Da waren ein Fenster und Türen zu einer Aula. Das Fenster war vergittert, man konnte nicht hindurch. Salvatore machte kehrt, wollte den Gang wieder zurücklaufen, hörte jedoch vom Fuß der Treppe her die Polizisten, die heraufstürmten. Er öffnete die erste Tür, die er vor sich sah: Drinnen waren die kleinen Mädchen, die im Chor ein Kirchenlied sangen; Ave, ave, ave, und als Salvatore eintrat, verstummten sie. Jetzt saß er in der Falle, es war nichts mehr zu machen.

Der Verrückte war in der nächsten Nacht gerade im Wagen unterwegs, um mit einigen Freunden aus Trullo das Kommen und Gehen auf den Straßen zu beobachten. Während sie ihren Wagen mit laufendem Motor hinter einem antiken Torbogen bei der Porta Maggiore stehen ließen, tauchte ein ›Panther‹ auf. Kaum sah der Verrückte den Polizeiwagen vorbeigleiten, da hörte er auch schon das Heulen der Sirene hinter sich. »Addio, sie sind hinter uns her!« riefen sie, rasten mit ihrem Wagen durch die Unterführung, nahmen blitzschnell die Kurve, um den ›Panther‹ abzuschütteln, und stießen in die Gäßchen von San Lorenzo vor. Aber die rote Ringbahn versperrte ihnen den Weg, sie mußten den Weg an den Ladeplätzen entlang nehmen, und hatten noch keine zweihundert Meter mit Vollgas zurückgelegt, als sie gegen einen Baum krachten. Man zog sie in Stücken heraus. Der Verrückte war tot.

Ugo ließ sich bei seinem Frisör die Haare waschen. Er war nur noch ein über das Becken geneigter Kopf voll Seifenschaum: Da traten die Polizisten in den Laden, und einer fragte: »Braucht der noch lange?« – »Nehmen Sie Platz«, sagte der Barbier, »fünf Minuten!« – »Eil dich, wir haben nicht viel Zeit!« Ugo begriff sofort, blickte aus dem Augenwinkel vorsichtig im Spiegel nach ihnen hin und sagte: »Wer hat mir denn diese freundliche Einladung eingebrockt?« Als er fertig gewaschen, getrocknet, pomadisiert und gekämmt war, folgte er den Plattfüßen zur Quästur, um seine Aussage zu Protokoll zu geben, und lud die Bullen auch noch zu einem Kaffee ein. Als sie dann vor dem Portal von Regina Coeli standen und eben hineingehen wollten, fing er, elegant vom Trittbrett herunterkletternd, aus voller Kehle zu singen an, um ihnen zu zeigen, daß sie ihn mal könnten:

Scapricciatiello mio, Scapricciatiello …

und so, laut singend, hielt er seinen Einzug.

Durch die kleinen Bäume der Piazza dei Cinquecento wehte ein leichter Wind. Er wirbelte hier und da Papier auf und fegte über das Pflaster und über die Bänke für die auf die Busse wartenden Fahrgäste. Es lag jener gute Geruch in der Luft, den man an ersten Frühlingsabenden spürt, wenn kein Mensch mehr im Mantel geht, mancher überhaupt nur im Hemd, weil die Luft so lau, fast schon warm ist, und man jenes festliche Gefühl in den Gliedern hat, das die Sommernächte ankündigt.

Tommaso ging geradenwegs zu den Anlagen der Piazza

Esedra und stieg dort vor allem erst einmal die Stufen zu den öffentlichen Aborten hinunter. Ganz ernst, gesammelt schritt er hinab; was war schon Schlimmes dabei, wenn man sein natürliches Bedürfnis verrichtete! Die unterirdischen Toilettenräume waren so voll, daß man sich kaum rühren konnte. Man mußte sogar Schlange stehen vor den Abteilungen der Pissoirs. Vor allem Soldaten sah man hier, denn ganz in der Nähe lag die Kaserne del Macao; von dort führten Trambahnen zu den anderen Kasernen am Stadtrand, und jetzt war die Stunde, da die Mannschaften Ausgang hatten. Dann gab es Zufallspassanten: Bauern, Arbeiter oder Angestellte mit Aktentaschen unterm Arm, die in der Stazione Termini den Zug nehmen wollten.

Die Männer traten ein, beeilten sich, schwatzten und riefen sich etwas zu. Einige allerdings, das erkannte Tommaso mit einem Blick, ließen sich mehr Zeit und standen länger vor der Marmorrinne zwischen den schmalen, ebenfalls marmornen Schutzwänden. Einer war schon eine ganze Weile da: ein Alter von vielleicht fünfzig Jahren, hochgewachsen, viel Weiß im Haar, mit Mantel; die Augen in seinem Hundegesicht schienen alles zu versengen, was sie betrachteten. Das Blut war ihm zu Kopf gestiegen. Er hatte rote Flecken auf der Haut, als wäre er ein wenig betrunken oder litte an Herzschmerzen; sein Gesicht zog sich in einem schmierigen Lächeln auseinander, daß die Augen fast verschwanden. Tommaso schob sich nicht weit von dem Mann in die Schlange, rückte sich zurecht und öffnete mit ernster, etwas zerstreuter Miene den Hosenschlitz. Der Alte warf ihm von seinem Platz aus einen Blick zu, den Tommaso, wie zufällig, auffing und zurückgab, worauf er aber gleich wieder geradeaus sah, etwas nach oben, auf eine Reklame. Der andere fuhr fort, ihn hartnäckig zu fixieren, wie ein alter

Teufel, der seine Hörner verloren hat; Tommaso warf ihm einen weiteren Blick zu, dann knöpfte er sich zu und stieg, ohne sich noch einmal umzublicken, die Stufen hinauf.

Als er im Freien angelangt war, stellte er sich, womöglich noch ernster als zuvor, unter eine Platane auf den Bürgersteig, wo ein Haufen von Passanten zum Bahnhof oder zur Endhaltestelle der Straßenbahn strömte. Dort blieb er stehen und lehnte sich, die Hände in den Taschen, an einen Baumstamm, als müßte er für jemanden Schmiere stehen.

Es dauerte nicht lange, und der Alte erschien auf den obersten Treppenstufen. Er machte ein paar Schritte auf dem Trottoir, musterte Tommaso und ging an ihm vorbei. Tommaso rührte sich nicht: eine Statue. Der Alte ging noch ein Stück weiter, dann drehte er sich wieder um. Tommaso sah ihn nicht an: Er blickte zum gegenüberliegenden Bürgersteig jenseits der Fahrbahn, auf dem sich jetzt noch mehr Menschen vor den glänzenden Schaufenstern und den Obstständen hin- und herschoben. Aber an der Art, wie er da stand und schaute, sah man, daß er nicht unzugänglich war und nur auf ein leises Zeichen des Kumpanen wartete. In dem Augenblick allerdings gingen zwei Bersaglieri an ihm und dem Alten vorüber, wie Felsen, kräftig gebaut und mit derart gewölbter Hose, daß sie nur mühsam vorwärts kamen. Als sie die Toiletten entdeckten, traten sie auf die Treppe zu und gingen hinunter. Augenblicklich lief der Alte wieder an Tommaso vorbei und trottete, als hätte er ihn nie zuvor gesehen, hinter den zwei Soldaten her.

Tommaso stand da, wie bestellt und nicht abgeholt, unsicher, mit einem Gesicht, in dem es zuckte, als würde er gleich losheulen wie ein Kind.

Kurz darauf erschienen die Bersaglieri wieder, schritten an den Auslagen eines Kiosks vorüber und entschwanden in

Richtung Bahnhof. Auch der Alte klomm jetzt die Stufen empor und heftete sich ihnen an die Fersen.

Mit einem Ruck der Schulter stieß sich Tommaso von seinem Baum ab und murmelte zähneknirschend: »Soll der Teufel das Schwein holen!« Pfeifend ging er durch die Anlagen. Langsam tröstete er sich und summte, die Hände in den Taschen, den Leuten ins Gesicht:

e er canto mio se perde tra le fronne . . .

In dieser Gegend war nun freilich niemand, der ihn interessierte. Alles Leute, die von der Arbeit heimkehrten; es war noch früh am Abend. Immerhin sah er zwei Kellnerinnen neben einem Zeitungskiosk, die miteinander tuschelten, dann aber eilig abschwirrten.

›Auf zum Ponte Garibaldi‹, dachte Tommaso. ›Hier kommt einem ja kein Schwanz in den Weg. Und wenn ich zu Fuß geh, wird's auch langsam später.‹

Guten Mutes ging er die Via Nazionale hinunter, überquerte die Piazza Venezia, bog in die Via Botteghe Oscure ein und kam nach einem halben Stündchen einigermaßen außer Atem am Ponte Garibaldi an.

»Verdammt nochmal!« fluchte er nach einem kurzen Rundblick, und der Ärger rann ihm mit den Schweißtropfen von den Nasenwurzeln übers Kinn. »Was ist denn, was ist denn, haben sich alle verlaufen heut abend?«

Tatsächlich fand sich an der Ecke, wo die Via Arenula auf den Tiberkai stößt, bei der Mancinelli-Bar, nicht ein einziger der üblichen Kunden: Nur vier, fünf Hungerleider zwischen vierzehn und zwanzig Jahren standen wie jeden Abend dort und warteten auf Fremde und Tanten: ein finniger, rothaariger Halbidiot, der sich an jeden hängte, der vorüberging, und nicht lockerließ, bis er wenigstens zehn Lire oder eine Zigarette abbekam; Fettone, ein großer Kerl, dessen Kleider von allein daherzuwandeln schienen, so dünn war er; die Haare hingen ihm ins dreckige Gesicht, und im Mund, der dauernd lachte oder grinste, steckte kein einziger Zahn mehr; dann noch zwei, drei andere, deren Lumpen stanken, weil sie sie nie auszogen, nicht einmal zum Schlafen; denn sie schliefen im Freien, unter einer Brücke oder in einer Grotte, und behielten alles auf dem Leib.

Von ihnen abgesehen, kamen manchmal die hübschen Strichjungen von Trastevere und der Gegend um den Campo dei Fiori mit dem Wagen her, und wer von ihnen aufgespießt wurde, dem erging's übel.

Die Nutten hielten sich für gewöhnlich etwas weiter unten auf, im Schatten jenseits der Trambahn-Haltestelle, zwischen dem Blumenstand und der Tankstelle am Lungotevere, etwa auf der Höhe der Piazza Giudia.

Aber nicht einmal von denen war jetzt etwas zu sehen. ›Na schön!‹ dachte Tommaso. In der halbleeren Mancinelli-Bar saß die Kassiererin vor den Regalen mit Backwerk und studierte hingegeben den ›Messaggero‹.

Tommaso trat näher und entdeckte am Ende der Theke zwei Polizisten, die gleichgültig vor sich hinstierten.

Er überquerte die Kreuzung, auf der es jetzt, in der Stunde vor dem Abendessen, von Menschen wimmelte, und schlenderte am Tiber entlang auf den Ponte Sisto zu.

Und da erspähte er Clementina, die sich hinter einem Baumstamm versteckte und vorsichtig hervorlugte.

Sie schob gerade nur ein Stück ihres Kopfes mit der borstigen Dauerwelle vor und blickte starr und finster zur Mancinelli-Bar hinüber.

Sie war ganz in Schwarz gekleidet, da ihr vor kurzem jemand gestorben war: schwarze Bluse, schwarze Schuhe und darüber ein Paar abgetretene Galoschen.

Verstohlen wie ein räudiges kleines Mädchen hielt sie Ausschau nach gewissen Zeichen, die sie zu deuten wußte; ihre Hand war feuerrot von den Frosttagen des letzten Winters, und mit ihr hielt sie die schwarze Handtasche fest an sich gepreßt; denn man wußte ja nie, ob sich ihr nicht irgendein Schwein mit schlechten Absichten nähern würde, um ihr die Tasche mit dem bißchen Kies, der sich darin angesammelt hatte, zu entreißen.

Um genau zu sehen, was die Polizisten trieben, mußte sie sich etwas von ihrem Platze rühren, aber an der Art, wie sie den Fuß hob, merkte man, daß ihr die Bewegung wehtat. Sie verzog schmerzlich das Gesicht, mußte sich an den Stamm lehnen und biß sich auf die Lippen. All das rief ihr den Trauerfall ins Gedächtnis, und sie wurde so traurig, daß sie um ein Haar losgeheult hätte.

›Hier gibt's nichts zu holen! Es is zum Kotzen!‹ dachte Tommaso. ›Wieviel hab ich 'n noch? Zwanzig, vierzig. Bleiben mir dreißig Lire, zum Kotzen, da kauf ich mir zwei ›Nazionali‹. Ich hab 'nen verdammten Jibber!‹

Er ging in einen Tabakladen beim Ponte Sisto und kaufte zwei ›Nazionali‹.

›Vier Tausender für die Gitarre von dem Hurensohn Carletto! Die ziehen einem ganz schön den Pelz ab! Auf dem Versatzamt, natürlich, auf dem Versatzamt; soll sich selber versetzen lassen; 'n Tritt in Hintern versetzen lassen soll er sich, der Mistbock! Vier Scheinchen für 'ne Gitarre! Und denn zwei Liter, na, sagen wir drei, das sind nochmal fünf Lappen. Wo soll ich'n die hernehmen? Heute abend muß mir einer bluten, da kenn ich nichts!‹

Auf seinen Füßen, die vom vielen Gehen nur noch eine

einzige Blase waren, strolchte er weiter zum Campo dei Fiori, dann zur Piazza Navona, von dort zum Corso, und als er an der Piazza di Spagna anlangte, war es beinahe schon tiefe Nacht, und die Blumenläden waren geschlossen. Um etwas Atem zu schöpfen, setzte er sich auf die Stufen der Spanischen Treppe und blickte sich um, ob nicht selbst hier noch die Leute von der Grünen Minna ihr Unwesen trieben. Nichts! Er stand auf und ging an der Rampe entlang die Spanische Treppe hinauf.

Zwei, drei Ausländer saßen auf den untersten Stufen. Etwas weiter oben, auf dem breiten Treppenabsatz in mittlerer Höhe, unterhalb der Brüstung, spielten ein paar abgerissene, schreiende Rangen Fußball.

Stufe für Stufe kletterte Tommaso empor, finster, verärgert, und als er dort angekommen war, warf er einen Blick auf das Spiel: auf die zwei Torhüter, die im Licht der Lampen angespannt geradeaus starrten, und den wirren Haufen am Ball, die schwitzenden, lachenden Jungen, die einander an den Kleidern zerrten, wenn einer einen falschen Schuß tat. Der Ball flog zu Tommaso, der ihn mit einem Meisterschuß daran hinderte, die Stufen hinabzukollern. Nach dieser Tat schob er sich, rot im Gesicht, auf eine Gruppe zu, die auf dem Mäuerchen an der Seite der Treppe saß.

Von Trinità dei Monti herab kamen zwei Priester mit flatternden Soutanen.

»Hm, die Priestertanten!« sagte einer von denen auf dem Mäuerchen mit schleppender Stimme und verdrehte die Augen.

Tommaso stellte sich dazu, und ein wenig abseits von den anderen saß ein Hundesohn, wie er selber einer war, ein Bursche mit kurzem, schwarzem Mäntelchen über einem

Kittel, und las im Licht der Laterne die Sportzeitung ›Il Tifone‹.

Andere Halbwüchsige standen neben dem Mäuerchen, ein Dicker mit langem Schopf, und ein Dürrer, der die Hände in den Taschen verbarg.

Unter denen, die saßen, befand sich auch der mit dem hochmütigen Gesicht, der von den Priestertanten gesprochen hatte und nun den Kopf zur Seite drehte, als posierte er für den Fotografen; die beiden anderen waren ebenso hochnäsig wie er, voller Verachtung, und beherrschten mit zerstreuten Blicken von oben herab die Szene. Etwas abseits standen zwei Burschen mit dem Rücken gegen die Mauer.

Einer der beiden, ein Blondkopf mit Lollobrigida-Frisur, war vielleicht sogar eine Frau. Unsicher starrte Tommaso ihn an. Da fing der Blonde seinerseits an, Tommaso zu fixieren, ohne seine Unterhaltung mit dem anderen abzubrechen, und die geraden Blicke, mit denen er ihn bedachte, waren wie zufällig und gingen durch Tommaso hindurch, als betrachtete der Junge etwas ganz anderes, was hinter Tommaso lag.

Dabei nahm er nur passiv an dem Gespräch teil. Das Reden besorgte sein Kollege, ein aufgetakelter Geck. Er, der Blonde, schwieg und begnügte sich damit, zustimmend zu nicken, wobei er nicht nur leicht den Kopf neigte, sondern auch die Schultern, den ganzen Körper; er knickte ein, als wäre er mit dem Absatz in ein Loch geraten, genauso wie die feinen Hofdamen im Kino, wenn sie vor dem König ihren Knicks machen.

Dann schüttelte er sich, um wieder die alte Haltung anzunehmen, und das tat er mit etwas mißtrauischer, hochmütiger Miene; aber um den Mund und in den Augen zuckte es von verhaltenem Lachen. Immer häufiger warf er

Tommaso Blicke zu, und Tommaso blähte sich auf, rückte
ohne Hast ein wenig von der Stelle und kam noch etwas
näher, wobei er sich eine Zigarette ansteckte.

Jetzt sah ihn der andere genauer und nicht so zerstreut an.
Er hatte die Augenbrauen abrasiert und mit einem Stift
nachgezogen, die Wimpern hingen ihm fingerlang vom
Lid wie einer Schauspielerin, und auf den samtigen und
dabei glatten Pfirsichwangen war etwas Crème und Rouge
aufgetragen. Er war wirklich schön wie ein Märchenprinz.
Die Haare à la Lollobrigida hingen über den hochgestellten
Kragen des Kamelhaarmäntelchens.

Auch der andere, der wie ein aufgedrehtes Radio auf die
zwei jungen Männer einredete, die schweigend zuhörten,
fing jetzt an, Tommasos ganzen Körper mit Blicken zu be-
kleben wie einen Brief nach Übersee mit Marken.

Höchst indigniert berichtete er von irgendeinem schreck-
lichen Vorfall, aber wenn er Tommaso ansah, verschwand
die verächtliche Empörung wie ein Blitz; es war, als hätte
er vier Augen, zwei, um von der üblen Geschichte zu erzählen, in der das Recht natürlich ganz auf seiner Seite gewesen war, und zwei, um hierhin und dorthin Botschaften
zu senden.

Plötzlich unterbrach er sich und rief Tommaso zu: »Wer
ist denn deer Knabe? Hat man ja nie zu Gesicht bekommen
in dieser Gegend! Verdammt attraktiv, der Bursche!«

Tommaso grinste, führte die Zigarette zum Mund und
blies der jungen Tante den Rauch ins Gesicht. »Wollen wir
uns nicht bekannt machen, wo wir hier schon so schöön
beisammen sind? Höflich, höflich, wie ich immer sage!«
erklärte der Jüngling, zog den Kopf ein und zierte sich ein
wenig; dann streckte er eine Hand aus, hielt sie Tommaso
hin und sagte: »Ich bin die Popolana! Freut mich sehr!«

So wurde Tommaso in die Gruppe einbezogen; der andere Schönling, der nichts gesagt hatte, schwieg immer noch, warf Tommaso jedoch einen flammenden Blick zu.

»Wo hat's dich denn hergeweht?« fragte die Popolana süß.

»Pietralata«, sagte Tommaso ernst.

»Mmmmmh!« Die Popolana sah ihn mit neuem Interesse an; ein ängstlicher Schauer rann ihr lustvoll den Rücken hinab und versetzte sie in leichte Zuckungen.

»Wieso, was dagegen?« fragte Tommaso.

»Im Gegenteil, ganz im Gegenteil, mein Süßer!« sagte die Popolana mit strahlender Stimme.

»Na«, meinte einer von denen, die abseits auf dem Mäuerchen hockten, »dich juckt's wohl, mal von 'nem richtigen Mann bedient zu werden, was?«

Sie redeten alle wie Mädchen, halb in neapolitanischem Dialekt, mit Soubrettenstimmchen, als hätten sie eine Bohnenhülse im Schlund.

»Ich fühl mich wie 'ne Kaiserin!« erklärte die Popolana, eine Hand in die Hüfte gestützt, zu den Kollegen gewandt. Dann drehte sie sich wieder anmutig Tommaso zu: »Sag mal, bist du brutal, was?« Ihre fragende Stimme klang geradezu zärtlich und lockend.

»Ich geb dir die Rute!« meinte Tommaso grinsend.

Die Popolana durchzuckte es: »Mmmmmh«, seufzte sie wieder. Dann ging sie entschlossen, ohne weitere Umschweife, auf ihr Ziel los: »Laß mal fühlen!« sagte sie. Mit der linken Hand hielt sie sich das Mäntelchen weiter über dem Bauch zusammen, daß es, mit den breit auswattierten Schultern, ein Dekolleté bildete, und mit der Rechten stieß sie pfeilgerade vor und betastete Tommaso, ohne ihn anzublicken, an der richtigen Stelle.

Dann nahm sie, ohne sich weiter um Tommaso zu küm-

mern, ihre Unterhaltung mit den zwei anderen jungen
Männern auf, dem Dicken und dem Dürren.

Der Blonde schwieg noch immer. Er schwebte in stiller Ek-
stase wie ein Geist über der Welt: Auch er hielt die Hände
über dem Leib, um die Falten des Mantels zu ordnen, daß
sie wie bei einem Abendkleid fielen, und lehnte hingegos-
sen am Mäuerchen.

Es schien, als wollte er seinen glückseligen Zustand möglichst lange erhalten, als könnte der verfliegen, wenn er den
Mund auftäte. Er nahm nur mit Gesten und Blicken Anteil
an der Welt, mit seiner Haltung, das genügte; auf diese
Weise war die Art seiner Teilnahme sogar noch deutli-
cher; es war, als wollte er sagen: ›Glücklich unter Männern!‹

Während die Popolana noch redete, näherte Tommaso sich
dem Jungen und lehnte sich neben ihm an den Stein.

»He, du«, warf er hin, »darf ich dir mal was sagen?«

»Jaa«, gab der andere zurück, mit einem kleinen Ruck des
Kopfes im hochgestellten Mantelkragen.

»Gehn wir 'n Stück weiter weg«, meinte Tommaso ölig
und selbstsicher.

»Warum denn? Hier ist es doch sehr schöön«, zierte sich
der Jüngling.

»Will dich allein sprechen«, meinte Tommaso beleidigt.
»Und du fragst, warum?«

Der andere zuckte mit den Achseln. Doch Tommaso nahm
ihn beim Arm und zog ihn ein Stück weiter, zur zweiten
Rampe der Treppe. Der Schwule rührte sich endlich, und
nun sah man, daß er hinkte: Ein Bein war erheblich kür-
zer als das andere, und so schien er sich bei jedem Schritt
einmal um sich selbst zu drehen.

Als sie weit genug von allen anderen entfernt waren, an

einem Platz, der mehr im Dunkel lag, fingen sie an, miteinander zu tuscheln: Tommaso offenbar sehr eindringlich, der Hinkende eher zurückhaltend. Aber nach einer Weile kehrte Tommaso ärgerlich rauchend zur Gruppe zurück, und der Lahme folgte ihm, ruderte mehrere Minuten kreiselnd auf den Fliesen herum und nahm seinen Platz unter den anderen wieder ein.

Er strich sich übers Haar, lächelte zärtlich, etwas eingeschüchtert, aber den Kameraden gegenüber gab er sich immer noch gelangweilt. Einer von ihnen legte ihm die Hand auf die Schulter, zog ihn liebevoll an sich, und so blieben sie, Wange an Wange.

»Was wollt er denn?« sagte die Popolana wütend.

»Frag ihn doch selbst!« erwiderte der Lahme.

»Na«, meinte Tommaso, »was wollt ich wohl? Zaster, was denn sonst?«

Die Popolana antwortete ihm gar nicht erst. Sie drehte ihm das Gesäß zu, schmiegte sich fest in ihren Mantel, erhob sich auf die Zehenspitzen, vollführte zwei, drei Pirouetten um sich selbst, ein Bein angewinkelt wie ein Storch; dann hielt sie plötzlich inne und machte einen halben Spagat unter Tommasos Nase.

Der Dicke hob ein Bein, sagte: »Achtung« und gab einen Furz von sich.

Alle lachten, drohten mit dem Finger: »Na, na, tut man so etwas vor Damen, was?« Und Tommaso benützte die allgemeine Heiterkeit, um sich aus dem Staube zu machen.

Er stieg vorsichtig von der einen Rampe, dann von der anderen hinunter und dachte sich: ›Hol euch der Satan! Man müßte euch alle an die Wand stellen! Zu was für einem Scheißdreck seid ihr denn nütze auf dieser Welt? Und ich,

wie soll ich bloß die acht Piepen zusammenkratzen?‹ Er
war ehrlich verzweifelt und sah allmählich ausgesprochen
schwarz.

Inzwischen kam ein frischer Wind auf und mit ihm ein
neuer, eigentümlicher Strom von Wärme. Über die Stufen
wehte ein Hauch gewisser Düfte hin, wer weiß was für
welche, Düfte von feuchtem Gras, verglostem Holz, von
Gassen mit zerbröckelndem Lehm.

Und Tommaso marschierte. Die Schuhe drückten; er hatte
Schwielen zwischen den Zehen, und die linke Ferse war
eine einzige Wunde. Das Leder, in Regen und Sonne ver-
braucht und eingeschrumpft, war härter als Eisen und
scheuerte hinten an der Hacke, die in dem unförmigen,
zwiebelfarbenen Kahn auf und ab rutschte, zumal die
Schuhbänder diesen Klumpen Leder schon seit Monaten
nicht mehr zusammenhielten.

Diese Quanten unter sich herschleppend, zog Tommaso
die ganze Via Due Macelli entlang, kam auf die Piazza Bar-
berini, dann in die Via Bissolati, und kehrte zum Bahnhof
zurück, zu den Anlagen bei der Piazza Esedra.

Er hatte noch zehn Lire in der Tasche, damit kaufte er sich
in einer Bar die letzte ›Nazionale‹, und es wurde ihm fast
schwarz vor den Augen, als er an einer Auslage mit Ku-
chen und Zuckerzeug vorbeikam, denn er hatte bestimmt
seit dem Abend des vorigen Tages nichts mehr zu essen
bekommen.

Jetzt war es fast elf Uhr. Noch trieben sich Menschen herum, in den Anlagen, rings um die Fontäne, deren Wasser-
spiel in der Beleuchtung wie glitzerndes Eis wirkte. Es war
die erste laue Nacht des Jahres, und im übrigen war es hier,
in der Nähe des Bahnhofs und der Endhaltestelle der Vorortbahn, immer belebt. Über die Treppen der Aborte gin-

gen die Leute hinauf und hinab, auch wenn man sich unten nicht mehr anstellen mußte.

Tommaso stieg hinunter, erledigte ernsthaft sein Geschäft, obwohl es eigentlich gar nicht nötig gewesen wäre, und kletterte wieder hinauf, denn er hatte unten niemanden gefunden, an den er sich heranmachen konnte.

Auf der Bank gleich nebenan, am Rande eines Beetes, etwas abseits vom Gedränge, saß eine Reihe Leute; zwei oder drei standen auch herum.

Grimmig schob Tommaso sich näher heran, um Ausschau zu halten. Die Sitzenden mußten alle Männer sein, die Stehenden waren drei Nutten, zum Aufbruch bereit. Tatsächlich riefen sie »Ciao, ciao!«, als Tommaso anlangte, und machten sich eilig davon, wie drei Schulmädchen, die die Mutter zu Hause schon mit dem Ausklopfer erwartet. Es war sogar auch ein Schwuler unter denen auf der Bank. Aber er sah gar nicht danach aus. Er hatte ein richtiges Ohrfeigengesicht mit schmutzigen Locken, die in den hochgeklappten Kragen seiner Windjacke hineinwuchsen; ihre Farbe mochte einmal grau gewesen sein, jetzt konnte man sie nicht mehr erkennen. Dieser Bursche hielt offenbar einen Vortrag, denn die anderen hörten ihm ehrerbietig zu, sahen mit einem Auge zu ihm und ließen das andere schweifen, ohne ihn ernst zu nehmen.

Es ging allem Anschein nach um ernste Geschäfte; der Schwule hielt eine Hand auf die Brust gepreßt und saß nur mit einem Stückchen Hintern auf der Kante der Bank, um sich besser vorbeugen, die Brust mehr hervorstrecken und seine ganze Persönlichkeit stärker ins Spiel bringen zu können.

In seinen Augen funkelte der Stolz, aber er gab sich trotzdem ganz bescheiden: »Ich bin niemand«, erklärte er, »weil ich nun mal niemand bin. Aber meine Pflicht und Schuldigkeit, die hab ich immer getan!«

Er blickte sich um, drückte das Kinn in den Kragen und war ganz gerührt ob seines ausgeprägten Pflichtbewußtseins: »Seit ich acht bin, hab ich gearbeitet«, fuhr er fort, »damals starb nämlich mein Vater, und meine Mutter hatte acht Bälger zum Aufziehen, nicht bloß eins ... Ich war Frisör, Mechaniker, habe Möbel poliert, Liftboy gespielt, Tischlerei betrieben ... Alles, was man überhaupt mit seinen Händen tun kann, hab ich gemacht, denn wenn's ums Arbeiten ging, hab ich mich nie gedrückt!«

Er geriet in Fahrt, klopfte sich mit dem beringten Finger gegen die Brust und redete weiter: »Der hier, der Endesunterzeichnete, hat immer nur einen Gedanken gehabt, und den legt er nie ab, nie. Ich bin nicht wie die Leute, die Arbeit und Brot sagen und nur das Brot im Kopf haben. Ich bin Italiener, hundertprozentig! Aber nun sagen Sie mal, wieviel Italiener, wirkliche Italiener, gibt's denn heutzutage noch? Italiener mit anständigen Grundsätzen, mit Sinn für die Wirklichkeit, so, wie's uns die Heimat selber beigebracht hat?«

Niemand antwortete, aber da tauchte am Ende der Anlage ein Blonder auf, der die Zufriedenheit selbst zu sein schien: Die Augen strahlten, er rauchte eine Zigarette und ließ den Rauch gerade aufsteigen wie aus einem Schornstein; es sah aus, als ob er sich den Glimmstengel einverleibte, mit Glut und allem, so selig war er.

Er hatte die letzten Worte der Tante mit angehört und sagte: »Hör bloß auf, du hast ja nicht mal mehr Puste, um einen fahren zu lassen!«

Ernsthaft, würdevoll trat Tommaso mit erloschener Zigarette auf ihn zu und sagte: »Darf ich mal Feuer haben?«

Der Blonde streckte ihm die Zigarette hin, ohne ihn anzusehen, statt dessen blickte er so begeistert zu dem Schwulen hinüber, daß er fast aus allen Nähten platzte. Der jedoch fuhr in seiner Rede fort, ohne ihn im mindesten zu beachten, aufrecht wie die Statue Anita Garibaldis auf dem Janiculum: »Und warum? Weil die Kommunisten mich, den endesunterzeichneten Plebani Luciano, schlichtweg am A...«

Tommaso hörte gar nicht hin; rauchend, als schluckte er Gift, sah er sich um. Ihn kümmerte nichts mehr. Verdammt, verdammt, die sind doch alle gleich! Wer sollte ihn schon dazu zwingen, rechts oder links zu gehen: Er war ein freier Bürger, ein Anarchist des Todes, und damit basta!

»Oho«, machte der Blonde, der zuletzt gekommen war; er konnte die gute Nachricht nicht länger zurückhalten: »Da kommt Foca!«

»Wieviel hast du denn eingesackt?« fragte einer der Zuhörer sofort, aus seinem Dämmerschlaf erwachend, mit einem Gähnen.

»Sieben Lappen!« sagte der Blonde, und tief befriedigt vom Leben, das ihm an diesem Abend freundlich gesinnt war, ging er großspurig qualmend davon, die Zigarette zwischen den zitternden Fingern.

Jener, der eben gefragt hatte, stand nun auch auf, streckte sich, gähnte ein letztes Mal und schlenderte langsam durch die Anlagen zur Piazza Esedra.

Tommaso nahm seinen Platz am Rande der Bank ein.

»Sag mal«, fragte jetzt einer von den Knäblein die Tante, »wie ist das eigentlich mit Sabbrina ausgegangen?«

»Was?« Der Schwule fuhr hoch, als hätte man ihm einen Finger in den Hintern gesteckt, »das weißt du nicht? Liest du denn keine Zeitungen?«

»Wer soll denn das Zeug schon lesen«, erklärte der Knabe, aber ein wenig schämte er sich doch.

»Verdammt!« krähte der andere, »das war ein Skandal!« Und dabei hob er die Augen zum Himmel auf und bewegte die Hände, mit den Flächen nach vorn, vor dem Gesicht hin und her.

»'n richtiger Skandal!« wiederholte er. »Stell dir vor, sie haben ihn gefunden, mit 'nem andern, der als Frau angezogen war, mit Dreiviertelrock und Bolerojäckchen; und sie gingen in den Anlagen am Tronfale spazieren! In der Zeitung hatten sie sogar 'n Bild drin. Was die alles anstellen!«

Unterdessen war der berühmte Foca angelangt, ein aufgeblähtes Stück Fleisch mit verbranntem Gesicht und dicht behaart; wie Neros Sohn sah er aus. Sein Hemd hing ihm über die Hose herab, und man konnte die Haare zwischen den Brustwarzen sehen.

Er trat geschäftig vor die Bank, gelblich trüb das Weiß der Augen, fleckig um den Mund herum; rasch begrüßte er die zwei, drei, die er kannte, mit einem kräftigen Händedruck. Die Burschen blickten freundschaftlich zu ihm auf, bereit, mit ihm fortzugehen. Und da sagte er auch schon: »Gehn wir?«, machte kehrt und schritt auf die Stelle zu, wo er seinen Wagen geparkt hatte.

Tommaso tat alles, um aufzufallen, rauchte in aller Ruhe und blinzelte aus den Augenwinkeln zu den anderen hin.

Doch Foca hatte es eilig: Er wirkte wie ein Offizier, der ein paar Soldaten für einen Stoßtrupp abholt. Die drei erhoben sich denn auch gleich und liefen hinter ihm her. In dem Augenblick erschien noch ein Vierter, der zur Piazza Esedra gegangen war, um nach dem Wagen Focas Ausschau zu halten, und den sie jetzt um ein Haar sitzen gelassen hätten. Foca entdeckte ihn noch rechtzeitig: »Hallo, Fà!« rief er ihm zu, »los, komm gleich mit!« Franco schloß sich freudig der Gesellschaft an, und so eilten sie, Foca an der Spitze, auf den Brunnen zu.

Jetzt stand auch der Schwule auf, reichte Tommaso höflich die Hand, wobei er sich vorstellte, und machte sich dann singend ebenfalls davon, den Kragen seiner Windjacke von unkenntlicher Farbe hochschlagend.

Tommaso blieb allein auf der Bank zurück.

Es war spät geworden, und je weiter die Zeit fortschritt, desto süßer und schwerer kam die Luft aus den Büschen und von den Laternen des Platzes durch die menschenleere Nacht herüber.

Tommaso erhob sich. Sechs, sieben Mal stieg er die Stufen zum Abort hinunter und wieder hinauf. Mitternacht schlug es, aber er traf niemanden, oder doch keinen, der ihn eines Blickes gewürdigt hätte und nicht seines Weges gegangen wäre.

Da wandte er sich dem Bahnhof zu, der letzten Zuflucht, wenn man einen geeigneten Ort suchte, um zu etwas zu kommen. Über eine halbe Stunde wandelte er auf und ab, draußen, unter dem kühn geschwungenen Vordach, und drinnen in der Halle.

Auf den Bahnsteigen standen wartend Leute herum, und viele schliefen auf den Marmorbänken: lauter Hunger-leider, ihre Bündel neben sich, aus denen es nach Schafen und verfaultem Käse stank. Es gab zwar solche, die auf und ab gingen wie Tommaso, doch das waren hauptsäch-lich Diebe und Zuhälter; und tatsächlich drängten sich an den Ausgängen zur Via Marsala und zur Via Giolitti die leichten Mädchen. Tommaso beobachtete sie eine um die andere, strich in einiger Entfernung um sie herum, und dabei fiel ihm vor allem eine auf, deren Beschützer, ein Sabbergreis, sich kaum aufrechthalten konnte. Sie hatte sich an der Treppe postiert, die zu den Waschräumen, Bädern und Schuhputzern hinunterführte.

In einem roten Mantel stand sie da, klein, mit einem Busen, der fast größer war als sie selbst. Sobald sie vor der marmornen Rampe auf und ab schritt, schlich der Mummelgreis mit tropfender Nase hinter ihr her. Bis sie im Schatten der Arkaden jenseits der Straße untertauchte. Der Alte sah sich erschrocken um und schickte sich seinerseits an, die Straße zu überqueren. Er war so dünn, daß ein Windhauch ihn weggetragen hätte.

Es wurde halb eins; eins. Und dann kam gar noch eine Polizeistreife. Tommaso konnte allerdings gerade rechtzeitig verduften. Als er nach einer halben Stunde seinen Kopf wieder hervorstreckte, war am Bahnhof alles zu Ende, für diese Nacht jedenfalls.

Große Stille herrschte, selbst das Pfeifen der Züge und die Schritte der ein- und ausgehenden Reisenden erklangen wie gedämpft. Vor Schwäche und Hunger sah Tommaso nur tanzende Kreise. Und jetzt mußte er auch noch den Weg bis Pietralata zu Fuß zurücklegen.

Langsam, langsam schlürfte er aus der Bahnhofshalle über den glatten Fußboden, ließ sich von einem Gepäckträger, der halb schlafend auf seiner Karre hockte, Feuer für sein letztes Zigarettenviertel geben und ging die Via Marsala entlang.

Hier war noch ein wenig Verkehr. Aber in den Straßen dahinter, nach San Lorenzo zu, die Tommaso wählte, um den Weg etwas abzukürzen, fand sich keine Seele mehr.

Er hörte bloß noch das Schlürfen seiner eigenen wunden Füße, die er nur mühsam vorwärtsschleppte.

Plötzlich bog eine Frau um eine Straßenecke; Tommaso sah sie im Profil und erkannte sie sofort an dem roten, gebauschten Mantel. Es war die kleine Dicke, die der Sabbergreis bewachte; sie war ihm entwischt und eilte nach Hause, die schwarze Lacktasche fest unter den Arm gepreßt.

›Sieh mal an!‹ dachte Tommaso, schritt weiter aus und kam ihr langsam näher, bis er sie fast eingeholt hatte. Sie drehte sich im Gehen halb um, warf ihm einen mißtrauischen Blick zu und trippelte noch rascher weiter. Tommaso folgte ihr, auch er ging immer schneller.

›Dieses Jammergestell!‹ dachte er. ›Dieser kalte Schinken, dieses eingepökelte Schweinefleisch! Der geht der Hintern auf Grundeis! Das hat 'ne schlechte Bedeutung ... Aber wohin rennt sie denn bloß?‹

Er folgte ihr, etwas keuchend schon, ohne sie eine Sekunde aus den Augen zu lassen: Sie hatte die Richtung geändert, und jetzt rannte sie beinahe, eine andere Straße hinunter, auf San Lorenzo zu, und auch hier war keine Menschenseele weit und breit.

Tommaso packte wilde Wut: Seine Lippen verzerrten sich und entblößten die Zähne. »Scheiß drauf!« sagte er und spuckte aus. »Wohin will sie denn, dieses gotteslästerliche Stück? Sollte sich lieber unter die Trambahn legen, das schmiert die Räder, 'n besseren Platz gibt's nicht für sowas auf dieser Erde! Hol sie der Satan! Verdammte Nutte! Ein Skandal, sowas, wird einem schon übel, wenn man sie nur sieht!«

Jetzt lief er neben ihr her und brauchte nur die Hand auszustrecken, um sie zu packen. Verängstigt, die Tasche fest an sich gedrückt, sah sie aus dem Augenwinkel zu ihm hin. ›Das glaub ich!‹ dachte Tommaso, ›daß du Angst hast vor Vatern. Ist dir wohl klar, daß du bluten mußt, was? Mir entkommst du nicht, kannst ganz ruhig sein. Langsam, langsam, Mädchen! Wohin rennst du bloß, wohin rennste? Nützt nichts, kannst ruhig langsam gehen, mir entwischst du doch nicht, und jetzt ist es soweit, mein Engel!‹

Sein Gesicht war eine einzige finstere Grimasse, er blickte sich um: niemand, die ganze Straße hinunter kein Mensch. »Verdammt nochmal!« keuchte er, als er die Tasche packte und dem Mädchen einen heftigen Stoß versetzte. Aber sie hatte damit gerechnet und ließ nicht locker. Sie hielt die Tasche mit beiden Händen fest und fing an, zu schreien. Tommaso schlug ihr die Faust auf den Mund, dann gleich noch einmal. Sie stürzte auf die Knie, ohne jedoch ihre Tasche loszulassen, die sie am Henkel festhielt. Tommaso zerrte daran und versetzte ihr einen Tritt in den Bauch, womit er nur erreichte, daß ihr Gebrüll noch lauter wurde. »Verdammt, verdammt, ich bring dich noch um!« rief er außer sich. Das Mädchen dachte gar nicht daran, loszulassen. Sie schrie aus Leibeskräften. Da bückte sich Tommaso und biß ihr in die Hände, erst in die eine, dann in die andere Hand, so fest, daß ein Stück Fleisch zwischen seinen Zähnen blieb. Vor Schmerz aufheulend, mußte das Mädchen den Griff lockern. Tommaso stürzte mit der Tasche davon, die ganze Straße hinunter, dann in den Viale dell'Università, rannte bis zum Verano. Er drehte sich nicht einmal um, um zu sehen, ob ihm jemand folgte. Am Verano, hinter einem Gebüsch, zog er die Schuhe aus, und die Tasche in der einen, die Schuhe in der anderen Hand, lief er weiter, an der Mauer entlang. Als er den Portonaccio vor sich sah, schlüpfte er unter einem anderen Busch wieder in seine Schuhe und verstaute die Handtasche in der Jacke. So erreichte er die Endhaltestelle der Straßenbahn und der Busse, die zur Vorstadt hinausfuhren: Mehr tot als lebendig brachte er noch etwa fünfzig Meter hinter sich, stapfte durch eine riesige Wasserlache unter der Via Tiburtina, die hier über eine Brücke führte, und tauchte ins Dunkel.

Dort unten, versteckt, auf einem stinkenden Abfallhaufen sitzend, öffnete er die Tasche und sichtete die Beute. Nach und nach leuchtete sein ganzes Gesicht vor Zufriedenheit auf, bis in die Pusteln hinein, die auf den geblähten Backen glühten. »Verdammt, die hat's ja ganz schön dick gehabt!« murmelte er zwischen den Zähnen. »Mit sechs Säcken in der Tasche geht sie auch noch zu Fuß, na sowas! Mensch, Tomà, da bist du aber auf 'ne Goldmine gestoßen!« Außer den Moneten fand er noch Puderdose, Lippenstift, Feuerzeug und einen Beutel mit Kleingeld. Nicht einmal ihre Karte fehlte, und der Personalausweis mit einem Foto, auf dem sie neckisch lächelte, im weißen Kragen und mit Ohrgehängen. Dieses Zeug allerdings warf Tommaso in den Dreck, zusammen mit der Tasche, und pinkelte drauf.

Abend in Pietralata: Mancher hatte gerade gegessen, manche setzten sich eben zu Tisch, aber alle waren vergnügt und lässig gekleidet, wie sie da in den Straßen der Vorstadt auf und ab wandelten. Die Luft war milde, süß, es genügte ein Windhauch, und schon roch sie nach Quitten und nassen wilden Ranken.

Zimmio stand breitbeinig, Kaugummi im Mund, über einer Vespa, und das Büschel glatter Haare, das ihm in die Stirn hing, wippte im Rhythmus der mahlenden Kiefer.

Die Hände hielt er vor dem Bauch gefaltet, und in seiner Miene lag nichts als Geduld und Frieden.

Hinter ihm standen Tommaso, und als dritter Carletto; die

Gitarre an der Schulter, und die Hinterbacken über den Soziussitz hinausragend.

Neben ihnen, auf einer zweiten Vespa, machten sich drei andere Burschen startbereit.

»Na, ihr Scheißkerle!« sagte einer von ihnen mit einem so angewiderten Gesicht, daß man meinte, er würde gleich kotzen. »Na, ihr Scheißkerle!« wiederholte er und hob müde eine Hand an die Augen. Das Blau der Iris schien zuerst vor lauter Verachtung weiß zu werden, dann zu zerfließen. Er hatte ein dreieckiges, glattes Gesicht mit einer blonden Bürstenfrisur. »Wie steht's«, setzte er nervös hinzu, »sorgt ihr fürs Gesöff, oder nicht? Wir haben nämlich kein Kleingeld, meine Herren!«

»Nun mach dir bloß keinen Fleck ins Hemd, Paino!« meinte Tommaso.

»Schön, denn haun wir eben ab!« erklärte Paino wütend. »Los, wir haun ab!« Er wand sich zwischen den beiden anderen, die vor und hinter ihm saßen, und suchte an die Lenkstange zu gelangen, um Gas zu geben, damit alle drei abfahren könnten, ihrer eigenen Nase nach.

»Na, nun warte doch, nicht so hastig!« meinte einer der beiden, Fumetto genannt, und sah Paino grinsend an. »Was hast du denn?«

»Leute«, sagte er dann zu denen auf der anderen Vespa, »ihr glaubt doch wohl nicht, daß wir auf eigene Kappe mitkommen, was? Das bildet ihr euch doch wohl nicht ein, was?« Plötzlich verlor Zimmio die Geduld, trat zweimal heftig auf den Anlasser und fuhr im Zickzack an der Bar vorbei, so rasch, daß seine zwei Mitfahrer beinahe heruntergerutscht wären.

Die andere Vespa folgte jetzt, obwohl Paino rief: »Die sollen uns doch am Abend besuchen, was, Fumetto?«

Fumetto jedoch, sauber und glatt wie ein Stück Palmolivseife, achtete nicht auf ihn. Er biß sich auf die Lippen, so sehr mußte er achtgeben, als er sich hinter Zimmio her durch Fußgänger und Fahrzeuge hindurchschlängelte. Paino regte sich auch bald wieder ab, seine Augen wurden wieder himmelblau, die Falte auf seiner Stirn glättete sich, und während er sich fest an Fumettos Jacke klammerte, lachte er den Leuten links und rechts ins Gesicht.

Ami, der dritte im Bunde, behielt die ganze Zeit über seine hochmütig gleichgültige Miene bei, als wäre ihm alles egal. Er war ein Jüngelchen von kaum fünfzehn Jahren, mit einer Schmachtlocke, die auf seiner Stirn tanzte, als wäre sie lebendig. Er war schwarzhaarig, onduliert, und trug einen geradegezogenen Seitenscheitel.

Die laue Luft schmeckte ihm, seine Augen strahlten.

Zimmio ratterte in rasender Geschwindigkeit die Via di Pietralata hinunter, am ›Lux‹ vorbei und bog in die Via Tiburtina ein. Hier wartete schon eine endlose Reihe von PKW's, LKW's, Pullmans und altersschwachen Bussen.

Tommaso lehnte locker an seiner Schulter und dachte über die Verantwortung als Führer dieser Expedition nach: ›Ich hab mir ein paar gute Pferde ausgesucht‹, sagte er zu sich selbst, ›da könnt ihr mal sehen, wie er dasteht, euer Tommaso, der Teufelskerl!‹

Die anderen hinter ihnen gaben mächtig an. Ami vergnügte sich friedlich damit, im Vorbeifahren die Blätter von den Oleanderbüschen am Straßenrand abzureißen und sie den entgegenkommenden Mädchen ins Gesicht zu werfen. Bei jedem Wurf, der sein Ziel traf, stieß Paino einen gellenden Pfiff aus, und Fumetto, über sein Lenkrad gebeugt, rief: »Aaaaachtung!«

So ließen sie den Portonaccio, San Lorenzo und San Giovanni hinter sich, fuhren durch die Porta Metronia, die Passeggiata Archeologica entlang, kreisten ein bißchen um die Ruinen, rasten weiter zur Porta San Paolo, kamen am Großen Markt vorbei und waren schließlich in Garbatella.

Dort, wo das Garbatella-Viertel beginnt, auf einem leer und nackt gebliebenen Feld zwischen zwei, drei Reihen von Siedlungshäusern und ein paar Baracken, stand ein Haus wie alle anderen in dieser Gegend; es sah mit seinen vielen Erkern, Türmchen und Dachluken aus wie ein alter, etwas aufgeputzter Kursaal.

An der Ecke dieses Gebäudes gab es eine Pizzeria und eine kleine Bar mit einem Laubengang vor der Tür.

Ringsherum standen die anderen Häuser, mit Blumen und Inschriften, manche klein wie eine Familiengruft, und alle braun gestrichen; und daneben die großen neuen Wohnblocks, weiß wie Eisschränke.

In der ›Bar dei Gratta‹ hatte sich die ganze Jugend aus den umliegenden Behausungen versammelt; man stand oder saß um den laubverzierten Eingang herum.

Als Tommaso und seine Freunde anlangten, sahen sie als erstes das Neonlicht der Bar, das für sich allein leuchtete in der Schwärze der Nacht.

»Du könntest ja eigentlich 'nen Kaffee spendieren«, sagte Zimmio und spuckte seinen Kaugummi aus.

»Na gut, gehn wir«, sagte Tommaso.

Zimmio bremste so plötzlich, daß Fumetto ihn beinahe vom Sitz gestoßen hätte.

Sie ließen die Vespa vor der Pergola stehen und traten ein, Carletto trug die Gitarre über der Schulter.

»He, Kleiner, wer hat dir denn das Singen beigebracht?« fragte einer aus Garbatella, als sie vorbeigingen.

»Man hat halt seine Quellen«, erwiderte Carletto gelassen, wie man unter anständigen Leuten redet.

»Hauptsache, du hast 'ne schöne Stimme«, meinte der andere. »Nun steig mal auf den Tisch und zeig, was du kannst!«

Unterdessen waren auch die anderen drei, Fumetto, Paino und Ami, von ihrer Vespa gestiegen und den Gefährten gefolgt.

Zimmio blieb einen Augenblick stehen, als er die vier dürren Bäumchen am Eingang hinter sich hatte, gähnte, rückte sich mit offenem Mund den Gürtel zurecht und riß und zerrte daran, als wäre er aus Gummi. Dann ging er in den Schankraum hinein.

Es war eine winzige Bar, mit einer geschwungenen Theke, hinter der zwei ›Totengräber‹ standen, ein alter und ein taufrischer.

Eingeklemmt zwischen Theke, Wand und Kasse saßen vier junge Männer an einem Tischchen und spielten Karten.

Tommaso, Zimmio und Carletto suchten sich voller Lebenslust Plätze an der Theke, streckten und reckten sich, und hinter ihnen drängten sich die anderen drei.

Einer der vier Spieler am Tisch hob kurz den Blick und senkte ihn gleich darauf wieder auf den Karokönig, den er in der Hand hielt. Seine Miene glich der eines Priesters, wenn er die Augen vom Brevier hebt und wieder senkt, und leise raunte er einem seiner Partner zu:

»Äääh, sag mal, kennst du die Irene?«

»Nee, was ist denn mit der?« entgegnete der andere, mit einer Spur von Neugier, und griff den Ton weltmännischer Konversation auf, den sein Kumpan angeschlagen hatte.

»Na, die bei uns in der Nähe wohnt, unten an der Via Anna Maria Taigi...«

»Schön, und was is mit der?« sagte der andere, höflich interessiert, aber schon mit breit grinsendem Mund.

»Sonntag hab ich sie gesehen, mit einem Kerl, bekannt wie 'n bunter Hund. Sie soll ja 'n Flittchen sein, wie ich höre.« Nach diesen Worten zog er befriedigt den Kopf zwischen die Schultern und knallte seine Karte auf den Tisch.

Tommaso, der dicht neben ihm stand, konnte nicht umhin, zuzuhören: Er wurde puterrot, drehte sich aber um, als wäre nichts geschehen, und rief dem Mann an der Kasse gelangweilt zu: »Drei Zichorie trocken!«

»Drei Cognac«, gab der Kassierer die Bestellung an die beiden Totengräber weiter, nahm kühl das Geld entgegen und warf es in die Kasse.

Die anderen drei berieten sich ein wenig, dann verlangten sie zwei Orangeaden ›Fanta‹ mit drei Gläsern.

Nun kamen noch ein paar von denen, die sich draußen unter den Baumkronen aufgehalten hatten, in den Raum, um Zigaretten zu kaufen; niemand konnte sich mehr von der Stelle rühren, so eng war es geworden.

»Da ist ja der große Sänger Roberto Murolo!« sagte einer von den Neuankömmlingen mit einem Seitenblick.

Carletto verzog den Mund zu einem schiefen, geschmeichelten Lächeln und lehnte sich, die Gitarre in der Hand, an die Theke.

»He, Mixer, wo bleiben die Cognacs!« sagte Tommaso, um der Unterhaltung eine neue Wendung zu geben, zu dem Alten, der sich gerade vom ungemein anstrengenden Servieren der Orangeaden erholte. Der sah Tommaso einen Augenblick lang an, fuhr rasch mit der Zunge über die Lippen und machte sich mit einem vielsagenden Blick wortlos daran, auch ihn zu bedienen.

Die Neueingetretenen hatten ihre Zigaretten bekommen

und fingen wieder an: »Du, spielst du uns 'n Ständchen? Ich hab fünfzig Lire in der Tasche«, sagte der Junge, der auf Roberto Murolo angespielt hatte.

Carletto, der sich wegen der Gitarre als Einziger betroffen fühlen konnte, antwortete: »So tief in der Patsche sitz ich nun doch nicht, daß ich mich für lumpige fuffzig Lire verschachere.«

Der andere lachte laut heraus: »Na, Mensch! Dir platzt doch der Kohldampf aus allen Nähten!«

Und der Kartenspieler, der so gut über Irene Bescheid wußte, hielt sich auch nicht mehr länger zurück und fügte, wieder eine Karte auf den Tisch knallend, hinzu: »Laß den in Ruhe, der spielt bloß den Sternen auf!«

Carletto schwieg, er nahm sein Cognacglas zur Hand und kippte den Trank mit bitter lächelnden Augen hinunter.

Noch zwei Gäste traten ein, Burschen aus Tormarancio. Sie sahen gleich, daß hier was los war, drängelten sich zur Theke durch, um fünf ›Nazionali‹ zu kaufen, und einer gab mit einem zerstreuten Blick in die Runde seinen Senf dazu: »Ha, da sind ja die Lustmolche, die einen nachts nicht schlafen lassen!«

Tommaso betrachtete die beiden Neuen, schnalzte mit der Zunge, um nachzuspüren, ob der Geschmack auch herb genug war, nickte beruhigt mit dem Kopf, wandte sich gelassen zur Theke zurück und griff nach seinem Glas.

Der Mann, der von Irene gesprochen hatte, war Briefträger: Er trug die schwarze Uniform, und auf seinen drei blonden Locken schwebte ganz leicht die Schirmmütze. Wieder hob er den Blick, vom Ass, das er in den Händen hielt, ließ ihn über den trinkenden Tommaso gleiten und sagte: »Hast du dir auch gut die Kehle geölt? Die hat nämlich 'n schweren Schlaf, die!«

Tommaso schenkte ihm einen durchdringenden Blick. Noch schwieg er, schnalzte wieder leicht mit der Zunge und sah aus wie einer, der gerade aufgewacht ist und sich umdreht, um langsam zu sich zu kommen: »He, Leute«, murmelte er mit dunkler, leidenschaftlicher Stimme, »ich hab so das Gefühl, ihr gebt hier 'ne Stange zuviel an...« Der Briefträger blickte zu ihm auf; er merkte, daß Tommaso gar kein so toller Kerl war, wie er tat, und ließ ein etwas syphilitisches Lachen hören.

Paino, Fumetto und der Kleine genossen die Szene, während die drei aus Pietralata an ihnen vorbeisahen und so taten, als hätten sie sie überhaupt noch nie zu Gesicht bekommen.

Der Briefträger stellte sein gezwungenes Gelächter ein und wandte sich zwinkernd wieder seiner Karte zu. »Hier ist einer«, erklärte er leise, »der mir stinkt.«

Zimmio hatte jetzt seinen Cognac ausgetrunken und lehnte an der Kasse. »Gib mal zehn ›Nazionali‹!« sagte er zum Wirt, einem mittelschweren Burschen von Mitte dreißig. Der warf ein Päckchen auf den Marmor vor der Kasse und zog die Münzen zu sich heran.

Carletto, sein Wimmerholz wieder über der Schulter, und Tommaso schoben sich unterdessen schon zum Ausgang. Diesmal wandte sich der Briefträger an Zimmio, während er ausspielte, und erkundigte sich: »Oh, wie kommst du denn zu der vielen Pinkepinke? Aus Mutters Portemonnaie, was?«

Zimmio, der gerade auf die Tür zuging, ließ Tür plötzlich Tür sein, verlor die Beherrschung, sah rot und warf sich wie ein Apache auf den Briefträger, den er mit beiden Händen am Rockkragen packte; er spuckte ihm ins Gesicht und schäumte: »Mensch, du kotzt mich an, verstehste, ja?«

Der andere packte ihn an den Handgelenken, doch es gelang ihm nicht, sich zu befreien; da fuhr er Zimmio an die Kehle, der versuchte ihn zurückzustoßen und mit ihm nach unten hin wegzugleiten. Jetzt sprangen auch die anderen von den Stühlen, die sie dabei umstießen, und sie rissen Zimmio am Pullover zurück, wobei sie ihm vier-, fünfmal die Fäuste in die Rippen stießen. Tommaso und Carletto kamen ihrem Gefährten zu Hilfe und vergalten den Freunden des Briefträgers Gleiches mit Gleichem. Rascher und tatkräftiger als alle übrigen jedoch erwiesen sich der Wirt und der eine Mann von der Theke; sie stürzten hinter Kasse und Bar hervor, einer nahm den Briefträger bei den Schultern, der andere Zimmio, und beide wurden mit einem Schwung hinausbefördert.

Kaum fand sich Zimmio im Freien wieder, als er sich auch schon aufbäumte wie ein wildgewordenes Pferd und dem Briefträger von neuem an die Kehle wollte; und der wiederum hatte ähnliches vor und versuchte, ihm mit aller Kraft einen Tritt in den Bauch zu geben. Da sagte der Barmann, der ihn fest gepackt hatte, leise zu ihm: »Was machst du denn da für einen Quatsch! Willst einen umlegen, der schwächer ist als du ... Das ist doch kein anständiger Kampf, hast es doch nicht mit 'm Mann zu tun; ist doch nur 'n Milchbart.«

Und gleichzeitig murmelte der Wirt, der Zimmio in der Zange hielt, diesem zu: »Junge, Junge, ist doch nicht der Mühe wert, dir die Hand schmutzig zu machen! Du kennst ihn nicht, den Kerl. Der kann kaum allein auf den Füßen stehen. Dem 'ne Ohrfeige zu langen, ist schon ein Verbrechen.«

Bei diesen Worten beruhigten sich die zwei Streithähne ein wenig. Und ebenso die anderen, die um sie herumstanden.

Der Wirt zeigte sich auf einmal leutselig und gesprächig, man bekam zu hören, was für feste Grundsätze er in bezug auf Streitigkeiten hatte.

»Junge, Junge«, sagte er, »aber was denn! Wegen so 'nem Blödsinn wollt ihr euch hier dämlich aufführen?«

»Wer hat denn angefangen, was?« unterbrach ihn Zimmio, immer noch giftig.

»Mistkerl, dreckiger, bin ich vielleicht auf dich losgegangen?« gab der Briefträger zurück. Der Wirt machte eine unbestimmte, ausladende Armbewegung, als verscheuchte er eine Fliege: »Iiiiiih!« sagte er. Und von diesem »Iiiiiih!« bezähmt, wurden die beiden still und rückten sich die verrutschten Kleidungsstücke auf dem Leib zurecht.

»Was willst du denn, hat er dir 'ne dreckige Bemerkung ins Gesicht gespuckt?«

»Das nicht gerade«, meinte Zimmio, immer noch finster im Gesicht wie der Himmel nach dem Sturm, und zuckte mit den Achseln.

»Na, also!« fuhr der Wirt fort. »Siehst du denn nicht, daß das bloß Spaß war? Ihr kommt da an, geschniegelt, mit 'ner Gitarre, um jemand 'n Ständchen zu bringen, und da sollen die hier euch nicht ein bißchen durch den Kakao ziehen? Hättest du doch genauso gemacht, oder?«

»Nein!« erklärte Zimmio angewidert, gab sich einen Ruck und starrte dem Wirt in die Augen, bereit, es mit der ganzen Welt aufzunehmen. Der andere sah ihn mit der Miene eines alten Fuchses an, geradezu zärtlich; er grinste gutmütig und ungläubig, als wollte er sagen: ›Geh, hör auf, Junge, natürlich hättest du's genauso gemacht! Pfeif drauf!‹ Da gab Zimmio es auf und klopfte sich wütend den Staub vom rot-schwarz-gestreiften Pullover. »Die hier«, erklärte der Wirt abschließend, »das sind alle brave Burschen!« Die braven Burschen zeigten runde, glattpolierte Sträflingsgesichter, nur daß vielleicht irgendeiner etwas weiter abseits leise vor sich hinprustete.

»Wir auch«, sagte Tommaso, »wir sind auch brave Burschen!«

»Na, also«, meinte der Wirt, »was wollen wir dann noch mehr?«

In einem plötzlichen Entschluß ging er auf Zimmio zu, und auf seinem Gesicht war zu lesen: ›Was denn, was denn, sind wir etwa von gestern? Junge, wir kommen aus ’nem guten Stall! Laß gut sein, kannst ’nem anständigen Kerl Glauben schenken, stell dich nicht dämlicher als du bist!‹ Er nahm ihn beim Arm, den Blick in die Ferne gerichtet, und stellte ihn neben den Briefträger, dem er nun mit der anderen Hand auf die Schulter schlug, und den er, noch vertraulicher, auf Zimmio zustieß.

»Schluß!« sagte er rasch. »Wir sind alle Italiener! Gebt euch die Hand, und Schwamm drüber!« Es sah fast aus, als ob er jetzt selber wütend würde, denn wenn ihm die Versöhnung nicht gelang, stand er ziemlich kümmerlich da.

Tommasino gab Zimmio einen Rippenstoß: »Los!« sagte er, »mach dir keinen Fleck ins Hemd! Gebt euch schon die Flosse!« Säuerlich lächelnd streckten die beiden ihre Hände aus, drückten sie sich, nachdem sie erst ein bißchen die Finger geschlenkert hatten, als wären sie klebrig.

»Sieben Kaffee!« bestellte Tommaso beim Barmann, der inzwischen wieder hinter seine Theke geschlüpft war. Und während der den Kaffee durch die Maschine laufen ließ, stellten sich die beiden Parteien einander vor, wechselten ein paar offene Worte, erzählten sich, wo sie wohnten, was sie trieben und all diese wichtigen Dinge.

Am Ende baten sie Carletto um ein Liedchen; es war ja

noch Zeit. Carletto nahm die Jammerkiste von der Schulter, stellte den Fuß auf das Querbrett eines Stuhles, zupfte ein bißchen an den Saiten, machte ein Gesicht wie der berühmte Giacomo Rondinella, und stimmte, so gefühlvoll er nur konnte, die *Maruzzella* an.

Eine halbe Stunde später gaben sie allen die Hand, sagten »Ciao« und verließen die Bar. Sie bestiegen die Vespa und fuhren ins Zentrum des Garbatella-Viertels.
Gleich darauf holte sie das andere Kleeblatt ein, das bei ihrem Aufbruch in der Bar geblieben war und gleichgültig getan hatte.
»He!« rief Paino mit seinem fröhlichen Raubtiergesicht, »wißt ihr, was die gesagt haben, als ihr weg wart?«
»Leck mich!« rief Tommaso ihm zu.
»Sie haben gemeint, ihr seid drei Armleuchter, und das nächste Mal geben sie euch 'n Tritt in 'n Hintern.«
»Leck mich!« rief Tommaso noch einmal.
»Und willst du wissen, was sie von dir, gerade von dir gesagt haben?« erwiderte Paino. »Daß du 'n Ohrfeigengesicht hast!«
»Leck mich!« rief Tommaso zum dritten Mal.
Es war noch früh. Sie fuhren noch ein bißchen spazieren, von der Via Cristoforo Colombo zur Passeggiata Archeologica, dann kehrten sie um, über die Colombo in Richtung Via delle Sette Chiese, und kamen an dem riesigen Platz vorbei, der jetzt in der Dunkelheit wie ein ödes Meer wirkte, rings umgeben von Lichterreihen.
Die Via Anna Maria Taigi lag verlassen da, kein Schwanz war zu sehen. Das Gittertor öffnete sich auf zwei, drei Höfe, die hintereinander lagen, alle leer und still, und ringsum

stiegen die turmhohen, gelben Mauern mit ihren geschlossenen Fenstern auf.

Die Gefährten betraten den ersten Hof, dann den zweiten und dritten: In der Mitte standen ein paar dürre Bäumchen, und statt eines Beetes war da steinharte, festgetretene Erde. An den rissigen Wegen liefen kleine Steinmauern entlang. Sie lehnten ihre Fahrzeuge dagegen und gruppierten sich, der eine auf dem Mäuerchen, der andere am Rinnstein sitzend, der dritte stehend.

Irene wohnte im zweiten Stock, dicht hinter der erleuchteten Fensterreihe des Treppenaufgangs.

Carletto nahm die Gitarre von der Schulter, stellte einen Fuß hoch und drückte das Instrument an die Brust, um es zu stimmen. Dleng, dleng, dling – die angerissenen Saiten erfüllten die Stille mit einem sanften Schwingen.

Dann schlug Carletto ein paar Akkorde an, die einen lustigen und fröhlichen Klang gaben. Rot im Gesicht vor Aufregung, wachte Tommaso darüber, daß alles so verlief, wie es sein mußte, und seine Hand, die den Zigarettenstummel hielt, zitterte. Nachdem Carletto seine Akkorde ausprobiert hatte, drehte er sich um, und gebückt, die Gitarre fest zwischen Brust und Schenkel gepreßt, fragte er: »Was soll ich denn spielen?«

»'ne Serenade!« knurrte Tommaso giftig, mit schiefgezogenem Mund.

»Sing doch *Carcerato!*« meinte Zimmio, »das ist 'n toller Schlager!«

»Pf!« Tommaso spuckte ärgerlich aus. »*Carcerato!* Bist du plemplem? 'ne Serenade soll's sein, gottverdammich!«

Carletto neigte ein wenig den Kopf über sein Instrument, als dächte er nach, dann plötzlich, ganz verändert, hob er unter dichten, üppigen Brauen den Blick und fing an zu singen:

Du Schöne schläfst und träumst,
daß ich den Mund dir küsse
und deinen Schlaf versüße
mit meinem leisen, leisen Singen.

In dir steigt auf der Duft
von allen Blumenblüten.
Und mein Gesang verliert
sich bald im Laub…

Er hatte eine wohlklingende, schmelzende, kräftige Stimme, die im Hof zwischen den gelben, schmutzigen Hauswänden emporstieg, über die leuchtenden Fensterreihen der Treppenaufgänge hinauf, über die Dächer hin, von einem Hof in den anderen schwingend, klingend in der Stille der Nacht.

Es war, als wäre irgendein Ereignis eingetreten, ein Unglück oder ein unvorhergesehenes Fest; nicht nur das Lied, sondern etwas Unbestimmtes, Unbestimmbares brachte geheime Unruhe in die Luft der Höfe, so leidenschaftlich und doch zugleich verloren klang die Stimme.

Sofort sammelten sich die Menschen an, zuerst nur wenige: junge Burschen, die vielleicht Karten gespielt hatten, Kinder, dann auch Erwachsene, und Mädchen, die aus den Kinos oder aus einer Pizzeria heimkehrten. Unter den Fenstern Irenes, die geschlossen blieben, als wären die Bewohner dahinter alle tot, stand schweigend, mit einem gewissen Respekt, eine ganze Gruppe von Leuten, die herauszubekommen suchten, wer das Ständchen veranlaßt hatte und für wen.

Vor lauter Herzklopfen machte Tommaso ein so böses Gesicht, daß man sehr bald wußte, wer der Auftraggeber war. Im ganzen Wohnblock gab es etwa fünf oder sechs junge

Mädchen; jemand nannte Irenes Namen, ein anderer den ihrer Freundin mit dem Pferdeschwanz, der Negretta, wieder jemand noch einen dritten. Einige machten sich davon, andere traten neu hinzu. Nur die Jungen hielten regungslos aus und hörten sich die Lieder an, stehend oder an die Seitenmauern hingelehnt; sie wollten sich bis zum Schluß nichts entgehen lassen.

Sie blieben ruhig und störten kaum, höchstens, daß sich hin und wieder einer von ihnen nicht länger beherrschen konnte und ein paar Takte mitsang, das Kinn emporgereckt, kopfschüttelnd, als sagte er ›nein, nein‹, während er leidenschaftlich mit den Händen in der Luft fuchtelte; dann gab er es wieder auf, mit einem um Entschuldigung bittenden Lächeln, das ihm die Stirn krauste, als wollte er sagen: ›Na ja, aber wer bin ich schon! Wer bin ich!‹

Manche also blieben, und andere kamen und gingen, nachdem sie ein Weilchen zugehört hatten; denn nun wollten sie ins Bett, das war noch wichtiger, vor allem die Frauen dachten so mit ihren halb schon schlummernden Mädchen an der Hand.

Nach der Serenade nahm sich Carletto *Cancello tra le rose...* vor, und das ging seinen Zuhörern durch Mark und Bein. Danach zupfte er ein paar einleitende Akkorde, schwieg kurz und begann:

> *Usignooo – lo,*
> *ma come sa di pianto la tua voce...*

Rings um den Sänger und seine Freunde hatte sich mittlerweile eine große Menschenmenge versammelt, wie im Film, wenn die Diebesbande nächtens zusammenkommt. So oft bekam man hier keine Serenade zu hören, aber jeder stellte sich anständig und ruhig dazu, als wäre er das gewohnt –

nur war da so ein Prickeln in der Magengegend, und ein Wohlgefühl durchströmte einen, als wäre Weihnachten oder Ostern.

Da lehnten sie, standen herum, mit spöttischen Gesichtern, hochgezogenen Brauen, die fast in den dunklen Haarschopf übergingen, eine Hand vor dem grinsenden Mund, mit gelangweilter Miene. Und dabei fühlten sie, wie eine Gänsehaut nach der anderen sie überlief, sie schmolzen beim Klang dieser Lieder dahin. Als der Höhepunkt von *Usignolo* erreicht war, sah man, wie es hinter Irenes Fenstern hell wurde.

Einen Augenblick nur, dann erlosch das Licht wieder. Aber die Fensterflügel bewegten sich ein wenig. Das Mädchen war da, es hörte zu. Carletto legte jetzt sein ganzes Herz in den Gesang, daß er beinahe zersprang.

»Hör bloß mal das Lied«, sagte ein weichliches, blondes Jüngelchen plötzlich. »Geht das ins Blut!«

Die anderen stimmten ihm zu. Und Carletto sang, völlig berauscht; gleich würde er sich vom Boden lösen und wie ein Hubschrauber in die Luft steigen.

»Paradiesengel, mein Augenstern, scharlachrote Blume!« flötete jetzt ein anderer Jüngling, sich an Tommasos Stelle setzend, zu dem Mädchen emporgewandt. »Für dich würd ich vom Morgen bis zum Abend beten, ich würd betteln gehn für dich, um dich zur Königin zu machen!«

> *Usignoooo – lo,*
> *ma come sa di pianto la tua voce...*

wiederholte Carletto gerade, selbst hingerissen von der geheiligten Schönheit seines Liedes: und die Zuhörer rings um ihn her erhoben sich im Geist mit ihm wie Hubschrauber und kreisten selig in den Lüften.

Kaum war das Lied beendet, mußte Carletto sofort ein neues anstimmen, denn jetzt kam's drauf an: Wenn er den richtigen Augenblick verpaßte, war alles umsonst. Er fing mit dem ersten besten Lied an, das ihm einfiel, und da alles bisher so gut gegangen war, und er selbst sich ebenso freute wie die anderen ringsum, die Gefährten, die Fremden und überhaupt alle, begann er:

> *I came from Alabama*
> *with a banjo on my knee,*
> *going back to Alabama,*
> *my true love for thee . . .*

Und als dies vorüber war und sich ringsum ein Hauch von lustiger Behaglichkeit verbreitet hatte, stimmte Carletto unverzüglich ein anderes Stück an; aber inzwischen hatte er Zeit gefunden zum Überlegen und hatte sorgfältig ausgewählt:

> *Madonna Amore,*
> *la luna rispecchia i vetri del tuo balcone*
> *e tu sei nascosta dietro le tue tendine,*
> *cantando son qui per dirti: Te vojo bene!*

Das paßte haargenau, denn da waren zumindest die Fenster ihres Zimmers, wenn auch nicht der Balkon, und sie stand hinter den Vorhängen verborgen, und unten sagte der Sänger im Namen des Liebhabers zu ihr: Ich liebe dich! Und doch: mitten im Gesang schlossen sich oben ganz sachte die Fensterflügel und öffneten sich nicht mehr, und auch das Licht flammte nicht noch einmal auf.

»Sieh mal an, sieh mal an, wer da ist!« hörte man plötzlich im Hintergrund jemanden rufen. Von der Via Anna Maria Taigi her drängte eine Rotte von Halbstarken durch das

Tor. Der Mond schien so hell, daß man hätte Zeitung lesen können. Tommaso und seine Freunde, die sich schon auf ihre Fahrzeuge schwingen und davonmachen wollten, sahen sofort, daß es sich um den Briefträger und die anderen Kumpane aus der Gratta-Bar handelte.

Sie mußten ziemlich tief ins Glas geschaut haben, denn sie kamen taumelnd näher, und ihre Stimmen klangen trübselig vom Suff. Einer, der etwas zurückgeblieben war, vielleicht um Wasser zu lassen, ehe er nach Hause ging, sang ebenfalls, brüllend, aus vollem Hals. Andere grinsten und lachten und hielten sich die Bäuche mit den Händen, die in den Taschen steckten. Als sie Tommasos Trupp erreicht hatten, sah sich der Briefträger im Kreis um, die blonden Locken über dem roten Gesicht quollen unter dem Schirm der Mütze hervor, und er meinte: »Hör mal . . . Mach uns noch 'n Spaß, zum Ins-Bett-Gehen.« Und grinsend, mit rundem Mund und seligen Augen, fügte er hinzu: »Wir haben 'ne richtige Leidenschaft für die Musik. Wir haben sie nämlich im Blut. Laß noch was Hübsches hören, Junge, ja?«

»Tut mir leid«, sagte Carletto, »wir sind alle müde, nicht bloß ich. Und dann müssen wir auch mal gehen.«

»Was? Du willst nicht singen?« sagte der, den man den ›Schanghaier‹ nannte, mit schmerzlicher Stimme, bitter enttäuscht. »Den Gefallen willst du uns nicht tun?«

»Hör mal«, mischte sich Zimmio ein, »stell dir vor, wir wohnen nicht gleich um die Ecke! Wir haben noch 'ne gute Stunde mit dem Roller, verstehst du?«

»Eeeeh!« sang der Schanghaier, »noch ist die Sonne nicht rausgekommen, und du willst abhauen! Die Gesellschaft hier paßt dir wohl nicht, was?«

Genau in diesem Augenblick war es Zimmio nach einigen

vergeblichen Versuchen endlich gelungen, den Motor anzuwerfen.

»Los, wir ziehen ab!« erklärte er. Sein Gesicht war unter den kurzgeschorenen Haaren ganz runzelig und weiß vor Wut und Müdigkeit.

»Was heißt hier abziehen, abziehen!« nahm der Schanghaier mit etwas säuerlicher Geduld den Faden auf. »Du bist doch kein Baby. Ich denk, du bist kein Baby.«

»Na gut, sing ihnen schon was!« sagte Tommaso, nur um zu den neuen Bekannten nicht unfreundlich zu sein.

Nicht ganz sicher, was er tun sollte, schob sich Carletto vom Sozius – seine Bewegungen und sein Gesichtsausdruck bildeten keinen guten Akkord...

»Na los, wir spendieren auch 'ne große Karaffe Wein!« meinte der Schanghaier.

»Bestimmt, morgen!« grinste einer seiner Freunde.

Paino, Fumetto und Ami, Arm in Arm auf ihrer Vespa, unterhielten sich köstlich, als sie sahen, wie die drei anderen fertiggemacht wurden.

Carletto schlug noch einen Akkord an, dann sang er das erste beste Lied, das ihm einfiel, und erwärmte sich langsam wieder beim Singen:

Saiten meiner Gitarre...

Als er geendet hatte, gab der Schanghaier seiner Zufriedenheit Ausdruck, und die anderen stimmten ihm zu. »Tatsächlich, der macht noch seinen Weg, der Junge! Das ist 'n vielversprechendes Talent!« erklärte einer, ein Schrank von einem Kerl. »Hat 'ne tolle Stimme, was?«

Zimmio fing wieder an, seinen Anlasser mit dem Fuß zu bearbeiten, um den Motor in Gang zu bringen, aber es gelang ihm nicht.

»Was machst du denn?« fragte der Schanghaier gekränkt, »was machst du denn? Willst doch nicht einfach abhauen? Uns hier sitzen lassen? Nein! Ist doch noch früh am Abend!«

»Scheißfrüh!« knurrte Zimmio.

»Aber was redste denn da!« rief der Schanghaier entrüstet und zischte mit süß-saurem Lächeln »Pst! Das sagt man doch nicht!«

Dann wandte er sich vertraulich an Carletto: »Junge, spiel noch eins, laß uns was hören, *Olli où!*« Diesen letzten Schnalzer gab er noch zärtlicher von sich als sonst, mit gespitztem Mund, und dabei biß er sich fast auf die Lippen vor lauter Vergnügen.

»Wir müssen machen, daß wir heimkommen, verstehst du!« sagte Carletto kleinlaut; ihm und seinen Kumpels blieb nichts übrig, als dazubleiben; die anderen waren fast doppelt so zahlreich.

Der Schanghaier fuhr fort, sie auf die Schippe zu nehmen: »Ist doch gerade erst Mitternacht!« rief er. »Sieh dir den Mond an!« Er war liebenswürdig, voller Mitgefühl, und trieb die von Pietralata in die Enge, zwang sie, die Sache nicht so wichtig zu nehmen, sich als Erwachsene zu erweisen, wie er einer war.

»Na, noch eins, was?« erklärte sich Tommaso schließlich bereit. »Dann aber nichts wie weg!«

»Na, endlich!« sagte der Shanghaier.

Carletto zwitscherte *Only you.*

»Mensch, der Bengel hat wirklich was los!« versicherte ein anderer Freund des Schanghaiers, ein gewisser Tintura, dessen grüne Augen sich veränderten, wenn er sich aufregte: dann sah nur noch eines grün aus, das andere rot, wie bei den sibirischen Katzen. »Sing doch mal *Timber Jack*. Bin gespannt wie du das machst.«

Zimmios Miene verfinsterte sich, er lachte böse.

»›Flüsterten wir von Liebe‹?« fragte ihn ein Kerlchen, das nur aus Augen und Haaren bestand, gut in Deckung hinter dem Schanghaier.

»Los, los, ab dafür!« sagte Zimmio wütend, und trat so oft auf den Anlasser, bis der Motor endlich ansprang. Zimmio schwang das Bein über den Sattel und nahm Platz.

»Warte! Sei doch kein Spielverderber«, meinte der Schanghaier. »Hast du nicht gehört, was mein Freund gerade erklärt hat? Er hat den Wunsch geäußert, *Timber Jack* zu hören – und da wollt ihr einfach abhauen?«

»He, Schanghai«, sagte Zimmio, und nahm sich zusammen, »laß uns in Ruhe jetzt, ja? Laß uns abziehen, und Schluß mit dem Gerede.«

»Mensch, bist du aber böse!« sagte der Blonde und sperrte entrüstet den Mund auf, wie ein Priester oder guter Untertan, die Augen voller Erstaunen. »Sieh doch mal, mit wem wir da zusammengetroffen sind ... Dabei möcht man's gar nicht glauben, wenn man sie so sieht! Sehen ganz vernünftig aus!«

»Los, steig auf!« sagte Tommaso zu Carletto. Er selbst schwang sich auf den Sitz hinter Zimmio, und Carletto wollte seinen alten Platz hinter Tommaso wieder einnehmen.

Ruhig, ganz ruhig, geradezu sanft, nahm Tintura Carletto die Gitarre aus der Hand, und der mußte sie ihm, in der unbequemen Haltung, die er gerade hatte, überlassen, damit das Instrument nicht herunterfiel. Tintura drehte es in den Händen und betrachtete es von vorn und hinten.

»Ist 'n Ding, so 'ne Gitarre«, erklärte er, ruhig und sachlich, von rein künstlerischem Interesse gepackt, »wem hast du sie denn abgeknöpft?«

»Geht dich 'n Scheißdreck an!« brüllte Tommaso; mit einem Satz war er von der Vespa herunter.

Tintura sah ihn trübe an: Das Lächeln verschwand aus seinem Gesicht, fiel in sich zusammen, und was übrig blieb, war ein rundes Stück weißen Fleisches, darin ein Mund, dessen Winkel sich herabzogen, eine gerade Nase unter der Haartolle, und zwei Augen, die eine tiefe, staunende Aufmerksamkeit erfüllte.

Er ruckte mit dem Kopf, als wollte er eine Fliege verscheuchen, leicht verstört, aber noch friedlich, dann krauste er ein klein wenig die Nase und fragte: »Was hast du gesagt?«

Tommaso knirschte wild mit den Zähnen.

»Geht dich 'n Scheißdreck an!« brüllte er noch einmal, und der Speichel sprühte von seinen Lippen.

Tintura fuhr auf ihn los, packte ihn mit beiden Händen am Kragen und zog ihn zu sich heran, daß Gesicht gegen Gesicht stieß. »He, du Mistvieh!« schrie er, und jetzt sprang ihm die nackte Wut aus den Augen, »du Hurensohn, du sagst nicht Scheiße zu mir, du nicht!«

»Mach ihn fertig!« rief ein Blonder.

Tommaso suchte sich zu befreien, aber da der andere ihn am Schlips festhielt, gelang es ihm nicht; er schnürte sich nur selbst die Luft ab; nun packte er Tintura an den Handgelenken und mühte sich, die Hände von seinem Kragen loszureißen, doch der andere verkrallte sich und hing an ihm wie eine Klette.

Das war zuviel: Tommaso konnte sich nicht mehr halten und stieß dem Gegner mit aller Kraft das Knie in den Schritt. Halb ohnmächtig vor Schmerz, krümmte sich Tintura, wand sich, rollte, die Hände gegen den Bauch gepreßt, auf den Bürgersteig.

Jetzt hatten alle Blut geleckt. Sofort nach seinem Stoß mit

dem Knie war Tommaso zurückgesprungen, mit dem Rükken gegen die Hauswand, und das gerade noch rechtzeitig; denn schon stürzte sich der Schanghaier auf ihn, um seinem Freund zu Hilfe zu kommen.

Er fuhr auf ihn los, mit dem Rücken zu den anderen, trat mit aller Wucht nach Tommaso, um ihn zu treffen, wo dieser Tintura getroffen hatte; doch der Tritt ging fehl, denn Tommaso war ausgewichen und drückte sich jetzt noch fester an die Mauer.

Da warf sich der Schanghaier mit dem ganzen Körper auf ihn, um ihn fertigzumachen, und fing an, besondere Griffe anzuwenden, die den Gegner in Stücke brechen, daß er nur noch ein Haufen Knochen in dreckigen Lumpen ist. Tommaso verschwand völlig unter dem Schanghaier, denn der war ungefähr doppelt so groß wie er.

Doch plötzlich, während die anderen noch im Halbkreis bereitstanden, um Tommaso mit Fußtritten einzudecken, falls er trotz allem die Oberhand über den Blonden gewinnen sollte – plötzlich erstarrte der Schanghaier und preßte die Hände an die Rippen.

»Ahii, o Gott, Mamma!« rief er mit verlöschender Stimme, und blieb stehen, als wäre er plötzlich gelähmt.

Da stand Tommaso, die Mauer im Rücken, ein Messer in der Hand. Als Paino und seine Freunde sahen, wie schlimm die Sache ausging, machten sie sich eilig aus dem Staub und ratterten durch den Hof und die Via Taigi hinunter.

Auch Tommaso versuchte zu fliehen, auf der anderen Seite zum Hof hinaus, aber dort gab es keinen Ausgang.

»Haltet ihn!« schrie Tintura den anderen zu, die nicht wußten, was sie tun sollten. Der Schanghaier stand immer noch an derselben Stelle; er hatte die Hände unter der Jacke aufs Hemd gepreßt; sie waren über und über naß von Blut.

Da fing er an, laut um Hilfe zu schreien, und stützte sich mit dem Nacken gegen die Wand, um sich aufrecht zu halten; so sackte er langsam in sich zusammen. Die anderen sahen ihn an und wollten ihm helfen, und gleichzeitig versuchten sie, Tommaso aufzuhalten.

Auch Zimmio und Carletto hatten sich unterdessen davongemacht und waren knatternd aus dem Hofeingang gerast.

Allein geblieben, von zwei, drei Burschen aus der feindlichen Rotte verfolgt, rannte Tommaso in weiten Bögen davon, hielt einen Augenblick lang etwas verloren an, um zu überlegen, ob es Sinn hätte zu fliehen, und da er spürte, er werde es schaffen, jagte er keuchend und verzweifelt die dunkle Via Taigi hinunter.

ZWEITER TEIL

Tommasinos Vater, Torquato Puzzilli, war städtischer Angestellter. Und wenn man in der Umgebung Roms ›städtischer Angestellter‹ sagt, meint man damit meistens einen
Straßenkehrer. Als er noch im heimatlichen Dorf lebte,
ging es ihm besser. Er stammte zwar aus einer Arbeiter-
familie, doch damals konnte er immer erhobenen Hauptes
einhergehen, und zu Mittag war stets der Tisch gedeckt:
Für zwei volle Schüsseln pro Person reichte es immer.
Torquato hatte von seiner Mutter ein kleines Haus geerbt,
aus Tuffstein erbaut, inmitten von Feldern, einen Kilometer
von Isola Liri entfernt; ringsum gab es ein paar Quadrat-
meter Feld, die man bebauen konnte, und Ställe für Schweine, Schafe und Hühner. Und davon abgesehen, war Torquato Pedell der Schule von Isola Liri. So konnte er endlich Maria heiraten, mit der er schon eine hübsche Reihe
von Jahren ging. 1934 wurde der erste Sohn geboren und
zwei Jahre später Tommaso; dann hatten sie ein Mädchen
gehabt, doch das war tot zur Welt gekommen. Als der
Krieg ausbrach, hatte man Torquato eingezogen, und am
8. September 1943, nach der allgemeinen Auflösung des
Heeres, war er wie alle anderen nach Hause zurückgekehrt.
Aber er mußte sein Heim sofort verlassen, diesmal mit allem, was er besaß, und im Strom der Flüchtlinge nach Rom
ziehen.

Als sie dort eintrafen, erschöpft, ausgehungert, mit wunden Füßen, schlimmer dran als die Zigeuner, brachte man sie mit den anderen Flüchtlingen in einer Schule des Maranella-Viertels unter.

Daheim in seinem Dorf hatte Signor Torquato alles verloren; das kleine Haus war den Luftangriffen, der Stall dem Artilleriebeschuß zum Opfer gefallen, und den Rest hatten die Panzer besorgt.

Als die Amerikaner in Rom einmarschierten, warf man ihn samt seiner Familie, ebenso wie all die anderen Caciottari vom Lande, aus der Schule hinaus, denn dort sollten Truppen Quartier beziehen. Um ihnen die Ausweisung etwas schmackhafter zu machen, gab man jedem ein paar Lebensmittelpakete und ein paar lumpige Lire. Damit waren die Flüchtlinge nicht einverstanden, sie wehrten sich, denn sie wußten wirklich nicht, wohin sie sich nun wenden sollten. Es war in jenen Sommertagen, da die Luft kochte und jeder Stein auf der Straße glühte: Da erschienen Milizsoldaten, verluden die Menschen gewaltsam auf Lastwagen und setzten sie mit den wenigen Habseligkeiten, die sie am Leibe oder in der Hand trugen, irgendwo mitten auf der Straße wieder ab.

So hatte man sich denn so gut man eben konnte mit der Lage abgefunden. Jeder für sich, und Gott für alle! Der eine riskierte zweitausend Lire im Monat für einen Schuppen, der andere kroch in einer Garage unter, ein Dritter baute sich unter den Bogengängen oder im Inneren eines zerfallenen Palazzo aus den herumliegenden Trümmern eine winzige Burg.

Damals fand die Familie Puzzilli Unterkunft in jener Baracke zwischen Pietralata und Montesacro, am Abhang, der zum Aniene hinunterführt; ein Bauer, der auf dem Schwarzen Markt reich geworden und geschnappt worden war, hatte ihnen die Hütte überlassen. Seitdem rührten sie sich nicht mehr vom Fleck. Zuerst suchte Torquato sich sein Auskommen mit Gelegenheitsarbeiten zu verschaffen, dann stellten sie ihn bei der Stadtverwaltung ein, und er wurde Straßenkehrer.

Er hatte eine Eingabe nach der anderen gemacht, um nach dem Friedensschluß wieder zu einem Haus zu kommen: an die Stadt, an das Flüchtlingsamt, an die Priester, an alle Heiligen. Aber die Monate, die Jahre verstrichen, und sein Haus – es war immer noch die Baracke in dieser kleinen Ansiedlung, die im Sommer stets in Flammen aufzugehen drohte und im Winter beinahe vom Schlamm zum Fluß hinabgeschwemmt wurde. Allmählich hatte sich Torquato damit abgefunden, hier Wurzeln zu schlagen und mit Weib und Kindern sein Dasein zu fristen.

Doch da fing man eines Tages an, ringsherum Wohnhäuser zu errichten, an der Via Tiburtina, etwas oberhalb der Festung. Die Gesellschaft, die dort baute, war die ›INA-Case‹, und überall, auf den Feldern und den Anhöhen, wuchsen langsam Häuser aus dem Boden. Sie hatten seltsame Formen: spitze Dächer, Balkone, Dachluken, runde und ovale Fenster. Die Leute fingen an, diese Behausungen ›Alice im Wunderland‹, ›Märchenstadt‹ und ›Jerusalem‹ zu nennen, und alle lachten darüber; aber die Menschen, die so armselig in den nahe gelegenen Vorstädten hausten, dachten bei sich: ›Aaaah, endlich wird man auch mir einen Harem bauen.‹ Und es gab keinen unter den Barackenbewohnern, den Ausgebombten und Flüchtlingen, der nicht versucht hätte, eine Eingabe durchzubringen, um aus seinem elenden Loch herauszukommen.

So geschah folgendes: Kaum war das neue Viertel fertig

und ragte leer, glatt und frisch gestrichen zwischen Sumpf und Schutt empor, als sämtliche Bewohner der umliegenden Notquartiere sich gemeinsam aufmachten und die neu errichtete Festung stürmten, so daß jeder den Platz in Besitz nahm, den er als erster betrat – wie bei den Goldgräbern des Wilden Westens.

Noch gab es keine richtige Straße, da kamen sie schon an: Frauen vor allem, drängten die Wächter beiseite, fingen an, oft mit geschwungenen Äxten, untereinander zu streiten und die Wohnungen zu besetzen.

Fünf, sechs Tage verbarrikadierten sie sich darin. Polizei war aufgefahren und hatte die Gebäude umringt: Jeeps und LKW's fuhren im Kreis herum und versperrten alle Eingänge nach ›Jerusalem‹.

Auch Signora Maria war mit den anderen gegangen, ein Haus zu erobern. Der älteste Sohn paßte unterdessen in der Baracke auf Tito und Toto auf oder brachte ihnen etwas zu essen – Brot und Gemüse, wenn er etwas auftreiben konnte, denn das war nicht leicht; die Polizei ließ einen manchmal durchschlüpfen und manchmal nicht, und dauernd mußte man seinen Ausweis vorzeigen.

Eines schönen Tages, besser gesagt eines Abends, als es in Strömen goß, kam der Befehl, das neue Viertel mit Gewalt zu räumen; der oberste Polizeikommissar erschien höchstpersönlich, und wenige Stunden später war alles wieder wie zuvor; etwa fünfzig Frauen schaffte man auf Lastwagen fort, und das neue Viertel lag wieder leer und verlassen da, nur noch ein paar Nachzügler schleppten ihre schmutzigen Matratzen weg, aufgerollt auf dem Kopf.

Wieder vergingen einige Monate, dann kamen die ersten Familien an, die ordnungsgemäß eingewiesen worden waren: lauter städtische Angestellte, oder doch größtenteils

Leute, die es gar nicht so nötig hatten. Noch standen ein paar Wohnungen leer, aber die Nachfrage ging in die Tausende. Und da hatte endlich einer der zahllosen Heiligen, die Signora Maria seit über zehn Jahren ständig anrief, ein Einsehen.

Wer hätte das je für möglich gehalten? Eine der Wohnungen in der Siedlung ›INA-Case‹ wurde Torquato Puzzilli zugesprochen. Himmel, Zwirn und Wolkenbruch! War das Unglück es endlich müde geworden, mit geschwungenem Knüppel hinter ihm her zu sein? Signor Torquato war so vergnügt, daß er laut sang und allen Bewohnern der Baracken etwas zu trinken spendierte; außerdem zerschlug er aus Aberglauben altes Geschirr und verteilte Teller und Tassen an Nachbarn; schließlich schloß er auch noch einen Vertrag mit jemandem und übereignete ihm die Baracke für fünfzigtausend Lire, jawohl, und dabei würde er die wohl kaum je zu Gesicht bekommen! Dann holte er sein Hab und Gut heraus, lud alles auf einen Handkarren, stellte sich noch einmal mit einer Aluminiumkanne voll Wasser auf die Schwelle der Hütte und richtete eine kleine Überschwemmung an, denn hierher wollte er nie wieder zurückkommen, nicht einmal mit den Füßen zuerst.

So bezog die Familie Puzzilli eine Wohnung der ›INA-Case‹: zwei Zimmer mit Küche, und darin war jetzt Platz genug; denn während Tommaso noch im Kittchen saß, hatten Tito und Toto dran glauben müssen und liefen ihrer Mutter zu Hause nicht mehr zwischen die Beine.

Als erster hatte Tito sich schlecht gefühlt. Als die Mutter am Morgen gekommen war, um ihn aus der Kiste zu holen, in der er schlief, sah sie, daß er weinte; er war bekleckert mit Schleim und Erbrochenem. Sie nahm ihn sofort auf den Arm und versuchte, ihn zu trösten, aber der Kleine jammerte weiter, das Köpfchen an die Schulter seiner Mutter geschmiegt, denn er konnte es nicht einmal mehr aufrecht halten.

Da legte Signora Maria ihn in sein Bett zurück und gab ihm Glühwein zu trinken, um sein Blut zu erwärmen.

Halb betrunken war der Junge wieder ein wenig eingenickt, aber beim Erwachen stand es schlimmer mit ihm als zuvor, und nun erbrach er auch den Becher Wein.

Den Tag über fühlte er sich immer schlechter, und noch mehr in der darauffolgenden Nacht. Am Morgen trug ihn die Mutter zur Ambulanz von Pietralata: Er war bewußtlos, ein Häufchen Lumpen.

Unter dem winterlichen Regen, im Schlamm, brauchte sie ziemlich viel Zeit, um an ihr Ziel zu gelangen. Dort stellte sie sich in die Schlange der Wartenden, und als sie an der Reihe war, erklärte der Arzt ihr, daß der Junge recht krank sei und man ihn wohl besser ins Spital brächte. Dort, im Krankenhaus, starb Tito zwei Tage später, nachdem er die ganze Nacht in Krämpfen gelegen und vor Schmerz geschrien hatte.

Toto war ohne seinen Bruder wie verloren: Er blieb allein in dem kleinen Hof vor der Baracke zwischen Wellblechwänden und aufgehängter Wäsche zurück und kam nicht recht wieder zu sich.

Immer war er mit Tito zusammen gewesen, und nun dachte er auch weiterhin, daß der Bruder noch da sei. Von Zeit zu Zeit rief er nach ihm, rief noch einmal und rannte dann zu seiner Mutter und klammerte sich an ihre Röcke, als bäte er um eine Erklärung. Nach einer Weile vergaß er, was ihn bekümmert hatte, kratzte wieder friedlich im Dreck herum, für sich allein; aber unvermittelt hielt er doch wieder nach Tito Ausschau und rief seinen Namen.

Im Haus befand sich noch ein alter, aufgerissener Koffer, der von einem Schuttabladeplatz stammte; die Brüder hatten sich gern hineingesetzt und Wagen gespielt. Toto nahm jetzt allein darin Platz, machte ein bißchen »brrrr!« und »hüüü!« Dann wurde er wieder still, nickte ein wenig ein, unter Lumpen zusammengekauert. Oder er lief wie ein Blinder stundenlang in der Baracke und in dem kleinen Hof herum, hinter der Mutter her, und rief: »He, Mà! Mà! Mammane!«

Auch einen Ball aus alten Stofflappen gab es noch, und eines Tages, als etwas Sonne hervorkam, fand Toto ihn zufällig unter einem rostigen Stück Wellblech im Schuppen. Er fing an, damit zu spielen, warf ihn mit beiden Händen in die Luft und rannte los, um ihn wieder aufzufangen, ehe er zu Boden fiel. Dann versuchte er, einen Meisterschuß zu landen: Mit vor Aufregung wildem, rotem Gesicht trat er nach dem Ball, einmal, zack, und traf daneben, noch einmal, zack, wieder daneben, daß er beinahe selber hingepurzelt wäre; schließlich traf er den Ball haargenau in die Mitte und stieß ihn in hohem Bogen durch die Luft.

So gelangte Toto unversehens aus dem Hof hinaus, zwischen die anderen Hütten, lief über den Steg, der das Barackendorf über einen Graben hin mit der Straße verband, und dann spielte er weiter, wo er gerade ging und stand.

Während er hinter seinem Ball hertrottete, kam aus der Kurve, von Montesacro her, der Autobus angefahren; er konnte nicht mehr rechtzeitig bremsen, erwischte den Jungen mit der Stoßstange und schleuderte ihn in den Graben.

Toto schlug mit dem Kopf gegen einen Stein, der im hart gewordenen Schlamm stak, und blieb still liegen: in den zwei Hemdchen, die er übereinander trug, den winzigen, immer schmutzigen Hosen und den Strümpfen, die auf die abgetretenen Schuhe heruntergerutscht waren. Er regte sich nicht, es war, als schliefe er; nur etwas Blut rann ihm hinter den Ohren hervor und befleckte den Streifen niedergetretenen Grases neben dem Stein.

Während all dies geschah, war Tommasino abwesend: Er machte Ferien, ja, er hatte geradezu Schimmel angesetzt, so lange dauerte es schon, und bis zum neuen Morgenrot würden noch ein paar kurze Monate verstreichen.

Ach, wie recht hatte Signora Maria, wenn sie immer sagte: Wer nachts umgeht, geht mit dem Tod um. Nie hatte er auf sie gehört, und nun kam ihn die Messerstecherei im Garbatella-Viertel teuer zu stehen; er saß ordentlich in der Tinte und hatte Zeit genug, sein Geschick zu beklagen.

Um es kurz zu machen: Von der Via Anna Maria Taigi war er zur Via Cristoforo Colombo gelaufen, selbst erstaunt, daß er noch lebte; und da er damit rechnete, daß die Polizei nicht lange auf sich warten lassen würde, kroch er in den kleinen Abzugsgraben, der unter dem Straßenbogen hindurchführte. An der Mauer des niedrigen Tunnels, längs des schwarzen, stinkenden Wassers, war ein Randstreifen aus Erde, der freilich noch schwärzer und dreckiger aussah als das Wasser. Zwischen ein paar Kothaufen, die Kinder hier zurückgelassen hatten, streckte er sich aus und schlief ein, langsam erstarrend vor Kälte.

Als es Tag wurde, schlich er vorsichtig bis nach Pietralata, in die Umgebung des Barackendorfes. Scharf ausspähend, wachsam, um beim ersten Anruf das Weite suchen zu können, schritt er voran. ›Hoffentlich lauert mir keiner auf und haben sie mich nicht erkannt!‹ dachte er. ›Muß erst sehen, ob sich was regt, was hier nicht hergehört, wär ja sonst 'n Idiot, in die Falle zu tappen ...‹

Langsam näherte er sich, alles lag ruhig und friedlich da, nur ein paar Kinder lärmten wie gewöhnlich um die Wäschepfähle in den Höfen herum. Beruhigt ging er auf das Haus zu, öffnete die Tür, und da sah er die Polente.

Ohne sich zweimal zu besinnen, nahm er Reißaus, den Abhang zum Fluß hinunter, ins Schilf; doch die Polypen hatten ihn natürlich auch gesehen, waren ihm nachgestürmt und blieben ihm auf den Fersen. Er rannte, drehte sich um und sah sie hinter sich. Inzwischen warf ein anderer Polizist, der außer Sicht im ›Tiger‹ geblieben war, den Motor an und fuhr los; seine geistvolle Stirn tauchte vor Tommaso auf, während die beiden anderen ihm von hinten zuriefen: «Bleib stehen, Puzzilli, wir tun dir nichts!»

Sie ergriffen ihn, brachten ihn zum Kommissariat, und nach wenigen Worten wurde er ins Kittchen expediert.

Nach zwei Monaten brachte ihm der Wärter eines Abends die Anklageschrift in die Zelle, und der erfahrenste unter den Sträflingen, die mit Tommasino zusammen saßen, der das ganze Gesetzbuch sozusagen in der Tasche hatte, sagte nach einem einzigen Blick auf das Papier: »Scheißkram! Das ist 'n Fall erster Ordnung, geht bis zur dritten Abteilung. Mittwoch, ein ungleicher Tag, da ist Mattacchione dran ... Und wenn du dem in die Finger kommst, macht der Mus aus dir, mein Lieber ... Ist besser, du wirst krank und verschiebst es!«

Aber es half nichts, und Mattacchione machte tatsächlich Mus aus Tommasino; der Staatsanwalt vernichtete ihn mit dem Gesetzbuch; es fehlte nicht viel, und man hätte ihm die ›drei sardinischen Tage‹ aufgebrummt: heute, morgen und immer.

Erschöpft, gebrochen kehrte Tommaso in seine Zelle zurück, zwei Mützen auf dem Kopf, wie man zu sagen pflegt. »Na, wieviel hast du gekriegt? Wieviel hast du abzusitzen?« riefen ihm die Genossen entgegen. »Fast zwei Jahre.« – »Ach was, die sitzt du doch mit einer Arschbacke ab! Eh du 'n paarmal in den Eimer geschissen hast, bist du wieder frei.«

Es war Abend, der erste Abend von zwei Kalenderläufen, ein schöner, milder Sommerabend mit einem sonnendurchtränkten, heiteren Licht, das gar nicht sterben wollte. Rings um ihn her waren die üblichen Geräusche zu hören, wie sie jeder im Gefängnis kennt: die Stimmen der Untersuchungshäftlinge, die noch ganz friedlich miteinander plauderten, und die von anderen, die auf den Abtransport ins Zuchthaus warteten und jammerten oder weinten – jetzt, in der Dämmerung, der Stunde des Gefangenen.

Dann wurden die Stimmen kräftiger und fröhlicher, je mehr die Nacht hereinbrach. »He, ihr Spitzel vom fünften Flur!« schrie einer, »ihr habt ja 'n ganzes Geweih an der Stirn!« – »Da geht's mir wie dir!« echoten die anderen zurück. Und der erste rief: »Paß bloß auf, heute hat mir deine Frau 'n Freßpaket zugesteckt!«

Nach und nach traten sie alle an die Gitterstäbe, und ihre Rufe erhoben sich zum gemeinsamen Konzert in die Luft, die wie eine Liebkosung über sie hinstrich: »He, Armloch, ich sitze hier fest, weil ich mir deine Schwester untern Nagel gerissen hab!« – »Fünfter Fluuur! Heute haben zwei gesungen, und 'n ganzer Sack von Kumpels ist hops gegangen; haut ihnen den Arsch voll!« – »Hallo, Cippeeee! Paß auf, ich hab was für dich!« – »Gut, Schwachkopf! Hast du neue Glimmstengel? Hat dir deine Alte welche gebracht? Schick mir doch 'n paar Gedrehte rüber!« Vom

Janikulum, der in seinen vielen Lichtern erstrahlte, kamen mit dem Abendwind die Stimmen derer herab, die ihren Freunden und Verwandten etwas zuriefen, vor allem die der Mädchen, die ihre Zuhälter aufmuntern wollten.

Man hörte einen Buben, der sich über das Mäuerchen beugte und schrie: »Papaaaa! Sonntag kommen wir dich besuchen, Mammaa und iiiich! Ärger dir nich!« Und die Stimme einer Dirne, kreischend wie ein Bohrer, übertönte alle anderen Rufe: »Hallo! Bengalaaaa! Hab dir heute zwei Lappen durch die Tür gesteckt!«

Und dann hörte man die Stimmen der eingelochten ›Barmherzigen Schwestern‹; zuerst riefen die Männer vom siebenten Flur sie an, denn der lag dem Frauentrakt am nächsten: »Mariaaaa!« rief einer, »ich will krepiiiieren!« – »Dann häng dich doch auf!« antworteten die Frauen.

So verstrich die Nacht, und gegen zwölf Uhr schrie einer aus voller Kraft, was er schon unentwegt vorher gebrüllt hatte: »Brüüüüder! Zu euch spricht die Stimme des Herzens!« Und aus allen Flügeln des Gefängnisses antworteten die Häftlinge im Chor: »Leck uns ...!«

Als Tommaso entlassen wurde, neigte sich die Sonne über einem schönen Maitag. Zum erstenmal sah er die Siedlung ›INA-Case‹ in fertigem Zustand, denn als er ins Loch gewandert war, hatte das Ganze nur aus einem Haufen halb aufgeführter Gebäude bestanden, die man mit leiser Ironie zu betrachten begann, weil man allmählich erkannte, welche Formen die Häuser annehmen sollten. Jetzt also stand die Siedlung in ihrer ganzen Pracht da, mit einer Umfassungsmauer zur Abschirmung gegen die Wiesen und Felder, die ebenso voller Schmutz waren wie vorher. Die funkelnagelneuen Straßen führten im Bogen mitten zwischen die Häuser, die sich betont unregelmäßig, mit vielen Balkönchen und Dachluken und Geländern, rosa, rot oder gelb zum Himmel erhoben. Wenn man mit dem Autobus ankam, mußte einem dieses Viertel wirklich wie ein Jerusalem erscheinen. Die Reihen der Gebäude erhoben sich neben den alten Höhlen und Wiesen und wurden vom satten Strahl der sinkenden Sonne getroffen.

Tommaso stieg an der Station Fiorentini aus, ging ein Stück die Straße zurück und schlug den ersten Weg ein, der zu den neuen Häusern führte. Er sah auf das Straßenschild: Via Luigi Cesana. »Via Luigi Cesana!« sagte Tommaso und schluckte zufrieden etwas Speichel hinunter, »na, gehen wir diese Via Luigi Cesana mal lang ...« Das Herz klopfte ihm derart, daß ihm fast schwindlig wurde. Er wußte, daß sein eigenes Heim in der Via dei Crispolti Nr. 19 lag. Wo zum Kuckuck diese Via sein sollte, ahnte er allerdings nicht. Die Mundwinkel etwas herabgezogen, mit geweiteten Augen, sah er sich um. »Na schön ...«, meinte er. Er wußte nicht recht, was er fragen sollte; er schämte sich ein wenig vor den Leuten, weil er doch gerade aus dem Kasten kam. Er hatte seine zwei Jahre nicht einmal ganz absitzen müssen; der Geruch der Freiheit steckte noch in seinen Kleidern. Und doch beunruhigte ihn der Gedanke, die Leute in diesem neuen Viertel könnten von der Sache wissen. Daher trat er einem kleinen Schmutzfink in den Weg, der mit einer vollen Milchflasche nach Hause rannte. »He, Kleiner!« sagte er rauh, »Via dei Crispolti, wo ist 'n die?« Der Junge erklärte es ihm: »Da hinten, nach rechts rein!« Tommaso hörte in aller Ruhe zu, steckte sich eine Zigarette ins Gesicht, ging rauchend weiter und kam so in die Straße, die er suchte.

Sie lag ziemlich am Ende der Siedlung. Sechs, sieben Häuser standen hier, winkelig, fremdartig, mit Reihen runder Fensterchen, dunkelrosa gestrichen, mit Türen, zu denen man erst ein paar Stufen hinaufsteigen mußte, und vielen, im Zickzack miteinander verbundenen Balkonen. Hinter diesen Häusern hörte die Straße plötzlich auf und stieß auf eine andere, die einfach in den Tuff gehauen war. Ringsum die Wiesen. Etwas unterhalb lag eine Meierei, und auf der anderen Seite, zur Vorstadt hin, allein auf einem Platz für sich, stand eine winzige Holzkirche mit einem Drahtzaun drum herum.

Die Luft war warm, ganz warm, und fast süß: Auf allem lag Sonne, nichts als gelbes, ruhiges Sonnenlicht.

Irgendwo sang eine Frau am Fenster. Die Sonne näherte sich dem Horizont. Auf der Straße spielten Kinder: hier in der Via dei Crispolti die Kleinen mit ihren Bällen, und weiter unten, auf der zur Hälfte asphaltierten Straße zwischen den Tufträndern fand eine Fußballschlacht zwischen Halbwüchsigen statt. An einem kleinen Brunnen, dort, wo die Via dei Crispolti aufhörte, zwitscherte jemand wie ein Edelfink, und das Lied, das in der milden Luft schwang, war erst ein paar Monate alt und Tommaso kannte es noch nicht:

Oi Lazzarella . . .

Tommaso war stehengeblieben, um sein Heim anzugucken. Es war eins von drei dunkelrosa gestrichenen Häuschen und erhob sich fast am Ende der Straße, schön sauber und neu.

Dann, vor Rührung einen Kloß in der Kehle, daß er beinahe geheult hätte, trat Tommaso näher und machte absichtlich ein etwas düsteres Gesicht, um seine Gefühle zu verbergen. Seit er denken konnte, hatte er immer in einer

Baracke aus fauligem Holz gehaust, mit Wellblech und Teerpappe, zwischen Wasserlachen, Schlamm und Kot; jetzt dagegen, jetzt bewohnte er endlich nichts Geringeres als einen kleinen Palazzo, mit schön getünchten Wänden und Treppen, deren Geländer bis in den letzten Kringel hinein vollendet waren.

Obwohl er wußte, daß es sinnlos war, weil sich alle seine Leute irgendwo draußen bei der Arbeit befanden und er selbst keinen Schlüssel besaß, stieg er die paar Stufen zum Eingang der Wohnung empor. Hier erwartete ihn eine neue Überraschung: an der Tür steckte eine Visitenkarte mit dem Namen Puzzilli: PUZZILLI, in großen Buchstaben, sorgfältig gemalt. »Donnerwetternochmal!« brummte Tommaso und grinste mit gerötetem Gesicht, und seine Augen leuchteten immer noch etwas feucht vor Rührung. Auf den Vorplatz ging ein kleines rundes Fenster, an das man gerade mit der Nase stieß. Tommaso warf einen Blick hindurch. Man sah halb Rom: ein Meer von Häusern mit Lichtern, auf schon dämmerigem Grund, endlos, als schwömmen sie auf und ab in den Wolken, von Montesacro zur Piazza Bologna hinüber, von San Lorenzo, Casal Bertone, Prenestino, Centocelle zur Villa Giordani, am Quadraro, überall ... Und jetzt heulten Sirenen und unten fing eine Glocke an, ohrenbetäubend zu bimmeln.

Begeistert rückte Tommaso vom Fensterchen ab und stieg, die Hände in den Taschen, die paar Stufen wieder hinunter. Er mußte mindestens bis sieben Uhr warten, um ins Haus zu gelangen; denn früher erschien bestimmt niemand von der Familie.

Er zog wieder los, schlenderte, nachdem er am Brunnen getrunken hatte, vergnügt die Via dei Crispolti entlang und sang sogar halblaut vor sich hin. Da war wieder die Via

Luigi Cesana. Er ging sie hinunter, überquerte die Tiburtina diesseits der Festung und schritt in Richtung Pietralata davon.

Während er so ging, überdachte er seine Angelegenheiten; genau gesagt, eine einzige Sache, die ihm das Herz wie mit Hammerschlägen klopfen ließ und ihn mit einem Glück erfüllte, daß er fast aus der Haut fuhr. Immer lauter sang er, während er im Geist einen Tommaso vor sich sah, der in dem neuen Mietshaus ein- und ausging, gelassen, ja gelangweilt, ganz ruhig, als wäre das gar nichts, als hätte er schon immer in einem solchen Haus gewohnt.

Mit gleichgültiger Miene betrachtete er diejenigen, die noch in den brüchigen Hütten hausten oder gar in ›Klein-Schanghai‹, Hungerleider, die Schritt vor Schritt setzten, gesenkten Kopfes, keinen Soldo in der Tasche, und versuchten, zu etwas Pinke zu kommen. Es war gerade Feierabend: Busse kamen an, vollbeladen mit Menschen, die auch in Trauben an den Trittbrettern hingen. Und im Fort bliesen die Trompeten zum Ausgang.

Die Vorstadt begann sich abendlich zu beleben, wenn auch die Sonne noch immer schräge, warme Strahlen sandte.

So kam es, daß Tommaso vor der Bar schon alle seine alten Freunde versammelt fand, als wären sie eigens zusammengekommen, um den Freigelassenen zu empfangen.

Manche saßen an den Tischchen, andere lehnten stehend an den schmutzigen Bäumen.

Zimmio hing das gelbe Hemd über die Hose; mit zwei, drei anderen Kumpanen, die ebenso pleite waren wie er, warf er Stöckchen für einen zugelaufenen Hund. Der war hingerissen bei der Sache, mit gesträubtem Fell, die Zunge hing ihm hechelnd fast bis in den Straßenstaub; er merkte nicht, daß die jungen Männer ihn nur aufzogen und fertigmachten. Er gab sich große Mühe, raste wie angestochen hinter den Stecken her und apportierte.

Zimmio, dieser Hurensohn, versuchte bei jedem Mal noch weiter zu werfen als vorher, und strengte sich dabei so an, daß er bald ebenso erschöpft war wie der Hund. Als es ihm schließlich gelang, einen Brocken bis auf die staubweißen Felder am Aniene zu schleudern, war er sichtlich zufrieden mit sich selbst und verzog den Mund zu einem stolzen Grinsen.

Cagone saß auf einer niedrigen Mauer und las in der Zeitung, die er einem kleinen Jungen abgenommen hatte.

»Na, seht mal, wer da kommt!« sagte Zucabbo, der breitbeinig mitten auf der Straße stand, als erwartete er jemanden.

Fünf, sechs Gesichter, Buddha, Schakal, Minchia, Cazzitini und der Nazarener drehten sich zu Tommaso um, alle mit demselben Ausdruck: blaß, müde und gelangweilt. »Na, wie war's?« fragte Zucabbo und drückte Tommaso, dem alten Galeerensträfling, die Hand. »Nicht übel«, meinte Tommaso. »Wen hast du denn eigentlich umgelegt?« fragte Buddha; die Stimme kam tief aus dem Bauch herauf. Die anderen lachten ein bißchen. Aber Tommaso, der ihnen gerade in die Gesichter sah, lachte am meisten. ›Lacht nur, lacht, ihr Galgenvögel!‹ dachte er, mit zusammengekniffenen Augen, ›ich tret euch noch alle in den Hintern!‹ Ihm war es gleichgültig, er dachte an sein Haus, an das schöne, neue Haus, das er jetzt bewohnte, während die anderen alle in den alten Baracken herumhingen, diese Elendsgestalten, einer schlimmer als der andere.

Da kam der Autobus, und die Schar stob auseinander wie ein auffliegender Krähenschwarm, rannte auf die Haltestelle zu, und Zucabbo rannte mit.

Ganz ruhig, gelassen ging Tommaso auf Zimmio und Cagone zu, drückte ihnen die Hand, und sie begrüßten ihn gähnend. Zimmio ließ den Hund verschnaufen, der sich sofort halbtot im Dreck ausstreckte, aber seinen Peiniger weiter gespannt aus leuchtenden Augen ansah. Eigentlich mehr, um sich die Zeit zu vertreiben als aus wirklichem Bedürfnis, ließ Zimmio einen Strahl auf das Mäuerchen los, ein Stück von der Stelle entfernt, wo Cagone die Zeitung las, und hin und wieder drehte er sich plötzlich zur Seite und ließ auch dem Hund einen Spritzer zukommen.

Jetzt streifte die Sonne schon die schmutzigen Felder, bald würde sie am Horizont untertauchen. Überall in der Vorstadt hörte man Stimmen; hier und da Gesang. Auch Tommaso setzte sich auf die Mauer, zog ein Knie an die Brust, stützte das Kinn darauf und fing wieder an, fröhlich vor sich hinzusummen.

Nach einer Weile erschien sogar Lello. Als er den Pechvogel erblickte, streckte Tommaso ohne weitere Umstände das angezogene Bein aus, sprang von der Mauer herunter und ging auf den Freund zu.

»Hallo, Lè«, meinte er herzlich und schlug ihm mit der Hand auf die Schulter, »wie geht's denn, alter Knabe?«

»Ciao, Tomà!« erwiderte Lello und drückte ihm die Hand. Tommaso hatte eine teilnahmsvolle Miene aufgesetzt, die eines alten Gefährten, der sich heiter gibt, um dem anderen zu zeigen, daß sein Unglück mehr ein Pech sei, eine Dummheit, die niemandem weiter auffalle.

»Sonst hast du mir nichts zu erzählen, was, Lè?« meinte er.

»Was soll ich dir denn erzählen, du Roß«, erklärte Lello und schleppte sein verkrüppeltes Bein weiter zur Bar.

»Verdammt, im Kittchen sitzt man schön drin in der Tinte!« sagte Tommaso, um die Unterhaltung nicht einschlafen zu lassen.

»Das glaub ich«, sagte Lello, immer noch finsteren Gesichts, ölig und grau.

»Puhhh!« seufzte Tommaso, »ist 'ne verdammte Kiste!«

Sie standen in der offenen Tür der Bar, in der sich schon die Gäste drängten.

Tommaso wußte nicht recht, was er noch sagen sollte; sein Gemüt war mit nichts anderem angefüllt als dem Bild seines Hauses; er seufzte noch einmal, dann steckte er sich eine Zigarette an: »Das ist schon 'n Leben!« meinte er.

Lello sah ihn kurz von der Seite an.

»Du, Puzzilli«, sagte er, »ich muß los, hab hier was vor, grüß dich, mach's gut.«

Er drehte sich auf dem Absatz um, wandte sich der schlammigen Steigung jenseits der Bar zu und humpelte zwischen zwei verlassenen Häusern, dem Staub und dem Grün der ersten Felder davon.

Er ging, ein Bein nachziehend, über bröckelig aufgeworfene, ausgetrocknete Erde, trat auf dieses oder jenes schmutzige Papier und verschwand um die Ecke.

Tommaso reckte sich, gähnte, ließ den Mund halb offenstehen, schlürfte, mit der Zunge am Gaumen, die Luft, wie einer, der eben aus einem sanften Schlummer erwacht, und dann nahm er sich viel Zeit, um gemütlich, die Hände tief in den Taschen, zu den ›INA-Case‹ zurückzuwandern.

Großer Friede war in seinem Herzen. Er genoß seine Freiheit und den Gedanken an das Haus.

Schritt vor Schritt setzend, langte er an der Via Tiburtina an, auf der es jetzt von Bersaglieri wimmelte, die ihren Ausgang antraten. Dann bog er wieder in die Via Luigi Cesana ein und ging sie hinauf, wobei er sich diesmal genau das neue Viertel ansah, in dem er wohnte, und näherte sich immer mehr dem Haus in der Via dei Crispolti.

Als er davorstand, fing er noch einmal an, es genau zu betrachten: wie es da in dunkelleuchtendem Rosa aufragte und sich mit seinen Balkonen und Luken gegen den noch immer hellen Himmel abhob. Auf der Straße sah er jetzt außer den Hemdenmätzen ein paar größere Jungen, die von der Arbeit heimgekommen waren.

Fünf, sechs Burschen saßen vor ihrem Haus am Boden und spielten Karten. Weiter unten, vor der Bar, im Zentrum der Siedlung, an der Ecke eines niedrigen Gebäudes, das als Markthalle diente, versammelten sich die ersten Grüppchen von Halbstarken und rekelten sich auf den Stühlen.

Tommaso wollte auch die Umgebung gründlich besichtigen: Er ging die Via Luigi Cesana noch ein Stück hinauf und kam zu den letzten Häusern, hinter denen sich die Wiesen und Felshöhlen bis zu dem alten, vornehmen, von Eichen umstandenen Landhaus hin erstreckten.

Auch von dieser Ecke her konnte man zu Tommasos Haus gelangen: Man mußte in die Wiese hineingehen, auf der Schutt und Kehricht zu Erdbuckeln und Hügeln aufgehäuft lag, sich dann nach rechts wenden und den Abhang hinuntergehen, den man in den Tuff gegraben hatte, um auch hier neue Häuser zu errichten. Tommasos Haus hatte auch an der Seite einen Eingang: Durch eine senkrecht übereinanderstehende Fensterreihe sah man die Treppe. Tommaso jubelte und strahlte vor all dem Luxus. ›Verdammt, verdammt, das sind Fenster!‹ dachte er.

Hier oben, wo Tommaso jetzt stand, begann auch ein dunkler, schmutziger Pfad, der quer durch die Wiese bis zur kleinen Holzkirche führte. Er war zur Zeit nutzlos, denn die Wiese lag trocken da, und man konnte auch auf ihr zur Kirche gehen, was Tommaso nun zu tun beschloß. Die Kirche sah aus wie ein Speicherhaus, lang und schmal, aus hellbraunem Holz, mit eingekerbten Längsfurchen zwischen den einzelnen Balken. Auf dem spitzen Dach ragte ein Kreuz empor. Der neue glänzende Drahtzaun umgab die Kirche und einen kleinen Vorplatz. Dahinter sah man ein ähnliches, nur niedrigeres Gebäude, wahrscheinlich das Haus des Priesters. Am Drahtzaun entlang, übers Gras, ging Tommaso darauf zu, denn er hörte dort Stimmen. Hinter der Kirche, beim Haus, erhob sich die Wiese zu einer Art Hochplateau; dort waren Ausschachtungen vorgenommen worden; Fundamente waren gelegt, ein Bretterzaun errichtet, und ein Karren stand herum. Aber nichts rührte sich, denn die Arbeiter hatten schon Feierabend gemacht. Auf dem höchsten Punkt, einsam wie eine Sternwarte mit dem Blick auf halb Rom, stand ein Aborthäuschen aus weißen, staubigen Planken, die beim Bau abgefallen waren.

Die Stimmen, die er hörte, kamen aus einem kleinen Hof hinter dem Holzhaus des Priesters. Kinder spielten dort in einem offenen Schuppen. Das letzte Licht der Sonne, rot und kühl, bestrahlte den Ort vom Horizont her. Vier kleine Kerlchen spielten Tischfußball, und zwei weitere Ping-Pong; auf Kisten saßen noch andere herum und schauten zu. Tommaso wußte bereits, daß zwei Kategorien von Menschen in der neuen Siedlung wohnten: einmal die Angestellten des Staates, Eisenbahner, Trambahnpersonal, denen ihre Behörde eine Wohnung zugewiesen hatte, Buchhalter, Geometer und andere gutgestellte Leute; dann aber auch jene Menschen, die in Baracken und kümmerlichen Hütten gehaust hatten und von Fall zu Fall von der Stadtverwaltung eingewiesen wurden; lauter armselige, von Krankheit ausgezehrte Gestalten.

Die Jungen, die da eben im Hof spielten, mußten wohl feine Muttersöhnchen sein, und mehr oder weniger waren das nun Tommasos neue Nachbarn.

Hingegeben spielten sie mit den kleinen Figuren, deren Holzfüße den Ball treffen mußten, oder mit den Korkschlägern und dem leichten, weißen Pingpongball. Dabei waren auch sie nachlässig gekleidet: Sie trugen Bluejeans mit leuchtenden Knöpfen, breite Gürtel und Pullis; aber sie waren sauber gewaschen und geschniegelt, nur hier und da vorn oder hinten ein wenig beschmutzt, nicht von irgendeiner Arbeit, sondern weil sie sich auf die Erde gesetzt oder die staubigen Hände an den Hosen abgewischt hatten.

Einer, der so blaß war, daß er fast grün wirkte, sah aus zwei schwarzen Augen spöttisch einem Freund beim Ping-Pong zu: »Hö, Iacobacci«, sagte er – ein kleiner Prinz aus 1001 Nacht – »du bist doch irgendwo zu Hause, nicht? Denn mach mal, daß du heimkommst!« Er lachte ein wenig vor sich hin, kaute an seinem Kaugummi und fügte plötzlich noch hinzu: »Du machst ja doch nur Mist!«

Iacobacci war viel zu eifrig beim Spielen, als daß er hätte antworten können. Als aber der Ball einmal vom Tisch wegflog und mehrfach aufschlagend bis in den Winkel des Schuppens sprang, sagte er, sich bückend und den Ball packend: »Du ödest mich an, Di Fa!«

»Beeil dich ein bißchen!« erwiderte der andere Junge und schob friedlich weiter seinen Kaugummi hin und her. Dann, nach einer kleinen Weile, stand er auf und trat neben den Freund. »Ich bin jetzt dran«, erklärte er. »Aber ich spiel ja erst höchstens fünf Minuten!« versicherte der andere mit hochgezogenen Brauen, die Ellbogen an die Brust gepreßt, den Schläger in der Hand. »Genau: fünf Minuten«, sagte Di Fazio finster, setzte sich aber doch noch einmal hin, vergrub die Hände in den Taschen. »Noch ein Spiel, dann kommst du dran, ja?« sagte Iacobacci versöhnlich und stürzte sich mit Schwung in das neue Match, auf das der Gegner, schon vor Ungeduld zappelnd wartete.

Von jenseits des Drahtzaunes sah Tommaso zu.

Er kam sich etwas überflüssig vor, wie er da am Weg stand, mit halboffenem Mund, tief nachdenklich, und die feinen Rotznasen beobachtete. Dann nahm er sich zusammen: ›Was denn? Bin ich etwa ein Bettler?‹ dachte er; aber es gelang ihm nicht, ärgerlich zu werden; sein Herz war immer noch leicht und vergnügt.

Eigentlich nur um einen Vorwand zu haben, da zu stehen und zuzusehen, ging Tommaso langsam auf das Aborthäuschen zu, trat ein, wie um sein Bedürfnis zu verrichten, und blieb sinnend stehen. Er zündete sich eine Zigarette an und sah durch das Guckloch: Unter ihm war die Ausschachtung, weiter weg ein Meer von Wiesen und Feldern, und ganz hinten, vor einem gleichmäßig gelblichen Abendhimmel, lagen die Stadtviertel Roms. Die Sonne war fast verschwunden, doch das schöne, saubere, dabei etwas milchige Licht hielt sich noch immer.

Tommaso trat wieder aus dem Häuschen, und diesmal machte er sich einen Spaß daraus, die Jungen im Hof offen anzugrinsen, um ihnen aufzufallen. Doch die bemerkten ihn noch gar nicht.

Jetzt waren die am Fußballtisch gerade dabei, sich wie junge Hunde anzukeuchen. Ein Blonder mit kurzen, himmelblauen Hosen schrie seinem Partner, der mit ihm zusammen gegen die zwei anderen spielte, zu: »Mensch, was ist denn, schläfst du? Wach mal auf!« Der andere, ebenso blond, mit langen Hammelbeinen und geraden Haarsträhnen, die ihm in die Stirn hingen, sagte ruhig, die dicken

Lippen bewegend, seines Fehlers wohl bewußt: »Du kannst mich mal, weißt du!«

Unterdessen hatte einer der beiden Gegner an der anderen Tischseite siegesgewiß den Ball ins Spielfeld geworfen und brüllte: »Vorwärts, Römer!«

Tommaso stand steif da. Das Herz schlug ihm heftiger. Er wurde sich klar darüber, daß er hier nicht länger wie ein Bettler zusehen konnte. Aber er wollte gern mit den Jungen bekannt werden, mit ihnen reden. Er ging ein paar Schritte auf die Kirche zu, starrte dabei weiter, von der Seite, auf die Spielenden, die ihn immer noch nicht bemerkten, ausgenommen Di Fazio, der ihm einen Blick zugeworfen hatte. Tommaso wußte, daß er etwas von der Sache verstand. Er war sogar eine Kanone auf beiden Gebieten, am Fußballtisch wie auch beim Tischtennis, und dabei sah er so gleichgültig wie möglich drein, gähnte sogar ein wenig und dachte an die vielen Spiele, die er hinter sich gebracht hatte; und das waren weiß Gott andere Kämpfe gewesen, als was die sich da leisteten!

Deshalb durfte er es sich ruhig erlauben, hier zuzuschauen, etwas gönnerhaft und als Kenner, fast mit der Miene eines Trainers. Aber ein Wort brachte er nicht heraus. Er redete nur mit sich selbst, still im Inneren, aber so ausdauernd, daß ihm schien, die Jungen müßten ihn längst verstanden haben und mit ihm bekannt geworden sein; schließlich wohnte er ja genauso gut wie sie in einem der neuen Luxusgebäude. ›Ich laß mich wieder einbuchten‹, dachte er, ›wenn mir einer erklärt, warum sie mich für 'n Stück Dreck halten. Bitte, die hier, davon ist auch jeder nur 'n Stück Dreck. Die denken an nichts, spielen, unterhalten sich, gehen in feine Schulen, pfff! Und leben von Papas Brieftasche!‹ – ›Das ist mal klar‹, fuhr er nach kurzer Pause in seinen Über-

legungen fort, ›die machen keine krummen Sachen...
Aber, haben die denn 'ne Ahnung vom Leben? Trotzdem:
ich wär gern einer von ihnen. Verdammt, verdammt nochmal, ich möcht auch 'ne feine Erziehung haben und 'n
guter Junge sein wie die!‹

Wie gesagt, dies alles dachte er nur. Die anderen spielten
weiter, als existierte er gar nicht, als wäre er nie dort am
Zaun aufgekreuzt. Tommaso lächelte bei einem naiven
Schlag Iacobaccis, der den Ball an die Decke beförderte
statt aufs andere Spielfeld; aber Tommaso lächelte ruhig,
fast zärtlich, er verzieh Iacobacci, wie man eben einem An-
fänger verzeiht, während man darüber nachsinnt, was richtiges Ping-Pong heißt: für den, der etwas davon versteht.

Dabei kam ihm ein Gedanke. Er dachte darüber nach, überlegte noch ein wenig, dann gab er es auf: ›Nein, nein‹,
sagte er sich, und seine Miene verdüsterte sich.

Zerstreut sah er dem Kampf weiter zu. Dann fing er wieder an, mit seinem Gedanken zu spielen, und meinte: ›Warum nicht? Wenn ich mir mal was in den Kopf setze, dann
muß auch was draus werden. Wolln wir doch mal sehen!
Ich mach's, ich mach's! Und wenn's schiefgeht, können sie
mir immer noch 'n Buckel runterrutschen...‹ Er warf
einen Blick auf die Kirche, und als wäre dies von Anfang an
seine Absicht gewesen, als hätte er den Spielern nur im Vor-
übergehen zugeschaut, um sich ein bißchen die Zeit zu vertreiben, ging er auf das Hauptportal zu.

In dem kleinen Hof vor der Fassade der Kirche lagen Haufen von Steinen und Mörtel herum, Kisten und Werkzeuge.
Tommaso überquerte ihn, ließ den Blick kreisen und ging
auf das Portal zu. Er warf seine Kippe weg, hustete ein
wenig und trat ein.

Die Kirche war leer; nur eine Frau, einen Marktkorb neben sich, kniete im Gebet, demütig, als schämte sie sich ein wenig ihrer Bitten an die Madonna oder irgendeinen Heiligen. Außer ihr war niemand im Raum. Tommaso verzog das Gesicht, murmelte: »Na schön!« und dann erinnerte er sich daran, daß er ein Kreuz schlagen mußte. Beten, das ging sowieso nicht, an das Ave Maria erinnerte er sich gerade nur bis zu der Stelle: »Der Herr sei mit dir«; aber er tat natürlich so, als betete er, um zu zeigen, daß er mit gutem Grund eingetreten war. Von innen machte sich die kleine Kirche gar nicht schlecht: Sie war sauber, mit Bankreihen und Bildern an den weißen Wänden – wirkte eigentlich mehr wie eine Kirche in einem Wildwest-Film, eine für rauhe Cowboys, Protestanten! Tommasino ging wieder hinaus, blickte sich unentschlossen im Hof um, schlenderte dann zur anderen Seite der Kirche hinüber, wo die Ausschachtungen begannen, und steuerte auf das Pfarrhaus zu. Er trat ein. Da war ein Flur und rechts ein kleiner Saal, ebenfalls leer, mit zwei, drei Billardtischen und den dazugehörigen Requisiten, und über der Tür stand auf einem Pappschild: ›Das Reich Christi‹.

Der Flur führte der Länge nach durch das ganze Gebäude. Tür an Tür reihte sich an der kaum getrockneten, weißgetünchten Wand wie bei den Ankleidekammern einer Turnhalle. Niemand ließ sich blicken. Zögernd schlurfte Tommaso weiter, wobei er sich ständig selber zuredete: ›Nur Mut, warum nicht, na ja . . .‹ Schließlich lugten aus der kleinen Tür am Ende des Ganges zwei, drei dicke rote Gesichter hervor, und Tommaso sprach sie an: »Wo ist denn der Pfarrer?« – »Hochwürden ist da drin«, erklärte einer und ging davon, ohne Tommaso eines weiteren Blickes zu würdigen. Der trat an die Tür, klopfte und fragte: »Ist es gestattet?« Der Priester erschien auf der Schwelle, sah

Tommaso ernst an und sagte: »Nur herein!« Unter seinen Blicken trat Tommaso ein. Es war ein kleines Zimmer, durch dessen Fenster man auf die Wiesen und das winzige Klosetthäuschen sehen konnte. In dem Raum fanden sich ein Tisch, Regale mit etwa drei Dutzend Büchern, zwei Stühle und eine Lagerstatt, außerdem selbstverständlich ein Kruzifix, das fast so groß war wie der Pfarrer selbst.

Von draußen hörte man die Stimmen der spielenden Knaben und all die vielen Geräusche der Siedlung ›INA-Case‹. Weiß wie die Haufen von Mörtelschutt rings um sein Haus, blickte der Priester Tommaso an. Der Junge fühlte sich ein wenig gehemmt, aber vor einem Priester gelingt es einem schließlich doch immer irgendwie, gerade zu stehen. »Erlauben Sie, Padre...«, sagte er, und indem er sich etwas burschikos hin und her wiegte, streckte er seine Hand aus: »Puzzilli Tommaso«. Der Priester ergriff die Hand mit den Fingerspitzen und drückte sie schwach. Tommaso gab sich als guter Junge, der vielleicht etwas laut und übermütig ist, und, leider, schon so eine Art Mann, mit den männlichen Lastern behaftet, als da sind: Spiel, Zigaretten, Frauen... »Setz dich«, sagte der Priester, der noch nicht recht wußte, worauf sein Besucher hinauswollte, aber dergleichen schließlich gewöhnt war. Tommaso hatte zuerst ablehnen wollen, denn so müde war er ja gar nicht, dann warf er einen Blick auf den Stuhl und ließ sich, die Schulter reckend, federnd und wie ein Weltmann darauf nieder. »Danke«, meinte er.

Sobald er saß, empfand er eine gewisse Verlegenheit, denn er war jetzt dem Blick des Seelsorgers voll ausgesetzt: der braune, weißgestreifte Anzug, vor zwei Jahren am Campo dei Fiori aus zweiter Hand gekauft; die ausgelatschten Schuhe aus Gemshaut oder Antilope so brüchig und farblos, daß man nicht mehr erkannte, ob sie ehemals braun oder rot gewesen waren; die verblichenen Socken, die an der Ferse etwas zu weit in den Schuh hineingeschoben waren, damit man die Löcher nicht sah; das alte Hemd und die Krawatte aus dem dritten Jahrhundert vor Christus. Tommaso wußte nicht, wo er seine Hände lassen sollte, und um irgend etwas damit zu tun, holte er die Zigaretten aus der Tasche, worüber er sofort tief errötete.

Wieder spielte er den braven Burschen, der nicht gegen seine männlichen Schwächen ankommt: »Erlauben Sie, Padre…«, erklärte er, »ist zwar 'ne üble Angewohnheit…« und damit streckte er ihm das Päckchen entgegen, bot ihm eine Zigarette an, wortlos, ohne sich darüber klar zu werden, ob das nun höflich von ihm war oder den Priester eher beleidigen würde. Denn Priester haben ja keine üblen Angewohnheiten und Laster.

Mit einer Geste gab der Priester zu erkennen, daß er nicht rauche, und ließ dabei unruhige, ernste Blicke umherschweifen. Er mußte wohl krank sein, denn die Haut unter dem dünnen Bart war weiß und grau, die Augen lagen tief in den Höhlen, und der Mund war rosig wie bei einem Kätzchen. Er war klein von Wuchs und so dürr, daß er sicher bald in seiner Soutane zusammenfiel.

Lässig begann Tommaso zu rauchen. Für gewöhnlich war er liebenswürdig und rücksichtsvoll zu Leuten, mit denen er schlechte Absichten hatte. Jetzt hingegen, wo er doch gar keine schlechten, sondern nur gute Absichten hatte, fühlte er sich verwirrt.

»Wünschst du etwas?« fragte der Priester, als ermüdete es ihn zu reden, da er mit seinen Gedanken woanders war: vielleicht bei der Kirche, die er unten zwischen den Häusern ausführen lassen wollte.

»Ja«, stimmte Tommaso sofort zu, »ich wollte über was Wichtiges mit Ihnen reden.«

»Sprich ruhig«, sagte der Priester, »wenn ich dir helfen kann...«

»Na, wenn Sie mir nicht helfen können, wo Sie doch Priester sind!« erklärte Tommaso. »Deshalb bin ich ja gerade zu Ihnen gekommen!«

»Worum handelt es sich?« fragte der andere.

»Hm...«, begann Tommaso kopfschüttelnd, mit gefurchter Stirn, »ich weiß nicht recht, wie ich anfangen soll, Padre...«

»Warum fürchtest du dich...«, sagte der Priester schlicht.

»Hm, na ja«, entschloß sich Tommaso: »Ich hab mir überlegt, Padre, ich möchte eigentlich gern ein Mädchen heiraten... Und da hätt ich auch gern Ihren Rat, Padre... Hören Sie, wenn Sie mir netterweise behilflich sein könnten, mir 'n bißchen erklären, ich weiß nicht recht, wie ich es anstellen soll...«

»Wie alt bist du?«

»Zwanzig im November.«

»Und es ist dir wirklich ernst damit?« wandte der Priester vorsichtig ein, »bist du dir ganz klar, was du da tun willst?«

»Wieso nicht?« fragte Tommaso und spielte sich, aus alter Gewohnheit, gleich wieder etwas auf.

»Das ist schon der rechte Weg«, bemerkte der Priester sehr ruhig, »möge der Herr dir beistehen. Du bist jung, du kannst eine schöne Familie gründen... Wie alt ist deine Braut?«

Tommaso konnte sich nicht erinnern, wie alt sein Mädchen war, er zögerte eine Sekunde lang unentschlossen und sagte dann: »Auch zwanzig...«

»Eure Eltern«, fuhr der Priester fort, »sind miteinander bekannt? Es gibt da keine Hindernisse zwischen euch?«

»Keine Spur!« versicherte Tommaso.

Der Priester zögerte seinerseits, dann meinte er: »Willst du jetzt beichten?«

Tommaso durchzuckte es: darauf war er nicht gefaßt gewesen. »Das nun nicht gerade, jetzt eben«, meinte er, »besser morgen früh, morgen, da komm ich dann... Übrigens, Padre, was für Papiere brauch ich denn, was für welche muß ich denn raussuchen?«

»Du benötigst Geburtsschein, Taufschein und Zertifikat der Firmung«, sagte der Priester höflich.

»Aber wie mach ich das?« unterbrach ihn Tommaso, der allmählich nicht mehr recht begriff, »wo krieg ich denn all diese Scheine her?«

Der Priester erklärte es ihm, als wäre das ganz einfach und natürlich: »Du gehst zur Kirche, wo du getauft und eingesegnet worden bist, und dort gibt man dir dann gleich, was du brauchst... Alles zusammen wird das etwa tausend Lire kosten... Und dann mußt du allerdings noch einen Nachweis beibringen, daß du ledig bist, also nicht schon anderweitig verehelicht...«

Tommaso lächelte still und dachte: ›Ja, klar, ich kann, wenn's sein muß, bis zur Isola Liri laufen; gibst du mir etwa den Kies?‹

»Dieses Papier«, fuhr der Priester fort, »erhältst du auf dem Einwohnermeldeamt, ebenso die Geburtsurkunde...«

Tommaso zeigte, daß er nicht auf den Kopf gefallen war, und meinte interessiert und ehrerbietig: »Das kostet wohl Zeit, was, all dies Zeug zu kriegen?«

»Nein...«, sagte der Priester, »es geht schnell. In wenigen Tagen hast du beisammen, was du brauchst.«

Damit war alles gesagt, mehr konnte man über die Heiratsformalitäten nicht erfahren, und Tommaso mußte aufbrechen, wenn er nicht bereit war, vom Fleck weg zu beichten. Doch es tat ihm ein wenig leid, die Unterredung einfach so zu beenden. Er setzte ein rundes, braves Bubengesicht auf und fragte: »Padre – glauben Sie, es ist recht, was ich tue?«

Der Priester sah ihm kurz in die Augen, dann senkte er den Blick. »Du hast doch wohl nicht schon etwas mit deiner Braut angefangen?« fragte er. »Es ist doch nichts passiert?«

»Nein!« platzte Tommaso entrüstet heraus. »Das dürfen Sie wirklich nicht glauben! Oder scherzen Sie mit mir? Sie ist ein braves Mädchen! Ich heirate sie, weil ich sie gern hab ...«

»Um so besser«, meinte der Priester mit gesenktem Kopf, »es liegt alles in Gottes Hand ...« Er schlug auch noch die Augen nieder und schwieg. Nachdem Tommaso etwas gewartet und gehüstelt hatte, stand er auf, wandte sich zum Gehen und reichte dem Priester die Hand: »Also dann, auf Wiedersehen, Padre«, sagte er, »wir sehen uns morgen ...«

»Auf Wiedersehen, mein Sohn«, erwiderte der Priester.

Tommaso trat hinaus und ging, mit sich und der Welt zufrieden, den langen Flur hinunter auf die Eingangstür zu, und seine Gedanken waren so bewegt, daß er beinahe laut gesagt hätte: ›Netter Kerl, dieser Pfaffe!‹

Aufgebläht, mit rotem Gesicht, als hätte er getrunken, verließ er fröhlich das Haus, zog den Schleim in der Nase hoch, hustete, steckte die Hände in die Taschen und ging auf die Wiese zu.

Zwischen dem schwärzlichen Pfad, der Kirche und den Häusern, mitten in einer Anlage mit abgetretenem Rasen lag der Spielplatz für die ganz Kleinen. Jetzt war es beinahe Abend geworden, das Licht kam wie aus einer anderen Welt; Mütter begannen ihre Kinder zu rufen, und die ersten Lampen flammten auf. Tommaso blieb stehen, um sich eine Zigarette anzuzünden: die letzte. Er hatte keine Lira mehr in der Tasche. Während er noch dastand, kam der Junge, der Di Fazio hieß, allein hinter der kleinen Kirche hervor. Tommaso sah ihn an, und der Junge trat zu ihm, einen Stummel aus der Hosentasche ziehend.

»Du, gibst du mir Feuer?« fragte er Tommaso.

Tommaso streckte ihm ruhig und überlegen seine brennende Zigarette hin, und der andere drückte seinen Stummel dagegen, zog, sagte würdevoll, ohne Tommaso ins Gesicht zu sehen: »Danke« und drehte sich um.

»Sag mal«, meinte Tommaso, räusperte sich und hustete ein wenig. Der andere blieb stehen, wandte sich wieder Tommaso zu. Der war ganz Liebenswürdigkeit, ein anständiger Junge.

»Sag mal, seid ihr bei den Christlichen Demokraten, daß ihr da in der Kirche spielt?«

»Wir sind in der Jugendgruppe«, erklärte der andere leichthin, mit dem Daumen unter seinen Haarschopf fahrend, um ihn aus der Stirn zu streichen.

»Aha!« sagte Tommaso. »Wohnst du hier?«

»Ja, da hinten«, meinte der andere, »in der Via Luigi Cesana.«

»Ich wohne dort!« sagte Tommaso, wie gelangweilt, obwohl der andere ihn gar nicht danach gefragt hatte. Als er auf sein eigenes Haus zeigte, schlug ihm das Herz wieder bis zum Hals; er gähnte und betrat den Pfad, und der andere wußte nicht recht, was er hier noch sollte.

»Vielleicht tret ich auch bei euch ein«, meinte Tommaso und deutete auf die Kirche.

Der andere zierte sich ein wenig und spuckte aus; er wußte nichts zu erwidern. Tommaso war tief befriedigt von seiner soeben kundgetanen Absicht. ›Ja, ich werd Mitglied‹, dachte er, ›und dann sollt ihr mal sehen, beim Tischfußball und beim Ping-Pong und allem, da zeig ich euch, was 'n Ding ist, da mach ich euch alle fertig. Und am Ende werd ich noch der Chef von der Bande da drin, denn was seid ihr denn schon? Lauter Würstchen, nicht anderes!‹

Sie waren durch die Wiese zur Via Luigi Cesana gelangt, und von einer überdachten Terrasse her, die durch kleine Treppen mit anderen Terrassen verbunden war, rief ein Junge: »Heeee! Marcelloooooo!« Di Fazio hob den Kopf, sah zu ihm hin, erkannte ihn und rannte auf ihn zu, nachdem er Tommaso kaum »Addio« gesagt hatte. Der andere Junge war inzwischen die Stufen von der Terrasse heruntergeklettert. Er sah hübsch und sauber aus im Abendlicht, mit grauen, gut gebügelten Hosen und rotem Pullover über einem weißen Hemd. Er legte Di Fazio einen Arm um die Schultern und redete leise auf ihn ein, und so, Schulter an Schulter, schlenderten sie hinunter zum Zentrum der Siedlung.

Es mußte jetzt sieben Uhr sein, und Tommaso ging nach Hause. Er stieg die Stufen hinauf: es war offen. Seine Mutter war da, sie wartete schon auf ihn.

Tommaso umarmte sie, und als sie ihn in die Arme schloß, fing sie an zu weinen. Sobald sie sich ein wenig beruhigt hatte, führte sie Tommaso, immer noch Tränen auf den Wangen, durch die ganze Wohnung: Es waren zwei schöne Zimmer da, eine kleine Küche, ein Badezimmer, der Balkon ... In einem Zimmer schliefen Vater und Mutter, im anderen Tommaso und sein älterer Bruder.

Was war das für eine Nacht, die Tommaso nun erlebte!

Man darf wohl behaupten: die schönste seines Lebens. Denn wenn er auch schlief, so schlief er doch nicht ganz fest, sondern blieb immer ein klein wenig wach, und so konnte er andauernd daran denken, daß er in seinem eigenen Haus war, einem schönen, großen und hochkünstlerischen Haus, wie es feine Leute bewohnen.

Am nächsten Morgen um sieben Uhr stand Tommaso bereits im Badezimmer und wusch sich. Eine starke, volle Frühlingssonne strahlte auf die Siedlung herab, und da alle ziemlich früh aufgestanden waren, herrschte ein Durcheinander von Stimmen, Liedern, Rufen, als wäre es schon Mittag.

Tommaso machte alles langsam, ruhig, zog sich sorgfältig an und band einen Schlips um den Hemdkragen; er war zu der Meinung gelangt, daß Pullover und quergestreifte Trikothemden, all diese Sachen für kleine Kinder und Landstreicher, nicht mehr in Frage kamen für einen anständigen jungen Mann mit ordentlichen Papieren. Zwar war das Oberhemd alt, am Rand des Kragens abgewetzt, und die Krawatte, ein ehrwürdiges Erinnerungsstück, ließ nicht mehr erkennen, ob sie blau oder violett sein sollte; doch immerhin betrachtete Tommaso sich ganz zufrieden in dem kleinen Spiegel an der Wand der Toilette.

Als er gerade aus der Haustür treten wollte, ohne eine Lira in der Tasche, durchaus bereit, den ganzen langen Weg, der vor ihm lag, zu Fuß zurückzulegen, rief ihn die Mutter und sagte fröhlich: »Komm mal eben her, Tommaso!« Sie ging mit ihm zur Kredenz, wo eine Fotografie von Tito und Toto stand, die in ihren Sonntagsanzügen halb geblendet in die Sonne lächelten, und zog tausend Lire hervor.

Die hatte sie in den vergangenen Monaten für ihn beiseitegelegt.

So kam es, daß Tommaso reich wie ein Kirchenfürst das Haus verließ.

An der Via Tiburtina wartete er, ohne jemandem ins Gesicht zu sehen, aber höflich gegen jedermann auf den Autobus, als hätte er nie auch nur im Traum daran gedacht, den Weg zur Garbatella zu Fuß zurückzulegen. Er hatte das Fahrgeld für hin und zurück, und dabei blieb immer noch eine ganze Menge in seiner Tasche.

An seiner Zielhaltestelle stieg er aus, ging ohne Umwege zum Markt, der mitten zwischen alten, wie Kapellen aneinandergebauten Häusern unter der glühenden Sonne lag; an den verschiedenen Ständen entlang kam er zur Fischabteilung, deren Gestank einen umwerfen konnte.

Einer der Stände befand sich neben dem kleinen Brunnen, und über seinen Kasten gebückt zerkleinerte der Händler die Eisblöcke mit einem Hämmerchen, anstatt, wie seine Kollegen, schwitzend und schmeichelnd nach links und rechts zu brüllen: »Fische wie pures Gold!« – »Lebende Meeräsche!«

»He, Settì!« rief Tommaso freundschaftlich, als er ihn erblickte.

Settimio hob den kahlgeschorenen Kopf mit den blauen Augen. Er war klein und behend wie eine Maus, aber es mußte trotzdem allerhand an ihm dran sein, das sah man gleich an seinem klugen Blick und dem eleganten Anzug, den er trug.

»Hallo, Tomà!« erwiderte er, den Kopf hebend, und blickte mit seinen himmelblauen Augen zu Tommaso hinüber, »wwwie geht's, wwwas machst ddu denn hier in der Gegend?«

Er stotterte ein wenig, hin und wieder, denn seine Eltern, beide Juden, waren in einem Konzentrationslager umgekommen, und das Entsetzen darüber hatte ihn für immer gezeichnet.

»Sag mal, Settì«, fing Tommaso an, nachdem er ihm die Hand gedrückt hatte, »kennst du eine gewisse Irene? Sie wohnt hier in der Via Anna Maria Taigi.«

»Irene?« fragte Settimio Augusto und überlegte mit umwölkter Stirn.

»Ja, Irene. Irene Bondolfi, ein Mädchen, jung noch – nicht groß, eher stämmig – mit dunklen Haaren... So besonders schön ist sie gerade nicht, aber es geht – und sehr häuslich...«

»Hm«, Settimio dachte angestrengt nach. Er durchforschte jeden Winkel seines Gehirns, um eine solche Irene aufzuspüren. »Hat 'ne Freundin, so 'ne kleine Dicke, mit Pferdeschwanz«, sagte Tommaso dringlich, »die wohnt in den Blocks der Via Taigi, Aufgang C... Ich glaub, sie nennen sie Negretta...«

Settimios Gesicht leuchtete auf. »Aaaach so, die Negretta«, sagte er. »Diasira! Wie soll ich ddddie nicht kennen! Wir haben tttausendmal zusammen getanzt!«

Tommaso war glücklich. Er wartete ab, bis Settimio eine Frau bedient hatte, die an den Stand getreten war, um ein Pfund Heringe zu kaufen, dann fragte er: »Siehst du sie heute oder morgen?«

»Sogar jetzt gleich, wenn ich hier abhaue! Muß sowieso an ihrem Haus vorbei. Warum?« Und Settimio blickte Tommaso fröhlich an: »Soll sie was für dich tttun?«

Tommaso hüstelte. »Hm, na ja, schon«, sagte er nach kurzer Überlegung, »wenn sie mich vielleicht mit Irene zusammenbringen könnte. Du weißt ja, wie's so ist, nach all der Zeit, wo ich weg war... Verstehst schon, was ich meine... Ich hab ihr nie geschrieben, nicht mal 'ne Karte... Im ganzen ist es über ein Jahr her, daß ich mich nicht hab blicken lassen. Wie soll ich denn da jetzt einfach ankommen? Man muß 'ne Verabredung treffen, irgendwer muß 'n gutes Wort einlegen und das hinkriegen!«

»Nnnna klar«, sagte Settimio mit seinem aufmerksamen Blick.

»Also, wenn du jetzt mit dieser Diasira redest, und die Diasira redet mit ihr, ist schon 'n bißchen Boden für mich bereitet, verstehst du?«

»Was soll ich denn sagen?« fragte Settimio und kniete schon wieder neben dem Kasten, um Eis zu zerstückeln. Tommaso zog Zigaretten hervor, bot dem Freund eine an, und sie begannen zu rauchen.

»Na ja«, meinte Tommaso, »sie soll ihr sagen, daß ich wieder da bin, daß ich ernste Absichten mit ihr hab, daß ich sie liebe und all den Kram, was man so sagt...«

»Du dddenkst doch nicht im Ernst daran!« sagte Settimio strahlend.

»Und daß ich heut abend vor ihrem Haus bin, wenn sie rauskommt zum Weinholen...« fuhr Tommaso fort.

»Kannst ruhig schlafen«, versprach Settimio, »wenn ich mich dahinterklemme, klappt's schon.«

»Ich verlaß mich auf dich.« Tommaso versuchte, ein besorgtes Gesicht zu machen, aber die Freude leuchtete nur allzu sehr daraus hervor: Jetzt war alles in die Wege geleitet, und das Leben lächelte ihm zu.

»Was machst du denn jetzt so? Arbeiten?« fragte Settimio nach einer kleinen Pause.

»Klar will ich arbeiten!« rief Tommaso. »Aber bin ich 'ne Pistolenkugel? Bin ja erst gestern entlassen worden. Verdammt, und ob ich arbeite! Wenn Gott mir nur was finden hilft . . . «

Settimio antwortete nicht, sondern hämmerte still auf seinem Eis herum. Als er damit fertig war, griff er mit den Händen in die Kiste und verteilte die Eisstückchen auf die Fische, die für den nächsten Tag zurückgelegt wurden. Dann sagte er: »Hm, wenn du wirklich arbeiten wwwillst, geh mal runter nach San Paolo, da gibt's Arbeit für alle.«

Tommaso sah ihn hoffnungsvoll an.

»Wir Händler«, sagte Settimio, »wir haben unsre Freunde auf allen Märkten. Wenn du willst, Tomà, kann ich mal mit jemand reden, der dir zu 'nem kleinen Anlauf verhilft.«

»Mach keine Witze!« sagte Tommaso. »Du bist meine Rettung.«

»Übrigens hab ich morgen bei einem Kommissionär zu tun und komm 'n gutes Stück rum. Irgendeiner ist immer da, der 'n Träger braucht.«

»Ist das sehr schwere Arbeit?« fragte Tommaso süßsauer, nur um überhaupt etwas zu fragen.

»Mein Lieber, heutzutttage wirft man dir 'n Zaster nicht einfach nach!« Settimio verkaufte etwas *frutta di mare* an eine Frau und fuhr fort: »Sie nehmen dich auf Pppppprobe, zzzwei oder drei Tage. . .Aber, keine Bange, wenn du dich hältst, jagen sie dich später nicht mehr weg. . .«

Tommaso wußte zwar so ungefähr, was Arbeit auf dem Markt bedeutet, doch er hörte Settimio trotzdem zu. Der erklärte ihm, worum es sich im einzelnen handelte: Man mußte um vier Uhr morgens auf dem Markt sein und sofort zum Kühlraum gehen und die Kisten mit den Fischen vom Vortag herausnehmen. Dann stellte man sie in der Fischhalle in der Abteilung des betreffenden Kommissionärs auf. Gegen fünf, sechs Uhr kamen dann die Lastwagen mit frischem Fisch an: Man mußte die neuen Kisten abladen und neben den anderen unterbringen. Dann begann der Verkauf: Die Händler kamen und kauften ein, man zog die Kisten wieder aus der Reihe, wog ab und lud sie auf die Karren. Zuletzt, gegen zehn, elf Uhr vormittags, mußte man den übriggebliebenen Fisch in den Kühlraum tragen und den verdorbenen in den Abzugsgraben schütten.

»Dann grüß man einstweilen die Fische von mir!« sagte Tommaso zum Schluß ganz vergnügt.

»Du, wenn du einer von uns wirst«, fügte Settimio hinzu, »kannst du nie verhungern. Fische essen sie nämlich alle, die feinen Leute genau wie die Armen. Ach, Tomà« – und er schlug ihm auf die Schulter –, »die Zukunft gehört uns Jungen!«

So weit, so gut. Aber ganz so glatt, wie Tommaso es sich jetzt vorstellte, gingen die Dinge nicht. Man weiß ja, wie das ist auf dieser Erde: Was der Hand recht, ist dem Hintern noch lange nicht billig. Zuletzt jedoch ging es mit geschwellten Segeln vorwärts.

Irene arbeitete zur Zeit in einer Fabrik für Arzneimittel im Casilina-Viertel und kam abends immer etwas spät weg. Zwei, drei Tage vergingen, ehe Diasira ihr Tommasos Botschaft überbringen und dann wiederum ihm ihre Antwort übermitteln konnte.

Wie Diasira später lachend erzählte, hatte Irene ein düsteres und überaus ernstes Gesicht gemacht, sowie Tommasos Name gefallen war; sie hatte eine Weile gar nichts gesagt, sondern tiefe Gedanken gewälzt, und dann langsam zu reden begonnen, immer nur ein, zwei Worte auf einmal, ganz gepreßt vor Erregung, und dabei hatte sie dauernd hochgezogen, weil ihr beinahe die Tränen gekommen waren.

Und bei all dem, was sie seit einer guten Weile schon bedrückte und demütigte, wenn sie es auch äußerlich zu verbergen suchte, war sie im Grunde doch froh und bewegt, daß Tommaso wieder aufgetaucht war. Ein paar Tage später wartete er dann tatsächlich mit Diasira am Fabriktor, bis sie herauskam: Sie hatte sich fein ausstaffiert, mit weißem Kostüm und Ohrringen. Als sie Tommaso auf sich zukommen sah, setzte sie ein melancholisches, zurückhaltendes Gesicht auf, das aber zugleich begierig und sehnsüchtig wirkte. Sie gaben sich liebenswürdig die Hand und begrüßten sich wie alte Freunde.

Am nächsten Sonntag gingen sie, ohne Wissen von Irenes Eltern, gemeinsam nach Rom hinein. Es war wirklich ein schöner Sonntag, der Himmel war so klar und die Luft so warm, daß einzelne Gruppen schon nach Ostia zum Baden hinauszogen. Besonders am Bahnhof von Ostia, wo Tommaso und Irene mit der 11 von Garbatella ankamen, herrschte ein richtiges Gewimmel von Menschen, die es sich im Freien wohlsein ließen. Von Tommasos Tausender, den ihm seine Mutter gegeben hatte, war noch der größte Teil vorhanden; er hatte gespart, nur gerade etwas für Fahrgeld und Glimmstengel ausgegeben, denn auf dem Markt, wo er nun schon arbeitete, streckte man ihm keine einzige Lira vor.

An der Piazza Vittorio stiegen sie aus und schlenderten im Sonnenlicht zu Fuß zur Piazza Esedra.

Tommaso wirkte ernst und etwas finster, einmal, weil er fast vor Stolz platzte, hier ordentlich herausgeputzt mit seinem Mädchen zu bummeln, und zum andern, weil er sich seit dem Morgen nicht besonders gut fühlte; vielleicht wegen der schlaflosen Nacht, denn vor Aufregung und Erwartung hatte er kein Auge zugetan. Ein seltsames Gefühl drückte ihn, kalter Schweiß brach ihm aus, und die Beine, überhaupt alle Glieder zitterten ein wenig, er wußte selbst nicht warum.

Zurückhaltend, elegant hergerichtet, ging Irene neben ihm her und achtete seine ernste Stimmung; sie hielt sich sogar ein wenig hinter ihm, eine Hand unter seinem Arm, den er halb in die Hosentasche geschoben hatte. Mit der anderen Hand, der rechten, führte Tommaso lässig, rot wie ein Gockel, die Zigarette zum Mund. So ging er mit seiner Dame spazieren.

Dabei war ihm tatsächlich nicht gut, und als sie bei den Toiletten der Piazza Vittorio vorbeikamen, die kunstvoll wie indische Tempel gearbeitet waren, hielt er an, noch finsterer im Gesicht. »Warte!« sagte er zu Irene, und sie, melancholisch in sich selbst versunken, wartete.

›Was ist denn, hab ich Dünnpfiff wie Cagone?‹ dachte Tommaso, wütend auf sich selbst, als er in dem kleinen, schmutzigen Raum stand. ›Oder hab ich mir was weggeholt, woran ich noch krepiere?‹ Wie dem auch sei, als er wieder herauskam und zwischen den vielen Katzen auf den Blumenbeeten hindurchschritt, fühlte er sich etwas erleichtert und ging mit seinem Mädchen im Sonntagsstaat weiter, als wäre nichts geschehen.

›Sag ich's ihr, oder sag ich's ihr nicht?‹ dachte er und preßte die Kinnbacken fest zusammen; einerseits war er ganz stolz und zufrieden wegen der guten Nachricht, die er für sie hatte, andererseits kühlte sich seine Stimmung ab, und ohne es zu wollen, empfand er halb und halb den Wunsch, das Mädchen loszuwerden. Irene ihrerseits hatte nichts anderes im Sinn, als einen schönen Sonntag mit ihrem Freund zu verbringen, und damit basta.

»Sieh doch mal, wie niedlich!« sagte er zum Beispiel, wenn

sie ein Püppchen in hübschen Kleidern sahen, an der einen Hand Papa, an der anderen Mama, die wiederum zufrieden in der Pracht ihrer Eheringe einherstolzierten. Oder beim Anblick irgendeines Schaufensters mit Bettzeug: »Das sind ja tolle Matratzen, die gefallen mir!« Tommaso wurde es ganz warm ums Herz, weil er da dieses Mädchen hatte und es liebte, genauso wie die anständigen Leute, die Geld verdienen; er verstieg sich soweit, die kleinen Mädchen mit den Schleifchen im Haar reizend zu finden und über Matratzen zu reden.

So kamen sie schließlich zur Piazza Esedra. Dort herrschte reges Leben und Treiben. Gleich am Anfang des Bogenganges war ein Tanzsaal im dritten Stock, und vor dem Portal versammelten sich bereits die jungen Männer in schwarzen Anzügen, unter ihnen hier und da einer in Windjacke und mit Wildlederschuhen.

Sogar ein paar Hürchen und Dienstmädchen erschienen, entweder mit ihrem Freund oder mit Kolleginnen.

Ein Stück weiter stand das Uraufführungskino ›Moderno‹, wo man im Parkett schon die Herrlichkeit von 600 Lire zahlen mußte; noch etwas weiter, unter den Arkaden, gingen hingegen Soldaten und Kinder ins billige ›Odeon‹, wo man *Die Frau vom Fluß* spielte. Tommaso und Irene blieben stehen, um die Anschläge zu betrachten, und Irenes Augen erspähten beglückt und überrascht sofort die berühmte Schauspielerin mit den hochgekrempelten Hosen, dem Kopftuch mit dem Strohhut darüber, wie sie dastand und mit einer Sichel Schilf schnitt. Hinter ihr sah man eine schöne Lagune, mit stillen Wassern und strahlender Sonne.

»Das ist 'n guter Film, weißt du«, erklärte sie mit Wärme, denn sie wußte über Stars und Filme genau Bescheid, »mit

Sofia Loren und Rick Battaglia!« Auch Tommaso betrachtete die Standfotos und ließ sich von Irenes Begeisterung anstecken. »Na, denn gehen wir rein!« sagte er entschlossen und zufrieden; er hustete sogar ein bißchen vor Aufregung.

Rasch kauften sie ihre Karten und traten ein: Irene zuerst, Tommaso hinter ihr; die Hände auf ihren Hüften, dirigierte er sie durch die Menge: ein braver Junge, der seinen Stammzahn bewacht und beschützt.

Es war noch ziemlich früh, so fanden sie zwei gute Plätze, setzten sich beglückt hin und starrten auf die Leinwand. Als kurz darauf der erste Teil endete und es hell wurde, blickten sie sich um – waren sie nicht wirklich ein schönes Paar? Rings um sie her saßen noch sieben, acht andere im Parkett. Die Soldaten und Kinder machten den üblichen Krach und lümmelten sich auf ihren Sitzen: Tommaso sah sie wütend an, beinahe voll Haß. Neben ihnen fühlte er sich als besserer Mensch, als jemand, der keine Albernheiten mehr macht; wenn er der Saalwächter gewesen wäre, hätte er die ganze Bande längst mit Fußtritten zur Tür hinausbefördert.

Aber während er solche grimmigen Gedanken hegte, begann die Übelkeit wieder in ihm aufzusteigen: Langsam wurde er weiß und weißer, wie ein Toter; als der Brechreiz seine Kehle peinigte, glaubte er, ohnmächtig zu werden; sein Blick verschleierte sich, und er wäre beinahe mit der Stirn auf die Lehne des Sitzes vor ihm geschlagen. Er konnte sich nicht einmal hin- und herbewegen, was er gern getan hätte, weil in der Nacht Pusteln an seinem Hals und Rücken aufgetreten waren, die juckten und weh taten.

Als er wieder ein wenig zu sich gekommen war, mit noch dröhnendem Kopf und etwas Schaum im Mund, packte er

Irenes Hand und drückte sie so heftig, daß er sie beinahe zerquetscht hätte.

»Ach, Irene, ich muß dir was sagen...«, erklärte er ernst, heiser flüsternd, sowie er sprechen konnte.

Gerührt und bewegt, aber ohne es sich anmerken zu lassen, und als hätte sie das schon seit langem erwartet, drehte sie ihm das Gesicht halb zu und sah ihn an.

»Ich weiß nicht, wie ich anfangen soll...«, sagte Tommaso.

»Womit denn?«

»Na gut, du siehst ja, du weißt...«, begann Tommaso, »jetzt hab ich dich wiedergesehen, und all die Tage ging mir so 'n Gedanke im Kopf herum, ich könnt mich verändern – die Sache in Ordnung bringen... *Ecco*, das ist es, ich will 'n neues Leben anfangen... Weißt du, früher war ich ja 'n bißchen liederlich... Ich hab dir nie erklärt, wieso das alles so ist... Aber, verstehst du, ich mußte mich so aufführen, es ging nicht anders, und sollt ich zu dir kommen und sagen: Siehst du, ich bin eben 'n Idiot? Nein, und ich hab dir nicht mal gesagt, daß ich nie auf Arbeit ging... Aber weißt du eigentlich, daß sie alle so sind, bei mir zu Hause, in Pietralata...?«

Er schwieg kurze Zeit nachdenklich, blieb aber im Zug, stolzgeschwellt, daß er es endlich so fein herausbrachte. Und schon redete er weiter: »Ich hatte so 'n Gefühl; ich wußte, daß ich dich gern hab, Irè, und wenn ich dir gesagt hätt, wie's so ist mit mir im Leben, ich weiß ja nicht, wie du dich dann verhalten hättest...«

»Ja? Und?« fragte Irene, liebevoll und aufmerksam.

»Jetzt«, sagte Tommaso, »ist das alles anders... Jetzt weiß ich, was das heißt, von allen geachtet sein, und daß alle einen mögen... Sieh mal, das ist so, du verstehst doch, nicht?... Ich habe dich gern... Ich mag dich... Und darum will ich 'n andrer Mensch werden: nicht mehr Tommaso!«

»Ich versteh schon, ich weiß«, sagte Irene verständnisinnig, »daß du im Grunde 'n anständiger Kerl bist; und dann hast du mir ja auch nie richtig was Gemeines getan, im Gegenteil, ist doch gut gewesen, daß du mich 'n bißchen ausgeführt hast und so... Ich weiß doch, so machen's alle jungen Männer, auch die anständigen, die ersten Male...«

»Du, Irè«, sagte Tommaso, ganz selig, weil sie ihn so gut verstand, »würdest du Ernst machen mit mir?«

Irene war zu bewegt, um einfach so gleich zu antworten. »Ernst – wieso Ernst?« meinte sie nur.

»Wir verloben uns!« brach es aus Tommaso hervor. »Ich komm und red mit deinem Vater und deiner Mutter... Wir machen alles so, wie sich's gehört...«

»Na gut, Tomà«, sagte Irene. »Wenn du meinst, daß du mich gern hast ...« Aber sie konnte nicht weitersprechen, weil sie weinen mußte.

Tommaso schwieg ebenfalls, auch ihm saß ein Kloß in der Kehle: Er legte ihr die Hand auf die Schulter und zog sie an sich.

»Was du nicht weißt, Irene«, erzählte er und sah sie zufrieden an, »ist, daß ich gestern beim Pfarrer war und mit ihm gesprochen hab!«

»Wegen der Papiere und so?« fragte Irene, derartig erregt, daß sie kaum sprechen konnte, zärtlich und sehnsüchtig.

»Ja«, sagte Tommaso, »und da braucht man gar nicht viel! Geburtsurkunde, Taufschein, Firmungs- und Ledigkeitszeugnis... Und das kostet auch nicht alle Welt. Tausend, zweitausend Lire, 'n Pappenstiel!«

Doch in diesem Augenblick erloschen die Lichter, und der zweite Teil des Films begann: Tommaso und Irene drängten sich eng aneinander, Hand in Hand, und genossen ihr Kino wie brave Bürger.

Als sie wieder ins Freie hinaustraten, war das Wetter noch schöner geworden, die Luft noch milder. Die Sonne stand hoch, immer noch, und Licht und Lärm erfüllten die ganze Piazza Esedra und die Via Nazionale.

Da Tommaso sich besser fühlte und wieder zu Kräften gekommen war, gingen sie noch nicht gleich zur Haltestelle der Linie 11, sondern erst ein paar Schritte die Via Nazionale hinunter, um Luft zu schnappen. Sie spazierten dahin und blickten sich um, sahen sich die Leute auf der Straße an und die Waren in den Schaufenstern, all den Luxus und das Leben und Treiben.

Sie kamen an einer Bar vorüber, in der fast nur Amerikaner saßen; auch im Fenster waren die Sachen ausgestellt, die Amerikaner gern essen und trinken, wenn sie auf den hohen schmalen Hockern an der Theke sitzen. Dann sahen sie in einem Herrengeschäft einen Abendanzug, mit Lackschuhen, weißem Schal, schwarzen Handschuhen und Spazierstock; und im zweiten Fenster einen hellen Straßenanzug, mit braunen Mokassins, dazu eine rot-schwarz-gestreifte Krawatte, die nur so leuchtete und strahlte. Von einem Schuhgeschäft kamen sie vor ein Kaufhaus, wo es alles gab, und gelangten schließlich zu dem Ausstellungsgebäude mit den weißen, in der Sonne blinkenden Treppenaufgängen.

Als sie so dahinschlenderten, sah Tommaso plötzlich eine bekannte Gestalt gegen das Mäuerchen einer Treppe gelehnt – er sah genauer hin, und tatsächlich: Es war Lello.
›Was macht denn der da?‹ dachte er. Seine gute Laune

sank, jedenfalls verzichtete er darauf, den andern etwa zu grüßen; er wurde noch mürrischer und ging geradeaus weiter, den Arm um Irenes Taille gelegt, ohne daß sie etwas von dem Vorfall bemerkte.

»Schön, was?« Und er deutete auf die Front des Ausstellungsgebäudes, die weiß war wie die Kacheln der Waschräume unter dem Hauptbahnhof.

Den Rücken gegen die Mauer gestützt, streckte Lello das beschädigte Bein auf den Bürgersteig, mit hochgekrempelter Hose, so daß man den Stumpf ohne Fuß sehen mußte; auch einen Ärmel hatte er zurückgeschlagen, um den Armstumpf zu zeigen.

Mit diesem drückte er einen Jungen von ein bis zwei Jahren an die Brust, und die gesunde Hand hielt er, um Almosen bettelnd, den Passanten entgegen.

Lello sah Tommaso nicht, denn er blickte an allen vorbei.

Der kleine Junge verhielt sich still und artig. Er war wie ein kleines Mädchen gekleidet, und aus seinem vor Blässe fast grünen Gesicht blickten die nachdenklichen, dunklen Augen wie die eines Erwachsenen in die Welt. Hin und wieder sah er nach links und rechts, neugierig umherspähend, aber ohne zu fragen oder Ungeduld zu zeigen.

Lello schien gar nicht zu merken, daß er ihn bei sich hatte: Es war eine Leihgabe, er hielt den Kleinen wie einen Gegenstand an sich gedrückt, nicht wie ein lebendiges Geschöpf. Und der Junge war sich darüber völlig im klaren und blieb friedlich und ruhig.

Welch eine Veränderung war mit Lello vorgegangen seit den Zeiten, da er mit den Freunden durch Rom gestromert war! Er sah verkommen aus, abgemagert; sogar die Haare, die er früher so sorgfältig gepflegt hatte, waren nicht mehr die gleichen. Seit sechs, sieben Tagen hatte er sich nicht mehr rasiert, aber die Stoppeln wuchsen hell und nicht kräftig, es fiel nicht allzusehr auf; nur, das ja: schmutzig war er, wie Öl klebte es an seiner Haut, etwas, das er herausschwitzte und doch nicht loswurde; seit so langer Zeit haftete es nun an ihm, an allen Krüppeln und Lahmen – seinen Kollegen. Die lustigen engen Hosen, die er früher getragen hatte, wenn's zum Tanzen ging, die gestreiften Trikots, die elegant geschlungenen Halstücher: nichts mehr davon. Er trug eine graue, speckige Hose und eine karierte Jacke mit geschwollenen Taschen, in denen vermutlich sein Proviant steckte.

Er ging niemanden um ein Almosen an, jammerte auch nicht vor sich hin, noch blickte er von unten her wütend und bösartig zu den Passanten auf, wie es viele seinesgleichen tun. Für ihn war das Betteln ein Beruf, eine Angewohnheit; er dachte an andere Dinge dabei, und auf seinem pickeligen Gesicht lag ein Ausdruck, wie von Gott verlassen.

»Willst du einen Kaffee?« wandte sich Tommaso spendabel an Irene, ein Herr mit vollem Geldbeutel und reicher Seele.

»Nein, laß uns weitergehen, es macht mir Spaß zu gucken«, erwiderte Irene liebenswürdig.

»Ein Luxus hier in der Gegend, was?« rief Tommaso, warf noch einen letzten Blick auf Lello zurück und machte, daß er vorankam. »Hier haben sie 'ne andere Art zu leben, die sind nicht so wie wir! Schon daran, wie sie sich anziehen, wie sie sich die Nase putzen, wie sie sich hinsetzen, siehst du sofort, daß die anders sind als wir... Haben 'ne andere Lebensart, kann man gar nichts machen.«

»Na ja«, meinte Irene, »die sind eben vornehm geboren. Hast du gesehen, wenn sie Kinder haben, nennen die sie Vati, Mammilein... Und die Kinder, die haben's gut, de-

nen geht nichts ab, die kriegen alle Tage ihre Milch…
Und später dann dürfen sie studieren.«

»Die sind alle in der Christlich-Demokratischen, darum!«

»Was meinst du damit?« fragte Irene. »Könnten wir's denn
unter solchen Leuten aushalten? Ich glaub, bestimmt
nicht.«

»Die sind uns über, das sind feine Leute«, bemerkte Tommaso. »Wie willst du da reinkommen? Sieh mal, früher,
wenn ich sie so sah, dann schimpfte ich sie geschniegelte
Laffen, Muttersöhnchen und so weiter… Jetzt aber fang
ich so langsam an zu kapieren, was es heißt, einer aus der
Vorstadt zu sein und einer von denen hier! Das sind nämlich ehrliche Leute, und wohin sie auch gehen, immer nehmen sie ordentlich den Hut ab.«

Irene schwieg und dachte darüber nach. »Was weiß
man«, meinte sie schließlich, »eines Tages haben wir vielleicht auch ein bißchen Glück und können was aus uns machen.«

Nachdenklich schwieg auch Tommaso. »Weißt du, was ich
gerade denke, Irè?« fragte er dann. »Ich red mit dem Priester, und ich schreib mich ein in die Liste von der Christlich-Demokratischen Partei!«

Bei Irene zu Hause waren alle Kommunisten, und auch sie
hatte von klein auf so gedacht, wie ihr Vater es ihr beibrachte. Hoffnungsvoll und sachlich erwog sie Tommasos
Gedanken und gab dann ihre Meinung kund: »Das ist gar
nicht so schlecht, Tomà! Und wenn man erst drin ist in der
Partei, kann morgen oder übermorgen einer einem helfen… Da findet sich 'ne Arbeit… Und dann, wenn man
sich an die Kirche hält, das ist immer 'n Trost.«

Auch am nächsten Sonntag trafen sich Tommaso und Irene, um den Tag gemeinsam als ordentliche Verlobte zu verbringen.

Diesmal jedoch, so wünschte es Tommaso, sollte Irene zu ihm kommen, in die Siedlung ›INA-Case‹. Zuerst zierte sie sich ein wenig, sagte, sie schäme sich so, und es sei auch zu weit, und dies und das, aber am Ende gab sie nach, im Grunde ganz zufrieden, dorthin zu gehen und Tommasos Eltern kennenzulernen und alles andere, wovon er ihr noch nichts erzählt hatte.

Diesen Sonntag war das Wetter nicht so freundlich. Am Himmel hingen graue Wolken, so daß man keinen Sonnenstrahl zu sehen bekam, und hätte man ihn mit Gold bezahlt; Regen drohte, kam aber nicht, und die kalte Luft, in der sich hin und wieder ein eisiger Wind erhob, jagte einem Schauer über den Rücken.

Auch an diesem Tage fühlte Tommaso sich nicht so, wie er sollte. Die kühle Luft ließ ihn erstarren, und das ging nicht mit rechten Dingen zu; denn wirklich kalt war es doch gar nicht, die anderen Burschen spazierten friedlich in Hemd und leichten Hosen herum, entschlossen, nur noch Sommerkleidung zu tragen, und wenn es schneien sollte; und das mit gutem Recht: Sie froren nicht im mindesten. Nur Tommaso fror, er zitterte und hatte sogar etwas Husten. Deshalb stand er mit ziemlich finsterer Miene an der Haltestelle ›INA-Case‹ bei der Via Tiburtina und wartete auf den Bus, mit dem Irene kommen sollte.

Mit hochgezogenen Schultern, die Hände in den Taschen, das Kinn emporgereckt, fluchte er bei jedem Bus vor sich hin, aus dem keine Irene ausstieg. Endlich, da war sie! Herausgeputzt, in einem neuen, roten Jäckchen. Sie sprang vom Trittbrett und lief eilig, ein wenig außer Atem, auf

Tommaso zu, um Nachsicht für ihre Verspätung zu erlangen. Doch Tommaso machte kein Aufhebens davon, denn dergleichen kommt unter Verlobten nun einmal vor, das weiß man doch; er nahm sie am Arm und führte sie die Via di Pietralata hinauf, bog unter dem Monte del Pecoraro ein und steuerte auf das Kino zu.

Bleich vor Kälte, die Hände in den Taschen, ging er dahin, etwas in sich gekehrt, ernst, und sie trippelte halb neben, halb hinter ihm her, eine Hand unter seinen Arm geschoben.

Im ›Lux‹ gab es einen Film mit dem urkomischen Totò. Tommaso ging mit Irene hinein, um ein bißchen was zu lachen zu haben. Sie blieben über zwei Stunden drin, weil sie den ersten Teil unbedingt noch einmal sehen wollten. Als sie schließlich aus dem Kino kamen, war die Luft noch kühler geworden, aber nun war viel Volk auf der Straße, ganze Familien drängten in die Pizzerias, dann auch Soldaten, die nichts mit sich anzufangen wußten, und Rotznasen aus Tiburtino, die hier in Pietralata ins Kino gingen.

Tommaso und Irene wandelten eng umschlungen einher. Er hatte sie um die Taille gefaßt, Hüften und Busen waren üppig. Er preßte sie an seine Seite, als fürchtete er, sie könnte hinfallen. Sie waren still und ernst, wie Verlobte, die Schritt für Schritt dorthin gehen, wohin sie eben gehen müssen.

Nachdem sie die ganze Via di Pietralata hinter sich hatten und in die Tiburtina einbogen, tat Tommaso der Arm scheußlich weh, weil er das Mädchen die ganze Zeit so fest gedrückt hatte, als fühlte sie sich nicht wohl. Aber er hätte nicht losgelassen, selbst beim Anblick der Polypen nicht. Jene, die vorbeikamen, warfen einen Blick herüber, und wenn sie's nicht taten, spielte Tommaso sich auf, tat, als hätt er alles andere, nur nicht sie im Kopf, und sah sie dabei so finster und scharf an, daß sie schließlich nicht umhin konnten, dem Paar ihre Aufmerksamkeit zu schenken. Dann ging Tommaso weiter, geradeausblickend, vollauf damit beschäftigt, sein Mädchen zu führen und zu stützen. Der oder jener Taugenichts ließ eine Bemerkung fallen, kaum daß sie vorübergegangen waren: »Die hängt wie 'ne Klette an ihm!« Oder: »Die haben sie zusammengeleimt!« Und eine Alte meinte: »Guck doch dem Kerl nicht nach!« Für Tommaso und Irene waren alle Luft, immer wehmütiger und gesammelter schritten sie ihren Weg weiter.

Für gewöhnlich gingen die Pärchen in dieser Gegend die Tiburtina hinunter, auf den Aniene zu: Nach zwei- bis dreihundert Metern, ein gutes Stück, ehe man an den Ponte Mammolo kam, stieß man auf eine kleine Brücke, und von der führte ein Pfad ganz steil den Abhang hinunter ins freie Land. Hier war es schön: Es gab viel Grün, Korn, Obstbäume, Gärten mit Blumenkohl, Fenchel, Rüben, zwischen Olivenbäumen und Kothaufen, die das Vieh zurückgelassen hatte. Der Pfad führte schließlich in eine Art Schilf mit dichten, hohen Halmen, das, etwas schmutzig, feucht zwischen zwei bebauten Feldern stand. Es streckte sich lang hin, bis etwa zur Höhe von Pietralata. Dorthin pflegten die Pärchen zu gehen, wenn sie unter sich sein wollten. Und tatsächlich sah man neben all dem Schmutz, dem Kot und dem Schlamm verlassene Lagerstätten aus alten Zeitungen. Mit feuchten Kleidern gingen Tommaso und Irene den Pfad hinab, am Schilf entlang. Tommaso fror immer mehr, er hustete, wurde wütend; aber er hielt hartnäckig daran fest, daß sie es jetzt miteinander treiben mußten, da gab es nichts. Sie fanden eine einsame Stelle und setzten sich auf einen Buckel mit halbvermodertem, altem Gras, mitten zwischen die wie Baumstämme starren Schilfrohre und zerfetzten Blätter.

Als sie sich niedergelassen hatten, zog Tommaso Irene wieder fest an sich.

»Sitzt du bequem? Geht's dir gut?« fragte er.

»Jaaa«, beruhigte sie ihn.

»Komm näher, noch näher, so!« sagte Tommaso, und sein Arm, mit dem er sie an sich zog, war inzwischen fast zur Gefühllosigkeit erstarrt.

Sie ließ ihn gewähren, legte ihr Gesicht an seine Schulter, und Tommaso begann, sie zu küssen, einmal, zweimal, auf den Mund. Aber er fühlte sich unbehaglich, er unterbrach seine Zärtlichkeiten und setzte sich bequemer hin.

»Mach die Augen zu«, sagte er, »weißt du nicht, wenn eine dabei die Augen offen läßt, denkt sie an einen anderen?«

Irene hob sanft die Schultern; Tommaso fing wieder an zu küssen, so leidenschaftlich und gefühlvoll er nur konnte. Er setzte ihr so heftig zu, daß ihr die Zunge weh tat. Aber dabei mußte er aufpassen, nicht das Gleichgewicht zu verlieren, wie er, mit schmerzendem Nacken, zur Seite gekrümmt auf dem Erdbuckel saß.

»Komm, leg dich hin«, sagte er sich streckend, »worauf wartest du noch?«

»Hier ist doch alles naß, Tomà«, wandte Irene schüchtern ein, »ich mach mirs ganze Kleid schmutzig... Können wir nicht aufstehen? Ist doch dasselbe, nicht?«

»Wieso aufstehen?« rief Tommaso entrüstet. »Ist doch gut hier... Warte mal...«

Er stand auf, holte sein Taschentuch hervor, und mit dem Tuch in der Hand ließ er seine Augen im Kreis herumgehen: Ein Stück weiter entfernt, hinter zwei abgebrochenen Schilfrohren, lagen große Stücke Packpapier herum, die offenbar ein Vorgänger mitgebracht hatte. Tommaso holte sie, breitete sie auf dem Boden aus und legte das Taschentuch darüber, weil sie feucht waren.

Als er Irene wieder in die Arme nahm, war es immer noch nicht richtig gemütlich: Sie wußten nicht, wo sie sich anlehnen sollten, und ihre Beine lagen lang ausgestreckt im nassen Gras.

»Na weißt du, hast du 'n Stock verschluckt?« meinte Tommaso, der bereits nervös zu werden begann. So kam er nicht weiter, und das nahm er ihr übel. Ohne weitere Komplimente versuchte er, sie rückwärts ins Gras zu drücken. »Leg dich endlich hin!« knurrte er, unterbrochen von einem Hustenanfall. Doch Irene leistete entschlossenen Widerstand. »Nein, nein, nicht, Tomà!« wiederholte sie hartnäckig. Tommaso mußte sie für den Augenblick loslassen; dafür streckte er den Arm aus, um ihr unter den Rock zu greifen. »Zieh das Dings doch hoch...«, murmelte er, »los, zieh's hoch!« Und er zog selber daran, langsam und vorsichtig, bis man die Knie und ein Stück vom Schenkel sehen konnte.

»Ich könnt dich fressen!« flüsterte er vor sich hin, mehr zu sich selbst als zu ihr, und strich mit der Hand über die weiße Haut, die ihm Hitzewellen in den Kopf trieb, daß er schlucken mußte.

»Mach deinen Gürtel ab, verdammt nochmal!« sagte er dann und zerrte daran, »sonst kann ich doch nicht...«
Aber er brachte die Schnalle nicht auf. Die Hand zitterte ihm zu sehr vor Aufregung, und solange der Gürtel da war, konnte er ihren Rock nicht weit genug hochschieben.
Die Beine lagen allerdings frei und bloß vor seinen Blicken, mit den langen Strümpfen, die vom Straps gehalten wurden. Irene preßte sie ausgestreckt fest aneinander, den

Blick auf ihre Fußspitzen gerichtet; sie wollte wohl auch zeigen, was für gerade Beine sie hatte.

Tommasos eine Hand lag auf ihrem Schenkel, dort, wo der Strumpf aufhörte, und die andere schob er ihr jetzt in den Halsausschnitt, zwischen den lang herabhängenden Haaren hindurch. Sie verhielt sich zuerst still, dann jammerte sie von neuem: »Nein, nein, nicht so, da nicht, da nicht, laß das . . . !«

Halb keuchend wie sie, raunte Tommaso ihr mit rauher Stimme zu: »Da ist deine schwache Stelle, was?« Und er streichelte lächelnd ihr Gesicht.

Sie meinte, sie müsse sich immer noch wehren, und bat: »Gib mir mal 'n Kamm!«

»Hinterher, später«, versprach Tommaso, »hab keine Angst, nachher kriegst du deinen Kamm . . . «

Sein Blick wanderte wieder nach unten, zwischen ihre Beine; die Kehle war ihm wie zugeschnürt. »Du«, flüsterte er, »zieh doch die Hosen runter . . . « Und da sie sofort böse wurde, besänftigte er sie: »Nicht ganz – nur 'n bißchen!«

»Es ist kalt«, erklärte sie. »Und außerdem, was willst du denn?«

»Nichts, nichts«, sagte Tommaso heiser. »Was soll ich schon wollen! Hab keine Bange, ich rühr dich nicht mal an . . . Ich will nur mal eben . . . «

Ohne auf Irenes Antwort zu warten, griff er zart, sanft, wie ein geschickter Tierbändiger, unter das Gummiband ihres Schlüpfers und hob ihn dann selbst etwas hoch, um die Wäsche darunter wegziehen zu können.

»Was für schöne, feste Schenkel!« sagte er, »meine Fresse!« Und er löste ihr auch noch die Strümpfe und zerrte am Straps.

»Was ist denn, willst du mich nackt ausziehen?« rief Irene.

»Friedlich, friedlich«, begütigte Tommaso sie, »so geht's schon!«

Er drückte sie wieder an sich, wobei er ihre beiden Hände mit einer festhielt, preßte seine Zähne leicht in ihren Hals und raunte der fast Weinenden zu: »Mein Süßes...«

Trotz alledem war er noch nicht richtig in Fahrt. Für gewöhnlich hätte nach so viel Zeit längst etwas Vernünftiges passiert sein müssen. ›Hol sie doch der Teufel!‹ dachte er, Schaum vor dem Mund, wild vor Wut. Da hatte er Irene nun schon halb aufgefressen mit Küssen und Bissen und trotzdem: ›Was ist denn los mit mir, verdammt nochmal!‹ dachte er und versuchte, sich anzufeuern. ›Was ist nur los mit mir?‹

Er packte Irene bei den Brüsten, drückte sie so heftig, daß das Mädchen nun wirklich Tränen in den Augen hatte, holte sie aus dem Ausschnitt heraus, küßte sie und leckte sie ab.

›Na ja, ich war lange nicht mehr mit einem Weib zusammen‹, dachte er. ›Aber beschissen ist's trotzdem. Vielleicht liegt's an der Kälte?‹

Ein neuer Hustenanfall schüttelte ihn, er drückte eine Hand gegen Irenes Schulter und zwang sie so mit aller Kraft, sich ins nasse Gras zu legen. »Jetzt leg dich schon, streck dich!« knurrte er ärgerlich.

»Ich mach mir alles schmutzig... Der Boden ist so naß...«, beklagte sich Irene, und wieder versuchte sie sich aufzurichten.

»Ist doch kein Weltuntergang, wenn du dir 'n bißchen die Sachen naß machst! Kannst dich ja hinterher abtrocknen!«

Er hielt sie am Boden, küßte sie, sog sich mit den Lippen an ihrem Hals fest und lag fast mit dem ganzen Körper auf ihr.

»Na los, mach du auch was, rühr dich 'n bißchen!«

Irene fing an, ihrerseits etwas beizutragen, sie küßte ihn auf den Hals, griff ihm in die Haare, zerrte daran. So blieben sie eine Weile aneinandergepreßt liegen.

›Ist doch nicht zu fassen!‹ dachte Tommaso. ›Was hab ich bloß angestellt?‹

Plötzlich ließ er los, richtete sich auf und setzte sich wie zuvor auf den Erdbuckel, auf den weichen Karton; er steckte eine Hand in die Tasche, holte sein Päckchen Zigaretten hervor, zog mit zitternden Fingern eine heraus, steckte sie in den Mund, spuckte ein paar Tabakkrümel aus, die an den Lippen hängengeblieben waren, zündete sich die Zigarette an und fing an zu rauchen.

Liebevoll und beruhigt, stützte Irene sich nun auch auf, kam vom nassen Boden hoch, rieb sich den Nacken und blickte von der Seite her zu ihm herüber. Und er tat nichts. Er sah sie gar nicht an, qualmte mit gerunzelter Stirn und bösem Blick, weiß vor Kälte. Schließlich raffte sich Irene auf, etwas zu sagen: »Was hast du denn?« Sie fühlte sich gekränkt, und eine gewisse Schärfe war in ihrer Stimme.

Tommaso sah sie an. »Ich hab nichts«, sagte er, schwieg, stieß eine Rauchwolke aus und fuhr fort: »Aber du bist ganz anders als früher.«

Irene fiel aus allen Wolken, ihr Gesicht verdunkelte sich, und heftig gab sie zurück: »Ich, anders? Ich bin immer noch genau so... Und nicht anders. Weißt du nicht mehr?«

»Nein, als ich dich kennenlernte, warst du nicht so«, erklärte Tommaso eisig.

Irene brachte ihre zerknüllten, verrutschten Kleider in Ordnung, so gut es ging. Plötzlich hielt sie inne: »Aber du siehst doch selbst, daß ich mich nicht geändert hab!« rief sie und kämpfte wieder mit den Tränen.

»Nein, nein, nein«, sagte Tommaso kopfschüttelnd, mit verzerrtem Mund. »Das stimmt nicht, was du da redest. Mich legst du nicht rein, da muß irgendwas sein, ich hab's im Gefühl, ich irre mich nicht...«

»Aber wieso denn bloß?« sagte Irene. »Was soll denn sein? Ich wüßte nicht, was anders ist mit mir... Mein Leben geht seinen Gang, ordentlich, wie immer... Nur, daß ich früher nicht gearbeitet hab, und jetzt arbeit ich eben! Aber meinst du, die Arbeit hätt mir geschadet?«

Tommaso schwieg ein Weilchen, die Ellbogen auf die Knie gestützt, nach vorn gebeugt; seine Stirn war ein einziges Faltengebirge, und die Augen blickten trübe.

»Wie hast du die Stelle eigentlich gekriegt?« wollte er plötzlich, mit einem Seitenblick, wissen.

Trotz der nicht gerade angenehmen Stimmung erklärte Irene fast fröhlich: »Die Familie im Haus nebenan, die hat 'n Neffen, der ist Fahrer, der fährt die Wagen mit Medizinen, und der hat mit dem Doktor gesprochen...«

»Und bei all dem«, unterbrach Tommaso, »hast du dich keinem gefällig gezeigt, was?«

Irene wollte gar nicht verstehen, was er da andeutete: »Eine wie ich, wie soll sich die schon gefällig zeigen, Leuten, denen's so gut geht...«

»Na, was 'ne Frau tun kann, kann eben sonst niemand«, sagte Tommaso.

Irene sah ihm ins Gesicht. Dann nahm sie ihr Täschchen aus dem zerdrückten Gras, rieb es ein bißchen ab, reckte sich, um aufzustehen; das Kinn zitterte vor verhaltenem Weinen, aber sie war fest entschlossen, diese Unterhaltung abzubrechen und heimzugehen.

»Gehn wir nach Hause!« erklärte sie.

»Nein, du bleibst hier!« befal Tommaso, packte ihr Handgelenk und zwang sie, sich wieder hinzusetzen, wobei sie beinahe gefallen wäre. »Du mußt mir genau erzählen, was du alles gemacht hast, ganz genau, von dem Abend an, da ich dir das Ständchen gebracht hab, bis heut nachmittag.«

Irene fügte sich drein, all diese Erklärungen abzugeben, traurig, verletzt, aber ruhig, denn sie hatte ein reines Gewissen. »Es genügt, wenn ich von irgendeinem Tag erzähle«, meinte sie, »denn die anderen sind alle gleich... Und dann, was soll ich überhaupt groß sagen, du weißt ja sowieso, was ich tue...«

Tommaso war nicht von seinem Gedanken abzubringen. »Ich heiß nicht umsonst wie der ungläubige Thomas«, sagte er und klopfte mit der rechten Faust gegen die offene Linke. »Ich hab achtzehn Monate lang im Loch gesessen, und wegen dir! Und ich penne nicht im Stehen, mir mußt du die Karten schon offen auf den Tisch legen.«

»Ich weiß nicht, was du willst«, sagte Irene verstimmt, »du redest so komisch mit mir... Warum bloß? Was hast du denn? Wenn dir wer was geflüstert hat, dann sag's doch...«

»Na schön...«, meinte Tommaso grimmig, »also dann: dieser Fahrer, der Neffe da, wie alt is 'n der?«

»Aber der ist doch verheiratet!« rief Irene. »Der hat 'ne Frau und große Kinder. Und dann ist er 'n Bekannter von meiner Familie, der hat mich auf dem Schoß gehabt, wie ich noch in den Windeln lag...«

»Und der Doktor?« unterbrach Tommaso.

»Den hab ich nie gesehen, keine Ahnung, wie der ist!« sagte Irene.

»Und sag mal, in dieser Medizinfabrik da, seid ihr alles Frauen? Oder arbeiten auch Männer dort?«

»Die Männer sind in 'ner anderen Abteilung«, erklärte Irene wichtig. »Dann gibt's die Packer...«

Tommaso hob ruckartig den Kopf und starrte sie flammend an: »Siehst du!« schrie er. »Und mir willst du erzählen, du hast über 'n Jahr die Heilige gespielt, hast nie mit einem Mann geredet?«

»Was hat denn das mit uns zu tun?« sagte Irene bebend. »Klar hab ich geredet, ich bin ja 'ne Frau... Und so gut hab ich dich ja gar nicht gekannt... Woher sollt ich denn wissen, ob du irgendwann mal zu mir zurückkommst?«

Tommaso richtete sich auf den Knien auf, sein Gesicht dicht vor dem ihren, mit verzerrtem Mund und gefletschtem Gebiß wie ein Raubtier: »Na also, da siehst du's ja!« rief er wieder, »da ist was faul!«

»Gut, wenn du's wissen willst«, erwiderte Irene bebend, »einer hat mit mir anbändeln wollen, aber da war nichts zu machen, bei mir nicht!«

»Aber angehört hast du ihn doch«, schäumte Tommaso, »du bist stehengeblieben, um mit ihm zu quatschen!«

»Das stimmt schon«, gab Irene zu, »aber sonst...«

Tommaso ließ sie nicht ausreden, er hatte nur darauf gewartet, und jetzt gab er ihr eine schallende Ohrfeige, daß es ihr fast den Kopf herumgedreht hätte.

Irene begriff zuerst überhaupt nichts; sie sah ihn nur unsicher, entsetzt an. Dann vergrub sie das Gesicht in den Händen und ließ endlich den Tränen freien Lauf.

›Heul nur, heul ruhig weiter, das gefällt mir!‹ dachte Tommaso verbissen und starrte sie an, gerade aufgerichtet, dicht vor ihr.

Es war dämmerig geworden; zwischen dem Schilf breiteten sich Schatten aus. In der Stille hörte man außer dem leisen Weinen des Mädchens ferne Stimmen, Rufe, Gesang: Vielleicht waren es Banden von Halbstarken, die auf der Via Tiburtina heimwärts zogen, und noch andere weiter weg, die sich Neckereien und Schimpfworte zuriefen, prusteten und lachten. Nun, gegen Abend, war die Luft milder, der Wind hatte sich gelegt, es war fast lau, Nebel sank auf Gärten und Felder.

Nach einer Weile hörte Irene zu weinen auf, erhob sich, ihr Täschchen in der Hand, und machte sich auf den Weg. Schweigend, immer noch verärgert, ging Tommaso neben ihr und zündete sich eine neue Zigarette an. Sie schritten auf dem schmalen Pfad dahin, den man zwischen Schilf und Grasbüscheln nur schwach, als hellen Streifen, erkennen konnte. Der Anstieg fiel ihnen schwer, denn man rutschte auf dem feuchten Grund leicht aus, und so kletterten sie mühsam bis zur Überführung der Tiburtina hinauf und steuerten dann langsamen Schrittes auf die Bushaltestelle zu.

Still, schweigend gingen sie dahin zwischen dem Hin und Her der Fahrzeuge, den ersten ab- und aufblendenden Scheinwerfern, den Grüppchen von Freunden, die sich die üblichen Rippenstöße gaben, miteinander stritten und herumalberten.

Nach etwa hundert Metern, die Tommaso finster, die Hände in den Taschen, zurückgelegt hatte, blieb Irene unter dem Vorwand stehen, ihr Schuh drücke; um ihn mit dem Finger zu lockern, hob sie den Fuß halb nach hinten hoch und faßte Tommasos Ellbogen. Dann, als sie weitergingen, hielt sie immer noch seinen Arm schüchtern mit ihrer roten, dicken Hand fest.

Tommaso ließ es zu, beharrlich weiterschweigend, und sein mürrisches Gesicht rötete sich, halb vor Zorn, halb vor Rührung. Nachdem er noch ein Stück so voranmarschiert war, sagte er endlich mit rauher Stimme: »Sag mal, hast du Geld für den Bus?«

»Ja, ja, hab ich«, sagte Irene schnell, Erleichterung in den Augen, die sich wieder mit Tränen füllen wollten.

Still machten sie noch ein Dutzend Schritte, dann murmelte Tommaso: »Irene, du hast mich kennengelernt, wie ich bin... Aber ich weiß nicht, ob dir klar ist, was ich meine... Und wenn ich dir was zu sagen hab, dann muß ich's eben sagen; ich kann's nicht leiden, wenn man nicht genau Bescheid weiß, und ich tappe nicht gern im Dunkeln!«

Er machte eine Pause, von seinen eigenen Worten bewegt, und fing von neuem an: »Paß auf, ich bin nicht einer von denen, die sich selber die Hörner an die Stirn kratzen! Merk dir das! Wenn ich wen leiden mag, dann richtig, nicht bloß für ein paar Tage oder so... Warum, glaubst du, hab ich mir diesen ganzen Mist eingebrockt, mit dem Ständchen da für dich: Weil ich dich gern habe, verdammt und zugenäht... Wenn mir nichts an dir läge, hätt ich mir ja einfach zu Gemüte führen können, was ich von dir kriegte... Aber so, das hat 'n ganz hübschen Tanz gegeben, wegen dir, aber mir war's ja egal!«

Irene hörte ihm andächtig zu; sie verstand alles, was er zum Ausdruck bringen wollte: »Weißt du«, hauchte sie schließlich, tief erschüttert, »ich mag dich auch schrecklich gern!«

Die ganze Zeit, die sie noch an der Haltestelle bei der Einmündung in die Via Tiburtina verbrachten, blieben sie still und in sich gekehrt wie gewöhnlich, abgeschlossen von den anderen Leuten, die wie sie auf den Bus warteten. Als der dann eintraf – halbleer, denn die Linie begann zwei Haltestellen zuvor –, stieg Irene ein, und sie winkten sich kurz zu, sagten »ciao« – »ciao«, als wäre alles zwischen ihnen endgültig geklärt und bedürfe keiner Worte mehr. Tommaso blieb stehen, bis der Bus außer Sicht war, dann sah er sich ein wenig um; die Augen brannten ihm im geröteten Gesicht, er versenkte die Hände in die Taschen und schritt langsam, ruhig und gelassen in Richtung Monte del Pecoraro los.

Schon vorhin, im Vorbeigehen, hatte er einen kurzen Blick auf das Leben der Straße geworfen; da spielten Kinder Fußball, und seine Freunde saßen am Rand und zerdrückten dabei ihre guten Sonntagskleider.

Tommaso setzte sich zu ihnen ins schmutzige, feuchte Gras. Frieden und Ruhe erfüllten ihn, da er ja gerade erst seinem Mädchen auf Wiedersehen gesagt hatte; trotzdem fühlte er sich körperlich immer noch nicht wohl, er glühte, und zugleich lief ihm kalter Schweiß herunter.

Aufrecht stehend, den Kopf zurückgeworfen, die Hände im Nacken verschränkt, spielte Schakal den Rundfunkreporter und kommentierte höhnisch das Spiel; jetzt unterbrach er sich, öffnete den Mund so weit er konnte, wartete eine Weile, und mit einer Bewegung seiner Kehle, als wollte er gurgeln, stieß er einen Rülpser aus.

Ein anderer aus Tiburtino, einer seiner Freunde, der sich in der Kunst des Rülpsens spezialisiert hatte, demonstrierte jetzt, wie man es machte. Um Schakal sozusagen eine moralische Ohrfeige zu geben, ließ er eine ganze Reihe von Rülpsern aufmarschieren, schön hintereinander, und alle sahen ihn an und fanden das Vertrauen zum Leben wieder: nach einem ganzen Nachmittag ohne eine Lira in der Tasche, wo man nichts weiter tun konnte, als seinen Hintern im Gras oder auf einem der klapprigen Stühle vor der Bar zu wetzen.

Die Kinder hatten plötzlich alle Lust am Spiel verloren und stürmten streitend und schreiend ihrem heimatlichen Viertel zu. Es war schon richtig dunkel geworden, und das letzte Licht, hinten, am Rand des Berges, schimmerte violett. ›Ich geh jetzt schlafen‹, dachte Tommaso, ›was soll ich hier schon?‹ Aber da kam vom Monte Mammolo her ein alter Saufbold, der sich bis zu den Ohren hatte vollaufen lassen, und sang mit brüchiger Stimme, aber aus voller Kehle.

»He, Cunappa!« schrien die Freunde begeistert, als sie ihn bemerkten, denn auch ihnen wurde es schon langweilig, da herumzulungern: »He, Cunappa, komm her, Kerl, hol dir ein paar Läuse von uns!«

Sie kannten ihn gut, er war Nachtwächter in einem Kaufhaus bei San Basilio, wohin sie seit ihren Kindertagen manchmal auf Raub ausgingen. Cunappa hingegen hörte und sah nichts von ihnen. Er ging steif aufgerichtet weiter, knickte nur von Zeit zu Zeit plötzlich in den Knien ein; und jeden Augenblick glaubte man, ihn hinstürzen und seinen Kopf aufs Pflaster knallen zu sehen. Seine graue, schmierige Hose hing ihm wie ein Rock um die Hinterbacken, und seine Jacke verlor sich bis zu den Knien, über denen ihre löcherigen Taschen baumelten. Seine uralte, geradezu antike Mütze hatte er bis zu den Nasenlöchern heruntergezogen, und sie war so speckig, daß man das Schmalz aus ihr hätte herausquetschen können.

Seine Anwesenheit hob die allgemeine Stimmung beträchtlich, sogar Tommaso konnte wieder lächeln. »Hööö, Cunappa!« brüllten sie. »Du, oller Nachtwächter, komm her, komm her, wir sind doch deine Freunde! Heut abend geht's dir an den Kragen!«

Breitbeinig lehnten sie an der feuchten Böschung, die weiter hinauf führte zum Berg, in einer Reihe, als stünden sie da zur Parade und einer schritte die Front ab. Aber Cunappa, der Alte, der Nachtwächter, setzte sich, tack, ganz unvermutet hin; auf den Rand des Bürgersteigs, der nur noch aus bröckeligem Lehm bestand. Schwankend, mit puterrotem Gesicht, saß er da und wühlte in den Taschen seiner Jacke, die auf drei Kilometer Entfernung stank.

»Spion!« rief Paziente, der Rülpsmeister, »hast es dir gut gehen lassen vorhin, was? Hast einen gefunden, der dir einen spendiert hat!« Dann setzte er eine angewiderte Miene auf: »Möcht wissen, worauf man noch wartet, um diese Nichtsnutze einzulochen, diese Saufnasen, die anständigen Leuten nur auf 'n Wecker fallen.«

Der Alte warf Paziente einen schiefen Blick zu; weiß Gott wie, er hatte es aufgeschnappt, er beobachtete ihn: Richtig erkennen konnte er Paziente nicht, das sah man dem Alten an; der Bursche stand da im Schatten des Berges, mitten unter den andern Teufeln, umgeben vom Zwielicht, durch das der Schein der soeben angezündeten Laternen sickerte.

»Muß was essen, muß was essen«, sagte er, oder etwas ähnliches; er redete kaum verständlich, wie mit einem Pfropfen im Mund.

»Was darf's denn sein? Brot mit Wanzen?« fragte Schakal. Diesmal gelang es dem Alten, laut und deutlich ein Wort hervorzustoßen, ein einziges: »Fiiiisch!« brüllte er und spuckte hastig aus, als hätte er sich die Zunge verbrannt. Tatsächlich machte er sich daran, eine Tüte hervorzuzerren, bei deren Anblick sich einem der Magen umdrehte, denn sie bestand aus Zeitungspapier, das er da und dort vom schmutzigen Erdboden aufgeklaubt hatte.

»Was, ist der Fisch da drin?« fragten sie ihn höflich, nur um sich zu erkundigen.

Zufrieden vor sich hinkichernd und mit den Nasenflügeln, dem Kinn, den Ohren, dem Hintern redend, erzählte der

Alte, er habe das gestern auf dem Platz gefunden und es sich fürs Abendessen aufgespart.

Mit seinem unförmigen Kopf dem spitzen Kinn und dem öligen Gesicht trat Paziente neben ihn: »Laß doch mal die Jacke sehen. Ich möcht mal probieren, ob sie mir paßt.«

Ohne daß der Alte sich zur Wehr setzte, denn das hatte keinen Sinn, man konnte ihn an- und ausziehen wie ein Baby, nahm Paziente ihm die Jacke ab und streifte sie sich über. Er tänzelte auf und ab, drehte sich wie ein Bajazzo mitten unter den anderen, die sich vor Lachen die Seiten hielten, und dann plötzlich war er auf und davon, rannte die Straße zum Monte del Pecoraro hinauf, im braunen Dunkel der Dämmerung, in dem sich hin und wieder ein vorüberhuschender Scheinwerfer von der Via Tiburtina her verlor. Brüllend raste die übrige Meute hinter ihm her. Selbst der Alte, der seine zu Boden gefallene Tüte, blind umhertappend, aufgelesen hatte, folgte jetzt den anderen und schrie: »Gib mir meine Jacke wieder!«

Die Burschen ließen sich auf der Höhe des Berges, zwischen den stinkenden, mit frischem Kot bedeckten Grasbuckeln wieder einholen. Sogar Tommaso war lachend mitgelaufen, obwohl er sich schwach und elend fühlte.

Dann kam der Alte angetorkelt. Er keuchte so, daß man meinte, er würde gleich seine Lunge in einzelnen Brocken von sich geben. Aber er selbst achtete nicht darauf. Wütend, gar nicht mit seiner eigenen Stimme, so schien es, rief er von neuem nach seiner Jacke. Er hatte keine Ahnung, mit wem er sprach. Vielleicht sah er nicht einmal, wen er vor sich hatte, so wie man mit einem Heiligen redet, den man um Hilfe bittet. Hartnäckig, ohne nachzugeben, sagte er immer wieder: »Die Jacke, meine Jackeeee!«

Paziente vollführte weiter seine Spiralen und Pirouetten

mit der Jacke, die ihm bis zu den Fußknöcheln herabwe-
delte. Dann hielt er inne, konzentrierte sich und ließ kräftig
Luft ab. Der Alte brüllte noch immer.

»Da hast du sie!« sagte Paziente zu ihm, trat auf ihn zu, zog
die Jacke aus, deren Gestank ihm Übelkeit verursachte,
und als der Greis, ganz still, weil der Heilige sein Gebet er-
hört hatte, die Arme nach seinem Kleidungsstück ausstreckte, rief Paziente lachend: »Da weht sie weg!« Er
schleuderte die Jacke von sich, die mit ihrem fauligen Geruch über sie alle hinstrich und gegen einen Laternenpfahl
fiel. Ohne jemanden anzusehen und als liefe er auf einen
lebenden Menschen zu, rannte Cunappa zu seiner Jacke
und stürzte sich auf sie, um ihrer habhaft zu werden.

Gähnend, mit schiefem Mund, einen wohligen Ausdruck
von Vorfreude im Gesicht, dachte Tommaso: ›Los, auf,
nach Hause jetzt! Schlafen! Ich kriech unter die Decke,
zieh sie mir über die Ohren und penne, bis ich nicht mehr
weiß, wie ich heiße . . .‹

Er wollte gerade gehen, da warf sich der Nazarener, grinsend wie ein Gorilla, auf den Alten. Der hockte mit dem
Hintern in der Luft über seiner Jacke am Boden, der Nazarener packte ihn am Gürtel und fing an, daran zu zerren,
um die Hose herunterzubekommen. »Laß mich doch mal
die Hose probieren, laß mich mal sehen, wie sie mir steht!«
sagte er. »Die hast du wohl bei Emilio Schuberth gekauft,
was?« Der Alte versuchte sich zu wehren wie gegen einen
bösen Dämon aus dem Fegefeuer; doch der Nazarener rollte ihn herum, daß er mit dem Bauch in die Luft guckte, und
zog ihm die Hose von den kümmerlichen Beinen. Paziente
riß wieder die Jacke an sich und warf sie in die Luft. Der
Alte wußte nicht mehr, ob er hinter der Jacke oder der
Hose herlaufen sollte; auf jeden Fall ergriff er zunächst ein-

mal wieder die Tüte mit dem Fisch und hetzte dann hin und her, wobei er summarisch brüllte: »Meine Sachen, die Sachen!«

»Dem geben wir Zunder!« rief Schakal. »Los, hol dein Feuerzeug raus!« Einer seiner Freunde holte rasch das Gewünschte aus der Tasche. »Alles, alles brennen wir ihm ab!« schrie der Nazarener verzückt.

Sie legten Jacke und Hose auf einen Haufen, und während zwei oder drei Spießgesellen den alten Mann an den Armen festhielten, zogen ihm die anderen die restlichen Kleider vom Leibe, lachend und meckernd wie Huren. Mit abgewandter Nase, um dem Gestank zu entgehen, warfen sie Hemd, Unterhosen, das braunfleckige Unterhemd, Mütze und Schuhe auf einen Haufen. Nur die Socken ließen sie ihm. Dann stießen sie ihn beiseite, mit seinen weißen Haaren, nackt, wie seine Mutter ihn geboren hatte, und zündeten das Feuer an. Hager, dürr stand der Greis da und sah zu; anstatt zu schreien, klagte er nur leise, von den Flammen angeleuchtet, die seine Kleider fraßen.

»Die Tüte mit dem Fisch!« rief der Nazarener plötzlich, mitten ins allgemeine Gelächter. Er packte die Tüte und warf sie ebenfalls ins Feuer. Dann machte einer sich auf, rannte den Berg hinunter, hielt sich die Nase zu und schrie: »Das stinkt, das stinkt!« Alle rannten hinter ihm drein, zwischen den Sträuchern hindurch, zur Via Tiburtina hinunter, brüllend und vor Lachen kreischend, hinunter, an den schwarzen Buckeln des Berges vorbei, durch den Schlamm, durch Gestrüpp und fauliges Gras, wie ein Rudel alter Hyänen. Auch Tommaso entfloh lachend; dabei ging es ihm gar nicht gut: Die Pusteln an seinem Hals schmerzten, er war ganz rot im Gesicht und fror trotz seines schnellen Laufes, als hätte er Fieber.

Von diesem Tag an fühlte Tommaso sich immer irgendwie unbehaglich, zumal gegen Abend, um vier, fünf herum; es wurde ihm zu heiß in seiner Haut, er glühte, und zugleich überliefen ihn Kälteschauer. Nicht, daß er sich ausgesprochen krank gefühlt hätte, nur eben unbehaglich, das war alles. Dabei lebte er weiter, ohne sich darum zu kümmern: Er ging trotzdem weiter auf den Markt, als Träger und Fischverteiler, kaum daß der Morgen graute, und arbeitete bis in den späten Vormittag hinein. Dann legte er sich nach Tisch zu einem Schläfchen nieder und erwachte fast jedesmal mit Übelkeit im Magen und in kalten Schweiß gebadet. Während er seine Mutter anbrüllte, zog er sich an und ging dann, durchs heimatliche Viertel bummelnd, zu seinen Freunden.

Und gerade in dieser Zeit bekam er die rosa Karte: Er sollte seinen Militärdienst ableisten.

Einige Tage darauf meldete er sich in der Via della Greca zur Untersuchung; gemeinsam mit Zucabbo, Minchia, Schakal und anderen seines Jahrgangs. Sie zogen sich aus und gingen einzeln, einer nach dem andern, ins Ordinationszimmer. Alle wurden sofort mehr oder minder für tauglich befunden – bis auf Tommaso. Den wiesen sie an eine andere Instanz zur gründlichen Untersuchung. Offenbar hatten sie etwas bei ihm entdeckt, das ihnen nicht gefiel.

Nachdem er ein paar Tage später von einem anderen Arzt abgeklopft und ihm geradezu das Innerste nach außen gekehrt worden war, vernahm er ein Wort, das er noch nie gehört hatte. Es besagte jedenfalls, daß etwas mit seiner Lunge nicht in Ordnung war, und daß daher die Schwellungen kamen; er solle sich sofort mit der Krankenkasse in Verbindung setzen und sich kurieren lassen. Tommaso begriff nicht recht; etwas besorgt, etwas gelangweilt knurrte er: »Meinetwegen!« Und dann ließ er sich die Sache noch einmal erklären, und sie sagten, er habe Tuberkulose und solle sofort zum Krankenhaus Forlanini.

Sofort, das war leicht gesagt. Er mußte erst einen Haufen Eingaben machen: bei der Sozialhilfe, und da und dort, und dann hieß es: warten, eine Woche, einen Monat, zwei.

Er erwähnte nichts davon, weder zu Irene noch zu jemand anderem. Ihm erschien das Ganze als ein Blödsinn, etwas, das ihm auf die Nerven ging, ihn mit Wut erfüllte, nichts weiter. Immerhin, ins Krankenhaus ging er, meldete sich an, das mußte ja sein; und es machte ihm nichts aus; denn was sollte er schon Ernsthaftes haben, bestimmt nichts, nie war er tuberkulös gewesen, also war er's auch jetzt nicht, und die Geschichte war sicherlich in ein paar Wochen überstanden.

Eines Spätnachmittags, gegen fünf Uhr, fuhr er mit seiner Mutter zum Forlanini; die 13 brachte sie bis fast vor die Tür, nach Monteverde Nuovo. Sie stiegen aus und gingen auf ganz neuen, großen Straßen zum Eingang des Spitals. Da war ein verriegeltes Tor, und daneben ein Fensterchen und dahinter ein Wächter, ähnlich wie in einer Kaserne. Hinter dem Gitter sah man lauter Anlagen, Beete, Bäume, und weiter weg ein Gebäude mit Säulen davor, groß wie ein Theater.

Die Mutter neben sich, die vor Angst und Aufregung beinahe geweint hätte, wollte Tommaso ungeduldig eindringen und auf das große Haus zugehen, doch der Pförtner hielt ihn zurück und bedeutete ihm zu warten. Seufzend zündete Tommaso sich eine Zigarette an. Der Pförtner holte den diensttuenden Arzt der Aufnahme herbei, einen jungen Mann, der sich in aller Ruhe überzeugte, ob Tommaso auch wirklich für heute bestellt sei, ob er die Überweisung der Sozialhilfe bei sich habe und so weiter und so weiter. Tommaso wußte, daß alles in Ordnung war, und so wartete er mit dem Papierkram in der Hand und machte ein möglichst geduldiges Gesicht.

Vom Eingang schickten sie ihn zum Verwaltungsgebäude. Ein anderer Pförtner begleitete ihn. Sie durchquerten den ganzen Garten, über den in diesem Augenblick gerade der Geruch von der Raffinerie Permolio hinwehte, wo die Flamme hoch oben aus dem Schornstein in den Himmel stach und ihr Rot in den rötlichen Schein des Sonnenuntergangs mischte: dort hinten, ein gutes Stück weit weg, jenseits des Bahnhofs von Trastevere.

Sie betraten das Gebäude mit den Säulen, liefen etwa zehn Minuten durch Säle und Türen, treppauf und treppab, Flure und nochmal Flure entlang, dann ging es in einen anderen Garten, der nach hinten hinaus lag, und ganz am Ende, schon an der Via Portuense, tauchte endlich das Verwaltungsgebäude auf.

Die Mutter neben sich, die kein Wort sprach, trat Tommaso ein. Das Zimmer, in das sie geführt wurden, sah aus wie der Schalterraum eines Postamtes, wo man Einschreibbriefe und Telegramme aufgibt: Ein Mann beguckte Tommasos Papiere, fragte ihn dies und das, und schließlich gab er ihm eine Nummer, mit der er zur Aufnahme gehen sollte.

Die Aufnahme, so erklärte man ihm, sei gleich dort draußen, am Anfang des hufeisenförmigen Gartens, durch den er eben gekommen sei, und zwar handle es sich um den ersten Bau in der Männerabteilung: ein hohes, großes Haus, an dessen Seitenfront in allen Stockwerken eine endlose Veranda entlangführte. Dorthin also begab er sich, finster, verdrießlich, wütend, immer mit der schweigenden Mutter im Schlepptau, die sich in ihre zehn Jahre alten Sonntagskleider gezwängt hatte.

Drinnen wieder neue Korridore, Treppen und große Fenster. Er lief ein Weilchen hin und her, ohne jemandem zu begegnen, und verlor immer mehr die Geduld. Endlich sah er eine Nonne und fragte sie unfreundlich: »He, Madre, wo soll ich mich denn nun anmelden?« Sie zeigte ihm eine kleine Tür auf dem Korridor, der am Garten entlanglief, und enteilte in entgegengesetzter Richtung.

Hinter dieser Tür gab es ein Büro mit einer fetten Vorsteherin, mehr breit als hoch und mit Eselsaugen: Hier endeten Tommasos Irrfahrten erst einmal. In diesem Gebäude sollte er ein paar Tage zur Beobachtung bleiben. Nachdem die Vorsteherin wiederum sämtliche Beglaubigungsschreiben geprüft hatte, machte sie sich bereit, ihn zu dem Zimmer zu begleiten, das für ihn vorgemerkt war.

Sie wandte sich noch ein wenig ab, denn der Augenblick war gekommen, wo Tommaso sich von seiner Mutter verabschieden mußte. Die begriff zuerst gar nicht, eingeschüchtert, wie sie war, und die Krankenschwester mußte es ihr erklären. Da warf die Signora Maria ihrem Sohn einen unsicheren, verzweifelten Blick zu und sagte: »Na, dann mach's mal gut, ja, Tomà! Auf Wiedersehen, Junge!« Sie drückte ihn fest an sich, und es fehlte nicht viel und sie hätte wirklich losgeheult. Heftig drehte sie sich um, rieb sich die Augen mit dem Taschentuch und ging schnell in den Garten hinaus, eilig, schamhaft, verfehlte mehrmals den richtigen Weg und mußte immer wieder ein Stück zurückgehen.

Als sie allein waren, sagte die Aufnahme-Schwester: »Hier geht's lang«, und führte ihn einen Flur hinunter, der wiederum auf einen anderen Garten ging, einen Innenhof mit Bänken unter etwas mitgenommenen Bäumen und Sträuchern. Nach kurzer Zeit kamen sie zu einer Tür, deren untere Hälfte aus Metall und deren obere aus Glas bestand. Sie stieß die Tür auf und ließ Tommaso eintreten. Es war ein Zimmer mit sechs Betten, eines neben dem anderen, und das Fenster öffnete sich auf die Anlagen an der Via Portuense. Auf den Betten lagen Patienten, alles ältere Leute, grau im Gesicht, dünn wie Spatzen, und wohl schon seit langem nicht mehr rasiert.

Tommasos Bett war gleich das erste bei der Tür, und das zweite, daneben, war unbesetzt. »So, hier richte dich ein«, sagte die Schwester. Tommaso konnte es nicht fassen, er begriff nicht, daß dies sein Bett sein sollte. »Und da ist eine Kommode, und dort der Schrank, du kannst deine Sachen darin unterbringen.« Tatsächlich, neben jedem Bett stand ein kleiner, eiserner Schrank an der Wand.

»In einer Stunde gibt's Abendbrot«, erklärte sie und entfernte sich eilig, um ihre übrigen Arbeiten zu erledigen.

Das Bündel mit seinen Sachen in der Hand, stand Tommaso wie ein rechter Einfaltspinsel da. Einer der Kranken rief ihm von seinem Bett aus zu: »Leg doch endlich deinen Kram hin!« – ›Das geht dich 'n Scheißdreck an!‹ dachte Tommaso finster, begann aber doch, langsam sein Zeug auszupacken und in den engen, kleinen Schrank zu räumen, der trotzdem fast leer blieb. Danach hatte Tommaso nichts mehr zu tun. Es blieb ihm nur übrig, hier in diesem Winkel des Krankenhauses, halb drinnen und halb draußen, zusammen mit den anderen gebrechlichen Tbc-Kranken auszuharren, abzuwarten.

Es wurde Abend, und je mehr draußen das Licht erlosch, desto weißer erschienen ihm die Betten. Man hörte kein Geräusch, keine Stimme, nichts.

So verbrachte Tommaso eine Stunde, auf seinem Bett ausgestreckt, die Hände im Nacken, und dachte über sein verfluchtes Geschick nach. ›Nun sieh doch mal an, wo ich gelandet bin!‹ dachte er. ›Mitten unter diesen angefaulten Kerlen. Wie komm ich hierher, ausgerechnet ich? Zum Kotzen! Ich bring noch jemand um!‹

Dann folgte er den anderen, die, ebenso wie er, aufstehen durften, zum Speiseraum: Der lag am Ende jenes Flures, auf dem sich auch die Aufnahme befand. Der Speisesaal war etwa dreißig mal vierzig Meter groß und voll von großen Metalltischen in Reihen nebeneinander. Fünf- bis sechshundert Kranke kamen hier zum Essen zusammen.

Nach Tisch kehrte Tommaso, der niemanden kannte, in seinen Winkel zurück, in sein Zimmer, und obwohl er nicht müde war, kroch er wütend, vergrämt, ohne den anderen einen Blick zu schenken, unter die Decken.

Er fühlte sich schlecht, wußte aber nicht, ob er wirklich krank war. Zwei-, dreimal war er so weit, daß er seine Sachen packen und nach Hause gehen wollte. ›Wer zum Kuckuck will mich hier eigentlich festhalten?‹ dachte er. ›Was denn? Wie denn? Bin ich so 'n Haufen Elend wie die hier?‹

Er nahm sich zusammen und blieb, aber die Wut, die Verachtung, die ihm seine Zimmergenossen einflößten, nahmen nur noch zu. Regungslos lag er da und blickte zu der hohen weißen Zimmerdecke auf, die gar nicht nach einem richtigen abgeschlossenen Raum aussah, sondern einem das Gefühl gab, mindestens auf dem Flur zu liegen, in einer Vorhalle, wenn nicht gar draußen im Garten: kein guter Platz zum Schlafen.

Endlich, nach einer Weile, überfiel ihn der Schlaf doch. Aber es war, als wäre er halb wach geblieben: Er träumte und erlebte alles ganz deutlich, jede Empfindung wie im hellen Tageslicht.

Nach und nach kam es ihm vor, als wäre er nicht mehr im Krankenhaus, sondern draußen, im Freien, in der Sonne, gesund, wie er es immer gewesen war.

Er fand sich zu Hause wieder, aber nicht in der Via dei Crispolti, in der neuen Siedlung, sondern im alten Barakkendorf am Aniene.

»Hee, ich wohn doch gar nicht mehr hier, was soll denn das?« protestierte Tommaso, fast weinend. »Ich wohn doch gar nicht mehr hier.«

Es war ein schöner Tag, mit klarem Himmel, von dem ein herrliches, wenn auch etwas zu starkes Licht herniederstrahlte. So sehr er sich mühte, er konnte die Felder jenseits des Flusses, zwischen der Uferböschung und den Hügeln, nicht erkennen; alles schien unmittelbar hinter den Baracken aufzuhören. Diese jedoch erstreckten sich viel weiter als sonst; sie schienen eine ganze Stadt zu bilden, mit Hütten, kleinen lehmigen Plätzen, Eimern und Kisten, morschen Balken und der zum Trocknen aufgehängten Wäsche auf den Leinen.

Die glühende Sonne ließ alles größer, sauberer, beinahe feierlich erscheinen. Die Mauern aus Ziegelsteinen, die Dächer aus Wellblech und Teerpappe, die Schuppen aus schmutzigen Planken, die vor Alter ganz leicht und dünn geworden waren, alles schien jetzt aus einem wunderbaren Material gebaut zu sein und leuchtete hell und schön im Licht.

Tommasos Baracke war geradezu ein Königssitz; auf der Bank, die im schwarzen, mit Urin durchtränkten Schlamm stand, konnte man Platz nehmen wie auf einem Thron.

Da saß Tommaso in der Sonne, halb schlummernd, und fühlte sich so wohl wie nie zuvor in seinem Leben: Und doch verlor sich selbst in diesem Augenblick nicht jenes Bedürfnis zu weinen, das ihm tief in der Kehle steckte.

Drinnen erledigte Tommasos Mutter rasch ihren Hausputz, fröhlich und mit irgendwem schwatzend.

Tito und Toto kamen und spielten zu Tommasos Füßen. Sie trugen ihre üblichen Sachen: Tito steckte bis zum Kinn in seinem wie ein Sieb durchlöcherten Mäntelchen. Sein Bruder hatte die Pyjamahose aus Flanell an, die eine Wohltätigkeitsvereinigung gestiftet hatte, und darüber einen schmutzigen Pullover aus Amerika, mit zwei Rugbyspielern auf dem Rücken. Und all diese Sachen sahen, Gott weiß warum, so aus, als wären sie aus Seide, und die Flekken und aufgedröselten Stellen wirkten wie feine Stickereien.

Tito drückte jetzt seinen Kopf in den Dreck, wobei er sich über und über mit Lehm beschmierte, hob die Beine hoch, überschlug sich, plumps, nach der anderen Seite, blieb mit dem Bauch nach oben ein Weilchen liegen und lachte zufrieden.

Toto hingegen spielte Hund: Er kroch auf allen vieren im Hof herum, unter das morsche Schuppendach, zwischen den schmutzigen Pfählen hindurch, an den Wänden entlang, und bellte, daß man ihn beinahe wirklich für einen kleinen Hund halten konnte.

Hin und wieder stießen die beiden Brüder mit den Köpfen zusammen, weil sie nicht achtgaben, und dann sahen sie sich an und umarmten sich. So verharrten sie eine Weile, eng umschlungen, als hätte ihnen jemand befohlen: »Los, gebt euch einen Kuß!« und trennten sich auch dann noch nicht voneinander, als jener, der ihnen diesen Befehl gegeben hatte, längst weggegangen sein mußte. Ohne einander loszulassen, blickten sie sich um, gaben sich ab und zu einen Kuß und lachten wie zwei Äffchen.

Plötzlich tauchte Tommasos Vater auf dem Gehweg auf: Er war elegant wie ein Stutzer, in schwarzem Anzug, schwarzem Hut, mit einer schönen Krawatte und Handschuhen, von denen er einen übergestreift hatte und den anderen in der Hand trug.

Er rauchte, und an seinem Gang konnte man merken, daß er wohl auch ganz neue Schuhe anhaben müsse, die noch etwas drückten.

»Na, Tomà, wie steht's, schon gefrühstückt?« fragte er, als er eintrat.

Tommaso sah ihn verblüfft an, denn es war das erste Mal in seinem Leben, daß der Vater eine solche Frage an ihn richtete.

»Nja!« machte er, innerlich jauchzend; aber er versuchte, seine Freude nicht zu zeigen, und streckte sich gähnend.

Unterdessen hatten sich alle Nachbarn im Hof versammelt, standen in Gruppen herum, lachten leise miteinander und blickten auf Tommasos Baracke.

›Hm, was woll'n die denn?‹ dachte Tommaso und schielte zu ihnen hinüber. Er stand auf und ging hinein. Seine Mutter saß neben dem Tisch auf einem Stuhl, dessen Stroh nur noch in Fetzen hing. Auch sie war sauber und fein zurechtgemacht in ihrem weißen Kleid. Aber als Tommaso sie so sah, packte ihn das Entsetzen, und zitternd fragte er: »Was ist, bist du tot, Mà?«

Signora Maria fing an zu lachen: Sie erhob sich von ihrem Stuhl und ging zur Kredenz. Sie machte sie auf und holte einen Haufen Eßsachen heraus, es wollte kein Ende nehmen, so viel war da.

»Komm, iß, Tomà!« sagte sie freundlich und liebevoll und stellte Nudeln, Eier, Huhn, Salat und Pfirsiche auf den Tisch.

»Danke, Mà!« sagte Tommaso und setzte sich zum Essen nieder, während seine Eltern ihm lächelnd zusahen.

Das Haus schien größer geworden zu sein, und es fiel Tommaso schwer, es wiederzuerkennen: Die Scheidewand, die den Raum geteilt hatte, war so hoch emporgewachsen, daß sie gar nicht aufhören wollte; und dabei sah es so aus, als erreichte sie nie die Zimmerdecke, sondern führe in eine Leere hinein, von der man nicht recht wußte, was sie bedeuten sollte.

»Was ist denn dahinter?« fragte Tommaso seine Mutter, während er sich über die Fettuccine hermachte.

»Wieso, was soll da sein? Da schläfst du doch!« erwiderte sie.

In dem Augenblick entstand ein festliches Gedränge an der Tür, die Nachbarn kamen, fröhlich erregt, mit strahlenden Augen herein: »Ein Hoch auf das Brautpaar!« fing einer an zu rufen. Und nicht lange, so lärmten und schrien sie alle durcheinander: »Hoch das Brautpaar! Hoch das Brautpaar!«

Und einer schlug vor: »Lauf doch mal zu Carletto und hol ihn mit seiner Gitarre!« Aber da war Carletto schon, dem die Haare wirr um den Kopf hingen und dessen Augen glühten, und zupfte die Saiten und sang.

Das Brautpaar waren Tommasos Vater und Mutter. Sie lächelten sich an, ein wenig gerührt wegen all dieser Festlichkeit, und nun nahm Signor Torquato Signora Maria um die Taille, wie sie da war in ihrem weißen Seidenkleid, klein und hübsch, und es schien, als sollte nun das Hochzeitsbild geknipst und die richtige Pose dafür eingenommen werden.

Währenddessen fuhr Tommaso fort zu essen, etwas abseits von den anderen, um das Hochzeitsfest nicht zu stören. Er achtete gut auf das, was nun geschah: Der Teller mit den Nudeln vor ihm war hoch wie ein Berg, doch es gelang ihm nicht recht, die Fettuccine um die Gabel zu rollen; als er es schließlich fertigbrachte, war es irgendwie vergeblich, sie hinunterzuschlucken.

Aber so gute Fettuccine hatte Tommaso noch nie gegessen: Eine zwei Finger dicke Schicht geriebener Schafkäse lag darüber, und die Nudeln selbst, das sah man deutlich, waren mit Ei gemacht, schön gelb, glatt, zart und doch fest; sie zergingen einem erst im Mund. Sie waren mit einer kräftigen Tomatensauce übergossen, in die Butter gemischt worden war, und einzelne Butterstückchen hatten sich hier und da auf dem Teller noch ganz erhalten. Und dann gab es Hühnerklein zwischen den Pilzen und den Stückchen nicht aufgeriebenen Käses, so daß einem allein beim Anblick das Wasser im Mund zusammenlief.

Und doch, und doch: So gut ihm das Gericht schmeckte, es fiel ihm schwer zu schlucken; als hätte er einen Kloß im Hals, der ihn sogar am Atmen hinderte. Ständig starrte er auf die Zwischenwand, von heftigem Verlangen gepackt, aufzustehen und nachzuschauen, was dahinter sein mochte. Während die Menschen ringsum lachten, redeten, tanzten und schrien, daß man kein Wort mehr verstand, trat die

Mutter zu Tommaso, beugte sich über ihn und flüsterte:
»Du, Tomà, laß die Wand da in Ruhe!«

»In Ordnung, Mà!« sagte Tommaso höflich. Und dann
meinte er, selber etwas erstaunt: »Ich kann nicht mehr!
Krieg keine Nudel mehr runter.«

»Na, dann laß sie doch stehen«, meinte Signora Maria, »und
iß nur noch vom Huhn.«

Alle waren froh und zufrieden, nur Tommaso schwirrte
ein wenig der Kopf, auch wenn er es sich keinesfalls anmerken lassen wollte. Er packte ein Hühnerbein und fing an,
daran zu knabbern; und dabei dachte er darüber nach, wie
er es anstellen könnte, aufzustehen und hinter die Wand zu
gehen. Auch das Huhn war eine Delikatesse, wie die Nudeln, und doch brachte Tommaso es nicht hinunter.

›Verdammte Scheiße!‹ dachte er plötzlich, ›was soll denn
das? Bin ich hier nicht bei mir zu Hause? Schlaf ich etwa
nicht hier, da, hinter der Wand?‹

»Du, Mà«, erklärte er, »den Salat und die Pfirsiche eß ich
später, ja?« Mit diesen Worten erhob er sich, ging hinter
Carletto vorbei, der immer weiter zu seiner Gitarre sang,
und fand sich jenseits der Zwischenwand wieder.

Der leere Raum dort war, wie das ganze übrige Haus, viel
größer als früher: Die Wand ragte empor und verlor sich
im Nichts, und der Backsteinfußboden war heil, sauber,
leuchtend. Im Hintergrund stand Tommasos Schlafstelle
an der Wand aus Holz und Teerpappe. Tommaso trat näher, und von Anfang an wußte er, oder er ahnte jedenfalls,
daß jemand in dem Bett lag. Ein Zittern überlief ihn, daß
er kaum mehr vorwärtsgehen oder sich überhaupt auf den
Beinen halten konnte.

Dennoch brachte er es fertig, sich noch näher an das Lager
heranzuschieben. Zitternd ergriff er das Leintuch und hob

es hoch. Da lag Lello, ausgestreckt, mit offenem Mund, regungslos, über und über, von Kopf bis Fuß, mit schwarzem Blut beschmiert. Sofort setzte er sich auf und blickte Tommaso starr mit offenem Mund an; er sah ihn an, als wäre es das erste Mal, voll Überraschung und Schrecken. Er schien ihm etwas sagen zu wollen, brachte aber keinen Laut hervor. Etwas nach vorn gebeugt, hockte er auf der Matratze, und halb erhoben, in die Luft gestreckt, hielt er seine rechte Hand vor sich hin, die nur noch ein Haufen zerquetschter Knochen und Fleischfetzen war, aus dem das Blut tropfte, das Hemdärmel und Hose beschmutzte. Die Beine, lang ausgestreckt, verharrten reglos, ein Fuß war zerquetscht, man konnte nur etwas Leder in einem blutigen Brei erkennen.

Lello blickte abwechselnd auf Fuß und Hand und dann auf Tommaso; als es ihm schließlich gelang, etwas zu sagen, hielt er die Augen fest auf Tommaso gerichtet, und er schrie: »Hau ab, Tomà! Sie kommen und kriegen dich!«

»Warum denn?« fragte Tommaso schaudernd.

»Hau ab, Tomà, reiß aus!« schrie Lello weiter, voll Schreck und eindringlich.

Das kümmerliche Bett, die Wand aus fauligen Brettern, der Barackenwinkel, alles war verschwunden, und Lello saß auf den Pflastersteinen der Via Principe di Piemonte, und die Straßenbahn hielt vor dem Bogen von Santa Bibiana. Mit der verstümmelten Hand in der Luft trieb Lello entsetzt Tommaso zur Flucht; aber jetzt wurde seine Stimme von einem schrillen Geheul überdeckt, das Mauern, Straßen und Plätze ringsum zu erschüttern schien: die Sirene des Pantherwagens, in dem die Polizisten kreuz und quer durch die Gegend rasten und immer näherkamen. Auch Tommasos Mutter war da, sie umarmte ihn, drückte ihn fest an ihre Brust, küßte ihn, daß ein feuchter Fleck auf seiner Backe zurückblieb. Jetzt ertönte die Polizeisirene, nur noch zwei Schritt weit entfernt, von dort, hinter der Straßenecke hervor, und gleich mußte der Wagen hiersein.

»Laß mich, laß mich los, Mutter!« schrie Tommaso. »O Gott, Hilfe, Hilfe!«

So erwachte er und setzte sich im Bett auf. Er blickte sich um, erkannte nichts von seiner Umgebung, weder die Wände noch die Fenster noch die Reihe der Betten. Ein dunkelhäutiger junger Bursche neben ihm sah ihn an, das Kinn in die Hand gestützt.

»Dich hat's aber am Wickel!« sagte er jetzt heiter, als täte er Tommaso einen Liebesdienst. »Seit einer halben Stunde brüllst du schon so rum!«

»Wo bin ich?« fragte Tommaso, fast ohne sich dessen bewußt zu werden, obwohl er irgendwie begriff, wie unnütz seine Frage war.

Der andere schnitt eine vor Erstaunen geradezu fröhliche Grimasse: »Im Forlanini!« erklärte er. »Wo du bist?« wiederholte er die Frage und sah Tommaso tief beeindruckt aus leuchtenden Augen an.

Tommaso nahm sich zusammen, strich die aufgewühlten, schweißgetränkten Bettücher glatt.

»Hm, bei dir hat sich wohl allerlei gelockert, was?« fragte der Dunkle, halb scherzend, um die Unterhaltung nicht einschlafen zu lassen.

Tommaso war befremdet, begriff jedoch, daß er sich einem Brauch des Hauses fügen mußte, und redete ebenfalls weiter: »Kann man wohl sagen. Meine Seele hat Durchfall gekriegt.«

»Woher bist du denn?« fragte er dann, nachdem er das Kissen umgedreht hatte, um die kühle Seite nach oben zu kehren.

»Von der Villa Adriana. Und du?«

»Pietralata.«

Nachdenklich schwieg er ein Weilchen, noch immer zitternd. »Bist du schon lange hier?« fragte er dann seinen Bettnachbarn.

»Na, sechs Monate und 'n paar Tage«, erklärte der andere gelassen.

»Sechs Monate?« Tommaso schrie fast, seine Augen weiteten sich. »Die solln mich mal . . . Ich spring übern Zaun, und weg bin ich!« Mit aller Kraft schlug er sich drei-, viermal mit der Kante der ausgestreckten Hand auf den Teller der anderen. »Hier drin«, fuhr er verächtlich fort, »können sie ja festhalten, wen sie wollen, aber Puzzilli halten sie nicht fest, das steht mal fest!«

»Da wärst du der einzige!« sagte der andere ruhig und etwas ironisch. »Denn alle andern tun, was sie können, um drinzubleiben! Und wenn die sie zur Tür rausschmeißen, klettern sie durchs Fenster wieder rein.«

»Daran sieht man bloß, daß sie draußen nie was in den Magen gekriegt haben«, erklärte Tommaso.

»Was willst du denn machen, wenn du draußen bist?« fing der andere redselig wieder an. »Denkst du, dir schenkt jemand 'n Teller Minestra? Weißt du denn nicht, daß wir krank sind? Da geht uns jeder aus'm Weg. Solange es hier nicht regnet oder stürmt, hältst du besser die Klappe. Weißt du, wieviel man dir gibt, wenn du rauskommst? Dreihundert Lire! Und damit fang mal was an!«

Tommaso hob grinsend die Schultern. »Ist mir doch egal«, sagte er, »ich will gar kein Almosen haben! Eher werd ich Einbrecher, wenn ich hier nur erstmal wieder raus bin.«

Der Dunkle achtete nicht mehr auf ihn, er wälzte gerade selber einen schwierigen Gedanken im Kopf.

»Jetzt werden sie aber auf uns hören müssen! Mit dem, was wir vorhaben, kriegen wir sie in die Hand. Dann müssen sie uns unsere Rechte geben. Hier frißt einer dem andern weg, was er kann. Und die Sozialhilfe steckt ihre Nase nicht mehr rein, die haben's satt. Wenn wir hier rauskommen, müssen sie uns geben, was uns zusteht, und später, sowie wir gesund sind, ganz ausgeheilt, müssen sie uns 'ne Arbeitsmöglichkeit bieten.«

Tommaso lauschte schweigend, warf dem andern hin und wieder einen Blick zu und dachte bei sich: ›Was soll das, ist der übergeschnappt? Was erzählt der denn da für 'n Käse!‹

»Unser Unglück«, fuhr der Bursche fort, der jetzt offenbar richtig in Schwung kam, »unser Unglück kommt daher, daß der gestorben ist, der unsere Bude zusammengehalten hat. Genau vorgestern ist er hops gegangen – bei der Operation ... Er hat sich 'n Freund ans Bett bestellt, der mußte aufpassen, daß kein Priester kam und ihm die Beichte abnahm gegen den Willen des Patienten ...«

›Spuckt der aber dicke Töne!‹ dachte Tommaso.

»Er war so alt wie wir ungefähr, zwanzig Jahre ... Das war 'n Mann, sag ich dir, das war 'n Pfundskerl ... Wenn der still blieb, war er still, aber wenn er sich mal rührte, dann war vielleicht was los! ... Ich zeig dir mal 'n Bild von ihm ...«

Gesagt, getan; er nahm vom Nachttisch eines von jenen Glanzpapieren, auf denen Fotografie und Todesanzeige abgedruckt wurden, und reichte es Tommaso. Der nahm das Stück Papier entgegen, um dem anderen den Gefallen zu tun, und betrachtete das Bild. »Bernardini, so hieß er ...« erklärte der Junge im Nebenbett, immer eifriger.

Tommaso warf noch einen Blick auf das Gesicht des Toten: Es war länglich, entschlossen, mit Brille, und erinnerte ein wenig an Pius XII. Der andere fuhr fort: »Du hättst ihn sehen sollen, wie er einmal zwei ganze LKW's mit Sachen zurückgeschickt hat, weil die nicht ganz in Ordnung waren, nicht erste Qualität, wie's uns zusteht. Da gab's nichts, da konnten die alle Heiligen anflehen: Rechtsum kehrt, hieß es, und nischt wie weg!«

›Hm, das möcht ich sehen!‹ dachte Tommaso. Laut sagte er:

»Wie heißt du eigentlich?«

»Lorenzo«, sagte der Junge.

»Ääääähhhh«, meinte Tommaso gähnend, »da kannst du ja zufrieden sein . . .«

Nachdem dieser Lorenzo mit demselben Eifer, mit dem er all seinen Klatsch losgeworden war, nun auch seinen Namen genannt hatte, schwieg er plötzlich. Vielleicht war er wieder eingeschlafen, mit einem Schlag, wie ein kleines Kind. Tommaso aber blieb wach, verspürte keine Müdigkeit und hoffte, der Nachbar werde weiterschwatzen. Nach einer Weile rief er ihn sogar an: »He, Junge, Junge!« Doch der antwortete nicht; er war tatsächlich eingeschlafen. Man sah, wie sich sein Haar und sein Gesicht dunkel von dem Kissen abhoben.

Tommaso fühlte sich immer noch nicht wohl. Er hätte ein Jahr seines Lebens für eine Zigarette gegeben.

Regungslos ausgestreckt, wach, in Schweiß gebadet, lag er noch eine lange Zeit da, vielleicht länger als eine Stunde. Dann veränderte sich etwas: Man spürte, daß es draußen nicht mehr richtig finster war, daß ein wenig Licht, schwach, zaghaft, die Luft erhellte. Doch vielleicht war es auch Einbildung, oder die Stichflamme der Ölraffinerie, die in den Himmel stieg. Man hörte kein Geräusch, keine Stimme.

Aber da fingen ganz leise Glocken an zu läuten. Die Töne kamen dünn, zerfetzt, wie von fern, von jenseits der Häuser und Gärten, heran, vielleicht auf der Via Portuense, von der Kirche außerhalb von Vigna Pia oder von irgendeiner der neuen Kirchen, die man in Casaletto, in Corviale, bei Santa Passera errichtet hatte ... Es war ein Klang, den Tommaso noch nie vernommen hatte – es sei denn früher einmal, als Kind, aber seitdem hatte er ihn vergessen. Er schien aus den Tiefen der Erde oder vom Himmel herabzukommen, von den Wolken der ersten Morgendämmerung, wo ein wenig Licht gerade etwas Farbe gewinnt und man schon auf einen schönen, glücklichen Tag hofft. Es war das Angelusläuten am Morgen. Noch wußte man nicht, ob es das Zeichen zu einem Fest gab oder zu einem Kampf, einem Tag des Unheils. Vielleicht sogar war beides miteinander vermengt, hob sich so gegenseitig auf, und der Klang war nichts weiter als ein Klang, der sich wiederholte, dünn, schwach, aber beständig. Tommaso gelang es nicht, seine Botschaft zu verstehen; es war nicht seine Art, noch fand er die rechten Worte dafür; er hatte nie auf dergleichen Dinge geachtet, nie hatte ihm jemand davon gesprochen; es war gewesen, als gäbe es das gar nicht. Aber jetzt waren sie da, diese Glockenklänge, don, don, don, don, stärker wurden sie und wehten heran über die noch schlafenden Stadtviertel, in die alte Luft, die gerade erst, kaum spürbar, begann, sich zu erfrischen und hell zu werden, von innen, aus sich selbst heraus, die jetzt grau wurde, sauber wurde, und die Dinge aus dem Dunkel schälte: Mauern, Pflanzen und Bäume, Häuser und Straßen. Und für irgend jemanden mußten diese Glocken ja läuten: für den Priester, der sie hatte in Gang bringen lassen, für den Küster, für ein altes Weiblein, für die Arbeiter, die zur ersten Frühschicht gingen und in dieser Stunde von zu Hause aufbrachen, für Leute, die einen Frühzug nehmen und abreisen wollten.

Aber – wie es ausdrücken? – jene Glocken, das näherkommende geheimnisvolle Don, Don, Don, Don, das die Wiederkehr des alltäglichen Lebens ankündigte, schien etwas zu verneinen, schien zu behaupten, es sei doch alles eitel und vergeblich, die Geschöpfe lebten wohl, seien aber auch alle schon tot, begraben, verlorene Seelen. Und zugleich gab einem der überall ringsum spürbar werdende Geruch der Erde, des Regens, des aufgebrühten Milchkaffees, wie herbeigerufen von den Schlägen der Klöppel gegen die Glockenwände, ein Gefühl von Ruhe und morgendlicher Frische.

Wie gebannt von diesem Klang, der nicht mehr endete, nachdem er einmal eingesetzt hatte, zu dem jetzt sogar das Läuten anderer Glocken aus den Kirchen von Trastevere, Testaccio und San Paolo mit dem gleichen melancholischen, eintönigen Don, Don hinzukam, fühlte Tommaso sich nach und nach von einem unwiderstehlichen, tiefen Schlafbedürfnis umklammert: Wie ein Stein lag er da und schlief ganz langsam ein, während er im Unterbewußtsein immer noch gegen die Glockentöne ankämpfte und sie verfluchte. Er versank, schlief lange Zeit, überwältigt, voll Frieden.

Die Empfindung, eine andere Glocke zu hören, weckte ihn. Und wirklich, als er ganz wach geworden war, begriff er, daß hier in der Nähe eine Glocke erklang, fast über seinem Kopf, so schien es ihm, vielleicht in einem benachbarten Gebäude, in der Kapelle des Krankenhauses.

Jetzt war es hell: Durch das Fenster drang grelles Licht, das den Augen weh tat: ein weißes Licht, in dem die Betten auf dem Steinboden und mit den halbverhüllten Gestalten der Schlafenden noch weißer erschienen. Dieser oder jener saß freilich schon wach in seinem Bett, oder er stand neben dem Nachttisch, gebadet in Licht wie in durchsichtige Milch. Es war nur eine einzige Glocke, die schnell und stark anschlug, immer drei Schläge hintereinander: dan, dan, dan, und dann wieder drei etwas anders klingende: den, den, den. Sie schwieg kurze Zeit, und wieder folgten drei Schläge. So ging es weiter, immer auf dieselbe Weise. Das war ein Totengeläut, das kannte Tommaso, das erkannte er. Da sonst ringsum Stille herrschte, war der harte, dreifache Ton noch schriller zu hören, und man spürte, wie das Leben entfloh. Betäubend brach er von allen Seiten herein, dieser grelle, schneidende, zerreißende Klang, durch die Fenster, vom Flur her.

Es hörte nicht mehr auf. Natürlich, das hieß: jemand war gestorben, hatte alle viere von sich gestreckt, der arme Kerl, und gute Nacht. Er ruhe in Frieden und in Jesus Christus! Aber der Klang hörte nicht auf und dröhnte, daß einem der Kopf zersprang. Jedesmal, wenn er verstummte, dachte man, nun sei es vorüber, nun habe die friedliche, sanfte Morgenstille die Glocke verschluckt und zum Schweigen gebracht. Hingegen: wieder das erste Dan und gleich die zwei weiteren, und dann die drei Den, Den, Den! Der Himmel hatte inzwischen aufgeklart, doch war er noch grau: vielleicht, weil es noch immer nicht ganz Tag war, vielleicht, weil eine Wolkendecke die Sonne verbarg; das konnte man vom Bett aus nicht erkennen. Das einzig Lebendige in all dem eben geborenen Licht war diese Glocke, die schlug und schlug, einen Augenblick innehielt, um Atem zu holen, und dann wieder zu läuten begann, zu läuten . . .

Es war Zeit zum Aufstehen, aber was wußte Tommaso
schon, wie er sich nun verhalten sollte! Er blieb im Bett liegen und blickte sich, die Augen verdrehend, im Zimmer um.
Die vier Lungenkranken, die mit ihm zusammen waren,
erhoben sich mit langsamen Bewegungen, bis auf einen,
dessen Zustand es nicht erlaubte. Der Jüngling vom Nach-
barbett war schon verschwunden, Gott mochte wissen,
wohin, es war seine Sache. Die anderen taten stillschwei-
gend das, was man von ihnen erwartete: In den bis zu den
Knöcheln herabhängenden weißen Nachthemden traten
sie an den Waschtisch, wuschen sich einer nach dem anderen den Hals, trockneten sich ab, und dann zogen sie über
Hemd und lange Unterhosen entweder eine Jacke oder
einen Pullover und einen Schal.
Zu Tommaso sagten sie nichts, wechselten nur untereinander ein paar friedliche Worte. Tommaso schielte zu ihnen
hinüber, und ihm wurde fast übel dabei. ›Die Halunken!‹
dachte er. ›Woher die den Mut nehmen, zufrieden zu sein!
Na was denn? Die fressen wohl den Sonnenschein wie Honig in sich rein, diese verdammten, scheinheiligen Brüder!‹
Plötzlich entschloß er sich und stand ebenfalls auf. Er warf
die Bettücher von sich und ging barfüßig, nur im Hemd,
zum Waschtisch, bespritzte sich mit Wasser und trocknete
sich mit einem ganz neuen, sauberen Handtuch ab, das
sicherlich für ihn bestimmt war. Dann kämmte er sich, wofür er wie gewöhnlich eine ganze Weile brauchte. Er sah,
daß ihm wie den anderen Kerlen die Bartstoppeln an Kinn
und Wangen sproßten. ›Na was, soll ich so ein häßlicher
Knilch sein wie die da? Warte mal, die sollen mich kennen-
lernen.‹ Er ging zum Schränkchen und holte den Rasier-
apparat heraus, den sein Bruder ihm für den Aufenthalt im
Krankenhaus geliehen hatte. Im Handumdrehen rasierte er

sich, so rasch, daß er sich zwischen den Pusteln noch zwei Schnitte beibrachte.

Dann zog er sich an. Er blieb nicht im Negligé! ›Hm, den guten Anzug trägt man hier wohl bloß, wenn sie einen in den Sarg legen?‹ dachte er und verzog seinen Mund voll Verachtung.

Wieder trat er zum Schrank, nahm den besten Anzug heraus, den er besaß, wobei das Wort ›besten‹ nur vergleichsweise zu verstehen ist; denn auch diesen Anzug hatte er schon eine gute Weile, seit zwei Jahren genau, und damals hatte er ihn unter der Hand bei einem Trödler an der Porta Portuense gekauft. Immerhin, er staffierte sich heraus, so gut es ging, mit Schlips und sauberem Hemd. Endlich war er soweit. ›Und was jetzt, verflixt nochmal?‹ überlegte er.

Er trat aus der Tür, die zwar aus Metall war, aber ohne Riegel oder Vorhängeschloß; er steckte die Nase in den Korridor und sah sich nachdenklich um. Einer ging auf und ab und schleppte ständig sein lumpiges Zeug hinter sich her. ›Toll‹, meinte Tommaso mit giftigem Blick. Er ging ein paar Schritte in die Richtung, aus der Geräusche und Stimmen zu ihm drangen. Umherspähend, lief er ein Stück den Korridor entlang, dann sah er am Ende des Flurs eine kleine dicke Frau im weißen Kleid, die eine Waschbütte – größer als sie selbst – gegen ihren Bauch drückte, und man hörte es klappern von Tassen und Tellern. ›Jetzt gibt's was zu essen‹, dachte Tommaso, ›nicht schlecht!‹

Mit gierigem Gesicht ging er dorthin, wo die Frau herausgekommen war, aufmerksam und vorsichtig, denn er wollte nicht fehlgehen und tölpelhaft dastehen; dann sah er, wie der Flur sich tatsächlich zu einer Art kleinem Saal verbreiterte, in dem lauter Tische standen. Darum herum saßen die Kranken und frühstückten schweigend.

An zwei Tischen hatten lauter junge Burschen Platz genommen, etwa im selben Alter wie Tommaso. Er sah sich noch kurz um, rot vor Erregung, denn er wußte nicht recht, wie er sich weiterverhalten sollte, und ob er sich hierhin setzen dürfe oder dorthin. ›Scheiß der Hund drauf!‹ dachte er. ›Ich setze mich hierher. Hoffentlich habt ihr nichts dagegen!‹

Er setzte sich auf einen freien Stuhl an der Schmalseite eines Tisches und wartete. Keiner von den Jungen achtete auf ihn. Tommaso tat so, als hinge er eigenen Gedanken nach, horchte dabei aber auf ihre Unterhaltung. Sie redeten alle von jenem Bernardini, der zwei Tage zuvor gestorben war und dessen Leiche jetzt übergeführt werden sollte. ›Was haben die bloß alle mit dem?‹ dachte er und hielt weiter die Ohren gespitzt. ›Was war denn der schon groß?‹

Einer erklärte gerade, jetzt, wo Bernardini weg sei, würde alles aus sein, die Vorstellung geschlossen, und man könne am besten gleich alle Pläne und guten Vorsätze aufgeben. Ein anderer meinte, wenn Bernardini am Leben geblieben wäre, hätte er nach und nach Abgeordneter oder gar Minister werden können. ›He‹, dachte Tommaso, ›das hätt ich sehen wollen. Warum nicht gleich Staatspräsident . . . ?‹

Die kleine Weiße brachte ihm Milchkaffee, dazu Brot, und völlig überraschenderweise auch Butter und Honig; bei diesem Anblick vergaß Tommasino den armen Bernardini und alle seine Genossen; heißhungrig fiel er über sein Frühstück her und kaute mit vollen Backen. Auch die anderen am Tisch aßen jetzt schweigend und hastig zu Ende. Dann standen sie alle wie auf Verabredung gemeinsam auf und gingen davon; auch ein paar Ältere folgten ihnen. ›Wo zum Teufel gehen die Kerle hin?‹ dachte er, ›wissen wohl nicht, daß Rom schon erobert ist!‹ Aber auch er schlang eilig sein Brot hinunter, um ihnen folgen zu können. Dann fuhr er sich mit dem Ärmel über die Lippen, und nichts wie los, den Flur hinunter, über die Treppen durch ein unentwirrbares Labyrinth, bis er zum Eingangstor kam und hinaustrat.

Draußen war der Garten, mit der Via Portuense im Hintergrund, den billigen neuen Häuschen mit flatternder Wäsche auf den Balkonen.

Überall gab es immergrüne Sträucher, Pinien, Zypressen, Eichen; aber auf den Straßen und Fußwegen, zwischen Verwaltungsgebäude und Empfang, zwischen dem großen Männerflügel und der orthopädischen Klinik, war zu dieser Stunde fast nirgends ein Mensch zu sehen. Es war noch zeitig, alle saßen beim Frühstück. Nur hier und da kam ein alter Gärtner vorüber, klein wie ein Pfefferkorn und mit der gelben Gesichtshaut des ewig Kranken unter der blauen Mütze, und fegte mit einem zwei Meter langen Besen die Wege.

Was für eine Sonne, welch ein Licht! Von Minute zu Minute wuchs das vor seinen Augen: Das Grün wurde grüner, das Himmelsblau blauer. Nicht einmal mit dem Feldstecher hätte man eine Wolke ausfindig machen können. Die Luft spannte sich wie das Fell einer Trommel: Selbst die leisesten Ausrufe hörte man aus den Vierteln ringsum, die doch ein ganzes Stück entfernt jenseits der Gärten und der Mauer lagen, und überhaupt die Geräusche, das Summen des anbrechenden Tages. Alles war fast zu licht und zu schön unter dieser Sonne, die vor lauter Leuchten grell in die Augen stach. Und dazu kam ein Geruch von warmer Erde, trockenem, sauberem Gras und Meerwind. Es war wirklich einer der schönsten Tage des Jahres, einer von denen, die in jedem Römer den unwiderstehlichen Drang erwekken, nach Ostia zum Baden hinauszufahren oder sich sonst auf irgendeine Weise zu vergnügen, ohne eine Hand zu rühren.

Etwas willkürlich strich Tommaso durch den Garten, hierhin und dorthin, und suchte den Weg zu finden, den die anderen Burschen eingeschlagen hatten; so groß waren diese Anlagen zwar auch wieder nicht, aber wer sich nicht in ihnen auskannte, verirrte sich leicht. Zum Glück entdeckte er eine andere Gruppe junger Patienten; er beobachtete sie kurze Zeit, ließ sie an sich vorbeigehen und heftete sich ihnen dann an die Fersen, mit gelangweiltem Gesicht, als ginge ihn das alles gar nichts an.

Hinter ihnen hertrottend, schlug er einen Nebenweg ein, der in sanftem Gefälle schräg abwärts führte, entweder zum Haupteingang am Viale Ramazzini oder zur Via Portuense. Hier wuchs der Garten etwas wilder, mit kleineren Bäumen, die sich unter die dicken alten Pinien mischten; hin und wieder sah er Kübel mit indischen Feigenbäumen. Und dort, jenseits der Mauer, war eine schmale Straße zu erkennen, die gewiß von der Portuense nach Monteverde führte: Sie verlief parallel zu der Seitenstraße innerhalb der Krankenhausanlagen; und dort, weit hinten, auf einem Platz vor einem größeren Tor, entdeckte Tommaso eine Menschenansammlung.

Schritt für Schritt näherte sich Tommaso, sorgfältig darauf bedacht, nicht als Fremdling und Störenfried zu erscheinen; es war ihm sofort klar geworden, daß es sich hier um die vielbesprochene Überführung jenes Bernardini handelte. Die Kranken, seine Leidensgenossen, standen in Gruppen beisammen, auf dem Platz bei dem großen Tor, unterhalb eines kleinen Gebäudes, in dem vielleicht der Pförtner wohnte; oder auch ein Stück weiter, vor einem anderen ovalen Bauwerk mit ganz glatten Mauern und bunten Glasfenstern; einige gingen hinein oder kamen von dort heraus: wahrscheinlich die Leichenhalle. Kurz darauf öffnete sich das Tor; draußen, auf der Straße, stand der Leichenwagen mit dem Priester, und jetzt holten sie den Sarg aus dem ovalen Gebäude. Sie hoben ihn auf den Wagen, und alle Kranken folgten weinend: Der Leichenzug setzte sich in Bewegung. Viele Autos fuhren hinterher, mit Kränzen bedeckt, und die Blumen leuchteten hell, glühend, wie Korallen, unter der schönen, immer heißer strahlenden, all diesen Frieden beherrschenden Sonne.

Tommaso blieb mit einigen Patienten zurück, die zu krank waren, um an der Beerdigung teilzunehmen, und die nun langsam zur Männerabteilung zurückkehrten.

Auch Tommaso wandte sich um und ging den Weg zurück, den er gekommen war. Er war jetzt ganz allein, und es gab nichts, was er tun konnte. Er war verzweifelt, weil er nicht einmal mehr eine Zigarette besaß und weil der Hunger danach ihn peinigte. ›Verdammt, verdammt‹, knirschte er zwischen den Zähnen, fast mit Tränen in den Augen, ›irgend etwas stell ich noch an, ich bleib doch nicht so 'n braves Lamm wie all die anderen!‹

Ringsum war es leer, verlassen unter der Gluthitze des Himmels. Ein zwei Meter hoher Haufen von Kohlstrünken, die noch grün und frisch aussahen, war dabei zu verfaulen.

Ein Stück weiter, auf einem anderen kleinen Platz, auf den Tommaso vorhin nicht geachtet hatte, stand eine Art Hütte mit einem Steg davor: Sie sah aus wie eine Werkstatt oder ein Brennofen. Ein ulkiger Schornstein steckte obendrauf, wie ein Kegel, der auf der Spitze steht: Aus ihm stieg ein dünner, friedlicher Rauchfaden auf. Zwei Schreckgespenster von Straßenkehrern, so dürr, daß sie wandelnden

Kitteln mit zwei krummen Beinen darunter und einem
Kopf voller Beulen oben darauf glichen, schoben einen
Schubkarren mit einem Sack vor sich her. Als sie vor dem
Brennofen angelangt waren, legten sie Hand an den Sack,
hoben den Karren an und ließen ihn sehr behutsam über
die Holzplanke in die Hütte rutschen, wo der Herd stand;
danach verschwanden sie selber in dem kleinen Raum,
wortlos, geduckt, mit gekrümmten, dünnen Vogelhälsen.
Tommaso kehrte ihnen den Rücken und ging durch den
Garten davon, bis er zu seiner Abteilung kam. ›Und jetzt?‹
dachte er. ›Wie soll ich mir nur die Zeit vertreiben?‹
Mit einem Klumpen in der Kehle, erstickten Tränen, die er
sich selbst nicht erklären konnte, stieg er die zwei Treppen
empor, passierte den Eingang, der an ein Ministerium denken ließ, ging den nun schon bekannten Flur hinunter, auf
dem nach wenigen Metern die Tür zu seinem Zimmer lag.
Er hatte nichts anderes im Sinn, keine andere Hoffnung, als
dort zu bleiben, ausgestreckt auf seinem Bett. Unterdessen
war es derart heiß geworden, daß man schwitzte, selbst
wenn man sich gar nicht rührte. Er trat ein und warf sich
aufs Bett. Auch Lorenzo war im Zimmer, der Junge, mit
dem er in der Nacht gesprochen hatte. »Was machst du
denn?« fragte der ihn sofort, »ist jetzt nicht die Stunde zum
Hinlegen.« – »Ist mir doch egal!« erklärte Tommaso, kaum
ein wenig die Schultern hebend; er hatte keine Ahnung,
wozu diese Liegestunde gut sein sollte, und ihm bedeutete
sie sowieso nichts. Er fragte nicht einmal danach.
»Hör mal«, meinte er hingegen nach einer Weile mit rauher Stimme, »in welchem Zimmer hat er denn gelegen, dieser Bernardini?« Er sprach den Namen etwas skeptisch aus,
auch etwas ärgerlich, denn es schmeckte ihm nicht, daß alle
soviel Wesens von ihm machten.

»Da, einen Stock höher«, erklärte Lorenzo und hob den Kopf von der Zeitung, in die er sich vertieft hatte.

Tommaso blieb noch etwas auf dem Bett liegen, stand dann plötzlich auf und trat zur Tür hinaus auf den Gang.

Er spuckte auf den Boden, um seiner Verwirrung, seiner Unentschlossenheit Luft zu machen, und blickte sich erschrocken um; ihm war klar, daß sich das nicht gehörte; niemand war zugegen, niemand hatte es gesehen, also zuckte er die Achseln und erklärte noch einmal, laut und deutlich vor sich hinsprechend: »Ist mir doch egal!«

Er orientierte sich, so gut es ging, und schritt dann auf das Treppenhaus zu, stieg zum nächsten Stockwerk empor und befand sich in einem Flur, der dem seinen genau glich. Wieder blickte er sich, das Kinn hochreckend, um: Einige Patienten gingen auf und ab, verschwanden in den Zimmern, aber Tommaso scheute davor zurück, sie zu fragen; das wäre eine Dummheit gewesen, ein alberner Zeitvertreib, wofür niemand Verständnis aufgebracht hätte.

Durchs Fenster sah man aus dieser Höhe weit über die Straßen und Gebäude, die Häuser an der Via Portuense bis beinahe an den Tiber hinunter; der Fluß strömte träge in seinem grünen Bett dahin, zwischen Ansammlungen von Häusern und Hütten, eingesäumt von grünen Wiesen, die im grellen Morgenlicht zu verdunsten schienen.

Ein Stück weiter den Flur hinunter gab es eine Glastür mit grauen, geschmirgelten Scheiben; ein Schlafraum konnte das nicht sein, auch kein Speisezimmer. Und dann sah er, im Nähertreten, auf dem grauen Glas in hellen weißen Buchstaben die Bezeichnung VTA – Vereinigung Tuberkulöser Arbeiter – und noch andere Zeichen, die von kleinen Kreisen eingefaßt wurden. Tommaso drückte auf die Klinke, stieß die Tür auf und steckte den Kopf durch den Spalt:

Niemand war im Raum. Es war eine Art großes Büro, mit drei Schreibtischen und Anschlägen an den Wänden. Die Hand immer fest auf der Klinke, blickte sich Tommaso einen Augenblick um, und da sah er einen älteren Patienten im Flur an einem Fenster lehnen und hinausschauen.

»Hallo, Meister!« rief Tommaso ihn an, »wie ist es, keiner hier im Büro?«

»Sind alle zum Begräbnis«, sagte der Mann und kehrte ihm halb sein längliches, gelbes Gesicht zu.

Tommaso zuckte die Achseln und trat ein, wobei er dachte: ›Wer will mich hindern, hier reinzugehn? Jetzt gerade!‹

Drinnen war nichts als Sonne, die alles einhüllte, alles aufsog. Und dann sah Tommaso Blumen, sogar hier, auf einem der Schreibtische, dem kleinsten, letzten am Fenster. Zwei Nelken, rote Nelken in einer Vase, und dahinter die Fotografie von dem Kerl, dem Bernardini. Tommaso wußte sofort, wer es war, und, neugierig geworden, trat er näher und sah nach, was es sonst noch auf dem Schreibtisch gab. Nichts von Bedeutung: Blätter, mit der Maschine beschrieben, in einem ausgebleichten Pappkarton. In den Schubfächern lagen Bücher, bis zum Rand aufgehäuft: alte Bücher, etwas zerlesen und schmutzig. Tommaso versuchte, darin zu lesen, hier mal eine Seite und da. Aber er verstand nichts: Die Bücher handelten alle von Politik, Gesellschaft, sozialen Dingen und waren mit schwierigen Ausdrücken gespickt, die er nicht kannte. Er zog die unterste Schublade heraus, und darin fand sich, verstaubt, aufgerollt, zerdrückt, aber neu, eine rote Fahne mit Hammer und Sichel. Tommaso zerrte sie an einem Zipfel ein wenig heraus und betrachtete sie genau. In diesem Augenblick begann wieder plötzlich und mit der Heftigkeit vom frühen Morgen die Glocke des Krankenhauses zu dröhnen.

Tommaso trat ans Fenster. Unten, in einem Meer von Licht, badeten das Stück verwilderten Gartens, der kleine Brennofen für die infizierten Abfälle des Krankenhauses, die Gebäude des Nebeneingangs, die Straße, die am Forlanini entlanglief und wo vor kurzem dieser Bernardini zu Grabe getragen worden war.

›Und wenn ich nun auch sterben muß?‹ dachte er. ›Wenn auch für mich alles hier aufhört?‹

Und trotz aller Hitze, allen Schweißes erzitterte Tommaso plötzlich, als fröre er bis auf die Knochen, und als wäre es rings um ihn mit einem Schlag Nacht geworden.

Ein paar Wochen verstrichen, ein, zwei Monate, und Tommaso gewöhnte sich langsam immer mehr an das Leben im Krankenhaus Forlanini. Zum Juli hin ereigneten sich jedoch einige Dinge, die noch einmal alles in Aufruhr brachten, und da mußte denn auch Tommaso seinen Tribut entrichten.

Tatsächlich waren die Patienten, Tommaso eingeschlossen, seit einiger Zeit schon mit dem Verlauf der allgemeinen Entwicklung recht unzufrieden. Man sprach darüber im Büro der ›Vereinigung Tuberkulöser Arbeiter‹, denn schließlich war Bernardini nicht der einzige gewesen, der Mumm in den Knochen hatte; es gab andere, die ebenso gut oder fast ebenso gut waren wie er, die sich Mühe gaben und um ihre Rechte kämpften, wie sie das nannten. Tommaso nahm innerlich nicht viel Anteil, spitzte aber die Ohren und witterte, was immer Neues sich ankündigte. Eines Tages, als er im Garten spazierenging, sah er eine Gruppe jener aktiven Mitglieder, Boneschi, Triggiani, Taddei, Guglielmi und andere, die um einen Mercedes herumstanden und durch ein Seitenfenster dessen Inneres fotografierten. Es war der Wagen des Krankenhausleiters, eines gewissen Fani. Dieser Mann hatte zur Zeit des Faschismus Mussolinis Staatspartei angehört, war nach Kriegsende entlassen worden, hatte aber später seinen alten Posten wiederbekommen und war jetzt womöglich noch mächtiger als früher.

Endlich, eines Morgens, trat das seit langem Erwartete ein. Die Krankenpfleger hatten auf dem Dienstweg verschiedene Eingaben gemacht und Beschwerden erhoben, doch es blieb bei fruchtlosen Redereien. Bis ihnen die Geduld riß und sie den Generalstreik ausriefen. Von dem gesamten Pflegepersonal, etwa achthundert Menschen, erschienen kaum hundert zum Dienst.

Um den Streik zu brechen, fuhren drei Grenadierregimenter von der Via Portuense her durchs Tor, die Soldaten sprangen von den Lastwagen und wurden in die Küchenräume geführt. Dort drückte man ihnen die Schüsseln, Kannen und Tabletts zur Verteilung in den einzelnen Blocks in die Hand, und die Grenadiere zeigten sich auch durchaus anstellig und leisteten gute Arbeit. Doch die Kranken begannen sofort, sich aufzuspielen, die Hände zu ringen und herumzuschreien; sie wußten genau, daß in hygienischer Hinsicht peinlichste Sorgfalt herrschen mußte, daß eine winzige Kleinigkeit genügte, etwas Schmutz auf dem Geschirr vielleicht, um Bazillen zu übertragen. Zumal die Rekonvaleszenten und die leichten Fälle protestierten heftig dagegen, daß ungelernte, unerfahrene Kräfte die Arbeit der Streikenden übernahmen. Einige der Krankenpfleger hatten sich angesteckt und waren gestorben, und nicht einmal für tapfere Soldaten war das etwas, was man auf die leichte Schulter nimmt. Alle protestierten also, schrien herum, führten dies und das ins Treffen und beschuldigten den und jenen. Niemand blieb mehr im Bett, nicht einmal die Schwerkranken waren zu halten. Sie standen auf und liefen in den Fluren hin und her, drängten sich an den Fenstern und beobachteten, was auf dem Hof vorging.

Andere, deren Zustand erfreulicher war, gingen in kleinen Gruppen durch die Gartenanlagen und zu den einzelnen Gebäudekomplexen, um zu erfahren, was die Soldaten unternahmen. Unterdessen diskutierte man die Ereignisse im Büro der VTA. Hier befand sich zugleich auch die kommunistische Zelle ›Felice Salem‹, der jetzt, nach Bernardinis Tod, ein gewisser Guglielmi als Sekretär vorstand. Was sollte man tun? Man beschloß, eine Delegation aufzustellen und einen Proteststurm vor der Direktion zu entfesseln. So marschierte die Gruppe durch all die Korridore, Treppenhäuser und Ein- und Ausgänge bis zu den Räumen der Krankenhausleitung: Dort empfing man sie sofort und lullte sie mit süßen Worten ein. Als sie die Direktion verließen, taten sie es nach vorn hinaus, in Richtung zum Haupteingang, denn man hörte dort ein nicht endenwollendes Getöse. Auf dem Platz, zwischen den Blumenbeeten, hatte sich eine riesige Menge von Kranken versammelt, die auf die Straße hinausblickten und ein lautes Geschrei erhoben: Tatsächlich, vor dem Eingangsgitter stand ein Jeep der Polizei.

Das wollte weiß Gott niemandem gefallen. Ein paar hatten sich auch schon den Eisenstangen genähert, sie mit den Händen gepackt und den Polizisten zugerufen: »Was wollt ihr denn? Was habt ihr hier zu suchen? Haut ab! Macht, daß ihr wegkommt!« Unter den Rufenden gab es völlig ausgemergelte Gestalten, lebende Leichname, denen das Anstaltshemd unter einer armseligen Jacke um die Glieder schlotterte.

Die Bullen waren aus dem Jeep geklettert und standen ruhig am geöffneten Tor neben der hochgezogenen Schranke. Als die Delegation anlangte, plusterten sich die anderen, von ihrem Anblick ermutigt, noch mehr auf: »Haut endlich ab, ihr Mistfinken!« schrien sie. »Das könnte euch passen, was, über arme Kranke herzufallen!«

Rund hundertfünfzig Patienten hatten sich mittlerweile hier zusammengerottet. Einige Heißsporne wollten die Polizisten einfach hinauswerfen und ihnen das Gitter vor der Nase zuschlagen. »Jagen wir sie weg! Los, drauf auf die Bullen, die haben hier nichts verloren! Sollen lieber Diebe und Einbrecher fangen, dazu sind sie da!«

Als die Polizisten merkten, daß die Sache eine üble Wendung für sie nahm, versuchten sie, einen der Kranken zu packen und mit ihm den Rückzug anzutreten. Sie ergriffen Guglielmi, der an die Spitze getreten war, um mit dem Kommissar von Monteverde zu unterhandeln und ihn zum Abzug zu bewegen; der jedoch war es gerade, der rief: »Schnell, packt ihn, nehmt ihn fest!« Die Genossen traten rechtzeitig dazwischen und trieben die Polizisten mit zerrissenen Uniformen in die Flucht.

Sie überlegten es sich nicht zweimal, als es darauf ankam, gegen die öffentliche Gewalt zu rebellieren; ihnen war alles gleich, so krank sie auch waren; mancher von ihnen durfte nicht einmal hoffen, die Mauern des Forlanini jemals wieder von draußen zu betrachten.

In dem Augenblick kam ein zweiter ›Tiger‹ mit Vollgas angerast, der offenbar in einer Nebenstraße oder hinter der Kurve des Viale Ramazzini als Reserve bereitgestanden hatte. Weitere Polizisten stiegen aus, Gummiknüppel in der Hand. Ein Mann wurde niedergeschlagen. Die Schlägerei konnte beginnen. Manche Kranke stürzten sich trotzdem

auf die Polizisten und traten nach ihnen, so gut sie konnten
– die Armen, denen es schon schwerfiel, sich überhaupt auf
den Beinen zu halten.

Andere rissen erschreckt aus, die Straßen und Wege hinab,
unter die Bäume, und die Polypen jagten sie mit erhobenem
Knüppel und zerstreuten sie in alle Himmelsrichtungen.

In diesem Augenblick begann die Alarmsirene des Krankenhauses zu heulen und hörte überhaupt nicht mehr auf.
Mittlerweile hatten sich nach und nach alle Kranken, die
gehen konnten, unter den Fenstern der Direktion auf dem
Platz vor dem Haupteingang versammelt: alles in allem
tausendfünfhundert bis zweitausend Patienten. Die eben
noch davongelaufen waren, mischten sich unter die an-
wachsende Menge und drängten wieder nach vorn. In den
ersten Reihen hatte man es sich in den Kopf gesetzt, die
Polizisten hinauszudrängen und das Gittertor zu schließen.
Beinahe war es ihnen schon gelungen, doch da langten
andere Jeeps an, die einsatzbereit irgendwo im Hintergrund
gewartet hatten, und auch vier große Lastwagen voller Polizisten, und zwei Feuerwehrwagen.

Fünf- bis sechshundert Uniformierte stellten sich vor dem
Gitter auf, Gummiknüppel in der Hand und mit emporge-
richteten Wasserschläuchen.

Die Kranken hatten inzwischen das Tor zugedrückt und
sich dahinter verschanzt. Doch den Polizisten machte das
nichts aus, das waren kleine Fische für sie. Sie bildeten eine
LKW-Kolonne und benutzten sie als Rammbock: Die Tor-
flügel sprangen mit berstenden Riegeln auf, und die Polizisten erzwangen den Zutritt, ohne jemandem ins Gesicht
zu sehen.

Die Patienten stoben nach allen Seiten auseinander, manche
in Richtung Invalidenbau, andere in das Direktionsgebäude

hinein, wieder andere verschwanden da und dort in den endlosen Fluren und Treppenhäusern. Aber es waren ihrer zu viele, und diejenigen, die sich am weitesten vorgewagt hatten, konnten nicht rechtzeitig entwischen: Mehr als hundert wurden vom Wasserstrahl getroffen. Es waren gerade die Tapfersten, die sich wehrten, aber auf die Dauer doch nicht genug Kraft hatten und nur immer von neuem Flüche und Schreie ausstoßen konnten: »Verreckt doch, ihr Saubande, Schlächter! Beschissene Verräter! Wir spukken euch unser Blut ins Gesicht! Wir machen euch schon noch fertig!« Und triefend, die klatschnassen Lumpen an den Skeletten, retteten sie sich in die Gebäude, weinten und brüllten.

In den Anlagen irrten nur noch wenige herum, mit den Polizisten auf ihren Fersen; die meisten hatten in irgendeinem Gebäude aufs Geratewohl Unterschlupf gefunden, Männer und Frauen durcheinander. Sie verbarrikadierten sich, und die Polizisten versuchten, die Türen mit Gewalt zu öffnen, um auch das Innere der Häuser zu besetzen. Da ergriffen die Kranken alle Gegenstände, die nicht niet- und nagelfest, vor allem aber nicht ihr Eigentum waren: Stühle, kleine Tische, Kästen, Werkzeuge, alle Arten von Einrichtungsgegenständen. Als dieser Geschoßregen auf sie einprasselte, zogen sich die Polizisten unter die Bäume zurück. Aber selbst dort traf sie noch dieses oder jenes Geschoß, das aus den Fenstern und von den Veranden herabgeschleudert wurde. Die Belagerten waren drauf und dran, das ganze Krankenhaus zu demolieren und auszuleeren, und wenn sie einen Polypen am Kinn, am Kopf oder am Buckel trafen, brüllten sie: »Da, nimm, steck's ein, du Hurensohn, nimm's mit nach Hause, erzähl's deiner Mama!«

Schon um zu verhindern, daß das gesamte Mobiliar auf

dem Rasen landete, traten die Polizisten den strategischen Rückzug an, und zwar zum Direktionsgebäude und zum Haupteingang. Und noch einmal wagten die Kranken einen Ausfall aus ihrer Festung, stürmten hinter den Feinden drein und setzten ihr Geschützfeuer fort.

Nach und nach landeten wieder alle – wie gesagt zwischen fünfzehnhundert und zweitausend – auf dem Platz vor der Direktion und reihten sich längs des Eingangsgitters am Viale Ramazzini auf. Sie waren mit sich zufrieden, und nun sah man erst richtig, wieviel Aufregung, Rührung, Tränen und Gift in ihren Augen standen.

Sie boten den Mächtigen weiterhin die Stirn: den Polizisten, der Krankenhausleitung, dem Staat.

Jeder machte seinem Zorn und Kummer Luft; sie schrien, gestikulierten, erklärten, so gehe das nicht weiter; ihre Erregung hielt sie aufrecht, wie sie dastanden in ihren lumpigen Gewändern, den weiß-rot gestreiften Pyjamahosen: eine Demonstration von Schießbudenfiguren.

Inzwischen ging eine Gruppe von Krankenwärtern, um derentwillen ja der ganze Aufruhr entfesselt worden war, zur Direktion, um mit dem berühmten Herrn Fani zu verhandeln, und viele andere erklärten, sie würden ihren Streik beenden, wenn die Polypen sich endlich aus dem Staub machen wollten. Man sagte ihnen, das ginge leider nicht mehr; der Präfekt und der Kommissar der Polizeiwache hätten nunmehr die Aufsicht über das Forlanini übernommen. Aber dann kamen andere Meldungen, es ging hin und her, und schließlich einigte man sich: Die Polizisten räumten das Feld, und die Kranken, immer zufriedener mit ihrem Erfolg, kehrten zurück auf ihre Stationen und streckten sich auf ihren Betten aus oder blieben in Grüppchen auf dem Platz versammelt.

Eine halbe Stunde verstrich, eine Stunde, es wurde Mittag; und da tauchten plötzlich die Fahrzeuge der Polizei wieder auf, rasten mit Vollgas in die Krankenhausanlagen, besetzten die strategischen Punkte, und ehe man auch nur die Stimme zum Protest erheben konnte, hatten sie das Innere der Gebäude erobert.

Mancher versuchte noch, Widerstand zu leisten, vor allem die Frauen, doch die Polizisten waren jetzt zum äußersten entschlossen, um so mehr, als sie, wie sie erklärten, auf Befehl des Hauptkommissars Fusco handelten.

Da ging die Nachricht von Mund zu Mund, nun sei nichts mehr zu machen; die Polypen seien imstande, einen totzuschlagen; man erzählte sich, sie hätten eine Kranke in der chirurgischen Abteilung an den Haaren gezogen und über den Boden geschleift, hätten ihr die Kleider heruntergerissen, daß sie nur noch im Unterrock dagelegen hätte, und auch der sei noch in Fetzen gegangen. Eine andere Frau, so berichtete man, sei stumm geworden und rede vor Schreck überhaupt nichts mehr, und eine dritte, mit Pneumothorax, habe man unter Anwendung des Gummiknüppels abtransportiert.

Tatsache war, daß alle Blocks von den Polizisten eingenommen wurden: zehn bis dreißig ›Plattfüße‹ in jedem Bau. Sie blieben dort den ganzen Nachmittag und die Nacht über, während die Jeeps mit aufgeblendeten Scheinwerfern im Garten patrouillierten.

Drinnen hockten die Bullen mit Tränengas, Maschinengewehr und Pistole.

Gegen Morgen, als die Listen fertiggestellt waren, fingen sie mit ihrer Razzia an, um die Verantwortlichen zu verhaften: Sie waren alle genau bezeichnet, die Führer der VTA, der Gewerkschaft, der kommunistischen Zelle, eine hübsche Gesellschaft, die man nun zwang, mit erhobenen Händen herauszutreten, und die man dann zum Abtransport bereitmachte.

Das Zimmer, das als Büro gedient hatte, wurde durchsucht, das Unterste zuoberst gekehrt, geschlossen.

Schon hatten sich Hunderte von Menschen draußen vor den Eingängen angesammelt: Verwandte und Freunde der Kranken, die man jedoch nicht hineinließ. Etwas später, als die Sonne hoch am Himmel stand, fuhr ein LKW beim Nebenausgang vor, man drängte und stieß die Kranken hinauf und schaffte jene fort, die entweder verhaftet oder in andere Krankenhäuser übergeführt werden sollten. Es mußten im ganzen mindestens zweihundert sein. Man stieß sie auf die Wagen und brachte sie weg, selbst wenn sie dabei Blut spuckten.

Die Zurückbleibenden aßen zusammen mit den Polizisten kalte Nudeln, die noch schlimmer waren als abgestandene, schlechte Brühe, und irgendwelches Zeug aus Büchsen.

Unterdessen suchte man weiter nach solchen, die die Zeche zahlen sollten und sich versteckt hielten.

Zum Verstecken war jeder Platz recht: Das Krankenhaus glich jetzt einem Hafen; man fand sich nicht mehr zurecht vor lauter Kais und Docks; wer sich verbergen mußte, um nicht geschnappt zu werden, tauschte das Bett mit irgendeinem Kameraden auf einer anderen Station, verhüllte sich das Gesicht mit unförmigen Verbänden und schwarzer Brille; oder er legte sich im Liegestuhl auf der Veranda zurecht und steckte den Kopf wie im Schlaf unter die Decke.

Tommaso hockte auf seinem Bett, über seine kalten Nudeln gebeugt, unzufriedenen Gesichts und stumm wie eine alte Nutte. Einen Bissen nach dem andern schluckte er mit saurem Mund hinunter, und ein Zucken seines Kinns schien zu sagen: ›Ankotzen tut ihr mich!‹ Neben sich auf der Decke hatte er eine geöffnete Büchse mit Fleisch.

Auch die anderen, die alten Patienten, mampften in sich hinein; jeder kehrte dem andern den Rücken zu – wie alte Arbeiter oder Handwerker, wenn sie am Bau Brotzeit machen, den Rücken an irgendeine staubige Mauer gelehnt. Man hörte das Schmatzen der ruhig und geduldig kauenden Münder.

Lorenzo aß im Stehen, an die Wand gelehnt, eifrig darauf bedacht, von Zeit zu Zeit einen Blick durch die Scheibe der Zimmertür zu werfen. Das war auch nötig, denn in dem schmalen Gang zwischen den Betten hatten sich Guglielmi und ein anderer Genosse versteckt, ein gewisser Pezzo; sie waren den Polizisten, die sie verfolgten, mit knapper Not entwischt und wußten, daß Lorenzo hier hauste; den kannten sie, ihm konnten sie vertrauen.

Jetzt aßen sogar die Wachtposten der Polizei, ein Stück weit weg, hinten, am Ende des Flures. Sie hatten den Zinnteller auf die Fensterbank gestellt und kauten, auf einen Ellbogen gestützt, schluckten hungrig die Nahrung hinunter, jung wie sie waren, mit ihren dunklen Bauerngesichtern. Dabei redeten sie kein Wort, waren selber ein wenig verlegen und durcheinander von all den Ereignissen.

»Sie kommen, sie kommen!« rief Lorenzo plötzlich halblaut. Sofort verschwanden Guglielmi und Pezzo, Kopf voran, unter den Betten von Lorenzo und Tommaso.

Tommaso bewegte kein Glied, mit Ausnahme der Kinnbacken: ruhig, wie aus Stein, hockte er auf seinem Bett, sah nichts, hörte nichts und aß. Er steckte die Gabel in den Mund, kaute, schluckte. Dies alles, ohne eine Miene zu verziehen, angewidert und in sich gekehrt, grimmig wie einer der Drei Musketiere.

Tatsächlich machte die Polizeistreife kurz darauf ihre Runde und steckte die Nase auch in Tommasos Zimmer. Die Bullen sahen nur essende Patienten, alle brav auf ihren Betten, und jeder drehte den Eintretenden den vollen, kauenden Mund zu. Auch ein Aufseher war dabei, und an dem schlauen Gesicht, das er aufsetzte, sah man, daß er genau spürte: Hier war etwas faul. Aber er scherte sich einen Dreck darum. Die Beamten hingegen blickten sich prüfend um, fragten die Anwesenden nach ihren Namen und gingen gleich weiter; sie hatten ihre Pflicht getan; sollte sich zufällig jemand unter dem Bett aufhalten – du lieber Gott, das war seine Sache und auch nicht gerade eine beneidenswerte Lage!

Ein Küchentrampel mit riesigem Busen erschien, räumte die Reste zusammen, trug die schmutzigen Teller und Gabeln weg.

Eine Stunde, zwei Stunden verstrichen. Die Polizisten promenierten die Flure auf und ab, und immer düsterere Nachrichten gelangten zu den Kranken: Es sah mies aus im Forlanini. Der Streik hatte nur einen prächtigen Vorwand abgegeben, jede lebendige Regung zu ersticken, die unerwünschten Elemente fortzuschaffen und das Krankenhaus wieder unter das Joch von Ordnung, Gehorsam und Resignation zu zwingen.

Ältere, in keiner Weise belastete Gefährten streiften frei durch die Gänge: von denen erhielt man die neuesten Informationen. Einer kam und berichtete, die Polizei werde noch einmal anrücken, mit einer neuen Liste, und diesmal Ernst machen. »Los!« sagte er, »ich bringe euch an einem sicheren Ort unter.«

»Wo denn?« fragte Guglielmi.

»Kommt nur mit!« sagte der Alte, und nach einer Pause

fügte er hinzu: »Muß noch einer mit, damit er weiß, wo ihr steckt, und dann kann er kommen und euch zu essen bringen, in Kontakt mit euch bleiben; bei mir ist's gefährlich, mich haben sie schon auf dem Kieker!«

Lorenzo war bekannt und beliebt, er verkehrte mit den Führern, er machte sich nützlich. Die anderen waren Mummelgreise, halbe Kadaver schon, die nur noch auf ihre Einäscherung warteten.

»Du da, du bist richtig! Komm mit!« sagte der Alte zu Tommaso.

Dem blieb das Herz einen Augenblick lang stehen, als hätte er einen Tiefschlag erhalten. Er verzog den Mund zu einer so bitteren, schmerzlichen Grimasse, daß man meinen konnte, er würde gleich Gift und Galle spucken; dann überzog sich sein Gesicht dunkelrot. Er deutete mit dem Kopf zur Tür hin und sagte mit halberstickter Stimme: »Na gut, gehn wir!«

Sie gingen auf den Flur hinaus, ungezwungen, als wollten sie zum Abort oder etwas frische Luft schnappen, und setzten langsam einen Fuß vor den anderen. Die zwei Polypen am Ende des Flures sahen sie, sagten aber nichts; gute Kerle, die taten, als hätten sie keine Ohren und keine Augen. Tommaso suchte sich den Weg, den sie zurücklegten, genau einzuprägen. Sie stiegen in den Garten hinunter, überquerten den ganzen hufeisenförmigen Hof zwischen der Männer- und Frauenabteilung, und dort schlüpften sie in eine kleine unscheinbare Seitentür. Es war geschafft. Aufrecht, als hätten sie einen Stock verschluckt und als wäre es das Natürlichste von der Welt, verschwanden sie im Innern des Gebäudes. Da war ein kleiner Flur, der zum Büro der Aufseher führte, aber gleich dahinter öffnete sich eine winzige Tür zu einer Kammer.

Guglielmi war ein hochgewachsener Bursche mit breitem Rücken, ziemlich fleischig, und er blickte meist nachdenklich drein wie ein kleiner Junge, der vor sich hingrübelt; man sah ihm an, daß sein Zustand zu wünschen übrig ließ, er hatte graue Haut und blutlose, kleine, dicke, blasse Lippen. Sein Gefährte dagegen war blond, mit hellen Augen, einem länglichen Gesicht und dem Tonfall der Veronesen. Sie traten ein, als hätten sie ihr Leben lang dergleichen getan, und der Alte schloß die Tür hinter ihnen ab und nahm den Schlüssel mit.

Als er mit Tommaso wieder im Schlafzimmer angelangt war, sagte er, ihm mit der Hand zuwinkend: »Jetzt mußt du dich um die zwei kümmern. Ich hab noch anderes vor, und daß sie mich suchen, ist klar wie nur was. Da, nimm den Schlüssel! Und vergiß nicht, ihnen was zu fressen zu bringen, daß sie nicht wegen Hunger krepieren, wenn wir sie sonst durchbringen. Mach's gut, Junge, und paß auf wie 'n Luchs!« Er ging und warf die Tür hinter sich zu.

Tommaso blieb mit dem Schlüssel in der Hand zurück; halb gähnend steckte er ihn in die Tasche, und im stillen überlegte er, nicht gerade wütend, eher etwas belustigt: ›Scheiße! Da hab ich mir was Schönes eingebrockt!‹

Es war gegen vier, fünf Uhr nachmittags. Der Abend kam, einer jener herrlichen, reifen Sommerabende, an denen es gar nicht recht dunkel werden will; und wenn dann der Mond aufgeht, bleibt er sichtbar am Himmel stehen, ganz nah und warm, möchte man meinen; und wenn sein Licht auch nicht viel hergibt, schön ist's trotzdem.

Im Forlanini riß die Kette der Verhaftungen, der Übergriffe durch Polizisten, der Schläge mit dem Gummiknüppel nicht ab. Allenthalben Weinen und Schimpfen. Von hier verjagt zu werden, das bedeutete viel für einen Kranken, ja selbst für einen Rekonvaleszenten – ganz zu schweigen von denen, die ins Loch wanderten wie gemeine Diebe.

Tommaso hatte sich mit der Küchenmagd ins Benehmen gesetzt, allerdings nur durch Zeichen und Anspielungen, denn es lungerten überall Lumpen herum, seiner Meinung nach, und die Wände hatten Ohren.

Als sie das Abendbrot in Tommasos Zimmer brachte, waren es zwei Portionen mehr; sie spielte ihre Rolle, und zwar so deutlich, daß alle sahen, daß es Theater war. Sie platzte geradezu vor Stolz über ihre Mitarbeit; es fehlte nicht viel, und sie hätte sogar den Polypen beifallheischend zugeblinzelt. Tommaso packte mit Lorenzos Hilfe zwei Freßpakete, steckte sie sich unter die Jacke und machte sich auf den Weg.

Wieder durchquerte er den Hof, und als er schließlich die Tür zur Rumpelkammer öffnete, waren die zwei Gefährten immer noch drin, zwei alte geübte Zellenbewohner. Sie fragten sofort nach allem möglichen, wie die Dinge standen, ob man noch immer Kameraden verhaftete, und dies und jenes; sie wollten alles wissen. Was sollte Tommaso auf diesen ganzen Quark schon antworten? Er begütigte sie, wie man Kindern gut zuredet, damit sie artig bleiben, gab ihnen in allem recht, ließ sie mit ihrem Abendbrot allein, blickte sich vorsichtig um und trat den Rückzug an, wobei er sorgfältig darauf achtete, unbemerkt am Zimmer der Aufseher vorüberzukommen.

Dann legte er sich schlafen. Am nächsten Morgen war es das gleiche. Der Küchentrampel brachte zwei Portionen mehr als sonst. Erst gegen Mittag ereignete sich etwas Besonderes: Als die Wache wieder die Runde machte, traten sechs, sieben Polypen mit einem Kommissar in Zivil bei den Genossen ein, ließen sich die Ausweise zeigen, sahen allen genau ins Gesicht und fragten schließlich: »Kennt ihr einen gewissen Aldo Guglielmi?« Alle streckten das Kinn vor, warfen die Lippen auf, unschuldig, ahnungslos und mit einem bitteren Ausdruck in den Augen, als wollten sie ausspucken, um einen üblen Geschmack loszuwerden. »Wer kennt ihn denn? Was ist das für einer? Wer hat ihn zuletzt gesehen?« fragten die Bullen hartnäckig weiter. Der Kommissar entfernte sich, nachdem er die Anwesenden finster betrachtet hatte, und sein Blick versprach allerlei, nur nichts Gutes; er war es schließlich gewohnt, in allen Menschen Diebe und Lumpen zu sehen. Als er zur Tür hinaustrat, sahen sie seine fetten, kleinen Schultern, den Bauernschädel und den rasierten Nacken, und Tommaso rief ihm im Geiste nach: ›Verdufte!‹ Sein Mund zerriß beinahe, so sehr verzerrten ihn Empörung und Verachtung.

Dann, ein halbes Stündchen später, als die Wogen sich geglättet hatten und die Luft rein war, nahm er seine zwei Päckchen und ging los.

Die zwei Genossen waren inzwischen in ziemlich erbärmlichem Zustand, weiß wie Leintücher. Die Kammer hatte nur ein winziges schmales Fenster, hoch oben, und es standen zwei Bänke und ein Tischchen drin; dahinter gab es ein paar Duschen an der Decke – ein ehemaliger Wasch- und Umkleideraum, der nicht mehr benutzt wurde. Anderes Mobiliar gab es nicht, und die zwei Unglücklichen mußten auf dem Boden schlafen, denn die Bänke waren zu eng und zu kurz. Sie hielten ihre Knochen kaum noch richtig zusammen, doch das schien ihnen nichts auszumachen. Sie fragten wieder, wie es stehe, nach den anderen Freunden, der Lage, der allgemeinen Stimmung, nach Zeitungen. Als hätten sie nicht genug mit ihrer eigenen Situation und Stimmung zu tun! Hastig machten sie sich über das Essen her, ohne es auch nur näher anzugucken; ihnen war es gleich, was sie zwischen die Zähne bekamen. Beim Kauen schwiegen sie, und so konnte Tommaso Guglielmi darauf aufmerksam machen, daß man hinter ihm her war.

Da wollte Guglielmi nun alles ganz genau wissen. Als er mit dem Essen fertig war, erhob er sich in aller Ruhe und sagte mit seinem dicklichen Mund: »Hier in der Nähe ist das Büro der Inneren Kommission. Wartet 'n Moment, bin gleich wieder da!«

Er ging hinaus, und als er, noch weißer im Gesicht als vorher, wiederkam, trug er eine Schreibmaschine in den Armen. Er stellte sie auf das Tischchen, beugte sich darüber und mühte sich eine gute Weile ab, etwas zu tippen, durchzuixen und neu zu tippen. Als er schließlich sein Werk beendet hatte, drehte er sich zu Tommaso um und sagte: »Das ist 'ne Proklamation. Ich fordere die Patienten auf, Ruhe zu bewahren, und ich appelliere an die Polizei, Gewaltanwendung gegenüber Kranken zu vermeiden. Du mußt nun sehen, wie du die Blättchen hier an das Schwarze Brett der Inneren Kommission kriegst, entweder bei der Männerabteilung oder bei der Frauenabteilung, ganz wurst... Kann ich auf dich zählen?«

»Klar«, sagte Tommaso. Und bei sich selbst dachte er: ›Was, mein Guter, du weißt wohl noch nicht, wer hier vor dir steht, wer das ist, der Puzzilli, was?‹

»Gib her!« sagte er und nahm die beschriebenen Seiten an sich. »Wird schon klappen.«

Er schloß die beiden ein und ging wieder mit Unschuldsmiene durch Flure und über Treppen und durch die Anlagen. Er steckte die Hände in die Taschen, er schlenderte dahin wie früher, wenn er von zu Hause aufbrach, um ins

Kino oder zu den Freunden in eine Bar zu gehen, und er pfiff dabei vor sich hin:

Maruzzella, Maruzzeeeee ...

Er pfiff, sang manchmal leise die Worte des Liedes und kehrte so in die Männerabteilung zurück, wobei seine Augen aufmerksam umherspähten, ob Bullen oder irgendwelche Spitzel sich blicken ließen oder sonst eine Gefahr nahte. Wie üblich, standen Polizisten am Ende von Tommasos Flur Wache. Er ging ruhig an ihnen vorbei, den Mund zu einem halben Gähnen geöffnet, in den Augen einen Ausdruck gelangweilten Wohlbefindens.

Auch an seinem Zimmer ging er vorbei, wo Lorenzo und die vier Todeskandidaten durch die Tür nach ihm Ausschau hielten; er ging zur Treppe an der anderen Seite des Flures und stieg zum oberen Stockwerk empor. Aber das Büro, das er suchte, befand sich ein Stück weiter, hinter einer Biegung. Hier gab es mehr Zimmer und also auch mehr Betrieb.

›He!‹ dachte Tommaso in Alarmbereitschaft, ›ist was durchgesickert?‹

Hinter der Biegung waren nicht so viel Leute. Nur ein Haufen junger Burschen, die am Fenster frische Luft schöpften. Tommaso kannte sie gut genug, um zu wissen, daß es Kommunisten waren. ›Da kriegt man ja Herzweh von!‹ dachte er, und sein Gesicht glühte.

Einer hieß ›Banane‹, ein anderer Cecio, der dritte ›Bohnenstange‹. Einer von ihnen war als kleines Bürschchen Mitglied der Gobbo-Bande gewesen, und er hatte zugesehen, als man den Bucklingen, Gobbo höchstselbst, wie ein Sieb mit Kugeln durchlöcherte.

Die Krankheit hatte sie ausgezehrt, unter den Augen stießen die Backenknochen spitz vor und durchbrachen fast die Haut, das Kinn hing ihnen lang herunter und schob sich zugleich vor, in den Kinnbacken fehlten viele Zähne; ausgelaugt, geschunden waren sie, mit ihrer grauen Haut und den langen Haarsträhnen über dem Kragen der abgewetzten Jacke.

Als nun Tommaso an ihnen vorüberstreichen wollte, tauchten vom Ende des Flures her die Bullen auf, unter ihnen, flink wie ein Wiesel, der ekelhafte Bauernflegel von Kommissar mit dem himmelblauen Blick; alle waren bis an die Zähne bewaffnet und bereit, auf Befehl ein Scheibenschießen zu veranstalten.

»Wo kommt denn plötzlich der Mief her?« fragte Bohnenstange, halb aus dem Fenster blickend. Auch die Banane schnüffelte angewidert und schlug dem Freund dann fest auf die Schulter: »Na, irgend so 'n Stinktier!« erklärte er und deutete mit einem Blinzeln auf die Wachen. Sie freuten sich, grinsten, lachten prustend, sahen sich gegenseitig verständnisinnig an und dann wieder aus dem Fenster. »Hach!« rief Bohnenstange wieder, schlug sich in die Hände und rieb die Flächen genüßlich und gutmütig aneinander: »Ist ja 'ne schöne Gesellschaft das!«

»Paß nur auf«, rief Cecio auf einmal, »das macht leicht sechs Monate!«

Und er lachte schallend, die Zunge zwischen den Lippen, sabbernd und schmatzend. Jetzt hatte die Fröhlichkeit alle ringsum angesteckt: Zufriedenheit und Optimismus glühten in einem scheinheiligen Glanz von Unschuld und Tugend aus ihren Augen. Sie schüttelten sich vor Lachen, drückten das Kinn in den Kragen, bewegten es hin und her, als wollten sie sagen: ›Uns kann keiner!‹ Kaum wollte das Gelächter verebben, da fachte es einer aus der Gruppe mit irgendeinem neuen Witz, einer Anspielung auf die Bullen wieder an. Dabei blickten alle strahlend und harmlos in die Luft, niemand konnte behaupten, er sei gemeint.

Die Gesetzeshüter gingen an ihnen vorüber, blieben stehen, nein, doch nicht, doch, ja, nein, doch nicht, lieber Gott, wie wird's enden: na, ein Glück, sie gehen doch weiter, und was machen sie jetzt? Spucken wir ihnen auf den Kopf? Haut ab, verduftet, hol euch der Teufel! Und wieder friedliches Gelächter. Tommaso hatte sich zwischen sie geschoben, lehnte mit dem Rücken an der Wand, hielt die Hände in den Taschen und lachte mit den anderen unbeschwert vor sich hin.

Als die Polizisten weit genug entfernt waren, machte Tommaso »pss, pss« und ließ dabei sein Gelächter langsam und bedächtig ausklingen. Dann stieß er sich von der Wand ab, verließ die Gruppe und ging, unter den unsicher neugierigen Blicken der Genossen, Schritt für Schritt zum Schwarzen Brett neben der versiegelten Glastür. Er sah sich rasch nach links und rechts um, öffnete den Holzrahmen, Reißnägel waren vorhanden, sie steckten noch im letzten Anschlag; er befestigte die neuen Blätter darüber, schloß den Rahmen und ging davon.

Die anderen traten näher. Tommaso schritt an ihnen vorüber und flüsterte ihnen leise, aber in kühler Gelassenheit, als wäre er *The Scarlet Pimpernel* und befreite Adlige aus den Kerkern der Französischen Revolution, etwas zu: »Achtung, Freunde! Bitte benachrichtigt alle, daß sie kommen und lesen!«

Und kehrte zu seinem Schlafraum zurück.

Am nächsten Tag wurde das Forlanini weiter durchgekämmt, und es wurde womöglich noch schlimmer; denn da sich die Gemüter notwendigerweise etwas beruhigt hatten, fiel den Polizisten das Suchen leichter. Die Krankenwärter gingen wieder an ihre Arbeit, natürlich ohne irgend etwas erreicht zu haben außer, daß sie jetzt auch noch von den Polizisten überwacht wurden. Es erwies sich als immer schwieriger, den zwei Kumpanen etwas zu essen zu bringen.

Die Sonne glühte, sie stand im Zenit; was mußten die in ihrer Kammer für einen Hunger haben! Mit seinen Frühstückspaketen ging Tommaso seinen üblichen Weg zum Gebäude der Frauenabteilung, er tat alles, was menschenmöglich war, aber als er eben an die kleine Tür gepocht hatte und sich noch einmal umblickte, sah er einen Aufseher, Saletta mit Namen, zehn Meter entfernt dastehen und ihn betrachten.

Tommaso trat ein, sagte: »Ein Aufpasser hat uns entdeckt, der widerlichste Hurensohn, den es hier im Bau gibt.« Er steckte den Kopf zur Tür hinaus, aber der Aufseher war verschwunden.

»Der ist weg und holt die Polente!« meinte Tommaso. Jetzt war es ganz unmöglich geworden, zu bleiben: Alle drei machten sich auf und rannten davon.

Sie liefen eine Treppe empor, dann noch eine kleinere, durch einen Flur, und schließlich langten sie in einem Schlafraum an. Es waren nur drei Betten darin, mit Frauen belegt. Guglielmi kannte sie, und sie kannten ihn auch. Dort verbargen sie sich. Zwei Stunden lang redeten Guglielmi und eine der Frauen von Politik; aus Mailand oder Genua stammte sie und war Partisanin gewesen.

Die Stunde der ärztlichen Visite kam; keine andere Möglichkeit, als wieder unter die Betten zu kriechen. Drei Beamte erschienen mit dem Arzt, und so mußten die Freunde eine Viertelstunde lang regungslos zusammengekauert unter den Betten bleiben, bis Arzt und Gefolge verschwunden waren. Dann brachte eine Frau die Nachricht, daß die Polizisten, selbstverständlich von Saletta aufgehetzt, das ganze Gebäude durchsuchten und sich jetzt dem Zimmer näherten. Also auch hier konnte man nicht bleiben: Die Bullen waren jetzt nicht mehr so dumm oder gutmütig, sondern blickten auch unter die Betten. »Ich weiß noch 'n Platz«, meinte die Frau. Sie liefen mit ihr davon, einen anderen Flur entlang, eine Treppe hinab, und darunter klaffte eine halboffene Tür: Sie führte in einen Raum unter der Treppe, wo es so eng und niedrig und dunkel war, daß man sich gleich den Kopf an der Decke stieß. Die Frau eilte wieder hinauf, und sie blieben unten in ihrer neuen feinen Zelle, wo sie wieder ausgiebig über Politik reden konnten.

Schon wurde es Abend; es war so dunkel, daß man nicht die Hand vor Augen sehen konnte. Rauchen – was denn? Keiner hatte eine Zigarette bei sich. Langsam machte sich der Hunger wieder bemerkbar.

›Hier sieht man nicht mal, wenn's Morgen wird‹, dachte Tommaso.

Pezzo, der Bursche aus Verona, war ein Hitzkopf, der nicht viel zu sagen wußte. Wenn einer redete, war es Guglielmi; in aller Gemütsruhe, dabei rasch und geübt, bewegte er die dicken Lippen unter den etwas starren, nachdenklichen Knabenaugen im runden Kopf.

Und da hörten sie es endlich leise, vorsichtig an die Tür pochen: Vorsichtig, leise, öffneten sie, und im Licht, das aus dem Treppenhaus herabkam, sahen sie einen kleinen, untersetzten, dunklen Kerl stehen. Es war kein Patient, er trug einen schwarzen Kittel über dem Anzug und arbeitete als Fahrer der Vorortbahn, die hierher fuhr; auch ihn kannte Guglielmi.

»Die Frauen haben mir Bescheid gestochen«, erklärte er. »Los, ab mit uns!«

›Wohin mag's gehen?‹ dachte Tommaso, als er sich neugierig, gespannt, aber innerlich ruhig anschloß.

Der junge Mann führte sie durch einen Korridor, an dessen Ende sich eine niedrige Tür befand; man mußte zu ihr noch ein paar Stufen hinuntergehen. Hinter der Tür fiel eine zweite Treppe im Dunkeln endlos weiter ab. Doch der Fahrer hatte eine Kerze bei sich und leuchtete, so gut es ging. So gelangten sie in ein Kellergewölbe, und von diesem in ein anderes: Die ganze Krankenhausanlage war von Kellern unterhöhlt, so daß man auf diesem Wege von einem Ende zum anderen gehen konnte, wenn man Bescheid wußte. Sie schritten eine gute Weile aus, und dann stiegen sie wieder eine Treppe hoch. Oben war eine Tür, die zu einer Art Höhle führte, aber es war darin alles sauber und ordentlich eingerichtet wie in einem Zimmer. Sie lag zum Garten hin, unterhalb der Veranda am Seitenflügel des Männerblocks. Die Kameraden streckten den Kopf ins Freie. Draußen leuchtete mitten am Himmel ein schöner Mond über der Stadt. Man hörte Stimmen, Rufe, Gelächter und die Geräusche des Autobusses in der Via Portuense: die ganze Musik schöner Sommerabende.

Fünfzig Meter von ihnen entfernt, vor einer Tür, standen zwei Wachen; sie waren weit genug weg, und es gab Büsche und Bäume dazwischen, aber möglicherweise konnten sie einen doch entdecken. »Ich geh hin«, erklärte der Fahrer, »ich kümmer mich um sie.« Er drückte den zwei Genossen die Hand, wünschte ihnen alles Gute und ging, eine Zigarette anzündend, auf die Polizisten zu. Er sprach sie an, unterhielt sich angeregt mit ihnen und verstellte ihnen die Sicht.

Sofort duckten sich Tommaso und seine zwei Gefährten, strichen zwischen den Sträuchern hindurch und an Baumstämmen vorbei, sorgsam Deckung nehmend, und es brauchte nicht viel, um ans Ende des Gartens zu kommen: ein paar Sprünge auf dem trockenen Gras und über einige Beete. Da war die Einfriedung der ganzen Anlage, mit etwas Stacheldraht oben drauf. Und dahinter die Straße, die Via Portuense, mit vielen Menschen, die kamen und gingen, auf und ab, an den Häusern entlang, den alten, roten, zerbröckelnden Gebäuden und den ganz neuen, leuchtend weißen, links und rechts. Vor einer Reparaturwerkstatt hockte eine Reihe Burschen auf Motorrädern und Rollern, streitend, redend, bei laufenden Motoren. Die Busse fuhren vollbeladen vorüber, aus den offenen, beleuchteten Fenstern drang Sprechen und Singen, und die Stimmen verloren sich draußen in der warmen Luft unter dem Schimmer des Mondes.

Tommaso wollte gerade wie die anderen über den Zaun steigen, als Guglielmi ihn anhielt: »Was machst du denn da?« sagte er. »Wozu willst du denn wegrennen? Dich kennt keiner, kannst doch hierbleiben und dich auskurieren lassen!...« Zum erstenmal lächelte er ein wenig. »Hast doch wohl nicht etwa vor, 'n Verrückten zu spielen wie ich, was? Ich wollt immer noch mehr und mehr tun, sogar gegen Befehl von oben, von der Partei... Also streck bloß deinen Bauch in die Sonne, sag ich dir, und denk an die liebe Gesundheit!«

Gewiß, es hätte Tommaso schon in den Kram gepaßt, über den Zaun in die Freiheit zu klettern, aber er begriff, daß Guglielmi recht hatte, blieb unten und half den anderen hinaufzusteigen.

Ehe er ging, drehte Guglielmi sich noch einmal um und sah

Tommaso aus seinem armseligen runden Gesicht gerade in die Augen.

»Danke, Puzzilli!« sagte er. »Du bist richtig, einer von den Besten!« Und fest drückte er ihm die Hand.

Dann zog er sich am Zaun hoch, der Veroneser war schon drüben und erwartete ihn ungeduldig. Tommaso sah ihnen nach, wie sie im Laufschritt die Straße überquerten und den jenseitigen Bürgersteig erreichten, gleich neben der Autowerkstatt, und dann zur Bushaltestelle liefen. Rings um sie quirlte der Verkehr von Wagen, Motorrädern und Fußgängern: Es war die Stunde vor dem Abendessen, da alle Leute unterwegs sind. Aus ein paar alten Baracken kam ein Haufen kleiner Jungen hervor und machte sich auf den Weg, Gott weiß wohin.

Sie hatten einander die Arme um die Schultern gelegt, streckten die Rotznasen unter den krausen Schöpfen in die Luft und redeten großspurig, ohne jemanden eines Blickes zu würdigen. Die einen erzählten und prahlten, die anderen schwiegen, lachten nur hin und wieder vor sich hin. Und diese Jungengesichter über den schmutzigen Kragen der farbigen Hemden, die unordentlich offen standen, waren das Sinnbild der Glückseligkeit: Sie verschwendeten keine Blicke, sie gingen geradenwegs auf ihr Ziel zu, wie eine Herde von Böckchen, instinktiv, ohne zu denken.

Tommaso seufzte, ›Ich bin reich gewesen‹, dachte er, ›und hab's nicht mal gewußt.‹

Die Augustsonne glühte auf Staub und Wellblech, Rohrgeflecht und Kehricht. Vor den Hügeln am Aniene, unter
grauweißem Himmel, erstreckte sich Pietralata. Rechts die
alten Kasernen, und weiter hinten der ganze Bogen der
Wohnblocks und Häuserreihen, wie eine Art Eingebore-
nenstadt, wo es nach lauwarmem Unrat stank, daß einem
der Atem stockte. Von Zeit zu Zeit wehte eine frischere
Brise vom Meer herüber, nur ein Hauch, dann mischte sich
in den Häuserdunst aus Lumpen, Wellblech und Kinder-
urin der Flußgeruch von Schlamm und Schilf.
Tatsächlich, der Ort hatte sich ein wenig verändert. Im
Zentrum waren eilends sieben oder acht Häuserzeilen für
die Obdachlosen aufgestellt worden, drei oder vier neue,
große Mietskasernen, dunkel wie Gebirge, voll kleiner
Fenster, Höfe, Portale und Treppen, die den übriggebliebenen Häuschen ringsum und den hungrigen gelblichen
Wohnblocks die Sonne stahlen. Das ehemalige Kino ›Lux‹
weiter oben hieß jetzt ›Boston‹, die kleine Fabrik unterhalb
des Pecoraro-Berges hatte man geschlossen, und ihre Hal-
len dienten als Warenlager.
Tommaso trottete vergnügt auf der einsamen, sonnenbe-
schienenen Straße dahin, die Hände in den Hosentaschen;
ihm konnten all die Veränderungen nur recht sein. Er
blickte sich um wie ein Unternehmer, der nach längerer

Abwesenheit zurückkehrt und alles Neue sofort wahrnimmt, aber ebenso alles, was beim alten geblieben ist, denn er kennt ja das Gelände bis in den letzten Winkel. Mit sorgfältig gebundener Krawatte schlenderte er allmählich näher, ohne Eile, eher verhalten. Aber unter seinem ruhigen, zufriedenen, fast gelangweilten Aussehen dröhnte sein Herzschlag.

Je näher er der Bus-Haltestelle kam, desto mehr verstärkte sich das dumpfe Pochen, das er zwischen den Rippen spürte, so sehr, daß ihm schließlich ein bißchen die Knie zitterten, und obwohl er weiter von Schweiß troff wie ein undichter Wasserhahn, war er um die Nasenspitze blaß geworden, und seine Augen blickten ängstlich drein. Er gähnte, streckte sich und schlug die Hauptstraße ein, die zwischen den Häusern der Obdachlosen hindurch zum Parteilokal führte. Auf dem gepflasterten Hof stach einem nur die Sonne in die Augen, sonst war niemand da. Ringsum Schweigen. Tommaso zog den Schleim in der Nase hoch, machte zwei letzte Züge an seinem Stummel, den er kaum noch zwischen den Fingern halten konnte, so kurz war er, warf ihn fort und trat ein. Die Sonne war mit ihm in die beiden Zimmer des Häuschens eingedrungen, strahlte heiß auf den Staub, die rote Fahne in der Ecke und das Bild von ›Schnauzbart‹. Auch hier kein Mensch. »Entschuldigung«, sagte Tommaso mit belegter Stimme und ging ein paar Schritte tiefer ins Zimmer hinein. Dann entdeckte er im Schatten hinter der wackligen Theke einen schlafenden Mann. Es war Cazzimperio, der Wirt des Parteilokals. Er schlief auf einem durchgewetzten Stuhl, zwischen Theke und Weinbottich, die beide von der Hitze so ausgedörrt waren, daß man keinen Tropfen Wein finden konnte.

Der graue Schädel war auf die Stuhllehne gesunken; man

sah nur zwei Zähne, die aus dem schwarzen Mund herausragten, den Schnurrbart, die Nasenlöcher mit Rotzklümpchen und Haaren. Er schnarchte leise. Tommaso dachte: ›Zum Teufel mit ihm!‹ und ging in das angrenzende Zimmer, das große, wo manchmal getanzt wurde. Auch dort niemand, aber die Tür zum Parteibüro stand offen. Tommaso näherte sich und steckte den Kopf hindurch und wiederholte: »Entschuldigung«. Drinnen im Büro saß nur ein Mann, über den Schreibtisch gebeugt, und klebte Marken auf Briefumschläge. Bei jedem noch so leichten Schlag mit der Faust wackelte der ganze Tisch.

»He, Persichi!« sagte Tommaso, der den anderen, wenn auch nur flüchtig, kannte. Dieser hob den Kopf, musterte Tommaso einen Augenblick und neigte sich wieder über seine Arbeit.

»He«, sagte Tommaso, »sag mal, wie geht's denn nun weiter?« Er schwieg einen Augenblick, eingeschüchtert durch das, was er sagen wollte, und fuhr in möglichst gleichgültigem und alltäglichem Ton fort: »Ich war im Forlanini, und da wollt ich mich auch einschreiben in die Partei... Aber bei dem Zirkus, den wir da veranstaltet haben, haben sie mir geraten, ich soll warten, bis ich wieder draußen bin... Nun bin ich hier – und was nun?«

Der andere blieb still und klebte zwei, drei weitere Briefmarken auf. Tommaso wartete und wußte nicht mehr, was er sagen sollte; er war etwas erschöpft von der Erregung. Der Bursche am Tisch hob die Augen und bewegte den blassen Mund, in dem ein paar Zähne fehlten. »Jetzt ist kein Mensch hier.«

Tommaso verzog ebenfalls das Gesicht und fragte: »Und wann muß ich antreten?«

Aber der andere war schon wieder über seine Marken gebeugt; auch diesmal klebte er erst zwei, drei auf, ehe er den Kopf hob, als müßte er etwas Wichtiges, Dienstliches mitteilen: »Später. Da ist 'ne Versammlung.«

»Später wann?« beharrte Tommaso.

»Um fünf oder sechs 'rum«, verkündete Persichini und sah ihn schweigend, ernsthaft und mit leicht geöffnetem Mund an.

»Ist gut«, sagte Tommaso nach einer Weile und wandte sich zum Ausgang. »Also komm ich später nochmal«, fügte er hinzu, aber der andere hörte schon nicht mehr hin; er leckte schon wieder mißmutig und streng seine Briefmarken.

Draußen war die Hölle. Alles grau und matt. Die Häuserreihen prangten farblos in den leeren Straßen, zwischen den blätterlosen Gärtchen, wo kein Tupfen Grün leuchtete.

Beim Gehen klebte sein Anzug wie ein feucht-warmer Lappen an ihm.

Die Straßen führten alle mitten in die Ortschaft, die sich gelblich von Hügeln und Müllhaufen abhob; im Hintergrund sah man die kleine Holzkirche. Aus einer dieser Straßen kam eine Art Nigger hervor: an den Füßen zerschlissene Gummischuhe, darüber Niethosen und den Oberkörper nackt; das Trikothemd trug er in der Hand. Als er näher kam, erkannte Tommaso Zucabbo. Er war groß und feist geworden, hatte ein Doppelkinn, und seine ehemals braunen Haare leuchteten blond in der Sonne.

»He, wo kommst denn du her?« fragte er Tommaso.

»Was hast denn du gemacht?« entgegnete Tommaso statt einer Antwort, und deutete auf den blonden Kopf.

»Ich hab mir's mit Wasserstoff gebleicht«, antwortete Zucabbo grinsend. »Bei der Porta Portese«, fügte er hinzu, »da war 'n Blonder, ein gewisser Robert, aus Mandrione, aber mit richtigen, echten blonden Haaren, wie Gold, mit 'ner Tolle, die ihm bis ins Auge hing. Das hat mir mächtig imponiert, und da hab ich sie mir eben auch gebleicht. Aber nicht bloß ich, nein, da waren mindestens fünfundzwanzig drin, alle beim Bleichen.«

»Ist gut«, antwortete Tommaso. »Und wohin gehst du jetzt?«

»Baden«, erklärte Zucabbo. Tommaso überlegte kurz. »Nimm mich mit«, sagte er. Sie gingen an den letzten Wohnblocks vorbei, überquerten die Straße nach Montesacro und tauchten in den Feldern unter.

Dort war alles verbrannt, das Gras gelb; grün waren nur ein paar Schilfstengel längs des Flusses. Die Bäumchen, Pfirsiche, Lorbeer, alles war schwarz, krumm, mit vielen Zweigen, aber als wäre es Winter: ganz trocken, ohne ein Blatt. Drum herum war das Gras verbrannt, man sah die schwarzen Ascheflecken zwischen den ausgedörrten Sträuchern.

Keine Menschenseele ließ sich in dieser verkohlten Ebene blicken, außer einigen Bürschchen, die halbnackt herumliefen wie Zucabbo.

Unterwegs unterhielten sich die Freunde über alles mögliche; am meisten über gemeinsame Freunde, denn Tommaso war länger als ein Jahr fortgewesen und hatte keine Ahnung, wie es ihnen ging. Neuerdings wohnte fast niemand mehr in »Klein-Schanghai«. Neue Leute hatten die Baracken bezogen, fast alles Bauerntölpel aus den schmutzigsten Dörfern Apuliens und Calabriens. Lello bettelte nach wie vor in Rom, und alle anderen gingen im *Coeli* mehr oder weniger ein und aus.

Schwatzend kamen sie zur Aquädukt-Brücke, stiegen am

Röhricht entlang hinunter und langten auf dem kleinen Strand an. Der war voll nackter, schwarzer Jungen, die ins Wasser hineinliefen und wieder auf den stinkenden Sand herauskletterten. Zucabbo zog sich die Hosen aus, dann die Gummischuhe, wobei ein entsetzlicher Geruch aufstieg.

»Und Cagone?« fuhr Tommaso fort sich zu erkundigen.

Zucabbo sah ihm in die Augen, mit einem Ausdruck heiteren Staunens. »Was, das weißt du nicht?« fragte er.

»Nein«, sagte Tommaso.

»Hast nichts von Cagone gehört?« vergewisserte sich Zucabbo, schon ganz nackt. »Also denn hör zu!« Mit bloßem Hintern auf dem schmutzigen Sand sitzend, zog er sich die Socken aus und begann zu erzählen.

Cagones Mutter, die ›Vecchiona‹, ging bekanntlich auf den Strich. Seit vier oder fünf Jahren war Cerchi ihr Stammbezirk, und jeden Abend, wenn es dunkelte, blieb sie dort bis zur letzten Straßenbahn, die sie wieder nach Monteverde Nuovo, zu den Kasernen von Piazza San Giovanni die Dio, zurückbrachte. Dort wohnte sie mit Zaraffa, ihrem Zuhälter. Sie hatte fünf oder sechs Kolleginnen: die Spanierin, die Capitana, Marisa, die sich wie sie oberhalb der Passeggiata Archeologica installierten, auf dem zerfallenen Mäuerchen um Cerchi herum, oder inmitten des großen, ovalen Rasens, am Abhang unterhalb des Romulus-und-Remus-Platzes, zwischen dem Gestrüpp, im Schlamm.

Manchmal kamen die Kunden zu Dutzenden: Da waren die kleinen Rasenflächen, eine davon zur Hälfte asphaltiert, wo morgens die Kinder Ball spielten. Dann wimmelte es wie in einem Ameisenhaufen. Man sah die weißen Hemden, Trikots, die sich im Dunkeln dahin und dorthin bewegten, die roten Pünktchen aufglimmender Zigaretten.

Wenn auch noch der Mond schien, war es wie am hellichten Tag. Die Halbstarken, die jungen Burschen, die Soldaten, aber auch angejahrte Betrunkene standen auf den Plätzen herum oder versuchten anzubändeln. Die Nutten zogen sich in den Schatten der Böschungsmauer unterhalb des Platzes zurück, und dort buddelten sie sich Gruben in den Erdboden.

Oft kam es zu Schlägereien; ganze Banden von Halbstarken erschienen, rauflustig, ausgehungert und zu allem entschlossen; die gaben keine Ruhe, bis nicht wegen irgendeiner Dummheit ein Streit vom Zaun gebrochen war. Und da die Nutten nicht nachgaben, nahmen die Streitereien kein Ende. Manchmal kam dann im besten Getümmel die Capitana angerannt und kreischte: »Die Öffentliche!« oder ganz geistreich: »Die öffentliche Fürsorge!« – und dann machten sich alle in der hellen Dämmerung dahin und dorthin davon.

Eines Winterabends, während Tommaso krank im Forlanini lag, kamen ein paar Jungen aus der Via Purtuense in Cerchi an, vier oder fünf, nicht mehr. Sie ließen ihre Mopeds oberhalb des Mäuerchens und stiegen pfeifend und singend wie die Grasmücken herab.

Am Tag zuvor hatte es ein bißchen geschneit, und zwischen gefrorenen Schlammrändern waren einige graue Schneereste liegengeblieben. Angeregt von der weihnachtlichen Luft – mehr als von der Gegenwart der Dirnen, die man unten zwischen anderen Gruppen von Burschen sehen konnte – fingen die Kumpane an, noch lauter zu singen und umherzuschwärmen. Einer war dabei, fast kahlgeschoren und mit abstehenden Haaren im Nacken, mit einem Gesicht, als wäre er einer Klapsmühle entsprungen; man bekam Angst, wenn man ihn nur ansah. Einer stammte aus dem Norden, und da er ein bißchen schüchtern war, machte er noch mehr Krach als die anderen. Dann gab es noch zwei Rothaarige mit Sommersprossen im Gesicht und vor Kälte weißer Haut: vielleicht Brüder.

Der Verrückte stak in einem Mantel, der ihm bis auf die Hacken reichte, den Kragen hatte er oben am Hals fest zugeknöpft. Er hieß Buretta. Plötzlich machte er ein noch idiotischeres Gesicht als sonst. Er sagte: »Wasser im Mund«, nahm etwas Schnee auf, drückte sich einen Ball zurecht und steckte ihn in die Tasche.

Mit den anderen im Schlepptau, aber ohne ihnen zu verraten, was er vorhatte, machte er sich an eine Nutte heran, die ein bißchen abseits mit ihrer Handtasche herumstrich. Er spielte den braven Jungen, sprach vom Wetter, von der Kälte, fragte sie, wie teuer sie sei, und lauter solch schöne Sachen. Dann setzte er sein bescheidenes Jungengesicht auf und bat sie, es ihm doch mal zu zeigen. Er bettelte so lange, bis die Nutte, nur um ihn loszuwerden, ihre Röcke bis über den Bauchnabel hochhob. Er hatte die Hände noch in den Manteltaschen, und jetzt holte er den Schnee heraus, der ein bißchen geschmolzen war, und schleuderte ihn ihr in den Schoß, der schwarz war wie der Eingang zur Hölle. Die Dirne fing vor Kälte und Wut wie verrückt zu kreischen an, während die anderen sich vor Lachen am Boden wälzten. Nachdem die Burschen auf den Geschmack gekommen waren, streiften sie umher und wiederholten den Scherz bei anderen, einschließlich der Vecchiona. Erst als es keinen Schnee mehr gab, schlichen sie davon. Sie kamen fünf oder sechs Tage später wieder, stellten ihre Mopeds am üblichen Platz ab und liefen auf den Rasen. Von Schnee gab's jetzt keine Spur mehr. Es war schön mild, so daß man fast meinen konnte, es würde Frühling. Buretta hatte nicht einmal einen Mantel an, er war nur im Pullover gekommen, mit einem Schal ›zur Zierde‹. Man sang und lachte. Plötzlich hatte Buretta wieder einen Einfall; er machte ein schlaues Gesicht, wie wenn er einen völlig einzigartigen Entschluß gefaßt hätte, und sagte: »He, sucht mal 'n Stück Papier, aber ein starkes, Packpapier, wenn's geht.«

Die anderen suchten, vor sich hinfluchend, nach einem Papier. Sie fanden bald ein Stück, denn in Rom gibt es überall Papier. Es war in der Tat Packpapier, dick und gelb. Buretta strich es ordentlich glatt, weil es ein bißchen zerknittert war, wischte den Staub ab und legte es ausgebreitet auf den Boden. Dann machte er sich den Gürtel auf, zog die Hose herunter. Die anderen hielten sich die Nasen zu, schrien »Schwein, Stinkvieh!«, liefen ein Stück fort und warteten ab. Als er fertig war, machte Buretta ein Paket daraus, das er diesmal nicht in die Tasche steckte, sondern hinter seinem Rücken verbarg. Langsam schlenderte er auf die Dirnen zu.

Die erste, die ihnen begegnete, war die Vecchiona. Bei der zahlreichen Kundschaft in den letzten fünf, sechs Tagen erkannte sie die Brüder natürlich nicht wieder. Buretta machte sich mit einer Hand bei ihr zu schaffen, als ob er ernsthafte Absichten hätte, dann riß er ihr mit einem Ruck den Rock hoch und klatschte ihr das Paket gegen den Pelz. Die Vecchiona fing aus vollem Halse an zu kreischen, und ihr wurde fast schlecht von dem entsetzlichen Gestank. Buretta und die anderen drei machten sich brüllend vor Lachen davon; man hörte ihr Geschrei, bis es sich schließlich mit dem Motorengeknatter entfernte.

Eine Woche später kehrten sie noch einmal zurück. Mittlerweile hatten sie Geschmack an der Sache bekommen. Buretta machte sich von neuem mit einem Paket hinter dem Rücken und seiner grinsenden Gefolgschaft auf die Suche nach einem Opfer. Aber diesmal wurden die jungen Herren schon erwartet. Alle Zuhälter hatten sich an den letzten vier, fünf Abenden auf den Wiesen eingefunden. Dort mischten sie sich unter die kommenden und gehenden Kunden, anstatt wie sonst weitab auf dem Platz zu warten. Auch Giovanni Patacchiola, Zaraffa genannt, war gekommen; er führte sogar den Trupp der Rächer an, denn seine Vecchiona hatte ja die Schweinerei abbekommen. Als also die vier Strolche mitten auf der Wiese angekommen waren und sich an eine Dirne heranmachten, stieß diese sie sofort gegen die Brust, schwenkte ihre Handtasche hoch in die Luft und schrie wie am Spieß. Die vier waren etwas eingeschüchtert und unschlüssig vor Überraschung. Buretta stand da, das Paket in der Hand, und guckte sie aus seinen irren Augen an. Da kamen die Zuhälter auch schon aus dem Schatten unterhalb der Böschung heran, hinter ihnen die Vecchiona und die anderen wie Hühner gackernden Dirnen.

Patacchiola fiel Buretta in den Arm, der das Paket fallen ließ. Es öffnete sich. Erklärungen waren nun nicht mehr nötig. Doch Buretta gehörte nicht zu denen, die sich drükken, und so begann eine haarige Prügelei; erst zwischen den beiden, dann mischten sich die anderen ein und brachten sich fast um. Dem Jungen aus dem Norden zerschlugen sie einen Kiefer, er spuckte Blut und Zähne; die beiden rothaarigen Brüder, die zu kneifen versucht hatten, kamen mit geschwollenen Augen und angeknacksten Rippen davon. Buretta war nicht zimperlich; nach einem Faustschlag von Patacchiola schlug er lang hin auf den Boden, mitten in den Dreck. Er tat, als wäre er ohnmächtig geworden. Aber kaum hatte Patacchiola ihm den Rücken gekehrt, um den anderen in den Bauch zu treten, da spritzte Buretta auch schon wieder auf die Füße, ein blankes Messer in der Hand. Vier- oder fünfmal stach er zu, Patacchiola in den Rücken, und nun war der an der Reihe: Er fiel und brüllte sich die Seele aus dem Leib.

Während Zaraffa im Krankenhaus lag und dann im Kittchen saß, wollte die Vecchiona zwei Fliegen mit einer Klappe schlagen: nämlich Zaraffa loswerden, und ebenso ihren Sohn, Cagone.

Noch in der Nacht der Messerstiche bei Cerchi, als Zaraffa verwundet wurde und alle sich dünnemachten, nahm die Vecchiona statt der 13 nach Monteverde die 23 und danach den O-Bus nach Ponte Milvio.

Dort, unterhalb der Neuen Brücke, zwischen dem Tiber und der Villa Glori, gab es zwei Barackendörfer, ein größeres und dann ein kleineres mit Hütten, die rund oder spitz, aus alten Wagen oder abgetakelten Autos gebaut waren, eine grün, die andere blau, zwischen lauter Trümmern und Kehrichthaufen. In einer dieser Baracken wohnte eine alte Freundin der Vecchiona, mit der zusammen sie als Kind bei den Nonnen gewesen war. Die hatte ihr schon seit einiger Zeit in den Ohren gelegen: »Komm doch zu mir, was hält dich denn? Hast du was dagegen, dich zu verbessern?« Nun nahm die Vecchiona die Gelegenheit wahr und zog zu der Gefährtin. Als sie dort war, begann sie wieder heimlich das Trottoir abzuklappern, Via Flaminia, Ponte Milvio, Acqua Acetosa...

Es verging eine Woche, ein Monat, und es kam die Zeit, da Zaraffa wieder auftauchte. Er hatte in Ruhe seine Nachforschungen betrieben, hatte hier und dort herumgefragt, bei allen Leuten der Zunft, hatte sich mit einem Zuhälter zusammengetan, der sein Glück gemacht hatte und in ganz

Rom mit dem Wagen herumfuhr. Schließlich kam der erwartete Augenblick, und eines Abends stand er vor der Baracke. Die Vecchiona war zu dieser Stunde draußen auf dem Strich. Er aber setzte sich still unter das Vordach, zwischen zwei oder drei Blumentöpfe, und rauchte im Dunkeln. Als die Vecchiona im Morgengrauen mit lahmen Knochen zur Baracke zurückhinkte, war sie so müde, daß sie ihn nicht einmal sah. Vielleicht wurde sie auch durch die Sonne geblendet, die eben frisch hinter den Dächern und den Bäumen aufging. Er erhob sich, zog das Messer, und plötzlich aufbrüllend wie ein Tier, stieß er es ihr zehn-, zwölfmal in den Leib.

So hatte Cagone von einem Tag zum andern keine Chance mehr. Ein richtiger Dieb war er eigentlich nie gewesen, jedenfalls kein ›Profi‹; sie nahmen ihn zwar oft hops in Pietralata, aber bloß als Herumtreiber und alten Kunden. Es handelte sich immer nur um kleine Streifzüge, die nichts oder kaum etwas einbrachten – und wieviel Hunde balgten sich um den Knochen! Außerdem war Cagone krank. Mehr oder weniger war er es schon immer gewesen. Doch jetzt verbrachte er tatsächlich den ganzen Tag auf dem Klo. Und außer der Darmgeschichte hatte er noch eine andere Krankheit, deren Namen er nie richtig lernte; sie blähte ihn auf, als hätte er Gas unter der Haut. Manchmal schwoll sein Hals an, manchmal eine Lippe, manchmal ein Lid. Die Haare waren ihm über der Stirn fast ganz ausgefallen, und die Löckchen, die ihm blieben, hingen ihm alle in den Nacken. Seitdem seine Mutter sich verflüchtigt und ihm dadurch seine Rente gestrichen hatte, gab es mehr Tage, an denen er nicht aß, als Tage, an denen er aß. Mittags holte er sich eine Schüssel Minestra bei den Mönchen. Abends ein bißchen hier, ein bißchen dort. Wenn er Geld hatte, manchmal sogar zwanzig oder dreißig Tausender, gab er alles in einer Nacht mit irgendeiner Hure aus.

Eines Tages verschwand Cagone; tags darauf sah man ihn nicht wieder, auch nicht am übernächsten. Am vierten Tag hatten Freunde von ihm in einem Textilladen bei den Wiesen etwas ›abzustauben‹, und bei der Gelegenheit suchten sie ihn. Sie betraten die Baracke in der Via delle Messi d'Oro, wo er wohnte, und stießen fast mit der Nase gegen seine Schuhe. Er hatte sich an einem Dachbalken aufgehängt. Wie dieser kümmerliche morsche Balken drei Tage lang das Gewicht ausgehalten hatte, konnte man wirklich nicht begreifen.

Gähnend schnürte Zucabbo sein Bündel mit dem Gurt zusammen und warf es zu den anderen. Er schwamm sofort pfeifend los, zum kleinen Floß. Tommaso hingegen nahm kein Bad. Während Zucabbo schwamm, kauerte er auf dem Sand, an die steile Uferböschung voll trockener Wurzeln gelehnt, so gut es ging im Schatten.

Ringsum standen die dürren Schilfrohre. Trocken waren auch die Stengel der meterhohen Pflanzen auf der anderen Seite des Wassers: schwarz und verschrumpelt, zerbröckelten sie, sobald man sie anrührte, wie Asche, wie verbrannte Pappe.

Dazwischen, dicht an dicht, wie eine Pflanzung in der Pflanzung, gab es weiße Pusteblumen, groß wie Fäuste, auf zerbrechlichen Stielen. Sie waren kahl und trugen nur noch den Fruchtstand, da all das weiße Zeug schon auf das sandige Gras und die Kothaufen gefallen war. In der Umgebung, auf den Dämmen, sah man da und dort verbranntes Stroh, einen Streifen verbrannter Wiese oder eine ver-

brannte Pflanze, von der nur schwarzes Pulver übriggeblieben war. Der Wind hatte dieses Pulver überallhin ge-
weht und alles damit beschmutzt; wo man die Hand auch
hinlegte, zog man sie schwarz wieder zurück.

Dieser dunkle Staub bedeckte alles, den Haufen vertrock-
neter Blumen, den Samen der Pusteblumen, der daraufge-
fallen war, die Brennesseln, das Unkraut, das im Sommer
wie dürre, moderige Schlangen überall hinkriecht, die
Müllhaufen mit Blechdosen und alten Medizinschachteln,
Scherben, Kot, alles von Gestrüpp überwuchert, unter der
kochenden Sonne, die ebenfalls schwarz schien.

»Es ist eben September«, würde sie sagen, wenn man sie
fragen könnte.

Tommaso, der darauf wartete, sich wieder im Büro der
Partei zu melden, versuchte etwas zu schlafen, aber es gelang ihm nicht, da die Sonne ihm zu sehr aufs Hirn brannte. Die Stunden schlichen nur so dahin. Sein Herz klopfte
heftig, sobald er daran dachte, wie er sich den Genossen in
Pietralata vorstellen wollte. Es erschien ihm unmöglich, daß
sie ihn nicht mit offenen Armen, ja geradezu als einen Bruder aufnehmen sollten.

Er hatte nicht einmal die Schuhe ausgezogen, die sich nun
langsam mit Sand und Dreck füllten. Ringsum badete alles
im schwarzen, fettigen Wasser; von Zeit zu Zeit trieb die
leichte Strömung Schaumfäden vorbei.

Sie schrien alle wie verrückt und zankten sich, die Kleineren
weiter unten, an der Biegung, die Größeren, wie Zucabbo,
mehr in der Nähe bei den Kleiderhäufchen. Dann fingen
sie an Karten zu spielen, hingehockt an die Böschung.

Tommaso und Zucabbo machten mit, dazu ›Brooklyn‹
und Droga, zwei Kerle, die nicht mehr alle Tassen im
Schrank hatten und sich kaum auf den Beinen halten konn-

ten; wenn sie sprachen, das heißt mühsam die Worte zwischen den Zähnen hervorbrachten, spritzte der Speichel, und in ihren Augen tanzten Flämmchen. Zwei, drei Runden wurden gespielt, bis die Sonne sich neigte.

Dann erschien am anderen Ufer ein Schwuler, um mit den Augen ein bißchen zu frühstücken. Die Knirpse kannten ihn, sie und Zucabbo warfen sich ins Wasser, um hinüberzuschwimmen und ihm das Geld abzuknöpfen.

Tommaso kam wieder zu früh im Parteilokal an. Aber nun blieb er und wartete. Nicht einmal Persichini war mehr da, doch die Tür stand offen, und man hörte hinten in der Wirtsstube einige Stimmen. Tommaso setzte sich auf einen Stuhl, allein mit der roten Fahne, und begann, in Zeitungen zu blättern, die auf dem Fußboden im Staub aufgehäuft lagen.

Aber es gelang ihm nicht, zu lesen, die Stimmen lenkten ihn ab. Er konnte sie nicht richtig verstehen, denn im Haus nebenan grunzten die Schweine. Tommaso erhob sich also und setzte sich in die Nähe der Tür, um besser hören zu können. Allmählich verstand er, worum es ging. Da war die heisere, etwas versoffene Stimme eines älteren Mannes, die sagte: »Man müßte sterben, um wiedergeboren zu werden! Ah, zu meiner Zeit, zur Zeit Pontes, das war ein Leben! Als ich zwanzig war, da gab es keine Kette, die mich gehalten hätte!« Er machte »Ahh«, wie wenn man sich einen Schluck Wein hinter die Binde gießt, und fing von neuem an: »Es genügte, zwanzig zu sein, früher, um die Welt zu kennen; heute reichen nicht einmal mehr sechzig! Seht euch die Messerstiche an, die ich am Leib habe, seht sie euch an!«

Aber eine jüngere Stimme unterbrach ihn schnell: »Zum Teufel, was redest du da immer von früher! Heute ist heute!«

Der zuerst gesprochen hatte, spielte ein bißchen den Beleidigten. Der Stimme nach mußte es ein gewisser Di Nicola sein, ein älterer Mann um die Fünfzig, den Tommaso schon seit langem, von Kind auf, kannte. »He, Jungs«, fing Di Nicola wieder an, mit leiser Stimme, »damit das klar ist – was ich tue, tue ich für euch... Weil ihr nicht arbeitet! Fünftausend in der Tasche, und ihr fühlt euch wie 'n Bonze. Aber ich will nicht, daß es eines Tages stinkt und mein Name herauskommt! Von wegen! Das kommt nicht in Frage!« Eine Friedhofsstimme antwortete ihm, das war der Wirt, Cazzimperio, mit seinen zwei Zähnen im Maul, als wäre er ein Hundertjähriger: »Aber wie solln sie's denn rauskriegen? Willst wohl 'n Witz machen? Und dann: wenn schon! Wenn einer berappen muß, dann eben nur einer und nicht alle vier!«

»Bitte, wer soll's denn sein, der eine, der sich's auflädt?« Jetzt sprach einer mit tiefer, brummender Stimme wie ein zerbrochenes Grammophon: Delli Fiorelli.

Cazzimperio gab sofort geifernd zurück: »Na, wer am wenigsten zu verlieren hat, ist doch klar, oder etwa nicht? Ihn können wir ja wohl nicht vorschicken.« Sicherlich zeigte er auf Di Nicola. »... oder mich vielleicht! Nein: einer von euch beiden! Im schlimmsten Fall, was kann dir schon passieren? Wird sich darum handeln, daß du hier nicht mehr auftauchst, und was macht dir das schon! Wir müssen die Schnauze halten, denn 'n Skandal kann die Partei nicht brauchen!«

»Wie man so sagt«, antwortete Delli Fiorelli, »solange es gut geht, geht's gut. Und«, fügte er ungeduldig hinzu, »wieviel ist gestern abend herausgekommen?«

»Hundert Eintrittskarten, zwanzig Tausender«, antwortete die Stimme des Vierten, den Tommaso nicht kannte.

»Das ist die Summe, weißt du doch! Mehr geht nicht.«

›Das muß der sein, der die Eintrittskarten abreißt‹, dachte Tommaso.

Drüben blieben sie still: sie teilten sich in die Beute, und jeder schwieg und sah auf seinen Teil, auf das Häufchen zerknitterter Hunderter vor sich.

›Was machen die bloß?‹, dachte Tommaso. ›Eintrittskarten? Was für welche? Ach so! Sie klauen die Eintrittskarten vom Ball! Na klar. Delli Fiorelli gibt sie zurück, anstatt sie abzureißen und wegzuwerfen! Da sieht man's mal, diese Juden, die stecken jeder fünf Tausender ein!‹

Drüben war Stille. Sie brauchten Zeit, um das Geld zu teilen. Man hörte die Schweine hinter der Wand grunzen, und das Geschrei der Kinder, die in der kühler gewordenen Luft zwischen den Hütten spielten.

Di Nicola fing von neuem an: »Jungs«, sagte er, »das sind fünf Tausender für jeden pro Woche; am Ende des Monats sind's zwanzig Tausender, und mit zwanzig Tausendern kann man schon 'n bißchen was anfangen... Ich zahle davon meine Miete! Und dann springt mal auch was anderes dabei heraus, wenn wir diesen Wein panschen...«

»Wieviel Liter gehen hier weg, jeden Tag?« fragte der Kartenabreißer trocken den Wirt.

»Hundert Liter, zwei Fässer«, antwortete Cazzimperio mit unzufriedener Miene und süßer Stimme, »mal mehr, mal weniger... Ich seh da keinen Vorteil dabei!« Er wiegte bekümmert den Kopf.

»Was, keinen Vorteil?« knurrte Delli Fiorelli.

»Fünf Tausender steckst du gern ein, was, wenn der hier und ich uns in die Scheiße setzen. Aber du willst nichts riskieren. Solche krummen Touren gefallen mir nicht. Mußt schon auch mal was leisten, wenn du Zaster haben willst!«

Di Nicola mischte sich ein, um den Wirt in Güte zu überzeugen: »Warum auch nicht! Wenn wir noch fünf Tausender mehr im Monat einsacken können, stinken die vielleicht? Wir können genauso gut wie die Partei vierzig Lire für 'n Liter geben bei diesen Bauern. Das ist meine Sache! Du brauchst nur hier zu panschen! Wenn du bei dreitausend Liter im Monat nur tausend von unserem genommen hast, weißt du ja, wieviel das macht!«

›Mistbande!‹ dachte Tommaso, ›die verkaufen noch das Kreuz Christi!‹

In diesem Augenblick trat Persichini wieder ein; mit mürrischen, hellen Augen und dem Goldzahn im halboffenen Munde blickte er geschäftig um sich.

Er entdeckte Tommaso, und ohne ihn weiter zu beachten, selbst schon zupackend, rief er ihm zu: »Hilf mir, die Bänke für die Versammlung aufzustellen!«

Ohne sich von dem rauhen Ton beeindrucken zu lassen, der, wie er wußte, hier am Platze war, fing auch Tommaso an zu werken. Er ging ins Nebenzimmer und trug die Bänke, die im Wirtszimmer und im Büro übereinandergestapelt waren, in den Saal. Die Bänke wurden in Reihen vor dem Schreibtisch aufgestellt, und kurz darauf erschienen die ersten Besucher, die sich aber erst noch vor dem Haus an einem schattigen Platz im Hof niedersetzten und schwitzend warteten.

Nach einer Weile kam eine größere Gruppe, zusammen mit den Versammlungsleitern, alle aus Pietralata selbst. Die Versammlung hatte zum Ziel, die Verbreitung der Parteipresse zu fördern und das Fest der Einigkeit vorzubereiten. Deshalb waren auch Junge und Alte gekommen. Sogar der Presse- und Propaganda-Referent war da. Als er ankam, folgten ihm alle anderen nach und nach in den

Saal und wischten sich den Schweiß ab. Sie standen zusammengedrängt herum, und nach kurzer Zeit verbreitete sich ein Gestank von staubigen, verschwitzten Kleidungsstükken, daß einem schlecht werden konnte.

»Wer ist denn das da, muß ich zu dem hin?« fragte Tommaso Persichini und zeigte auf einen, der ihm der Sekretär zu sein schien, da alle bei ihm Schlange standen. Es war ein gewisser Passalacqua, den Tommaso schon seit Jahren kannte.

»Siehst du doch!« gab Persichini zurück.

»Kann ich mich jetzt vorstellen?« fragte Tommaso wieder, und fühlte den Speichel im Munde.

»Hast wohl ’n Knall!« Persichini hatte andere Dinge im Kopf. Tommaso ging auf Passalacqua zu; aber da nahm Di Nicola diesen gerade beiseite, leckte ihm die Füße und tischte ihm wer weiß was für Lügen auf. Tommaso hatte das Nachsehen.

Dann wurde sofort die Diskussion eröffnet, und alle setzten sich auf die Bänke. Tommaso mußte sich bis zum Ende der Sitzung gedulden. Etwas abseits lehnte er mit einer Schulter an der Wand und blickte umher, während der Propagandaredner den Boden für die Ergüsse der anderen vorbereitete. Di Nicola kannte er gut, und auch den vierten, den mit den Eintrittskarten. Er hieß Di Santo und saß auf der Bank neben Cazzimperio. Delli Fiorelli hingegen hatte sich zwischen die jungen Männer gesetzt, die ihre Schnauzen alle in eine Richtung streckten und begierig darauf warteten, daß sie an die Reihe kämen und man endlich vom Fest und vom Tanz sprechen konnte.

›Dich kenne ich‹, dachte Tommaso, verstohlen Di Nicola beobachtend, der unschuldig wie ein alter Prophet auf seiner Bank saß, das karierte Hemd über seinem schwarzen

Wanst. ›Du bist mir 'n Held!‹ Vor drei oder vier Jahren
hatte er ihn kennengelernt, bei einer Sache auf dem Land.
Mit einem geliehenen Lastwagen war Di Nicola nach Cisterna gefahren, wo er, ebenfalls auf Pump, ganze Melonen-
felder aberntete, so wie er sie gefunden hatte. Tommaso und
die anderen zwei oder drei Hungerleider, die er aufgegabelt
hatte, während sie auf dem Monte del Pecoraro Ball spielten, kosteten ihn ein Ei und ein Butterbrot. Sie kamen in
Cisterna an und mußten alles machen, die Melonen auf dem
Feld abernten, sie zum Lastwagen bringen und aufladen.
Dann ging es wie der Wind nach Rom. Unterwegs warfen
sie in den Dörfern halbe Melonen vom Wagen hinter den
Mädchen her und hatten einen Heidenspaß, wenn sie auf
dem Asphalt zerplatzten. In Rom ging es zum Markt, auf
der Piazza Quadrata, auf der Piazza Vittorio oder wo es
auch war, luden sie die Melonen ab, reichten sie von Hand
zu Hand, schichteten sie zu einer Pyramide und bewachten
sie die ganze Nacht, in Gesellschaft irgendeiner Hure. Früh
am Morgen, sobald die Sonne da war, begannen sie mit
dem Verkauf, indem sie sich die Seele aus dem Leib schrien:
»Feuer! Feuer! Wo ist die Feuerwehr! Melonen! Melonen!«
Di Nicola sah bloß zu und steckte den Kies ein.
Di Santo hingegen hatte er auf eine andere Art kennengelernt. Er war noch ein ganz kleiner Hosenmatz gewesen,
hatte sich den Kopf aufgeschlagen und heulte, blutüber-
strömt, an einer Straßenecke. Di Santo war vorbeigekom-
men, hatte ihn bei der Hand genommen, um ihn zur Un-
fallstation zu bringen. Dabei rief er den anderen, die herumstanden ohne sich zu rühren, zu: »Wollt ihr 'n denn ver-
bluten lassen, was? Komm her, Kleiner!« – »Bringen wir
ihn doch ins Krankenhaus«, meinte ein Halbstarker, ganz
begeistert von der Abwechslung. »Quatsch, Krankenhaus!

Zur Ersten Hilfe!« antwortete Di Santo und verzog den Mund. Er nahm sein Taschentuch, band es Tommaso um den Kopf, schob ihn an der Schulter vorwärts und beugte sich von Zeit zu Zeit über ihn: »Tut's sehr weh?«

›Ja, ja‹, dachte Tommaso und sah sich, die Hände in den Hosentaschen, die Genossen einen nach dem anderen an. Alles alte Bekannte, mit ihren Revolvergesichtern, in diesem Mief von feuchten Kleidern und Rauch.

Aber am meisten beobachtete er den Sekretär der Ortsgruppe, der neben dem unentwegt redenden Jüngling saß.

›Und ob ich dich kenne!‹ dachte er, lächelnd wie ein alter Fuchs, der unschuldig und wohlwollend aus seinen harten Augen guckt. Er erinnerte sich an die Szene, als wär's erst gestern passiert: Das war eine Prügelei gewesen! Wie ein Aufstand von sabbernden Trunkenbolden im Altersheim. Es war auch so ein Augustabend gewesen, warm und hell wie am Tag, der Mond ein lilafarbener Brand, der alles in lila Licht tauchte, Staub, Unrat, Baracken. Die Leute gingen halbnackt im Freien herum, in den Vororten und auf den alten Wiesen schien alles ein einziges Zigeunerlager zu sein. Türen und Fenster standen offen, man konnte hineinschauen: Hier lachte einer, dort weinte einer; in einer Baracke spielte man, in der anderen starb jemand. Und überall Scharen junger Männer, die singend herumstreiften und deren Trikothemden über den Hosen flatterten. Unter den Laubdächern, zwischen den Wänden aus Rohrgeflecht, in den Wirtshäusern saßen die Alten, unter ihnen Passalacqua.

Er und ein anderer, ein alter Bauer, hatten Streit miteinander bekommen wegen ihrer Tiere. Alle beide arbeiteten mit Pferden und jeder behauptete, sein Tier ziehe den Wagen die leichte Steigung eines Erdhügels besser hinauf als das des anderen. Nach und nach stiegen ihnen Wein und Wut immer mehr zu Kopf, die Worte flogen nur so hin und her, und schließlich lagen sie sich in den Haaren.

Sie fingen noch im Wirtshaus an, mitten unter den anderen Opas, die sie zu trennen versuchten, obwohl sie ebenso betrunken waren. Schon sah es aus, als wollten sie aufhören, aber dann rannten sie plötzlich hinaus, die ganze Bande hinterher, lauter Weißhaarige oder Glatzköpfe. Vor der Haustür ging's von neuem los, unter der kleinen Straßenlaterne, und der Mond schien noch heller. Betrunken, wie sie waren, bewegten sie sich ruckweise, stießen sich vor die Brust, in den Magen, gaben sich Tritte in den Unterleib. Ringend und brüllend bewegten sie sich hierhin und dorthin, die anderen folgten, versuchten sie zu trennen und riefen ihnen zu, sie sollten endlich zur Vernunft kommen. Sie kämpften sich durch einige Felder die Hügel am Aniene hinauf, dann torkelten sie wieder hinunter, auf das Wirtshaus zu.

Andere Leute waren dazugekommen, junge Burschen, Lausbuben, die das Schauspiel genossen und eifrig hinterherliefen, je nach der Richtung, in der sich alles bewegte, wie eine Handvoll trockener Blätter, die der Wind umherwirbelt, oder wie eine Schar Spatzen. Auch Tommaso war dabei, ebenfalls halbnackt und schwarz wie ein Neger.

Allmählich schien es, als wären die beiden Streitenden müde geworden; sie blieben, ein Stück voneinander entfernt, jeder bei seinen engsten Freunden stehen, mit hochrotem Gesicht und gebleckten Zähnen unter den grauen Bärten. Plötzlich riß sich Passalacqua los, rannte wie verrückt zum Wirtshaus: Drum herum war ein Zaun aus halb zerfallenden und faulenden Brettern. Er packte eines, zerrte daran und riß es los; dann wirbelte er es herum wie irrsinnig, und alle ergriffen die Flucht. Auch sein Gegner schien sich, mit eingezogenem Schwanz, davonzumachen; in Wirklichkeit lief er ins Wirtshaus und kam gleich darauf mit einem Stuhl in den Händen wieder heraus. Auch er fing nun an, damit um sich zu schlagen. Abwechselnd rannten sie voneinander fort, und auch alle anderen – es war fast eine Prozession – rannten, frrrrr! nach einer Seite, frrrrr! nach der anderen; dabei bemühten sie sich, die beiden zu trennen, und hofften doch gleichzeitig, mitzuerleben, daß sie sich den Schädel einschlugen. Plötzlich sah Tommaso, während er herumlief, auf der Erde Kleider liegen, Passalacquas Jacke und Mütze. Er bückte sich, guckte rundum, raffte das Bündel auf und war davon. Jemand, der ihn kannte, hatte ihn aber von einer Tür aus beobachtet. Und als die beiden Streithähne Frieden geschlossen hatten, sagte er Passalacqua Bescheid, der seine Kleider suchte. »Der Junge vom Torquato hat sie genommen!« Passalacqua und der andere gingen also in die Baracke, wo Tommaso wohnte. Tommasino war drinnen, die Mutter im Hof.

»Ist Ihr Sohn da?« fragte Passalacqua mit drohendem Blick. »Er muß meine Jacke und meinen Hut haben!«

Als Tommasino die Stimmen hörte, erriet er sofort den Grund und kam heraus, die Sachen in der Hand. »Hab sie da auf der Erde liegen sehen«, sagte er ganz unschuldig, »und ich wußte, daß sie Ihnen gehören. Dann hab ich die Keilerei gesehen und hab's mit der Angst bekommen und hab sie hierhergebracht.«

»Das hast du gut gemacht, das hast du gut gemacht!« rief Passalacqua. Er gab ihm sogar fünfhundert Lire und wollte ihn mit Gewalt mitschleppen, um einen mit ihm zu trinken. »Wieso Angst!« sagte er. »Das war doch bloß Spaß: Geh, komm mit, einen heben! Der Wein vertreibt dir die Gedanken!«

Jetzt saß er da vorne neben dem jungen Mann von der Partei, schwieg und hörte zu, was die anderen sagten. Der Augenblick, über das Fest und die Tanzerei zu sprechen, war gekommen, und jetzt waren die jungen Leute dran. Einer sagte dies, der andere das, die üblichen Lappalien. Aber der junge Mann hörte ihnen trotzdem aufmerksam und achtungsvoll zu. Er hatte die Ellbogen auf dem Schreibtisch aufgestützt und beobachtete alles mit Augen, die fast weiß schienen, so hellblau waren sie. Er mußte ganz schön kräftig sein, man sah, was für Schultern er hatte, aber er war schüchtern, das Reden fiel ihm schwer, und sogar, wenn er einen lustigen Einwurf machte, jetzt, da man über den Tanz diskutierte, schimmerte ein etwas trauriger Glanz in seinen Augen, wie bei einem kleinen, bekümmerten Jungen.

›Schluck's runter, Freundchen!‹ dachte Tommaso bei sich und ließ ihn nicht aus den Augen. ›Als ob die ausgerechnet auf dich hörten! Laß sie dir doch 'n Buckel runterrutschen. Wenn du fertig bist, klatschen sie, mehr kannst du nicht verlangen.‹

Ein Kamerad von Delli Fiorelli hatte sich zum Wort gemeldet. Tommaso kam das spaßig vor: ›Hör bloß den da! Wer hört sich den Quatsch schon an! Was will denn der überhaupt! Hier von nationalen Problemen zu reden!‹

›Nun kommt doch schon zur Tanzerei!‹ dachte er und mußte fast laut lachen. ›Der war in seinem Dorf Anführer der Tarantella und Mazurka! Mensch, spuck aus und tritt ab!‹

Auf den Einwurf antwortete der Diskussionsleiter schüchtern, etwas niedergeschlagen, aber entschieden und gelehrt wie ein Buch. ›Rede, Mensch, rede!‹ dachte Tommaso, ›hier machen se dich noch zu 'n Volksredner! Der sagt, daß die Amerikaner in Amerika wohnen!‹ Er nahm sich etwas zusammen und hörte mit bösem Gesicht zu: ›Am liebsten möcht ich dir hinterher mal beibringen, was hier los ist! Zu Tränen rühren würd dich das!‹

Aus dem Augenwinkel betrachtete er Delli Fiorelli: ›Falscher Fuffziger!‹ dachte er. ›Wenn ich wollte, wärst du in fünf Minuten geliefert! Paß bloß auf!‹

›Ich hab euch alle in der Hand‹, dachte er weiter und ballte die Faust in der Tasche. Er ließ einen klebrigen Blick umherschweifen, in dem sich untergründige Drohung hinter Heiterkeit verbarg.

Er schwitzte, daß er fast zerfloß. Die Sonne stand noch hoch, eine Flamme über dem Häuser- und Barackenhaufen von Pietralata. Die Genossen diskutierten eine Weile weiter über dieses und jenes, ehe sie sich halbwegs einig wurden.

Endlich hob man die Versammlung auf. Es wurde auch Zeit, aber sie blieben immer noch schwatzend stehen, besonders um Passalacqua herum. Tommaso ging zu ihm, stellte sich in seiner Nähe auf und wartete einen günstigen Augenblick ab. Als Passalacqua sich zum Ausgang wandte, rannte Tommaso ihm nach, faßte ihn am Ellbogen und dachte: ›Was, du willst mir entwischen?‹ Laut sagte er aber: »Verzeihung... Erlauben Sie einen Augenblick?« Passalacqua sah ihn aus seiner Galgenvogelvisage so bereitwillig an, daß ihm ganz warm ums Herz wurde.

»Was ist?« fragte er.

Tommaso zog ihn beiseite, in eine stillere Ecke des Hofes. »Hören Sie«, fing er an, »ich wollt schon immer zu Ihnen kommen wegen der Sache – aber ich hab nie Gelegenheit gehabt, bin gerade aus 'm Krankenhaus gekom-

men, und Sie wissen ja, wie das ist, wenn einer da rauskommt. Na ja, die Sache ist die – ich war schon immer
dafür!« Er unterbrach sich und blickte ihn fest an, die
Handflächen beschwörend erhoben, heiligen Zorn in den
Augen. »Damit Sie Bescheid wissen«, fuhr er fort. »Ich
bin 'n armer Teufel, Arbeiterklasse... Und denn ist Ihnen
vielleicht zu Ohren gekommen... Und wenn nich, lassen
Sie sich schnell informieren, wie ich mich im Forlanini eingesetzt hab... Ich bin's gewesen, der den Aufruf angeklebt
hat, ich bin überall herumgewetzt, um Guglielmi zu helfen... Kennen Sie Guglielmi, den Sekretär der Gruppe
im Krankenhaus? Ich hab getan, was ich konnte. Na ja,
und das müßte Ihnen genügen, um zu verstehen, wer ich
bin und was ich denke...« Er holte Atem, nachdem er
den ersten Teil seiner Rede beendet hatte; der andere sah
ihn beifällig an, das Kinn an den Hals gedrückt, und wartete, worauf er hinauswollte.

»Und noch was«, nahm Tommaso den Faden wieder auf,
»ich hab mich niemals eintragen lassen bei der Partei, weil
ich nicht gesehen hab, wie wichtig das ist... Dachte mir, es
genügt, dafür zu sein und basta!«
Er schlug zwei- oder dreimal die Handflächen gegeneinan-
der, als ob er ein Geschäft getätigt und nun Ruhe hätte.
»Aber«, fuhr er fort, »ich seh, so geht es nicht, und nun
will ich auch mein Parteibuch, genau wie ihr. Wenn's noch
mal 'ne Keilerei gibt, dann für alle... Gutes oder schlech-
tes Wetter für dich wie für mich! Also will ich genau so
sein wie ihr!«
Diesen letzten Teil hatte er mit bitteren Augen angefangen
und beendete ihn nun mit immer leiserer Stimme, denn er
verteidigte sein Recht, logisch und ordentlich, wie es sich
gehört.

Von diesen Argumenten überrumpelt, schwieg der Genosse mit grauem Gesicht, als kaute er eine bittere Pille, und sah Tommaso prüfend an.

»Sagen Sie doch«, schloß Tommaso, »was mach ich, wo melde ich mich, um eingeschrieben zu werden?«

Passalacqua schwieg noch einen Augenblick, betrachtete ihn, und sagte dann: »Das ist das einfachste von der Welt! Kennst du nicht zwei von der Partei, die für dich gradestehen? Komm her mit den beiden, wirst angemeldet, und in fünf Minuten bist du ordentliches Mitglied. Mußt nur deinen Beitrag zahlen.«

Er sah ihn von neuem an, voll Sympathie, und schlug ihm auf die Schulter: »Find ich großartig von dir.«

Und so geschah es: Nach einigen Tagen meldete sich Tommaso mit zwei Bürgen, nämlich Delli Fiorelli und Gricio, im Parteilokal der Gruppe, wurde eingetragen, entrichtete die übliche Gebühr, dann war es soweit, und er steckte sich sein Parteibuch in die Tasche: bereit und entschlossen, für die rote Fahne zu kämpfen.

Die Rechnung ging leicht auf: Von den viertausend Lire, die der Chef Tommasino am Samstag kurz vor Feierabend auszahlte, gingen zweitausend für die Anzugrate weg. Von den anderen zweitausend mußte er das Fahrgeld für die ganze Woche beiseitelegen. Auf der 209 zehn Lire morgens, zwanzig abends, macht 180 Lire; ebensoviel auf der 8, denn Tommasino stieg am Ende der Teilstrecke aus und ging das letzte Stück zu Fuß. 180 und 180 macht 360. Zehn Zigaretten am Tag brauchte er, das machte 600 Lire. Einen Fünfhunderter behielt er für sich selbst in der Tasche, den andern gab er zu Hause ab; damit war seine Familie wenigstens für diesen Monat zufrieden. Ehe er sich den Anzug hatte machen lassen, war für den Sonntag immer etwas herausgesprungen. Aber jetzt? Er konnte doch nicht den ganzen Tag mit Irene auf den Fußsteigen der Garbatella spazierengehen, oder auch in den Wiesen, von zwei Uhr nachmittags bis abends um acht. Es war Samstag, und er mußte auf jeden Fall die Finanzen für den nächsten Tag aufbessern, wenigstens mit einem halben Tausender. In der Tasche hatte er zwischen den Zigaretten noch dreißig Lire; zusammen mit den vierzig für die Straßenbahn im Portemonnaie machte das siebzig Lire. Die eben eingenommenen Viertausend wurden nicht angerührt: Er hatte sie in die Brusttasche der Jacke gesteckt, und das war, als gäbe es sie überhaupt nicht.

Tommaso brach spät von seiner Tretmühle auf, wie jeden Samstag. Es war in der Via della Giuliana, wo er bei einem Obsthändler Arbeit gefunden hatte, denn er konnte nicht mehr auf den Fischmarkt gehen. Als er in die Via Giulio Cesare einbog, dunkelte es bereits; es war ja schon September.

Also machte er längere Schritte, überquerte die Straße in Richtung auf die Piazza Cavour, erreichte den Borgo Panigo, den Corso Vittorio und war schließlich beim Campo dei Fiori angelangt.

Dort, in der Mitte, begann die Via dei Chiavari mit ihrem aufgebrochenen Pflaster und den Reihen der Fassaden. Auf halbem Wege strahlten grünliche Neonlichter über einem weißen Tor. Es war das ›Vittorio‹, eine Flohkiste, wo zwei Filme liefen. Vor den Plakaten standen Halbstarke herum, die Hände in den Hosentaschen, und paßten auf, ob sich nicht eine Gelegenheit ergäbe, hineinzuschlüpfen.

Tommaso eilte ernsthaft darauf zu, ohne die Umherstehenden zu beachten, die draußen leer ausgingen. Er holte sich schnell eine Eintrittskarte, ließ bei der Kassiererin alles Geld, das er noch in der Tasche hatte, und betrat den Vorführraum.

Vor allem kam es darauf an, der Platzanweiserin zu entwischen. Deshalb bewegte er den dunklen Samtvorhang bei der Tür mit äußerster Vorsicht und drückte sich an die Wand, lehnte sich mit einer Schulter dagegen, als wäre er schon eine ganze Weile dort, die Augen geradeaus auf die Leinwand gerichtet.

Es gab die ›Prinzessin von Bali‹, und man sah Hula-Hula-Mädchen mit Blumenkränzen um den Hals, die Bob Hope umtanzten. Der gaffte sie an, riß vor Begeisterung blöde den Mund auf und verdrehte wie von Sinnen die Augen.

Da die Platzanweiserin nicht erschien, löste sich Tommaso von der Wand, indem er sich kurz mit der Schulter abstieß. Dann streckte er sich, um besser sehen zu können. Der Zuschauerraum war klein, und eine Holzbarriere trennte die zweiten Plätze von den ersten: zwei oder drei Reihen Klappstühle am hinteren Ende des Saales. Davor wie üblich die Knirpse vom Campo dei Fiori oder die Jüngelchen aus der Via Arenula oder vom Portico d'Ottavia mit ihren Weibern, die mit zerzausten Haaren dasaßen und Süßigkeiten knabberten. Dahinter, jenseits des Durchgangs zwischen den Reihen, gab es noch mehr Frauen, aber ohne Männer, ein paar Arbeitslose mit verbilligten Karten und das Gewimmel der Jungen. Und in den Gängen rechts und links an der Wand entlang standen andere: junge Burschen, Halbstarke und Ältere.

Tommaso durchquerte den Saal, ging auf die andere Seite und quetschte sich zwischen die Leute in dem Raum zwischen Wand und Sitzreihen. Er lehnte jetzt die andere Schulter gegen die Wand, die von den vielen, die vor ihm dort eine Stütze gesucht hatten, ganz blankgescheuert war. Wieder streckte er sich, mit finsterem Gesicht, weil er sich besser vorkam als die zerlumpten Früchtchen in ihren Trikothemden, und blickte sich suchend um. Schließlich ging er den Gang hinauf in Richtung auf die Holzbarriere. In den letzten Reihen war ein Platz frei, neben einem Kerl, dem er trotz Dunkelheit und Entfernung angesehen hatte: Das war sein Mann. Er setzte sich auf den freien Platz, drückte die Knie gegen die Lehne des Vordermannes und machte es sich bequem. Indem gingen mit einem Schlag die Lichter an. Tommaso setzte sich sofort ordentlich hin, spielte den Gleichgültigen und sah sich fast wütend um, wobei er den Hals nur wenig in seinem Hemdkragen drehte, der schwarz war, als hätte man ihn mit Kohle eingerieben. Es war Samstag, und er hatte das Hemd und die fleckige lila Krawatte eine Woche lang getragen.

Das Parkett glich im plötzlich aufflammenden Licht der von Würmern wimmelnden Erde unter einem aufgehobenen Stein: einem Haufen ineinander verknäulter Tierchen, die sich bewegen und, Hälse und Schwänze verdreht, erschreckt nach allen Seiten hin entwischen. Die beiden letzten Reihen der zweiten Plätze waren voller Halbstarker, dazwischen hier und da ein grauhaariger Alter, regungslos wie ein Stein in einem Schlammrinnsal. Es gab Burschen von zwölf bis zwanzig Jahren, und sie saßen hingeflezt da, manche mit den Füßen direkt obenauf, wenn der Platz vor ihnen leer war, und manche mit den Beinen über denen des Nachbarn.

Sie knufften und boxten sich, langten einem weiter entfernt Sitzenden eine Ohrfeige, über die Schulter eines Zwischenmannes hinweg, und setzten sich sofort wieder zurecht, kauten unschuldig mit lachenden Augen ihre Süßigkeiten und Nüsse. Sie trugen zerschlissene Hosen, an denen der Dreck zwei Finger hoch klebte; vorn war der Stoff schon so fadenscheinig, daß man zuweilen einen Streifen Unterhose durchschimmern sah. Die Männer zwischen ihnen blieben todernst, fast beleidigt, und machten sich zwischen ihren Armlehnen so dünn wie möglich.

In den Gängen längs der Wände herrschte ein ständiges Kommen und Gehen. Ein junger Mann erhob sich mit einem Ruck und schlenderte langsam, kauend und grinsend, als ob er Gott weiß was vorhätte, zum Ausgang in Richtung der Toilette. Zwei oder drei Bürschchen gingen laut schwatzend und lachend gemeinsam dorthin, ein älterer Mann nahm den gleichen Weg, gebeugt, und putzte sich die Nase dabei. Die Samtvorhänge vor den Ausgängen schwangen hin und her.

Der Schwule neben Tommaso rauchte, einen Ellbogen auf der Seitenlehne, die Zigarette zwischen zwei Fingern der erhobenen schlaffen Hand. Tommaso blickte ihn an, und auch er richtete seine Augen auf Tommaso. Die Lichter erloschen wieder. Sofort streckte Tommaso die Beine aus, mit seinem linken Bein das des Nachbarn berührend, und wartete, still wie eine Katze, die von einem zerschlissenen Stuhl aus einen Hund betrachtet. Die braunen Sommersprossen gingen fast unmerklich in das Krebsrot seines runden Gesichts über, in dem die spitze Nase und der fleischige, dabei fast lippenlose Mund auffielen. Obwohl er einen kurzen Haarschnitt trug, hingen ihm am Hinterkopf die Strähnen schon wieder auf den Kragen herab. Oben am Wirbel hingegen ragten sie borstig zum Himmel, wie bei einem kleinen Jungen. Das Jüngelchen auf dem Nebensitz tat, als merkte es nichts, sah sich nur weiter nach allen Seiten um, als ob es einen nervösen Tick hätte. Tommaso spreizte seine Beine noch mehr und rutschte auf dem Sitz nach vorn.

Inzwischen hatte der Würmerhaufen wieder sein Leben im Dunkeln aufgenommen, friedlich und still. Doch hörte man gelegentlich hier und dort ein Lachen, einen Streit wegen einer Zigarette oder das Hochklappen der Sitze derer, die den Film schon zweimal gesehen und nun genug hatten.

Der Schwule reagierte immer noch nicht. Tommaso beobachtete ihn wütend. ›Worauf wartest du denn noch, du Scheißkerl!‹ dachte er im stillen. Er veränderte seine Lage, indem er mit dem Rücken gegen die Lehne schlug, daß sie fast in Stücke ging, und mit dem Knie gegen die Lehne des

Sitzes vor ihm. Die Tante sah sich weiter um, und von Zeit zu Zeit fiel der Blick auch auf Tommaso.

›Himmel, Arsch und Zwirn!‹ dachte Tommaso, immer wütender. Er schnaufte, während er ständig hin- und herrutschte. Der andere hatte bei all dem Herumrudern angefangen, die Augen zu senken. So ging es vielleicht zehn Minuten weiter. Tommaso hatte die Beine so weit vorgestreckt, daß er fast mit dem Hintern vom Sitz glitt, auf den Boden, mitten in den Auswurf, die Krümel, und vielleicht sogar in eine Urinlache hinein von jemand, der es allzu eilig gehabt hatte. Inzwischen war Tommaso klar geworden, wohin die Blicke seines Nachbarn zielten. Er beobachtete einen jungen Mann zwei Reihen weiter vorn, der sich die Jacke ausgezogen hatte; man sah von hinten nur den Kopf mit dem Militär-Haarschnitt und die Schultern in einem hübschen grau-blauen Cowboy-Hemd. Tommaso wurde darüber nur noch wütender. ›Mensch, leck mich…‹, dachte er, ›was hat der denn Besseres als ich? Bin ich denn aus Pappe, du Armloch?‹

Grimmig schob er sich auf seinem Stuhl zurecht und stieß von Zeit zu Zeit seinen Nachbarn mit dem Ellbogen an, bis dieser außer zum Vordermann nun immer häufiger zu Tommaso herübersah. Der bohrte ihm den Ellbogen in die Seite, und ihm war zumute wie einem, der eine geschlossene, morsche Tür findet, von der er glaubte, daß sie beim ersten Druck nachgeben würde, während sie seinen Schlägen widersteht, so daß er sich immer mehr anstrengt und schließlich versucht, sie mit der Schulter einzudrücken. ›Wie kommen wir nun ins Geschäft?‹ dachte Tommaso fast laut. Endlich schien sich sein Nebenmann wohl doch zu sagen: ›Na also, sehn wir zu!‹ denn er streckte plötzlich die Hand aus. Nachdem die Tante eins, zwei, drei fertiggeworden war, setzte sich Tommaso zufrieden und ohne Eile wieder richtig hin.

Dann hob er den Kopf von neuem und betrachtete seinen Nachbarn. Dieser tat nichts dergleichen. Er schien jetzt von unwiderstehlichem Interesse für den Film gepackt zu sein. Tommasino beobachtete ihn eine Weile mit gerunzelter Stirn und erstaunten Kinderaugen, den Mund zu einer Grimasse verzogen, die zu sagen schien: ›Ach nee, auf einmal gefällt dir der Film, was?‹

Dann stieß er ihm plötzlich mit dem Ellbogen in die Seite. Der andere schüttelte sich, warf ihm einen Blick zu, als ob er ihn vergessen hätte, und blieb eine Weile so. Dann, gerade in dem Augenblick, in dem Tommasino die Hand hob, um Daumen und Zeigefinger in der Gebärde des Geldzählens aneinander zu reiben, sagte er: »Ach, entschuldige!«, ganz zuvorkommend und höflich. Tommasino antwortete wohlwollend: »Ach nee, hast du wohl verschwitzt, was?«

»Ja«, gab der andere mit einer kleinen Bewegung des Kopfes zu und zuckte mit dem ganzen Körper, während er in der Tiefe seiner Hosentaschen nach etwas suchte. Er zog einen Hunderter hervor.

Ohne ihn in die Hand zu nehmen, schielte Tommasino zu ihm hin, den Hals gestreckt, um ihn aus der Nähe besehen zu können. Er wollte sich vergewissern, ob es wirklich ein Hunderter war, und nicht zufällig vielleicht doch ein halber Tausender. Es war ein Hunderter, nicht dran zu rütteln. Sachte setzte er sich auf seinem Platz zurecht. Dann sagte er: »Was, damit willst du mich abspeisen?« Der andere blieb mit der erhobenen Hand und dem Schein darin sitzen und sagte angewidert, fast weinerlich: »Nimm ihn doch schon!«

Tommasino zog das nicht einmal in Betracht. »Willst du mir vielleicht 'n Almosen geben?« sagte er, noch immer ruhig.

»Krepier doch!« antwortete der andere mit schleppender Stimme und einem Schmollgesicht wie ein beleidigtes kleines Mädchen. »Genügt dir das nicht? Bildest du dir ein, du bist aus Gold?«

Tommasino schnalzte mit der Zunge. Er zog die Augenbrauen noch höher und die Stirn in Falten. »Rück den Zaster 'raus!« sagte er. Der andere betrachtete ihn verstohlen. Tommasinos Gesicht hatte sich verdüstert. Sie konnten nicht laut sprechen, weil sonst die Herumsitzenden verstanden hätten, worum es ging. Doch Tommasino hätte diese Worte ebenso leise, fast ohne Stimme gesprochen, wenn sie sich allein in einer Schlucht befunden hätten. Der Schwule streckte die Beine aus, gegen die abgenutzten Holzbeine vor ihm, und rückte sich auf seinem Stuhl zurecht, immer noch heftig herumrutschend, aber jetzt mit beleidigtem Gesicht und eiserner Entschlossenheit.

»Den Zaster!« wiederholte Tommasino.

»Was, habe ich dir nicht schon hundert gegeben? Da, nimm!‹ sagte der andere und hielt ihm wieder nervös den Hundert-Lire-Schein hin. Tommasino sagte diesmal nichts. Er setzte sich nur gerade auf und stützte die Ellbogen auf die Armlehnen. Der andere benutzte die Stille, um zu verhandeln: »Konntest du mir das nicht früher sagen? Bist wohl stumm, was? Mehr als diese hundert Lire gibt's nicht! Sag was du willst, aber mehr gebe ich dir wirklich nicht! Kann ich nich! Kannst dich bei jedem erkundigen, über Idoletto. Du wirst sehen, da ist nicht einer, der nicht zugibt: ›Der Idoletto, das ist 'n anständiger Kerl, 'n guter Freund ist das!‹ Bei mir macht man die Bedingungen vorher aus. Wenn ja, ist gut; wenn nein, bitte sehr, denn eben nicht. Was willst du überhaupt! Mir laufen sie nach wie die Hunde, ich kann jede Menge Männer haben, soviel ich will!«

Er lehnte sich bequemer an, zufrieden mit diesem letzten Schuß und noch zitternd vor Entrüstung. Tommasino rückte wieder in seine Nähe, Schulter an Schulter, und wiederholte ausdruckslos, fast stimmlos zum drittenmal: »Rück den Zaster 'raus!«

Der Spaß war ihm vergangen, auch das Warten; er war nun zu allem entschlossen. Der Schwule betrachtete ihn etwas ängstlich, mit weißem Gesicht und klopfendem Herzen. Er blieb still, regungslos. Tommasino streckte eine Hand aus. »Rück mal den Hunderter 'raus!« sagte er. Eilig gab ihm die Tante den Schein, erleichtert und mit dem Ausdruck desjenigen, der nun seine Pflicht getan hat und niemandem mehr etwas schuldet. In diesem Augenblick kam die Platzanweiserin in die Gegend und leuchtete mit ihrem schwachen Lämpchen einem Dicken und seinem Mädchen. Sie gab den beiden zwei Plätze genau hinter Tommasino und dem Schwulen. Tommasino schwieg noch immer, und nach einer Weile machte der Schwule nach einigen Blicken ringsum eine Bewegung, als ob er aufstehen wollte. Tommasino packte ihn am Arm und zwang ihn, sitzen zu bleiben: »Wo willst du hin?« – »Soll ich denn bis Mitternacht hierbleiben?« fragte der andere unsicher. »Nein«, antwortete Tommasino. »Den Zaster«, sagte er und entblößte die gelben Zähne mit etwas Speichel drum herum.

»Verdammt«, gab der Schwule zurück. »Hab ich dir nicht 'n Hunderter gegeben?«

Tommasino lächelte. »Und was soll ich mit einem Hunderter?« Der Schwule schnaufte. »Verdammt!« wiederholte er, fast weinend; er steckte wütend eine Hand in die Hosentasche und holte einen weiteren, fast zu einer Kugel zusammengeknüllten Hundert-Lire-Schein heraus. Er reichte ihn Tommasino. Der nahm ihn ebenso gelassen wie den ersten, und ruhig strich er ihn auseinander, um zu sehen, ob es nicht vielleicht ein Fünfziger sei. Als er sah, daß es tatsächlich ein Hunderter war, faltete er ihn zusammen und steckte ihn in die Hosentasche zu dem andern.

Kurz darauf wollte der Schwule wieder aufstehen, um zu gehen, und sagte: »Ciao, Süßer, Wiedersehn!«

Aber Tommasino legte ihm seelenruhig eine Hand auf die Schulter, als ob er eine Fliege verjagte. »Was rennst du denn so?« fragte er, »bleib doch noch 'n bißchen!«

»Tut mir leid, den Film hab ich schon gesehen, ich muß jetzt gehen«, sagte der andere mit zitternder Stimme. »Wollt ihr wohl aufhören!« rief der Dicke, der hinter ihnen saß. Die beiden blieben sofort regungslos, wie Tiere, die sich totstellen. Sie verfolgten eine Weile den Film, aufrecht und brav. Dann drehte sich Tommasino vorsichtig zur Seite und blickte über die Schulter nach hinten. Der Dicke war ein Jämmerling, ganz verschwitzt, vier Haare auf dem Kopf, weiß wie ein Laken, und wenn's zu Ohrfeigen kommen sollte, war es keine Frage, wer die einsteckte.

Entschlossen, die Sache zu Ende zu bringen, wandte sich Tommasino mit giftigen Augen und verzogenem Mund wieder dem Schwulen zu.

»Denkst du, so leicht kommst du weg?« fragte er.

»Aber was willst du denn noch?«, fragte der Schwule, um Zeit zu gewinnen, verängstigt auch wegen des anderen hinter ihm, der sich aufspielte, bloß weil er mit seiner Ollen da war. »Ich hab dir doch zwei Hunderter gegeben, ist denn das nicht genug? Seit wann gibt's im Vittorio mehr als zwei Hunderter?« – »Mensch, sieh dich vor, daß ich nicht die Geduld verlier!« flüsterte Tommasino. Der andere sah, daß Tommasino es ernst meinte. Er rückte näher, um besser sprechen zu können, und spielte seine letzte Karte aus. »Nimm doch Vernunft an«, sagte er, »wenn ichs hätte, würd ich dir doch mehr Zaster geben! Ich hab nicht eine einzige Lira, glaub mir doch ... Ich bin doch kein feiner Pinkel, der's dicke hat ... Ich bin 'n armer Teufel, schlimmer dran als du ... Über ein Jahr arbeitslos, und bloß meine Mutter erhält mich, sei 'n bißchen menschlich, Süßer ... Ich schwöre dir, 'n andermal, wenn ich sie habe, geb ich dir noch 'n Hunderter oder zwei, für nischt und wieder nischt ... Wir gehn dann zusammen 'ne Pizza essen ...« – »Das Geschwätz führt zu nichts«, knurrte Tommaso, »rück den Zaster 'raus, oder ich zieh andere Saiten auf.«

Der Schwule zitterte vor Angst. Sein Gesicht war grau geworden. Er steckte die Hand in die Hosentasche und holte einen dritten Hunderter heraus, fast weinend, aber ehe er ihn Tommasino hinstreckte, sagte er: »Sieh her!« Tommasino senkte die Augen. Der Schwule kehrte das schmutzige Futter seiner Hosentasche nach außen. »Das war der letzte«, sagte er, »jetzt hab ich nicht mal mehr was für die Straßenbahn und muß den ganzen Weg zu Fuß gehen.« Tommasino nahm ihm den Hunderter ab und steckte ihn in die Tasche zu den anderen. Wieder vergingen zwei oder drei Minuten. Dann versuchte der Schwule sich ein bißchen anzubiedern; man kann nie wissen. »Was meinst du«, sagte er vorwurfsvoll, »ist das anständig, was du da gemacht hast? Einem armen Teufel die Pinke abknöpfen, der nicht mal zu essen hat!«

»Ach nee«, sagte Tommasino, »sieh mal einer an. Flennt

ihr immer gleich, eure Sorte? Einer wie der andere! Sagt immer, ihr habt nichts, und dabei habt ihr 'n bloß versteckt, den Zaster!«

Bei diesen Worten zeichnete sich ein noch größerer Schrekken auf dem Gesicht des Schwulen ab, der sich schon wieder etwas beruhigt hatte, nachdem er derart erleichtert worden war. Aber er beherrschte sich, tat, als wäre nichts geschehen, streckte sich, stützte das Gesicht in die Hand, mit gespreizten Fingerspitzen und gerecktem Hals, wie ein koketter Filmstar, und versuchte, die Sache ins Lächerliche zu ziehen: »Na, Hurensöhnchen«, sagte er, »du hast mich fein eingeseift! Aber das geschieht mir recht! Was bin ich doch für 'ne verrückte Tante! Müßte doch wissen, daß man die Bedingungen vorher ausmacht!?«

»Was heißt hier Bedingungen?« knurrte Tommaso. »Die Bedingungen! Den Zaster sollst du rausrücken!«

»Diesmal, mein Süßer«, sagte der Schwule, immer noch in dem Versuch zu scherzen, »findst du keinen Krümel mehr, und wenn du mich um und um drehst! Aus 'ner Rübe kannst du kein Blut zapfen!«

Tommaso betrachtete ihn still. Er lächelte ein wenig und spielte den Höflichen. »Rück den Kies raus, den du versteckt hast«, sagte er, als ob es sich um eine simple Wette handle. »Aber was für Kies?« antwortete zitternd der andere. Tommaso grinste höhnisch weiter, innerlich erleuchtet von einem Gedanken, der seine harten Äuglein vor Schlauheit und Heiterkeit blitzen ließ. Dann steckte er, nachdem er noch einmal etwas lauter gelacht hatte, immer noch guter Laune, eine Hand in die Innentasche seiner Jacke. Er spielte ein bißchen daran, indem er sie mit der anderen Hand aufknöpfte. Als er sie aufgeknöpft hatte, ließ er sie zwei-, dreimal gegen die Brust klatschen und hob sie an den Revers an, als ob ihm heiß sei und er sich Luft machen wolle. Der Schwule sah ihm schweigend zu.

»Los, rück raus!« fing Tommaso noch einmal an, immer am Aufschlag seiner Jacke spielend, so daß das graue Hemd über der Brust sichtbar wurde. Der Schwule fuhr fort, erschrocken geradeaus zu starren. Tommaso steckte die Hand in die Brusttasche seiner Jacke, suchte in dem zerrissenen Futter herum und zog die Hand zur Faust geballt wieder heraus: Ein geschlossenes Taschenmesser war darin. Er senkte es, immer noch in der Faust, zwischen seine Schenkel in Höhe des Unterleibs, wobei er das rechte Bein etwas anhob, um die Faust zu beschatten. Der Schwule betrachtete ihn aus den Augenwinkeln. Tommaso ließ die Klinge aufschnappen, wieder zuschnappen, und das zweimal hintereinander, wie zum Spaß.

»Raus mit dem Zaster!« wiederholte er, jetzt nicht mehr lachend, und verdrehte den Mund. Die Tante stammelte: »Aber was machst du denn? Bist du verrückt geworden?« Tommaso ließ die Klinge noch einmal aufschnappen und stieß dem Schwulen dabei mit dem Ellbogen in die Seite, daß der fast vom Stuhl fiel. Aber schon bückte sich dieser zitternd und fing an, sich einen Schuh aufzuschnüren. Es gelang ihm jedoch nicht, entweder weil der Knoten zu fest gebunden war, oder weil ihm die Hände nicht mehr gehorchten. Schließlich zog er den Schuh so aus und drehte ihn so, daß Tommaso gut hineinsehen konnte; zweihundert Lire fielen heraus.

»Mensch, du stinkst aber!« rief ein Kerl, der direkt vor ihnen saß. Tommasino drückte das Messer zwischen die Schenkel. Der Kerl drehte sich tatsächlich zu dem Schwulen um: »Wäschst du dir denn nie die Füße? Verdammt, du bringst einen ja um!« – »O, was für'n Parfum!« rief ein anderer, der neben ihm saß, und hielt sich die Nase mit zwei Fingern zu. Tommaso nahm die beiden Hunderter und steckte sie ebenfalls in die Tasche. »Den andern Schuh«, sagte er dann. Der Schwule gehorchte schmollend: »Da ist nix drin.« Tatsächlich war nichts im anderen Schuh. Tommasino steckte das Messer wieder ein, hustete ein bißchen, guckte sich um, stand auf und ging zum Ausgang.

Mittlerweile war es Nacht geworden. Eine Septembernacht, plötzlich hereingebrochen, weil die Jahreszeit schon vorgerückt war und es früher dunkel wurde. Aber noch lag etwas Licht auf einigen grauen Wolken über dem Janiculum und in den Fenstern der Häuser. Ströme von Autos, Wagen und Motorrädern ergossen sich in den Corso Vittorio, mündeten in den Largo Argentina, verloren sich in Richtung Via Arenula, Piazza Venezia. Kinder und Halbstarke pfiffen gellend, erregt von all dem Gewühl und dem Feierabend. Vor den Gebäuden, den Blumenständen und den Bars herrschte ein so dichtes Gewimmel von Fußgängern, daß man auf der Fahrbahn laufen mußte, wenn man Eile hatte. Wer da herumflanierte, das waren die jungen Burschen; wie immer in Scharen, noch sommerlich angezogen, mit Bluejeans und gestreiften oder geblümten Hemden darüber; mancher, der in der Umgebung wohnte, trug sogar ein sauberes weißes Trikothemd. Jedes Mädchen, das vorbeiging, schien ihnen zu gehören. Sie drängten sich aneinander, beugten sich zusammen zu ihr hin und bändelten an: »Was bist du für 'n schöner Käfer! Wahrhaftig, 'ne Perle! Ein Goldkind!« – »Verdammt, dir pressiert's aber, Maria. Rennst du auch so in die Kirche?«

Irgend etwas lag in der Luft, etwas Geheimnisvolles, Unerklärliches. Es gab ein zu großes Durcheinander, zuviel Gewimmel. Die Via Nazionale war ein Ameisenhaufen, und bei jeder Haltestelle blieb der O-Bus eine halbe Stunde stehen. So brauchte es seine Zeit, bis zur Piazza Esedra und zum Bahnhof zu gelangen. Weiterhin, in Richtung Via Morgagni und Piazza Bologna, hielt das Gedränge noch an, wenn auch schon etwas aufgelockerter, obwohl in den Straßen lange Reihen von Autos dahinglitten. Unterhalb der Mauer der Via Morgagni, an der von Steinplatten geschützte Kerzen brannten, gab es fast eine Prozession kniender Frauen, die die Madonna tränenvoll um Erbarmen anflehten.

Neue Menschenknäuel drängten sich an der Endstation am Verano: Fußgänger, die aus den Straßenbahnen der Innenstadt ausgestiegen waren und nun dreiviertel Stunden lang an einem dunklen Halteplatz ohne Schutzdach zwischen einen Kiosk und einen Obststand eingekeilt auf die Vorortbusse warteten. Ringsum erhoben sich die Mauern des Friedhofes, wo Reihen von roten Lichtern erzitterten. Dahinter öffnete sich wie ein weites Tal der Abladeplatz der Stazione Tiburtina, und ringsum standen bis zum Horizont unregelmäßige Reihen von Palästen und Hochhäusern, die im Dunkeln und im Rauch verschwammen.

Dort in der Ferne, wohin der Blick gerade noch reichte, konnte man erkennen, was den schönen Septemberabend so unruhig und fiebrig machte: ein Gewitter, in einer Ecke des Himmels festgesetzt, hinter den letzten Reihen erleuchteter Fenster, die weit weg, hinter der Piazza Bologna, am Hügelhang schwach sichtbar wurden. Darüber türmten sich dichte, riesige Wolken, schwärzer als der mondlose Himmel, zusammengeballt, und hin und wieder zuckte ein schwacher Blitz von ihnen herab, und vereinzelte Donnerschläge folgten.

Um sieben Uhr erwachte Tommaso. Teils, weil er jetzt wegen seiner täglichen Arbeit daran gewöhnt war, teils, weil er zu sehr darauf brannte, sich in den neuen Anzug zu werfen. Er schlug die Decke zurück und setzte sich im Bett auf. »Mamma!« rief er mit verschleimter Kehle, »mach mir 's Wasser fertig, ich will baden!« Aber drüben antwortete niemand. »Verdammich!« knurrte er halblaut und hustete. Er ging daran, die halbzerbrochenen Jalousien aufzutun, und als er sie hinaufgezogen hatte, blieb er wie erstarrt und guckte.

»Himmel, Arsch und Zwirn!« schrie er in den Himmel, der weiß und grau und eisig tief herunterhing.

»Verdammich!« wiederholte er mit vor Wut verzerrtem Mund. Von seinem Fenster aus, das genau unter dem Dach war, konnte man ein gutes Stück des Panoramas sehen. Dort unten hörte die neue Ortschaft auf, bei der Via dei Crispolti, an den gleichmäßig wie Tortenstücke abgeschnittenen Tuffrändern, und bei der Kirche, die nun fast fertiggestellt war.

Alles war so dunkel, als wäre es sieben Uhr abends und nicht morgens: ein etwas weißliches Dunkel, hier und dort ein schwaches Leuchten. Von Zeit zu Zeit preßte der Himmel noch etwas Regen heraus, und die Dächer, die Felder, die Straßen, alles war naß. »Mamma!« rief Tommaso von neuem, »Mamma!« Nichts. Er ging hinüber in die Küche, in Unterhemd und Unterhose, wie er gerade war. Die kleine Küche war leer, aber von draußen hörte man Frauenstimmen. Die Wohnungstür zum Vorplatz hin stand angelehnt, und von dort hörte man das Schwatzen. Tommasos Unterhose war gelb vor Schmutz. Auch seine Füße waren dreckig, voller schwarzer Flecken und Streifen. Er blieb in der Küche stehen und schrie: »Mamma!« Die Mutter guckte durch die offene Türspalte herein und fragte: »Was willst du denn?« – »Mach mir Wasser heiß, ich will baden!« antwortete Tommaso ärgerlich.

»Muß sehen, daß ich reinkomme!« sagte die Mutter zur Nachbarin. »Ciao, Signora Rosa!« – »Ciao, Signora Maria, wir sehen uns ja noch!« antwortete die Nachbarin, eine speckig glänzende Kugel von einem Weib, die immer nach Fisch stank, daß einem übel wurde.

»'n Dreck sehen wir uns!« knurrte Tommaso halblaut. Die Mutter kam in die Küche, nahm die Waschschüssel und stellte sie unter die kleine Wasserpumpe. Tommasino schüttelte sich verfroren. »Verdammt, was für 'ne Kälte! Ist es denn Winter geworden?« sagte er und rannte hinüber, um sich die Hose und das Hemd vom Vortag anzuziehen. »Verdammter Scheißregen!« fluchte er wütend vor sich hin, weil es ihn ärgerte, in solchem Wetter den neuen Anzug einzuweihen.

»Was denn, hast du nicht gehört, heut nacht?« fragte die Mutter aus der Küche. »Gehört was?« fragte er beiläufig. »Das Gewitter!« rief seine Mutter. »Ich hab gepennt«, sagte er achselzuckend. »Himmel, hast du denn den Donner nicht gehört? Ein Blitz hat eingeschlagen, beim Ponte Mammolo! Es war der reinste Weltuntergang, das!« Sie wurde ganz eifrig über der Neuigkeit. »Hast du denn nicht gehört, daß die Rosa zu uns gekommen ist, weil sie so 'n Bammel hatte? Sie ist länger als 'ne Stunde hiergeblieben, bei mir und Vater! Haben uns sogar Kaffee gekocht!« – »Das war richtig«, sagte Tommaso und stieg in die alten Socken, die er schon vierzehn Tage trug. »So ein Gewitter hab ich mein Lebtag noch nicht gesehen«, fuhr die Mutter nebenan fort.

»Ist das Wasser fertig?« unterbrach sie Tommaso.

»Du spinnst wohl! Hab's doch eben erst aufgesetzt!«

»Soll's denn unbedingt kochendheiß sein?«

»Vielleicht eiskalt? Bei der Kälte draußen holst du dir unter Garantie 'ne Lungenentzündung, nicht zu knapp, und dann gute Nacht!« rief Signora Maria erbost.

»Mensch, willst du mich denn 'ne Stunde warten lassen?«

»Aber wieso denn so 'ne Eile?« – »Meine Angelegenheit«, antwortete Tommaso wütend. Er ging in die Küche hinüber und griff mit der Hand in den Wasserbehälter auf dem Herd. Das Wasser war noch eiskalt. Er kehrte in seine Kammer zurück, öffnete das Schubfach der windschiefen Kommode und nahm den neuen Anzug heraus. Er war schwarz, mit feinen, weißen Nadelstreifen. »Verdammt, das ist 'n Ding!« sagte Tommaso, stolzgeschwellt und tief befriedigt.

Indessen wachte sein Bruder auf, der in einer Koje neben der seinen schlief. Auch er ging ohne ein Wort zum Fenster, um einen verärgerten Blick aufs Wetter zu werfen, und zog sofort die Hose des guten Anzugs an. Barfuß latschte er in die Küche. »Wie spät ist es, Mamma?« fragte er, auch er mit belegter Stimme. »Fast acht Uhr«, antwortete die Mutter, die angefangen hatte, auf dem wurmstichigen Küchentisch Bohnen auszupahlen. Es begann etwas heller zu werden, da die dichte Wolkendecke hier und dort aufriß. Nach einer Weile stand auch Tommasinos Vater auf und ging stracks zum Klo, wo er jeden Morgen mindestens eine halbe Stunde blieb. »Verdammt und zugenäht!« schrie Tommaso und rannte ihm nach. »Laß mich zuerst die Fußwanne rausholen, Papa!« Der Vater ließ ihn vorbei, Tommaso nahm von der grauen, rauh verputzten Wand die Fußwanne, die dort einsam an einem Nagel hing, und brachte sie in die Küche. »Wie steht's mit dem Wasser?«

fragte er und steckte einen Finger in den großen Kessel. Der Bruder war gerade dabei, sich die Milch zu wärmen. Zufrieden, da sich das Wasser lauwarm anfühlte, holte Tommasino die Waschschüssel unter der kleinen Kredenz hervor. »Es ist doch noch kalt!« rief Signora Maria, die ihre Bohnen jetzt, neben dem Herd sitzend, auf dem Schoß hielt. Sie paßten kaum alle in die enge Küche hinein, jedenfalls stießen sie sich und traten sich auf die Füße, sobald sie sich bewegten.

»Paß auf, Mà!« sagte Tommasino. Eifrig schob er den Tisch weg, nahm einen Stuhl und stellte ihn neben den Waschständer, und auf den Waschständer setzte er die Schüssel.

In diesem Augenblick brach ein Sonnenstrahl durchs Fenster und erleuchtete eine Minute lang die Küche mit schönem, hellem Licht, erlosch aber darauf wieder. Bei diesem ersten Anzeichen einer Wetterbesserung besserte sich auch Tommasinos Laune. Er kehrte in die Kammer zurück, zog sich langsam aus und warf die schmutzigen Sachen beiseite. ›Jetzt Großreinemachen‹, dachte er, ›und dann nischt wie los!‹ Aus seiner Arbeitsjacke, die über der Lehne eines durchgesessenen Stuhles hing, nahm er die Brieftasche mit dem Parteiausweis, die drei Zigaretten, die ihm geblieben waren, den gelb-roten Kugelschreiber und zuletzt die fünf Hunderter, die er gut geglättet hatte. Er legte alles auf die Kommode und kehrte in Unterhosen in die Küche zurück. Hier war die Mutter mit ihrem Bohnenauspahlen fast zu Ende, um sie herum auf dem Fußboden lagen die Schalen, und der Bruder löffelte seinen Milchkaffee, in den er soviel Brot gebrockt hatte, daß es fast die ganze Flüssigkeit aufsog.

Tommaso zog die Fußwanne vor den Stuhl, den er neben

den Waschständer geschoben hatte, dann goß er das Wasser aus dem Behälter teils in die Fußwanne, teils in die Waschschüssel. Er setzte sich auf den Stuhl, stellte die schmutzigen Füße in die Wanne, in der er sich vom Bauch abwärts wusch, wobei er die Unterhose hochgekrempelt anbehielt. Dann kam der Oberkörper an die Reihe, und hierfür benutzte er die Schüssel.

Als er fertig war und sich abgetrocknet hatte, brach klares Licht durch das Küchenfenster; es sah fast wie ein goldener Sprühregen aus.

Der Himmel hatte aufgeklart und sich in ein Meer von Licht verwandelt. Rings um dieses Meer hingen wie Sandstreifen weiß leuchtende, geballte Wolken. Die Leute, die ein Stockwerk unter den Puzillis wohnten, stellten das Radio an, das lautschallend die *Comparcita* erklingen ließ. Aus anderen offenen Fenstern sangen Mädchen, die Hausarbeit verrichteten oder sich anzogen, die Radiomelodie mit, jedes für sich, während von der Straße, beim Brunnen, Kinderlärm herauftönte.

Die *Comparcita* mitpfeifend, kehrte Tommaso zufrieden in die Kammer zurück, um sich fertig anzuziehen. Er brauchte fast eine Stunde dazu. Aber es war ja auch noch früh, und das Radio, das von der *Comparcita* zu *Abends im Mai* überging, und von *Abends im Mai* zu *Maruzella*, leistete ihm vergnügliche Gesellschaft.

Die längste und schwierigste Arbeit war das Kämmen. Er ging in die Küche, immer noch die Radiomelodie mitsummend, jetzt in einer sauberen Unterhose, und machte sich die Haare naß wie eine junge Gans. Dann wand er sich einen Lappen um den Kopf, damit die Haare sich legten. Nach zwei oder drei Minuten nahm er ihn ab, kämmte sich mit dem abgebrochenen Taschenkamm und spiegelte sich dabei im Glas des Küchenfensters. Aber am Hinterkopf standen die Haare mehr ab als zuvor, während sie ihm vorne klatschnaß in die Stirn hingen. »Verdammt«, knurrte er zwischen den Zähnen und machte die Haare von neuem naß, während er vor sich hin pfiff:

Wenn man ja sagt, behalt es gut im Sinn,
du sollst ein liebend Herz nicht leiden lassen . . .

Dann wickelte er das dreckige Handtuch, mit dem er sich die Füße abgetrocknet hatte, noch einmal um die Stirn. Das wiederholte er zwei- oder dreimal. In der Zwischenzeit wartete er, halb angezogen auf dem nassen Stuhl kauernd, und pfiff und sang. Am Ende schien es, als ob die Haare einigermaßen gottgefällig liegenblieben. So angeklatscht, zeichneten sie deutlich die Form seines Schädels ab, der rund war wie der Kopf eines Bracken, mit dünnem Hals und hinter den Schläfen abstehenden Ohren.

Aber Tommaso war zufrieden und rief laut, damit seine Stimme durch die Wand hindurchdrang: »Los, Papa, beeil dich!« und wartete, daß der Vater sich beeilte, wobei er weitersang. Tatsächlich hörte man nach kurzer Zeit das Wasser rauschen, und Signor Torquato kam heraus. Tommaso lief, das Örtchen zu besetzen, grätschte die Beine, da der Spiegel zu niedrig hing, und begann seine Haare ringsum zu bearbeiten, zwanzigmal von neuem, wobei er sie nach hinten kämmte, auf eine Art, die nur er kannte. Das dauerte eine Weile. Endlich zog er sich fertig an. Draußen schien die Sonne, daß es blendete, aber die Via dei Crispolti war fast leer. Ein paar Knirpse, die gerade ›Mamma‹ sagen konnten, spielten auf dem mittleren Gehsteig. Von den zwei oder drei Häusern rechts hörte man summendes Frauengeschwätz. Aber unten war niemand. Und das, obwohl jeden Morgen, und sonntags besonders, mindestens dreißig Halbstarke ein Spielchen machten oder auf einer niedrigen Mauer würfelten, und ebenso viele junge Burschen in Tommasos Alter herumstanden, diskutierten oder sich auf den Treppen und in den Höfen herumtrieben. »Nanu«, stellte Tommaso enttäuscht fest, der sich von seinem Auftritt im neuen Anzug vor den Nachbarn viel versprochen hatte.

Er trug die würdige und ruhige Miene eines Mannes zur Schau, der seine Angelegenheiten zu bedenken hat, sich aber trotzdem die Zeit nimmt, hier und da ein bißchen zu schwatzen, ohne allzuviel Verpflichtung, mehr aus kameradschaftlicher Sympathie. Er sah auch wirklich untadelig aus. Auf seinen schwarzen Anzug glänzte die Sonne, die dem schweren Stoff einen goldenen Schimmer verlieh, wenn er seine ruhigen und beherrschten Schritte setzte, oder bei den Armbewegungen, mit denen er die Zigarette gelassen zum Munde führte. Die feinen, weißen Streifen seiner Hose stießen unten auf die Schuhe mit der eleganten Spitze, die er sich schon vor einigen Monaten gekauft hatte, die aber noch neu schienen.

Schritt für Schritt ging er die Via Luigi Cesana hinunter, die Hauptstraße der ›INA-Case‹, in der jetzt nur Frauen zu finden waren, allenfalls ein junger Mann, der auf dem Motorrad vorbeiflitzte, mit qualmendem Auspuffrohr. Die kleine Kirchenglocke läutete verzweifelt.

›Komisch‹, dachte Tommaso und wunderte sich wieder über die Friedhofsruhe ringsum.

Er betrat den Tabakladen, um sich seine ›Nazionali‹ zu kaufen, obwohl er noch drei in der Hosentasche hatte. Auch dort fanden sich nur ein paar schäbige ältere Männer ein. Tommasino nahm seine Zigaretten, wunderte sich immer mehr, bezahlte und ging wieder hinaus. Vor dem Friseursalon, der neben dem Tabakladen lag – denn in der Siedlung hatte man alle Läden zu einer Art Bazar in der Mitte der Ortschaft zusammengedrängt – war es genauso. Keiner von seinen Bekannten ließ sich blicken. In der Hoffnung, herauszufinden, was hier eigentlich gespielt wurde, ging er noch ein bißchen weiter die Via Luigi Cesana hinunter in Richtung auf die Tiburtina. Rechts, an der steilsten Stelle, gab es einige Häuser, die treppenartig eins hinter dem anderen aufgetürmt waren, so daß der erste Stock des zweiten auf gleicher Höhe mit dem zweiten Stock des ersten lag, und so weiter. Von den gestrichenen Fassaden führten außen Treppen hinauf, die alle Häuser miteinander verbanden, mit Absätzen, die wie Terrassen vor den Eingangstüren lagen, alle mit Eisengeländern versehen.

In einem dieser Käfige saß Scintillone, den Tommaso kannte. ›Na also, mal sehen, was der zu sagen hat‹, dachte Tommaso bei sich. Scintillone saß im Unterhemd auf seinem schönen Aussichtsplatz und betrachtete zwei enge Gäßchen, die, von hohen Mietshäusern flankiert, in der Sonnenglut auf die nackten Wiesen führten. Drinnen lärmten die Frauen, »He, alter Schrankkoffer!« rief Tommaso ihn an. Scintillone schwieg. Tommaso blieb ihm zu Füßen stehen, spielte den Gleichmütigen, eingezwängt in seinen glühheißen Anzug. »He«, rief er hinauf, »weißt du nicht, wo die anderen sind, Francoliccho, Ruggeretto, Ugo Carboni...?« Scintillone sah ihn an, von der Sonne gekocht wie ein eben vom Feuer genommener Topf. Er senkte die schwarzen Augen auf ihn herab, fixierte ihn gedankenvoll, wie er dastand mit seinen steil aufgerichteten Hundeohren und den kurzen, angeklebten Haaren, die vor Nässe fast blau wirkten. Dann fing er faul an, mit der Zunge zu schnalzen, so träge, daß es schien, als bliebe ihm die Zunge am Gaumen kleben, Schließlich stand er auf, gähnte, als ob ihm die Kiefer auseinanderbrechen müßten, und ging ohne zu antworten auf den Gang am Ende der Terrasse zu.

›Diese alte Schlafmütze!‹ dachte Tommaso bitter und setzte seinen Weg fort. »Verflucht und zugenäht«, knurrte er zwischen den Zähnen, »sind denn alle krepiert?«

Rot angelaufen im Gesicht, machte er die letzten Schritte auf der Via Cesana und bog in die Via Tiburtina ein. Mit ihm kam von der ›INA-Case‹ her eine Herde von Bürschchen, die er nicht kannte. Das war eine Sorte Muttersöhnchen, Studenten mit Milchgesichtern, die sich wer weiß wie aufspielten und heftig erregt ebenfalls zur Tiburtina eilten. Tommasino sah sie nicht einmal an, während er neben ihnen herging, gelassen und ungerührt. Aber innerlich starb er fast vor Versuchung, sie zu fragen, was denn los sei. Andere jüngere und ältere Burschen stießen von Pietralata her hinzu, am Fuß des Monte Pecoraro, der sich nackt wie ein Kehrichthaufen unter der Sonne erhob. Alle gingen in Richtung auf das Stadtviertel Tiburtino, aber ohne Eile. Eine Gruppe lief genau vor Tommasino her, auf dem erhöhten Fußsteig. ›Wollen doch mal sehen, ob diese Würstchen was wissen‹, dachte er. Er schielte zu ihnen hin, um zu sehen, ob er sie kannte, aber es waren lauter fremde Gesichter. Sie waren gut in Schale, mit bunten Hemden, amerikanischen Niethosen, Taschen auf dem Gesäß und Knöpfen vorn. Diese Hosen saßen lässig auf den Hüften, ohne Gürtel, und die Knaben hatten Wespentaillen wie Ballettmädchen. »Den Ball hat Prosperello!« rief entrüstet einer mit einem hellen Gesicht. »Welcher Prosperello?« schrie ein anderer, dem ein spannlanger Haarschopf in die Stirn hing. »Der mit dem hübschen Hintern!« antwortete der erste, wobei ihm das Gesicht vor zufriedenem Lachen fast auseinanderbarst. »Wartet auf mich, wartet!« rief inzwischen einer ganz atemlos hinter ihnen her und kam angelaufen. »Halt's Maul!« sagte trocken einer vom Haufen. Es war der kleinere Bruder von zwei Bekannten Tommasinos, Francolicchio und Ruggeretto. »Du«, fragte ihn Tommaso, »wo sind denn Francolicchio und Ruggeretto?« – »Was weiß ich?« antwortete der Junge und spuckte aus; ohne Tommaso auch nur ins Gesicht zu sehen, mischte er sich unter die anderen.

»Leck mich!« stieß Tommaso halblaut zwischen den Zähnen hervor. Teils genierte er sich, genauer nachzufragen, teils kam er sich erhaben vor über diese kleine Bande.

Jedenfalls zog alles, allein oder in Gruppen, unter der sengenden Sonne hinunter in Richtung Tiburtino.

Aber inzwischen war die ›Duemila-Bar‹, die genau am Anfang von Tiburtino unterhalb des Monte Pecoraro lag, in Sicht gekommen. Tommaso zog noch einmal hastig an seiner Kippe, steckte beide Hände in die Hosentaschen und beschleunigte seine Schritte. Vor der Bar stand alles voll roter Motorroller, und unterhalb des Laubenganges zankte sich, Witze reißend, ein Haufen junger Burschen. Sie saßen an kleinen Metalltischen oder standen im Gespräch herum, halb außerhalb, halb innerhalb der Bar. Aber es waren nur wenige im Vergleich zu sonst. »Spendierst du 'n Kaffee?« fragte ihn einer, als er ihn herankommen sah. Er saß auf einen eingedrückten Stuhl hingekauert, hatte die Beine ausgestreckt und die Hände über dem Bauch gefaltet. Tommaso lächelte geheimnisvoll, während sich ihm das Gesicht in Falten legte und rote Flecken bekam. Ohne zu antworten, setzte er sich zwischen die anderen.

»He, dich meine ich«, beharrte der auf dem Stuhl, indem

er mit einer Grimasse zu verstehen gab, daß er keineswegs scherze. »Ach, Kleiner«, antwortete Tommaso mit öliger, tiefer Stimme, »mach dir doch nicht ins Hemd!« – »Armer Lump«, fuhr Ruggeretto fort, schon mit gespanntem Gesicht, »was, hast du nicht mal 'n Fuffziger, um einem Freund 'nen Kaffee zu spendieren? Was? Wo du eben erst aufkreuzt?« Aber schon hörte er sich nicht einmal mehr selbst zu. »Uaaah«, machte er, wobei er sich mit emporgereckten Armen streckte. Er wand sich noch einen Augenblick auf dem Stuhl, den Bauch nach oben. Dann plötzlich sprang er hoch, stand aufrecht da wie eine Eins, zog sich den schwarzen Pullover über dem roten Hemd zurecht, strich sich träge über die Hose und ging seiner Wege.

Sein Bruder, Francolicchio, spielte mit drei anderen Schmutzfinken unter dem Laubengang Doppelkopf. Tommaso näherte sich ihm geschmeidig und linste in seine Karten. Er schlug Francolicchio auf die Schulter und sagte: »Sei gegrüßt, Kumpel!« Francolicchio warf ihm einen raschen Seitenblick zu; sein Gesicht war verzogen, weil er den Zigarettenstummel im Mundwinkel hielt. »Was willst du?« fragte er trocken und spielte weiter. Aufgeplustert vor guter Laune fing Tommaso hinter seinem Rücken lauthals zu singen an:

> *Wenn man ja sagt, behalt es gut im Sinn,*
> *du sollst ein liebend Herz nicht leiden lassen…*

Er war voller Ironie, und einer der anderen Spieler, der ihn nicht kannte, betrachtete ihn eindringlich, blieb aber still.

Lässig bewegte sich Tommaso weiter, zwischen der Gruppe von Jungen, die mit den Hinterbacken auf dem Rand der Nachbartische balancierten. Noch weiter entfernt wa-

ren Ugo Carboni und andere aus ›Jerusalem‹. Sie unterhielten sich offensichtlich über etwas sehr Interessantes unter
den nassen Blättern des Laubenganges, wo die Sonne in
den letzten Tropfen funkelte. Tommaso näherte sich ihnen
scheinbar teilnahmslos. Ugo Carboni, ein anderer neuer
Freund aus der Siedlung, entdeckte ihn und unterbrach die
Unterhaltung. »Verdammt, bist du aber schnieke!« rief er
aus und errötete etwas dabei unter seinen hellen Haaren.
Wenigstens einer, wie sich's gehört! – »He!« gab Tommaso
ironisch zurück, »bin ein Ali Khan, was?« Ugo besah ihn
sich noch einen Augenblick voll Anerkennung, mit einer
Grimasse, als wollte er sagen: ›Hast ja recht, weiß Gott!‹
und wandte sich wieder den Gefährten zu.

Tommaso blieb allein mitten im Laubengang zurück. Er
steckte die Hände in die Hosentaschen, gähnte halb und
kauerte sich auf einen der beiden einsamen Stühle, die
dort zurückgelassen worden waren. Dann streckte er sich
lang darauf aus, schwang die Beine auf den zweiten Stuhl
und nahm mit zurückgelehntem Kopf seinen Schlager wieder auf, in etwas unbequemer Haltung, weil die Stuhllehne
reichlich niedrig war:

> *Wenn man ja sagt, behalt es gut im Sinn,*
> *du sollst ein liebend Herz nicht leiden lassen.*
> *An einem Maienabend hast du ja gesagt,*
> *jetzt aber willst du mich verlassen . . .*

Während er immer gefühlvoller sang und dabei ganz vergaß, daß er eigentlich aus Angabe angefangen hatte, bewegten sich seine flinken braunen Augen hierhin und dorthin, besonders aber zur Gruppe der Spieler und der Zu-
schauer, die schon länger als eine Stunde auf ihren Kau-
gummis herumkauten. Unter diesen war Alberto, jener

Buchhalter, mit dem Tommaso befreundet war, seit er ihn bei den Neofaschisten kennengelernt hatte. Jetzt flegelte Tommaso sich noch mehr auf dem Stuhl hin, als ob er die Absicht hätte, dort einzuschlafen, faltete die Hände über dem Bauch und sang aus voller Kehle. Aber plötzlich unterbrach er sich und rief mit gesenkten Augenlidern, wie ein Priester bei der Beichte und ganz rot vor Vergnügen: »He, Arbè!« Als er sich angerufen hörte, blickte Alberto sich unschuldig um. Er war einer der üblichen Vorstadtelegants, gut in Schale, weil Sonntag war, mit einer schönen, reinwollenen, grauen Jacke, Wildlederschuhen und einem gelben Trikothemd, das über der Brust halb offen stand, damit man die Brusthaare sehen konnte. Als er Tommaso entdeckt hatte, streckte er den Arm aus und rief: »He, Tomà!« Tommaso gähnte inzwischen laut und zog die Stirn in Falten, aus Faulheit und aus Wohlbehagen. Er hob nur den Arm, als ob ihm der Atem zu einem Grußwort fehlte.

Der andere stand auf und kam zu ihm. »Verdammt, bist du schick!« rief er aus. Er blieb eine Weile still und betrachtete fachmännisch Tommasos neuen Anzug. Tommaso schwieg ebenfalls, mit spöttischer Miene, und ließ sich bewundern. Dann hob er nacheinander träge erst das rechte, dann das linke Bein vom Stuhl vor sich und knurrte, während er darauf deutete: »Na, setz dich schon!«

»Du, Tommà, wollen wir nicht lieber eine Runde auf der Vespa drehen? Was sollen wir denn hier?« entgegnete der andere.

»Also gehn wir«, sagte Tommaso gelangweilt.

»Sehen wir uns den Fluß an«, sagte Alberto, schon unterwegs zu seinem Fahrzeug. Tommaso tat, als wüßte er, was es mit dem Fluß auf sich habe, und erhob sich. Aber vorher blieb er noch einen Augenblick zufrieden sitzen, als müßte er Kräfte sammeln. Dann stand er mit einem Ruck auf, ein Kavalier im funkelnagelneuen Anzug. »Also gehen wir!« sagte er noch einmal. Er streckte sich wieder und ging lässig mit Alberto davon, während die anderen Dummköpfe hinter ihnen herblödelten.

Tommaso und Alberto waren am besten angezogen von all den Gästen der ›Duemila-Bar‹. Sie konnten es sich leisten, ein bißchen anzugeben, und taten es mit einer gewissen Leichtigkeit und ohne zu übertreiben. Ruhig und gleichgültig bestiegen sie die Vespa, Alberto vorn, Tommaso hinten. Alberto trat sieben-, achtmal auf den verfluchten Anlasser, und Tommaso setzte sich inzwischen zurecht und blickte teilnahmslos um sich. Er wechselte nicht einmal den Gesichtsausdruck, als die Vespa wie eine Rakete lossauste, sondern hielt ruhig die Hände auf dem Rücken gefaltet, als trüge er Handschellen. Links verschwand der Monte Pecoraro, rechts flitzten die Wohnblocks von Tiburtino vorbei, am Ende des Platzes mit dem kleinen Turm, dessen Glocke wie verrückt bimmelte. Auch die Via delle Messi d'Oro mit der Wirtschaft verschwand, die Reihe der kleinen Oleandersträuche am Abhang, der Menschenstrom; Kinder und junge Burschen, die sich gruppenweise auf der Tiburtina alle in der gleichen Richtung bewegten, glitten aus ihrem Blickfeld, ebenso wie das ›Silber-Kino‹ und die kleine, schmutzige Seifenfabrik, die vor kurzem dort in der Nähe gebaut worden war.

Der Aniene kam von den Castelli herunter nach Tiburtino, floß unter einer alten Ziegelbrücke hindurch und an einem Bagger und einem kleinen kümmerlichen Wirtshaus vorbei. Dann säumte er auf der einen Seite einige armselige, altersschwache Gärtchen, in denen Gott weiß was alles herumlag, und auf der anderen die Häuserblocks von Tiburtino und Stoppelfelder mit Buckeln schlecht gemähten Getreides. Er schlängelte sich unter einer Fabrik hindurch, wo er einen weißen Säurebach aufnahm, verschwand unter dem Brückenbogen der Tiburtina-Straßenüberführung und floß weiter abwärts in Richtung Montesacro, um dort in den Tiber zu münden.

Die ganze Ebene war an diesem Sonntag in ein Meer verwandelt. Wohin das Auge reichte, auf der einen Seite bis zu den Bergen bei Tivoli, auf der anderen nur bis Tiburtino, sah man nichts als Wasser.

Tiburtino ragte wie ein Hafen daraus hervor, mit seinen Reihen gleichförmiger Wohnblocks, deren eine Seite von der Sonne weiß beschienen war. Man konnte keine Felder, Wiesen, Dämme, Straßen und Gäßchen mehr unterscheiden. Ganz hinten erinnerten der kleine Gasometer und die Lampen und die Scheinwerfer beim Hauptbahnhof an ankernde Dampfer.

Die Wassermassen schoben sich schäumend, schwerfällig und gelb mit ineinandergreifenden Strudeln bis an den Damm der Via Tiburtina heran. Dort mußten sie wütend anhalten, brachen sich, wurden nochmals in das gewohnte Bett des Flusses geleitet, türmten sich in weißlichen Brechern übereinander und drückten sich mit Getöse unter der Brücke hindurch. Noch einmal ergossen sie sich in die Landschaft. Die vier oder fünf Häuser darin sahen aus wie lauter Arche Noahs. Auf diese Wasserebene strahlte die Sonne herab, betupfte einige der tausend und abertausend Wellen mit Gold, ließ die gelben Schaumkronen aufleuchten und beschien die schwarzen Stämme, das Unkraut, die Kisten, den Unrat, die Ölflecken, die alle auf dieser bewegten Oberfläche dahertrieben. So war die Tiburtina wie eine Mole, voller Menschen, die herbeigeeilt waren, um die Überschwemmung zu bestaunen.

Plötzlich erschien der Autobus 311. Er fuhr ganz langsam zwischen der gestauten Menge hindurch und hielt, als er bei der Brücke angelangt war. Alberto und Tommaso folgten auf ihrer Vespa, um zu sehen, was passieren würde; ebenso alle anderen, die motorisiert waren. Dort unten, fünfzig Meter von der Brücke entfernt, war auch die Straße überschwemmt. Die Fahrgäste des Autobusses stiegen zum Teil aus oder blieben sitzen und reckten die Hälse aus dem Fenster. Dann zogen sich zwei oder drei festlich gekleidete Burschen aus Ponte Mammolo Schuhe und Strümpfe aus, krempelten sich die Hosen bis zum Knie auf, fingen ein großes Getue an, damit sie bemerkt würden, und begannen vorsichtig das überschwemmte Stück Straße zu überqueren. Als sie auf der Brücke angelangt waren, liefen sie ganz vergnügt barfuß in Richtung Via Casal dei Pazzi nach Hause.

Die anderen hingegen, die geblieben waren, ältere Männer, Frauen, das Buspersonal, verbissen sich ihre Wut und ihre Ungeduld; der Schaffner hatte sich auf seinen Sitz geflezt, die Hände über dem Bauch gefaltet, und pfiff vor sich hin.

Alberto, Tommaso und um sie herum ein Haufen Halbstarker und älterer Burschen blieben länger als eine Stunde aneinandergedrängt stehen, um sich nichts entgehen zu lassen. Ein anderer Bus war drüben von Montesacro zum Pendelverkehr gekommen und hatte ebenfalls bei der Brücke gehalten, denn man konnte es nicht riskieren, hinüberzufahren. Und dann brachte man die Menschen irgendwie von einem Bus zum anderen. So entstand auf der Via Tiburtina, inmitten dieses Meeres, eine Verkehrsstockung, wie man sie nicht einmal während der schlimmsten Stunden mitten in Rom erlebte.

Die einzige Glocke der Gegend war die von Tiburtino. Als sie ein großes Gebimmel anfing, um den Mittag zu verkünden, war die Sonne bereits verschwunden.

Die in einer Ecke des Himmels zusammengedrängten Wolken hatten sich weiter verbreitet und aufgeblasen. Weiß wie Schlagsahne, waren sie in die Höhe geschwebt, hatten sich zusammengeschoben, wieder getrennt, wieder zusammengeballt, leicht wie Bräute im Hochzeitskleid, oder dunkel und verschrumpelt wie Kehrichthaufen, die das Dienstmädchen fortfegt. Zum Schluß bedeckten sie den ganzen Himmel, eine drunter, die andere drüber, eine groß, die andere klein, eine grau, eine dunkel, eine weiß, und alle schmutzig und kalt. An einem einzigen Fleckchen Himmel schien noch die Sonne, offenbar von Christus vergessen, und graue Schwaden, die nicht Nebel und nicht Wolken waren, liefen in Stößen unter der Kruste dahin, die den Himmel schwarz wie eine böse Seele bedeckte. Dann wurde auch der Wolkenhaufen in Richtung Rom gleichmäßig grau, erdfarben, und wie zerbröckelnde Erde lagerte er hoch über der Stadt. Von dort kam der erste Donner, der bis in die Knochen dröhnte. Nun war das Meer, aus dem Tiburtino herausragte und das sich ringsum ausbreitete, schwarz. Nur an dem Glitzern der Schaumkronen erkannte man, daß es Wasser war.

Es kam ein Gewitter herunter wie in der vergangenen Nacht, mit Blitzen und Hagel. Unter den ersten dicken Tropfen und in einer Finsternis, als wäre es Nacht, konnten die Menschen kaum rechtzeitig nach Hause laufen. Gegen halb zwei Uhr ließ es etwas nach, aber immer noch fiel dichter Regen.

Nachdem Tommaso zu Mittag gegessen hatte, ging er hinunter in das Café im Hause, wie zuvor ganz in Schale, und begann seine Pläne für den Nachmittag zu schmieden.

Er ging zur Kasse und verlangte mit der vertraulichen Miene eines alten Kunden eine Telefonmünze. Die Münze zwischen den Fingern, machte er ein Schwätzchen mit dem Eigentümer, einem alten Kommunisten, der zu Mussolinis Zeiten eingesperrt gewesen war, dann bewegte er sich langsam auf das Telefon zu, wählte die Nummer und wartete, den Blick auf die frisch geweißte Wand gerichtet. Es dauerte eine ganze Weile, denn er hatte bei der Familie angerufen, die ein Stockwerk tiefer als Irene wohnte; man rief sie von einem Fenster zum andern, sie mußte sich erst etwas überziehen und die Treppe herunterkommen. Als sie ganz außer Atem »Hallo« sagte, drehte Tommaso sich dem Schankraum zu, lehnte sich an die Mauer, kreuzte die Beine und sagte »Hallo, Irè, ich bin's, Tommaso.« Dann begann er, lächelnd und rot geworden, als wäre sie da, sofort das Gespräch des Tages: »Siehst du, was für'n Wetter ist?« Auch Irene sagte am anderen Ende der Strippe das ihre über das Wetter, berichtete irgendeine Neuigkeit von einem Blitz. »Verdammt!« sagte er großspurig, »so ein Pech! Grade heute, wo ich dir Rom zeigen wollte!« Er war sauer, ernsthaft empört. Und da Irene noch einen Versuch wagte, die Bedeutung des Wetters zu verkleinern, erwiderte Tommaso sofort, heftig getroffen: »Siehst du nicht, was für 'ne Sintflut herrscht? Wo wollen wir denn hin, bei dem Wasser, Irene? Das regnet und regnet! Drei Tage hintereinander regnet das!«

Er hörte ihr eine Weile zu, dann, fast singend, aber mit leiser Stimme: »Ich hab doch keinen Regenschirm, weißt du doch, Irene!« Sie sagte darauf etwas wie: »Dann schenk ich dir einen zum Geburtstag«, denn Tommaso antwortete, sich mit dem Ellbogen an die Mauer stützend: »Das ist aber nett von dir!« Danach schien sie ihm anläßlich der Frage des Geburtstags und der Geschenke irgendeine Geschichte über irgend jemand zu erzählen, und Tommaso hörte zu, wobei sein Gesicht immer röter und sein Lächeln immer genußvoller wurde, warf ein »Mm«, »Ach!«, »So was«, »Was, der?« ein und lachte zuletzt freundlich und herzlich.

Er sprach immer leiser, daß seine Stimme fast ein Hauch wurde, und seine Augen wanderten flink umher, ihren eigenen Weg, während sein Mund etwas anderes sagte. Am Ende kam er auf die Ausgangsfrage zurück: »Also, ich bleibe in der Bar mit meinen Freunden. Mach noch 'n Spielchen mit, dann hau ich mich ins Bett!« Und er fügte sofort eilig, fast laut hinzu, wobei er den Ellbogen wieder von der Mauer nahm und den Hörer so hielt, als wäre er eine Trompete: »Morgen, ja, morgen, wenn's Wetter gut ist, komm ich!« Schließlich beugte er sich ganz tief über den Hörer: »Also ciao, Irene, nicht wahr, wir sehen uns morgen!« Und mit einem letzten Seufzer, zufrieden und rot wie eine Paprikaschote, wiederholte er: »Ciao!« und hängte den Hörer wieder auf.

Er kehrte zur Kasse zurück, knöpfte sich mit einem trockenen Husten die Jacke zu und ging zur Tür, wo er vor den Scheiben stehenblieb, um nach dem Wetter zu sehen. Zerstreut, mit dem Daumen an den Knöpfen der Weste spielend, betrachtete er den Himmel. Der hatte sich etwas erhellt, und es schien, als wollte der Regen aufhören. An diesem Sonntag gab es im ›Boston‹ den Film ›Ein Pfad

in den Himmel‹; es war eine moralische Pflicht, ihn anzusehen. Die von der Siedlung ›INA-Case‹, die nicht schon
am Abend vorher drin gewesen waren, machten sich jetzt
bereit, hineinzugehen. Grüppchen kamen schon auf der
Via Luigi Cesana an Tommaso vorbei, unter einem Regenschirm, oder laufend, lachend und schreiend, den Regen-
mantel überm Kopf.
Während er wartete, daß es zu regnen aufhörte, schlug er
dem Wirt ein Spielchen vor, aber ohne Geld. »He, Meister«,
sagte er, »wollen wir nicht mal? Aber nur so, bloß aus
Freundschaft.« Der Alte war dabei, und sie fingen an, im
Stehen zu spielen, auf dem freien Stück Marmor vor der
Kasse. Nach einem Spiel waren sie warm geworden und
spielten um einen Kaffee. Tommaso gewann, trank den
Kaffee mit dem Alten, und als sie damit fertig waren, hörte
es gerade zu regnen auf. Tommaso steckte die Nase hinaus, sah, daß nur noch ein paar Tropfen in der trüben Luft
herumirrten, und rief über die Schulter zurück: »Wiedersehen, Meister!« Dann schlüpfte er auf die Straße hinaus.
Er schlug den Kragen hoch und lief, wie üblich die Hände
in den Hosentaschen, zum ›Boston‹. Über der Tiburtina
war der Himmel wie ein stürmisches Meer, vor dem die
Bäume hin und her geschüttelt wurden; im Durcheinander von Bersaglieri und Leuten, die den Augenblick nutz-
ten, da es zu regnen aufgehört hatte, und auf den Autobus
warteten, hörte man die Stimme des Schnulzensängers
Claudio Villa aus dem Lautsprecher des Kinos. Die nasse
Luft, die niedrigen Wolken, der Monte Pecoraro, die vier
kleinen Fabriken zwischen den Baracken hallten wider von
dieser betäubenden Stimme. Tommaso fing vergnügt an,
mitzusingen, während er zwischen den Reihen der anderen

die Via di Pietralata zum Kino hinunterlief. Vor sich hinsingend betrat er den Zuschauerraum, der zum Ersticken voll war und wo man den Gestank von nasser Kleidung, schmutzigen Füßen und Schweiß so empfand, als wäre man in einen öffentlichen Waschraum geraten. Die kleinen Bengels schrien vorne in den ersten Reihen, sogar auf der Erde sitzend, zwischen Urinrinnsalen, die unter den Stühlen hervor zwischen Krümeln und Erdnußschalen bis unter die Leinwand rannen.

Er mischte sich unter die Menge an der Wand, begann sofort eine Rempelei mit einem von den Schmutzfinken, und sogar mit deren Müttern. Hinter einer kleinen Säule angelangt, erspähte er einen Pferdeschwanz, der sich hierhin und dorthin bewegte. Er mußte zu einem ganz jungen, noch kindlichen Mädchen gehören, nach der Art, wie es gekämmt, und weil es noch so klein war. ›Wolln mal sehn!‹ dachte Tommaso und begann, sich heranzuarbeiten. Angeschrien von den erbosten Frauen, drängte er sich durch die Menge. Hinter der Säule war etwas mehr Platz, weil man dort nicht gut sehen konnte; die Leute standen zu beiden Seiten und reckten die Köpfe. Tommaso richtete sich, mit nur einem Teil der Leinwand zufrieden, häuslich ein und fing an, mit Händen und Füßen zu arbeiten, um sich das Tierchen gefügig zu machen. Es schien tatsächlich noch das erste Fell zu haben. ›Verdammt‹, dachte Tommassino, ›ich bin doch kein Unmensch?‹ Aber er lachte keineswegs, wenn er auch innerlich sich selbst auf den Arm nahm. So verging eine Viertelstunde, und schon war es ihm allmählich gelungen, einen seiner Schenkel gegen den des Mädchens zu pressen. Aber da ging das Licht an, und im Saal gab es das übliche Durcheinander. Einer schrie, ein anderer lachte, jemand rief den Mann mit dem Bauchladen, und überall sah man Leute, die über die Lehnen der Stühle hinweg in die nächsten Reihen kletterten.

Tommaso bemühte sich, seine Stellung nicht zu verändern; aber es war, als ob er in einem Sturm stillstehen wollte. Um den Gleichgültigen zu spielen, nahm er eine Zigarette und zündete sie sich an, nachdem er eine Hand nach der andern aus dem Gedränge gelöst hatte. Aber während er, an seine Säule gelehnt, die Augen schweifen ließ, entdeckte er auf der gegenüberliegenden Seite jemanden, den er erst gar nicht wiedererkannte und den er dann, als ihm klar wurde, wer es war, genau ansehen mußte, um es zu fassen. Es war Zimmio. Aber außer der Tatsache, daß er in den letzten Monaten noch sehr viel dicker geworden war, zeigte er sich jetzt in einem Aufzug, der zu jedem anderen besser paßte als zu ihm. Auf dem Kopf hatte er einen grauen, hohen Hut mit breiter, harter Krempe und weißem Band, wie ihn die Mailänder Geschäftsleute tragen. Er war funkelnagelneu und hielt sich gerade noch auf seinem Kopf, wie zufällig daraufgesetzt, obwohl er ihm bis fast auf die Augenbrauen reichte und die Hälfte seiner Stirnhaare bedeckte. So seriös dieser Hut wirkte, Zimmios Gesicht gab er doch ein noch komischeres Aussehen. Der alte Kamerad trug ferner ein schönes weißes Hemd, eine dunkle Fliege, blau mit hellen Punkten, einen leichten, grauen Überzieher aus feinster Wolle mit modisch schmalen Schultern nach englischer Art. Darunter sah man den dunklen, fast schwarzen Anzug mit einer Reihe weißer Knöpfe und die Weste aus gleichem Stoff. Er hatte über die linke Hand einen Lederhandschuh gestreift und hielt darin den anderen Handschuh. Mit der Rechten rauchte er eine Zigarette in langer Bernsteinspitze.

Ganz Gentleman, stand er da, an die Säule gelehnt. »He,

Zimmi!« rief Tommaso. Zimmio entdeckte ihn, hob ein wenig den Kopf zum Gruß und lachte zwischen den Schnurrbartenden. Tommaso streckte die Hand aus, der andere die seine, und sie drückten sich überhöflich die Fingerspitzen, als wären sie klebrig. »Mensch«, seufzte Tommaso und reckte sich, »da schlägst du lang hin!« Zimmio konnte sich das Lachen kaum verbeißen. »Na, was machst du denn so?« wollte Tommaso liebenswürdig wissen.

»Was ich mache?« antwortete Zimmio, »ich reiße den Spatzen den Hintern auf!« – »Mensch«, seufzte Tommaso von neuem voller Bewunderung, »du hast's geschafft!«

»Denkste«, antwortete Zimmio und setzte sich seinen Daumen wie ein Messer an die Kehle, »ich sitz auf dem Trockenen! Ausgebrannt! Blank wie 'ne Melone«.

»Hast wohl 'n Knall«, antwortete Tommaso ungläubig.

»Kannst du mir 'nen halben Tausender pumpen?« schoß Zimmio unverschämt noch einen Pfeil ab.

Tommaso betrachtete ihn heiter, nachdenklich: »Verdammt – was bist du doch für'n Hurensohn!«

»Dann hab ich Schwein gehabt!« sang Zimmio. Wieder erloschen die Lichter, und unter den letzten Schreien und den letzten Pfiffen der Menge nahm der Film seinen Fortgang. Als sie aus dem Kino traten, erwartete Tommaso, daß es dunkel sein würde, denn zu dieser Stunde war es gewöhnlich schon Nacht. Statt dessen schimmerte noch etwas Licht. Wo es herkam, war nicht zu begreifen; vielleicht war die Welt umgestülpt worden und man sah oben das Loch der Hölle, aus dem Flammen schlugen. Ringsherum war alles schwarz, aber mitten in den Wolken gab es eine Art Vertiefung, die ins Blaue spielte, und von dort aus ragten die Wolken wie die Wände eines Brunnens empor, von einem orangefarbenen Licht erhellt, das ringsum versickerte. Aber ein dunkler Nebel strich über diese Beleuchtung hin, ein Nebel, den der Schirokko eilig vor sich herblies und der immer dichter wurde und so tief herunterhing, daß er die sechs oder sieben neuen Wohnblocks von Pietralata fast berührte, ehe er weiter in Richtung auf den Aniene und die Gemeindewiesen davonzog. Bald war der dunkle Nebel eine richtige Wolke geworden, die das Licht, das wie Blut von der Mitte des Himmels herabfiel, filterte, allmählich auslöschte und über Pietralata ausstreute wie Asche des Todes.

Im Nu wurde es dunkel und Nacht. Eine Weile später fing es wieder an zu regnen. Auf der Via di Pietralata eilten die Leute nach Hause, andere warteten im Licht der Bar unter den warmen Stößen des Schirokkos auf den Autobus.

Tommasino lief zur Bar, die Hände in den Hosentaschen und mit aufgeschlagenem Kragen, die Pfützen überspringend, und Zimmio stolperte fluchend hinter ihm her; aber er fluchte nur leise, mit der gleichen Wohlerzogenheit, mit der er über die Pfützen sprang, um sich nicht zu beschmutzen.

Die Bar war gesteckt voll, verraucht und stinkend von nassen und dreckigen Kleidern.

Sie waren schon mehr oder weniger alle versammelt: Lello, Zucabbo, Cazzitini, Schakal, Zellerone, Minchia, Freghino, Buddha, Gricio, der Nazarener und ein Haufen gesegneter Seelen, die auf dem nassen Fußboden hockten, schwatzten und Karten spielten.

Tommaso trat ein, und niemand beachtete ihn, wie gewöhnlich. Aber kaum war Zimmio hereingekommen, als auch schon erst Buddha, dann Minchia, dann nach und nach alle anderen sich umdrehten, ihn einen Augenblick ansahen und schließlich in ein solches Riesengelächter ausbrachen, daß sie sich an den Tischen festhalten mußten, um nicht vom Stuhl zu fallen, auf dem Fußboden herumzurollen und sich in die Hosen zu machen. Zimmio betrachtete sie schweigend, sein Gesicht war ernst wie das eines Geistlichen, aber er konnte sich das Lachen kaum verkneifen. Eine Weile blieb er bei der Tür stehen und schnitt ihnen Grimassen, während sie sich vor ihm ausschütteten und sich wie ein Haufen Halbirrer krümmten. Dann knöpfte er sich allmählich, einen Knopf nach dem anderen, den Mantel auf, schlug ihn auseinander, schob den Bauch vor, hielt ihn mit der geöffneten Hand fest und rief: »Eine Salve für diesen hier!« Worauf er sich mit schnellen Schritten zur Theke wandte und mit rotem Gesicht, dessen Farbe wie Fett im Feuer dahinschmolz, den Wirt ansah, unter seinen Schnurrbartenden lachend, und sagte: »Einen Espresso mit Sahne!« Dabei warf er einen Fuchsblick zurück. Die anderen brüllten weiter vor Lachen. »Was ist denn in dich gefahren, heute abend?« rief ihm Schakal zu. »Was, hast du dir entlaust, Zimmi?«; das war der Nazarener. »Ach, Zimmi, bist der beste Hurensohn des ganzen Ortes!« fügte Buddha mit seiner Syphilitikerstimme hinzu. Dann beruhigten sie sich allmählich wieder, und diejenigen, die Karten gespielt hatten, nahmen die Partie wieder auf. Tommaso stellte sich neben Lello, der Buddha, Gricio, dem Nazarener und Delli Fiorelli beim Spiel zusah. Er schlug ihm auf die Schulter und fragte: »Wie geht's denn, altes Haus?« – »Gut«, sagte Lello, ohne sich umzudrehen, »wie soll's schon gehen?«

Es gab auch ältere und alte Männer, stockbesoffen. Die standen in Trauben an die Theke gelehnt neben Zimmio und diskutierten laut schreiend; ihre Gespräche hörten nie auf und hatten keinen Sinn. Sie schlugen sich an die Brust, und die Augen traten ihnen unter den buschigen Brauen aus den Höhlen. In all dem Lärm, der von einem Donner übertönt wurde, traten drei oder vier weitere Gäste ein, von Tiburtino, und unter ihnen Carletto mit der Gitarre. Sie verschnauften, schüttelten sich das Wasser von den Kleidern und stampften mit den Füßen auf dem Boden, der eine einzige Pfütze war. »Vier Glas Rum«, bestellten sie lässig. Sie drückten sich an die Theke, Carletto nahm das Wimmerholz vom Rücken und stellte es neben sich. Zwei oder drei an den Tischen hatten sich mit hochroten Köpfen zu ihnen umgedreht. »Ach sieh mal, sieh«, sagte Gricio, »die Gitarre!« Er stand auf, näherte sich langsam, als ob ihm die Knie vor Schwäche weich würden, der Theke und fragte Carletto: »Darf ich mal?« nahm die Gitarre und fing an zu zupfen:

Saiten meiner Gitarreee . . .

»Mensch . . . Du kannst uns mal – Gricio!« schrien ihm seine Tischgenossen zu. Ein anderer, der ebenfalls Karten spielte, fing auch sofort an zu singen, als er Gricio hörte, dann ein dritter und schließlich sangen sieben oder acht, jeder für sich, einer dieses Lied, ein anderer jenes; Gnaccia sang: *»Meereswelle, bist schöner und bezaubernder als 'ne Sireneeee . . .«*
Buddha, der schon anfing kahl zu werden, aber noch lauter kleine, dünne Löckchen auf dem Schädel hatte, rief: »Hunger!« Dann fing auch er an zu singen: *»Gartentür zwischen den Rosen, ein Engel hat mir heute nacht gelächelt . . .«*
Schließlich nahm Carletto die Gitarre, räusperte sich, schlug zwei Akkorde an und zeigte allen, was sie für Stümper waren, als er jetzt sang: *»Wie schön bist du, Nina trasteverina, geboren im Schatten der großen Kuppel . . .«*

Gricio, der wieder zu spielen begonnen hatte, hob den Kopf von den Karten, blickte sich mit vor Zufriedenheit leuchtenden Augen um und sagte: »Was, ist das ein Fastengesang? Läßt dich der Hunger singen?« Er nahm eine Karte aus seinem Fächer, knallte sie auf den Tisch, hob nochmals die Augen, sah Gnaccia mit dem Blick einer alten Hexe an und wiederholte: »He, habt ihr denn gegessen, heut abend?«

»Aber das ist doch an der Tagesordnung« unterstützte ihn Delli Fiorelli mit seinem Stummel zwischen den Lippen. »Wann essen die schon! Erst wieder zu Ostern!« – »Und wann essen wir?« platzte lachend Buddha heraus.

Draußen zog ein neues Gewitter herauf.

»Verstehst du«, fuhr Buddha immer lustiger fort. »Wer unter uns dem Fakir Burma Konkurrenz machen will, der kann was erleben!« Wenn man sein Gesicht sah, machte es einem keine Mühe, ihm zu glauben, und man glaubte es Gricio oder Delli Fiorelli oder dem Nazarener oder allen anderen ebenso, mit ihren dürren Knochen unter der gespannten Haut, daß sie aussahen, als wären sie räudigen Hunden vorgeworfen.

»Übrigens, da wir gerade vom Hunger reden«, fing Buddha wieder an, wobei er die Augen weiter auf seine Karten gesenkt hielt, »erinnerst du dich noch, Cazziti, an die Sache damals, an den Tag, wo wir dich in der Straßenbahn getroffen haben, ich und Canticchia? Mensch, an dem Tag hatten wir vielleicht 'n Schmacht! Kannst dir ja vorstelln, wenn du an die Zeit denkst, wo's nischt zu essen gab! Canticchia lehnte sich an mich und ich mich an ihn, wie zwei Waisenknaben, sonst wären wir umgekippt.«

Er fing prustend an zu lachen, bewegte sprühend Speichel zwischen den Lippen und fuhr fort: »Also, wie ich schon sagte, wir wollten hin zum Viale Liegi zum Blutspenden; Canticchia hatte ja Angst davor, aber der Hunger, verdammt, der machte uns Mut! Sie hätten uns den Arm abhacken können, an dem Tag! Dann sind wir da angekommen, wo sie einem das Blut abzapfen; da waren schon ganze Familien, Väter, Mütter, Kinder, Großeltern! Alle hatten sie schon Blut gespendet, da drin! Kam mir wie im Irrenhaus vor. Ich hab zum Canticchia gesagt: ›Mach dir keine Sorgen, bleib noch zehn Minuten, und dann kommen wir wieder auf die Beine, auch wir zwei beiden!‹ Dem Canticchia tränten die Augen vor Hunger. Konnte ihm nicht ins Gesicht gucken, sonst hätt ich selber angefangen zu flennen! Kam mir alles wie 'ne klare Brühe vor; wenn er sprach, hauchte er man bloß... Als wir dran waren, haben wir die Personalausweise abgegeben, dann haben sie uns durchleuchtet, ob wir krank wären. Alles war durchsichtig, sogar der Bandwurm war vor Hunger abgestorben. Um es kurz zu machen, dann haben sie uns das Blut abgezapft. Sie gaben uns so'n Gummiball in die Hand. Nachher haben sie uns in ein Zimmer geführt und uns ein ganz kleines Brötchen mit'n bißchen Öl, eine Scheibe Wurst und 'n Gläschen Marsala gegeben. Haben uns das Wunder angesehen, und du glaubst es nicht, kam mir ganz leicht vor, fast wäre ich geschwebt, dann hab ich 'ne starke Wärme am Arschloch gefühlt! ›Ach Canti, mir sind die Kiefer eingerostet!‹ sag ich, und wie ich 'ne Hand hebe, um das Brötchen zu nehmen, hat mich die Schwäche beim Wickel und ich schlag lang hin!«

Er blickte sich aufgebracht um und hielt sich die Hand wie einen Trichter vor den Mund: »Bin lang hingeschlagen!«, wiederholte er mit tropfendem Mund. »Jesus hat mich in den Himmel rufen wollen! Hab mich im Krankenhaus wiedergefunden, mit verbundenem Kopp und 'n Becher Milch vor mir für meinen Hunger!«

Alle lachten und riefen: »Mensch, halt doch die Schnauze…« Da fing Cazzitini zu schreien an: »Hört mal dies«, weil auch er erzählen wollte, was er erlebt hatte, mit vor Vergnügen glänzenden Augen. »Es waren drei Tage, daß ich nischt zu essen gehabt hab, da bin ich beim Suppenfritzen reingekommen und wollte 'ne doppelte Wassersuppe und hatte tausend Lire in der Tasche. Aber der Hunger hat mich ins Kreuz getreten, und so hab ich richtig Minestra bestellt, erst einen Teller, dann zwei, drei…« Auch er hielt sich die Hand wie einen Trichter vor den Mund und rief: »Ich bin bis dreißig gekommen! Und nach dem dreißigsten hab ich noch 'n Teller bestellt, da haben sie mir den leeren Kessel mit der Schöpfkelle gezeigt und haben gesagt: ›He, du, Junge, hast die ganze Suppe von den Arbeitern aufgegessen! Hast zwei ganze Baracken ruiniert!‹«

Die Freunde lachten zweimal, aber kaum hatte Cazzitini zu Ende erzählt, da fing auch Schakal an: »Ist ja gar nichts, sag ich! Bei mir könnt ihr Tränen vergießen, hört bloß mal! Eines Tages hatt ich auch'n Hunger, daß ich nich mal auf'n Bürgersteig klettern konnte. Da bin ich in die Kirche gegangen und hab 'ne halbe Stunde lang die Glocken geläutet und mir damit einen Gutschein für'n Gratisessen bei der Speisung von St. Peter verdient. Verdammt, wie der Priester mir den Gutschein gegeben hat: als ob er mir 'n Scheck überreicht hätte! Ich nischt wie hin zum Mittag von St. Peter, aus Angst, es könnt zu Ende sein… Mitten unter all den Leuten, Männlein und Weiblein, denen immer der Sabber tropft… Einer hatte 'n Benzinkanister als Behälter, einer 'ne Büchse, einer 'n Schüsselchen, einer 'n Kohleneimer. Und einer hatte sogar 'n Hut, um die Suppe einfüllen zu lassen, und sagte: ›Gib mir 'n Hut voll Nudeln und Bohnen!‹, sagte er, ›gib mir 'n Hut voll Suppe!‹ Einer hat mir 'ne leere Büchse gegeben, damit ich mir mein Essen einfüllen lassen kann. Ich geh 'n bißchen beiseite und setz mich in 'ne Ecke, um in Ruhe zu essen, und, naja, so ist das eben. Der eine fischt schlecht – wißt ihr, was ich gefischt hab in der Suppe? Einen Gummi!«

»Mensch, ist das die Möglichkeit!« schrien die anderen ringsum.

»Wieso denn nicht?« schrie der Schakal dagegen. »Diese Hurenweiber von Köchinnen, die spreizen sich nicht lange, eh sie sich spreizen, haha, vor den Dienstleuten, die die Ware bringen! Und dann, um das *corpus delicti* beiseitezuschaffen, suchen sie sich als sichersten Platz ausgerechnet meine Blechbüchse aus! Ich hab ja auch 'n guten Geschmack!« Er lachte mit glänzenden Kinderaugen: »Mensch, Nudeln mit Pariser!« fügte er hinzu. »Wirst verrückt, wo kriegst du so'n Menü her! Nicht mal an der Riviera gibt's das! Mensch, da kannst du gleich kotzen.« – »Junge« schrie Buddha puterrot, »erzähl mal, was hast du da gemacht? Hast du ihn aufgefressen oder fortgeworfen, den Gummi?« – »Nee, ich hab ihn mir auf'n Kopf gesetzt!« schrie lachend Schakal. »Wieso, war Fasching?« fragte Cazzitini, während die anderen sich vor Lachen ausschütteten.

In diesem Augenblick ging plötzlich das Licht aus. Es wurde dunkel, und nach kurzer Zeit sah man nur noch das Flackern der Scheite und die schreienden und langsam ruhiger werdenden Schatten. Jemand ließ ein Feuerzeug aufleuchten, und der Wirt holte zwei Kerzen hervor und zündete sie an; die Flammen schimmerten matt auf der nassen Theke.

Alle stürzten zur Tür, um hinauszusehen. Es war dunkel, aber trotzdem konnte man erkennen, daß irgend etwas auf der Straße, in der Ortschaft, geschehen war. Das Licht ging für einen Augenblick wieder an: Die Straße vor der Bar war ein See geworden, mindestens zwei Handbreit hoch stand das Wasser darauf. Und in den anderen, tiefer gelegenen Straßen in der Mitte der Ortschaft sah man noch mehr Wasser; es reichte bis zu den Souterrainfenstern. Die Häuser ragten regelrecht aus dem Wasser empor, das konnte man sogar bei dem Licht der vier Lampen erkennen. Und schon sah man das alte Zeug, die Pfähle, Lumpen, den Unrat der Höfe in der Flut schwimmen. Von Zeit zu Zeit tauchte ein Blitzstrahl, dem ein leiser Donner folgte, das Dorf im Wasser in Licht. Der Strom fiel wieder aus, und in der Bar brannten nur zwei Kerzen. Alle standen zusammengedrängt an der Tür. »Was denn, sind wir hier in Venedig?« versuchte Cazzitini zu witzeln. »Scheiß der Hund auf Venedig! Das hier geht uns an!« knurrte Schakal. Die älteren, betrunkenen Männer standen taumelnd da und stammelten unverständliche Worte. Einer war in der Verwirrung auf den Boden gesunken und blieb stöhnend im Wasser liegen, weil es ihm nicht mehr gelang, aufzustehen. Vier oder fünf Burschen zogen sich die Schuhe aus, krempelten die Hosenbeine auf bis über die Knie und liefen hinaus. Die anderen beobachteten sie, aber man konnte nichts erkennen. Nach einer Minute waren sie im Dunkeln verschwunden, und man hörte sie durch Schlamm und Wasser patschen.

Tommaso ließ sich auf einen der leer gewordenen Stühle am Ende der Gaststube fallen. Die Hände über dem Bauch gefaltet, rekelte er sich mit der friedlichen Miene dessen, der in aller Ruhe abwartet, was geschehen wird, und notfalls auch bereit ist, eine Nacht lang auszuharren. Er zog eine Zigarette hervor und begann seelenruhig zu rauchen. Plötzlich erschienen draußen Lichter, die im rauschenden Regen auf und nieder tanzten. Sie kamen näher: Männer mit Blendlaternen und Gummimänteln. Sie öffneten die Tür und redeten laut. Tommaso trat heran, um zuzuhören. Aber nachdem sie kaum vier Worte geschrien hatten, waren sie sofort wieder hinausgegangen, in den Ort hinunter. Man sah die Lichter da und dort auf dem braunen Wasser aufleuchten. »Wer war denn das?« fragte Tommaso Lello. »Von der Partei!« antwortete Lello. »Und was haben sie gesagt?« – »Unten, in ›Klein-Schanghai‹, ertrinken welche!« sagte Lello. »Wieso ertrinken?« – »Was weiß ich!« – »Da ist doch die Überschwemmung!« warf Schakal ein. »Der Fluß?« fragte Tommaso. »Was denn sonst, du Idiot!« – »Scheißkram!« schrie Tommaso, der sich daran erinnerte, wie das Wasser, als er noch dort gewohnt hatte, bei schlechtem Wetter oft von den umliegenden Hügeln heruntergekommen war. Aber der Deich war mindestens fünfzehn Meter hoch: Unmöglich, daß der Fluß über die Ufer getreten war. »Mensch, was machen wir?« schrie Zucabbo. Tommaso stand in sich gekehrt da, wie abgestorben oder berauscht, und schwieg. »Was wollten sie denn?« fragte er dann Zucabbo. »Daß wir auch mitgehen, helfen!« – »Klar, Mann, morgen! Zu Ostern!« antwortete Schakal. »Scheißkerle!« sagte Tommaso angeekelt und sah ihnen ins Gesicht, »kann man uns vielleicht nicht brauchen? Habt wohl Angst, was?« – »Wenn ich baden will, geh ich nach Ostia, und im Boot!« sagte Schakal. Tommaso blickte an ihm vorbei und sagte: »Feine Brüder seid ihr, was? Wenn's euch nicht selbst unterm Hintern brennt, rührt ihr euch nicht!« Schakal sah ihn an: »Sieh mal, guck«, fragte er neugierig, »ist das

Tommaso, der da?« Und zu Buddha gewandt: »Kennst du den? Das soll Tommaso sein?« – »Wieso kennst du den nich?« fragte genußvoll Buddha. »Das is doch Sankt Thomas, der Schutzpatron der Überschwemmten!«

Aber Tommaso ließ sich nicht einschüchtern; innerlich kochend fuhr er auf: »Also, euch sind diese armen Teufel scheißegal, was? Männer wie ihr haben auf dieser Welt nichts verloren!« Schakal wurde langsam sauer: »Wenn dir danach ist, geh doch los!« sagte er, »geh doch, hau ab! Wer hält dich denn?« – »Klar geh ich, du Arschloch!« rief Tommaso immer wütender. – »Worauf wartest du denn noch, zieh dir doch die Badehose an!« sagte Buddha, ohne ihn überhaupt anzusehen.

Das konnte sich Tommaso nicht bieten lassen. Wie ein Verrückter drängte er die Leute an der Tür beiseite. »Weg hier!« sagte er. Aber er hatte den neuen Anzug an! Einen Augenblick hielt er inne. »Was? Nu ist's dir doch nich so eilig damit?« fragte der Nazarener. »Scheiß drauf . . . !« antwortete Tommaso trocken. Er wandte sich an den Barmixer. »Mensch, Barmann«, sagte er mutig, »hast du nicht vielleicht 'n alten Sack, womit ich mir 'n Kopf bedecken kann?« Wortlos bückte sich der Barmixer, suchte unter der Theke und zog einen alten, halbverfaulten Sack hervor. Tommaso nahm ihn, zog sich die Jacke aus und gab sie dem Barmixer, ebenso Schuhe und Strümpfe. Er krempelte sich die Hosen hoch, legte sich den Sack über Kopf und Schultern und ging hinaus, wobei er über den betrunkenen Alten steigen mußte, der noch immer lang ausgestreckt auf dem Boden lag, vor sich hin brabbelte und die Zähne vor Wut wie ein Hund bleckte. »Los, Tomà, morgen kriegst du 'ne Medaille!« spottete Buddha hinter ihm her, als er ihn in den Regen hinaustreten sah. Es war schlimmer, als wenn man erblindet. Das Wasser klatschte einem gegen die Augen, rann am Gesicht herunter. Es war wie in einer Kloake. Nach zwei Schritten fühlte sich Tommaso naß bis auf die Haut. ›Wo geh ich denn hin, was mach ich denn bloß?‹ fragte er sich selbst, wie verblödet in dieser Sintflut. Nach weiteren zwei Schritten reichte ihm das Wasser bis über die Knöchel, an die Schienbeine, dann an die Waden, bis zum Knie. Er wandte sich nach rechts, in die Via dei Monti di Pietralata. Dort erkannte er verschwommen die Umrisse des Autobusses, der an der Haltestelle stand, bis zu den Trittbrettern im Wasser. Weiter unten hörte man Stimmen, und in einigen Fenstern der vom Wasser eingeschlossenen Häuser sah man Kerzenlicht.

Dann hörte er eine Sirene heulen. Sie heulte und heulte, und es kam einem vor, als bliebe sie immer am selben Platz. Aber nach einer Weile blendeten die Scheinwerfer über der Straße und dem ganzen Ort auf, der unter dem strömenden Regen zu einer großen Lagune geworden war. Langsam, im Schritt, kam das Feuerwehrauto durch die Via di Pietralata gefahren, mit der Sirenenhupe verzweifelt heulend. Aber es kam nicht weiter im Schlamm und blieb auf der Höhe des Autobusses stecken. Vielleicht war es ebenfalls auf dem Wege nach »Klein-Schanghai«. Die Scheinwerfer blieben auf Fernlicht eingestellt und erleuchteten ein Stück Straße und die umliegenden Häuser taghell. Genau im Strahlenbündel sah man weiter vorn etwas bersten: ein Kanaldeckel war geplatzt und hatte ein Stück vom Fußweg mitgerissen.

Tommaso watete in die Nähe des Feuerwehrautos. Die Männer versuchten, in dem Höllenlärm zu beraten. Auch sie waren ratlos. Vielleicht wußten sie nicht einmal, wo die Hütten am Fluß standen. Freilich, mit dem Auto kann man unmöglich dorthin; man mußte zu Fuß gehen.

»Los!« rief Tommaso ohne jede Vorrede. »Ich führe euch! Kenne den Weg!« – »Ist es denn weit?« fragte ihn ein Ranghöherer, der ein Seil umgebunden hatte. »Nicht mal 'n Kilometer!« rief Tommaso halb erstickt. Sie nahmen, was sie brauchten, und richteten die Scheinwerfer auf den Weg. Ein Stück marschierten sie durch das Wasser, das ihnen bis an die Knie reichte, überquerten den von den Scheinwerfern beleuchteten Straßenabschnitt und tauchten im gottverlassenen Durcheinander unter. Die Familien, die in den Souterrains wohnten, waren zu Nachbarn in die oberen Stockwerke hinaufgestiegen. Man hörte aufgeregte Stimmen, Angstschreie und Kinderweinen. Ein paar Halbstarke waren draußen, mit den Füßen im Wasser, um zuzusehen. In einigen steileren Straßen floß das Wasser wie ein Sturzbach und trieb allerlei Sachen, Kisten, Pfähle, Holzstücke, Unrat mit sich davon. Bei den letzten Häusern stand das Wasser noch höher, denn hier war der tiefste Punkt zwischen den Hügeln auf der einen Seite und den Feldern am Fluß auf der anderen.

Man mußte langsam gehen. Da, wo die Straße abzufallen begann, gleich hinter dem Ort, hatte sich eine tiefe Grube gebildet. Die Feuerwehrleute umstellten sie und richteten die Blendlaternen darauf. In der Vertiefung stak eine Gartenlaube bis unter das Dach im Schlamm des überquellenden Abzugsgrabens.

Am Rand sahen sie einen Schatten, der sich taumelnd vorwärts bewegte: Ein kleiner Schatten war es, eingewickelt, vielleicht ein Kind oder ein Hund, taumelnd unter dem strömenden Regen. Von Zeit zu Zeit fiel er der Länge nach ins Wasser, mit vorgestreckten Händen, erhob sich wieder, machte ein paar Schritte und fiel von neuem. In diesem Augenblick bewegte er sich gerade vor der Mündung einer

Seitenstraße, aus der sich das Wasser wie ein Sturzbach ergoß. Ein Stück Wellblechdach, von der Strömung mitgerissen, stieß ihm gegen das Bein, so daß er kopfüber ins Wasser fiel. Sie zogen ihn heraus, als er schon halb erstickt war von all dem Wasser, das er geschluckt hatte, von dem Schaum und Schlamm, der an ihm herunterrann. »Wer ist das? Wo wohnt er?« fragten die Feuerwehrleute. »Das ist der alte Mucchietta! Er wohnt hier, Block neun!« erklärte Tommaso.

Sie nahmen ihn auf den Arm und trugen ihn nach Hause. Dort stand das Wasser bis über die Fenster des Souterrains, und alle, die dort wohnten, hatten sich auf die Treppen gehockt, mit Kerzen in der Hand. Tommaso an der Spitze, brachten die Männer den Alten dahin und setzten ihren Weg in Richtung »Klein-Schanghai« fort.

Hinter dem letzten Block stieg die Straße wieder an und ragte immer mehr aus dem Wasser heraus, bis sie, nach etwa hundert Metern, im Trockenen lag. Immerhin stand auch dort der Schlamm einen halben Meter hoch, so daß man fast noch mühseliger vorwärtskam als vorher. Sie brauchten eine halbe Stunde bis zum Barackendorf. Und das gab es sozusagen nicht mehr. Es dauerte eine ganze Weile, bis sie, beim Licht der Blendlaternen, begriffen, was hier geschehen war. Rechts floß der Fluß fast auf gleicher Höhe mit der Straße: dort, wo sonst ein mehr als zehn Meter tiefer Graben gewesen war. Links, gegen die letzten Hügel oberhalb der Straße hin, wo rings um den kleinen Platz hier und dort wahl- und planlos die Bruchbuden gestanden hatten, sah man fast nichts mehr. Holzstücke, Teile von Wänden, Wellblech, Bretter, ganze Dächer und die Pfähle für die Wäsche lagen umgestürzt am Boden. Überall auf den Straßen, von den Hügeln herab, durch das ganze

Dorf bis zum Fluß hinunter, wälzte sich eine Lawine von Schlamm und Wasser. Die eine oder andere Baracke war noch stehengeblieben, vor allem auf der anderen Seite, weiter oben, ganz vereinzelt auch hier, am Rande des Schlammstromes.

Zum Glück ließ der Regen allmählich nach, und zwischendurch regnete es überhaupt nicht, so daß man etwas sehen konnte.

Im Schlamm halb versinkend, kletterte Tommaso hinter den Feuerwehrleuten her und hielt sich an den übriggebliebenen Büschen, Zweigen oder schwankenden Bäumchen fest. So erreichten sie einen hochgelegenen, ziemlich freien Platz, auf den sich die Leute aus den Baracken geflüchtet hatten. Sie waren kaum angezogen, mancher noch im Hemd, mit Babies auf dem Arm und weinenden Kindern an der Hand. Die Frauen rannten rutschend, schwarz von Schlamm, den Feuerwehrleuten entgegen und schrien um Hilfe. »Seht bloß!« riefen sie, als ob das nötig wäre; vielleicht, weil sie es selbst nicht begriffen. »Das ist alles, was uns geblieben ist!«

Es war schon vorher nicht viel gewesen: ein paar Hütten, ein paar zerfallende Dächer, ein paar Lumpen. Und jetzt war alles dahin, vom Schlamm zum Fluß getragen. Der kleine Platz in der Mitte, wo Tommasino als Kind gespielt hatte, war ein Teich geworden, in dem die mit Wasser vollgesogenen Reste der Baracken standen. Einige ragten hier und dort noch halb heraus. Aber auf der Bergseite gab es nun so viel Schlamm, daß er bis zu den Fenstersimsen gestiegen war und, die verfaulten Läden sprengend, ins Innere quoll. Dann drückte er die Tür ein, brach hinten wieder heraus und riß alles mit sich, was drinnen gewesen war, Stühle, Schachteln, Schuhe, Krüge, ein paar wackelige

Tische. Alles das häufte sich draußen an, verschwand nach und nach auf der Oberfläche des Schlamms in Richtung Dorfmitte und wurde mit den größeren Bruchstücken der anderen, vollständig zerstörten Baracken zum Fluß hinuntergespült.

Fast alle Einwohner hatten sich dort oben versammelt, wo noch Baracken standen, bei der alten Höhle; nur ein paar waren auf der Straße nach Pietralata geblieben. Armdicke Ratten hatten sich aus den überfluteten Löchern zusammen mit den Menschen aufs Trockene gerettet und sprangen über deren Schuhe hinweg, das lange, schwarze Fell schlammbedeckt. Die Strömung des Flusses voller Strudel dröhnte, es schien, als wollte ringsum die Erde bersten.

Alle fuchtelten mit den Armen, brüllten und blickten in eine Richtung, auch Passalacqua, Di Nicola, Di Santo und die anderen Genossen, die, naß bis auf die Haut, schon eine Weile dort standen und offenbar abwarteten, was der Himmel beschloß. Aber obwohl Ostern vor der Tür stand, gab es weder Christusse noch Madonnen. Unter den noch nicht ganz zerstörten Baracken war eine etwas mehr im Trockenen geblieben – auf sie waren alle Augen gerichtet. Eine Frau, die Bewohnerin, stand wie angenagelt davor, vielleicht in der Hoffnung, ein paar Sachen zu retten. Alles, was auf dem Fußboden herumlag und was der Schlamm, der durch die Fenster eindrang, fortspülen wollte, hatte sie zusammenzutragen versucht. Dann war der Schlamm nach und nach weiter gestiegen, und nun stand sie da, allein, eingeschlossen vor ihrer Hütte, und rief um Hilfe. Ihre Stimme war im Rauschen des Regens, des Windes und des Flusses fast nicht zu hören. Die Feuerwehrleute machten sich mit ihren Seilen zu schaffen, um sie zu holen. Und Tommaso mischte sich erbittert ein, wobei er sich fast die Lunge aus dem Halse schrie, um sich Gehör zu verschaffen: »Ihr fangt das nicht richtig an, ihr kennt ja den Grund nicht! Er ist voller Löcher, und da ist ein Gitter ... Laßt mich doch gehen, ich kenne den Weg!«

Aber die Feuerwehrleute, unter den Regenböen ganz von ihren Vorbereitungen in Anspruch genommen, beachteten ihn überhaupt nicht. Einer knüpfte sich das Seil um die Hüften und watete los. Aber er machte nicht einmal zwei Schritte, als er auch schon ausrutschte; denn an jener Stelle begann das Gefälle, und er versank bis zu den Augen im Schlamm. Er versuchte, wieder aufzustehen, schaffte es aber nicht, so daß ihn die anderen herausziehen mußten. »Hab ich's euch nicht gesagt!« schrie Tommaso. »Hab's euch doch gesagt, daß ihr's nicht schafft! Da kommt man nicht durch; man muß 'n Bogen gehen!« – »Schickt doch den Burschen da, der weiß, wohin er die Füße setzen muß!« mischte sich Passalacqua ein.

»Also was soll ich?« schrie Tommaso aufgeregt weiter. Er ließ sich nicht mehr beruhigen. »Soll ich nun gehen, ja oder nein?« – »Komm her«, sagte der Anführer. Er faßte Tommaso beim Gürtel und band ihn fest. Ohne sich umzudrehen, nur darauf aus, zu zeigen, wie man's macht, stieß sich Tommaso vom Straßenrand ab und begann, in weitem Bogen auf die Hütte zuzugehen. Auch dort, wo er watete, stand der Schlamm hoch; er reichte ihm bis über die Knöchel; aber indem er sich an die Baracken hielt, die rings um den kleinen Platz mehr oder weniger stehengeblieben waren, rückte er allmählich näher an die Frau heran, die, den Hals aus einem Fenster gereckt, um Hilfe schrie.

»Bin schon da, meine Dame! Sein Sie ruhig!« schrie Tommaso ihr zu. Das Schlimmste kam jetzt, in der Mitte des Platzes, wo die Strömung des Wasser- und Schlammflusses von den Hügeln am reißendsten war. Tommaso warf sich hinein und fuchtelte mit den Armen wie ein Hampelmann, um vorwärts zu kommen, denn er sank bis zum Nabel ein und die Strömung war stärker, als sie aussah, und drängte zum wenige Schritte entfernt dahindonnernden Strom hinab. Von oben bis unten besudelt wie ein Schwein, mit zusammengebissenen Zähnen und Augen, die ihm vor Anstrengung aus den Höhlen traten, planschte Tommaso in dem Schlick herum und gelangte endlich vor die Baracke auf der anderen Seite. Die Frau erwartete ihn, zerzaust, durchnäßt. Als er da war, bekam sie einen Hustenanfall, geriet außer sich, rang die Hände und zeterte: »Lassen Sie mich etwas mitnehmen, wenigstens eine Matratze, ein Kleid...« – »Aber, meine Dame, ich bin kein Gepäckträger!« schrie Tommaso sie an, während sie sich immer noch nicht vom Fleck rührte. »Gehn wir! Na, los doch, hier wird's bloß schlimmer!« – »Aber ich hab Angst, wie machen wir's denn?« fragte sie und beugte sich vor, über all das Wasser, zitternd, schneeweiß, starr vor Kälte, mit aufgelösten Haaren, die wie Schlangen an ihren Backen klebten.

»Kommen Sie her, lehnen Sie sich bei mir an, legen Sie die Arme um meinen Hals!« rief Tommaso ihr zu und zog sie mit sich. Jetzt erkannte er sie: Eine Hure, die bei Montesacro auf der Aniene-Brücke ihr Revier hatte; er kannte auch ihren Zuhälter sehr gut. ›Wär ja gelacht, wenn ich wegen der ersaufen müßte!‹ dachte er bei sich.

»Aber du schaffst es nicht!« schrie die Frau weinerlich mit einer Kleinkinderstimme, »siehst du denn nicht, was da los ist, verdammt noch mal?«

»Wir müssen's eben versuchen, du dummes Stück!«

Er nahm sie halb auf die Schulter, und sie klammerte sich

an ihn. Es war wie immer: ob sie lachte oder wütend wurde, oder ob man sie wegschleppte; halb hatte sie wirklich Angst, halb schien sie das alles nichts anzugehen, schien sie nur zu staunen über das, was ihr da zustieß.

»Paß auf, da ist die Rinne, rutsch da nicht rein!« beschwor sie Tommaso, während er im hohen Schlamm herumplanschte und sich mühte, nicht fortgerissen zu werden. Er konnte nicht mehr, er war völlig ausgepumpt, halb tot, und nur aus Verzweiflung fiel er nicht hin. »Halt das Maul!« schrie er sie an, »ich weiß selber, wo ich zu gehen hab!«

»O Gott, o Gott, schaffst du's denn? Schaffst du's?« jammerte zitternd die Frau.

»Brich dir keine Verzierungen ab!« schrie Tommaso sie an, während ihm ihre Haare ins Gesicht hingen, »willst du, daß ich dich hinwerfe? Wenn du nicht aufhörst, nach'm lieben Gott zu brüllen, laß ich dich hier im Dreck, da kannst du dann sehen!« Er hielt sich am Seil fest und kämpfte sich verzweifelt an die Steigung heran, wo ihn die anderen erwarteten, die ihn langsam hinaufzogen. Ganz verschwitzt und beim Atemholen fast erstickend kam er auf dem Trockenen an. Die Frau fing an, verrückt zu spielen, und zuckte hysterisch, während die Männer ihr ein bißchen Kognak einzuflößen versuchten, um sie zu beruhigen. Tommaso band sich das Seil ab, die Beine im Schlamm gespreizt, halb in sich zusammengefallen, die Stirn gesenkt, damit man ihm nicht ansehen konnte, wie er zugerichtet war; er hatte nicht einmal mehr Luft für einen Fluch. Inzwischen war ein zweites Feuerwehrauto von der anderen Seite, aus Montesacro, gekommen, und die meisten Leute saßen schon drüben im Trocknen. Man war nun fast fertig, nur noch die paar übriggebliebenen Unglücklichen mußten nach Pietralata geschafft und unter Dach gebracht werden. Die Männer verloren keine Zeit mehr; vom Wasser hatten sie mittlerweile mehr als genug. Im wieder wolkenbruchartig prasselnden Regen nahmen die Feuerwehrleute Frauen und Kinder auf den Arm oder bei der Hand, auch ein paar Alte, die allein nicht mehr krauchen konnten. Tommaso vertrauten sie zwei Jungen an, einer war drei oder vier Jahre alt, der andere sechs; den kleineren nahm er auf die Schultern, den anderen bei der Hand.

Es waren zwei artige Kerlchen, wer weiß, was sie schon alles durchgemacht hatten. Ihre Gesichtchen blickten nachdenklich drein wie die von uralten Leuten. Sie sahen reizend aus und einander sehr ähnlich, waren wohl auch Brüder, mit schwarzem Krauskopf und großen, schwarzen Augen; nur das Mäulchen war ganz weiß vor Schreck. Sie gingen eine Weile schweigend, die Schuhe versanken im Schlamm. Dann hob der Größere das Gesicht aus dem hochgeschlagenen Kragen seines alten, zerschlissenen, aber noch ganz hübschen Mantels zu Tommaso empor. »Nun haben wir kein Haus mehr!« sagte er. »Wohin schicken sie uns nun?«

»Ach«, sagte Tommaso, »vor Kälte ist noch keiner umgekommen. Denk nich dran!«

»Ist auch Francos Haus überschwemmt?« fragte der Junge, nachdem er eine Weile nachgedacht hatte.

»Den kenn ich nicht, deinen Franco«, antwortete Tommaso, »aber wenn er hier wohnt, dann ist auch sein Haus nicht stehengeblieben, da kannst du ganz ruhig sein.«

»Drück mir nicht die Kehle zu«, sagte er zu dem Kleinen, der angeklammert auf seinem Rücken hockte.

»Warum haben wir denn so tiefe Häuser?« fragte wieder der andere nachdenklich, »die, wo Häuser oben haben, kriegen kein Wasser!« – »Junge, drück mir nich die Kehle zu!« schrie Tommaso noch einmal. Allmählich näherten sie sich Pietralata. Regen und Wind ließen nicht nach. Die Obdachlosen aus den Baracken wurden zunächst zum Parteilokal gebracht, das auch teilweise unter Wasser stand. Die Menschen fanden kaum alle Platz, sie saßen auf Bänken, die Frauen mit den Babies auf dem Arm. Alle weinten und waren verzweifelt, während draußen Regengüsse und Donner immer lauter wurden.

›Was, ist das das Ende der Welt?‹ dachte Tommaso und betrachtete das Bild, das sich ihm bot: Da saß einer auf einer durchgelegenen Matratze, mit einem kleinen Jungen auf den Knien; ein anderer auf einem Hocker wrang seine Socken aus und trocknete sich die Füße; eine kranke Frau weinte, und jemand neben ihr tröstete sie: »Warum weinst du bloß? Glaubst du, das Wasser geht weg, wenn du weinst? Wenn's dich getroffen hat, dann die anderen auch.« Aber sie hörte überhaupt nicht zu, sie war wie von Sinnen, und ähnlich ging es vielen anderen rings, die alles verloren hatten, was sie besaßen, und nun nackt waren wie die Würmer. Auf den Wirtstisch hatten sie die Wickelkinder gelegt, wie einen Haufen junger Katzen, mindestens dreißig, eins neben das andere, und ringsum sahen die Mütter vor Kälte zitternd zu.

Drei oder vier etwas ältere Jungen hatten in der Ecke die Fahne entdeckt, und da niemand hinsah, nahmen sie die Gelegenheit wahr und spielten damit Indianer.

»He, verdammte Bengel!« schrie Tommaso. Er ging und nahm ihnen die Fahne fort, lehnte sie wieder an ihren Platz in der Ecke neben dem Schreibtisch an die Wand. »Was denn, seid ihr hier zu Hause?« schrie er sie wütend an. »Weg hier!«

Was war schon geschehen? Regen überschwemmte ein

Dorf, ein paar Baracken brachen zusammen; die Leute, die dort wohnten, hatten in ihrem Leben schon Schlimmeres durchgemacht. Aber alle weinten, fühlten sich verloren, geschlagen. Nur in dem roten Fetzen, der inmitten all dieser Verzweifelten, selber durchnäßt und zerschlissen, an der Wand lehnte, schien ihnen noch so etwas wie ein wenig Hoffnung aufzuschimmern.

Als Tommaso am andern Morgen spät erwachte, spürte er sofort, daß etwas mit ihm nicht stimmte. Er war todmüde, seine Knochen fühlten sich ganz zerschlagen an. Es gelang ihm nicht, die Augen zu öffnen oder die Knie hochzuziehen, um aus dem Bett zu steigen.

Er blieb noch eine Weile liegen wie ein Stück Holz und überlegte. Es mochte ungefähr elf Uhr sein, man hörte weder Stimmen noch Geräusche. Das Wetter war sicherlich noch immer scheußlich, denn es kam nur wenig Licht zum Fenster herein. Eine ferne Sirene heulte. ›Los, Junge, mach schon!‹ sagte sich Tommaso, begierig, ins Dorf zu gehen und festzustellen, was los war.

Als er sich mühsam aufrichtete, überfiel ihn ein Hustenanfall, und sofort danach ein zweiter. »Himmel, Arsch und Zwirn!« knurrte er verärgert vor sich hin. Er hustete von neuem und hatte ein Gefühl am Mund, als wäre man ihm mit schmutziger Hand darübergefahren, und einen Geschmack wie von kaltem Eisen, von Nägeln. Tommaso schluckte, um den Geschmack loszuwerden, und bückte sich, um die Schuhe anzuziehen. Aber anstatt nachzulassen, nahm der Eisengeschmack noch zu, wurde immer süßer, und der Mund füllte sich mit Speichel. ›Was denn, hab ich heut nacht Rotz gefressen?‹ fragte er sich und schnalzte mit der Zunge. Aber dann sah er plötzlich auf seinem Trikothemd lauter rote Flecken: Blut. Damals, als er krank gewesen war, hatte er nie Blut gespuckt. Anfangs schien es ihm wie ein Traum: Er sah, sah nochmals auf diese Flecken und tupfte mit dem Finger darauf: Sie waren frisch und klebrig. »Aber was ist denn das?« fragte er. Schon zitterte er vor Aufregung, und ihm wurde dunkel vor den Augen. Es gehörte wenig dazu, um zu verstehen, was es war; ein neuer Hustenanfall, heftiger als vorher, schüttelte ihn, daß er fast umfiel. Danach stand er auf und taumelte zur Toilette. Er war allein im Haus, zu dieser Stunde arbeiteten alle. Beim Gehen merkte er, daß er sich nur wie durch ein Wunder auf den Füßen halten konnte. Aber er ging weiter bis zum Klo, um in den Spiegel zu sehen. Er war über und über mit Blut beschmiert: das Kinn, der Hals, das Hemd. »Gott, Mamma!« schrie er fast, weiß vor Schrecken. Torkelnd und sich an der Wand entlang tastend, ging er hinüber in die Küche, zum Waschtisch, nahm einen Lappen, tauchte ihn ins Wasser und machte sich daran, Gesicht und Hemd abzuwischen. Er wischte und wischte, bis es ihm schien, als hätte er sich gar nicht befleckt. Aber da schüttelte ihn ein neuer Hustenanfall, den er nicht unterdrücken konnte; denn tief unten in der Kehle brannte es, als wäre dort ein glühendes Eisen; noch mehr Blut rann ihm das Gesicht herunter aufs Hemd. Tommaso wartete, bis er zu Ende gehustet hatte, dann wischte er sich von neuem ab. Ein Weilchen blieb er erschöpft neben dem Waschtisch, dem laufenden Wasserhahn und den schmutzigen Tellern stehen. Der Husten kam nicht wieder, und so ging er, nachdem er den Lappen ausgespült und mit frischem Wasser angefeuchtet hatte, Schritt für Schritt mühsam in sein Zimmer zurück und fiel aufs Bett.

Er blieb dort lange regungslos liegen, das Gesicht zur Zimmerdecke und mit ausgestreckten Beinen; den nassen Lappen hatte er auf den Stuhl mit den Kleidern gelegt. Er konnte nicht einmal nachdenken, so groß war sein Entsetzen. Er wartete nur aus ganzer Seele darauf, daß jemand käme, daß seine Mutter zurückkehrte, daß man ihm hülfe. Aber er machte sich nichts vor, er wußte sehr wohl, was ihm da geschah: ›Ich sterbe!‹ dachte er.

Eine Stunde und länger blieb er so liegen, ohne sich zu rühren, ohne einen Finger zu heben. Endlich hörte er, wie sich die Tür öffnete und seine Mutter hereinkam. »Hallo, Mà«, sagte Tommaso, »ich fühl mich nicht gut, geh und hol 'n Doktor!«

»Mein Gott!« schrie die Frau, als sie ihn sah und sofort erkannte, in welchem Zustand er war. Sie betrachtete ihn einen Augenblick, ohne etwas sagen zu können, mit zitterndem Munde, und wollte in Tränen ausbrechen.

»Beeil dich, hol den Doktor, verdammt nochmal!« rief Tommaso, so laut er konnte. »Ja, sei ruhig, ich geh ja schon!« antwortete sie, drehte sich um, rannte hinaus und bedeckte das Gesicht mit den Händen. Tommaso blieb bewegungslos fast eine weitere Stunde liegen. Inzwischen waren der Vater und der Bruder hungrig von der Arbeit gekommen. Als sie sahen, daß es noch nichts zu essen gab und Tommaso so krank war, setzten sie sich zu ihm ins Zimmer, blieben still, sahen ihn von Zeit zu Zeit an und warteten auf den Arzt.

Der kam schließlich, klopfte Tommaso überall ab, fragte ihn, wann er zuerst an Tuberkulose erkrankt sei, und wollte alle Einzelheiten wissen. Man sah ihm an, daß da tatsächlich nicht zu spaßen war. Inzwischen bekam Tommaso einen neuen Blutsturz. Er hustete und hustete und befleckte den ganzen Lappen, den er in der Hand hielt, mit Blut, und dann einen Kissenbezug, den die Mutter eilig aus dem Schränkchen geholt hatte, weil sich kein sauberes Handtuch oder Taschentuch mehr fand.

Der Arzt sagte, es sei besser, Tommaso ins Krankenhaus zu bringen, und zwar sofort. Die Mutter fühlte ihre Knie weich werden und warf sich über das Bett, über ihren Sohn. Es war der Dritte innerhalb eines Jahres, den sie ihr ins Krankenhaus brachten. Aber es war nichts zu machen. Zwei Stunden später lag Tommaso schon in einem Bett der Poliklinik.

Zwei Tage lang ging es auf und ab, dauernd war sein Auswurf blutig, aber er hoffte noch immer. Einmal war er gesund geworden, da konnte es doch auch ein zweites Mal gelingen. Er wollte nicht glauben, daß man ausgerechnet ihm das Grab schaufeln sollte. Mittlerweile hatte er Erfahrung mit Krankenhäusern, er wußte, was er sagen und wie er sich verhalten mußte, um respektiert zu werden. Vom ersten Tage an paßte er höllisch auf, daß man ihm nichts vorenthielt, was ihm zustand. Mit hochgerecktem Kinn und wachen Augen wehrte er sich gegen das Würgen im Hals, das einen neuen Anfall ankündigte. Dabei ging es ihm immer schlechter.

Am Sonntag bekam er sogar Besuch von Irene: Sie erschien mit ihrer Freundin Diasira und Settimio, als seine Leute gerade nicht dawaren, brachte ihm etwas Obst und eine halbe Flasche Marsala mit. Schweigend legte sie ihm alles auf den Nachttisch. Und auch die beiden anderen schwiegen.

Tommaso blieb, störrisch wie ein Kind, ausgestreckt unter seiner Decke liegen und sah immer nur aus dem Fenster. Er sagte kein Wort.

Unterwürfig wie stets, blieb Irene eine Weile so bei ihm und sah ihn zärtlich an; hin und wieder sprach sie leise mit der Freundin. Dann konnte sie sich nicht mehr beherrschen und fing an zu weinen, das Gesicht gegen den Arm gepreßt. Und da alles still war im Saal, hörte man ihr Weinen, und alle drehten sich nach ihr um. Diasira hielt sie eng an sich gedrückt und versuchte, sie zu beruhigen, aber Irene konnte sich nicht mehr beherrschen, obwohl sie nun wenigstens leise weinte, wie ein kleines Mädchen. Sie wußte, daß sie das nicht sollte, daß es sich nicht gehörte, und versteckte immer verzweifelter das Gesicht hinter den Händen, bis die beiden anderen sie fortbrachten.

Auch die von der Partei kamen ihn besuchen. Sie waren übereingekommen, die Ortsgruppe von Pietralata nach Tommaso zu benennen, falls er sterben mußte; um die tapfere Tat zu ehren, die er vollbracht hatte und nun so teuer bezahlte. Heruntergekommen, in elendem Zustand, tauchte auch Lello auf, und mit ihm Zucabbo, frisch wie ein eben vom Baum gefallener Apfel, pausbackig unter seinem wasserstoffblonden Schopf.

Über die Lage in der Ortschaft erfuhr Tommaso nur, daß ein Minister gekommen war, die Reste auf dem getrockneten Schlammbett betrachtet und die üblichen Versprechungen gemacht hatte; und inzwischen waren die Obdachlosen untergebracht worden, teils in ein paar Klöstern, teils in ein paar Schulen, wo schon andere Obdachlose hausten. Nachdem die anderen sich verabschiedet hatten, blieben Lello und Zucabbo noch eine Weile bei Tommaso; sie konnten sich nicht entschließen, ihn zu verlassen. Schließlich holte Zucabbo ein paar Birnen und zwei Bananen aus der Tasche. Deshalb also hatten sie dagesessen wie Klötze und kein Wort herausgebracht.

»Obst bringt ihr mir?« meinte Tommaso. »Was soll denn das? Blumen müßt ihr bringen!«

»Hör auf, Puzzì!« sagte Zucabbo und legte Birnen und Bananen aufs Bett; aber selbst ihm kamen die Tränen.

»Warum, zum Teufel, heult ihr? Wenn hier einer was zu heulen hat, dann doch wohl ich«, erklärte Tommaso. »Sterbt ihr vielleicht?«

Mit nassen Augen in den dunklen, von Sonne und Hunger verbrannten Gesichtern standen Lello und Zucabbo da und rührten sich nicht.

»Haut ab!« sagte Tommaso. »Statt hier bei mir zu hocken! Geht doch, treibt euch 'n bißchen rum, draußen ist Sonntag!«

Er kehrte das Gesicht zur anderen Seite und sagte nichts mehr.

Aber er hatte es sich in den Kopf gesetzt, daß er zu Hause sterben wollte, in seinem eigenen Bett. Und tatsächlich, die Erlaubnis, wieder nach Hause gebracht zu werden, bekam er jetzt leicht. Es war an einem schönen Tag, einem ganz milden, einem der letzten Septembertage. Die Sonne schien vom wolkenlosen Himmel, und die Leute sangen und schwatzten auf den Straßen und in den neuen Häusern.

Als Tommaso wieder in seinem eigenen Bett lag, war ihm, als ginge es ihm besser. Schließlich hatte er noch nicht die Letzte Ölung erhalten. Seit einigen Stunden hustete er nicht mehr, und er bat die Mutter sogar um ein paar Schluck von dem Marsala, den Irene ihm mitgebracht hatte. Aber dann, als die Nacht kam, fühlte er sich schlechter und schlechter. Ein neuer Blutsturz: er hustete, hustete, ohne noch einmal zu Atem zu kommen, und: *addio*, Tommaso.

NACHBEMERKUNG

Personen, Ereignisse und Schauplätze dieses Romans be-
ruhen auf freier Erfindung. Trotzdem wäre es mir lieb, wenn
der Leser sich über eines klar würde: Im wesentlichen ist
alles, was ich beschrieben habe, wirklich geschehen und geschieht auch weiterhin in Wirklichkeit.

Ich danke all den ›Teufelsjungen‹, die mir unmittelbar oder
mittelbar halfen, dieses Buch zu schreiben; besonders dan-
ken möchte ich Sergio Citti.

Elsa Morante

La Storia

*Roman. Aus dem Italienischen
von Hannelise Hinderberger.
631 Seiten. SP 2416*

Während und nach dem Zweiten Weltkrieg ereignet sich das Schicksal der Lehrerin Ida und ihrer beiden Söhne. Elsa Morante entwirft ein figurenreiches Fresko der Stadt Rom mit den flüchtenden Sippen aus dem Süden, dem Ghetto am Tiber, den Kleinbürgern, Partisanen und Anarchisten. Der Roman war neben Tomasi di Lampedusas »Der Leopard« und Ecos »Der Name der Rose« der größte italienische Bestseller der letzten Jahrzehnte.

La Storia das heißt: *Die Geschichte* im doppelten Sinn des Wortes. Elsa Morante breitet in diesem Roman das unvergleichliche und unverwechselbare Leben jener Unschuldigen vor uns aus, nach denen die Historie niemals fragt.

In Italien, in Rom, während des Zweiten Weltkriegs und in den Jahren danach, ereignet sich das Schicksal der Lehrerin Ida und ihrer beiden Söhne. Sie erleben den Faschismus, die Verfolgung der Juden, die Bomben. Nino, der Ältere, der sich vom halbwüchsigen Rowdy zum Partisanen und dann zum Schwarzmarktgauner entwickelt, ist ein strahlender Taugenichts. Sein Bild tritt zurück vor der leuchtenden Gestalt des kleinen Bruders Giuseppe, dem es nicht beschieden ist, in dieser Welt eine Heimat zu finden. Trotzdem ist seine kurze Laufbahn voller Glanz und Heiterkeit. In seiner seltsamen Frühreife besitzt der Junge eine größere Kraft der Erkenntnis als die vielen anderen, die blind durch die Geschichte gehen, eine Geschichte, die alle zu ihren Opfern und manchmal auch die Opfer zu Schuldigen macht.

Der Roman ist in einer dichten und spröden Sprache geschrieben, die den Fluß der Erzählung mit psychologischer und historischer Deutung aufs engste verbindet.

»Diese Geschichte ist der… nein, gewiß nicht ›schönste‹, aber der aufwühlendste, humanste und vielleicht wirklich der größte italienische Roman unserer Zeit.«

Nino Erné in der WELT

SERIE
PIPER

Dacia Maraini

Bagheria
Eine Kindheit auf Sizilien.
Aus dem Italienischen von Sabina
Kienlechner. 171 Seiten. SP 2160

Dacia Maraini kehrt an den
Ort ihrer Kindheit zurück – in
jene sizilianische Villa, wo sie
das Porträt ihrer Ahnin, der
taubstummen Herzogin Ma-
rianna Ucrìa fand, die zu einer
großen Romanheldin werden
sollte. Die berühmte italienische Schriftstellerin erzählt von
der romantischen Liebesheirat
ihrer Eltern, der leidenschaft-
lichen Liebe zum unerreichba-
ren Vater, von ihrer Jugend in
der prachtvollen Villa Valguar-
nera; sie läßt aber auch ihre
Empörung spüren über die
mutwillige Zerstörung des Ba-
rockstädtchens Bagheria durch
die Mafia. Ein aufrichtiges,
sehr persönliches Buch.

»›Bagheria‹ ist ein schönes und
kluges Buch, ganz fern von allen Klischeevorstellungen vom
Tourismus-Sizilien, und dazu
ein Buch über eine Vielzahl ei-
genwilliger und begabter
Frauen...«
Die Presse

Erinnerungen einer Diebin
Roman. Aus dem Italienischen
von Maja Pflug. Mit einem
Nachwort von Heinz Willi
Wittschier. 383 Seiten. SP 1790

Fasziniert von der unkonven-
tionellen Art Teresas, die jenseits von bürgerlichen Normen
nach ihren eigenen Regeln lebt,
beschloß Dacia Maraini 1972
über die »Diebin«, die sie bei
einem Gefängnisbesuch in
Rom kennenlernte, ein Buch zu
schreiben. Aus einer armen,
kinderreichen Familie stam-
mend löste sich Teresa bald
von zu Hause, lebte in den Tag
hinein wie eine Zigeunerin, hei-
ratete jung und brachte einen
Sohn zur Welt. Fast unmerklich schlitterte sie in die Krimi-
nalität, kam von einem Gefängnis ins andere und blieb
doch ohne Groll über die ihr
angetane Gewalt.
Durch die erstaunliche Persönlichkeit Teresas, die niemals
selbstmitleidig, sondern stolz
und selbstbewußt und auf
ihre Weise ehrbar ist, gelang
Maraini mit diesem Roman
ein lebendiges Frauenporträt
und ein packender Zustands-
bericht über Italiens Gefäng-
nisse.

Giuseppe Tomasi di Lampedusa

Der Leopard
*Roman. Aus dem Italienischen von Charlotte Birnbaum.
198 Seiten. SP 320*

»Der Leopard«, der vielen Kritikern als das bedeutendste epische Werk der italienischen Literatur seit Alessandro Manzonis »Verlobten« gilt, schildert den Niedergang eines sizilianischen Adelsgeschlechts zur Zeit Garibaldis. Held und Fixstern des Buches ist Don Fabrizio, Fürst Salina, dessen Dynastie den Leoparden im Wappen führt, ein Olympier von Statur und Geist, leidenschaftlich und von wissender Melancholie überschattet, skeptisch und zuversichtlich zugleich.

Mit der Landung Garibaldis und seiner Rothemden in Marsala bricht selbst für Sizilien, Land archaischer Mythen, ein neues Zeitalter an. Kräfte und Ideen aus dem Norden bringen das uralte Feudalsystem ins Wanken und bereiten die Einigung Italiens vor. Don Fabrizios Neffe, der junge Feuerkopf Tancredi, vom Fürsten geliebt wie sein eigener Sohn, heiratet die schöne Tochter eines skrupellosen Emporkömmlings, der infolge der politischen Umwälzungen zum Millionär, schließlich zum Senator avanciert. Die Leoparden und Löwen sind zum Untergang verurteilt, ihren »Platz werden die kleinen Schakale einnehmen, die Hyänen«. Der Tod Don Fabrizios steht stellvertretend für den Tod einer ganzen Welt, in der das alte Europa noch ein letztes Mal aufglänzt.

»Die Qualität dieses Buches ist so bedeutend, daß es auf keine zeitliche Bedingung angewiesen ist, um auf uns zu wirken. Freilich, die eigentliche Quelle des Entzückens, mit der es uns erfüllt, ist die unbegrenzte Freiheit und Anmut, mit der alles, jeder Gedanke und jede Stimmung, seinen sprachlichen Ausdruck findet.«
Friedrich Sieburg

Die Sirene
Erzählungen. Aus dem Italienischen von Charlotte Birnbaum. Mit einem Nachwort von Giorgio Bassani. 190 Seiten. SP 422

»Tomasi di Lampedusas zwischen bitterster Ironie und einem voll entfalteten Sprachklang spielende Prosa ist wohl nie so schön, reich, bestrickend gewesen wie in der ›Sirene‹.«
Giorgio Bassani

SERIE PIPER